Der Rappel

Ecki P. Waussholz

Der Rappel

Aufzeichnungen eines Bedürftigen

Teil 2

Bibliografische Information der Deutschen Nationalbibliothek:
Die Deutsche Nationalbibliothek verzeichnet diese Publikation in der Deutschen
Nationalbibliografie; detaillierte bibliografische Daten sind im Internet über
dnb.dnb.de abrufbar.

Herstellung und Verlag: BoD – Books on Demand, Norderstedt

ISBN:9783757818722

PERSONENLISTE

Ecki 'Punk' Waussholz, Beamter im Außenministerium

Ramona, seine Ehefrau, von der er sich trennt
Malte und Nele, seine Kinder

Ringo, sein Freund seit über zwanzig Jahren, lebt in Marsiw an der Ostsee
Florian und Aurelia, ein Kollegenpärchen, mit dem er eng befreundet ist
Liana, eine Freundin aus Stuttgart

Callgirls, zu denen er auch private Beziehungen unterhält:
Sina alias Sveta
Nicole alias Larissa
Jade alias Nina
Kata alias Janica
Madalina
Sabrina bzw. Valerie alias Mirela

alte Bekannte bzw. frühere Freunde aus seiner Marsiw-Zeit:
Markus und Juliane
Rosie bzw. Rosita
Pixie
Festus
Olli mit seiner Tochter Karoline
ferner Don Ernie 'der Breite', Boone und Eumel

weitere Personen:
seine Mutter und sein Stiefvater Horst
Andy, ein Callgirl-Agentur-Betreiber
Claudia, eine Schulfreundin
Welli, ein Schulfreund
Renate, eine Annoncen-Bekanntschaft
Heidi, eine Freundin seiner Frau
Sebastian, sein Psychotherapeut

Rike, Ringos Freundin
Fiete, Ringos Bruder
ferner Sonja, Judith und Herbert, Mitglieder seiner Therapiegruppe

weitere Kollegen:
Moritz, Müllers, von Locher, Sekretärin 'Korpuskel', Josefine bzw. Josie,
Vanessa, Büroleiter, Lehrgangskollegen Bettina und Klaus

weitere Callgirls, die er sich ein- oder mehrmals über Agenturen bestellt:
Nicki
Alina
Jessy
Jasmina
Lexie
Chantal
Nelly / Kinga
Inna / Monja
Oksana bzw. Svetlana
Galina
Justyna
Kim bzw. Melanie
Lissy bzw. Aneta
Milena
Vivian
Vicky
Samanta
Sandy
Gina
Katja
Chanel
Lucy
Tanja
Maja
Ruxandra
Simona
Angel

Als ich meinen Briefkasten öffnete, erlebte ich eine kleine Überraschung, denn er war ziemlich voll. Neben dem üblichen Werbekram und einer Arztrechnung kriegte ich einen dicken, mit vielen bunten philippinischen Briefmarken beklebten Umschlag von Josef, und auch von Nina war endlich ein Brief dabei. Bevor ich ihn öffnete, stellte ich den Küchenstuhl auf den Balkon und kochte mir einen Kaffee. Schließlich wollte ich es gemütlich beim Lesen haben.

Ninas Brief enthielt lediglich eine ukrainische Ansichtskarte, aber auf deren eng beschriebener Rückseite standen ein paar sehr persönliche Sätze, und zwar von der Art, wie man sie nicht allzu oft im Leben schrieb. Ich las sie immer wieder.

Die Bilder von Josef guckte ich mir danach an. Sonnige Strände, Fischerboote und schlanke braunhäutige Menschen, und zwischen ihnen immer wieder mein alter Freund, meistens mit einem Lächeln im Gesicht und einem Drink in der Hand. *Junger Mann zum Mitreisen gesucht* hatte er auf die Rückseite eines Fotos mit ein paar hübschen Mädchen geschrieben, und *Noch müssen wir kein Wasser trinken!*, seinen berühmten alten Partyspruch aus Ostzeiten, auf ein anderes. Ein paar Szenen sahen zwar ein bisschen gestellt und nach touristischer Postkarten-Idylle aus, aber es waren auch alltägliche Schnappschüsse dabei. Drei Männer mit ölverschmierten Händen in der Werkstatt, ramponierte Kleinbusse auf schlammigen Pisten, ein halbes Dutzend Leute beim Hausbau. Josef schien dort sein Glück gefunden zu haben, und ich gönnte es ihm von Herzen.

Oksana III

Ich hatte ermattende Arbeitstage hinter mir und fühlte mich total groggy, rief aber dennoch die gewohnte Nummer an und bestellte Oksana, ohne groß zu überlegen. Ich wollte sie bei mir haben, egal ob mit oder ohne Sex. Als Physio- oder Psychotherapeutin. Es kommt wie es kommt, sagte ich mir.

Kaum saß sie auf meiner Couch, berichtete sie, dass Nicole angerufen hätte.

"Sie will Visum machen und bald kommen."

Ich goss uns die Drinks ein, während sie anschließend von Nina erzählte.

Irgendwas hätte sie ja immer gestört, meinte Oksana. Sie wäre eben sehr dominant und ständig irgendwie gereizt gewesen. Kein Wunder, dachte ich, denn wenn ich mir all die Mädchen zusammen in der kleinen Bude vorstellte, dann konnte ich mir leicht ausmalen, wie es dort abging.

Dann schritten wir zur Tat. Sie zog sich bis auf ihre dunkelrote Spitzenunterwäsche aus (auch ich ließ noch meinen Slip an) und verpasste mir eine schöne Massage, und hinterher war sie dran. Ich streichelte sie eine Weile, hakte ihr alsbald den BH auf, kriegte Appetit auf mehr, und irgendwann zog ich ihr auch noch den String aus. Dabei hatte ich jedoch den Eindruck, dass sie das nicht von sich aus wollte. Ich fingerte ein bisschen bei ihr rum, und es dauerte eine Weile, aber schließlich wurde sie doch richtig feucht, so dass wir kein Gel brauchten. Ergeben kletterte sie nach oben, und während sie auf mir ritt, sahen wir uns nicht in die Augen, und wenn zufällig doch, dann lächelte sie sofort verlegen oder machte die Augen zu.

So ging das eine ganze Weile, bis ich schließlich abbrach.

"Du finished?", fragte sie besorgt.

"Nein", antwortete ich. "Ich muss bloß daran denken, dass du einen Freund hast."

"Ja, gestern gab es bisschen Stress", seufzte sie, "er wollte wissen, was ich arbeite. Er ahnt schon, weiß aber nicht genau."

Sie legte sich neben mich, streichelte mich und sagte: "You want love, du willst Gefühle, aber kann man nicht erzwingen. Herz kannst du nicht Befehl geben. Mach ein paar Tage Pause, du musst bisschen warten. Your doctor will come."

"Hä?", machte ich verständnislos. "Ich brauche keinen Doktor."

"Nein", erwiderte sie besänftigend. "Ich meinte Nicole, dass sie bald kommt."

"Jaja, ich weiß", murmelte ich, "sie hat mich auch ziemlich um den Finger gewickelt, aber es war trotzdem schön."

"Nein, gar nicht", widersprach sie, "Nicole mochte dich sehr gern und hat immer nur gut von dir gesprochen."

Wollte mich Oksana bloß trösten, fragte ich mich, oder stimmte das tatsächlich?

Da wir gerade so schön gemütlich lagen, verlängerte ich noch um eine halbe Stunde.

"Soll ich mit Hand probieren?", fragte sie, und ich nickte und legte mich bequem in Position, aber es half alles nichts. Mein Schwanz streikte.

'Scheiß Psychoknoten!', fluchte ich innerlich und schickte sie schließlich ins Bad.

Natürlich wichste ich dann selber noch zu Ende, absolut problemlos und in Rekordzeit, kaum dass sie zur Tür raus war. Mann, war ich gestört!

250 Euro fürs Quatschen, zog ich entnervt Bilanz. Nein, so ging es wirklich nicht weiter.

Mach mal Pause, hatte Oksana zu mir gesagt, und sie hatte recht. Huren waren zweifellos gut zum Überbrücken von sexuellen Notsituationen geeignet (und auch ganz gewiss ein nettes Beiwerk), aber sie konnten wohl kaum auf Dauer meinen Lebensinhalt ausmachen.

Am Samstag fuhr ich zu Ringo nach Marsiw. In die Stadt, wo auch Malte und Nele gerade ihre Ferien verbrachten. Ramona hatte zugestimmt, dass ich die Kinder am Nachmittag für zwei Stunden haben konnte.

Wir fielen uns erstmal um den Hals, und auf dem Weg zur Eisdiele berichteten mir die beiden, was sie in den letzten Tagen so alles gemacht hatten: Muscheln suchen, Baden, Grillen und mit Opas Angelkahn fahren. Als ich Malte erzählte, dass ich wegen eines großen Open-Air-Konzertes hergekommen war, da sagte er mit wissendem Lächeln: "Ach, schon klar, Papa, da spielt bestimmt dein Miles Davis. Oder Bob Marley."

"Schön wärs!", grinste ich, "aber die sind leider beide schon tot."

Nachdem ich die Kinder wieder bei Ramonas Eltern abgegeben hatte, ging ich zu Ringo zurück, und wir fuhren mit seinem Auto zum Veranstaltungsgelände am Rande der Nachbarstadt. Die dortige Trabrennbahn war jetzt vorübergehend zum Festplatz mit angrenzender Zeltwiese umfunktioniert worden.

134. Kapitel

Vorn an der Bühne lief zur Einstimmung schon mal Rockmusik vom Band, ein paar Boxen wurden noch hin- und hergeschleppt, und ab und an hörte man einen kurzen Soundcheck. Es war keins von den Santana- oder Neil Young-Konzerten, die ich in den letzten Jahren mal besucht hatte, wo natürlich die Musik die Hauptsache gewesen war – hier ging es mir eher um das ganze Drumherum, vor allem um die Leute. Eine große Freiluftparty.

Ringo und ich waren früh dran und hatten noch reichlich Zeit zum Händeschütteln und Palavern und Biertrinken. Wir schlenderten erstmal ein bisschen umher und guckten uns die paar Buden an. Bier und Fressalien, alte Schallplatten, haufenweise Poster aus den 80'ern und reichlich T-Shirts mit dem Konterfei von Frank Zappa und seinem bekannten Spruch: *'Don't mind your make-up, you 'd better make your mind up.'* Ich kam mir vor wie auf einer Zeitreise. Dieses Festival, und all die alten Kumpel, wie ein Mini-Woodstock für Veteranen. Eigentlich hatte sich gar nicht so viel geändert, stellte ich immer wieder fest, wenn ich eine Weile mit jemandem redete, den ich von früher her kannte. (Trotz der vielen Trennungsgeschichten, die ich auch hier zu hören kriegte.) Was jedoch die äußere Erscheinung betraf, gab es freilich einige heftige Verwandlungen. Ein paar einst schlanke Jünglinge waren nämlich im Laufe der Jahre zu grauhaarigen Wikingern gereift und trugen nun riesige Bierbäuche vor sich her. Wie aufrecht gehende Grizzlybären stapften sie über den Platz, deuteten lässig mit dem Pils in der Hand auf die Bühne und führten gewichtige Gespräche. Ihre mächtigen Vollbärte, die am Kinn klebenden Drei-Pfund-Mischbroten ähnelten, zitterten bei jedem Wort mit.

Einige dieser Veteranen lästerten zwar erst ein bisschen, als ich schließlich in großer Runde über meinen lauen Beamtenjob Auskunft gab, aber das legte sich schnell. Nach einer Weile hieß ich nur noch 'Herr Konsularagent' oder 'Geheimrats-Ecki', und damit war das Thema dann abgehakt.

Eine ganze Weile unterhielt ich mich mit Benno, dem alten Plattendealer, der schon zu finstersten Ostzeiten fast jede Scheibe rangeschafft und stets für Nachschub an guter Musik gesorgt hatte. Seine Bude war immer rappelvoll gewesen, jeden Abend hatte sich ein pittoresker Haufen bei ihm versammelt, und dann wurde gefachsimpelt von A wie *Abraxas* bis Z wie *Zappa*, die Stereoanlage lief praktisch ununterbrochen. Inzwischen war er natürlich längst auf das Kopieren von CDs und DVDs umgestiegen, man ging halt mit der Zeit. Nur wer sich ändert, bleibt sich treu.

Von Benno erfuhr ich unter anderem, dass Old Splash, einer unserer gemeinsamen Bekannten aus alten Tagen, jetzt mit Mitte Fünfzig nochmal einen kompletten Neustart hinlegte. Erst hatte er eine ungefähr halb so alte Thaifrau geheiratet und innerhalb der letzten fünf Jahre zwei Kinder mit ihr gezeugt, zusätzlich zu seinen drei bereits erwachsenen, und nun würde er in Kürze seine Zelte hierzulande gänzlich abbrechen, um sich in sonnigere Gefilde abzusetzen. Soweit zumindest der Plan. Sein Haus hätte er allerdings bereits verkauft und auch sein Geschäft schon so gut wie aufgelöst.

"Die Idee kommt mir doch irgendwie bekannt vor", grinste ich und berichtete Benno von Zuckerwatte-Josef, der sich auf den Philippinen niedergelassen hatte und es sich dort - zumindest den übersandten Beweisfotos nach zu urteilen - im Kreise junger samthäutiger Schönheiten gut gehen ließ.

Dann erblickte ich Pixie, weiter hinten beim Getränkeausschank. Natürlich war er auch da, und wo er stand, da gab es Spektakel. Mit Bierschaum auf der Oberlippe krakeelte er lautstark umher und unterhielt die Massen. Er als alter Dauerraucher trug ein offenbar frisch erworbenes T-Shirt mit dem Zappa-Zitat: *TO ME A CIGARETTE IS FOOD - TOBACCO IS MY FAVORITE VEGETABLE.*

Als er mich näherkommen sah, wies er schon von weitem mit ausgestrecktem Arm nach mir und brüllte: "Achtung, jetzt trifft die B-Prominenz aus der Hauptstadt ein, mehr dekadent als prominent! Die bekiffte Schickeria, die Hautevolee der Halbwelt! Die dubiosen Kanaillen kommen! Leute, zückt die Kameras! Sir Connaisseur höchstselbst! Der gemeingefährliche Waschbeckenpinkler da hinten, dieses angetrunkene Subjekt dort im ökumenischen Dissidentenornat, in der schwarzen Joppe, das ist der Stasifopper, der gemeine, gefährliche!"

Mit großer Geste streckte er seine Arme aus.

"Komm zu Papa, du verrotteter Großnasen-Gascognier", rief er und umarmte mich schließlich, "hoch die Tassen, du olle Cognac-Blase. Mensch, alte Amtsvorsteherdrüse! Du chronischer Eichelreiber!"

Er war schon mächtig angegangen, jetzt berauschte er sich noch zusätzlich an seinen eigenen Worten und tat ausführlich kund, wie ich angeblich in meinem früheren Leben bei einer Demo den Ost-Bullen irgendwann mal erbost zugerufen hätte: *"Nicht der Ausreiser ist pervers, sondern die Situation, in der er lebt!"*

"Olle Kamellen", winkte ich bloß lahm ab.

"Jedenfalls, der Osten als solcher war von einer geradezu universellen Übelkeit", ließ er sein Publikum anschließend wissen, und der Entertainer in ihm lief dabei zur Höchstform auf.

"Ja-ha, passt mal auf! Selbst beim Vögeln lauerte nämlich der Anschiss! Echt, gebt mal schön Obacht! Also, ich war ja wie der Fuchs im Hühnerstall, immer mit dickem Schweif umherspaziert und alles gerissen und gedeckt, was nicht schnell genug auf die Leiter kam. Abgreifen, was gerade in Reichweite war. Gestößelt und gestöpselt wie 's böse Tier! Die Stahleichel, ja-ha, Freunde, das war mein Kampfname. Mister BP alias Bello Pimpinello alias der böse Penis, der Meister im Freestyle-Ficken. Don Pfirsichspalter, der Härtesten einer. Lieber Orgasmus als Sozialismus, das war mein Motto, immer kräftig gedubbert und geschubbert. So, und jedenfalls einmal, bei 'ner gepflegten Toilettennummer, da hab ich mir meinen Arsch in 'ner Klodeckelritze böse eingeklemmt und um ein Haar bald noch edlere Teile geschädigt!"

Das aufkommende Lachen ringsum brüllte er mühelos nieder.

"Ja, lasst mich doch mal ausreden, verdammt noch mal. Also, ich bin gerade mit der betreffenden Kandidatin zugange, so 'n süßer kleiner Breitarsch, stabiles Gesäß, aber vorne rum erstklassig benippelt. Aah, richtig lecker! Müsst ihr euch folgende Situation vorstellen: Ich, sitzend auf 'm Thron, bringe meine augenlose Banane in Stellung, das Periskop schon voll unter ihrem Kaftan ausgefahren, den dicken Klöppel, den fetten Standkolben, alles klar zum Versenken in ihr Futteral, zum vaginalen Intubieren, so richtig mit klopfendem Herzen, mit allgemein pochenden Organen, versteht ihr, hm? Das Mädel war ja inzwischen schon total flüssig und geschmeidig, sämtliche Signale standen auf Einfahrt! Tja, und plötzlich fängt der Klodeckel unter mir so komisch an zu knistern!"

Kurzes Grinsen, dann fuhr er fort: "Na, und als das Mädel dann mit Freuden über mir am Hüpfen war, den Unterleib schon heftig verrenkt bis kurz vor der

Adduktorenzerrung - also eigentlich hatte sie ja 'ne gut durchtrainierte Beckenbodenmuskulatur, damals, meine ich, na egal - jedenfalls, da knackte die verdammte Plasteluke unter unserem Gewicht genau in der Mitte halb durch! Batsch! Dünn wie 'ne Oblate, das Mistding! Also was machen? Aufstehen? Tja, aber das funktioniert nicht, denn dadurch zieht sich der fiese Riss logischerweise gleich wieder zusammen, wie so 'n Schnappmesser, da hätt ich mir dann erst richtig was eingeklemmt. Aber lieber hinten als vorne, oder? Schließlich bin ich passionierter Nacktsamer. Ich also hin und her geruckelt und mir dabei die halbe Backe abgeraspelt, und die erregte Dame noch auf 'm Schoß! Scheiß dünner Ost-Klodeckel, hat mir glatt die Nummer versaut! Tja, so war das in der Plunder-Republik. Die volle Strapaze, ich sags euch."

Die Massen tobten.

Pixie nahm einen Stärkungsschluck und fasste zusammen: "Saufen und schön Stößchen verteilen, das ging ja noch an in der Zone. Wie der Stahl gehärtet wurde, sag ich bloß. Eichel und Leber ebenso. Die Provinz der wackeren Zecher und Stecher, erst das Gehirnzellen-Massaker und dann der Lustrausch, bis zur beidseitigen Hodenatrophie. Aber den Rest konntest du total abschmatzen, alles nur naturtrüber Totentanz. Die volle Leichenstarre!"

"Welcher Rest?", brüllte einer, und alles grölte wieder los.

"Ach komm, ganz so elend wars nun auch wieder nicht", ließ sich eine Stimme von hinten vernehmen. "Man hätte später zumindest noch was draus machen können."

"Nee, klar" beeilte sich Pixie zuzustimmen, "hast richtig recht, du sklerotisches Pulverhirn. Du linksdrehender Milchmann. Mensch, hast du zu lange über der Dorfkneipe gewohnt, oder was? Oder haben sie dir zu oft in deine abgeschnittenen Gummistiefel gepisst, die du immer als Sonntagslatschen anziehst? Du meinst also, nur noch 'n paar Jahrzehnte länger, und alles wär ganz toll geworden? Womöglich hätte der Klimawandel dem Proletenparadies sogar noch eigene Bananenplantagen beschert, oder wie? Ja klar, Obst ist gesund, gut gegen Obstipation, das macht den Stuhl der verstopften Genossen geschmeidig, nicht wahr? Frische Südfrüchte aus Sachsen, wär das nix? Tankwagenweise *Cuba libre*, hochprozentiger Sprit aus eigener Herstellung?"

Pixie lachte gellend und tippte sich dann an den Kopf.

"Junge, zieh bloß den Finger hinten raus, du alter Kotnascher, oder was drückt dir da von unten so dermaßen auf die Runkelrübe? Der Osten war doch auch ohne Bananen schon die Bananenrepublik schlechthin! Von wegen kommunistische Bruderländer, dass ich nicht lache! Moskaus Sklaven-Enklaven, eingezäunt mit Stacheldraht, das kommt wohl eher hin! Oder klingt 'Diktatur des Proletariats' etwa nach Freiheit? Sozialismus ist gleich Käfighaltung für das Volk plus Wodka zum Billigtarif, das ist die einzig wahre Definition für dieses zollfrei importierte Russenglück. *Niemand hat die Absicht, eine Mauer zu errichten'*, schon vergessen, den alten Spitzbart-Spruch? Selektiver Alzheimerismus, oder was? Ich heul' dem real vegetierenden Sozialismus jedenfalls keine Träne hinterher. So siehts aus, du gymnospermer Bettnässer, und nicht anders!"

Ringsum brüllte alles, ein Gejohle und Gekreische wie bei einem Starauftritt, und ich dachte andauernd: 'Das müsste man filmen, das glaubt sonst keiner.'

Pixie stand bloß da und grinste breit wie eine große Mondlaterne beim Fackelumzug. Grunzend trank er sein Bier aus, fuhr sich mit der Zunge über die Lippen und rief: "Ja Freunde, da bleibt kein Auge trocken."

Mit der freien Hand strich er die Knitterfalten in seinem neuen Zappa-T-Shirt glatt und zog sich dann die inzwischen etwas tiefer gerutschte Jeans hoch.

"So, die Kampfreserve der Partei geht jetzt erstmal ruinieren. U-ri-nie-ren meine ich. Pissen. Toilettieren. Den Katheter wechseln. Die Vorhaut der Arbeiterklasse muss ja auch mal ordentlich abgeschüttelt werden. Aber bleibt schön feucht, ich komme wieder. Und dann zieht die Konjunktur wieder an, die Binnennachfrage, vorne am Tresen, da gehts immer zuerst los. Ob Clochard oder Zar, alle müssen an die Bar. Jeder Papa braucht n' Grappa. Prolet und Antilet – alle saufen Met. Denn der Oesophagus will stets gut geölt sein. Ein paar flinke Fluchthelfer-Biere werden wir daher noch absaugen müssen, hier in diesem hochariden Klima. Man kommt sich ja fast vor wie in der Trockensavanne."

Einer rief ihm noch was hinterher, er wollte wissen, wer die Kleine auf dem Klo damals gewesen war, doch Pixie winkte bloß ab: "Mensch Junge, die Mutti ist jetzt um die 45 und abgetittet, 'ne alte Schaluppe mit ausgeleiertem Muff. Vergiss es, da gibts nichts mehr zu naschen! Nur gerontophile Säcke wollen so 'ne tote Bratmakrele noch grätschen, so 'ne trockne Schrippe in den Wechseljahren. Obenrum nur noch Hängeblubb. Oder bist du so 'n fehlgeschlagener Höhlenforscher, der da irgendwie aus archäologischen Gründen gerne ablaicht?"

Aber dann drehte er sich doch nochmal um und meinte: "Also wenn du es so genau wissen musst, du hast mit ihr auch öfter mal in der Schankstube gesessen. Brotbraune Haare mit lauter so neckischen Doppelhelix-Locken, Marke Spirelli-Nudeln ungefähr. Naja, und so 'n dekorativen Zahnspalt hatte sie oben, wie die gelbe Natrium-Doppellinie im Spektroskop. Insgesamt ganz niedlich. Damals, meine ich. Mann, du weißt schon, die immer 'nen Schluck Bier in ihre Soljanka geplempert hat!"

"Neiiiin!", kreischte der andere plötzlich auf und haute sich auf die Schenkel, nun war der Groschen endlich gefallen. "Stupsi, die heiße Kaltmamsell? Die hast du damals auch geknallt? Na da lach' ich mir doch den Arsch ab!"

Er konnte sich lange nicht beruhigen.

Ich schüttelte erstmal wieder einige Hände, nahm Ringo dankbar ein frisches Bier ab und hörte zu, was so berichtet wurde. Don Ernie, wegen seiner Ehrfurcht einflößenden Körpermaße auch 'der Breite' genannt, lauschte leicht amüsiert den Anekdoten, die über ihn noch aus der guten alten Zeit kursierten. Legendär, wie er damals als privater Inkassobeauftragter bei einem Hausbesuch zwar ohne Bargeld, aber stattdessen kurzerhand mit dem wohlgefüllten Kühlschrank des Schuldners abgezogen war, als erste Rate sozusagen.

"Schrank nimmt Schrank", kommentierte ich bloß trocken. "Stecker raus und ab!"

Don Ernie grinste nur cool und ließ es erstmal gluckern. Strubbliges Haar, Muskel-Shirt und Lederweste, ein keltischer Krieger beim Trunke. Seine Oberarme sahen noch immer aus wie gemeißelt. In den letzten Jahren hatte er erst anfangs in Hamburg und später im Ruhrgebiet in der Türsteher- und Rotlichtszene gejobbt, erzählte er, 'im Puff-Security-Bereich'. Da musste man nicht nur grimmig dreinschauen, ließ er durchblicken, sondern zuweilen auch durchaus grobmotorische Eingriffe vornehmen.

"Tja, und damit macht man sich selten Freunde", stellte er lakonisch fest. "Das bleibt nun mal nicht aus, wenn es dein Job ist, andere ablaufen zu lassen.

Und beim Umgang mit einer gewissen Sorte Kontrahenten ist allzeit Gefahr im Verzug."

"Du meinst die lokale Mafia?", fragte einer neugierig.

"Auch", erwiderte Ernie mit bedächtigem Nicken. "Der allgegenwärtige Abschaum eben. Was weiß ich? Irgendwelche Hobby-Fontanellenspalter, die zu viel Anabolikadropse gelutscht haben. Deutschrussen, Faschos, Balkanisten, das ganze Gesocks. Gibt überall welche, die drauflos dreschen, ohne lange zu fackeln. Oder 'ne Klinge schwingen. Die juckt das nicht, wenn sie einem dabei den Hauptschalter umlegen, das nehmen die in Kauf. Ist ja nicht mehr wie in der guten alten Zeit, als die Kiezkönige höchstens mal 'n paar Maulschellen verteilten. Heutzutage kommst du ratzfatz zu 'ner netten kleinen Nahtoderfahrung, da darfst du dich ganz schnell für die Obduktion freimachen und schon mal als Organspender bereithalten. Ja-ha, so ist das. Ich sag dir, manchmal hab ich mich früh nach der Schicht erstmal unters Auto gelegt und geguckt, ob mir nicht einer von denen 'n bisschen die Bremsen nachgestellt hat. Und wenn ich zu Hause ankam, hab ich immer mit 'ner aufgeknackten Wohnungstür gerechnet. Berufsparanoia. Ich musste dringend raus da. Allerhöchste Zeit."

Momentan würde er bei einem Wäscheservice als Fahrer arbeiten, meinte er, nur so zur Überbrückung und eigentlich sowieso bloß, weil einer seiner Kumpel ihn da reingequatscht hätte.

"Tja, 'n bürgerlicher Tarnberuf macht sich immer gut für 'n Dealer, oder wie?", murmelte einer aus der zweiten Reihe, aber Ernie ging gar nicht erst darauf ein. "Früher oder später werd' ich mir was anderes suchen", brummte er stattdessen achselzuckend. "Vielleicht Bootsüberführungen, 'n Bekannter von mir hat das mal 'ne Weile gemacht. Oder ich geh nach Skandinavien, auf 'ne Ölförder-Plattform. Mal sehn."

"Ja und was ist mit den Stuten?", krähte Pixie, der inzwischen vom Klo zurückgekehrt war. "Wer soll dir denn da abends in deiner Butze die verspannten Marmormuskeln durchwalken? Und den großen Bohrturm schön geschmeidig halten, hm? Wenn draußen der Nordwind böse tobt."

Don Ernie zuckte wieder nur lässig mit den Schultern.

"Im ewigen Eis steht alles still", brummte er. "Weißt du doch. Knoten vorne rein und fertig."

"Yau", stimmte ich ihm schon etwas promillelastig zu, "Permafrost ist Spermafrust. Aber kannst dir ja trotzdem mal 'n paar Eskimo-Stripperinnen per Heli einschweben lassen. Wilde Lappennutten, mit Moosmütze und Fell-BH. Lieber was mit 'ner Prostituierten als mit der Prostata, nicht wahr?"

Anschließend unterhielten sich Don Ernie und Pixie noch ein bisschen über den langen Mertens, den ich bloß vom Sehen kannte. Früher hatte er stets nur in irgendwelchen Spelunken rumgehangen, jetzt sollte er es tatsächlich zu einer eigenen kleinen Firma gebracht haben. Altbausanierung, Fensterbau, angeblich florierte der Laden.

Als Nächstes ging ich zu Jörn rüber. Ihn hatte es auf die Sonnenseite des Lebens verschlagen, und das sah man ihm an. Gänzlich unaufgeregt stand er da, lächelnd schüttelte er seine Locken, ein erfolgreicher Mann. Man spürte es einfach, richtige Gesundheitsstrahlen gingen von dem Kerl aus. Zu Ostzeiten Schiffsingenieur und Hobbyknipser, hatte er sich gleich nach den Wirren des Umbruchs zur besten Boomzeit kräftig bei diversen Windkraftprojekten engagiert und so erst seine prekäre Finanzlage und später dann ein schönes altes Stadthaus von Grund auf saniert. Und nebenbei noch studiert. Jetzt arbeitete er als freier Fotograf, machte Ausstellungen und verkaufte seine Bilder an große Magazine. Auch seine Frau verdiente trotz der zwei Kinder mit dazu, irgendwas im Bereich Vertrieb, hauptsächlich in Heimarbeit. Da kam man wohl ganz gut über die Runden. Außerdem war er ehrenamtlich als Kampfsporttrainer für eine Juniormannschaft aktiv; der 'Herr der Ringer' wurde er scherzhaft genannt, obwohl es sich wohl eigentlich mehr um Judo und Karate handelte.

"Bingo", grinste er und stieß mit mir an, als ich ihm das alles aus der Nase gezogen hatte.

Plötzlich tauchte auch noch Festus auf. Eigentlich war er ja schon seit Mittag da, hatte aber den Fehler begangen, gleich nach Ankunft mit Pixie beim Bierstand stehen zu bleiben, so dass er sich schon am frühen Nachmittag in sein Zelt auf der angrenzenden Wiese hatte ablegen müssen, um den ersten Schwächeanfall auszukurieren. Nun kehrte er also zurück unter die Lebenden, und nach einer

Bockwurst und ein paar Schluck Kaffee ging es ihm offenbar bereits wieder erheblich besser. Jedenfalls debattierte er nach dieser kleinen Stärkung eine Zeitlang recht angeregt mit Don Ernie über die Tatsache, dass einem hier in letzter Zeit immer mehr Glatzen mit 'Frontstadt Marsiw'- Jacken im Stadtbild auffallen würden, 'lauter Stahlgewitter-Germanen', und dass das Klima überhaupt immer ungemütlicher werden würde.

Danach konzentrierten wir uns alle auf das Bühnengeschehen, denn die erste Band begann zu spielen. Altes Zeug, aber gut. Die meisten von uns wackelten die nächste halbe Stunde ein bisschen zur Musik rum.

In der darauffolgenden Pause sprach mich Eumel an (der wohl mehr aus Zufall hier gelandet war, beziehungsweise weil ihn ein paar alte Kumpel als zur Nüchternheit verdonnerten Fahrer angeheuert hatten), ein semiintellektueller, behäbiger Familienvater mit nur noch drei oder vier verschwitzten Grannen auf dem ansonsten bereits kahlen Schädel. Alten Federhaltern und Tintenfässern gehörte seine Leidenschaft, sowie den Zollstöcken, pardon, den 'Gliedermaßstäben' natürlich; er besaß nämlich bereits Hunderte davon, eine ganze Kammer voll. Nicht zu vergessen die Modelleisenbahnanlage ('vierstellige Summen verbaut') und das halbe Dutzend Weltkriegs-Dioramen ('Maßstab 1:72') mit den minutiös nachgestellten Schlachtszenen, an denen er etliche Jahre herumgebastelt hatte und die nun beinahe das gesamte Dachgeschoss einnahmen. Ein eingefleischter Sammlertyp also, voll in der 'anal-hortenden' Phase stecken geblieben. Des Weiteren verfügte er mittlerweile über fast sämtliche Ost-Fernsehserien auf Video, die er sich immer wieder von vorne anguckte, um jeden Hosenknopf darin zu katalogisieren. Ein Buch wollte er darüber schreiben, eine Art Filmlexikon, erklärte er mir lang und breit. So recht konnte ich mir aber trotzdem keinen Reim darauf machen. Selbst die vollgesprochenen Kassetten seines altmodischen Anrufbeantworters löschte er niemals, sondern bewahrte sie zu Dutzenden in irgendeiner Kommode auf, weil er sie eines fernen Tages noch als 'Zeitzeugnis' abzutippen gedachte. Ich wusste einfach nicht, was ich darauf erwidern sollte und staunte nur, womit manche Leute ihre Zeit verplemperten. Für handbemaltes Toilettenpapier hätte ich mich wahrscheinlich eher erwärmen können.

Also verdrückte ich mich zum Bierholen *(oh, muss ich unbedingt erwähnen: hinter dem Tresen wirbelte eine ganz ganz süße Maid, klein und zierlich, aber flink und aufmerksam, mit schwarzem Minirock und knallroten Pippi-Langstrumpf-Zöpfen; ich gab ihr die Pfandmarken für die Biergläser jedes Mal mit einem anderen improvisierten Vers zurück)*, und dort in der Warteschlange stieß ich schließlich auf Gevatter Gonzo. Ein auf zwei Beinen wandelndes Mysterium um die Fünfzig, das sich meinen Beobachtungen nach bereits seit Urzeiten auf dem Weg des emotionalen Rückzugs befand. Einerseits hatte er zwar auch früher schon immer als Einzelgänger gegolten, andererseits aber trotzdem irgendwie zu unserer Clique gehört, als lose assoziiertes Mitglied sozusagen. Im Laufe der Jahre hatte er aber seine Eigenarten offenbar so lange kompromisslos kultiviert und ausgebaut, bis er eben nur noch sehr eingeschränkt sozialtauglich war. Allerdings sollte ich wohl erwähnen, dass Gonzo in meinen Augen einen heimlichen Kultstatus genoss; unter anderem deshalb, weil ich mit ihm einmal ungefähr vor einem Vierteljahrhundert ziemlich angeduselt nachts irgendwo im Osten durch eine gerade erst frisch aus dem Boden gestampfte Hochhaussiedlung geschwankt war und er damals schon mit dem heiligen Ernst und der visionären Gewissheit eines indianischen Medizinmannes prophezeit hatte, dass all diese als modern geltenden Wohnviertel in Wahrheit die 'Nekropolen der Zukunft' darstellten und schon bald zu 'schwarzen Stätten dissipativer Sozialstrukturen mutieren' würden - was mir seinerzeit nur deshalb im Gedächtnis geblieben war, weil ich es in meiner Unbedarftheit für einen besonders gelungenen, schrillen Antisozialismus-Witz gehalten hatte. Als dann jedoch vor ein paar Jahren die ersten Plattenbauten *tatsächlich* zu Armenheimen verkamen und schließlich ganze Siedlungen abgerissen wurden, da fiel mir das Ganze wieder ein, und seitdem maß ich Gonzos Worten stets eine besondere Bedeutung bei.

Aber zurück zur Warteschlange am Tresen. Gonzo half mir beim Tragen und Verteilen der Gläser, und nach getaner Arbeit hielt ich mit ihm einen kleinen Schwatz ab. Allerdings nicht über Allerweltsthemen, denn das ging mit Gonzo natürlich nicht. Am liebsten erörterte er wissenschaftliche Sachverhalte, und wenn es sich gelegentlich doch mal um etwas trivialere Dinge drehte, dann musste zumindest ein gewisses intellektuelles Niveau gewahrt werden.

"Bei den meisten Gesprächen findet überhaupt keine Kommunikation statt", war zum Beispiel eins seiner Statements an diesem Nachmittag. "Da werden keine Inhalte übertragen, sondern das Ohr nimmt nur 'ne Geräuschkulisse wahr. Und solange die Modulation des zwischenmenschelnden Geschnatters sich innerhalb der üblichen Parameter bewegt, ist der Rest völlig schnurz. Alles bloß atmosphärisches Rauschen, Permutationen der Nichtigkeit. Lauter akustische Spam-Mails, durchsetzt von 'n paar primitiven Steuerungsbefehlen. *'Tanken fahren'*, bla bla, *'Brot einkaufen'*, bla bla bla, *'Geld holen'*. Zu weit über neunzig Prozent entbehrlich."

Wohl wahr, fand ich (hatte Gandhi nicht auch regelmäßig Schweigetage eingelegt?), doch manch anderer reagierte auf sowas natürlich ziemlich irritiert. Besonders Frauen, erfahrungsgemäß. Mit denen kam Gonzo nämlich nicht besonders gut klar, was bei ihm im Laufe der Jahre leider zur Zementierung seiner misogynen Grundeinstellung geführt hatte. Oder meinetwegen auch umgekehrt, eins bedingte ja wohl das andere. Wie auch immer. Seit ein paar Jahren betrieb Gonzo jedenfalls zusammen mit zwei anderen technophilen Junggesellen ein kleines Ingenieurbüro, und zwar kommerziell durchaus erfolgreich, besonders was Alarmanlagen und Photovoltaik betraf. Aber am liebsten lötete und pfriemelte er noch immer in seinem abgelegenen Scheunenlabor (mit der riesigen Funkamateur-Antenne auf dem Dach - und der natürlich komplett selbst gebauten Sendeanlage darunter) alleine vor sich hin, und wenn ihm tatsächlich mal vor Langeweile die Decke auf den Kopf zu fallen drohte, dann machte er manchmal Hausbesuche bei einer sehr ausgesuchten Klientel (Ringo zählte zu den Auserwählten), wo anschließend die Stromzähler für eine Weile rückwärts liefen. Kein Witz, ich höchstselbst durfte Augenzeuge sein. Gonzo war eben vom Fach.

Nach einem ausführlichen (und selbstverständlich gehaltvollen) Gespräch mit ihm mischte ich mich wieder unter die weiter hinten Stehenden und hörte noch diverse unterhaltsame Geschichten. Zum Beispiel über Meckie, den ewige Umschüler, und über ein paar verschrobene Anarchos, die nach wie vor in ihren Abrisshäusern logierten und noch immer gelegentlich halb professionell in Sachen Versandhausbetrug engagiert waren. Einer von denen hatte sogar vor etlichen Jahren im Alleingang einen waschechten Banküberfall durchgezogen,

Beute immerhin knapp zwanzigtausend, zu Zeiten der D-Mark-Einführung ein fetter Batzen. Von diesem Coup wussten allerdings bis heute inklusive meiner Wenigkeit nur vier Personen, und selbstverständlich musste ich seinerzeit geloben, darüber Stillschweigen zu bewahren (also vergesst es - alles reine Phantasie, natürlich). Über die neuesten Aktionen dieser Jungs wollte ich freilich lieber erst gar nicht informiert werden.

Es sei hier allerdings noch erwähnt, dass zwei Mitglieder der alten Garde sowohl dieser Veranstaltung als auch sämtlichen anderen Umtrunk-gelegenheiten bisher stets ferngeblieben waren, so wie sie überhaupt jegliche Berührung mit den Gefährten aus ihrer Vergangenheit strikt mieden. Nicht von ungefähr, denn durch die Offenlegung der Stasiakten waren sie nämlich enttarnt worden und ihre miesen kleinen Agentenspiele ans Licht gekommen. Den einen der beiden kannte ich sogar ziemlich gut; nach einer verpatzten sozialistischen Karriere war er seinerzeit als heiliger Bruder bei der Kirche untergekrochen und hatte sich dort unter anderem regelmäßig einen Großteil des Westgeldes aus dem Opferstock in die eigene Tasche gesteckt. Natürlich nicht, ohne es vorher 1:1 durch Ostmark zu ersetzen, ganz korrekt zum offiziellen Kurs, denn weder mit den Genossen noch mit Gott wollte er es sich ja verderben. Später, in den Wirren der Wiedervereinigung, wäre dieser Finanzjongleur dann beinahe noch zum Kommunalpolitiker aufgestiegen, was wohl nicht weiter kommentiert zu werden braucht. Schade um die gemeinsam mit ihm verbrachte Zeit, dachte ich bei diesem Thema meist bloß in hilfloser Betrübtheit, denn immerhin hatte ich so manchen Abend zusammen mit ihm beim Rotwein gesessen und auch darüber hinaus einiges mit ihm unternommen. *(Allerdings war mir seine seltsame 'Monopoly'-Leidenschaft schon damals irgendwie komisch vorgekommen; einer unserer West-Bekannten hatte ihm das Spiel extra besorgen müssen, noch vor dem Mauerfall.)* Für drei oder vier Jahre waren wir jedenfalls ziemlich eng befreundet gewesen. Tja, und wie sollte ich jetzt mit diesen Erinnerungen umgehen?

"Wende-Palimpseste", so betitelte Gevatter Gonzo diese beiden Altdenunzianten freilich bloß lakonisch, als die Sprache nun mal wieder auf sie kam. *(Weiß der Geier, dachte ich bewundernd, wo er diesen trefflichen Terminus ausgegraben hatte, den die meisten schätzungsweise bloß für ein besonders raffiniertes*

Schimpfwort hielten.) "Ständig im Überschreibmodus. Diese Schweinepriester erfinden ihre Geschichte immer wieder nach Belieben. Löschen, nächstes Update, zack. Alles frisch formatiert und blitzblank sauber. So werden aus den Nullen plötzlich Einsen, und die feige Sau mutiert zum Held. Nur Komplettentsorgung hilft da noch."

"Kopfschuss mit der Lupara", pflichtete ihm Pixie sofort trocken bei, "und dann ab ins Säurebad. Oder ins Betonfundament. Alles andere ist Sozialromantik."

Nun, auch ich hatte zwar für Zeitgenossen mit einem derartig ausgeprägten moralischen Wendekreis nicht allzu viel übrig, hielt mich aber mit vollmundigen Kommentaren hier dennoch lieber zurück. Es war immer einfach, selbstgerechte Pauschalurteile zu fällen, noch dazu über Abwesende. Außerdem hatte ich bereits viel zu vielen fruchtlosen Debatten über diese Thematik beigewohnt, in der sämtliche Argumentationsmuster bis zur Ungenießbarkeit durchgekaut und zersetzt worden waren. Daher ging ich lieber neues Bier holen, und ein paar Minuten später stieß ich dann mit Pixie, Ringo, Gevatter Gonzo und Konsorten an, lauschte von weitem der Musik und widmete ich mich wieder dem illustren Treiben ringsum.

"Warum kennen wir eigentlich so viele seltsame und abgedrehte Gestalten?", wandte sich Ringo auf einmal an mich. "Sind wir Freakmagneten, ziehen wir die Sorte an? Lauter Durchgeknallte und Abgedriftete, die irgendwie aus dem Ruder gelaufen sind? Fern von der bürgerlichen Mitte?"

"Ist doch ganz klar", antwortete ich, "weil die Stinknormalos stinklangweilig sind, mit denen konnten wir doch noch nie was anfangen. Deshalb pflegen wir mit 'ner anderen Klientel Umgang. Nix gegen die einfachen Leute an sich, keine pauschalen Wertungen - im Übrigen stört mich ja an den Durchschnittszeitgenossen sowieso hauptsächlich bloß deren Dickfelligkeit. (Indolenz wäre der korrekte Terminus, dachte ich, sprach das Fremdwort wohlweislich aber nicht aus.) Warum merken die nix, warum lassen die alles mit sich machen? Na egal. Jedenfalls die, die uns imponierten, das waren doch eher die Ramponierten. Schon immer. Yepp!"

Ich nahm einen kräftigen Schluck und ergänzte: "Guck mal, zum Beispiel in der Mathematik, die Kreiszahl Pi und die Eulersche Zahl e, Zinseszins und so, also die beiden findest du überall, die stecken sonst wo dahinter und wirken im

Verborgenen. Und warum sind sie so interessant? Kein Wunder - sie sind irrational und transzendent! Das ist ihr Geheimnis. Irrational, verstehst du? So, und nun übertrag das mal auf die Menschen."

Doch Ringo starrte mich nur an, nahm demonstrativ den Kopf weit in den Nacken zurück und fragte dann: "Ist das dein Ernst? Oder fängst du jetzt schon an, deine besten Kumpel zu verscheißern?"

"Wieso, was meinst... "

"Ach, du quatscht schon wieder wie 'n Raumschiffkommandant der Außerirdischen", stöhnte Ringo, "*wir treten jetzt ein in den Hyperquadranten Delta des Sektors Dingsda, Plasmakacke Alpha.*"

Er musste kurz aufstoßen, dann fuhr er fort: "Mensch, den Scheiß versteht doch keiner, erst recht nicht nach dem dritten Bier. Kannst du auch simples Erdisch? Männersprache?"

"Na ganz einfach", versuchte ich es also noch einmal anders. "Nimm die teuersten Briefmarken, rote und blaue Mauritius und so. Da sind die Fehldrucke auch am wertvollsten, die mit 'nem Zacken zu viel oder zu wenig. Warum? Na weil nur wahre Individualität zählt, nur Einzelstücke, verstehst du? Wie bei gutem Leder, das muss 'n Faltenmuster und 'n paar Narben haben, also 'ne einmalige Struktur, sowas gilt da als Qualitätsmerkmal. Nur was sich der plumpen Normierung entzieht, das hat 'n wirklichen Eigenwert. Ist so was wie 'n universelles Prinzip. Übrigens, Ohrabschneider-Vincent hat 's ungefähr mal so formuliert: *'Die Normalität ist 'ne gepflasterte Straße, auf der man gut gehen kann - aber es wachsen keine Blumen auf ihr.'* Tja, Künstler wissen eben Bescheid über sowas, und das gilt natürlich erst recht für Lebenskünstler."

Gevatter Gonzo nickte bedächtig. "Am spannendsten sind immer die Inkompatiblen. Die, die nicht ins Standardsystem passen."

"Genau", stimmte ich ihm zu. "Die Etablierten betreiben doch nur noch Besitzstandwahrung. Sie sind Verharrende. Auf die Unzufriedenen mit Edelmacke kommt es an. Auf die kauzigen Typen, die ihren Weg gehen und sich vom bunten Spektakel der Welt nicht kirre machen lassen. Das sind die Guten. Die Unikate, die vom Leben Gezeichneten. Und wir gehören natürlich dazu."

"Klar", erwiderte Ringo, "aber jetzt geh ich trotzdem erstmal ganz ordinär gelbes Wasser wegbringen."

"Genies erweitern die Klischees", raunte ich ihm noch hinterher und lauschte dann selbst ganz ergriffen meinen Worten nach, überrascht vom enormen Tiefsinn dieses Satzes. Mensch ja, die einen eröffnen die Freiräume, und der Rest strömt nach dem Dammbruch hinterher, und so wird das Novum von gestern zum Standard von heute! Mein Gott, sowas müsste man doch eigentlich in Granit meißeln!

Nun, zumindest ich begoss diesen magischen Moment mit einem ordentlichen Schluck Bier.

All diese grandiosen Gestalten, dachte ich noch so manches Mal an diesem Abend, das musste ich erstmal verdauen. Alles viel zu viel, all diese Auf-und-ab-Lebensläufe. 'Wie Wasser von Klippe zu Klippe geworfen', fiel mir dazu plötzlich ein. Bloß verdammt, von wem war das noch mal? Ach ja, richtig, Scardanelli, der alte Obergauner. Auch so ein Vaterloser; hatte sich verdrückt, als er es nicht mehr aushielt...

All diese Gestalten, Herr im Himmel! Sie gäben Stoff ab für zehn Romane vom Feinsten, ein schillerndes postsozialistisches Panoptikum, allein die Materialsammlung dazu würde mehrere Regalmeter füllen. Zwar sah ich schon, wie sich die Umrisse dieses gewaltigen Monumentalgemäldes vor meinem inneren Auge abzuzeichnen begannen, aber mir war klar, dass ich mich an dessen plastischer Darstellung mächtig überheben würde. Also, alter Junge, ermahnte ich mich, versuchs besser erst gar nicht.

Irgendwann in der Nacht fuhr ich mit Ringo zurück nach Marsiw, und am nächsten Tag dann mit dem Zug wieder nach Berlin. Mir schwirrte der Kopf vor lauter Eindrücken. Außerdem hatte ich einen ziemlichen Kater.

135. Kapitel

Kata I

Oksana stand die ganze Woche auf Urlaub, was aber nicht weiter schlimm war, weil ich sowieso mal wieder eine Andere ausprobieren wollte.

Also warf ich den Computer an und guckte, was sich in der Sexworker-Szene so Neues tat, und siehe da: Kata. Sexy Bilder im knappen Bikini, Gesicht leider durch eine Art Nebelfleck unkenntlich gemacht. Laut Freierbericht 'sehr passiv, aber ein Spitzengewächs, echte KG 32'.

Nun denn, carpe noctem, sagte ich mir, und orderte.

Vor Anstrengung pustend kam sie die Treppe hoch, sah mich bloß ganz kurz an und dann gleich wieder zur Seite und nach unten. Sie war richtig hübsch, stellte ich sofort fest. Ein sanftes Kleinmädchengesicht, sogar noch mit ganz leichten, kindlichen Pausbäckchen. Wie süß! Sehr zarter Teint, leicht gebräunt und mit Sommersprossen. Irgendwie erinnerte sie mich entfernt an jemanden, aber ich kam nicht drauf. Sie trug eine dunkle Bluse und Jeans; der Gürtel hatte einen silbernen Schmetterling als Schnalle.

Schon ihren ersten Sätzen nach zu urteilen, schien ihr Deutsch recht gut zu sein.

Wir setzten uns, sie holte ihre Zigaretten aus der Handtasche, und ich gab ihr erstmal zweihundert Euro für zwei Stunden.

"Ich habe aber kein Wechselgeld", sagte sie. "Kommst du nachher mit zum Fahrer runter, okay? Der kann rausgeben."

"Schon gut so", winkte ich ab.

Während sie rauchte und an ihrem Saft nippte, unterhielten wir uns eine Weile oberflächlich über irgendwelche Gemeinsamkeiten und Unterschiede verschiedener Sprachen, wobei wir uns probeweise schon immer mal etwas länger in die Augen sahen. Sie wäre Kroatin, meinte sie, würde aber auch Deutsch und Englisch und sogar ein wenig Französisch sprechen.

Nach zwanzig Minuten bat sie um einen Kaffee, und als ich ihr dann eine frisch gebrühte Tasse servierte, rührte sie sie überhaupt nicht an. "Muss noch abkühlen", erklärte sie, und es dauerte ziemlich lange, bis sie einen winzigen ersten Schluck nahm. Außerdem steckte sie sich immer wieder eine neue Zigarette an.

Sie versuchte Zeit zu schinden, das hatte ich natürlich längst begriffen.

Nach einer dreiviertel Stunde legte ich behutsam meine Hand auf ihren Arm und sah ihr in die Augen.

"Ich will mit dir ins Bett", sagte ich ruhig. "Ganz locker, und kein Französisch."

"Kein Französisch?", echote sie verschreckt zurück.

"Nein, nur ganz sanften Sex", antwortete ich. "Brauchst keine Angst zu haben."

Sie stand auf und ging ins Bad, duschte und kam schließlich alsbald in ein Handtuch gewickelt wieder raus, und allein schon, was ich da zu sehen kriegte, veranlasste mich, sie mit einer *standing ovation* zu begrüßen. Und natürlich sorgte ich dafür, dass das Handtuch schon bald fiel.

So, und zu ihrem Aussehen muss ich an dieser Stelle nun mal etwas mehr kundtun. Inzwischen hatte ich ja reichlich hübsche Damen in meiner Behausung gehabt, keine Frage. Frauen, bei deren Anblick ein normaler Mann unweigerlich Zustände kriegte. Jede dieser Perlen für sich betrachtet war schön und hatte ihre Reize, aber Kata war auch *im Vergleich* mit allen anderen noch an oberster Stelle einzuordnen. Zierliche Gestalt und kleine, aber volle Apfelbrüste; richtige niedliche, stramme Halbkugeln. Zarte Oberschenkel, der Hintern ein Traum. Zu Hause hatte sie jahrelang in einer Leistungssportgruppe trainiert, und das sah man. Nun, wie soll ich es sagen? Ich meine, Nicoles Brüste zum Beispiel, die waren ja *eigentlich* ein bisschen zu klein, aber weil es die liebe Nicole war, machte es wirklich überhaupt nichts. Doch bei Kata stimmte einfach alles, auch die Seitenansicht. Also sie war zwar eine von der schmalen Sorte, aber der entscheidende Pluspunkt war eben, dass trotzdem oben ordentlich Brust abstand und unten der Po auch nicht irgendwie platt und einfach nur 'so da' war, sondern sich in vollendeter Wölbung präsentierte (in *zwei* vollendeten Wölbungen, um genau zu sein). Bei diesem straffen Gesäß sah man jedenfalls, dass der Musculus gluteus maximus wirklich ein *Muskel* war. Wenn ich der liebe Gott wäre, wüsste ich jedenfalls nicht, wo ich da noch etwas hätte wegnehmen oder aufpusten sollen. Besser ging es einfach nicht. Summa summarum: nach meinem Geschmack hatte sie den schönsten Körper von allen. Perfekte Proportionen wie Galina oder Inna aus Minsk, aber eben noch um das entscheidende, magische Milligramm mädchenhafter. Wie eine leckere Sechzehnjährige, sweet little sixteen! Wie die unerreichbaren Oberschülerinnen, nach denen ich insgeheim lechzte. Selbst ich als Monohoden war vollkommen hin und weg (Monohoden? - 'tschuldjung Freunde, hier also ein Nachtrag: Als Kind hatte ich eine Leistenhoden-OP gehabt, damals verstand ich allerdings immer 'Leistungshoden', und seitdem besaß ich nur ein einziges dickes fettes Mono-Monsterei nebst kümmerlicher Minimurmel im Sack, bin also halb Zuchtstier und halb Mäusemännchen).

Also, wo war ich *stehen* geblieben, hätte ich jetzt fast gefragt...

Mannomann, was für ein Körper!

Mit dem Body hätte sie jedenfalls definitiv als Starmodel arbeiten können. Auch ihr Gesicht war außergewöhnlich hübsch, mit sehr zarten, fast noch kindlichen Zügen. Aber das hatte ich ja wohl schon erwähnt. Große Augen, kleine Nase, volle Lippen, eben das typische 'Kindchenschema', das die Attraktivitätsforscher wohl nicht ohne Grund favorisierten.

Nackt kletterten wir beide aufs Bett, und während ich meinen Händen keinen Zwang antat, griff sie bloß eher zaghaft (oder gar widerwillig?) nach meinem Schwanz. Ich versuchte erst selber, mir ein Kondom überzustülpen, verheddderte mich aber irgendwie dabei, so dass sie mir schließlich doch ihr eigenes, das sie schon vorher bereit gelegte hatte, überzog.

Es dauerte nicht lange, und ich vögelte sie. Ohne Küsse, und ohne temperamentvolle Seufzer. Sie stellte sich lediglich zur Verfügung; die Augen geöffnet, aber den Blick zur Seite gerichtet. Beinahe 'wie ein toter Fisch', zumindest hatte es jemand im Freierforum mal so krass ausgedrückt. Ein banaler Gestattungsfick, nichts weiter.

Als ich hinterher merkte, dass sie ein bisschen unbequem lag, schob ich ihr ein Kissen unter den Kopf.

"Chef hat gesagt: *Kata, hast du heute Premiere, vielleicht will er mal wieder mit Mädchen Deutsch sprechen"*, meinte sie, als ich rauszogen hatte und neben ihr lag. "Nina hat gekonnt gut Deutsch, aber Oksana spricht bloß bisschen Englisch, du weißt."

Sie kannte meine Straße schon lange, erfuhr ich, weil sie nämlich oft mit im Auto gesessen hätte, als andere Mädchen zu mir gebracht worden waren.

"Weißt du, normalerweise ich mache immer nur eine Stunde, wenn ich Klient nicht kenne", erklärte sie mir, "weil ich nicht weiß, wie ist der Mann, und ich nervös und weiß nicht, was reden. Bei dir ist Ausnahme, weil auch Oksana hat gleich gesagt, du machst keine Problem nie für Mädchen und bist intelligent und kann ich was lernen."

Ihr Vater wäre angeblich Bankdirektor, erzählte sie als nächstes, "Geld zu Hause war nie Problem". Sie hätte sogar eine Privatschule besucht, daher auch ihre guten Sprachkenntnisse.

"Was war denn dann das Problem?", fragte ich.

"Mein Vater wollte immer alles bestimmen", antwortete sie, "hat erst so gemacht mit meine Bruder, und später versucht mit mir."

Aber im Gegensatz zu ihrem Bruder hätte sie sich nicht gefügt, und deswegen wäre sie am Ende durchgebrannt.

"Ich bin Strafe für ihn", sagte sie und schwieg.

Er aber auch für dich, dachte ich.

"Sogar als ich Freund hatte, richtig guten Freund mit den ich verliebt", fuhr sie fort, "da hat er gesagt: *Nein, nicht von diese Familie, ist nicht gut für dich.* Hat nicht geredet mit mir, nie, immer geschimpft nur und verboten."

Hm, dachte ich, wegen eines borniierten und tyrannischen Vaters ließ sich dieses edle Kind aus erster Familie nun also von der Berliner Halbwelt nageln. Es klang ziemlich verrückt, fand ich, aber deswegen nicht unglaubwürdig. Sicherlich war es meistens eine Mixtur von Gründen, die diese Mädchen zum einschlägigen Gewerbe gebracht hatte, und Geld spielte dabei in der Regel eine nicht unwesentliche Rolle. Aber Kata war anscheinend nicht in erster Linie deswegen hier, denn bei diesen Eltern hätte sie das ja wohl weiß Gott einfacher haben können.

Sie zeigte mir ein Foto ihrer Mutter auf dem Handydisplay. Man sah zwar nicht viel, nur sowas wie die Bikinisilhouette einer Strandnixe, aber immerhin.

"Sie trägt Sachen von mir, weil auch noch sehr schlanke Figur", erläuterte Kata.

Nach Deutschland wäre sie mit dem Auto gekommen, fing sie dann übergangslos an.

"Habe Führerschein, und bei Fahren immer abgewechselt mit kroatische Junge, der jetzt wohnt bei mir."

"Aha", erwiderte ich, fragte aber bewusst nicht weiter nach.

Um das Gespräch dennoch nicht ganz versanden zu lassen, übernahm ich wieder die Initiative.

"Findest du die Männer im allgemeinen nett?", erkundigte ich mich.

"Nee", erwiderte sie sofort, "zwei oder drei Mal in Woche ich gehe von Klient gleich nach paar Minuten wieder weg."

Während sie über einige dieser Ekeltypen redete, bildeten sich sofort zwei kleine Fältchen an ihrer Nasenwurzel. Sie hatte die ausdrucksstarke Mimik eines lebhaften Kindes, man konnte ihr die Gedanken regelrecht vom Gesicht ablesen.

"Wir haben schwarze Liste", ergänzte sie zum Schluss noch. "Ich will nicht mit diese Männer ficken oder ihre Finger in meine Muschi."

"Klar, natürlich", brummte ich zustimmend, obwohl es mir schwer fiel, die Aura des Verständnisvollen zu wahren, denn es war einfach verdammt erregend, so ein junges nacktes Mädchen an meiner Seite von *FICKEN* reden zu hören.

Übrigens mochte sie Galina nicht besonders, ließ sie mich beim Anziehen noch wissen, Oksana dagegen umso mehr, und Nicole wäre ihr Liebling gewesen.

"Schade, ich richtig traurig, wenn ich gehört, dass Nicole nach Russland zurück."

An der Tür bot sie mir ihre Wange zum Kuss, und so wie sie es tat, erinnerte es mich irgendwie an ein liebes Kind, das nun nach draußen geschickt wurde, auf den langen Weg zur Schule.

136. Kapitel

Am nächsten Morgen auf Arbeit fühlte ich mich schlapp, mein abartiger Lebenswandel machte mir zu schaffen. Den ganzen Tag lang beschlipst auf dem roten Teppich, immer den getäfelten Ministertrakt rauf und runter, abends dann bis in die Puppen mit den schärfsten Ostblock-Callies in der Kiste, und am Wochenende zum Rockfestival-Gelage unter lauter Kleinkriminellen und Gestrauchelten – Herrgott noch mal, dachte ich, was für eine schizophrene Melange! Wann würde die Spaltung meines Alltags wohl zu einer Spaltung meines Bewusstseins führen? Wann zerriss mich dieser Spagat? Früher oder später geht da bestimmt was zu Bruch, konstatierte ich nüchtern. Aber der Bürger in mir war ja sowieso längst untergegangen, auch wenn ich als alter Zahlstellenbeamter die Geldscheine noch immer penibel der Größe nach geordnet in mein Portemonnaie steckte. Ja, ich gestehe, ich lief mit blank geputzten Schuhen über die Amtsflure und in meinem heimischen Kleiderschrank hingen gebügelte Hemden auf Vorrat, doch was hatte das schon zu besagen? Gegen Ordnung hatte ich nichts einzuwenden, im Gegenteil, auch in dieser Hinsicht wurde ich oft verkannt. Nur erschienen mir die gemeinhin damit assoziierten gesellschaftlichen Zustände meist sehr befremdlich. Denn Ordnung und Freiheit schlossen sich doch gegenseitig nicht aus, oder?

Einer wie ich passte eben nirgends richtig hin.

Den halben Vormittag lang kämpfte ich mit meinem abgestürzten Computer, dann ging ich genervt in die Mittagspause. Allein. Ganz automatisch lenkte ich meine Schritte schon in Richtung Coffeeshop, aber dann besann ich mich spontan anders und lief einfach Stück weiter, über die Straße, hin zu der kleinen Kirche. Sie beherbergte mittlerweile eine schöne Skulpturensammlung als Dauerausstellung, stellte ich überrascht fest, Gottesdienste wurden dort schon lange nicht mehr abgehalten. Selbst bei einer Kirche durfte man also nicht so ohne weiteres vom Äußeren auf das Innere schließen. Ich wandelte eine Viertelstunde zwischen nackten Marmortorsi (das heißt doch so, oder?) herum und wunderte mich gleichzeitig, warum ich dieses Kleinod noch nicht früher entdeckt hatte. Typisch, dachte ich, da war ich nun bis ans andere Ende der Welt gedüst, kannte aber noch nicht mal die kleinen Oasen direkt vor meiner Nase. Fast täglich schlurfte ich hier am Eingang vorüber, keine hundert Meter vom Ministerium entfernt, blind für alles außerhalb meines ausgelatschten Pfades. Augen auf, du Gewohnheitstier!, schimpfte ich ein wenig mit mir.

Danach setzte ich mich in ein Café und hing meinen Gedanken nach. Noch vor zwei, drei Jahren hätte ich mir das alles nie träumen lassen. Damals dachte ich, mit Vierzig lägen die wilden Zeiten endgültig hinter mir. Damals in Australien...

Sydney, was für eine phantastische Stadt! Wir waren die arrivierte Mittelstandsfamilie schlechthin: Beamter, Hausfrau, zwei Kinder, nicht reich aber 'gutsituiert'. Die Miete für unser zweistöckiges Haus im Nobelvorort betrug umgerechnet etwa 150 D-Mark, allerdings pro Tag - also etwa so viel, wie meine alte Westberliner Bruchbude (mit Ofenheizung, und ohne Bad natürlich) pro Monat gekostet hatte. Inzwischen fühlte ich mich endgültig wie ein Aufsteiger aus dem Lumpenproletariat. Herr Vizekonsul mit dem blauen Diplopass gibt sich die Ehre. Ich verdiente einen Haufen Geld, ohne irgendwelche Höchstleistungen erbringen zu müssen. Das leichte Leben, keine Überstunden, keine Entbehrungen. Sogar eine asiatische Putzfrau kam nun einmal die Woche.

Und Urlaub - all die sonnigen Gestade dieser Welt gehörten uns! Meine Mutter war bereits über vierzig gewesen, als sie das erste Mal die Ostsee gesehen hatte, aber ich tauchte nun am Korallenriff in der Südsee, machte Bergwandern in Tasmanien, flog mit dem Helikopter in Neuseeland hoch zum Gletscher und fuhr anschließend aufs Meer raus zur Walbeobachtung. Alles, was das Herz begehrte! Das Konto war längst sechsstellig geworden, und insgeheim liebäugelte *(liebäugelte! - das muss man sich auf der Zunge zergehen lassen - mein Gott, was für ein seltsames Wort, es fühlte sich im Mund an wie ein Lutschbonbon, das man von einer Seite auf die andere schob!)* ich schon mit dem Erwerb eines Eigenheims, denn sowas 'rechnete sich' ja, besonders wenn man alles an Zulagen und Vergünstigungen für Familien mit Kindern abgriff. Nun, und erst die Börse! Aktien waren zu meinem Hobby geworden, redete ich mir ein, und ich betrieb es recht ambitioniert. Mit KGV, EBIT und Kursverläufen kannte ich mich bestens aus, das war eine in Kollegenkreisen anerkannte Tatsache. Immer auf dem aktuellsten Stand, der Mann, eine wandelnde Datenbank. Wenn wir in Sydney mit den Kindern abends vom Strand kamen, spürte ich oft schon eine gewisse innere Unruhe, denn schließlich war dann gerade Handelsbeginn auf dem Frankfurter Parkett, und ich musste schnell an den Computer.

'Wir sind keine Spekulanten mit überschüssigen liquiden Mitteln, sondern innovative Investoren, die Risikokapital zur Verfügung stellen, also faktisch monetär partizipierende Samariter' - mit solchen Sprüchen erntete ich immer sattes Gelächter in den einschlägigen Kreisen. Ach ja, was war das für ein feines Leben, wenn man sich immer weiter nach oben schwimmen sah. Nur manchmal, auf dem Nachhauseweg von den Parties, kam ich mir ein bisschen vor wie dieser antike König, der nachts heimlich in seine Schatzkammer runterstieg und in seine Truhen voller Goldmünzen wichste.

Der Abend in der Sydney-Rocks-Nobelbar kam mir wieder in den Sinn, als ich in illustrer Runde wie üblich meine schrägen Witzchen losließ *(innerlich frustriert und bereits halb mit 12-Dollar-Cocktails abgefüllt, weil meine Schreiberei mal wieder stagnierte und ich mit keinem über meine 'verschleppte Belletristitis' reden konnte)* und Ramona dann unklugerweise anfing, mir irgendwelche Vorhaltungen zu machen.

"Ich bin Künstler, und Künstler sind schwierig!", war es mir da auf einmal ganz von selber rausgerutscht, und ich hatte mich gleichzeitig gewundert, warum die anderen alle plötzlich wieder loskreischten. Witzig wollte ich zwar sein, aber doch keine Witzfigur.

Ich bin ein Alien, dachte ich auch jetzt wieder, genau das hätte ich damals wohl besser sagen sollen. Ein heimatloser Vagabund.

Wanderer zwischen den Welten, so hatte Liana mich mal genannt, fiel mir plötzlich ein. Und auch, wie hinreißend sie dabei gelächelt hatte. Ich nahm mir vor, gleich nach der Arbeit noch schnell eine individuell zusammengestellte Morrison-CD für sie zu brennen, um sie ihr zu schicken.

Als ich nach der Arbeit noch schnell zum Supermarkt ranfuhr und gerade gemächlich auf dem Gehweg abbremste, kam plötzlich ein Kerl auf einem Rennrad in einem irren Tempo hinter mir angezischt. So ein Sportfreak aus dem Kiez, der mir schon ein paarmal bei ähnlichen Aktionen aufgefallen war. Diesmal rammte er um Haaresbreite fast einen Fußgänger, der ein paar Meter weiter vor mir lief.

"Ey, hast du 'ne Macke, Blödmann?", schrie der ihm erschrocken hinterher.

"Halt die Fresse!", war daraufhin bloß noch zu vernehmen, und schon war der Geisterfahrer wieder in der Ferne verschwunden.

"Die Sau schlag ich tot!", brüllte der Mann auf dem Gehsteig in ohnmächtiger Wut und ballte die Fäuste. "Wenn der Arsch mir nochmal begegnet, reiß ich ihm den Kopf ab!"

Am Abend tat ich nichts weiter Erwähnenswertes, ich kochte mir eine Hühnersuppe, schrieb ein bisschen, hörte Musik und lauschte auf die in mir abklingenden emotionalen Nachbeben.

Mitten in der Nacht wachte ich mit einem Steifen auf. Komisch, aber ich musste an Orwells '1984' denken, wo der dämonische O' Brien über den mysteriösen Raum 101 so ungefähr sagte, dass jeder Mensch einen für ihn schlimmsten Albtraum in sich trägt, dem er dann dort begegnet, sei es nun lebendig begraben oder von Ratten angeknabbert zu werden. Nun, ich jedenfalls glaubte, dass jeder auch einen allerschönsten Traum in sich trug, und in meinem spielte eine Mädchengestalt wie Kata zumindest derzeit die absolute Hauptrolle: so zart, so schlank, so zauberhaft, ganz nackt und vollkommen.

Ich musste Kata einfach noch einmal haben.

137. Kapitel

Kata II:

Sie klingelte unten, aber der elektrische Türöffner funktionierte nicht, so dass ich die Treppe runterhasten und per Hand öffnen musste.

"Hallo", sagte sie, und wir tauschten Wangenküsschen aus.

Kata trug enge Jeans und eine Art grobmaschigen Kettenhemdüberwurf über einem dünnen, schneeweißen Spaghettiträger-Top, unter dem sich die Spitzen ihrer Brüste erregend deutlich abzeichneten. Schon als ich mit ihr zusammen wieder nach oben stapfte, wuchs mir in freudiger Erwartung ein Ständer, was mir aber erst richtig bewusst wurde, nachdem ich die Wohnungstür hinter uns geschlossen hatte.

Zwar verspürte ich nicht übel Lust, mich nun sofort über sie herzumachen, doch ich zügelte meine Geilheit, weil ich es für klüger hielt, ihr erst ein bisschen Eingewöhnungszeit zu geben. Also servierte ich Getränke, legte Musik auf und machte ein wenig Konversation.

Diesmal wirkte sie schon deutlich entspannter.

Gleich zu Anfang zeigte sie mir ein paar Fotos von zu Hause, und es sah wahrlich nicht nach einer ärmlichen Behausung aus, was ich da erblickte. Papa hätte ihr sogar einen eigenen Laden gekauft, damit sie Buchhaltung lernen konnte, erwähnte sie nebenbei. "Und Tennis spielen ich sollte auch, aber nicht zum Spaß, sondern richtig üben, mit Trainer."

Nebenbei schilderte sie dann einen Unfall, der vor etwa vier Jahren beim Grillen im Garten passiert wäre. Deswegen hätte sie sogar Hauttransplantation am Hals und an den Unterarmen bekommen. (Man sah aber wirklich so gut wie nichts mehr.)

"Paar Wochen ich durfte wegen Infektionsgefahr nicht mit Fingern berühren oder überwischen", erzählte sie. "War ganz schlimm, ich schwere Depressionen gekriegt und wollte keinen sehen. Nur zu Hause geblieben, mich nicht kosmetisch gepflegt. Hat lange gedauert, bis ich fühlte wieder bisschen Energie und Freude."

Danach begann sie in ihrer Handtasche zu kramen und zeigte mir plötzlich von selber ihren Pass. Ich merkte mir ihren richtigen Namen (Janica) und ihr Geburtsdatum. Übrigens war sie wirklich erst 18 *(das erste Callgirl, das sich älter machte, denn laut Webseite war sie 19)*, und zumindest ihr zweiter Vorname lautete tatsächlich Kata, so wie ihr Arbeitsname. Nicht mal da verleugnete sie sich also.

Als sie vom Duschen kam, ließ ich sie erst einen Moment lang splitternackt vor mir stehen. Ein göttlicher Anblick! Selbst ihre zarten Bauchmuskeln waren ein bisschen zu erkennen.

Ich saß auf dem Bett, und mir stockte glatt der Atem vor so viel Schönheit.

"Bitte leg dich auf den Bauch", bat ich sie, und dann streichelte ich erstmal ihre Rückseite.

"Umdrehen, bitte", flüsterte ich etwas später, und das wurde sehr schnell unglaublich erregend, denn meine Hand lag federleicht zwischen ihren Schenkeln und bedeckte ihre Pussy, und mit der anderen drückte ich ganz sanft ihre Beine auseinander, bis sie weit aufgespreizt war. Sie wusste, dass sie ganz weit offen lag, und ich wusste es, und meine Hand bedeckte noch immer dieselbe süße Stelle! Doch langsam nahm ich die Hand weg und begann, mit den Fingern das Gleitgel einzumassieren, bestimmt zwei oder drei Minuten lang.

Ihr Handy ratterte einmal kurz, als ich mir einen Gummi aufzog, aber sie beachtete es nicht, sondern kletterte flink auf mich rauf.

Diesmal wurde es schon viel besser. Inklusive zarter Küsse, sogar ein bisschen mit Zunge.

Ich ließ sie eine Weile reiten, schließlich klappte ich sie um. Beim ersten Termin hatte sie mich nur am Schwanz angefasst, aber diesmal umklammerte sie beim Stoßen bereits meinen Hals, wenn auch etwas zaghaft, und zog mich zu sich heran.

Erst machte ich noch langsam, doch dann brachte ich es in meinem Rhythmus zu Ende.

"Danke", sagte ich und fragte, was es auf Kroatisch hieß. Sie sprach es mir zweimal vor; es klang so ähnlich wie 'chwala', und ich wiederholte es.

Anschließend verlängerte ich noch um eine halbe Stunde. Jetzt lohnte es sich, denn Kata war nackt und entspannt. Schläfrig kuschelten wir ein Viertelstündchen miteinander.

"Das hast du bestimmt schon tausend Mal gehört", räusperte ich mich hinterher, "aber ich sags trotzdem: *Du bist so schön, dass es mich umhaut.*"

Es war die reine Wahrheit, und ich denke sie spürte, dass ich so fühlte. Jedenfalls lächelte sie.

"Ich mache anal, ja, auch Gesichtsbesamung", bestätigte sie freimütig schon einen Moment später, als wir uns über ihre Arbeit unterhielten. Nein, natürlich täte sie es nicht gern, erklärte sie, aber viele Kunden würden danach fragen, und selbst Jade hätte es ja manchmal gemacht, wie sie bei Zweierterminen mit ihr gesehen hätte.

"Warum soll ich lügen?", meinte sie schulterzuckend.

Anscheinend vertuschte oder beschönigte sie überhaupt nichts, staunte ich. Sogar ihrer Mutter hätte sie mitgeteilt, wovon sie derzeit lebte. Seltsam, dachte ich, ihr großer Bruder hatte offenbar nicht den Mumm gehabt, dem Vater zu widersprechen, und ausgerechnet die kleine Tochter zeigte dem Alten trotzig seine Grenzen auf.

Dann erzählte sie von ihrem letzten Freund zu Hause.

"Er hatte Restaurant, arbeitete immer, jeden Tag", sagte sie. "Ich war fünf Monate mit ihm, immer nur spät, abends nach zehn Uhr. Ich wollte, dass er einen ganzen Tag mal für mich frei nimmt und mit mir zusammen was macht. Einzigen Tag bloß. Schenkte mir goldene Kette, kam mit großem Blumenstrauß, alles. Aber hört nicht zu, was ich bitte, macht nicht freien Tag. Gibt mir nur anderes und denkt, alles ist gut."

Sie schlüpfte unter der Decke hervor und zog sich an, und als sie ihre Zigaretten einsteckte, nahm sie auch vier der fünf 50-Euro-Scheine vom Tisch.

"Hier", sagte ich und reichte ihr den letzten Schein, den sie liegen gelassen hatte. Fragend guckte sie mich an.

"160 für zwei Stunden und halbe Stunde ist zusammen 200", rechnete sie mir vor.

"Ich zahle dir immer 100 pro Stunde", entgegnete ich und gab ihr einen Kuss, und während sie das Trinkgeld verstaute, überlegte ich schon wieder, ob sich das mit ihr nicht irgendwie ausbaufähig gestalten ließe. Denn mittlerweile hielt ich Kata nämlich für einen echten Volltreffer. Eine höhere Tochter, bildhübsch, gebildet und mit Stil - was konnte man sich sonst noch mehr wünschen?

Im Krapparat hatte ich Tagträume von ihrem Körper, andauernd. Mein zwischenbeinlicher Erregungsindikator blieb permanent angedickt, der arme geschwollene Steifling kam gar nicht mehr zur Ruhe. Zuweilen konnte ich wegen meiner Dauerlatte nicht mal mehr anständig pinkeln gehen. Wozu fraß ich überhaupt Potenzmittel, fragte ich mich? Abschweller hätte ich einwerfen müssen, am besten die Elefantendosis, bevor mir eine meiner heftigeren Erektionen noch die Hosen zerriss.

Erst als ich gegen zehn über den Amtsflur mit dem roten Teppich latschte, da wurde mir bewusst, dass ich aus Versehen am Morgen in meine ungeputzten Wochenend-Halbschuhe geschlüpft war und nicht in meine glänzenden schwarzen Nobeltreter. Junge Junge, sagte ich mir, langsam musst du aufpassen, dass du nicht 'auffällig' wirst. Aber wer weiß, vielleicht tuschelte man ja schon längst über mich? Gut möglich, dachte ich. Es gab da nämlich noch andere Ausfallerscheinungen. Der Verschluss meiner Armbanduhr war schon seit Wochen kaputt, ich klatschte jeden Morgen einfach bloß einen Streifen Klebeband drüber und fertig. Bei meinem Fahrrad hing die rechte Pedale total schief, bald würde sie abfallen, und auch das Ventil hinten zickte rum. Und mit einem Schlips ließ sich praktischerweise manch fehlender Hemdknopf verdecken... Sorry, aber ich hatte nun mal keine Zeit, mich um jeden Mist zu kümmern. Und warum sollte es mich jucken, wenn andere deswegen glotzten? Ich wandelte auf dünnem Eis, das war mir schon klar. Na und? Es kam auch durchaus mal vor, dass ich gedankenverloren durch das große Marmorfoyer des Ministeriums lief und dabei probeweise den Anfang der alten sowjetischen Nationalhymne vor mich hin pfiff. *(Das hatten sie übrigens drauf, die Russen, das Ding war klasse!)* Oder ich ließ einen kunstvollen Vogetriller vom Stapel, irgendwie zwischen Regenpfeifer und Balzruf der Beutelmeise, was weiß ich. Einfach so aus Spaß, um mich an dem kathedralenartigen Nachhall zu ergötzen, während so mancher Kollege sich verwundert umdrehte und dann schnell weiterhuschte. Egal, mir war es wurscht. Ich machte meinen Job und basta, noch mehr an Anpassung konnte ich nun mal nicht liefern. Und das war nicht verhandelbar.

Jedenfalls, meine biedere Anzug-Fassade *(über die Florian gern 'anzügliche' Bemerkungen gemacht hatte, denn er war im Gegensatz zu mir nämlich immer unkrawattiert und leger angezogen zum Job erschienen)*, die verkörperte für mich so etwas wie eine letzte Bastion. Camouflage, Tarnjacke, Maskerade. Auf den ersten Blick dachte man, aha, ein Sakkoschlipsokrat, alles klar, graues Nadelstreifenhörnchen Nummer 5975. Einer, der dazugehört zum unauffälligen Büroproletariat, Gehirnströme synchronisiert, alle Parameter innerhalb der Norm. Also ließ man mich in Ruhe. Doch wenn man erstmal genauer hinguckte, dann wurde man womöglich schnell stutzig, und wenn diese Linie auch noch fiel...

(Kleine Anmerkung: Meine Mutter hatte vor der Rente ein paar Jahre in einem Berufsbekleidungsgeschäft gearbeitet, und als ich mich damals beim Ministerium bewarb und im Vorstellungsgespräch zu ihr befragt wurde, hatte ich mit 'Verkäuferin für Berufsverkleidung' geantwortet - eine nette kleine Fehlsche Freudleistung, nicht wahr?)

Selbst das Frühstücksbrötchenduell verlor ich an diesem Tag mal wieder wie so oft in letzter Zeit aufgrund mangelnder Sorgfalt, denn ein hastig zwischen die trockenen Hälften geklatschter Restkloß Teewurst kam gegen Wacholderschinken mit Zervelatwurst auf butterbestrichenem Landbrot wohl kaum an. Manchmal hatte ich sogar überhaupt nichts mit und musste mir erst was aus der Kantine holen.

138. Kapitel

Kollegin Pferd rief mich an, ich sah es auf dem Display, und sogleich meldete ich mich mit "Frauen-Glückshotline, Guten Tag. Wenn Sie den Flirtfaktor aktivieren möchten, drücken Sie jetzt bitte die Eins. Den Solarbeauftragten zur Prüfung der Ganzkörperbräune erreichen sie mit der Taste Zwei."

"Drei", erwiderte sie lachend und bat mich, ihr nochmal ein paar Aufzeichnungen zum sogenannten 'baktrischen Gold' rauszusuchen; einem unschätzbar wertvollen Altertumsschatz, der seit etlichen Jahren als im Krieg verschollen galt und nun neuerdings in irgendwelchen afghanischen Katakomben wieder aufgetaucht sein sollte. Eine Viertelstunde später brachte ich ihr das Zeug rüber (also den Packen Papier, nicht den Goldschatz), zusammen mit einer für sie kopierten Morrison-CD, und sie bedankte sich mit einem sehr lieben Lächeln.

Einige Zeit später kam eine Kollegin aus der Personalabteilung zu einem kurzen Schwatz in mein Büro und erzählte mir unter anderem von einem ihrem Bekannten; er war gerade erst 45 geworden und lag jetzt im Krankenhaus.

"Streukrebs", flüsterte sie; die Ärzte gaben ihm noch zwei Monate.

"Er will, dass ich ihn nochmal besuche, aber ich habe Angst davor", seufzte sie ratlos. Sie wusste nicht, was sie machen sollte.

Gleich als ich zu Hause ankam, rief ich die Agentur an. Kata wäre bis mindestens 23 Uhr 'für Escort' gebucht, wurde ich jedoch leider abschlägig beschieden.

"Manche Kunden wollen ein Mädchen als Begleitung, damit sie in einen Swingerclub reinkommen, und das dauert dann manchmal durchaus vier oder fünf Stunden", erläuterte der Telefonist, und wir unterhielten uns noch ein wenig weiter. Von Nicole hörte man nur Widersprüchliches, ließ er durchblicken. Der letzte Stand wäre wohl der, dass sie vielleicht nur auf Urlaub nach Deutschland kommen würde, oder bloß für höchstens vier Wochen Arbeit. Angeblich wüsste sie es selber nicht.

Gefrustet ging ich erstmal auf die Joggingpiste; irgendwo musste die überschüssige Energie ja hin. Nach dem Abendessen und ein wenig (erfolgloser) Sexrecherche per Computer rief ich spontan bei meinem ehemaligen Freund Markus an. In der Wohnung ging keiner ran, also probierte ich es in seinem Computerladen, und da hockte er auch tatsächlich. An einem schönen Sommerabend um halb neun. Natürlich ginge es ihm 'bestens', behauptete er. Juliane wäre zwar für ein paar Tage mit den Kindern zu ihren Eltern nach Mecklenburg gefahren, deshalb säße er momentan alleine da, aber ansonsten hätte er wie immer alles im Griff.

Am liebsten wollte er sich gleich am nächsten Abend mit mir treffen, schlug er dann vor, aber ich ließ mich nicht festlegen.

"Mal sehen, ich melde mich", sagte ich bloß knapp, denn es musste ja nicht gleich so auf die Schnelle sein.

Anschließend schrieb ich per E-Mail auf eine Kontaktanzeige und rief dann nochmal bei der Agentur wegen Kata an.

"Nee, die haben verlängert, die ganze Nacht", hieß es.

"Kann ich dann wenigstens für morgen reservieren?", erkundigte ich mich.

"Hm, Wochenende und auch gleichzeitig Monatsende, da gibt's Geld, da ist der Bär los", brummte der Telefonist. "Aber Sie bringen wir natürlich immer noch unter. Wann hätten Sie denn gedacht?"

"Um neun, für zwei Stunden?", fragte ich.

"Gebongt, alles klar", bestätigte er.

"Danke, tschüss!"

Kata III

Von wegen Escortservice gestern!

Sie hatte die letzten zwei Tage nur zu Hause gesessen und geweint, erzählte sie mir, denn sie steckte böse in der Klemme. Um dauerhaft hierbleiben zu können, hätte sie nämlich einen Deutschen heiraten wollen, Kostenpunkt 7000 Euro (plus 1000 Euro Provision für den kroatischen Kneiper, der die Scheinehe einfädeln sollte), aber der betreffende Bräutigam in spe wäre bloß mit der bereits im Voraus kassierten Hälfte der Kohle auf Nimmerwiedersehen abgetaucht, und zwar schon vor etlichen Wochen. Daraufhin hätte sie es nach demselben Muster natürlich gleich nochmal mit Kandidat Nummer Zwei probiert (wiederum ein Aussiedler aus Kasachstan mit deutschem Pass) und erneut die Papiere fertigmachen lassen und zum zweiten Mal 3500 Euro angezahlt - und auch dieser Bräutigam wollte nun bereits vorab bloß immer nur noch mehr Geld von ihr.

"Andere Mädchen haben mir gesagt, ist normal so", seufzte sie verzweifelt, "aber erst wenn verheiratet schon! Danach, wenn Heirat vorbei! Auch bei ihnen wollen Mann immer mehr Geld. Sagt, dass muss Zahnarzt bezahlen oder Auto kaputt, gib 500, gib 300. Aber erst später, nach Heirat! In erste drei Jahre!"
Sie kämpfte mit den Tränen.

"Ich weiß nicht wie sieht seine Wohnung aus oder hat wieviel Zimmer", fuhr sie fort. "Wenn Ausländerbehörde mich fragt, ich kann nichts sagen! Aber der zeigt mir nicht Wohnung, will nur immer mehr Geld. Habe jetzt noch 200 Euro zu Hause. *Willst du die auch noch?*, hab ich gefragt, *dann hab ich kein Geld für Essen und sterbe an Hunger. Ich kann so nicht arbeiten. Siehst du was du für Scheiße machst mit mir, ich verdiene gar kein Geld mehr!* Ich fühle mich wie bei Depression nach Unfall damals."

Der Agenturchef wäre gestern um elf sogar zu ihr nach Hause gekommen, erwähnte sie noch.

"Weil ich konnte an Telefon nicht reden, bloß immer weinen. Keiner mir hilft. Ganze Zeit nur weinen."

Angeblich wohnte sie jetzt nämlich allein, denn der kroatische Junge wäre bloß ein paar Tage geblieben und hätte inzwischen woanders Arbeit gefunden.

"Warum versuchst du nicht, einen Deutschen zu finden, der dich auch ohne Geld heiratet?", fragte ich verwundert.

"Ach", winkte sie bloß seufzend ab, "ich kann nicht so. Immer Menschen in Gesicht lügen. Und sowieso - wer heiratet Mädchen was macht diese Arbeit?"

Nun, ich verstand das zwar nicht so recht, aber ich wollte ihr jetzt auch keine Vorhaltungen machen. Überflüssig zu erwähnen, dass sie mir wirklich leidtat. Da ließ dieses Klassemädel also die Männer zu Dutzenden für den Spartarif über sich rüber klettern, nur um sich von der Bevormundung ihres Vaters zu befreien, und am Ende wurde ihr die sauer verdiente Kohle dann auch noch von skrupellosen Arschlöchern abgenommen. Alle verdienten an ihr, und für sie selber blieb nichts - wer würde da nicht depressiv werden? Willkommen in der

Realität, kleine Janica, dachte ich bloß hilflos.

Ich versuchte sie ein bisschen zu trösten und empfahl ihr dies und das (insbesondere, diesen Typen auf keinen Fall noch mehr Geld in den Rachen zu schmeißen). Einen richtigen Ausweg wusste ich freilich auch nicht.

"Dann geh besser zurück nach Kroatien", riet ich ihr am Ende bloß matt.

Um sie von ihren trüben Gedanken abzubringen, zeigte ich ihr im Internet die Fotos von den anderen Mädchen, denn die kannte sie nicht, und zum Schluss klickte ich noch die gespeicherten Schnappschüsse von Nicole an, die ich selber gemacht hatte.

"Ich liebe dieses Mädchen", rief Kata (und auch ich seufzte heimlich), "aber sie hat keinen Kopf für Geschäfte machen. Ist genau wie ich."

Als sie eine Viertelstunde später ins Handtuch gewickelt aus dem Bad kam, winkte ich sie zuerst zu mir auf den Balkon.

"Guck, der Vollmond", sagte ich leise.

Schweigend blickten wir hoch zum Himmel.

"Hab bitte keine Angst", raunte ich ihr ins Ohr und küsste sie auf ihren Scheitel.

"Ich hab keine Angst vor dir", antwortete sie.

"Mein süßer Augenstern, du!", hauchte ich schmachtend.

Dann gingen wir rein, und ich zog die Gardinen zu.

Langsam löste ich ihr Handtuch und begann sie im Stehen zu streicheln. Allein schon diese kleinen perfekten Apfelsinenbrüste, so straff und fest!

"Mein Gott!", flüsterte ich bewundernd. "Da geben die Leute Millionen für einen Picasso aus, aber das ist nichts gegen dich."

Sie lächelte bloß still, wie eine keusche Madonna.

Eine Minute später lagen wir in der Horizontalen. Ich machte langsam, steckte ihn rein und bewegte mich erstmal überhaupt nicht auf ihr, streichelte nur ihr Haar. Irgendwann kletterte sie für eine Weile nach oben, doch schon bald danach wechselten wir in die Hündchen-Stellung, so dass ich mich ungehindert von hinten an ihr auslassen konnte. Was für ein wunderschönes Mädchen, dieser Po und diese Taille waren einfach himmlisch! Ich stieß und stieß, und mittendrin stopfte ich ihr dann sogar noch den ganzen Berg Bettwäsche unter den Bauch, so dass sie schließlich wie auf einem Opferklotz aus Daunenkissen vor mir lag, Arme und Beine schlaff herunterhängend. Nach einer Weile ging sie dabei wirklich ganz gut mit, zumindest mehr als sonst, aber ein echter Mega-Orgasmus war es bei ihr wohl auch diesmal nicht.

Hinterher bot ich ihr an, privat zu mir zu kommen, zum gleichen Preis wie sonst auch, und da sie nickte, schrieb ich ihr meine Telefonnummer und Adresse auf. Wir verabredeten uns gleich für übermorgen, Sonntag. Um fünf am Nachmittag, da sie um sieben regulär mit der Arbeit anfangen musste.

Nebenbei erzählte sie mir noch, dass ihr ein Klient vor einer Weile die fehlenden 1400 Euro 'Hochzeitsanzahlung' vorgestreckt hätte und sie dafür gelegentlich nachmittags zu ihm ging, 'für Kaffeetrinken und so'. Aha, dachte ich, anscheinend war ich also nicht der Erste, der gleichzeitig sich und diesem Engelchen etwas Gutes tun wollte, und logischerweise wusste sie wohl solch großzügige Angebote auch durchaus zu schätzen. Denn der übliche Standard in ihrem Umfeld sah ja leider anders aus. Selbst zu dem verdreckten Wohnheimtypen hatte sie ihr Chef neulich mal versuchsweise hingeschickt, ließ sie durchblicken, obwohl Jade da ja kurz vorher gleich rückwärts wieder rausgerannt war und ausführlich Bericht erstattet hatte. Mann stinkt, nur mit Deo 'frischgemacht' und so. Soviel bloß zu jener imaginären schwarzen Liste, dachte ich ernüchtert.

Zum Schluss übergab ich Kata noch eine Tüte mit ein paar Flaschen Mixgetränk für Oksana, inklusive einer lustigen Karte mit ein paar netten Zeilen, in der ich sie noch einmal bat, immer ganz liebe Grüße von mir an Nicole zu bestellen, falls sie sich wieder bei ihr melden sollte.

Als Kata gegangen war, warf ich kurz den Computer an, denn plötzlich hatte ich so eine Ahnung, an wen sie mich erinnerte. Schnell fand ich im Internet ein paar Jugendfotos von Uschi Obermaier, der schönsten Hippie-Braut der 68er (*meine Herren, was für eine Frau!*), und tatsächlich, Kata sah ihr ein wenig ähnlich, besonders mit verwuschelten Haaren. Doch vor allem hatten beide dieselbe mädchenhafte Figur. Super grazil, aber nicht dürr. Eben wie geschaffen für die Liebe. Allerdings schien Kata damit leider weniger Glück zu haben als die schöne Uschi damals vor dreißig Jahren.

139. Kapitel

Am Samstagvormittag rief ich Markus noch einmal kurz an, und wie abgemacht fuhr ich dann gegen eins zu seinem Computerladen.

"Das ist mein Reich", empfing er mich breit grinsend und gab mir eine kleine Führung.

Der Verkaufsraum hatte vielleicht zwanzig Quadratmeter, das Nebenzimmer diente als Büroecke und 'Studio' in einem, und dahinter lag dann noch eine Miniküche und die Toilette. So wie es aussah, verbrachte er viel Zeit hier unten. Die Wohnung seiner Familie befand sich zwei Stockwerke darüber.

Markus kochte Kaffee, und wir setzten uns nach hinten in den Garten raus.

Als erstes erzählte ich ihm, dass ich jetzt allein wohnte, aber trotzdem alles einigermaßen im Lot wäre, und dass ich neulich an der Küste beim Musikfestival einige von unseren alten Bekannten getroffen hatte.

"Ich fahr da eigentlich kaum noch hin", winkte Markus daraufhin bloß ab und tat ein wenig gelangweilt. "Die Leute sind mir zu primitiv. Ist halt Kleinstadt."

Ich erwiderte nichts darauf. Von Ringo und den anderen hatte ich freilich längst erfahren, dass Markus damals gleich nach dem Fall der Mauer in Marsiw angerückt war, um Hinz und Kunz für seine Idee zu begeistern, mit ihm als Generalmusikdirektor eine Art Event-Agentur aufzuziehen. Er bräuchte nur ein wenig von ihrem Geld und vielleicht ein halbes Dutzend arbeitswillige Helfer, hatte er getönt, dann könnte es losgehen. Nun, es war unschwer zu erraten, dass er es sich seitdem so ziemlich mit jedem dort verscherzt hatte. Er galt nur noch als großkotziger Angeber, der sogar alte Kumpel über den Tisch ziehen würde.

Bloß warum sollte ich ihm auf die Nase binden, dass ich davon wusste?

"Verdammt nochmal, jetzt sind wir beide schon fast Mitte Vierzig!", stöhnte ich stattdessen kopfschüttelnd, "ich glaub es einfach nicht."

"Scheiße, ja", stimmte mir Markus zu. "Aber wie sagte mein Opa immer: Älterwerden hat auch seine Vorteile, denn wenn die Leute um einen rum zu viel Stuss reden, dann kann man einfach sein Hörgerät ausschalten."

So allmählich quatschten wir uns schließlich doch noch warm, und Markus gab auch durchaus nicht nur Stuss von sich. Aber die leidige alte egozentrische

Fehljustierung schimmerte noch immer bei allem, was er kundtat, durch. Demzufolge war sein Laden nicht nur ein einfaches Geschäft, mitnichten, man machte natürlich High-Class-Webdesign, und außerdem sah er sich quasi als Therapeut der ganzen Straße, weil nämlich alle zu ihm kämen und in langen Gesprächen seinen Rat in sämtlichen Lebenslagen suchten. So erklärte er auch mir unaufgefordert in einem etwa fünfminütigem Monolog die Gründe für das Scheitern meiner Ehe, Faktenwissen brauchte er dazu selbstverständlich nicht. Geduldig ließ ich ihn gewähren, bis er von selber aufhörte.

Als Nächstes lästerte er eine Weile über Pixie.

"All die großen Deals, die ich an Land gezogen habe, die hat er versaut", so fing seine Tirade an, und mit "kein Stil, der Mann" endete sie. Nur schwarz-weiß, keine Zwischentöne. Auch Ringo kam hinterher nicht besser weg.

Und als ich dann schließlich noch einmal ansprach, warum er denn damals eigentlich jedermann ungefragt meine Sexmisere auf die Nase gebunden hätte, eröffnete mir Markus bloß freimütig, dass ich eben bei allem, was ich ihm mitteilte, davon ausgehen müsste, das dies quasi öffentlich wäre.

"Warum soll ich zum Lügner werden, wenn mich Leute nach dir fragen?", rechtfertigte er sich lächelnd. "Es war doch die Wahrheit, hast du doch selbst gesagt, oder?"

Wahrscheinlich war es wirklich vollkommen sinnlos, mit diesem sozialen Neandertaler eine ernsthafte Unterhaltung über dieses Thema zu führen, sagte ich mir inzwischen, aber wenigstens wollte ich seinen mit triumphierendem Lächeln vorgetragenen Nonsens nicht unwidersprochen stehen lassen. Der Kerl schien sich ja nicht mal mehr zu schämen dafür.

"Der Wahrheit, die dir so heilig ist, wäre doch auch genüge getan worden, wenn du jedem, der es wissen wollte, verkündet hättest: Waussi der Punk will kein Künstler mehr werden, sondern Hausmeister in 'ner Jugendherberge", meinte ich schulterzuckend. "Sowas geht doch auch zu machen, ohne einen dermaßen in die Pfanne zu hauen. Oder warum musstest du das alles unbedingt an die große Glocke hängen? Ich meine, was spräche denn gegen eine solche Variante: Er ist halt komisch geworden, verrückt in der Birne, und deshalb hast du den Kontakt zu so einem Hirnie eben abgebrochen. Das wäre doch auch eine korrekte Auskunft gewesen, und du stündest deswegen nicht schlechter da."

Das sah er natürlich ganz anders. Hitzig ließ er einen längeren Monolog vom Stapel und mauerte, als ich noch zwei- oder dreimal etwas einwenden wollte, und schließlich verstieg er sich tatsächlich zu dem Satz: "Ach weißt du, ohne mich wärst du damals nie nach Marsiw gezogen, hättest also da deine Frau nie kennengelernt, und damit würde es auch deine Kinder nicht geben." Und er grinste mich doch tatsächlich noch an!

Ich musste sofort an seinen Opa denken, oder genauer gesagt an dessen abstellbares Hörgerät. Herrgott, warum musste ich mir bloß solchen Mist anhören?

"Ja klar doch, da hast du natürlich recht", erwiderte ich daher höhnisch, "obwohl es ja die Wohnung von Matte beziehungsweise seiner Mutter war, du hast ja nur meinen Brief beantwortet und mich zu ihm eingeladen. Oder was hast du mehr getan? Aber der eigentliche Dank gebührt selbstverständlich dem Herrn Gefreiten aus Braunau. Denn ohne den Krieg wären meine Schwiegereltern nämlich nie aus Schlesien gen Westen geflüchtet und ich somit Ramona wohl auch nie begegnet. Bingo! Oder nur weil damals ein versoffener Bauleiter zu spät aus dem Bett kam und die Umleitung für die geplante Brückenreparatur erst gegen Mittag stand, sind sich dein Alter und deine Mutter überhaupt über den Weg gelaufen! Hätte, wäre, könnte. Und endlos so weiter."

Verdammt nochmal, was sollte dieser ganze Konjunktiv-Schwachsinn, fragte ich mich. So langsam wurde ich wirklich wütend. Für wie blöd hielt der mich eigentlich, dass er mir mit dieser primitiven Demagogie für den Hausgebrauch kam? Oder kriegte er etwa die Nase gar nicht mehr raus aus seinem Ego-Gespinst und glaubte diesen Mist am Ende wirklich schon selber?

"In fünf Minuten kann ich dir ein Dutzend solcher Parallelwelten konstruieren", rief ich genervt, "aber ich wüsste nicht, was das mit dir und mir zu tun hätte. Oder rechnest du dir deine bloße Anwesenheit schon als Verdienst an? Da musst du dir schon andere Gläubiger suchen, die dir leichter auf den Leim gehen."

Seltsamerweise fiel mir urplötzlich ein, was er mir früher einmal gesagt hatte, damals zu Ostzeiten: 'Mit dir kann man sich doch gar nicht streiten'.

Von wegen, dachte ich, jetzt aber schon!

Markus erwiderte nichts auf meine letzten paar Sätze, er goss sich bloß schweigend den Rest Kaffee ein. Vielleicht schämte er sich ja doch ein ganz kleines bisschen für das, was er mir damals angetan hatte, konnte es aber nicht zugeben, und wollte es auf diese Weise irgendwie aufrechnen? So nach dem Motto: 'Okay, war zwar irgendwie Mist von mir, aber du verdankst mir ja dermaßen viel, so dass wir unterm Strich sowieso mindestens quitt sind'. Bloß diese selbstgerechte Art kam bei mir gar nicht gut an. Zwar ging es mir eigentlich nicht so sehr um eine Demutsgeste von seiner Seite, sondern eher um einen neuen Anknüpfungspunkt, aber auf einer dermaßen schiefen Basis würde ich mich erst gar nicht weiter mit ihm einlassen.

Ringo hatte mich ja gewarnt und genau das prophezeit, erinnerte ich mich. Nämlich dass Markus bei einem Treffen nur hochgestochenes Vernebelungsgeschwafel absondern würde, um sich ja keine Blöße geben zu müssen. Trotzdem war ich nun enttäuscht darüber, dass Markus tatsächlich nur so billig in die Trickkiste gegriffen hatte, anstatt wenigstens ansatzweise in dieser alten Geschichte ein bisschen Größe zu zeigen.

Einerseits hatte ich daher nicht übel Lust, gleich aufzustehen und zu gehen. Doch andererseits sagte ich mir dann: 'Ach was solls, das Ding ist zwar im Prinzip gegessen, aber da ich nun schon mal hier bin, kann ich auch ruhig noch ein bisschen bleiben. Einfach mal gucken.'

Außerdem fiel mir auch plötzlich noch ein Santana-Konzert ein, wo der Meister mal zum Publikum gesagt hatte, dass wir alle auf diesem Planeten uns mit Freundlichkeit, Achtung und Mitleid behandeln sollten. *With kindness, respect and compassion.* Naja, und das stimmte mich dann zusätzlich milde.

Also tat ich, als wäre weiter nichts groß gewesen, und servierte Markus im Anschluss einige meiner Callgirl-Geschichten. Gleichmütig hörte er mir zu und nickte dabei ein paarmal wissend, denn natürlich war auch das nichts Neues für ihn. Schließlich hatte er ja bei Pixie oft genug Schilderungen vom vorabendlichen Auftritt der Ostblockdamen gelauscht. Neid ließ er nicht erkennen, stattdessen mimte er den Abgeklärten.

"Mann, warum muss das jetzt sein, warum hast du das nicht 16 Jahre früher gemacht, gleich nach der Ausreise?", brummte er nach einer Weile nur mit väterlichem Kopfschütteln und lächelte gütig.

Natürlich hätte ich einiges dazu sagen können, aber ich dachte mir: Tja, warum eigentlich nicht 26 Jahre früher? Ganz normal, als ich 17 war? Dann wäre nämlich vieles ganz anders gelaufen. Ganz bestimmt. Aber solange hatte es nun mal gedauert.

"Die Menschen, die den richtigen Weg gehen wollen, müssen auch von Irrwegen wissen", erwiderte ich daher bloß pathetisch.

"Ach", grinste Markus, "mal wieder eine von deinen Glückskeks-Weisheiten, die du bei Hesse geklaut hast? Oder bei Buddha?"

"Nein, das ist von mir", antwortete ich und ließ einige Sekunden verstreichen. Um dann freilich doch noch hinterherzuschieben: "Aristoteles hat es allerdings schon ein paar Jahrhunderte früher ausgesprochen."

Nach einer kurzen Pause kam Markus noch einmal auf das Thema Frauen zurück und wies in diesem Zusammenhang sogleich mit ziemlich indezenter Deutlichkeit darauf hin, dass sein Eheleben selbstverständlich auch jetzt noch überdurchschnittlich zu bewerten wäre, und zwar in jeglicher Hinsicht. Er wäre topfit, gab er mir Bescheid, und spannte seinen Bizeps. Freilich spannte das T-Shirt auch gehörig am Bauch, und ich erwähne dies nicht aus Gehässigkeit, sondern weil es sich nun mal eben so verhielt.

"Naja, erfahrungsgemäß ist ja der Tripelpunkt aus Liebe, Sex und Ehe leider meist sehr instabil und zerfällt oft ziemlich schnell in seine einzelnen Phasen", wandte ich ein. "Um es mal technisch auszudrücken. Eine kleine Veränderung der äußeren Verhältnisse, ein bisschen mehr Druck oder steigende Temperatur, und peng - der Ehekessel fängt an zu sieden. Zuerst verflüchtigt sich die Liebe, und dann geht auch der Sex in einen anderen Aggregatzustand über."

"Ach, was solls, ich hab genug fremdgefickt", wiegelte Markus ab und rieb mir noch einmal genüsslich unter die Nase, dass er damals seine Biggi sogar auf dem Grünstreifen der Autobahn durchgepumpt hätte, und zwar zur selben Zeit, als ich an der Grenze in Filzuniform durch den Matsch gerobbt war. Jedenfalls fände er es nun mittlerweile lohnender, im Kellerladen Musik abzumischen, als sich Affären mit biegsamen Zwanzigjährigen zu leisten.

Ich glaubte ihm kein Wort davon. Der Lack ist ab, dachte ich bloß. Guck dich mal an, Junge.

"Im Grunde ist es doch eigentlich fast scheißegal, mit welcher Frau man zusammenlebt", eröffnete er mir plötzlich schulterzuckend. "Wenn man sich erstmal entschieden hat, dann nehmen die sich doch alle nicht mehr viel. Anatomisch sind sie sich alle mehr oder weniger ähnlich, und die sogenannte charakterliche Individualität hält sich ja meist auch in Grenzen. Am Ende alles Jacke wie Hose. So oder so, du musst hauptsächlich mit dir selber klar kommen, darum gehts doch."

"Ah, verstehe", nickte ich erstmal neutral, "im Grunde ist Weib für dich also gleich Weib, egal ob Profi-Catcherin oder Künstlerbraut, richtig? Na klar, wenn man es so sieht..."

Dann lachte ihn aus.

"Ey, und das sagst gerade du als Musiker?", rief ich schließlich grinsend. "Dass dir die kleinen Unterschiede plötzlich nichts mehr ausmachen? Brauchst du neuerdings also auch kein Edelsaxofon mehr, sondern spielst du mit dem verbeulten Horn von der Feuerwehrkapelle? Alles egal, hm? Na die Philosophie versuch mal 'nem anderen zu verklickern."

"Ach ich meinte ja ganz was anderes", knurrte Markus daraufhin mürrisch und machte eine unbestimmte Handbewegung. "Guck dir doch die Typen an, drei Jahre nach der Scheidung. Die Alte war naturblond, die Neue ist blondiert oder braun. Das ist der ganze Unterschied. Verschiedene Lieblingsserien im Fernsehen. Die Eine putzte gründlicher in den Ecken, dafür kocht die Andere besser Gulasch."

Er zählte ein paar Pärchen auf, wo das seiner Ansicht nach so hinkam, und da mochte ja auch tatsächlich so einiges dran sein, das musste ich zugeben. Alles sicherlich mal wieder eine Frage der Betrachtung. Aber dennoch sträubte sich etwas heftig in mir gegen diese Trivialisierung.

"Hauptsache der Alltag funktioniert und die Kinder haben 'n stabiles Umfeld", fasste Markus seine Meinung zusammen, "das ist es doch vor allem, was zählt. Eben dass morgens jemand Frühstück macht und dass abends jemand da ist, der dir im Bett den Arsch wärmt. Tja, und außerdem leben Verheiratete länger, statistisch gesehen. Weil man natürlich mehr Komfort im Alltag hat. Naja, und es ist jemand da, der einem Gesellschaft leistet."

Da ich auf eine Erwiderung verzichtete, hatte sich damit auch dieses Thema erledigt.

Eine Weile redeten wir dann erstmal ein bisschen unverfängliches Zeug, vor allem über unsere Kinder, und etwas später kam mir Markus dann mit einer ziemlich abstrusen Theorie. Matthias, Ringo und ich, wir wären ja alle drei ohne Vater aufgewachsen, im Unterschied zu ihm selber, und allein schon aus dieser Tatsache heraus könne man nämlich im Prinzip alles erklären.

"Mein Alter rannte zwar nur mit Scheuklappen durchs Leben und schuftete sich kaputt für 'nen Appel und 'n Ei in diesem pseudokommunistischen Scheißstaat", meinte er, "aber zumindest war er anwesend, und ich konnte mich real mit ihm fetzen."

Lange Rede kurzer Sinn, Markus wollte darauf hinaus, dass er als einziger ganzheitlich intakter Jüngling in unserer Clique die Vaterfigur für uns drei mental beschädigte Halbwaisen verkörpert hätte. Typisch Markus, dachte ich zuerst bloß, denn ich hielt das für kompletten Blödsinn. Aber dann dachte ich doch ein wenig darüber nach und gelangte zu der Ansicht, dass das mit der Vatergeschichte vielleicht doch irgendwie relevant sein könnte, allerdings in erster Linie für Markus selber. Denn zunächst mal hatte es bestimmt nicht den Beifall *seines* Vaters gefunden (übrigens ein rechthaberischer Parteibonze, ein ganz sturer Knochen - der war nicht ohne!), dass sein talentierter Sohn von der Eliteschule geflogen und zum polizeibekannten Szenesubjekt abgestiegen war. Gestern noch Mamas Liebling und Papas ganzer Stolz, danach der Absturz. Für einen sensiblen Jüngling war das sicherlich nicht so ohne weiteres wegzustecken, das hinterließ garantiert Spuren. Hatte also sein tyrannischer Alter unsere ganze Clique mittelbar über Markus verrückt gemacht? Zuweilen reichte ja der Einfluss eines Einzelnen durchaus so weit. Außerdem gab es da noch etwas, was mir bei diesem Thema einfiel, denn Markus hatte mir einst selbst erzählt, dass sein Vater in der Jugend einen engen Freund gehabt hätte und dass diese Freundschaft dann urplötzlich in die Brüche gegangen wäre, bis heute würde der nicht darüber reden. Gab es hier etwa Parallelen zu Markus, wiederholte sich die Geschichte hier?

Na von mir aus, dachte ich schließlich schulterzuckend, sollte sich meinetwegen mal ein angehender Psychologe in seiner Diplomarbeit daran abrackern und Licht ins Dunkel bringen.

"Tja", ließ Markus dann mit ziemlich selbstgefälligem Grinsen noch verlauten, "jedenfalls hast du dich damals bloß hinter Büchern eingeigelt und vor dem Leben regelrecht verschanzt. Andauernd nur geborgte Sprüche runtergerasselt, der große Zitator."

"Natürlich war das alles krank", gab ich ihm in diesem Punkt recht, ohne mich aus der Ruhe bringen zu lassen. "Im Osten bin ich eben mental implodiert. In diesem miefigen System. Denn totalitär hat ja auch immer was mit tot zu tun."

'Man kann auch Zukünftiges töten', schoss es mir durch den Kopf, diesen Hesse-Satz hatte ich nicht vergessen.

"Aber hinter meinem manischen Zitierzwang steckte weniger intellektuelle Angeberei, sondern eigentlich noch was ganz anderes", fuhr ich schließlich fort. "Nämlich dass ich meine eigenen Erfahrungen und Worte für nicht kompetent genug hielt. Mangelndes Selbstbewusstsein. Also musste ich mir von irgendwoher Verstärkung holen, zum Beispiel aus Büchern, und deshalb stellte ich meine Sprüchekanone immer mehr auf Dauerfeuer."

Markus nickte ganz leicht, das schien ihm wohl einzuleuchten.

Da kommt vielleicht schon eher mein fehlender Vater ins Spiel, dachte ich; wer als Heranwachsender nach Orientierung suchte und keine brauchbaren Autoritäten in seiner Umgebung vorfand, der musste sich eben woanders bedienen.

"Und das mit dem großen Nimbus der Belesenheit ist ja auch so 'ne Sache", fuhr ich nach einem Schluck Kaffee wieder fort. "Früher war ich Vielleser, heute überfliege ich gerade mal noch die Tageszeitung. Naja, oder ich lese Gerichtsreportagen und höchstens mal noch 'ne Musiker- oder Schriftstellerbiografie, Verbrecher und Künstler sind schließlich lohnende Studienobjekte. Jedenfalls wenn, dann zieht es mich mehr zum Realen als zum Fiktiven. Aber Bücherfressen an sich heißt ja erstmal gar nichts. Denn die Tatsache, dass einer sich tausend oder meinetwegen eben zehntausend Romane einverleibt hat, die unterscheidet sich für mich doch zunächst mal nur unwesentlich davon, dass ein anderer sich tausend oder zehntausend Filme zu Gemüte geführt hat, oder eben CDs und Schallplatten. Oder sich tagtäglich im Internet durch irgendwelche Wissenschafts- und Nachrichtenportale gräbt. Das allein ist noch keine Leistung, sondern kann genauso gut auch bloße

Zerstreuung und unpersönliches Abspeichern sein. Selbst wenn einer der Besitzer einer ganzen Bibliothek der Weltliteratur ist, was bedeutet das schon? Vor 500 Jahren sah das sicherlich noch anders aus, da waren Bücher teuer und die wenigsten Leute konnten überhaupt lesen. Aber heutzutage adelt bloße Literaturkenntnis noch lange nicht automatisch, zumindest nicht in meinen Augen. Wichtig ist doch erstmal, ob man überhaupt 'ne innere Beziehung zu dem Gelesenen herstellt und ob es die eigene Art der Lebensführung beeinflusst. Einatmen und ausatmen eben. Denn sonst ist es bloßer Zeitvertreib, und ob man sich nun für diese oder jene Form der Unterhaltung entscheidet, das ist ja letztendlich wohl egal."

Dann stand ich auf, um dem Klo einen Besuch abzustatten.

"Aber jetzt habe ich schon lange kaum noch Speicherplatz für fremde Weisheiten frei, im Gegenteil, ich musste bereits auf Eigenbedarf klagen", ließ ich ihn noch wissen, bevor ich Pinkeln ging.

Als ich von der Toilette zurückkam, zeigte mir Markus ein paar Keyboards und seine Trompete und spielte mir einige seiner Aufnahmen vor.

"Nicht schlecht", musste ich zugeben, denn es gefiel mir wirklich ganz gut.

"Ja", meinte er, "aber sowas verkauft sich nicht. Country and Western, das geht besser. Ich kenne ein paar Leute, die sich damit über Wasser halten. Stimmungsmusik. Manchmal verdiene ich da auch ein paar Scheine, wenn ich denen was abmische und nachbearbeite."

Wir quatschten noch ungefähr eine Stunde, und Gönner der er war, attestierte er mir dann zum Schluss: "Ich muss dir ein Kompliment machen: Mit dir kann man jetzt wirklich prima entspannt quatschen".

Ich ließ diesen Satz allerdings unerwidert und machte bloß eine unbestimmte Handbewegung, denn ich fühlte mich müde und hatte genug. Nein, Markus war kein Langweiler, dachte ich, er besaß durchaus noch immer ein gewisses Charisma, aber er war mir zu anstrengend im Umgang, und zwar ganz einfach deshalb, weil ich andauernd das Gefühl hatte, mich seiner erwehren zu müssen. Seine permanent selbstdarstellerische Art ließ mir nicht genügend Raum. Das mag nun alles vielleicht nicht gerade sehr ausgewogen klingen, könnte man einwenden, aber das muss es ja auch nicht unbedingt, oder?

Also nahm ich schließlich meine Jacke und stand auf.

"Schönen Gruß an Juliane", sagte ich noch.

Vielleicht war es sogar besser, dass sie nicht dabei gewesen war, überlegte ich. Sie war mir zwar sympathisch, aber worüber hätte ich mich mit ihr unterhalten sollen?

'Na, auch den Falschen geheiratet? Auch keine große Beziehungserfahrung gehabt und dann gleich beim zweiten oder dritten Intimling kleben geblieben?'

Wer weiß, eventuell hätte sie mir bloß einen Vogel gezeigt? Oder es wäre sowieso nur beim Smalltalk geblieben.

Markus brachte mich noch bis an die Straße, und wir gaben uns die Hand.

"Also, bis irgendwann mal?", meinte er fragend, und ich nickte vage.

"Vielleicht ja mal zum Kaffee", nuschelte ich, "mit den Kindern, damit die mal zusammen spielen können?"

Ich immer mit meiner manischen Harmoniesucht.

Doch wahrscheinlicher war wohl, dass wir uns nicht noch einmal wiedersehen würden.

Schade, dachte ich bloß mit einem leichten Anflug von Wehmut, als ich dann etwas später um die Ecke bog. Es wäre bestimmt mehr zwischen uns drin gewesen. Viel mehr. Wenn wir nur beide ein wenig öfter und ein wenig weiter über unsere Schatten hätten springen können.

140. Kapitel

Den ganzen Sonntag über schrieb ich.

Daher sollte ich an dieser Stelle wohl mein Verhältnis zum Thema Literatur noch ein wenig näher erläutern. So hatte ich zum Beispiel früher mal eine Weile den ehrgeizigen Plan gehegt, eine ganz besondere Geschichte zusammenzubasteln, nämlich ausschließlich aus literarisch wertvollen Edelzitaten, und zwar dergestalt, dass sich die Versatzstücke nahtlos zu einer perfekt strukturierten Patchwork-Handlung zusammenfügen. Naja, oder vielleicht eher zu einer Art Adventskalender, wo sich hinter all den bunten Türchen stets weitere Bilder verbargen. Und im Anhang sollten dann noch ungefähr zehntausend Anmerkungen zu dem ganzen Wald aus Fußnoten folgen; am besten gleich ein fetter Sonderband voll! Reichlich vermessen, diese Idee, nicht wahr? Denn sehr wahrscheinlich wäre mir sowieso bloß eine schaurige Leichenfledderei gelungen, eine Art Frankensteins Monster, das zusammengekleisterte Grauen.

Ein andermal hatte ich versucht, ein und dieselbe Begebenheit jeweils aus mehreren Perspektiven parallel zu erzählen, am besten immer vier- oder fünfzeilig untereinander geschrieben, sozusagen als Kanongesang für Simultanleser. Allerdings blieb ich mit diesem Polyphonie-Projekt ebenfalls schon am Anfang stecken.

Tja, und neulich war mir sogar die größenwahnsinnige Schnapsidee gekommen, eine aufgepeppte Version von Dostojewskis berühmter Großinquisitor-Legende *(Jesus erscheint im Mittelalter noch einmal auf der Erde, wird eingesperrt und in der Nacht vor seiner Hinrichtung in seiner Zelle vom Großinquisitor besucht, der einen gewaltigen Monolog vom Stapel lässt, den Gottes Sohn bloß stumm hinnimmt)* zu kreieren. In meiner Version sollte Jesus diesmal jedoch als *Callgirl* wiederkommen, als Gottes Tochter. Als Freudenmädchen. Vielleicht würde sie ja im zweiten Anlauf schaffen, woran Gottes Sohn gescheitert war, nämlich hier auf Erden das Reich der Liebe zu errichten? So richtig schön Love and Peace, mit Happy-Hippie-End?

Jedenfalls, all diese hochtrabenden literarischen Phantasien existierten bisher bloß in meinem Kopf, und aller Wahrscheinlichkeit nach würden sie dort auch für immer bleiben.

Allerdings meine Aufzeichnungen über meine Begegnungen mit den Callgirls, die nahmen allmählich Gestalt an. Bisher hatte ich im Prinzip meist nur recht schlampig eine Art Tagebuch geführt, sozusagen als Teil der Intensivtherapie, doch die war ja längst erfolgreich beendet. Das Schreiben hatte mir bei der Aufarbeitung geholfen; es war wie die Auswertung der Black Box nach der Flugzeugkatastrophe. Sehr wichtig, um künftige zu vermeiden. Warum nun aber trotzdem noch weiter herumpuzzeln, fragte ich mich? Vielleicht weil ich es als angemessene intellektuelle Herausforderung ansah? Denn irgendwo musste ich doch schließlich hin mit meinen verunglückten Anwandlungen von Partialgenialität *(ha! - Genialität ist nicht teilbar, du Idiot!)*, mit der verfluchten

Last meiner Halbbegabungen. Mit meinen mentalen Zuckungen, meinen intellektuellen Überkapazitäten, meiner neurotischen Verkopftheit. Sonst würde ich nämlich wirklich noch im Wahnsinn enden. 'Wenn ich mich nicht in eine Arbeit rette, bin ich verloren', diesen verzweifelten Satz Kafkas verstand ich nur allzu gut. Genau wie Hesses Bekenntnis, dass er schreiben würde wie ein Ertrinkender, wie einer, der zwischen einstürzenden Mauern läuft, ohne sich um irgendwelchen Syntaxkram zu kümmern. Oder Old Chinaskis Antwort auf die Frage eines neunmalklugen Studenten, ob er auch ihm raten würde, sich für das Schreiben zu entscheiden: 'Soll das 'n Witz sein? Es muss sich für dich entscheiden!' Jetzt begriff ich, was er damit gemeint hatte; die ganze grausige Wahrheit dahinter. Auch ich malträtierte ja immer öfter die Tastatur meines Computers, als ob der Sensenmann hinter mir her wäre, ich kroch tief in mich hinein und stülpte mein Innerstes nach außen, und wenn ich es zu lange tat, dann kriegte das Ganze manische und ungesunde Züge und wurde gefährlich. Schreiben war ein einsames Handwerk; man musste aufpassen, dass man den Draht nach draußen nicht vollends verlor, dass wusste ich längst, und dennoch fiel letzteres mir zuweilen schwer. Ich nahm mir vor, auf diese Balance ganz besonders zu achten.

Aber bitte keine künstliche Dramatik, ermahnte ich mich sogleich schon wieder einen Moment später, denn schließlich war ich weder Kafka noch Hesse oder Bukowski, sondern lediglich ein etwas durchgeknallter Graphomane, ein eifriges *Talent medium*. Belassen wir es also an dieser Stelle vielleicht einfach bei der Formulierung: Ich spürte das starke Bedürfnis, meinen Erlebnissen eine individuelle Ordnung zu geben.

Am Nachmittag machte ich Kaffee und begann mich allmählich auf den Abend zu freuen. Auf Kata. Würde sie kommen? Gegen halb fünf rief sie an; sie war gerade aufgewacht, denn sie hatte bis um acht Uhr am Morgen gearbeitet. Sie bat um Entschuldigung und fragte mich ganz offen, ob sie nicht besser morgen an ihrem freien Tag zu mir kommen könnte. Ich überlegte einen Moment und schlug vor, dass sie mich morgen nach der Arbeit anrufen sollte, dann könnte ich ihr sagen, ob ich eventuell um neun oder zehn Zeit hätte. Danach erkundigte ich mich noch, wie es ihr ginge. Unverändert, 'alles Scheiße'.

Anschließend wählte ich die Nummer der alten Agentur und fragte nach Sina, denn damals am Vatertag hatte sie nebenbei ihren Geburtstag erwähnt, und der stand nun faktisch so ziemlich vor der Tür. Ich hatte bereits ein paar Kleinigkeiten für sie gekauft, mit denen ich ihr zeigen wollte, dass ich sie nicht vergessen hatte. Naja, und außerdem wollte ich mit ihr noch einmal ins Bett. Beides war mir gleichermaßen ein Bedürfnis. Der Telefonist murmelte jedoch nur etwas Unverständliches und gab mir dann die Auskunft, dass sie heute zwar möglicherweise zu haben wäre, doch das wüsste er frühestens um zehn. Er empfahl mir stattdessen ein neues Modell, aber ich war skeptisch und bestellte am Ende Samanta, denn die fing nämlich bereits um sechs an und konnte dann schon eine halbe Stunde später bei mir sein.

So, die essentiellen Belange des Daseins hätten wir für heute also geklärt, sagte ich mir zufrieden und rief gleich hinterher wie jeden zweiten Abend noch kurz bei Ramona und den Kindern an. Sie wären den ganzen Tag am Strand gewesen und es ginge ihnen gut, erfuhr ich, ansonsten gäbe es nichts weiter zu berichten. Ramona schien entspannt zu sein, sie hörte sich überraschend freundlich an.

Da ich bis zum Termin mit Samanta noch reichlich Zeit hatte, checkte ich als Nächstes meine Mailbox. Ein paar ungelesene Nachrichten hatten sich angesammelt, das meiste war aber nur dummes Zeug. Allerdings wollte sich auch eine der Damen, auf deren Kontaktanzeigen ich geschrieben hatte, mit mir treffen. Anne, 37, passables Äußeres, mit einem Kind, sechs Jahre. Sie schrieb ungekünstelt, und auch die Bilder wirkten sympathisch, so dass ich schon ein wenig ins Grübeln kam. Und plötzlich wurde mir klar, dass meine Trennung noch längst nicht überstanden war, wie ich es mir immer einzureden versucht hatte. Im Gegenteil, denn noch war ja alles offen; noch hatte ich es in der Hand, zu meiner Familie zurückzugehen. Noch war Ramona bereit dazu und niemand sonst involviert. Welch goldige Position! Denn was wäre, wenn sie morgen doch jemanden fände und zu ihm nach Hintertupfingen zöge? Dann würde nämlich irgendein fremder Knilch an meinen Kindern herumdoktern, egal ob es mir passte oder nicht. Ich würde bloß noch sonntags zum Eis essen anreisen, während ich selber unter der Woche irgendein fremdes Kind erzog und alle Beteiligten sich das übliche Patchwork-Elend mit 'quality-time'-Gefasel schönredeten. Mit der jetzigen Situation konnten Ramona und ich und auch die

Kinder leben, doch wenn sie oder ich eines Tages von dieser Grundlinie ausscherte, dann ging der eigentliche Schlamassel ja erst richtig los. Wollte ich das wirklich?, fragte ich mich und sah mir die Fotos von Anne an. Und du? Bist du so viel besser als Ramona, bist du das alles wirklich wert?

Das war freilich das Eine. Und die zweite Frage, die ich mir immer öfter stellte, lautete: War es nicht langsam genug mit dem Playboy-Lifestyle, war ich nicht schon längst weit genug in den Paysex-Sumpf vorgedrungen? Gab es hier wirklich noch etwas Neues zu durchleben? Oder handelte es sich nicht bloß um immer fader werdende Wiederholungen? Heftige Gewissensbisse machten mir mal wieder zu schaffen. Ich warf das Geld zum Fenster raus und verjubelte die Zukunft meiner Kinder, na toll! Was sollte das eigentlich? Herrgott noch mal, konnte ich denn im Ernst einfach Elena oder Nina heiraten, mit ihr dann ein paar neue Kinder zeugen und im Alltag glücklich werden? Dazu fühlte ich mich zu alt; ich hatte nicht mehr genug Kraft für einen kompletten Neuanfang. Nein, hatte ich echt nicht, bei mir war einfach schon zu viel auf der Strecke geblieben. Was will ich denn eigentlich?, fragte ich mich also mal wieder. Im Wesentlichen wohl drei Dinge, dachte ich: Erstens eine zu mir passende Frau als Gefährtin für den Alltag, zweitens dabei den Status quo mit Ramona bezüglich unserer Kinder beibehalten, und drittens ab und an ein paar sexy Teenies schön romantisch durchvögeln.

Die Quadratur des Kreises eben.

Seit Wochen schon grübelte ich andauernd hin und her und wusste doch nicht, in welche Richtung ich gehen sollte. Überall sah ich nur noch Sackgassen. Ich fand überhaupt keine Entspannung mehr und war innerlich permanent unruhig. *'Too much confusion, I can't get no relief.'* Höchstens noch beim Vögeln konnte ich für wenige Momente richtig abschalten. Das wars dann aber auch schon. Ansonsten fühlte ich mich nämlich fast immer verdammt einsam.

141. Kapitel

Samanta III:

Sie hatte ziemlich viel Make-up im Gesicht; der Lippenstift war pink, die Wangen glitzerten wie vergoldet, und auch an Lidschatten herrschte kein Mangel. Die Copacabana-Sonnenbrille trug sie diesmal über die Stirn hochgeklappt, und an den Ohren baumelten große blinkende Creolen. Ihr knalliges mangogelbes T-Shirt mit weitem Ausschnitt (und dem herzigen strassbesetzten Aufdruck *I need love*) präsentierte festes Kugelobst in der Auslage, das Handy hing an einer bunten Kordel um ihren Hals, und die lila Samthose wurde verziert durch einen Glitzergürtel mit riesiger goldener Schnalle.

Reichlich ausgeflippt, lautete meine Meinung dazu, aber keinesfalls unhübsch, die Kleine. Sie kam daher wie ein ziemlich überdrehter Teenie.

Als erstes futterte sie hocherfreut gleich zwei von den auf dem Tisch bereitgelegten Minipralinen, dann bedankte sie sich für die 150 Euro (anderthalb Stunden waren ausgemacht) und steckte sie ein.

Unser Gespräch verlief sehr schleppend. Aber nicht etwa, weil sie in meiner Gegenwart noch befangen gewesen wäre (das war sie nämlich mit Sicherheit nicht), sondern weil ihr nur recht wenig einfiel und ihre Englischkenntnisse sich doch als ziemlich begrenzt herausstellten.

Sie war zwar 18 wie Kata, aber vom Intellekt her meilenweit von ihr entfernt.

Ich gab es recht bald auf und schickte sie ins Bad. Die Dusche rauschte kurz los, und schon nach wenigen Minuten kehrte Samanta zu mir zurück, von vielen Solarium-Besuchen tiefbraun gegrillt, in blendend weißem BH und Slip. Bei jedem Schritt hüpften ihre Brüste fast aus den knappen Halbschalen.

Ohne Umschweife ging sie gleich zum Bett und ließ sich in Rückenlage darauf nieder, und auch ich machte mich sofort an die Arbeit und zog ihr BH und Höschen aus. Anschließend legte ich als erstes meinen Mund ein paarmal hauchzart auf ihre Lippen, dann wanderte ich tiefer und begann mit ihren phänomenalen Brüsten zu spielen. Was zur Folge hatte, dass ihre Nippel alsbald lippenstiftpink erglänzten. Meine Hände glitten derweil sanft über ihren ganzen

Körper und streichelten sie überall, bestimmt eine Viertelstunde lang, inklusive sanfter Spiele mit gegelten Fingern. Immer die Muschi rauf-runter und rein-raus.

Zwischendurch führte ich ihre Hand an meinen Schwanz, und folgsam machte sie ein bisschen auf und ab bei mir. Dabei hielt sie die Augen geschlossen; ein paarmal blinzelte sie jedoch und lächelte dann stets sofort wie auf Knopfdruck, wenn unsere Blicke sich trafen. Auch wenn ich mich bewegte und beim Knien mein Gewicht auf der Couch etwas verlagerte, schreckte sie jedes Mal ein bisschen hoch. Zwar beteuerte sie, dass sie wirklich relaxed und nicht nervös wäre, aber es sah einfach nicht danach aus.

Da ich es inzwischen kaum noch aushielt, zog ich jetzt hastig das Kondom auf, lotste sie nach oben und ließ sie aufsitzen. Ahh, endlich war er drin, in voller Länge! Da ich diesmal jedoch unbedingt wollte, dass sie ebenfalls wenigstens ein bisschen Sexlust empfindet, bremste ich erstmal ihren mechanischen Ritt und hieß sie komplett stillhalten. Brrr, du süße braune Stute! Stattdessen bewegte ich nun meinen Schwanz bloß millimeterweise in ihr und ließ nur die Spitze so zart und langsam wie möglich rein und raus gleiten. Herrgott, sie musste mich ja nicht gleich lieben, aber sie sollte wenigstens probieren, sich vor mir gehen zu lassen! Selbst als etliche Minuten vergangen waren, lag ich noch immer fast bewegungslos unter ihr, doch mehr und mehr dirigierte ich sie jetzt, indem ich ihre runden vollen prallen Superteeniebrüste (zugfest montiert wie die legendären Magdeburger Halbkugeln!) ein wenig härter griff und daran herum fuhrwerkte und bog und zog und so ihrem Körper den Rhythmus vorgab. Hurra, und tatsächlich, sie schien in Fahrt zu kommen! Denn plötzlich hörte ich sie ein bisschen schneller atmen, und alles flutschte auf einmal viel besser! Wir wechselten in die Missionarsstellung, wobei sie sogar zaghaft meinen Rücken streichelte; dann folgte wieder Gliedmaßen umsortieren und diesmal einfädeln von hinten. Noch immer beherrschte ich mich beim Stoßen, machte Pausen und wartete auf sie. Verschwitzt klebten wir aufeinander wie fickende Frösche. Doch die Taktik zeigte Wirkung, ihr tiefes Atmen war inzwischen unüberhörbar, und mehr und mehr unterdrückte Seufzer mischten sich darunter.

Verdammt, jetzt reichts aber, sagte ich mir schließlich, denn nun hatte ich wirklich genug; ich konnte mich nicht mehr länger zügeln und ließ meinem eigenen Rammelrhythmus freien Lauf, ohne Rücksicht auf Verluste. Volle Pulle, bis es mir kam, die Arme hoch gestreckt wie ein Marathonläufer auf der Zielgeraden.

Postum gabs wieder Pralinchen, und die nackte Samanta räkelte sich unter mir und lächelte.

Bei mir würde es ihr gut gefallen, meinte sie, nämlich weil ich immer so nett wäre und auch mit ihr reden würde. Bei ihren anderen Klienten ginge es meist bloß sofort zur Sache. Allein gestern hätte sie zwölf Termine gehabt, denn ja, sie arbeitete jetzt doch jeden Tag und nicht mehr nur jeden zweiten. Ihre großen rehbraunen Augen sahen sehr traurig aus, als sie davon erzählte, fast bestürzt. Aber sie überraschte mich doch mit der Ankündigung, dass sie wahrscheinlich im nächsten Jahr wiederkommen würde, um mehr Geld zu verdienen.

Ich versuchte ihr noch einiges zu verdeutlichen, denn schließlich war ich ja auch ein Klient, der Sex mit ihr wollte, aber eben nicht nur mechanisches Gestoße, und nicht um jeden Preis. Wie viel sie davon begriff, weiß ich freilich nicht, denn wie gesagt, die Hellste schien sie leider nicht zu sein.

Als sie ging, reichte ich ihr noch die finale Praline und wünschte ihr alles Gute.

"Danke, danke, danke", erwiderte sie und hielt mir ihre Wange zum Kuss hin. Allem Anschein nach war es ihr verhältnismäßig leicht gefallen, das Abreagieren meiner Geilheit an ihrem Körper über sich ergehen zu lassen; ich denke, ich hatte ihr schlimmstenfalls ein lediglich moderates Unbehagen bereitet. Also brauchte ich wohl kein allzu schlechtes Gewissen zu haben (und das hatte ich auch nicht). Jedenfalls - sie war mir sympathisch, und es tat mir ein bisschen leid, dass ich dieses hübsche Püppchen höchstwahrscheinlich nie wiedersehen würde.

Montag, mal wieder. Es nieselte, also ging ich in der Mittagspause ausnahmsweise bloß hoch in die Kantine. An der Kasse stand ich zufällig hinter Sigrid, einer Kollegin aus dem Nachbarreferat, und da wir uns vom Sehen her kannten, setzten wir uns auch gleich an denselben Tisch. Ich fand sie zwar nicht gerade sehr attraktiv, denn sie hatte etwas Übergewicht und außerdem auch ziemliche Hautprobleme, wie man im Gesicht und an den Armen sehen konnte. Aber ihre mutlose Art berührte mich doch irgendwie. Also trank ihr hinterher sogar noch einen Kaffee mit ihr, auf meine Rechnung.

Als ich nach der Arbeit durch die Fußgängerzone fuhr, sah ich schon von weitem eine junge Frau mit fast hüftlangem, offenen Haar vor mir gehen. Eine richtige Zauberfee. Eine Weile fuhr ich extra langsam hinter ihr her und riskierte sogar noch zwei oder drei neugierige Blicke auf gleicher Höhe, und die Seitenansicht enttäuschte ebenfalls nicht. Vielleicht Anfang Zwanzig, gesunder Teint, hübsches Gesicht.

"Ich dachte, solche schönen Haare gibts nur in der Shampoowerbung", rief ich ihr zu, als ich mich endlich doch zum Überholen entschloss, und sie schenkte mir tatsächlich ein Lächeln.

Zu Hause legte ich mich erstmal auf die Couch, aber schon bald klingelte das Telefon. Es war Kata. Sie hätte Stress mit der Agentur und bis Freitag zunächst mal Zwangspause, teilte sie mir mit. Wir redeten noch ein bisschen und verabredeten uns schließlich für halb neun.

142. Kapitel

Kata alias Janica IV (privat):
Ich legte 200 Euro auf dem Tisch, so wie sonst auch.

Um fünf Minuten vor der ausgemachten Zeit rief sie an und entschuldigte sich, denn sie würde leider noch ungefähr zwanzig Minuten brauchen. Es wurde allerdings gut eine halbe Stunde daraus.

Zwar wäre sie rechtzeitig mit dem Auto losgefahren, beteuerte sie aufgeregt gleich im Flur, noch bevor sie ihre Jacke ausgezogen hatte. Aber sie hätte dann doch wieder umkehren müssen, weil sie einfach zu nervös gewesen sei. Neulich hätte sie nämlich schon einmal einen Unfall gebaut.

"Ich war mit Freunden in Disco", sprudelte es weiter aus ihr heraus, kaum dass sie auf der Couch Platz genommen hatte, "und weil andere alle getrunken, ich sollte sie nach Hause fahren. Alle einsteigen in VW-Bus, ist von eine Freund, der hat Gebäudereinigungs-Firma. Große VW-Bus, kennst du? Aber keine Problem, bin ich schon manchmal gefahren. Nur diesmal meine Bekannter hat selber geparkt, gleich mit Gang drin, nicht wie ich immer ohne Gang und mit Handbremse nur. Ich immer mache so, immer. Bloß ich wusste nicht, dass er anders macht. Also wenn ich mit Schlüssel Motor anmache, gleich knallt BUMM und vor uns geparkte Auto hat kaputt."

Mit verschreckten Augen sah sie mich an.

"Alle geschrien zu mir, ich soll schnell abhauen, also ich fahre weg. War um zwei Uhr in Nacht, hat keiner gesehen, glaube ich. An Bus nicht viel kaputt, ist sowieso alte Bus, aber andere Auto bisschen sehr kaputt."

Sie schien ganz schön angeknackst deswegen zu sein.

"Einmal früher ich habe an Tankstelle Dieselauto fast mit Benzin getankt", erzählte sie noch. "Andere Mann ganz laut hat gerufen, war meine Glück. Ja, so dumm bin ich."

"Ach was", widersprach ich ihr, "du bist ein sehr intelligentes Mädchen, intelligenter als die meisten in deinem Alter. Du musst nur erstmal zur Ruhe kommen."

Seufzend zündete sie sich eine Zigarette an.

"Zu Hause wir sagen immer: Hast du großen Kopf, hast du auch große Kopfschmerzen."

Dann servierte ich Getränke, und wir stießen miteinander an.

"Oksana steht laut Webseite auf Urlaub, ist sie weggefahren?", fragte ich.

"Nein", antwortete Kata, "damit hat ganze Stress angefangen. Letzte Woche Chef war wütend, weil Oksana möchte immer nur bisschen arbeiten und viel frei haben, weil sie will mit ihre Freund sein. Naja, und weil sie wollte Sonntag nicht arbeiten und dann erst Mittwoch wieder, hat er ganz laut schreien. Hat viel Termine und Reservierungen für sie und kann er so nicht planen mit Klienten und immer absagen. Hat gesagt, dann du hast gleich frei bis Freitag. Deshalb sie ist jetzt nicht da."

Sie holte einen Moment Luft, trank einen Schluck aus ihrem Glas und fuhr dann fort: "Also ich musste machen Samstag auch alle Termine von Oksana, vierzehn Stunden bis früh um neun, und dann gestern Abend gleich wieder erste Termin um halb sechs, obwohl immer erst um sieben anfangen. Ich war kaputt und müde. Hab ich mich auch mit Chef gestritten, und er wütend zu mir gesagt, dass ich habe jetzt auch bis Freitag frei, so wie Oksana."

Mit vor Aufregung zittriger Hand führte sie ihre Zigarette zum Mund und inhalierte.

"Und wenn er morgen anruft und will, dass ich soll wieder kommen, und ich hab nur ein Euro in Tasche, dann ich komme trotzdem erst Freitag!", stieß sie trotzig hervor. "Ich habe meine Stolz! Darf er nicht so mit mir reden. Bin ich nicht von zu Hause abgehauen, dass Andy kann selbe Scheiße mit mir machen wie meine Vater!"

Tja, konstatierte ich ernüchtert, sie war natürlich noch immer sehr hübsch, aber sie sah krank aus, blass und mit dunklen Schatten unter den Augen. Vor allem aber war sie nervös. Sie wollte keine Praline und keine Kirsche, auch keinen Alkohol, bloß ein bisschen Wasser und Zigaretten. Sie rauchte eine nach der anderen. Die Schachtel war fast leer, und es wäre bereits ihre dritte heute, meinte sie. Geschlafen hätte sie höchstens vier Stunden.

"Mein Kopf tut weh wie mit Hammer geschlagen", stöhnte sie, "bald ich auch muss zu psychologische Beratungsstelle, wo geht andere Mädchen ich kenne."

Sie nippte kurz an ihrem Wasserglas und redete sofort wieder weiter: "Weißt du, Chef Andy ist immer nett gewesen, früher mit uns Kaffee trinken gegangen und Pizza essen. Aber jetzt macht nur noch Scheiße! Nur sein Geld, Geld immer denken, und wenn ein Mädchen sagt, das ist nicht richtig so, dann er antworten: *Ich habe Geschäft und keine Kindergarten.* Wenn Mädchen zickig, muss weg und kommt neue. Kommt immer genug neue. Kein Problem für ihn."

Sie drückte ihre Zigarette aus und steckte sich sofort die nächste an, ohne ihren Redeschwall zu unterbrechen: "Geht ihm nur um Geld. Manchmal ganz eilig und keine Zeit. *Du hast wichtige Termin*, sagt er. Muss ich ins Hotel, Hilton oder Adlon, kostet 160 oder sogar 200 die Stunde, aber ich kriege trotzdem nur 40. Früher ich nicht so denken, wenn mit Andy alles ist okay. Aber jetzt ich weiß das - wichtige Termin heißt nur wichtig für ihn, nicht für mich! Weil seine Geld!"

Letzte Woche hätte sie einen Termin mit Oksana zusammen bei drei Männern gehabt, schilderte sie, und jeder der drei hätte auch normal bezahlt. Doch hinterher wäre diese Stunde für sie vom Chef trotzdem nur zum üblichen Tarif abgerechnet worden.

Tja, dachte ich bloß mit hilflosem Mitleid, der Job an sich war bestimmt schon hart genug, aber solche Ungerechtigkeiten machten die Mädchen natürlich erst recht bitter.

"Einmal hat Chef mich auch bestellt zu sich nach Hause", schilderte sie, "so mit Wein und alles schick. Frage ich: *Was ist das? Geht nicht!* Aber er meint: *Ach, bin in dich ganz doll verliebt!* Ich sage: *Nein, tut mir leid, aber kann nicht, Chef ist Chef und nicht darf ficken mit eigene Mädchen.* Dann er sauer wie kleine Junge! Eine ganze Woche er nicht mehr bei Arbeit mit mir telefoniert. Nur immer mit Fahrer hat angeruft und gesprochen, und der mir dann muss weitersagen. Oder mir SMS mit Termine geschickt. Wie kleine Kind. Seit diese Zeit ist Stress mit ihm."

"So wie du aussiehst, könntest du doch woanders arbeiten, zum Beispiel Nobelescort machen", schlug ich ihr vor. "Ganze Nacht für 1000 Euro oder so. Auch dein Deutsch ist ja gut."

"Ja, hab schon so Angebot bekommen", antwortete sie, "aber kann nicht ganzen Abend reden mit Menschen, welche kenne ich überhaupt nicht. Werde ich nervös und sterbe. Nein, ist besser für mich, wenn bloß schnell eine Stunde und weg. Aber weißt du, meine Freundin tanzt Stange..."

"Was macht sie?", unterbrach ich sie.

"Na tanzt an Stange, in Club", erklärte sie.

"Ach so", erwiderte ich.

"Ja, und das ich werde vielleicht auch bald so machen."

Sie erwähnte noch eine andere Freundin, die im dritten Monat schwanger wäre und in einem Saunaclub anschaffen ginge.

"Sie raucht ganz viel", meinte sie, "und wenn einer sagt, dass nicht gut wegen Kind, sie gleich wird wie verrückt."

Da sich Kata mittlerweile ein wenig beruhigt zu haben schien, übernahm ich nun allmählich die Gesprächsführung und gab ihr neben einigen allgemeinen Ratschlägen auch noch ein paar Tipps für ihre bevorstehende Befragung durch die Ausländerbehörde. Denn immerhin ungefähr 80 000 Visa trugen ja meine Unterschrift, ich als Ex-Visastellenleiter *('Chef-Visagist', so ließ ich mich von meinen Leuten damals rufen)* sollte mich also wohl ein wenig mit der Materie auskennen. Und schlagartig wurde mir auf einmal das Groteske der Situation bewusst: Der einstmals unbestechliche Herr Botschaftsmitarbeiter verkehrte nun regelmäßig mit mehr oder minder 'illegal aufhältigen' Ausländerinnen und machte jetzt neuerdings auch noch Schnellberatung für Scheinehen. Hatte ich denn eigentlich noch alle Tassen im Schrank?

Ach ja, und bevor ich an dieser Stelle vergesse, den Sex zu erwähnen - trotz der sensationellen Optik und des üblichen, bis zum Samenerguss führenden Bewegungsablaufes wollte jenseits des Genitalbereiches bei mir (und ich denke auch bei Kata) so recht keine wirkliche Ekstase aufkommen.

Kurz bevor die Zeit abgelaufen war, bat sie mich dann noch um 300 Euro 'Kredit'.

"Ich möchte, dass alles korrekt ist, so wie habe ich immer gemacht in meine Leben", beteuerte sie. "Maximal drei Wochen, dann ich bringe dir das Geld zurück."

"Oder du kommst wieder privat zu mir, sagen wir übermorgen um neun?", bot ich an.

"Okay", willigte sie ein. "Bis Freitag habe ich ja viel Zeit, du weißt."

Dienstag. Nach der Arbeit rief ich zuerst bei Kata an. Es ginge ihr besser, meinte sie, aber dennoch wirkte sie auf mich relativ kurz angebunden. Ich erkundigte mich, wie es eventuell mit diesem Abend stünde, und sie antwortete, dass sie erst nach Hause wollte und noch ein bisschen überlegen müsste und mich dann zurückrufen würde.

Irgendwie klang es jedoch nicht gerade so, als ob sie scharf darauf wäre, sich mit mir zu verlustieren.

Anschließend ging ich joggen, und um die übliche Zeit rief ich dann bei der Agentur an und fragte scheinheilig nach Kata. Die wäre heute definitiv nicht da, hieß es bloß.

Bei mir meldete sie sich allerdings auch nicht mehr.

Gegen halb acht kontaktierte ich schließlich die alte Agentur wegen Sina.

Nein, sie wäre diese Woche in Urlaub, gab der Telefonist Auskunft, aber vielleicht würde es ja danach wieder klappen. Und tschüss.

Happy Birthday, Sveta, dachte ich; selbst auf meinen kleinen für sie gekauften Geschenken blieb ich also mal wieder sitzen. (Gab es etwas Demütigenderes als das?) Irgendwie hatte ich jedenfalls auf einmal so richtig schön die Schnauze voll von diesem ganzen miesen Business. Nur Rumgeeier, Lügereien, Halbwahrheiten und falsches Getue. Wo blieb ich dabei? Mir gings schlecht, aber wen interessierte das schon.

Ich schwang mich aufs Rad und drehte noch ein paar Runden, an der frischen Luft war das Elend leichter zu ertragen. Gegen neun kam ich wieder nach Hause. Der Anrufbeantworter blinkte, Kata hatte mir eine Nachricht hinterlassen, und zwar, dass sie heute erstmal zu einer Party gehen und dann morgen wie abgemacht um neun zu mir kommen würde.

Na bitte, dachte ich, immerhin etwas. Braves Mädchen, wenigstens auf dich ist Verlass.

Ich kam spät nach Hause, jemand hatte mir auf den Anrufbeantworter gesprochen: "Hallo, hier ist das Generalkonsulat Nowosibirsk, ich teile ihnen unter dem Aktenzeichen dwazatch addin pjatch tschetyrye mit, dass seit Sternzeit drei Strich elf hoch Pi gegen sie ermittelt wird wegen Visavergehen gemäß Paragraf..."

Waaaas?

Mit rasendem Herzen erwachte ich, ein Albtraum hatte mich genarrt.

Erschrocken starrte ich ins Dunkel.

143. Kapitel

Am nächsten Tag war schon früh um acht richtiges Hochsommerwetter. Natürlich hatte ich da erst recht keine Lust zum Arbeiten. Sehnsüchtig blickte ich immer wieder aus dem Fenster, während ich lauter stupides Zeug erledigte. Papier abheften, Anfragen ausdrucken, stinklangweilige E-Mails umsortieren. Der Job klaute einem bloß kostbare Lebenszeit, und in meinem speziellen Fall kam noch dazu, dass er mich außerdem noch vom künstlerisch wertvollen Schreiben abhielt. Am liebsten hätte ich mich freilich ins Strandbad verdrückt, allerdings war ich mit meinem Zeitsoll sowieso schon weit ins Minus abgerutscht. Es gab zwar einige Kollegen, die auf einem satten Polster von 100 oder 150 Überstunden saßen, doch zu denen zählte ich nicht. Meine monatliche Zeitbilanz ging bestenfalls als Nullsummenspiel auf. Also griff ich mir lieber einen Stapel Zeitungen und machte ausgiebig Presseschau.

Und was musste ich da als erstes lesen? Ein Berliner Lehrer, ein Beamter wie ich, war vorläufig vom Schuldienst suspendiert worden, weil er in seinem Geschichtsunterricht am Gymnasium durch ein paar dusselige Bemerkungen wohl den Eindruck erweckt hatte, ein Rechtsextremist zu sein. War er aber doch nicht, wie das Oberverwaltungsgericht nun festgestellt hatte. Nach sage und schreibe sieben Jahren. Freilich hätte man das möglicherweise schon ein wenig früher rausfinden können, jedoch die Mühlen der deutschen Justiz mahlten nun einmal recht entschleunigt. Jetzt war der Herr Studienrat also rehabilitiert und durfte wieder arbeiten gehen. Aber der eigentliche Hammer war ja, dass der Arme die ganzen sieben Jahre über bei voller Bezahlung hatte zu Hause bleiben müssen! Waoh, dachte ich, zu solch einer Luxus-Bestrafung möchte ich auch mal verdonnert werden, das war ja ungefähr wie ein Lottogewinn! Ich fragte mich jedenfalls ernsthaft, ob so ein Coup nicht tatsächlich auch eine Option für mich wäre.

Danach nahm ich mir die nächste Zeitschrift vor und begann diesmal von hinten, bei einer Sonderbeilage über China. Zuerst las ich eine Reportage über den enormen wirtschaftlichen Aufschwung in einigen der Provinzen. Und über dessen Kehrseite. Bilder vom unvorstellbaren Elend der vielen Millionen namenlosen Wanderarbeiter, die jahrelang fern von ihren Familien für einen Hungerlohn auf dreckigen Baustellen schufteten, ihre Bosse reich machten und selber dabei ein Leben lang immer zu kurz kamen. Nach Feierabend hausten sie in stickigen Massenquartieren, wo jedem von ihnen nur ein winziger Drahtverhau zwischen dreifach übereinandergestapelten Metallpritschen zustand, ein Käfigabteil pro menschliches Nutztier. 'Cage people', so nannte man sie. Anderenorts dienten nahezu baugleiche Konstruktionen zur Haltung von Schlachtgeflügel. Westeuropäische Gefängnisse waren humaner.

Ein weiterer Artikel berichtete über eine riesige Künstlersiedlung, wo tausende Maler dicht an dicht in verwinkelten Ateliers hausten. Einer von ihnen pinselte beispielsweise tagein, tagaus nur van Goghs Sonnenblumen, an die dreißig Ölbilder pro Tag, Woche um Woche, und das, obwohl er wahrscheinlich noch nie welche in natura gesehen hatte. Im Verschlag nebenan kopierte ein anderer Akkordmaler im selben Eiltempo da Vincis Abendmahl, und ein Stück weiter setzte man auf Teamwork: Kopist Nummer eins klatschte nur die Bäume auf die Leinwand, Kollege Nummer zwei hatte sich auf Himmel und Horizont spezialisiert, und der Dritte übernahm den Rest der Landschaft. Mehrere Millionen Instant-Gemälde wurden dort auf diese Weise pro Jahr produziert, unschlagbar billig, für die Discountläden der westlichen Welt. 'Der Markt fordert das', wurde einer der Großhändler zitiert. Wer ist eigentlich dieser 'Markt'?, fragte ich mich.

Die folgenden Seiten beschäftigten sich mit Hongkong: Auf riesigen Arealen wurden immer neue Wohnsilos aus dem Boden gestampft, in denen Zehntausende in kümmerlichen Waben hausten, Hauptsache mit Fernseher und Warmwasser. Und direkt vor der Küste vegetierten bettelarme Fischer auf ihren abgewrackten Dschunken unter jedem Existenzminimum, enger zusammengepfercht als antike Galeerensklaven. Eine der vielen Höllen des 21. Jahrhunderts.

'Aber warum in die Ferne schweifen, sieh, das Schlechte liegt so nah', dieser Gedanke kam mir bei den Meldungen der nächsten Zeitung. Mord und Totschlag gleich um die Ecke. Verwahrloste Kleinkinder, Obdachlose.

'Mann nach Motoradunfall zum x-ten Mal am Penis operiert', leider erfolglos, las ich schließlich. Das aus Unterarmgewebe geformte künstliche Glied ('Penoid') war wieder abgestorben. Arme Socke, dachte ich. Ach was war ich dagegen doch für ein Glückspilz, Schwanz gut, alles gut.

Zu guter Letzt überflog ich noch eine kurze Abhandlung zur Thematik der Mirpzahlen (also Zahlen wie zum Beispiel 13, die sowohl vorwärts als auch rückwärts gelesen eine Primzahl ergaben), und das wiederum führte mich gedanklich zu Palindromen und Anagrammen. Ihr wisst schon, trivialer Tiefsinn. Zum Beispiel MARKTKRAM, der blieb bekanntlich immer gleich, egal ob von vorn oder hinten betrachtet, und auch beim guten alten RENTNER änderte sich nichts. Wollen wir doch mal sehen, dachte ich derart frisch inspiriert, und schnappte mir Papier und Stift. Aus den Buchstaben von Aurelias Vor- und Nachnamen kombinierte ich ein paar drollige Permutationen und mailte sie ihr. Dann versuchte ich meinen eigenen Namen zu verwursten, also Ecki 'Punk' Waussholz. Das 'Punk' stand natürlich nicht auf meiner Geburtsurkunde, aber während meiner Bruchbudenzeit hatte mich praktisch jeder so gerufen. Welches Alter Ego ich mir wohl daraus kreieren konnte? Schnell kam ich auf 'Pike Konsul Zawusch'. Der wuschige Konsul; der Berater, aber von der Pike auf gelernt. Außerdem bedeutete *pike* im Englischen ja sowohl Spitze als auch Hecht. Ich, der ganz spitze Hecht. Das gefiel mir nicht schlecht, aber es waren bestimmt noch mehr Variationen drin. Ein bisschen fühlte ich mich wie ein Komponist, der aus einem bestimmten Notenvorrat immer neue Lebensmelodien erschuf. Heiter und traurig, Dur und Moll.

Gegen halb zehn erschien Referent Müllers wie üblich in unserem Büro, um erstmal die Schlagzeilen der Zeitungen zu studieren. Nur nichts überstürzen war sein Motto, immer mit der Ruhe. Hyperaktivität konnte schließlich schnell zu Fehlentscheidungen führen.

Heute trug er wieder seine alten Afrikaklamotten, den 'khaki' Anzug mit dem 'lachsfarbenen' Schlips, was ihm die Ausstrahlung eines selbstbewussten Toilettenpächters verlieh (eine schicke Lederkrawatte wäre da freilich noch besser geeignet, schön in khackbraun, glänzend). Die perfekte Idiotenuniform. Außerdem hatte er sein Ministeriums-Chipkärtchen immer wie ein Hundehalsband umgehängt, 'jederzeit deutlich sichtbar', zu einhundert Prozent hauserlasskonform.

"Guten Morgen, Männer, wie ist die Lage?", das war seine stereotype Begrüßung, nur montags kam manchmal noch ein "na, dirty weekend gehabt?" dazu. Von der Haartracht her hätte es dieser famose Kerl locker mit Einstein oder Beethoven aufnehmen können, bei der entscheidenden Gewebsmasse darunter war er jedoch nicht ganz so üppig ausgestattet worden. Seine Lieblingswörter waren 'picobello' und 'Eins-A-sauber', in sämtlichen Variationen. Sah man ihn mal in der Mittagspause draußen auf der Straße, dann lief er meist mit verspiegelter Designer-Sonnenbrille durch die Gegend und machte auf hochviril, verdeckter Ermittler und so, James Bond als Sommerfrischler. Seine Jacketts hängte er sich dann stets bloß lässig über die Schultern, ohne die Arme durch die Ärmel zu stecken, genau wie seinen dunklen Überzieher, der ihm dann immer wie ein Vampirmantel hinterherwehte.

Zwar gab sich Müllers recht umgänglich, doch das war mehr so joviales Getue. Ein Kollege, der es zwei Jahre mit ihm im Ausland ausgehalten hatte, charakterisierte ihn mir gegenüber mal in aller Kürze so: *'Ein Phrasendrescher, dessen Führungsqualitäten sich in der Führung seines Terminkalenders erschöpfen. Bis der mal irgendwo Leiter wird, muss er noch verdammt viel Leitungs-Wasser trinken'.* Danach taufte ich ihn für mich im Stillen *'Mister Germanium'.* Der Halbleiter, der so gerne ein richtiger Leiter wäre.

Müllers ließ sich gerade ein schickes Eigenheim am Stadtrand hinstellen (mit 'picobellopropper Badarmaturen, ganz exquisit'), und deshalb jammerte er Moritz und mir und jedem anderen bloß immer pausenlos die Ohren voll, wie teuer doch alles wäre und dass er sich mit seinem mickrigen Inlandsgehalt nun rein gar nichts mehr leisten könne. Was wir wiederum gar nicht wissen wollten. Denn schließlich kriegte er immer noch ungefähr doppelt so viel wie wir aufs Konto überwiesen, diese larmoyante Pfeife. Trotzdem war er neulich nicht mal dazu gekommen, auf seine Beförderung einen auszugeben, einfach keine Gelegenheit, verflixt nochmal, erst ging man husch husch in den Urlaub und danach war es auch schon vergessen. Schlimm sowas, immer dieser Termindruck, jaja. Aber den ganzen Tag lang in Finanzmagazinen wühlen und Aktienportfolios beäugen, dafür langte es freilich trotzdem noch.

Ein paar Minuten später gesellte sich Doc Pappke zu Müllers und unterstützte ihn bei der Presseauswertung.

"Ah, wieder neue Terroranschläge", murmelte er vor sich hin, "hochbrisant das Ganze, hab ich 's doch gewusst. Na wenigstens ist es jetzt in großer Runde thematisierbar."

Müllers nickte gewichtig, und so echauffierte man sich noch eine Weile mit Aplomb über die Unvernunft gewisser lokaler Akteure; zwei kapitale 'think tanks', die mit Augurenlächeln mal eben die Weltlage durchdeklinierten, 'grosso modo' und 'ad hoc konkludiert' natürlich. Nein, ihre Expertise wollte ich gar nicht in Zweifel ziehen, mir ging bloß diese exhibitionistische Attitüde dabei auf den Nerv, dieses 'Seht her, Leute, listen folks, wir wissen was!' Die Herren Botschafter von Liliput und Entenhausen laden zur Elefantenrunde, dachte ich und griente. Der Wettbewerb der Marktschreier, Salami-Rolf und Karpfen-Kalle als honorige *elder statesmen*! Ganz großes Kino!

Nach einem kurzen Blick auf seine Armbanduhr verlor Pappke jedoch plötzlich die Diskussionslust. Bevor er sich hektisch verdrückte, spähte er allerdings noch schnell mit einem neugierigen Blick die Fächer seiner Kollegen aus, rein gewohnheitsmäßig.

Müllers dagegen blieb uns ein bisschen länger erhalten, und heute hatte er ein weiteres Mal Gelegenheit, dem Duell der Frühstücksbrote beizuwohnen: Serranoschinken mit einem Klecks Ziegenkäse auf Malzkornbrötchen gegen Edelsalami und französischen Weichkäse zwischen Walnussbrotscheiben.

"Mensch Leute, bomfortionös!" rief er völlig von den Socken aus, "herrje, so gut müsste mir das auch mal gehen."

Es hörte sich an, als würde er nur von Grützwurst und Lungenhaschee leben.

"Ach das ist noch gar nichts", meinte Moritz mit gespieltem Understatement, "das sind doch bloß die zusammengekratzten Reste aus meiner Armenküche. Frugale Diäthappen, faktisch Nulldiät. Gestern Abend hatte ich Wolfsbarsch, und als Vorspeise Knoblauch-Garnelen, 'ne ganze Etoscha-Pfanne voll."

Herzhaft biss er in sein Frühstück und schmatzte drauflos, "ah, cum grano salis, mmh" murmelnd.

Sein riesiger 'Diäthappen' hätte ihm fast Maulsperre verpasst.

"Tja", setzte er dann auch noch ungerührt einen drauf, "bei dem hiesigen Arbeitspensum muss permanente Einspeisung stattfinden, alles andere wäre Raubbau an den körpereigenen Ressourcen. Bei dem oxidativem Stress. Sonst fallen gleich noch die Sauerstoffmasken von der Decke."

"Man nennt unser Büro ja auch oft schon *die Witjas-Tiefe*, weil hier vor Ort derselbe mörderische Druck herrscht wie elf Kilometer unter Wasser", entgegnete ich darauf mit ernstem Kopfnicken, obwohl ich innerlich beinahe am Zerbersten war. "Witjas heisst übrigens auf Russisch *Recke* oder *Held*, das sollte man vielleicht noch wissen. Tja, und solch widrigen Pressuren muss man erstmal standhalten, ohne die gefährliche Taucherkrankheit zu kriegen. Kribbeln und Gliederschmerzen, besonders abdominal."

An Moritz' Blick sah ich, dass auch er sich kaum noch beherrschen konnte.

"Na jedenfalls war ich heute Morgen beim Big Boss vorne und durfte mithelfen, die Reste vom letzten Empfang zu entsorgen", schwenkte ich deshalb lieber wieder auf kulinarisches Terrain zurück. "Nur für den Dienstgebrauch, sage ich bloß. Lachsmedaillons, Blätterteig-Häppchen, alles was das Gourmetherz begehrt. Die Speisenfolge fiel gänzlich zu unserer Zufriedenheit aus. Exzellentes Catering, totalitär lecker. Super el mundo."

Müllers schluckte trocken, zu einer Erwiderung unfähig. Er warf morgens im Büro höchstens seinen *Aromaboy* an, so hieß nämlich seine uralte Kaffeemaschine (die eine Ladung Entkalker mindestens so nötig hatte wie ihr Besitzer), und zu dem damit produzierten dünnen Gesöff kaute er dann meistens auf zähen Gummischrippen mit Billigaufschnitt rum. Oft genug hatte ich mir dieses Elend anschauen müssen.

Da ich seiner mit Sicherheit in Kürze erneut einsetzenden Jammertiraden jedoch längst überdrüssig war, schlug ich voller Tatendrang den ersten vor mir liegenden Aktendeckel auf, um mich meiner anspruchsvollen Arbeit zu widmen. Eine Ministervorlage zum Krisenmanagement, bereits durch tausend Hände gegangen und als Rücklauf abgezeichnet.

"Hier", sagte ich und tippte gleich auf den ersten Absatz, "da steht 'straf-bewährte Sanktionen', gemeint sind aber 'strafbewehrte Sanktionen', oder?"

Belustigt wackelte ich mit dem Kopf. Ach wie sich da der pingelige Klugscheißer in mir freute! Vor ein paar Monaten war in einem Drahtbericht pikanterweise sogar vom 'Verklingen der Nationalhymen' die Rede gewesen, und neulich hatte die Chefsekretärin einen Kirchenfritzen mit 'Superintendant' statt 'Superintendent' angeschrieben. Auch wurden 'Anlagen' des Öfteren gern zu 'Analgen' verwurstet, und jüngst sollte eine Kranzniederlegung an einem 'Oberlisk' stattfinden. Im Laufe der Jahre sammelte sich da eben so einiges an.

Neugierig beugte sich Müllers über meine Schulter; ich wusste, dass der Verfasser einer seiner 'Crewkollegen' war.

"Tatsächlich", stimmte er mir zu, "das hat keiner vor Ihnen korrigiert. Mensch, so clever wie sie sind, müssten sie eigentlich Aufrücken in der ministeriellen Nahrungskette."

"Mmh", entgegnete ich daraufhin bloß lustlos, denn erstens sah ich gehobenen Verwaltungskram nun so gar nicht als mein Metier an, und zweitens war ich derzeit vollauf mit meiner seelischen Altlastensanierung beschäftigt. Das hatte Vorrang, mein Kopf war nämlich noch lange nicht frei. Doch das wollte ich Müllers natürlich nicht auf die Nase binden.

Schweigend registrierte ich daher erstmal die Krisenmanagement-Vorlage im Computer und nahm mir dann das nächste Papier vor.

Ein Pamphlet über irgendeine 'UN-Konvention zur Verhinderung der Wüstenbildung' wartete auf meine Spezialbehandlung: Erfassen, Lochen, Abheften.

Ich vergab das Aktenzeichen für Umweltschutz und überflog mit mäßiger Neugier die wenigen Seiten. Ein Armutszeugnis für die Menschheit, dachte ich mal wieder, von wegen intelligente Wesen. Wir benahmen uns genauso hirnlos wie eine Kolonie Gärbakterien, die den gesamten verfügbaren Zucker um sich herum solange in Alkohol umwandelten, bis sie an ihrer eigenen giftigen Gülle verreckten. *'Erst wenn der letzte Baum gerodet, der letzte Fluss vergiftet, der letzte Fisch gefangen ist, dann werdet ihr merken, dass man Geld nicht essen kann'* - manchmal glaubte ich wirklich schon, dass wir unaufhaltsam auf genau diesen Punkt zurasten. Wie eine Horde unbelehrbare Idioten, die eifrig an exakt dem Ast rumsägte, auf dem sie selber saß.

"Hochinteressante Materie, der ganze Komplex Klimaschutz!", hörte ich Müllers plötzlich dicht neben meinem Ohr enthusiastisch rufen. "Da bin ich ja selber gerade auch mit befasst!"

Noch immer hinter meinem Stuhl stehend, hatte er offenbar ein paar Zeilen in dem UN-Dokument mitgelesen. Denn sogleich begann er Moritz und der Tischlampe in epischer Breite zu erläutern, wie es durch diverse menschliche Aktivitäten zu den verschiedensten 'Überreaktionen der Natur' kommen würde und wie diese nun durch international vereinte Kräfte korrigiert werden müssten. Am besten natürlich mit ihm an der Spitze. Mit Müllers als Oberbazille.

"Herr Waussholz, Sie lesen doch auch immer so naturwissenschaftliche Artikel", wandte er sich schließlich ganz direkt an mich. "Sehen Sie das nicht auch so?"

Ich zuckte mit den Schultern.

"Naja, *'Überreaktionen der Natur'*, also ich weiß nicht", erwiderte ich ohne groß nachzudenken, während ich meine Papierstapel weiter sortierte. "Das hört sich so nach auszumerzendem Fehlverhalten an. *'In der Natur ist kein Irrtum, sondern wisse, der Irrtum ist in dir',* so hat es doch schon Meister da Vinci konzise aufs Pergament geschabt. Schuld sind wir ja schließlich selber, und alles hat seinen Preis, seine Kehrseite, das sollte man jedem von uns immer wieder deutlich vor Augen führen. Wie bei der Warnung auf Zigarettenschachteln."

"Völlig unpraktikabel", schüttelte Müllers den Kopf (hieß das nicht besser *impraktikabel?*, dachte ich). "Das kriegen Sie gegen die Wirtschaft nie durchgesetzt, schon gar nicht international. Oder weltweit. Dann passiert nämlich überhaupt nix."

"Kann sein", gab ich ihm recht, "aber zumindest langfristig müsste das doch trotzdem die Linie sein. Vor allem muss erstmal konsequent das Verursacherprinzip gelten, jedenfalls noch viel mehr als bisher, anstatt Umweltschäden bloß zum abstrakten Expertenproblem zu erklären und dann hinterher mit irgendwie beschafften Staatsgeldern notdürftig zu flicken. Wilder Heimwerker-Aktionismus kann ja auf Dauer auch keine Lösung sein."

Diese Antwort schien Müllers nicht zu passen. Er sah irgendwie beleidigt aus, eingeschnappt wie ein verzogenes Kind. Möglicherweise waren seine Ansichten ja tatsächlich realistischer als meine, aber er hatte mich doch nach meiner Meinung gefragt! Immer dasselbe mit den hohen Herrschaften und mir, dachte ich. Leutseliges Rumeiern, das war nämlich die eine Sache, schließlich gab man sich ja locker - aber wehe, ein vorwitziger Untergebener erdreistete sich, von gleich zu gleich mit einer dieser erlauchten Chargen zu parlieren, anstatt ihnen Huldigungen entgegen zu bringen und bei der üblichen Selbstbeweihräucherung zu assistieren! Nein, solcherart Insubordination wurde natürlich nicht goutiert, da fiel man schnell in Ungnade. Freilich gab es neben solch bornierten Autokraten wie Müllers auch noch andere Vorgesetzte. Die Guten, die Unvoreingenommenen, die bei ihrem Gegenüber nicht ständig auf irgendwelche imaginären Schulterstücke schielten, sondern die die geäußerte Argumentation einfach nur an sich bewerteten. Wirklich fähige Leute, und großartige Chefs, ehrlich. Doch die Müllers & Co., die karrieregeilen Strategen und Anbeter der Amtshierarchie, die erkrankten zunehmend an Farbenblindheit und nahmen sämtliche Mitarbeiter in ihrer Umwelt am Ende nur noch schemenhaft wahr. Ihr Geist verdünkelte sich, sozusagen. Was zwar einerseits bereits die gerechte Strafe für ihren Hochmut darstellte - aber eben andererseits auch die Zusammenarbeit mit ihnen so unerquicklich gestaltete.

Nun, und so war ich schließlich ganz froh, als Müllers sich bald darauf tonlos verdrückte und Moritz und mich in Ruhe ließ. Die Lust auf ein Gespräch in unserem Büro schien ihm jedenfalls für eine Weile vergangen zu sein.

144. Kapitel

Nach der Arbeit fuhr ich direkt nach Hause und rief als erstes bei Kata alias Janica an. Sie klang ziemlich maulig. Ja, sie wolle noch schlafen.

Na dann, also bis um neun, ich freu mich.

Ich machte mir einen Kaffee, setzte mich vor den Computer und las ein bisschen im Freierforum. Ein Kunde beschwerte sich, dass er neulich bei einem Mädchen gerade lecken wollte, als er sah, dass sie blutete. Überhaupt gönne die Agentur den Girls keine Pause, sie seien immer müde, und Preisnachlass wegen dem Blut hätte er auch nicht gekriegt. In einer anderen Rubrik informierte man sich gegenseitig über Gang-bang-Parties in irgendeinem alten Pornokino ('Bukkake in der Fickfabrik'), wo es im Verhältnis 1:10 oder 1:15 zur Sache ging. Des Weiteren schrieb jemand begeistert über seinen Schnellfick im Parkhaus ('Popp & Go'), wo er - nach Entrichtung der Gebühr beim Zuhälter - zum Hinterteil der gebückt in einer Ecke stehenden Einspritzsklavin geführt worden war, an der sich in dieser Manier bereits mehrere Vorgänger abgearbeitet hätten. Derselbe Verfasser schwärmte übrigens auch von einer 'Glory Hole' genannten Adresse, bei der Mann seinen Schwanz durch ein Loch in der Zimmertür stecken konnte, während eine unsichtbare Dienstleisterin sich auf der anderen Seite kniend seiner annahm. Er wies die Gemeinde ebenfalls auf ein neues Straßenstrich-Küken hin ('ganz junges Ding, Möse noch unrasiert, die volle flauschige Pracht'), die sich für dreißig Euro zu einem Quickie ins um die Ecke gelegene Automaten-Klo ('City-Toilette') mitnehmen ließ. Außerdem gab es noch ein paar Anfragen. Einer wollte unbedingt 'eine Hochschwangere anbohren', der Nächste suchte Frauen um die Dreißig 'mit ausgeprägter Flügelmuschi, so richtig schön zum Aufklappen', und ein Anderer erkundigte sich nach Mädchen mit möglichst vielen Piercings im Intimbereich.

Hm, grübelte ich, was reizte einen Mann bloß an einem halben Klempnerladen vor der Muschi? Vielleicht wollte da jemand seinen neuen magnetischen Dildo ausprobieren, sagte ich mir, und fuhr den Computer wieder runter.

Kurz darauf rief eine Kerstin bei mir an; ich hatte ihr neulich auf ihre allgemeine Kontaktanzeige geschrieben, neuer Freundeskreis gesucht und so. Wir verabredeten uns für den Samstag.

Anschließend ging ich in den Park joggen.

Überall sah man heiße Girls. Auf der Wiese, beim Beachvolleyball, im Café. Von Pubertätsknospe bis Megabeule wurde einem alles luftigst präsentiert, das ganze Spektrum, und wohin man guckte, nichts als bauchfrei bauchfrei bauchfrei. Ein vielleicht dreizehnjähriges Mädchen sonnte sich auf einem großen Badetuch, mal auf dem Bauch, mal auf dem Rücken liegend; ihre Finger- und Zehennägel waren hellblau lackiert und ihre auffälligen Creolen-Ohrringe hatten exakt den gleichen Farbton. Ebenso wie ihre Augen, die von dichten, dunklen Wimpern umrahmt wurden. Jedes Mal wenn ich vorbeitrabte, blickte sie zu mir auf und sah mich mit einem verwirrend weiblichen Blick an. *'Hallo fremder Mann, ich menstruiere schon!'*, schien sie mir zuzuflüstern. Die perfekte Lolita, dachte ich und fragte mich unwillkürlich, ob ihr süßer Jungferntunnel tatsächlich noch ordnungsgemäß versiegelt war. Oder ob sie die Einfahrt in den engen Stichkanal bereits freigegeben hatte und längst Antikonzeptiva schluckte.

In einer durch hohe Sträucher windgeschützten Ecke übte ein halbes Dutzend braungebrannter Nachwuchs-Cheerleader in sonnengelben Batikröckchen mit lila Tupfern zu dem blechernen Geplärre eines Ghettoblasters irgendeine Tanzchoreografie ein, und jede dieser Elfen war langhaarig und gertenschlank. Ein Stück weiter spielten ein paar ihrer Klassenkameradinnen Federball (und wie die Bälle federten!), auch hier jeder Anblick ein Genuss. Aber trotzdem gefiel mir keine besser als Janica.

Naja ich war momentan halt sexuell fixiert.

Um acht fragte ich bei der Agentur nach Kata. Nur zur Tarnung natürlich.

Hm, machte der gute Andy, eigentlich rechne er ja erst ab neun mit ihr *(denkste, griente ich in mich hinein, da weiß ich aber mehr!)*, sie hätte eben bloß mal privat was regeln müssen, aber ab morgen wäre sie auf jeden Fall wieder ganz normal dabei. Nebenbei erwähnte er Oksana und wollte mir noch eine andere schmackhaft machen, aber ich lehnte ab. Sollte er sich ärgern, dass er Geld verlor, hoffentlich würde er Kata (und die anderen Mädchen!) bei der nächsten Meinungsverschiedenheit dann anständig behandeln. Das war mir wichtig, denn ich bekenne mich zwar zu meiner Geilheit, lasse mich aber nicht auf dieselbe reduzieren.

Kata V privat:

Sie kam sogar ein paar Minuten vor neun, mit dem Taxi. Zu nervös, um selbst zu fahren, wie gehabt. Ich machte extra nochmal einen Fake-Anruf bei der Agentur *('Ist Kata vielleicht jetzt da?')* und stellte auf Lautsprecher, damit Kata mithören konnte, wie Andy sich wand.

Er hätte sie schon ein paarmal angerufen, meinte sie, und sie zeigte mir sogar eine SMS von ihm *('Was soll ich denn noch machen?')*.

"Aber ich habe meine Stolz", meinte sie bloß und knipste demonstrativ das Handy aus.

Anschließend gingen wir in den Park spazieren.

Da das Café noch geöffnet hatte, kauften ich uns zwei kleine Eis, die wir beim Weiterschlendern wegschleckten. Kata berichtete von ihrem Termin beim Standesamt, der anscheinend ganz gut gelaufen war. Selbst ordentlich polizeilich angemeldet wäre sie jetzt, meinte sie, und zeigte mir zum Beweis das abgestempelte Formular mit ihrer Adresse in Druckbuchstaben.

Danach erzählte sie erst ein wenig von zu Hause, von der Küste und den vielen Inseln, von Dubrovnik und Split und ihrer schönen alten Ferienvilla in Opatija, und auch von mehreren Flügen nach Dubai, "nur so zum Shopping".

Sie schilderte, wie sie nach Berlin abgehauen war und im Hotel einen bulgarischen Autoschmuggler kennen gelernt ('ist ganz viel Mafiot') und dort auch ein anderes kroatisches Mädchen getroffen hätte, mit der sie nach ein paar Tagen probeweise in den Puff mitgegangen wäre.

"Ich erste Mal, als Männer reinkommen und Mädchen müssen aufstehen, gleich war so aufgeregt, dass habe meine richtige Namen gesagt!", erwähnte sie und kicherte.

Ein paar Wochen später wäre sie dann schließlich zur Agentur übergewechselt. "Besser mit Mann bloß halbe Stunde oder so und gleich wieder weg", sagte sie dazu nur knapp. Je kürzer umso besser, so lautete offenbar ihre Devise.

Drei oder vier Monate danach wäre sie nochmal kurz nach Kroatien gefahren, erzählte sie, aber ihre früheren Freunde hätten nichts mehr so recht mit ihr zu tun haben wollen.

"Habe ich alle gesagt was ich mache und lüge ich nicht, und dass ich bin noch dasselbe Mädchen wie vorher!", rief sie leidenschaftlich, und wieder bildeten sich steile Fältchen oberhalb ihrer Nase.

"Musst du aber aufpassen, dass du das auch bleibst", erwiderte ich ruhig, "denn auch der gute Apfel wird bald schlecht, wenn er neben einem fauligen liegt. *(Eines der Mädchen hatte mir einst diese Weisheit zuteilwerden lassen.)* Diese Arbeit kann einen nämlich sehr verändern, und bald denkst du nur noch schlecht von Männern und überhaupt von allen."

Dann erzählte ich von Jade alias Nina, und wie sie mir damals den Satz *'Sonst werde ich lieblos'* gesagt hatte.

"Ja das stimmt", antwortete Janica plötzlich ganz kleinlaut und sah dabei auf einmal aus wie ein kleines Mädchen. "Weißt du, manchmal wenn Telefon klingelt und zum Beispiel Fahrer ist dran, ich sofort sagen in mein Kopf: *'Was will diese Idiot?'* Früher war ich nicht so, und ich möchte nicht so sein."

Ich hatte das Gefühl, dass wir uns in diesem Punkt wirklich verstanden.

Auf dem Weg zurück zu meiner Wohnung redete sie für meinen Geschmack allerdings schon wieder ein bisschen zu viel von 'Mafioten' und 'Razzia' und solchen Sachen; entweder sie renommierte bloß damit, oder sie rutschte tatsächlich allmählich in diese Kreise.

Zu Hause quatschten wir noch eine ganze Weile weiter, dann ging sie endlich ab unter die Dusche (ich spülte mir bloß nochmal kurz den Schwanz ab) und kam zu mir auf das Laken. Ich lag aber bloß die ganze Zeit mit puckernder Eisenlatte neben ihr, nichts weiter. Klar, ich hätte locker gekonnt, doch ich beherrschte mich, wiewohl es mir wahrlich nicht leichtfiel. Nur bei mir und noch einem anderen Kunden wäre sie nicht mehr nervös, hatte sie mich vorher wissen lassen. Das war dann wohl das äußerste der Gefühle, dachte ich: Sie konnte mich immerhin für eine Weile in ihrer Nähe ertragen.

Ich sagte ihr, was ich mir schon am Nachmittag zurecht gelegt hatte, nämlich dass ich nicht immer Sex haben müsse und sie heute nur streicheln wolle. Nicht mal mit dem Finger ging ich bei ihr rein, nur ganz leichte Küsse tupfte ich auf ihren Körper. Dabei hatte ich das Kalkül im Hinterkopf, dass ich lieber einmal aussetzen würde, damit es dann hoffentlich beim nächsten Mal umso besser funktionierte. Denn der kluge Investor handelt kühl und besonnen, um dann später die üppige Rendite abzugreifen, den vollen Lustgewinn.

Na jedenfalls, sie schien wirklich entspannt zu sein, aber sie lag eben nur wie hingegossen da und berührte mich überhaupt nicht. Und ihre Nippel standen die ganze Zeit über so schön steif ab.

Gegen kurz nach zwölf wurde sie müde und zog sich an, um nach Hause zu fahren.

Na denn, dachte ich, und begann zu rechnen: anderthalb Stunde im Park, jedoch in der Wohnung nur eine Stunde quatschen plus eine halbe Stunde sexloses Bett - also eigentlich sollte ich das dann wohl bloß mit 150 vom 'Kredit' abrechnen.

Aber gut, sagte ich mir, sind wir diesmal wieder großzügig.

"Okay", verkündete ich daher, "ich zahle heute faktisch ganz normal 200 wie sonst auch, und damit sind 100 Euro von den 300 Euro Kredit jetzt noch offen, richtig?"

"Hm", machte sie, guckte auf den Fußboden und drruckste rum.

Ich verstand sie nicht.

"Ist das nicht okay?", fragte ich nach.

Sie nuschelte irgendwas von "na ich muss überlegen, wieviel Geld ich noch zu Hause", sah mir aber nicht in die Augen dabei.

Wie bitte?, dachte ich mit wachsendem Unmut. Wollte sie jetzt etwa nach dieser schlappen Vorstellung noch extra bei mir absahnen? Erwartete sie tatsächlich kompletten Schuldenerlass plus Bonusscheinchen?

"Ich denke, das war sehr leichtverdientes Geld heute Abend", erklärte ich mit nur schlecht unterdrückter Entrüstung. "200 Euro netto für dich, das wären sonst fünf Termine gewesen, stimmts?"

"Ja, ähm", murmelte sie verschüchtert, aber offensichtlich nicht wirklich überzeugt.

Moment mal, ging ich in mich, hatten wir nun 200 pro Treff ausgemacht, oder 100 pro Stunde? Das war wohl tatsächlich ein kleines bisschen missverständlich gewesen. Anscheinend ging sie davon aus, ich würde ihr fürs Spazierengehen ebenfalls den vollen Stundensatz zahlen.

Sie zog sich im Flur die Schuhe an, während ich ihr ein Taxi rief.

"Morgen Abend wieder um neun?", bot ich versöhnlich an. "Dann sind die letzten 100 vom Kredit weg, und du kriegst noch 100 Euro in die Hand, okay?"

"Kannst du mir jetzt diese Geld geben?", bat sie.

"Hast du nichts mehr?", wollte ich wissen.

"Doch, für Taxi ja", antwortete sie, "aber mehr nicht."

Schließlich ließ ich mich erweichen und gab ihr den Fünfziger, den ich gerade noch im Portemonnaie hatte, doch sie schien nicht gerade begeistert ob meiner Großzügigkeit zu sein. Was ich wiederum ziemlich undankbar fand. Was glaubte diese Göre eigentlich?, fragte ich mich so allmählich, denn mittlerweile stand mir das alles nämlich bis Oberkante Unterlippe. Ohne meinen 'Kredit' wäre ihr wichtiger Standesamtstermin geplatzt, und höchstwahrscheinlich hätte sie sonst auch wieder bei der Agentur anklopfen müssen und würde sich gerade in diesem Augenblick für 40 Euro pro Stunde von der Durchschnittsklientel nageln und die Soße ins Gesicht spritzen lassen, 'meine Stolz' hin oder her! Wohingegen ich nun einen Schein nach dem anderen hinblätterte, bloß um mir ihr Teeniegeplapper anhören zu dürfen, *'Andy hat so gesagt, und ich hab ihm so gesagt'*! Aber natürlich war ich ja selbst schuld, ich hatte doch voll ein Rad ab.

Eilig und ohne Abschiedsküsschen trippelte Kata von dannen, und ziemlich sauer schloss ich die Tür hinter ihr.

Morgen würde es aber anders laufen, nahm ich mir vor.

Nach dem Sex ist vor dem Sex, Baby.

145. Kapitel

Im Krapparat erwartete mich am nächsten Tag nur Stress. Ein Riesenstapel Papier, und alles durcheinander. Frau Kritsch mal wieder, die hatte den ganzen Mist verzapft, wer sonst. Die blöde Kuh (Entschuldigung, liebe Kühe), die noch immer nicht richtig grüßen konnte. Jeden Morgen marschierte sie erhobenen Hauptes durch die Tür, als ob nur ein paar Kubikmeter Luft in der Bude wären. Allzeit in höheren Sphären weilend. Sehr von sich eingenommen, die Dame. Schließlich hatte man ja schon mal was veröffentlicht! Jaja, wirklich! In irgendeinem Fachjournal nämlich, einen Beitrag über sonst wo ausgebuddelte 'arsakidische Tetradrachmen' und über 'frühbyzantinische Silberlöffel'. (Kein Witz - sowas Absurdes könnte ich mir gar nicht zusammenfantasieren).
Antike Mokkalöffel katalogisieren, dachte ich bloß - als ob es *das* war, was die Welt von der künftigen Elite erwartete.
Und überhaupt - ach was war man progressiv! Kritschi hing nämlich öfter mal in irgendwelchen Clubs ab und hielt sich für einen Miles-Davis-Fan, wie sie jeden auf dem Flur wissen ließ. Na logo, aber klar doch! Eigentlich ein Wunder, sagte ich mir, dass der Meister nicht noch öfter mit dem Rücken zum Publikum gespielt hatte.
Kritsch 'the Bitch' machte jedenfalls auf ganz große Nummer. Okay, sie konnte arabische Bücher und Zeitungen wohl halbwegs lesen, 'Würmerschrift', wie Moritz immer dazu sagte. Na und? Aber auf Job hinterließ sie nur Chaos. Letztens war es ihr doch tatsächlich gelungen, die *Durchschriften* der Kassenanordnungen für einen ganzen Packen Projektzuweisungen an die Bundeskasse zu schicken und die *Originale* fein säuberlich in der Schublade zu behalten! Es fiel erst auf, als der ganze Ramsch mit freundlichen Grüßen wieder zurückkam. Dadurch wären zwei Großprojekte beinahe geplatzt, wegen Nichteinhaltung der Zahlungsfristen. Damit aber nicht genug, sowas ließ sich natürlich noch locker variieren! Denn ein anderes Mal hatte sie aus Schusseligkeit etliche Projektnummern doppelt und dreifach vergeben und die Bescheide rausgeschickt, und jetzt trudelte allmählich der Antwortschriftwechsel ein, und ich arme Sau konnte zusehen, wie ich den ganzen Mist vernünftig zugeordnet kriegte.

"Sorry", machte sie bloß und zuckte leichthin mit den Schultern, als ich sie darauf ansprach. Kleinigkeiten halt. An der Uni hätte sie mit 'so äh, Verwaltungskram' nichts zu tun gehabt, und hier müsste sie sich zuerst einmal 'in die fachspezifische Materie' einarbeiten und 'Prioritäten setzen'.

Aha, dachte ich, Scheiße bauen und sich dann noch auf die Intellektuellentour rausreden wollen! Bei mir ballte sich innerlich ein Klumpen Antimaterie zusammen, und ich erkundigte mich, ob sie an der Uni eigentlich 'prioritär Rabulistik' studiert hätte und ob sie nun eigentlich Historikerin oder Histrionikerin wäre, aber sie wich aus, weil sie meine Fragen anscheinend nicht kapiert hatte, was letztendlich wohl auch besser so war. Null Ahnung diese Null, diese prioritäre Chaostheorie-Expertin! Am liebsten hätte ich ihr den ganzen Kladderadatsch vor die Füße geschmissen! Wie sie schon über den Gang watschelte, in ihrem Glockenarsch-Jeansrock, lahm wie ein Flusspferd! Einen Kondensstreifen zog sie jedenfalls nicht gerade hinter sich her. Und ihr Frontalanblick löste ja sowieso bloß blankes Entsetzen aus, allein dieser Lidschattenkleister, da konnte einem alles vergehen.

Moritz griente mich bloß von der Seite an, als er sie an diesem Morgen davonschlurfen sah.

"Hat sie ihn etwa düpiert und gar verdrießlich gestimmt?", erkundigte er sich in gekonnt gestelzter Manier.

"Macke", giftete ich ihr erstmal hinterher, "und Baby - ich meine nicht August den Maler."

"Voodoopuppe?", fragte Moritz nochmal vorsichtig nach.

"No Sir, und ich hoffe, ich darf frei sprechen, Commander", erwiderte ich kopfschüttelnd, "besser ins Space Shuttle und zügig ab Richtung Alpha Centauri, Fluchtgeschwindigkeit hyperbolischer Exzess, superluminar, Hauptsache erstmal bis hinter den Kuipergürtel. In die Oortsche Wolke. Zum Röntgenpulsar, auf einen Quarkstern."

Bitter mit meinem Schicksal hadernd, beklagte ich mich beim Allmächtigen: Warum gerade ich? Warum gerade *die* gerade *hier*, direkt vor meiner Nase? Die Neue im Nachbarreferat sah aus wie Miss Germany, eine aparte Erscheinung mit glockenhellem Lachen. Und sie lispelte sogar ein ganz bisschen, wie süß! Oder der Typ ein Stück rechts den Gang runter, schlagfertig, cool, locker und obendrein natürlich noch Jazzfan, und kein bisschen eingebildet. Es gab viele gute Leute, das war keine Frage des Alters. Warum also ausgerechnet Jungomi Kritsch?

Kaum war ich mit dem Grobsortieren der Tageseingänge fertig, wurde mir als Nächstes am Telefon eröffnet, dass woanders ein Personalengpass bestünde und anschließend gefragt, ob ich nicht mal wieder ab Montag für vier Wochen aushelfen könnte. Man schmierte mir ordentlich Honig ums Maul, aber ich gab gleichermaßen höflich wie deutlich Kontra, denn in puncto Kollegenhilfe hatte ich mein Soll für dieses Jahr bereits übererfüllt. Am Ende ließ sich dann 'Pilot' Moritz weichkochen, halb umschmeichelt und halb verdonnert, er war eben zu gutmütig für diesen Saftladen. Also würde er den ganzen nächsten Monat immer mal halbtags verschwinden, um woanders Feuerwehr zu spielen, und natürlich würde ich mich dann hier um seinen Kram zum Großteil mitkümmern müssen. Hätte ich also auch gleich selber zusagen können, dachte ich. Schöne Kacke. Ich gab mir Mühe, es mit Fassung zu tragen.

Missmutig hockte ich vor dem Computer und schob per Mausklick E-Mails aus aller Welt hin und her. Anschließend latschte ich meine übliche Strecke durch die Amtsflure ab. Auf der Toilette begegnete mir Müllers, natürlich hatte er wieder überall das Licht brennen lassen, die volle Festbeleuchtung. Komischer Knilch, dachte ich bloß genervt. Den ganzen Tag hochtrabend über Wüstenbildung und Umweltschutz dozieren, aber keinerlei persönliche Konsequenzen daraus ziehen. Das waren die Typen, die lautstark von irgendeinem Podium herunter Menschenrechtsverletzungen in Tibet anprangerten und dann nach Feierabend zu Hause die eigene Frau anschnauzten, weil das Essen nicht schnell genug serviert wurde. Aber vielleicht erstmal zu versuchen, den Tyrann in sich selbst zu überwinden, den üblen Unterdrücker und Verdränger - nein, darauf kamen sie leider nicht. Viel zu oft wiesen sie auf den Splitter im Auge ihres Bruders, ohne dabei den Balken in ihrem eigenen zu bemerken, um es mal mit einem biblischen Bild zu unterlegen. Homo sapiens ignorantus. Absurd wie ein ketterauchender Lungenarzt, oder ein drei Zentner schwerer Diätassistent.

Kurz darauf begegnete mir die Kollegin aus der Personalabteilung und erzählte mit verheulten Augen, dass ihr Bekannter im Krankenhaus, der mit

'Streukrebs', gestern gestorben war. Statt der prognostizierten zwei Monate war ihm bloß eine einzige Woche geblieben. Sie hatte ihn nicht nochmal besucht und litt dafür jetzt doppelt.

Ich war den ganzen Tag über mies gelaunt, alles ging schief. Ein angebissener Schokoriegel, den ich versehentlich auf dem sonnenbeschienenen Fensterbrett liegen gelassen hatte, ähnelte bereits nach kurzer Zeit einer Stuhlprobe und dreckte mir Geschirrhandtuch und Einkaufsbeutel komplett ein. Aber das war längst noch nicht alles.

Denn als ich gegen halb fünf endlich durch die Drehtür wieder nach draußen in die vermeintliche Freiheit trat und mich schon fast zu Hause auf der Couch wähnte, da sah ich, dass mein Hinterrad einen Platten hatte. Das blöde Ventil, jetzt war es endgültig im Eimer. Verzweifelt versuchte ich trotzdem noch, den Schlauch aufzupumpen, ich rackerte wie ein Irrer, bis es *plopp!* machte und mir der Kopf der Luftpumpe davonflog. Verdammter Mist! Also würde ich mein Rad anderthalb Kilometer schieben dürfen, bis hin zum nächsten 'Bike-Shop' kurz vor dem Park, und das ausgerechnet jetzt, wo über mir bereits schadenfroh eine fette schwarze Gewitterwolke thronte, aus der gerade die ersten Tropfen zu fallen begannen. Wütend kickte ich gegen eine auf dem Boden liegende Coladose, mit voll Karacho, doch leider war die Büchse nicht ganz leer, wie ich angenommen hatte, so dass ich mir - flatsch! - das Hosenbein mit der braunen Brühe bis übers Knie beschmadderte. Auch das noch!, fluchte ich entnervt und war drauf und dran, urwaldmäßig loszubrüllen.

Dann fing es so richtig schön zu pladdern an, und ich stellte mich erstmal eine Weile unter, völlig niedergeschlagen und verzweifelt. Auf einmal fühlte ich mich total kraftlos und am Ende; es war nicht nur der Regen, der da über mich hereinbrach. Ich hielt das alles einfach nicht mehr aus. Dieses ganze Elend, dieses ewige Alleinsein, diese Einsamkeit! Vor allem meine Kinder fehlten mir, meine lieben Kinder, ich hatte solche Sehnsucht nach ihnen! Was sollte das bloß werden, wie sollte es weitergehen? Das war doch Wahnsinn!

Schlechtes Zeichen, dachte ich, wenn mich ein kaputtes Ventil schon so aus der Fassung brachte. Mein Nervenkostüm war jedenfalls ziemlich angeschlagen.

Eine Viertelstunde später war der Wolkenbruch vorüber, so dass ich meinen Unterstand wieder verlassen konnte, und während ich mein Rad in Richtung

Park vor mich her schob, spielte ich in Gedanken mal wieder eine Rückkehr zu Ramona durch. Vielleicht würden wir uns doch noch irgendwie einigen können, auf einer neuen Basis? Schließlich hatten wir uns ja mal geliebt.

Ich dachte daran, wie wir uns kennengelernt hatten. Ihre langen seidigen blauschwarzen Haare waren mir gleich aufgefallen, und ihre bunten selbstgenähten Sachen. Sie sah damals aus wie eine Indianersquaw, schön, natürlich, unschuldig. Beim Dorffußball hatte es dann gefunkt, ihr Bruder spielte in einer der Mannschaften, und sie saß neben mir und borgte sich immer mal wieder meine Brille, denn sie war eigentlich kurzsichtig, aber zu eitel für so ein Ding. Jedenfalls, man musste sie einfach lieben, wenn man sie so dasitzen sah, das hübsche Köpfchen vorgereckt wie ein niedliches Vögelchen. Noch mit 22 war sie gelegentlich auf 16 geschätzt worden. In unseren Flitterwochen fuhren wir damals durch Frankreich und Spanien nach Portugal; wir hatten Burgen besichtigt und in Herrenhäusern übernachtet. Ein paar Monate später waren wir sogar noch auf die Azoren geflogen. Damals fühlte ich mich wunschlos glücklich mit ihr; ich war mehr als froh, dass ich sie hatte. Und jetzt? Wo war das niedliche Vögelchen mit meiner Brille auf der Nase hin? War das wirklich alles unwiderruflich den Bach runter?

Im Fahrradladen kaufte ich ein neues Ventil, setzte es draußen gleich ein und pumpte den Schlauch mit einer neuen Luftpumpe auf. Skeptisch wartete ich noch eine Weile ab, aber die Luft schien zu halten, es hatte tatsächlich nur an diesem winzigen Ding gelegen.

Also schwang ich mich für das letzte Stückchen in den Sattel. Ganz neues Fahrgefühl, dachte ich dabei beinahe glücklich.

Endlich dann, mit mehr als einer Stunde Verspätung zu Hause in meiner Klause angekommen, goss ich mir einen Tee auf und warf sogleich den Computer an, um meine E-Mails zu checken. Ich fand aber lediglich eine Nachricht von Annoncen-Anne vor. Momentan wäre sie krank, ließ sie mich wissen, eine alte 'Rückrad'- Geschichte, die ihr immer mal wieder zu schaffen machte (na Gute Nacht, dachte ich, bei der Rechtschreibung). In ein paar Tagen würde sie in Urlaub fahren, aber danach hätte sie dann Zeit. Na wie schön.

Gegen sieben rief ich bei Kata an, um mich zu vergewissern. Ja, bestätigte sie, wie abgemacht würde sie um neun kommen. Na fein, dachte ich und rieb mir schon die Hände, aber Pustekuchen, sie erschien dann einfach nicht, und ihr Handy war plötzlich auch nicht mehr erreichbar. Vollends vom Teufel geritten, rief ich gegen halb elf die alte Agentur an und fragte nach Lissy, kassierte aber auch dort eine Abfuhr. Nein, sie wäre für die nächsten paar Tage nicht mehr dabei, hieß es bloß knapp. Boing, Pech auf der ganzen Linie, fluchte ich. Am besten Löschen den ganzen Tag, das war mein letzter Gedanke.

146. Kapitel

Freitag guckte ich gleich nach der Arbeit schnell noch in meine E-Mail und fand eine Nachricht von Liana aus Stuttgart. Sie bedankte sich darin erst jetzt für die Morrison-CD, hätte allerdings noch nicht einmal Zeit gehabt, sie zu hören. Immer im Stress, eine neue Liebschaft würde sich anbahnen.
Viel Glück, wünschte ich ihr, denn als potentielle Braut für mich hatte ich sie sowieso längst abgeschrieben. Apropos abgeschrieben, dachte ich, Kata konnte ich wohl auch vergessen, mitsamt des restlichen 'Kredits'. Überhaupt ließ mich das alles schon längst wieder völlig kalt; ich empfand so gut wie gar nichts mehr, wenn ich an sie dachte. Erst vorgestern Abend war sie bei mir gewesen, aber die gefühlte Entfernung ließ sich inzwischen in Lichtjahren messen. Natürlich wusste ich zwar noch, *dass* ich bereits ein paarmal mit ihr Sex gehabt hatte, aber ich konnte mich nur noch ganz schwach erinnern, *wie* es eigentlich gewesen war. Wie es sich angefühlt hatte. Weil ich Kata nämlich in Wahrheit bloß als Sexualobjekt betrachtete, das mir bei Bedarf zur Verfügung stand?
Das Karussell dreht sich immer schneller, dachte ich und fragte mich im selben Moment, ob ich jetzt vielleicht sexsüchtig war? So wie die Ratte im Labor, die immer wieder die Taste für den Stromstoß ins Lustzentrum drückte? So lange, bis sie an Entkräftung verreckte?
Ich schnürte erstmal meine Joggingschuhe und machte mich auf in Richtung Park, wo ich ein paar lockere Runden drehte, und gerade als ich zurückkam, klingelte das Telefon.

Aha, dachte ich und griff gespannt zum Hörer, hatte Kata etwa doch ein schlechtes Gewissen?

Allerdings hörte ich zunächst bloß ein russisches Begrüßungs-'Priwjet' am anderen Ende, und die Anruferin nannte auch keinen Namen, doch es kostete mich den Bruchteil einer Sekunde, dann wusste ich, wen ich da dran hatte: Es war Nina alias Jade, the one and only!

Sie wäre wieder in Dresden, bei ihrem Mann, erzählte sie mir. Denn wenn sie ihre Aufenthaltsberechtigung für Deutschland nicht verlieren wollte (und das wollte sie nicht), dann musste sie auch mindestens sechs Monate pro Jahr hier leben.

Nach zehn Minuten bot ich an, sie zurückzurufen, damit es auf ihrer Rechnung nicht gleich auffiel. Wir redeten dann noch eine ganze Stunde lang.

Ein Treffen zu bewerkstelligen würde zwar nicht ganz leicht sein, aber sie versprach, nach Berlin zu kommen, allerdings könnte es noch etwas dauern.

"Schalt doch mal die Video-Taste an deinem Bildtelefon ein", bat ich alter Süßholz-Raspler, und die Küsse, die sie mir anschließend schickte, konnte ich richtig spüren.

Als ich aufgelegt hatte, kramte ich noch einmal die Karte hervor, die sie mir aus der Ukraine geschickt hatte. Unsere gemeinsam verbrachte Zeit stand mir plötzlich wieder deutlich vor Augen, jedes unserer Treffen. Damals, als wir ohne Kondom gevögelt hatten. Als wir uns so nah gewesen waren, dass uns nicht einmal mehr ein Stückchen Hygienemembran getrennt hatte. Selig schwelgte ich einer Woge von Erinnerungen und merkte dabei, wie ich mich immer mehr in sie verliebte. Und ich ließ es gerne zu.

Samstag gegen Mittag telefonierte ich mit Ramona. Sie war auffallend freundlich zu mir. Vielleicht konnten wir uns ja zu Lebzeiten doch noch irgendwie arrangieren?, dachte ich mal wieder. Vor langer Zeit hatte ich einmal nicht geglaubt, dass ich jemals eine richtige Familie haben würde, und als ich dann eine hatte, konnte ich mir lange nicht vorstellen, dass sie zerbrechen würde. Es tat mir gut und weh zugleich, die fröhlichen Stimmen meiner Kinder zu hören. Morgen würde ich sie endlich wiedersehen.

Dann radelte ich zum Kontaktanzeigen-Treffen mit Kerstin. Bereits eine Viertelstunde vorher setzte ich mich in den Biergarten, um mich nicht in die Position des unsicher suchenden Ankömmlings zu bringen, doch als ich dann die Fünfertruppe sah, die sich dort zu versammeln begann, da hatte ich plötzlich einfach keine Lust mehr. Keine Energie. Ja natürlich, ich hätte mich locker überwinden können, *Hallo, ich bin Ecki, wie geht's wie stehts?*, aber auf einmal wollte ich das alles nicht mehr. Ich wollte Nina in meine Arme nehmen, ich wollte mit meinen Kindern zusammenleben, ich wollte Ramona glücklich sehen, ich war verrückt. Aber da es nun einmal so war und ich nichts weiter hatte als meinen Wahnsinn, würde ich wenigstens den leben. Wenigstens das, nahm ich mir vor.

Also verdrückte ich mich sang- und klanglos und ging gegen acht ganz allein zum Sommerfestival bei mir um die Ecke Bier saufen (saufen, ha! - drei kleine Gläser). Es war mächtig was los, Fressbuden, Bühnen und Dutzende Theken. Der Ausschank brummte, denn diese Menschenmassen konnte man nur sediert ertragen. Der Höhepunkt war dann die Blaskapelle in so richtig schmucker Filzuniform, die in der Affenhitze mit tschingderassabum auf und ab marschierte, jeder von denen noch ein bisschen bekloppter als ich selbst.

Zu Hause stolperte ich schließlich leicht angesäuselt die achtundachtzig Stufen zu meiner Kemenate nach oben (ich, der soziale Einzeller, die Psycho-Amöbe, der urbane Steppenwolf), und ich fragte mich dabei zum x-ten Mal, wo eigentlich in diesem beknackten Treppenhaus die verdammte Araukarie zu finden sein sollte.

Am Sonntagvormittag joggte ich ausgiebig, meine Gedanken kamen dabei immer so schön zur Ruhe. Zwei oder drei Mal war ich mit meinen Studentennachbarn zusammen auf der Piste gewesen, aber das schien es dann auch gewesen zu sein. Entweder sie hatten ganz einfach keine Lust mehr, oder sie mieden mich bewusst. Möglicherweise waren ihnen im Treppenhaus ja gelegentlich Damen aufgefallen, die zu mir hochstöckelten, und sie störten sich daran.

Vielleicht sollte ich einfach mal nebenan klingeln und höflich nach Kondomen fragen, dachte ich.

Gegen Mittag trudelte Ramona mit den Kindern ein. Endlich konnte ich meine beiden Lieblinge wieder in die Arme nehmen! War das eine Freude!

Mittagessen für Malte und Nele gab es gleich bei mir, danach gingen wir zu viert in den Park.

Ramona und ich redeten ziemlich offen miteinander, ohne garstige Streiterei.

Da ich mich in einer Art Besinnungsphase befand, musste ich ihr nach einer Weile innerlich zugestehen, dass sie aus ihrer Perspektive heraus eigentlich gar nicht so viel falsch gemacht hatte. Ich war das instabile Element in ihrer Welt.

Als die Kinder gerade etwas weiter weg am Springbrunnen spielten, teilte mir Ramona mit, dass sie jetzt erstmal das Abitur nachholen und später dann studieren wolle, irgendwas Technologisches vielleicht. Ihr bisschen Fachschul-Designerkram war ihr mittlerweile zu popelig *(dass sie einstmals ganz bescheiden als Verkäuferin gejobbt hatte, als wir uns kennenlernten, das erwähne ich hier nur am Rande)*, akademische Weihen mussten es zukünftig schon sein. Auch wenn es unter anderem bedeutete, dass die Kinder ab nächster Woche bei ihr immer eine Stunde früher aufzustehen hätten, um zusammen mit ihrer Abiturientenmama aus dem Haus zu gehen. Bedauerlich, aber nicht zu ändern, meinte sie dazu bloß schulterzuckend. Nach ihrer Ansicht ging natürlich auch das auf mein Konto, nur ich hatte ja alles vergeigt, ich war an allem schuld und basta. Ihr ehernes Axiom Nummer eins.

Ich nahm ihre Mitteilungen erstmal zur Kenntnis und sagte gar nichts dazu. Okay, es war ihr Leben, also stand es ihr frei, darüber nach Gutdünken zu verfügen. Schon klar. Auch wenn ich ihr neues Konzept für ziemlichen Nonsens hielt. Aber wer fragte schon nach meinem Urteil? *(Später erfuhr ich übrigens von Bekannten, dass Ramona nach diesem Gespräch wieder Hoffnung geschöpft hatte, weil wir uns doch 'so prima ausgesprochen' hätten!)*

Am Abend ging ich gleich noch einmal joggen; ich ließ Dampf ab wie verrückt und flitzte über die Piste wie ein nur noch von Sehnen und Muskelsträngen zusammengehaltenes Skelett, dem der Höllenfürst persönlich das Uhrwerk aufgezogen hatte. Ich wetzte an allen vorbei, immer uchta hod-horrdiuk, uchta hod-horrdiuk, the lonsome old fatburner, the unstoppable machine. Ein einziger schaffte es zwar tatsächlich, mich zu überholen, ein langer Lulatsch mit klatschnassem T-Shirt, aber zwei Runden später machte er schlapp, und ich ließ auch ihn hinter mir. Ich, der Champion aller Klassen. Der große Ernährer. Meine Frau würde also die nächsten Jahre keine müde Münze in die Familienschatulle einzahlen, aber mit Mitte Vierzig dann mit frischem Diplom bestimmt voll ins Berufsleben einsteigen.

Meshba khoddatsch, verdammter Obermist. Teddeck, teschdeck i tordiuk nochmal. Apinun ulcus und Jonapot kiwanok.

147. Kapitel

Das Vorgespräch wegen der Therapiegruppe, für die ich mich angemeldet hatte. *'Gesprächsgruppe, nach Trennung und in Krisensituationen, mit professioneller Betreuung'.* Einzeltermin mit Sebastian, Diplom-Psychologe, etwas älter als ich. Er stellte mir das Konzept vor. Gruppenarbeit an jedem zweiten Wochenende, zunächst auf ein paar Monate beschränkt. Danach würde man in individuellem Gespräch eine Art Evaluierung machen und entscheiden, wie es weitergehen sollte.

Das lässt sich doch sehr gut an, dachte ich mit wachsendem Optimismus. Endlich würde sich also etwas bewegen!

"Worum geht es dir dabei?", wollte Sebastian wissen.

"Ich möchte da mitmachen, um neue Leute kennenlernen", antwortete ich (besonders Frauen, doch das sagte ich natürlich nicht), "aber vor allem, um vollkommener zu werden und nichts mehr verstecken zu müssen."

"Mh", machte Sebastian und ermunterte mich zum Weiterreden.

"Ich meine, es sollte doch wohl drin sein, dass man sich mit ein paar Leuten offen austauschen kann, wie es einem hier auf Erden *wirklich* ergeht", fuhr ich also fort. "Warum soll ich immer das meiste für mich behalten müssen? Das Ziel sollte doch sein, alles in mir leben zu können, und zwar unbeirrt."

"Also geht es dir um Wahrhaftigkeit?", fragte Sebastian, und damit hatte er es genau auf den Punkt gebracht, fand ich. Daher nickte ich, doch sofort fragte ich mich nun (um sogleich mit der Wahrhaftigkeit zu beginnen): Wie sollte ich mich hier präsentieren? Als einer, der geglaubt hatte, mit beiden Beinen fest im

Leben zu stehen, und dies nun als Illusion erkannt hatte? Oder der sich permanent vom Leben überfordert fühlte? Der sich selber den Teppich unter den Füßen weggezogen hatte und jetzt jammerte, weil die gesicherte Familienzukunft komplett futsch war? Der schizoide Oberschlaue mit der idiotischen Idiosynkrasie, der nicht mehr wusste, wo vorn und hinten ist? Der verschüchterte Junge, der die angstmachende Menschenwelt noch immer nur mit der schützenden Hand vor den Augen ertragen konnte? Der nicht nur scheu war, sondern seine Scheu auch noch hinter fast perfekter Mimikry versteckte? Womöglich würde Sebastian mich dann gleich stationär einweisen...

So gut ich konnte, packte ich also aus und erzählte ihm von meiner Kindheit, meiner Ehe und meiner Trennung. Auch die Callgirls kamen zur Sprache, und ich versuchte, meine Position in diesem Problemfeld möglichst klar und verständlich darzustellen.

"Wie sieht es aus mit Drogen, Alkohol?", hakte Sebastian nach.

"Nix", antwortete ich und schüttelte den Kopf, "nicht mal Zigaretten."

"Gehst du noch arbeiten?", erkundigte er sich. Ich war erstaunt über die Frage.

"Selbstverständlich, ja", entgegnete ich, "schließlich habe ich doch Kinder."

"Naja, gerade Männer im Midlife-Crisis-Alter ruinieren zuweilen ihre gesamte bürgerliche Existenz", meinte Sebastian lapidar, "das kommt durchaus öfter mal vor, dass da alles zu Bruch geht."

Er blätterte in seinen Notizen und guckte auf den Kalender.

"Eine Frau wird dabei sein, die dir wahrscheinlich gefällt, und eine andere gar nicht", teilte er mir zum Schluss noch lächelnd mit und streckte die Hand aus. "Also bis dann!"

Am Abend rief Nina aus Dresden an. Wir schickten uns jetzt oft E-Mails, und alle paar Tage telefonierten wir miteinander, oder sie sprach wenigstens auf meinen Anrufbeantworter.

Diesmal berichtete ich ihr unter anderem in groben Zügen von meinen Treffen mit Kata und hob hervor, wie sehr mich dabei ihre Offenheit beeindruckt hatte (ihre noch beeindruckendere Physis ließ ich dagegen tunlichst unerwähnt).

"Überleg mal", meinte ich, "selbst ihre Mutter weiß Bescheid, was sie arbeitet, und sie erzählt mir sogar ganz ehrlich, dass sie auch anal im Programm hat."

"Ja, und hinterher kommt sie von Kunde und weint im Auto, ich hab gesehen", erwiderte Nina kühl. Anscheinend konnte sie meine Begeisterung für Kata nicht ganz teilen.

Über sich selbst wollte sie erst nicht so recht sprechen; sie wich meinen Fragen zunächst aus. Nach und nach kriegte ich aber dann aus ihr raus, dass ihr ziemlich elend zumute war.

"Mein Mann fährt jetzt jeden Abend weg", sagte sie. "Zieht er gute Sachen sich an und schaltet Handy aus. Redet nicht mit mir."

Oft ging sie jetzt bloß stundenlang auf der Straße spazieren, erzählte sie, weil sie es allein zu Hause nicht mehr aushielt.

Ich hörte ihr zu, und sie schüttete mir ihr Herz aus.

"Ich fühle mich, als ob ich stehe vor Tür, aber kann nicht aufmachen", seufzte sie zum Schluss unseres etwa halbstündigen Telefonats, und das klang nun wirklich ziemlich hilflos.

Als ich kurz danach den Fernseher einschaltete, lief passenderweise eine Sendung über Scheidungsgeschichten. Zunächst präsentierte man die Ergebnisse einer Umfrage unter 60jährigen Männern und Frauen, die sich zu der Frage äußern sollten, was sie in ihrem Leben vom jetzigen Standpunkt aus gern noch einmal anders machen würden. Etwa ein Drittel gab demnach an, keinesfalls wieder denselben Partner heiraten zu wollen, und immerhin gut ein Achtel träumte von einem wilderen Sexleben. Nach dieser Einleitung wurde dann anhand von vier oder fünf Paaren konkret geschildert, wie Trennungen ablaufen konnten. Besonders krass war ein Fall, wo die Frau alles Mögliche - und Unmögliche - an Demütigungen erduldete und sich erst kurz vor der Silberhochzeit scheiden ließ, nach über dreiundzwanzig - ich zitiere -'rabenschwarzen Ehejahren'. Sie hatte einen Mordversuch ihres Mannes nur knapp überlebt. *(Allein in Berlin gäbe es jährlich mehrere tausend Anzeigen wegen häuslicher Gewalt! - Dunkelziffer unbekannt, so der Kommentator.)* Der Beitrag schloss mit einem Strindberg-Zitat: 'Manche Ehe ist ein Todesurteil, das jahrelang vollstreckt wird.'

Tja, dachte ich, nicht umsonst lautete damals der erste Satz des DDR-Familiengesetzbuches: 'Die Familie ist die kleinste Zelle der Gesellschaft'.

Mit Betonung auf 'Zelle', meine ich.

Am Wochenende hatte ich die Kinder. Samstag gegen halb acht wurde ich wach. "Papa, wir brauchen mal deine Decke", erklärte mir ein selbstbewusstes Stimmchen, dann hörte ich Gekicher, und schon spürte ich, wie die Morgenkühle an mein nun plötzlich freiliegendes Hinterteil drang. Die kleinen Baumeister hatten nämlich zwei Stühle und den Wäscheständer zusammengerückt und machten jetzt mit meiner Bettdecke gerade das Dach und den Eingang ihrer 'Höhle' dicht.

Seufzend stand ich auf und kümmerte mich ums Frühstück.

Später beim Aufräumen nahm ich Svetas noch immer am Badregal klebenden Haare ab, sie wanderten zusammen mit Lissys Haarbürste in den Müll. Alles andere wäre albern gewesen. Auch Svetas Fotos auf meinem Computer löschte ich dann. Übrig blieben nur die zwei Bilder von Elena alias Nicole, wo sie so lieb lächelte, dieses schöne Heiligtum ließ ich unangetastet. Alle paar Tage probierte ich immer mal wieder ihre Handynummer, aber es kam stets nur die Außer-Betrieb-Ansage. Seit zehn Tagen hatte ich nun kein Mädchen bestellt, und ich hegte auch nicht die Absicht, das sobald wieder zu tun. Stattdessen fantasierte ich lieber ein wenig vor mich hin und malte mir aus, dass Nina und Elena gleichzeitig nach Berlin kommen würden, und momentan hätte erstere bei mir eindeutig die Nase vorn. Ich würde ihr jedenfalls nicht mit einem 'zweiten Platz' wehtun, nein, ganz bestimmt nicht. Schön Kaffee trinken mit Nicole, und dann mit Nina Hand in Hand nach Hause, so sah ich das. Aber real stellte sich dieses Problem natürlich erst gar nicht.

Am Nachmittag fuhren wir ins Puppentheater, zu 'Zwerg Nase'. Besonders die alte Kräuterhexe sah echt schaurig aus, ihr stand die Bosheit ins Gesicht geschrieben. Allein schon wie sie am Marktstand mit spitzen Spinnenfingern den Weißkohl prüfte und dazu krächzte: "Schlechter Kopf, ganz mürbe, ganz schlechter Kopf!"

Nele drückte sich vor lauter Angst mit großen Augen in ihren Sitz, und auch die anderen Kinder starrten gebannt auf die Bühne. Nur Malte lachte.

Hinterher gingen wir Eis essen.

Als wir schließlich wieder vor unserem Haus aus dem Auto stiegen, kam es noch zu einer ziemlich merkwürdigen Begegnung. Denn da stand eindeutig Lissy vor meiner Tür! Konnte das Zufall sein? Hatte sie hier im Hause tatsächlich noch einen anderen Kunden außer mir, dem gerade nach trauter Zweisamkeit war? Oder gar einen Bekannten, den sie besuchen wollte?

Sie sah mir von weitem schon ins Gesicht, blickte dann auf meine Kinder und wieder auf mich.

"Hallo", sagte ich ganz locker, "möchtest du zu jemandem mit rein?"

Aber sie schüttelte bloß den Kopf und drehte sich weg, blieb jedoch neben dem Klingelbrett stehen.

"Kanntest du die Frau?", fragte Malte mich einen Moment später im Treppenflur.

"Weiß nicht", brummte ich, "die ist vom Hinterhof, glaub ich".

Oben schloss ich die Wohnung auf und ließ die Kinder rein, ging aber gleich nochmal nach unten ('Papa hat vergessen, im Briefkasten zu gucken'), doch es war niemand mehr zu sehen. Alles sehr seltsam, fand ich.

Am Abend nach dem Baden kriegte ich Malte und Nele mal wieder nicht zur Ruhe. Erst spielte Malte im Schlafzimmer Skarabäus, denn in der Schule hatte er letzte Woche etwas über Käfer gehört, und natürlich dauerte es nicht lange, da zerpflügten dann *zwei* kleine Pillendreher gnadenlos ihr Bettzeug. Irgendwann wurde es aber doch stiller. Gegen halb neun guckte ich nochmal probeweise durch die angelehnte Tür und sah, wie Malte das stumm unter der Decke liegende Bündel vor sich abtastete und dazu kichernd murmelte: "Schlechter Kopf, ganz oller Kohl, schlechter Kopf..."

Am Sonntag fuhren wir gleich nach dem Frühstück mit dem Auto in den Spreewald und ließen uns ein paar Stunden lang mit einem langen Kahn durch die Gegend staken, alle drei auf die vorderste Bank gefläzt wie Bolle. Eine schöne Tour.

Als ich am Abend die Kinder abgab, teilte mir Ramona an der Haustür lakonisch mit, dass ich Malte und Nele nun fortan immer montags und dienstags haben würde, weil es ihr wegen der Schule - ihrer Schule - so besser passte. Was bedeutete, dass ich die Kinder dann jede zweite Woche von Mittwochmorgen bis Montagnachmittag nicht sehen würde. Des Weiteren diktierte sie mir, dass ich dann auch mal zu Hause zu bleiben hätte, falls die Kinder irgendwie krank sein sollten. Ihre Schule wäre halt sehr wichtig.

Das brachte nun meinerseits das Fass zum Überlaufen. Wütend kündigte ich an, dass ich demnächst Germanistik studieren würde, und weil ich ihr ja bisher monatlich 600 Euro mehr überwiesen hatte, als mir selbst übrig blieben *(300, schrie sie dazwischen, nein 600, wiederholte ich, denn da ich bisher wie versprochen auf ihre Hälfte meines Nettoverdienstes noch 300 Euro von meiner Hälfte aufgeschlagen hätte, wäre ihr Anteil ja wohl insgesamt um 600 Euro größer als meiner!)* und dies in keiner Weise honoriert worden wäre, würde ich ab jetzt genau halbe-halbe zahlen, also rund 1300 Euro, womit sie immer noch fürstlich bedient wäre. Ich könne natürlich auch der Krapparats-Lohnbuchhaltung offiziell bekanntgeben, dass ich getrennt lebe, drohte ich, dann würde es durch die schlechtere Steuerklasse gleich noch weniger werden. Im Zweifel überließe ich zwar lieber ihr die Knete als dem Finanzamt, da hatte ich ja bisher nie einen Hehl draus gemacht, aber wenn sie es drauf anlegte - na bitte schön!

Daraufhin kriegte ich nur noch zu hören, ich würde mich 'wie ein Arschloch' benehmen, danach ward ich entlassen.

Anschließend zündete ich im Park die Endstufe und peste wieder wie ein Untoter durch die Gegend (ein rhythmisches 'teschdeck, paddah teschdeck' lokomotivenartig vor mich herschnaufend), denn Joggen konnte man das wahrlich nicht mehr nennen. Vor meinem geistigen Auge sah ich wieder Old Travis Bickle aus dem Film *Taxi Driver*, wie er voller Verbissenheit mit seinem militärischen Aufbautraining begann. 'Die totale Mobilmachung hat begonnen!', hallte es in meinem Schädel. Mann, war ich geladen! Aber was solls, dachte ich dann schon ein paar Runden später, andere irrten sich bei der Finanzierung ihres Eigenheimes und standen nach der Zwangsversteigerung mit sechsstelligen Miesen da, und ich hatte mich damals gleich mit dem ersten Mäuschen liiert, mit dem ich im Bett zurechtkam, und nun kriegte ich eben die Quittung dafür. Zahltag, Alter! Das Preis-Leistungs-Verhältnis einer Hure war eine ziemlich klare Sache, eine ex-Ehefrau dagegen war unberechenbar. *'Drum prüfe, wer sich ewig bindet... Der Wahn ist kurz, die Reu ist lang.'* - Vom Traum zum Trauma sozusagen, schon Schiller kannte die Misere.

Ein alter Hut, nur ein Volltrottel wie ich konnte sich darüber mokieren.

148. Kapitel

Montag. Für die Mittagspause hatte ich mich wieder mit Sigrid verabredet, der Kollegin mit den Hautproblemen. Nach dem Essen überredete ich sie, zusammen mit mir in die kleine Kirche nebenan zu gehen und ein wenig zwischen den Skulpturen umherzuschlendern, und sie blühte richtig auf dabei. Hinterher setzten wir uns noch auf einen Kaffee in den Coffeeshop, und ich brachte sie sogar ein paarmal zum Lachen. Zwei Macho-Kollegen guckten zwar komisch zu uns rüber, aber das juckte mich nicht im Geringsten.

Ich hatte den Kindern zwei Fläschchen mit Seifenblasenflüssigkeit mitgebracht. Sofort rannten sie auf dem Balkon und produzierten schillernde Kunstwerke in allen Variationen, die der Wind anschließend durch die Straße trieb. Ich sah ihnen dabei zu. Schwerelose, durchsichtige Seifenblasen, dachte ich. Mathematiker rechneten sich oft dumm und dämlich, um bestimmte Minimaloberflächen zu ermitteln, zum Beispiel für die Zunft der Architekten, dabei brauchte man bloß ein entsprechendes Drahtmodell ins Spülwasser tauchen, und die Natur zeigte die optimale Lösung per Wasserhaut augenblicklich an. Das Komplizierte ganz einfach lösen, sinnierte ich. Ob es wohl ein Universalrezept für sowas gab?

Dienstag nach der Arbeit rief Ramona an, sie wollte mit mir reden.
Okay, sagte ich, von mir aus, komm rüber. Fünf Minuten später war sie in meiner Bude und fing nochmal an, den ganzen Finanzkram wiederzukäuen. Kindersandalen wären extrem teuer, klagte sie zur Einleitung, und Maltes Klavierunterricht kostete ja auch Geld. Schon an ihrer typischen sturen Redeweise merkte ich, dass sie mal wieder etwas durchboxen wollte. Und richtig, dann rückte sie endlich raus mit der Sprache: Weil sie ja die Kinder öfter als ich mit dem Auto zur Schule brachte, forderte sie nun von mir zusätzlich den Gegenwert eines Nahverkehrsticket pro Fuhre, zwei Euro irgendwas. So hatte sie sich das fein säuberlich zurechtgelegt.
"Was glaubst du eigentlich, wofür ich dir jeden Monat Geld überweise?", schmetterte ich sie kühl ab. "Meinst du, die anderthalbtausend jeden Monat

sind für dein Sparbuch? Wenn es nach dir ginge, müsste ich für jedes Paar Kindersocken nochmal separat löhnen, oder wenn du mit Nele mal für 50 Cent aufs Bahnhofsklo gehst. Bin ich dein Dukatenesel, oder wie?"

"Gut, dann werden unsere Kinder eben nur noch in den billigsten Klamotten rumlaufen!", schrie sie.

"Hör auf, mich mit den Kindern zu erpressen!", schrie ich zurück. "Immerzu dieses blöde Genöle und Gejammer! Noch ist das Geld ja da; die Frage ist doch bloß, ob es von deinem oder meinem Gesparten kommt. Außerdem, eine vernünftige Mutter müsste sagen: *Was, kein Geld? Dann werde* ich *eben in billigen Klamotten rumlaufen, und nicht meine Kinder!*"

Das saß.

'Halt bloß die Fresse', zischte aber sofort mein imaginärer kleiner Mann im Ohr, 'denn du als guter Vater solltest weniger für Nutten verjubeln.'

Das saß ebenfalls.

Einen Moment lang schwiegen wir beide.

Eigentlich sah ich das mit der Knete gar nicht so eng, weil ja alles, was ich Ramona überließ, letztendlich auch direkt oder indirekt meinen Kindern zugutekam. Außerdem war sie im Gegensatz zu mir nicht verschwenderisch, sondern hielt das Geld zusammen und verjuxte es nicht. Insofern betrachtete ich diese Finanztransfers relativ gelassen, denn das Geld war bei ihr in gewisser Hinsicht besser aufgehoben als bei mir. Aber ich hatte auch keine Lust, immer neue Sonderprämien an sie durch die Pipeline zu pumpen. Irgendwo musste Schluss sein mit ihrem unverschämten *mehr mehr mehr*.

Ein wenig erinnerte mich ihre Haltung an den *Cargo-Cult* in Melanesien, dessen Relikte wir auf einem Südseeurlaub vor ein paar Jahren noch gemeinsam herzlich belächelt hatten. Als die Amerikaner im Zweiten Weltkrieg dort über Nacht mit ihrer Airforce erschienen waren und im Nu komplette Stützpunkte scheinbar aus dem Nichts entstehen ließen, da glaubten die staunenden Insulaner, eine mächtige und bislang unbekannte Gottheit würde all diese großartigen Güter per Silbervogel zu ihnen senden. Also imitierten sie fortan einfach das Verhalten der neuen Nachbarn. Man bastelte sich Kopfhörer aus Ästen und halbierten Kokosnüssen und plapperte Wunschlisten in Funkgeräte aus Bambus, in der Hoffnung, die propellergetriebenen Abgesandten des

Großen Zampanos würden sich so herbeilocken lassen, randvoll beladen mit den Segnungen einer fremden Welt. Dass dieser ganze Krempel aber vielleicht erst irgendwo von irgendwem produziert werden musste und dass eine hochentwickelte Infrastruktur dahinter steckte, das kam ihnen dabei natürlich überhaupt nicht in den Sinn.

Tja, und insofern schien mir der Fall bei Ramona mit ihrer infantilen Versorgungsanspruchshaltung nicht viel anders zu liegen.

"Mensch", knurrte ich schließlich, "du hast den halben Tag Zeit, wenn die Kinder morgens erstmal außer Haus sind, du hast 'n Auto, sogar 'n bisschen Eigenkapital. Da muss sich doch was draus machen lassen! Anstatt immer nur bei mir die Hand aufzuhalten, hier extra und da extra, extra extra..."

Ramona die Melkmaschine, dachte ich genervt. Pixie fiel mir ein, und noch ein paar andere Bekannte, die keinen müden Cent Unterhalt für ihre Kinder gezahlt hatten, und schon gar nicht für ihre Exfrau.

"Frag mal deine Freundin Heidi", schickte ich dann noch gallig hinterher, "die ist immer arbeiten gegangen und hat ihre beiden Kinder alleine großgezogen."

Ramona wusste es überhaupt nicht zu schätzen, dachte ich bloß grimmig, wie gut sie trotz allem mit einem wie mir bedient war. *(Des Öfteren erinnerte ich mich bei solchen Gelegenheiten an den Skipper mit den drei Pässen, den ich seinerzeit beim Tauchkurs auf Papua-Neuguinea kennengelernt und der mich mit einigen praxistauglichen Tipps versorgt hatte, wie man den finanziellen Forderungen deutscher Behörden wirksam entgehen konnte - und zwar nicht nur mittels eines Segelbootes im Bismarck-Archipel. Vielleicht sollte ich ja mal Ramona ein wenig davon erzählen? Dann konnte sie mir im Fall des Falles ihre dämlichen Pfändungsbescheide nämlich per Flaschenpost zustellen lassen.)*

Nun, wir stritten uns noch eine Weile, aber nicht zu heftig, es war ein eher polemischer Schlagabtausch ohne konkretes Ergebnis. Hin und her, sie wollte unbedingt mehr Geld, wenigstens bis sie in eine billigere Wohnung umgezogen war, doch ich blieb unnachgiebig. Außerdem sollte ich ihr sagen, wer mich 'aufgestachelt' hätte. Zwischendurch versuchte sie immer mal wieder durch die angelehnte Badtür zu linsen; sie wollte wohl anhand des Zahnputzzeugs abchecken, ob gegenwärtig eine Herzdame fest bei mir logierte.

Allerdings war sie dann überraschenderweise auf einmal doch bereit, mir das Didgeridoo zu überlassen, damit ich wenigstens etwas aus Australien hätte.

Also gingen wir zusammen in ihre Wohnung rüber, denn ich wollte die Gunst der Stunde nutzen und es mir sofort abholen.

Als wir die Tür öffneten, kam uns Malte weinend entgegen. Er hatte mit Nele schon den Tisch decken wollen, bloß dabei war ihm leider ein Glas runtergefallen, und Nele hatte sich beim Aufräumen an einer Scherbe ein bisschen geschnitten.

"Mama, du warst so lange weg", schluchzte er.

Ich tröstete Malte, während Ramona erstmal Nele mit einem Pflaster verarztete, und obwohl ich mir fast auf die Zunge biss, konnte ich mir dennoch nicht die Bemerkung verkneifen, dass sie doch verdammt nochmal die Kinder nicht so lange allein lassen könne! Denn natürlich war ich bei unserem voran gegangenen Gespräch davon ausgegangen, dass zwischenzeitlich jemand auf die beiden aufpasste!

"Ich wollte ja auch bloß höchstens zehn Minuten bleiben", giftete sie, aber *ich* hätte sie nun mal viel zu lange aufgehalten. *Ich* wäre an allem schuld!

Doch diesmal beherrschte ich mich und ließ ich ihr das letzte Wort; auf solchen Schwachsinn reagierte ich schon aus Prinzip nicht.

Schließlich ging sie ins hintere Zimmer und kam mit dem Didgeridoo in der Hand (und tatsächlich mit Tränen in den Augen) zurück. Malte, ebenfalls noch mit feuchten Augen, blickte von ihr zu mir, immer hin und her, und plötzlich brachte ich es nicht mehr übers Herz, Ramona dieses Erinnerungsstück wegzunehmen. Natürlich tat sie mir ein bisschen leid, aber das war nicht der Punkt, denn noch viel mehr traf mich Maltes unschuldiger Kinderblick. Nein, er guckte überhaupt nicht ängstlich oder betroffen, sondern einfach nur aufmerksam.

Sehr, sehr aufmerksam.

149. Kapitel

Mit Nina telefonierte ich jetzt ziemlich regelmäßig jeden zweiten Tag, dazu kamen noch diverse E-Mails. Mein Gedankenkarussell kreiste, und inzwischen konnte ich mir auch vorstellen, mit ihr noch mal so richtig von vorn anzufangen. Ich konnte mir alles vorstellen. Sogar mit Kindern, meine ich. Ehrlich, ich fühlte mich auf einmal fast wieder jung. In meinen Tagträumen malte ich mir das Zusammenleben mit ihr aus, an irgendeiner verschnarchten Ost-Botschaft, in Riga oder Kaliningrad oder Tallin, mit langen Wochenenden in einer kuscheligen Blockhaus-Datscha. Tief im Märchenwald, am Ende der Welt.

Bei unseren Telefonaten ließ ich sie des Öfteren wissen, dass ich jederzeit zu ihr nach Dresden kommen würde, selbst um ihr nur für zwei Stunden im Park die Hand zu halten. Doch das wollte sie nicht. Sie hatte Angst, gesehen zu werden. Selbstverständlich bot ich ihr ebenfalls an, dass sie für ein paar Tage zu mir kommen könnte, probeweise sozusagen. Ihrem Mann sollte sie meinetwegen erzählen, sie würde in Berlin schwarzarbeiten, schlug ich vor. Übersetzungen, Vertragstexte, irgend so was. Aber das müsste natürlich sie entscheiden. Geld würde sie bei mir jedenfalls nicht brauchen. Allerdings lehnte sie auch das ab. Ihrem Mann ginge es gesundheitlich nicht gut, meinte sie, und obwohl sie zwar eigentlich nicht mehr mit ihm leben wollte, könnte sie ihn in der jetzigen Situation nicht einfach verlassen.

"Wenn ich weggehe von ihm, fühle ich mich schlecht, ich habe Verantwortung", begründete sie ihre Haltung. Komische russische Logik, dachte ich nicht gerade erfreut. Aber ich wollte sie nicht drängen, ich verstand sie ja durchaus. Ramonas Freundin Heidi fiel mir ein, als sie mir damals gesagt hatte, wie sehr sie es vermissen würde, für jemand anderen da sein zu können. Wer weiß, überlegte ich, vielleicht *wollte* sich ja Nina sogar ein Stück weit aufopfern, weil es ihr nämlich auch Halt gab und für eine Weile von den eigenen Problemen ablenkte? Dieser Gedanke war doch bestimmt gar nicht so abwegig, oder? So sollte es ja zum Beispiel auch Frauen geben, die gezielt immer wieder auf Kontaktannoncen von noch längere Zeit einsitzenden Knackis schrieben, bloß damit sie sich dann jahrelang um ihren virtuellen 'Schatz' kümmern konnten. Hatte mir zumindest mal jemand erzählt, der sich eigentlich ganz gut damit auskennen musste. Naja, wer weiß.

Eines Tages teilte mir Nina am Telefon schließlich beiläufig mit, dass Elena alias Nicole wieder in Deutschland wäre. Momentan zwar erstmal nur bei ihrem Brillantlover in Süddeutschland, doch würde sie dort nicht lange bleiben. Über ihre alte Handynummer war sie jedoch nicht zu erreichen, stellte ich schon kurze Zeit später fest, und ihre frühere Agentur, die ich am selben Abend noch kontaktierte, hielt sich ebenfalls ziemlich bedeckt, was Elena betraf.

"Ja, sagen wir mal so: wahrscheinlich arbeitet Nicole bald wieder", hieß es bloß unverbindlich. "Ist gut möglich. Könnte aber auch noch dauern."

Für Donnerstag gleich nach der Arbeit hatte ich mich mit Welli und Claudia verabredet, meinen alten Klassenkameraden aus der Gymnasialzeit. Wir gingen in eine Bierkneipe. Claudia war allerdings nur kurz mit von der Partie, da sie noch am Abend einen unvorhergesehenen Arzttermin hatte, so dass ich schon bald mit Welli alleine dahockte.

Welli war nach seinem Studium gleich an der Hochschule geblieben, als ein beinahe zum Inventar gehöriges Faktotum. Der ewige Assistent, der das Rechenzentrum betreute und mit Kreativität und Improvisationstalent gegen die Macken der antiquierten Haustechnik ankämpfte. Seit seiner Scheidung pennte er nun meistens in einem winzigen Kabuff neben dem Heizungskeller, erzählte er mir. Nur alle drei Tage ging er zum Duschen nach Hause (man roch es auch, echt). Seine Bude hatte er seit letztem Herbst faktisch einem Kumpel überlassen, der sie angeblich dringender brauchte, aus welchen Gründen auch immer. Für Frauen schien sich Welli nicht mehr zu interessieren, und Kinder hatte er auch nicht. Seinen Jahresurlaub verbrachte er regelmäßig zusammen mit seinem Vater, der war über 70 und konnte kaum noch laufen.

Ich wollte Welli zwar nicht an die Karre fahren, ließ ihn aber dennoch dezent, na sagen wir es mal so, meine gelinde Entfremdung ob all dieser von ihm geschilderten Umstände gewahr werden. Daraufhin zuckte er jedoch bloß gleichgültig mit den Schultern und begann von seinem Bruder zu erzählen. Der wäre Fernfahrer seit zwanzig Jahren, hätte immer geschuftet und gespart und sich vor drei Jahren endlich seinen großen Traum erfüllt und ein Haus gebaut.

"Aber seine beiden Kinder sind jetzt groß und gehen woanders in die Lehre, und seine Frau hockt nun seit Juli mit dem Hund alleine in der riesigen Villa Kunterbunt", meinte Welli lakonisch, ließ es gluckern und fuhr dann fort: "Er selber kommt nur jedes zweite Wochenende zum Pennen nach Hause, und das wird die nächsten Jahre wohl auch so bleiben. Tja, und dafür zahlt er jetzt bis zum Exitus diese Luxushundehütte ab. 'Damit er später mal was hat!', meint er." Er stieß ein trockenes Lachen aus.

"So, und nun sag du mir: ist das nicht bizarr?", fragte er mich, und ich gebe zu, ich blieb ihm die Antwort schuldig.

Am Freitag kam Madame Kritsch in mein Büro und lud mich zum Essen ein, ausgerechnet Kritsch 'the Bitch'. Ich glaubte erst, ich hätte einen Hörfehler.

Anlass war die Verabschiedung einer Praktikantin aus unserem Bereich, mit der ich aber kaum etwas zu tun gehabt hatte.

"Naja, also das wäre mal eine ganz gute Gelegenheit, mich auch bei Ihnen zu bedanken, ich hab Ihnen ja wohl Kummer genug gemacht, besonders am Anfang", meinte sie mit verlegenem Augenaufschlag und wedelte dazu mit ihrem Poncho, als wolle sie damit zum Lunch bei den Gauchos am Lagerfeuer einfliegen.

Eine Schrecksekunde lang war ich erstmal sprachlos und befürchtete, dass ich mich gleich nass machen würde.

"Aber ich gelobe Besserung", setzte sie noch einen drauf und lächelte mich sogar ein bisschen an.

"Ähm, also, ach wissen Sie", fing ich schließlich an rumzustottern, denn so einfach wegwischen wollte ich ihre neueste Selbsterkenntnis nämlich auch nicht. Andererseits hatte ich jedoch nicht die Absicht, ein aufrichtiges Friedensangebot auszuschlagen. Also sagte ich schließlich zu. 'Unter Zurückstellung von Bedenken', wie man es auf Amtsdeutsch formulieren würde.

Kaum war sie weg, fing Moritz an zu lachen.

"Die hat bestimmt nichts drunter unter ihrem Pferdedecken-Umhang", meinte er verschwörerisch und gab mir als guter Kumpel noch feixend den Rat: "Is se knackich, mach se nackich. Nimm Kondome mit, ich sags dir. Die Stute ist rossig."

"Du leg dich mal lieber ganz schnell auf die andere Seite schlafen", knurrte ich bloß, "die empfindliche Beamtenhaut hat sonst schnell 'n Dekubitus weg".

Er lachte, und ich hackte wie wild auf meine Computertastatur rum, um mich erstmal für eine Weile abzulenken.

Das Essen mit Kritschie ging an sich glatt über die Bühne, erwähnenswert ist höchstens eine kleine Anekdote (*merkwürdiges Wort , ich weiß - als Kind dachte ich nämlich immer, es wäre ein Schreibfehler und hieße richtig 'Andenknote', übrigens ähnlich wie bei 'nachahmen' und 'nachmachen'*), die mir verdeutlichte, dass ich nicht ganz so schlau und Omi Kritsch nicht ganz so blöd war, wie ich bis dahin geglaubt hatte. Denn um bei der scheidenden (hübschen) Praktikantin zu punkten, wollte ich lässig das neulich irgendwo aufgeschnappte Wortspiel *'Wenn mich jemand nach meinem Büro fragt, sag ich immer, ich arbeite in Indien - am Ende des Ganges'* anbringen, aber Kritschi ließ mich ziemlich dämlich aussehen, indem sie mich dezent darauf hinwies, dass die Mündung des Ganges eigentlich gar nicht in Indien, sondern mehr so in Bangladesch liegen würde.

150. Kapitel

Auf dem täglichen Weg nach Hause wurde ich nun doch langsam sehr unruhig, wenn ich an Mädchen dachte, es kribbelte ständig in einer gewissen Körperregion. Also guckte ich endlich mal wieder im Internet, und siehe da, bei meiner alten Agentur gab es zwei neue Modelle, allerdings entsprachen sie doch nicht so ganz mein Typ. Dafür war Samanta jetzt von der Webseite verschwunden, und auch die brave Lissy hatte endgültig aufgehört, wie ich im Freierforum lesen konnte. Alles Gute, dachte ich, und für einen Moment erschien mir plötzlich noch einmal die Szene vor Augen, wie sie neulich so überraschend vor meiner Haustür gewartet hatte. Ob sie vielleicht extra gekommen war, um sich von mir zu verabschieden?

Ich klickte mich weiter durch die einschlägigen Angebote. Ein Nobelescort hatte ein wirklich umwerfend hübsches Mädchen im Programm, 22 Jahre alt und 1,63 m groß, mit einem Ballerina-Körperchen vom Allerfeinsten, etwa wie Nicole, die Taille, die Schenkel, jedoch mit relativ üppigen Brüsten und noch längerem, lockigem Haar. Für 250 Euro pro Stunde war dieses Traumgirl zu haben (allerdings nur für Hotel oder direkt vor Ort, also keine Hausbesuche), und da ich wusste, dass mich so eine Fee ratzfatz ruinieren würde, riss ich mich zusammen und verließ nach ein paar langen voyeuristischen Blicken tapfer die Webseite. *(Okay, hier die ganze Wahrheit: Ich probierte es später tatsächlich zwei oder drei Mal, einen Termin für anderthalb Stunden mit der Süßen zustande zu kriegen, aber ihre Concierge hatte am Telefon stets nur unverbindliche Ausflüchte parat. Monate später las ich dann den Bericht eines Kunden, der sie für eine ganze Nacht gebucht hatte [also sie - nicht etwa die Concierge]. Seine Meinung lautete: sehr hübsche Frau, sehr gepflegt, geschätzte 28 bis 30 Jahre alt, allerdings Vollprofi mit Brustimplantaten. Und die Fotos im Internet wären im Übrigen 'kunstvoll nachbearbeitet'. Da war ich dann beruhigt.)*

Anschließend stöberte ich mal wieder ein bisschen im Freierforum, denn da gab es immer Lesestoff ohne Ende. Einige meiner Mitstreiter hatten bereits mehrere tausend Einträge vorzuweisen. Anscheinend taten sie nichts anderes, als lustvoll dem Koitus zu frönen und ihrer virtuellen Ersatzfamilie dann hinterher per Internet darüber zu berichten; eine Sucht allein reichte manchem offensichtlich eben nicht. Einer hatte einen langen Beitrag eingestellt; es ging um ein Callgirl, in das er verliebt gewesen und mit der er dann über mehrere Monate eine Beziehung eingegangen wäre, ständig achtmal Sex pro Nacht und beinahe geheiratet und sowas. Es klang zwiespältig für mich, aber wer weiß, sagte ich mir, es gab ja so ziemlich alles auf dieser Welt. Danach klickte ich ein paar Links an in Bezug auf Intersexuelle, Metrosexuelle, Transen und Umoperierte, darunter oft auch Leute mit jahrzehntelanger Leidensgeschichte. So viele Probleme, und was das alles für Kreise zog! Ehegatten fragten sich verstört, mit wem sie die ganze Zeit über eigentlich zusammen gelebt hatten, und Kinder mussten sich daran gewöhnen, dass ihr Vater nun plötzlich eine Frau war. Ach mein Gott, dachte ich, man konnte beim Lesen wirklich den Eindruck gewinnen, dass die Masse der Menschheit mit dem Sex weit mehr Schwierigkeiten als irgendwelchen Spaß hatte. Ausgenommen vielleicht die sogenannten Asexuellen, die das ganze Drama angeblich von vornherein nichts anging. Da gab es haufenweise Beiträge, auch von jungen Frauen, 25 oder 28

Jahre alt und noch nie richtig Verkehr gehabt, und vor allem - auch nichts vermisst! So behaupteten sie zumindest. Und nein, sie wären auch keine verkappten Lesben, keine Inzest- oder Vergewaltigungsopfer, nichts dergleichen. Sie hätten eben einfach keine Lust, schrieben sie, gefühlte Libido gleich null. Himmlische Ruhe im Schritt, und aus.

Ich war da skeptisch, denn sowas konnte ich mir nicht vorstellen. Nein, nicht wirklich. Vollkommen glücklich und gesund ohne Sex? Nicht mal ein bisschen Masturbation? Dieses Unwort tauchte bei ihren Outings ja gar nicht erst auf, und auch diese Tatsache ließ mich da weiterhin eher misstrauisch bleiben.

Danach klickte ich mich durch ein Forum, wo das Für und Wider der betreffenden Sexualpraktiken und Hilfsmittel besprochen wurde. Natursekt, Peitschen, was weiß ich.

Am prägnantesten fand ich den Eintrag: 'Zu einem richtigen Orgasmus braucht man vor allem einen Partner, den man liebt und begehrt, der restliche Kram ist entbehrlich. Franziska, 19'.

Flüchtig betrachtete ich dann ein paar Fotos, wo Frauen gemäß original japanischer Bondage mit Paketstrippe immer weiter verschnürt worden waren, bis das Ganze fast wie ein Kokon aussah. Sehr speziell, fand ich. Genau wie die Sache mit den kostspieligen 'Sampan-Mädchen', die sich früher in Hongkong von einem Boot aus kopfunter ins Wasser zu lehnen hatten, mit angehaltenem Atem, während sich die Freier von hinten an ihnen zu schaffen machten, wobei der eigentliche Kick an der Sache wohl sein sollte, dass nach geraumer Zeit die Vaginalmuskeln der beinahe Ertrinkenden vor lauter Todesangst zu flattern anfingen.

Nichts für zimperliche Gemüter, dachte ich bloß. Da gefiel mir freilich diese japanische Enjokosai-Masche schon besser (was wohl so ungefähr "Aushilfsbegleitung" bedeutete), bei der minderjährige Oberschülerinnen in Kontakt zu großzügigen reiferen Herren traten und sich durch diverse Geschenke zu allerlei Gefälligkeiten erweichen ließen. Sehr verlockend, musste ich mir eingestehen. An einer anderen Stelle stand wiederum zu lesen, dass es in Japan neuerdings schon ein paar Bordelle geben sollte, wo die Männer ausschließlich mit 'hygienisch hochwertigen' Gummipuppen verkehrten, Frauen benötigte man da nur noch als Reinigungskräfte. Sah so die Zukunft aus, fragte ich mich, sexy Kautschukroboter mit Münzeinwurfschlitz für den zusätzlich aktivierbaren Vibrationssauger? Ein weiterer Link führte zu einer Chat-Diskussion über Analverkehr, aktiv und passiv, und einer schrieb, dass man sich erstmal wirklich auf Nähe einlassen können müsse, um es zu genießen, und jeder Mensch wäre schließlich bisexuell angelegt. Klang an sich nicht unvernünftig, fand ich, natürlich nur rein theoretisch gesehen. In irgendeiner Dokumentation hatte ich ja neulich auch gelesen, dass bei den Bonobo-Affen so um die 80 Prozent bi sein sollten, und die waren dem Menschen angeblich in vielem ziemlich ähnlich. Hätte ich mir damals auf der Sexmesse also vielleicht doch probeweise einen Analstöpsel kaufen sollen? Nur mal so zum Testen? Wer weiß, fragte ich mich insgeheim, was so ein kleines harmloses Ding bei einem selber womöglich alles ins Rollen brächte? Was da vielleicht sogar noch passieren könnte, wenn erstmal der richtige Honigbär mit dicksaftgefüllter Dosierspitze im Anmarsch war? Meine frühpubertären Klistierspiele auf der Gartenbank kamen mir wieder ins Bewusstsein; seit dreißig Jahren verwahrte ich diese Erinnerungen nun schon in einer Geheimschublade meines Gedächtnisses. Gut möglich, dachte ich, dass genau hier mein ganz individueller Tabubereich begann. Bloß irgendwo musste ich mich ja abgrenzen, sonst versank ich noch völlig im Morast des Konjunktiven, so gänzlich ohne eigenen Standpunkt. Pauschal ausschließen wollte ich jedoch gar nichts mehr. Allerdings hatte die Natur nun mal Penis und Scheide geschaffen und jedem Organ seine Funktion zugewiesen, und diese beiden passten nach meinem Verständnis perfekt zusammen. Momentan jedenfalls schwoll mir die Rute schon beim bloßen Gedanken an Vaginalsex mit jungen Dingern, und dieser Fährte wollte ich folgen. Wenigstens in diesem einen Punkt glaubte ich ziemliche Klarheit über mich zu haben.

Ich klickte wieder weiter und gelangte über die Rubrik 'Sodomie' zu dem Link einer namhaften deutschen Illustrierten, die behauptete, dass glattrasierte Orang-Utans gelegentlich in afrikanischen Bordellen als Prostituierte angeboten würden. Danke, sagte ich mir, und verzichtete auf weitere Recherchen in dieser Angelegenheit. Die Rubriken 'Inzest' und 'Gelbe und braune Spiele' öffnete ich erst gar nicht; für heute war ich tief genug in diesen Sumpf vorgedrungen, fand ich. Ein Stückchen weiter wurde zwar noch ausgiebig über den Fall eines

'Kannibalen' diskutiert, der wohl auch aus sexuellen Motiven heraus einen Mann - offenbar auf dessen ausdrücklichen Wunsch hin - regelrecht geschlachtet und dann verspeist hatte. Beinahe noch grusliger an der ganzen Sache fand ich jedoch, dass sich auf seine der Tat vorangegangenen Internet-Anfragen sogar hunderte solcher schwerstgestörten Interessenten gemeldet haben sollten, darunter etliche Anwälte und Ärzte. Ich überflog aber lediglich ein paar der Überschriften, denn nein, da kam ich nicht mehr mit, und da wollte ich auch nicht mehr folgen.

Recht erheiternd fand ich lediglich noch die Ausführungen eines Hobbypsychologen bezüglich seiner Überzeugung, dass Hitlers Aufstieg und damit die größte Katastrophe des 20. Jahrhunderts leicht hätte verhindert werden können, wenn bloß das verkrüppelte Sexualleben dieses geltungsbedürftigen kleinen Postkartenmalers bereits damals in seiner Jugend therapiert und wenigstens im Gröbsten saniert worden wäre. Natürlich griff diese These viel zu kurz und ließ vor allem sämtliche historisch-sozialen Randbedingungen außer Acht, doch immerhin wurde einem dadurch wieder einmal bewusst, welche Dimension das ganze Thema Sex überhaupt hatte. Aber so oder so, eine liebevolle Kindheit anstatt täglicher Prügel vom Vater hätte der Welt in diesem speziellen Fall möglicherweise tatsächlich sehr viel Unheil erspart, denn auch der grausamste Diktator war ja einst ein bedürftiges Kleinkind gewesen, das nicht nur den Keim des Bösen in sich trug. 'Peace is the love you bring to a child', mit dieser ganz elementaren King-Crimson-Zeile schrieb ich mich auf der betreffenden Webseite ins Gästebuch ein. Übrigens fand sich dort auch noch ein Link zu einer Dissertation mit dem Thema 'Penisverletzungen bei Masturbation mit Staubsaugern', und diese wissenschaftliche Arbeit schien tatsächlich echt zu sein!

(Aber so absurd wie ich dachte war das vielleicht gar nicht, denn auch bei der Damenwelt erfreute sich Maschinensex offenbar zunehmender Beliebtheit, wie ich später herausfand - es gab nämlich immer mehr Videos im Internet, in denen zu sehen und nicht zu überhören war, wie sich diverse Kandidatinnen von chromglänzenden Stoßautomaten und 'Sybian'-Riesenvibratoren zu multiplen Orgasmen treiben ließen.)

Schließlich nach diesem langen virtuellen Ausflug wieder im angestammten Forum zurück, fand ich einen Eintrag über eine zierliche Rumänin. Madalina, 18/163, halblanges rötliches Haar, angeblich recht hübsch, 'nur etwas flach über den Lungenflügeln'. Der Verfasser maulte ein wenig über ihren Service und über die Girls aus 'Muränien' generell, aber so wie sich das alles las, sprach es mehr gegen den Typen selbst und eher noch für das Mädchen. Zumindest in meinen Augen. Allein schon seine Rechtschreibung war katastrophal. Ein bisschen skeptisch machte mich jedoch nur der Billigtarif, erste Stunde 80 Euro, jede weitere 60. Nun ja, tatfreudig beschloss ich also, mal wieder etwas mehr auf Risiko zu setzen, und bestellte sie für halb neun. Denn mit Ninas Besuch war ja so bald wohl leider nicht zu rechnen.

151. Kapitel

Madalina I

Sie kam pünktlich, und sie lächelte. Wahrlich ein hübsches Kind, dachte ich erfreut. Jung, schlank, sexy. Freundlich-natürliche Ausstrahlung. Sie trug eine einfache schwarze Bluse und enge schwarze Jeans, dekorativ voneinander abgesetzt durch einen signalroten Stoffgürtel, der ihre schmale Taille betonte.
Wir gaben uns zur Begrüßung die Hand. Offenbar benutzte sie kein Make-up, jedenfalls sah ich keine Schminke. Ihre halblangen dunkelblonden Haare waren irgendwie gesträhnt und etwas verwuschelt, mit einem nachlässig gezogenen Seitenscheitel und kurzem Pferdeschwanz hinten, was ihr burschikoses und sportliches Aussehen noch verstärkte. Sie wirkte fast etwas hager, ungefähr wie eine Langstreckenläuferin, aber dennoch fragil. Vom Gesicht her erinnerte sie mich ein wenig an die irische Pfarrerstochter, in die ich in meiner Jugendherbergszeit vor fünfzehn Jahren mal verknallt gewesen war. Na halleluja!
Ich reichte ihr drei Fünfziger für zwei Stunden und lotste sie zur Couch rüber. *(Wobei ich immerzu auf diesen feschen roten Gürtel starren musste, der mich von der groben Textur her komischerweise an einen Feuerwehrschlauch erinnerte. Vorn wurde er durch eine auffällige Schnalle in Form von zwei ineinandergreifenden Metallhänden zusammengehalten.)*

Dann begann das verbale Abtasten.

Ihr Englisch stellte sich als überraschend gut heraus.

Sie war locker, ich war locker, alles passte.

Die Arbeit mache ihr Spaß, sagte sie, "it's fun". Die Agenturchefin selbst wäre ebenfalls Rumänin, angeblich führen sie sogar alle zusammen in Urlaub. Am besten hätte es ihr bisher in Portugal an der Algarve gefallen, meinte sie.

"Wir sind wie eine große Familie", behauptete sie, "wir machen vieles gemeinsam. Wir streiten auch nicht um Kunden, sind alle hübsch."

Sie trank Wasser, rauchte ein Zigarettchen, knabberte Schokolade und erzählte von ihrem Traumziel Jamaica, denn sie stand auch auf Bob Marley. Umso besser, dachte ich, wechselte die CD und ließ ein bisschen BMW-Reggae laufen. Übrigens kannte sie auch ziemlich viel von dem alten Zeug, sogar The Doors, was für ein so junges Mädchen wohl recht ungewöhnlich war. Angeblich besaß sie auch ein T-Shirt mit dem Cover-Aufdruck von Pink Floyds THE DARK SIDE OF THE MOON.

Jedenfalls machte es richtig Spaß, mit ihr zu flirten, und ihr unverstelltes Lächeln (mit zugekniffenen Augen, ungemein süß!) brachte meinen ohnehin schon überdurchschnittlichen Testosteronspiegel in astronomische Höhen. Mein kleiner Freund reckte sich inzwischen schon kräftig, er wollte diese Karpatenschönheit auch endlich mal erblicken. Naja, und eben auf seine Art erkunden. Kurz und gut - ich mochte sie, ich wollte sie, ich konnte es kaum noch erwarten.

Nach gut zwanzig Minuten zeigte ich ihr das Bad, und dann...

Gott, war dieses Mädchen schön! Makellose Haut. Betörender Duft.

Ich hatte ihr vorher gesagt, dass ich nur 'very soft sex, nothing crazy' wollte und nichts weiter. Nackt lag sie vor mir, weit gespreizt; ich spielte an ihrem blitzblanken Kaffeeböhnchen, zwischen meinen Beinen längst schon ein knochenhartes Pferdeorgan. Vorsichtig verrieb ich einen Klecks Gel bei ihr und zog mir dann das Kondom rüber (mit meinen glitschigen Fingern kriegte ich die Hülle nicht auf, so dass sie mir helfen musste), anschließend folgte die Phase der Versenkung. Eine der Schönen hatte mir mal anvertraut, dass sie kaum etwas vom Sex hätte, wenn das letzte Mal bei ihr länger als zehn Tage zurück lag; es täte ihr dann in der Scheide weh und würde brennen.

Nun, bei mir lag der Fall umgekehrt, denn durch die lange Enthaltsamkeit steigerte sich meine Lustempfindung enorm, es herrschte hormoneller Ausnahmezustand. Ich hob ab und war total selig in Madalina. Es war wirklich himmlisch! Wir verloren nie den Kontakt zueinander. Sie mochte es zwar, wenn ich eher verhalten und sachte stieß, aber beim Anschlag durfte dann doch noch jedes Mal einen Moment lang etwas fester nachgedrückt werden, wie mich ihre Hände auf meinem Hintern wissen ließen. Zwischendurch gab es kurze Kusspausen. Ab und zu ein überraschender kleiner Tempowechsel sorgte für Abwechslung, ein bisschen ruckeln und scheuern außer der Reihe. Ich wartete jedes Mal auf sie, wenn sie etwas länger brauchte, um wieder ihren Rhythmus zu finden, und sie bedankte sich mit rührend zärtlichen Gesten.

Hinterher hielten wir uns noch eine Weile in den Armen.

Sie hatte eine goldene Kette mit einem kleinen Anhänger um den Hals. Mit ihrem Sternzeichen, wie ich annahm. Aber es war Maria, die Mutter von Old Jesus.

Ich stellte meine üblichen Fragen. Nein, sie fände alles okay. Ja, ein Kunde hätte ihr neulich schon gleich im Flur mit einer Hand an die Brüste gefasst (und mit der anderen dabei in der Hose stramm gewichst, wenn ich ihre Geste richtig verstand), noch bevor sie überhaupt die Jacke aufgehängt hatte. Sowas fand sie natürlich widerlich. Und ein anderer wäre extrem entstellt gewesen, lauter violette Unfallnarben, damit hätte sie schon gewisse Probleme gehabt. Aber ansonsten - ein schönes Leben.

"Jedes Mädchen sollte sowas mal für 'ne Weile machen", sagte sie, "man lernt sich als Frau zu fühlen. Ich bin jung und will Sex. Und man spürt, welche Faszination und Macht eine Frau über Männer haben kann. Ehrlich, sowas sollte jede mal eine Zeitlang ausprobieren."

Tja, dieser Gedanke war mir nun zwar nicht neu, aber ich fand, es hatte doch einen anderen Stellenwert, wenn ein Mädchen wie sie ihn aussprach.

"Hast du nicht manchmal Angst?", fragte ich.

"Eigentlich nicht", antwortete sie, "nicht mehr", und sie erzählte von einem Typen, der sie bei einem Termin vor ein paar Monaten zuerst ziemlich eingeschüchtert hätte. Aber schließlich wäre es ihr gelungen, alles unter ihre Kontrolle zu bringen.

"Man darf keine Angst zeigen und muss ruhig bleiben", erklärte sie. "Denn einer alleine kann doch auf Dauer gar nicht wütend sein, oder?"

Und sie lächelte sowas von lieb, dass ich einen enorm starken Impuls fühlte, sie so dicht wie nur möglich an mich zu schmiegen, Steckverbindung inklusive.

"Das Ganze ist für mich auch so etwas wie eine Therapie", fuhr sie fort (sie benutzte wirklich dieses Wort), "ich setze mich verschiedenen Situationen aus, um zu lernen, wie ich am besten damit klarkomme. Gut für mein Selbstbewusstsein."

Sie illustrierte das Ganze noch kurz mit ein paar Episoden aus ihrer Bukarester Zeit. Wenn man da nämlich nachts an der falschen Ecke langginge, dann gäbe es erst recht was auf die Birne. Herbe Sitten, peng und aus.

Hut ab, dachte ich, diese kleine Person hatte Mut, und sie suchte die Herausforderung.

Es erinnerte mich ein bisschen an meine Zeit nach der Armee, als ich mich auch ganz bewusst für 'harte Männerjobs' entschieden hatte.

Ich guckte auf die Uhr, fünfundzwanzig Minuten waren noch übrig. Beim Reden hatten wir uns die ganze Zeit über an den Händen gehalten und leicht gestreichelt, und wir waren ja noch immer nackt. Meine Aufmerksamkeit begann sich allmählich wieder vom Gespräch in Richtung Erkundung ihrer Hautbeschaffenheit zu verlagern; der kleine Bauchnabel wollte geküsst werden, und erst recht die beiden Tattoos weiter unten.

Keine Ahnung, ob ich ein größeres Stück Tablette als sonst genommen hatte, jedenfalls wuchs mir bereits eine Vollerektion, bevor sich ihre Schenkel öffneten.

Sie kletterte nach oben, und wir gingen in die zweite Runde (ich alter 'Einmalspritzer' staunte über mich selbst!), zärtlich und liebevoll. Himmel, wie sich ihr Bäuchlein straffte, als sie sich nach hinten dehnte, um mir meine Murmeln sanft zu kraulen! Es gab nichts Schöneres auf Erden. Und ihre Pobacken waren sowas von süß!

Wir ließen uns Zeit und probierten alles aus, beim rein-raus nur das erste Drittel oder feilen auf voller Länge, dann wieder einfach nur so tief es ging drin lassen, dazu ein bisschen seitlich hin und her und dabei ganz fest anpressen. Dies und das eben. Ihr schien es mindestens so gut zu tun wie mir, und als ich nach einer Weile das Gefühl hatte, dass es allmählich anstrengend für sie wird, bettete ich sie in die Horizontale und übernahm den aktiveren Part. Was natürlich nicht heißen soll, dass sie passiv blieb, denn ihre kleinen warmen Hände tasteten über meine Brust- und Bauchmuskeln und drückten so lange an meinen Hinterbacken, bis es uns zum zweiten Male kam.

Wir hatten noch fünf Minuten. Ich kramte weitere 60 Euro aus der Schublade *(dieser Discount-Tarif war mir schleierhaft, drei Stunden mit so einem Traumgirl für schlappe zwei Hunderter - oder wo war der Haken?)* und reichte ihr das Telefon, denn die dritte Stunde zum Relaxen hatte sie in meinen Augen mehr als verdient.

Sie legte sich auf den Bauch, den Kopf zur Seite, die Hände unter der Wange verschränkt, und meine Fingerspitzen glitten über ihren verlängerten Rücken, Küsschen hier und Küsschen da, und sie schnurrte wie ein Kätzchen. Ich konnte einfach nicht von ihr lassen.

Sie wollte wissen, wie alt ich bin.

"Dreiundvierzig", antworte ich, und sie erwiderte: "You look much younger".

Ich erkundigte mich noch nach ihren Arbeitszeiten. Beginn abends etwa um sechs, Schluss meist gegen früh um vier oder sechs, meinte sie, oder auch manchmal schon um kurz nach Mitternacht. Sie würden das gemeinsam bestimmen, je nach Lage.

"Then we close the shop", sagte sie, und für mich hörte es sich an, als ob man einen Gemüseladen dichtmachte, mit Gurkenkisten reintragen und Rolläden runter und so. ('A Human Grocery Store. *Ain't that fresh?*' - aus welchem Song war das noch mal?)

Zum Schluss schenkte ich ihr ein kleines durchsichtiges Plastikköfferchen mit Schokoladentäfelchen, die in Geldpapier eingewickelt waren. Fünfziger, Hunderter, Zweihunderter. Ein Partygag.

"Thanks", bedankte sie sich lächelnd, "this is nice", und sie küsste mich noch einmal.

Wir sehen uns wieder, dachte ich bloß, so wahr mir Gott helfe!

Ich müsste ja wahnsinnig sein, wenn nicht.

152. Kapitel

Hinterher telefonierte ich noch mit Nina. Sie würde kommen, ließ sie mich wissen. Am Sonntag, schon übermorgen, zu Oksanas Geburtstag am Montag. Also doch!

Den halben Samstag lang räumte ich auf. Ich staffierte die Bude sogar mit Girlanden und einer HERZLICH WILLKOMMEN - Buchstabenkette aus, und natürlich besorgte ich auch wieder eine Rose für die Vase auf dem Tisch.
Am Sonntag schrieb ich lediglich ein bisschen und wartete auf den Nachmittag.

Nina III (privat)
Nina kam per Zug. Sie fuhr erst zu den Mädchen, aber abends gegen acht war sie dann bei mir. Ich hatte ihr versprochen, das Taxi zu bezahlen, doch sie war wieder mit der S-Bahn gekommen. Ihre Küsse schmeckten nach Alkohol und Zigaretten.
Sie hätte einen Bärenhunger, sagte sie, deshalb setzten wir uns gleich in die Küche.
"Hast du Wein da?", fragte sie.
Natürlich hatte ich, und schon einen Moment später stießen wir miteinander an.
Während sie aß, ließ sie ihre Blicke durch meine Wohnung schweifen.
"Du warst mein zweiter Klient damals", meinte sie. "Bei dir war alles aufgeräumt, Vorhänge und Decken ganz frohfarbig, alles sauber und riecht gut. Mein Mann zu Hause schmeißt seine alten Socken neben der Couch, immer. Und die schöne Musik bei dir... Ich wollte gar nicht mehr weg."
Dann erzählte sie erstmal ein bisschen Klatsch und Tratsch von den Mädchen. Nicole wäre ihr Handy (ein superteures Modell) geklaut worden, erfuhr ich, deshalb würde die alte Nummer nun auch nicht mehr funktionieren. Galina hätte jetzt schon wieder einen neuen Lover, einen geschiedenen Deutschen. Na und so weiter.
Anschließend setzten wir uns rüber in die gute Stube, Nina im Sessel, und ich auf dem Bett, und sie stellte mir lauter komische Fragen. Ich wäre noch immer

viel zu gehemmt, meinte sie, und ich solle ihr sagen, was ich in puncto Sex gern hätte. Hm. Ich antwortete, dass ich es im Bett gern sehr zärtlich mache, aber sie unterbrach mich gleich wieder.

"Im Bett, im Bett - was ist mit spontane Sex? Geht auch im Stehen, oder nicht?", rief sie ungeduldig.

Nun ja, verteidigte ich mich, ich hätte auch schon mal Sex nachts am Strand und sogar im Wasser gehabt, und unter der Dusche. Plus einmal im Auto, jedenfalls so halb. Außerdem sogar mal im Wald, mit Ameisen auf der Picknickdecke. Naturstoßen mit archaischer Note, die Sonne dabei ermunternd auf dem fröhlich hoppelnden weißen Arsch.

Aber das reichte ihr natürlich alles nicht.

Irgendwie begann ich mich allmählich unbehaglich zu fühlen; ich kam mir vor wie beim Verhör auf dem Sittendezernat. Mir war einfach nicht klar, was sie damit bezwecken wollte.

"Ich möchte dich bloß besser verstehen", erklärte sie schließlich ein bisschen kleinlaut.

"Was solls", erwiderte ich achselzuckend, "ob oben oder seitlich von links ist mir eigentlich nicht so wichtig. Ich brauche nicht unbedingt, dass mir eine Frau den Rücken zerkratzt."

"Das mache ich aber manchmal", entgegnete sie, "bloß ich merke das dann gar nicht."

Nun, es war das alte Lied, wir redeten einfach mal wieder zu viel.

Nina hatte mir zwar anfangs gesagt, dass sie eigentlich nicht bei mir übernachten, sondern wieder zu den Mädchen zurückfahren würde, allerdings war es inzwischen zwei Uhr geworden. Ich wollte nicht plump sein, holte aber schließlich doch einfach das Bettzeug aus dem anderen Zimmer rüber und teilte ihr mit, dass zumindest ich für meinen Teil nun langsam schlafen gehen würde. Danach marschierte ich ab ins Bad, die eigentliche Entscheidung überließ ich somit ihr.

Sie wusch sich nach mir, schlüpfte dann ganz selbstverständlich unter meine Decke, und kurz darauf exerzierten wir praktisch durch, worüber wir vorher nur theoretisch diskutiert hatten. Sie wurde ziemlich heftig und laut dabei, und natürlich übte das auf mich einen ganz besonderen Reiz aus (auf welchen Mann wohl nicht?). Aber trotzdem hatte ich immer ein bisschen das Gefühl, dass ich mich für sie irgendwie extra anstrengen musste.

Sie blieb dann doch bis zum nächsten Morgen. Gegen sieben klingelte mein Wecker, schließlich wurde ich ja im Krapparat erwartet. Wir frühstückten noch zusammen, und ich gab ihr ein paar Kleinigkeiten für Oksana mit.

Blieb noch das elende Geld, dachte ich: Wieviel sollte ich ihr geben? Oder würde ich sie jetzt damit gar beleidigen? Ich hatte ihr ja lediglich die Taxikosten versprochen, aber sie war nicht per Taxi gekommen.

Hin und her, nach kurzer Überlegung schien mir, dass ich mit fünfzig Euro eigentlich nichts falsch machen konnte. Ich gab ihr das Geld, und sie steckte den Schein auch ohne weiteren Kommentar ein. Dann gingen wir gemeinsam die Treppen runter und verabschiedeten uns draußen vor der Haustür. Noch ziemlich verschlafen, wie ich fand.

Ruxandra I

Madalina wäre erst ab Mitternacht buchbar, hieß es, heute finge sie nämlich ausnahmsweise mal etwas später an. Pech, dachte ich, aber sie hatte ja gesagt, dass ihre Freundinnen auch alle hübsch wären...

Also entschloss ich mich, gleich die Probe aufs Exempel zu machen.

Ruxandras Bluse bestand aus gefühlten neunzig Prozent Dekolleté und gab bereits im Flur recht angenehme Einblicke frei, und auch der Rest von ihr sah tatsächlich nicht übel aus. Allerdings war sie für mich mit Madalina nicht vergleichbar. Sie wirkte nicht mehr so mädchenhaft und war überhaupt ein ganz anderer Typ. Eher so elegante Geschäftsfrau.

Ich schätzte sie auf Ende Zwanzig. *(Sie war 31, wie ich später erfuhr.)*

Ruxandra benahm sich höflich und völlig professionell, keine Spur von Nervosität. Sie setzte sich auf die Couch und fragte, ob sie rauchen dürfte, und ich nickte und gab ihr schon mal zwei Fünfziger für eine Stunde. Nach dem Duschen cremte sie sich im Zimmer sogar noch kurz mit Pflegelotion ein, ganz wie zu Hause. Selbst auf ihren Händen verrieb sie einen Klecks Zartmacherpaste.

Dann kramte sie ein Kondom aus der Handtasche und kletterte zu mir auf die Matte.

"Französisch muss nicht sein", ließ ich sie wissen.

Sie guckte.

"Wieso, tut dir das weh, bist du da empfindlich?", fragte sie und griff sogleich mit zarter Hand nach meinem Zwischenbein.

"Nee", schüttelte ich den Kopf, "alles okay."

"Ich bin ganz vorsichtig", versprach sie, und schon hatte sie den Mund voll und lutschte selig wie ein Kind am Lolli. Auch an allem was folgte, schien sie richtig Spaß zu haben.

Hinterher machten wir ein paar Minuten Smalltalk. Sie wolle bald nach Madeira in Urlaub fliegen, sagte sie, um sich so den Sommer etwas zu verlängern. Übrigens stellte sich heraus, dass sie auch den verrückten Doktor mit dem immer gleichen Sadisten-Video kannte, von dem Vicky damals erzählt hatte.

Sie mochte ihn ebenfalls nicht.

"Seine Haut stinkt", meinte sie.

Kaum war Ruxandra weg, rief Nina an. Sie weinte. Die Mädchen hätten sie ausgelacht, beklagte sie sich, weil sie für schlappe fünfzig Euro die ganze Nacht bei mir geblieben war.

"Du hast mich schlechter behandelt wie Callgirl", schluchzte sie, "und ich habe dazu noch schlechte Gefühl, weil ich habe meinen Mann betrogen. Damals das war Arbeit für Geld, aber gestern nicht."

Außerdem gäbe es noch mehr Missverständnisse zwischen uns, erfuhr ich. Überhaupt hätte sie mich leider nicht immer so ganz genau verstanden, ihr Deutsch wäre eben nicht perfekt.

Ich beruhigte sie und erklärte ihr, wieso ich ihr nun gerade fünfzig Euro gegeben hatte und dass ich sie auf gar keinen Fall damit kränken wollte. Schließlich bot ich an, ihr noch zweihundert Euro auf ihr Konto zu überweisen.

"Ich möchte nicht, dass du dich wegen mir schlecht fühlst", sagte ich.

Als ich aufgelegt hatte, musste ich aber doch erst einmal den Kopf schütteln. Wie war das? Sie litt darunter, ihren Mann betrogen zu haben? Wenn sie sowieso nicht mehr mit ihm leben wollte? Und der von der ganzen Callgirlgeschichte angeblich noch immer nichts wusste?

Nina, Nina... Wer hatte denn damals Sex mit mir ohne Kondom gewollt?

Irgendwie musste ich an unser drittes oder auch viertes Treffen denken, Stichwort Mentalkarambolage. Von Anfang an war es schwierig mit uns gewesen. Ja, sie hatte mir gezeigt, dass sie mich sehr mochte. Aber hatte ich meine Gefühle deshalb die ganze Zeit über falsch gedeutet? Tat sie mir mehr leid, als dass ich sie begehrte? Hatte ich da mal wieder was verwechselt?

Und noch etwas fiel mir ein: Beim ersten Mal in Polen damals, da war sie auf den Strich gegangen - und hinterher von dem Geld dann auch gleich in Urlaub gefahren, ans Schwarze Meer. So hatte sie es mir zumindest erzählt.

Ah ja, dachte ich, hm, hm. Mehr und mehr kriegte ich das Gefühl, dass sie noch so einiges mit sich selbst zu klären hatte - und ich mit mir.

Eine Stunde später überwies ich ihr per Online-Banking 250 Euro (ja, nicht bloß 200 wie versprochen, so war ich nun mal) und schrieb ihr in etwa folgende Mail dazu:

1) Ein großer Mann hat gesagt: Führe ein gutes, anständiges Leben, damit du dich ein zweites Mal daran erfreuen kannst, wenn du alt bist und zurückdenkst. Danach versuche ich zu leben. Ich möchte jedenfalls, dass wir uns immer gern aneinander erinnern.

2) Mit 250 plus den 50 Euro in bar für die Nacht brauchst du dich vor den anderen Mädchen wohl nicht zu schämen.

3) Ich habe kein Interesse, mit einer Frau zusammen zu leben, wenn ich ihr ständig Anwesenheitshonorar zahlen soll.

4) Ich würde sehr gern mit dir ein paar Tage verbringen, bei mir oder vielleicht auch irgendwo einen Kurzurlaub, allerdings siehe Punkt Nummer Drei.

So, dachte ich, das war doch jetzt wohl klar genug.

Dann ging ich ins Bett, konnte aber lange nicht einschlafen. Ein gutes, anständiges Leben, dachte ich, welch weise Worte. Meine seelische Altersvorsorge. ,*Die with memories, not dreams'*, ach ja. Ich versuchte mir das Leben eines jeden Menschen als mathematische Gleichung vorzustellen, die es aufzulösen galt, und zwar im positiven Bereich, nur x größer null zählte. Die Menschheit als Menge von Milliarden individueller Parabeläste, die am Ende alle immer tiefer ins Reich von Liebe und Mitleid führen, zu reinem Mitgefühl. So perfekt und klar wie bei einer göttlich durchkomponierten Symphonie aus Milliarden Stimmen. 'Liebe ist der Endzweck der Weltgeschichte', ja Novalis, ganz genau so. Amen.

153. Kapitel

Madalina II

Ich überlegte erst ein wenig hin und her, ob ich überhaupt anrufen sollte. Denn schließlich hatte ich ja die letzten drei Tage hintereinander Sex gehabt und sollte mir deshalb vielleicht erst einmal eine altersgerechte Pause gönnen.

Aber so alt, wie ich manchmal glaubte, war ich wohl doch noch nicht.

Gegen neun kam sie dann also, für zwei Stunden.

Zartes Küsschen an der Tür, ganz behutsam.

Gleich im Flur nahm ich ihr die Jacke ab und hängte sie auf einen Bügel, damit sie sie nicht wie beim letzten Mal wieder über den Schreibtischstuhl legen musste.

Diesmal trug sie einen engen schwarzen Pullover und ein sehr kurzes Faltenröckchen mit schottischem Tartan-Muster, rot-grün kariert, dazu schwarze Strumpfhosen.

"Oh, eine Rumänin im Schottenrock?", grinste ich belustigt. "Ladies and Gentlemen, the Royal Princess of Scotland and Romania, Madalina I!"

"Danke", erwiderte sie lächelnd mit gesenktem Blick.

"Ich möchte dir heute mal ein bisschen was über mich erzählen", eröffnete ich ihr dann geheimnisvoll, als wir ins Zimmer traten. "Nicht unbedingt, weil ich so furchtbar wichtig bin, aber du interessierst dich ja für Menschen, glaube ich."

Doch zuerst holte ich uns etwas zu trinken aus der Küche, und Madalina zündete sich eine Zigarette an. Dieses Miniröckchen, und diese langen, schwarzbestrumpften Beine...

"Na, mit Ruxandra war nicht das Richtige, hm?", erkundigte sie sich mit lausbübischem Lächeln, und ich winkte bloß grinsend ab.

"Ich bin normal, aber sie ist immer heiß", fuhr Madalina kichernd fort, "wenn

Kunde nicht kann, dann macht sie es sich selber. Zu Hause hat sie zwei Plastikschwänze, wirklich, und am liebsten mag sie Kunden mit bisschen Schlagen und Schimpfen. Dann ihre Augen so groß im Auto! Wir brauchen uns bloß angucken, und schon müssen wir lachen! *Sex ist ein großes Land der Kunst'*, sagt Ruxandra oft, *'nicht nur kleine Kartoffelfeld'*. Das ist ihr Spruch immer."

Naja, und für manche ist es auch bloß einfach ein Mistbeet, dachte ich.

"Aber du wolltest was von dir erzählen", meinte Madalina schließlich und sah mich erwartungsvoll an.

Schön zu wissen, dass sie nicht nur heiter drauflosplapperte, dachte ich, denn offensichtlich hatte sie den Faden nicht verloren.

Also begann ich von meiner früheren Schüchternheit zu reden, von Oma-Erziehung, Vater-Selbstmord und meinen Schwierigkeiten mit Mädchen. Sie hörte aufmerksam zu und machte die ganze Zeit über ein sehr mitfühlendes Gesicht dabei.

"Aber meine Probleme sind gelöst", kam ich dann zum Ende meines Vortrags, "das ist es nicht, weshalb ich damit hier rausrücke. Ich erzähle dir das alles aus einem anderen Grund: Ich hätte damals nämlich sonst was für ein liebes Mädchen gegeben, das mich befreit. Für so eine wie dich, die einfach nur lieb ist und sagt: *Komm, ich mach jetzt was mit dir, du brauchst bloß stillzuhalten, nichts weiter, und nur wenn du etwas nicht magst, dann sag nein, alles andere überlass mir, okay?*"

Ich sah sie an, von oben bis unten.

"Ein so schönes Mädchen wie du kann sich damit unsterblich machen", beschwor ich sie beinahe, "glaub mir. Du hast mir ja letztens erzählt, dass du auch manchmal von passiven, jungen Klienten gebucht wirst, bei denen du nicht weißt, was sie von dir erwarten. Wenn du so einem zu richtig gutem Sex mit dir verhelfen kannst, dann wird er dir ewig dankbar sein und sich noch in fünfzig Jahren an dich erinnern, noch auf dem Sterbebett. Das kann der lohnendste Job der Welt sein, jede Wette."

"Hm ja", erwiderte sie zögernd, "stimmt schon, ich hab manchmal auch ganz junge Kunden, die trauen sich nix zu sagen und grinsen nur: *Na, ähm, ich will was von dir lernen.*"

Sie lächelte verlegen.

"Da weiß ich gar nicht, was ich machen soll", meinte sie und zog eine total süße Kinderschnute. "Bin ich nicht die Richtige für sowas."

Sie nippte an ihrem Glas, sah zu mir rüber und fuhr fort: "Neulich hatte ich 'n Kunden, so um die Zwanzig vielleicht, der benahm sich am Anfang richtig nett und sah eigentlich auch ganz niedlich aus. Erst erzählt er mir die ganze Zeit, wie toll er mich findet. Aber als die Stunde um war, da wollte er mich nicht gehen lassen und wurde richtig fies und gemein. Warum soll ich so 'n egoistischen kleinen Jungen denn verwöhnen? Der weiß das doch gar nicht zu schätzen!"

"Auch wahr", antwortete ich achselzuckend, trank mein Glas aus, setzte mich zu ihr und begann sie zu küssen. Eine meiner Hände wanderte dabei unter ihr Röckchen.

"Du bist so schön, dass es schon fast genug ist, dich bloß anzusehen und zu streicheln", flüsterte ich ihr dabei ins Ohr.

"Fast", wiederholte ich vielsagend, und sie verstand dies als Aufforderung zum obligatorischen Abgang ins Bad und erhob sich. Allein schon ihr Schulterblick dabei, als sie sich auf dem Weg zur Tür noch einmal lächelnd zu mir umdrehte - vor lauter Vorfreude machte mein Herz da schon ein paar fröhliche Hopser.

Nun, jedenfalls hatten wir wieder Sex der Luxusklasse. Übrigens vergaß ich wohl bisher zu erwähnen, dass ihre kleinen Nippel praktisch immer schön fest abstanden. Wirklich ganz hervorragend, ein immens reizvoller Anblick.

Natürlich war die Zeit mal wieder viel zu schnell um.

Also rief ich ihren Chef an, um für eine halbe Stunde zu verlängern.

"Büro der Miss World, Privatsekretär von Madalina", meldete ich mich bei ihm, bevor ich Madalina den Hörer übergab.

Okay, hörte ich bloß, der Tarif betrüge 30 Euro.

Ich reichte ihr 50 und erntete ein beinahe keusches Extralächeln.

Dann ließen wir uns nochmal in die Kissen fallen, Haut an Haut.

"Das was du vorhin erzählt hast, kenne ich auch", fing sie auf einmal an. "Ich war mit 12 oder 13 noch so schüchtern, dass ich im Bus lieber eine oder zwei Stationen zu weit gefahren bin, als die Erwachsenen auf dem Sitz neben mir anzusprechen, damit sie mich durchlassen."

Ich küsste sie bloß stumm.

Eine Viertelstunde später stand sie lautlos auf und schlüpfte ins Bad, und als sie bald darauf halb angezogen zurückkehrte, legte ich schnell noch eine Guns 'n Roses-DVD ein und ließ 'November Rain' laufen. (Die coole Hippie-Hochzeit, wo am Anfang so wuchtige, supersatte Drums kommen.) Madalina ging auch gleich aus Spaß ein Weilchen mit, sie rockte richtig schön ab.

"Wenn ich überhaupt mal heirate, dann so!", lachte sie hinterher und strich sich gedankenverloren mit einer niedlichen Schulmädchen-Geste eine vorwitzige Strähne hinter das Ohr zurück. "Allerdings den langhaarigen Gitarren-Typen, den mit dem Zylinder!"

Zum Schluss überreichte ich ihr eine täuschend echt aussehende künstliche Rose mit dunkelroten Marzipanblütenblättern, die ich erst an diesem Nachmittag in einem speziellen Geschenkeladen entdeckt hatte.

Madalina schien von dieser Geste wirklich sehr angetan zu sein.

Mamma mia, ich war heiß, diese süße Kleine machte süchtig! Sie würde mich aller Wahrscheinlichkeit nach noch eine ganze Stange Geld kosten. Doch das war meine geringste Sorge. Ich grübelte ein bisschen über meinen Seelenzustand nach; von der Intensität her war es für mich mit Madalina in etwa wie mit Nicole. Aber damals war ich zu irgendeiner Entscheidung gar nicht erst fähig gewesen, sondern bloß einfach kopflos in den Strudel meiner Emotionen gefallen. Jetzt allerdings überblickte ich mein Tun schon viel besser, und ich war sehr wohl auf meine innere Balance bedacht. Watch out, old boy!

Ein Hesse-Zitat fiel mir plötzlich wieder ein, worin er sinngemäß beklagte, dass es 'heute' jedem Menschen richtig und normal erschiene, wenn ein vollsinniger und lebenskräftiger Mann all seine Gaben und Kräfte auf das Geldverdienen oder auf die Arbeit in einer politischen Partei richten würde, anstatt sie den Frauen und der Liebe zuzuwenden. Denn die Liebe spielte überall nur die unbedeutende Rolle eines nebensächlichen Lustfaktors, zu dessen Regelung einige hygienische Rezepte ausreichen würden.

Nun, auch wenn es wohl müßig wäre, darüber zu spekulieren, was ein heutzutage lebender Hesse wohl vorzugsweise tun oder unterlassen würde (höchstwahrscheinlich hätte sich der schlaue Alte dem ganzen Zeitgeist-Zirkus auf eine geniale Weise irgendwie entzogen), aber solange es zwei Geschlechter gab, war dieses Thema jedenfalls aktuell. Und ich fand, er hatte mal wieder absolut recht! Denn was konnte für einen Mann erstrebenswerter sein als der Umgang mit schönen Frauen? Was sollte ich denn sonst lieben, wenn nicht die holde Weiblichkeit?

Ich hatte andauernd spontane Erektionen am Tage, und im Gegensatz zu früher erwachte ich jetzt morgens meist mit einem gorillamäßigen Vollständer, hart wie das Ding bei einer Bronzefigur. Herrgott, es war einfach nicht zum Aushalten! Mein Schwanz hing nicht mehr einfach bloß als schlapper elfter Finger an mir rum wie noch vor ein paar Jahren, sondern war jetzt wirklich mein bestes Stück. Vielleicht lag es ja auch ein bisschen daran, dass ich ihn nach dem Duschen (und manchmal auch bloß einfach so im Waschbecken) ein paarmal so kalt wie möglich abspülte, der besseren Durchblutung wegen? Übrigens kam es auch immer öfter vor, dass ich mir noch genüsslich einen runterholen musste, kaum dass die Mädchen wieder weg waren. *(Ähm, das hatte ich wohl bisher vergessen zu erwähnen. Ja, und manchmal zog ich mir dabei sogar noch ein Kondom über, weil es mir dann irgendwie 'authentischer' vorkam...)*
Neulich hatte ich gelesen, dass bei den meisten Männern Potenzstörungen verschwanden, wenn sie die blauen Pillen nur regelmäßig einnahmen, gering dosiert ein paar Monate lang. Ich schien ein Paradebeispiel dafür zu sein. Aber eigentlich hatte ich ja in dieser Hinsicht eh bloß mehr so einen Psychoknoten im Hirn gehabt, und wer weiß, vielleicht schluckte ich die ganze Zeit ja nur Traubenzucker-Placebos? Wer Pillen im Internet bestellte, der kriegte bekanntlich oft nur Schund geliefert.

154. Kapitel

Ich rief an und bestellte Madalina für halb neun.

"Geht klar", meinte der Telefonist bloß locker (und nein, meine Telefonnummer bräuchte er nicht mehr), "sie wird pünktlich da sein".

'Bingo!', jubelte ich innerlich, denn ich konnte unseren 'Termin' kaum noch erwarten.

Um mich ein wenig abzulenken, erledigte ich schnell noch ein paar Online-Überweisungen und las mich hinterher für eine Weile auf einer Webseite fest, wo über den Bau und die Explosionstests der ersten Atombomben berichtet wurde. Inklusive der diesbezüglichen Experimente, die Amis und Russen an ihren eigenen Leuten durchgeführt hatten. Archive des Grauens, die mich an die medizinischen KZ-Versuche der Nazis erinnerten. Menschen konnten so unendlich unmenschlich sein.

Gegen halb acht probierte ich dann, Nina anzurufen, und es klappte sogar. Ihr ginge es mittelprächtig, seufzte sie matt, allerdings hätte sie meine letzte Mail noch nicht gelesen. Meist wäre sie allein und würde sich Bücher aus der Bibliothek holen, auf Deutsch und Russisch.

Den Mädchen hätte sie übrigens gesagt, dass zwischen uns Schluss wäre, erwähnte sie dann.

"Jetzt dich kann auch Nicole anrufen, wenn sie will", meinte sie, denn bisher hätte sich Elena angeblich deswegen nicht getraut. Aber momentan wäre sie ja wohl sowieso noch bei ihrem Deutschen.

Ich hörte, wie Nina schniefte und sich die Nase putzte, wahrscheinlich weinte sie wieder. Sie hätte doch tatsächlich für länger zu mir kommen wollen, bloß etwas später, versuchte sie mir zaghaft klarzumachen. Ob ich das denn nicht verstanden hätte?

Sie tat mir leid, aber ich wusste nichts weiter darauf zu sagen, und belangloses Zeug wollte ich auch nicht von mir geben.

"Lies bitte meine Mail", bat ich, und das versprach sie mir. Dann legte ich auf, bereitete husch-husch Tisch und Bett für Madalina vor und begab mich anschließend ins Bad. Schon als ich mir unter der Dusche den Schwanz wusch, wäre es mir fast gekommen, so sehr freute ich mich auf sie.

Madalina III

Sie erschien pünktlich auf die Minute. Ein Kleinbus mit der Aufschrift 'Kletterschule' setzte sie vor meiner Türe ab.

Mensch, sah sie gut aus! Richtig super! Bombastisch, sensationell, megasexy, echt. Im Internet hatte ich kurz zuvor noch ein paar Fotos von der Miss-World-Wahl angeklickt, und ich fand, da konnte sie locker mithalten, ehrlich. In meinen Augen wurde sie jedenfalls von Mal zu Mal hübscher. Irgendwer hatte mal so ungefähr gesagt, wir glaubten meist, dass wir den Menschen lieben, den wir schön finden, aber eigentlich finden wir den schön, den wir lieben. Naja, ihr wisst schon...

"Sorry", sagte sie gleich als erstes noch im Flur und machte ein betretenes Gesicht, "ich denke, ich habe gerade eben meine Tage gekriegt."

Verlegen strich sie sich die Haare hinter die Ohren zurück. Es schien ihr wirklich peinlich zu sein. Jedenfalls glaubte ich ihr.

"Hast du Schmerzen?", erkundigte ich mich.

"Nein", antwortete sie und schüttelte den Kopf, "im Moment nicht."

"No problem, wir finden schon eine Lösung", versicherte ich und gab ihr das Telefon. Sie rief ihren Chef an und wirkte ehrlich überrascht, als ich trotzdem "*zwei* Stunden" sagte.

Als das geregelt war, musterte sie als erstes ausgiebig mein australisches T-Shirt mit den bunten Fischen vorn und der Karte des Great Barrier Reefs auf dem Rücken. Das beste Stück meiner Garderobe, ich hatte es extra für sie angezogen.

An Drinks servierte ich ihr wieder den Möhrensaft, der ihr beim letzten Mal so gut geschmeckt hatte. Ich selber genehmigte mir ein Glas Rotwein.

"Ich trinke überhaupt keinen Alkohol mehr", erwähnte Madalina bei dieser Gelegenheit. "Einmal hab ich mich mit simultanem Schnaps- und Pillenschlucken von 'ner Party direkt ins Krankenhaus gebeamt", fuhr sie fort. "Aber nicht nochmal. Wenn ich heute mit Freunden mal ein paar Partypillen einwerfe, dann essen wir wenigstens vorher richtig und trinken zwischendurch viel Wasser in der Disco, damit wir nicht morgens total aufgedreht und ausgepowert mit Kreislaufkollaps umkippen, so wie die anderen."

Auf dem Schreibtisch sah sie ein paar Kinderfotos liegen.

"Deine?", fragte sie.

Ich nickte.

"Darf ich?"

Ich nickte wieder.

Zusammen guckten wir die Bilder an.

"Die beiden sind toll, die lachen ja immer", meinte sie, "naja kein Wunder, bei dem Vater".

Ich zeigte ihr auch noch das Kinderzimmer mit der lustigen Wandtapete, den Luftballons, dem Riesenteddy und dem großen Tigerbild hinter der Tür.

"Das machst du gut mit deinen Kindern", lobte sie mich, und zwar ziemlich ernst, wie ich fand. Aber schon bald lächelte sie wieder, und sie machte mich irre damit. 'Lächeln ist das Zweitbeste, was deine Lippen tun können', dieser Spruch blitzte mir dabei kurz durch den Sinn (von wem war der eigentlich?).

Wir schmusten schon mal ein bisschen auf die Schnelle, dann entschwand sie ins Bad.

"Sorry, dass ich mein Höschen nicht runterlassen kann", hauchte sie, als sie ein paar Minuten später wieder ins Zimmer trat. Ja das war zwar schade, musste ich ihr innerlich zustimmen, aber allein schon von diesem Spruch hätte ich eine Latte gekriegt, wenn dies nicht bereits längst der Fall gewesen wäre.

Ich fingerte sie erstmal gründlich im Stehen ab, von vorn, von hinten, von der Seite. Meine Herren, was für eine Augenweide!

"Mach mal so", bat ich sie und streckte die Brust etwas raus, und als sie (schüchtern und verlegen lächelnd) nur im Slip mit dem Posing und Stretching begann, da konnte ich es kaum noch aushalten. Schnell zog ich sie aufs Bett. Sie entschuldigte sich noch einmal, dass sie heute leider nicht nützlich ('not useful') sein könne, aber ich beruhigte sie.

"Wenn es mir mit dir nicht trotzdem gefallen würde, dann wäre da keine Reaktion", erwiderte ich und zeigte auf den harten Ast zwischen meinen Beinen.

Beherzt griff sie zu, eine Hand, zwei Hände, dann kam der Mund. Aber irgendwie störte mich noch etwas, und ich bremste sie ein wenig. Mein Kopf war nicht frei.

"Was ist?", flüsterte sie erstaunt.

"Ach, es liegt nicht an dir", versuchte ich zu erklären, "bloß ein bisschen denke ich, es ist nicht richtig so. Ich soll genießen, und du musst zugucken. Ich fühle mich nicht wirklich gut dabei, eher ein bisschen schuldig. Ein schlechtes Gewissen, verstehst du?"

"Nein", versicherte sie mir, und der Anflug eines schamhaften Lächelns umspielte dabei ihre Mundwinkel, "ich mach das gern für dich."

Sie gab mir einen Kuss. "Ich mag es. Wirklich."

Und jetzt glaubte ich es ihr auch. Also legte mich bequem zurück und ließ mich bedienen. Ab und an bat ich sie, hier und da etwas zu verändern, und willigst kam sie meinen Wünschen nach. Scheu aber neugierig betrachtete sie aus nächster Nähe, was ich zwischen den Beinen hatte (und ich spürte genau wie es sie erregte, mein Großgerät zu halten), beide Hände dabei stets im Einsatz. Mann oh Mann, was für eine paradiesische Beutelmassage! Mit samtweichen Griffen wurden meine Brunftkugeln abgetastet und taxiert (der Testes-Test, sozusagen). Und ein ständiges Rauf und Runter am Mastbaum! Du heiliger Bim-Bam, ich hätte mir selber den Schwanz nicht besser lutschen können! Santa Lucia! Zwischendurch konnte ich allerdings nicht anders, als immer mal wieder ausgiebig an ihren Supernippelbrüsten rumzudrücken und wenigstens ganz leicht über ihre stoffbedeckte Muschi zu reiben. Als ich ihr das Bäuchlein küsste, kam sogar ein leises Seufzen.

Dann kniete ich mich auf das Bett, lotste sie in genau derselben Haltung hinter mich, so dass sie sich wie ein siamesischer Zwillingsschatten an meinen Rücken schmiegte, und führte ihre Hände in meinen Schoß. Endlich, dachte ich, denn diese Fantasie hatte ich schon ziemlich lange mit mir herumgetragen. Es war fast so, als ob sie selber einen Schwanz hätte und sich einen rubbeln würde. Zwei Körper, aber bloß ein Unterleib. Dicht neben meinem Ohr hörte ich sie erregt atmen, als ob sie selber gleich kommen würde.

Ich langte nach hinten, schob ihr wenigstens meine Fingerspitzen ins Höschen und krallte mich in ihren süßen straffen Bäckchen fest. Dann spannte ich mich, mein Engel rieb mit heißer Hand schneller und schneller, naja, und flutsch!, eben bis es spritzte. Auch danach machte sie noch ein wenig weiter, so richtig schön mit sauber Ausstreichen und so. Selbst das letzte Tröpfchen Hodengelee molk sie raus, wirklich gekonnt bis zum Schluss. Natürlich hatte es mir gut getan, aber auch sie fühlte sich jetzt offensichtlich besser; sie sah, dass sie mir trotz ihres Handicaps zu einem untadeligen Abgang verholfen und damit ihr Geld ehrlich verdient hatte.

"Das war der beste Handjob, den ich je gekriegt habe, mersi mult", bedankte ich mich hinterher, und sie lächelte ein bisschen verlegen.

"Auch für mich war das etwas Neues", antwortete sie schließlich, "bis heute hatte ich noch nie während meiner Tage Sex mit jemandem."

Sie erzählte von einem Kunden, der neulich dermaßen lange auf ihr rumgemacht hätte, so dass sie dabei angeblich sogar eingeschlafen wäre. Und ja, die meisten würden sie gut behandeln, aber es gäbe natürlich auch Ausnahmen.

"Ich denke, Sex findet im Kopf statt, also muss ich mich auch um den Kopf der Partnerin bemühen", erklärte ich. "Ich finde, wenn man miteinander ins Bett geht, dann sollte man nett zueinander sein, auch hinterher. Da bin ich altmodisch."

Ich lauschte meinen eigenen Worten einen Moment lang nach. Komisch, plötzlich begann ich mich schon fast wie der diensthabende Pastor von der Freierseelsorge zu fühlen: "Liebe deine Nächste so wie dich selbst, Bruder, und nicht vergessen: Nach vollzogenem Beischlaf abknien zum Gebet. Amen."

Dann erzählte ich ihr, dass manche Mädchen auch ohne Wissen der Agentur privat zu mir gekommen waren und bot ihr meine Telefonnummer an, aber sie lehnte energisch ab.

Nein, sowas würde sie nie machen.

"Wir sind alle Freunde, ganz kleiner Familienbetrieb", rief sie beinahe entrüstet. "Chef passt gut auf mich auf, fährt mich und ist Kumpel."

Okay, dachte ich, es sollte mir auch so recht sein. Nur ein Angebot. Ich war nicht eingeschnappt.

Sie zündete sich eine Zigarette an, betrachtete mich eine Weile aus schmalen Augen und erwähnte, dass sie eigentlich eine Brille bräuchte, aber keine tragen wollte.

Probeweise setzte ich ihr meine auf, und sie stand ihr gut, fand ich.

Dann kramte ich meine alte 'Rasterbrille' raus. Das schwarze Plastikding hatte anstatt der Linsen viele kleine nadelfeine Löcher und funktionierte mittels Beugung anstatt Brechung. Angeblich sollte es die Augen trainieren, wenn man es regelmäßig benutzte. So stand es zumindest im Begleitpapier. Madalina war sehr interessiert daran und wollte zunächst nur den Prospekt mit den Lieferangaben mitnehmen, aber ich überredete sie ("das ist eine echte Rastabrille, Baby"), schließlich auch noch die Brille einzustecken, bis zum nächsten Mal.

Da ich bisher bei ihr noch kein Handy gesehen hatte, schenkte ich ihr zum Schluss eines aus Schokolade (wieder mal im Spezialladen aufgestöbert), was mir immerhin einen Extrakuss einbrachte.

"Ruf mich doch mal an", sagte ich locker, und sie lächelte verlegen.

Aber leider fragte sie auch jetzt nicht nach meiner Nummer, wie ich insgeheim noch ein ganz kleines bisschen gehofft hatte.

155. Kapitel

Ich beeilte mich mit dem Einkaufen, dann ging ich ins Bad und machte mich fertig. Nach dem Duschen betrachtete ich mich nackt im Spiegel. Hm, ich sah nicht schlecht aus. Kaum dachte ich an Madalina, hob sich mein Schwanz. Aber richtig! Bis zur pulsierenden Stiererektion, dem legendären Granitphallus eines Zwanzigjährigen, und alles ohne irgendwelche Nachhilfe. Kein Millimeter Vorhaut war mehr übrig (konnten Beschnittene jemals so anschwellen?), das ganze Teil voll aus der Schlangenpelle ausgefahren, die animalische Monsterkeule eines gekörten Zuchthengstes. Die Totalausstülpung, kurz vorm Bersten. Ein im wahrsten Sinne des Wortes geiler Anblick, Autoerotik und so. Was für ein prachtvolles, anbetungswürdiges Gerät! Mit ehrfürchtiger Ergriffenheit spielte ich ein bisschen an mir rum, an meinem triumphalen Hartgummiknüppel. Fehlte nur noch, dass der Stahlbolzen anfing zu leuchten! Ich wippte ein bisschen auf den Zehen, lehnte mich so weit es ging nach hinten und betrachtete mein Spiegelbild von der Seite. Ein Yanomami-Regenwaldindianer beim Fruchtbarkeitstanz, heya-hepp, ho-na-nana... Auch ohne irgendwelches Anfassen zeigte der Riesenapparat jetzt steil nach oben und federte mit, er stand wie eine Eins, die Eichel aufgebläht zur fetten Rosskastanie, dunkelviolett und wie lackiert. Ich bin zwei Köpfe, dachte ich benebelt, und in diesem da sitzt das Nervenzentrum des Steinzeitmannes. Gott, war ich scharf! Ich konnte es kaum noch aushalten, die Haut in der ganzen Bauchgegend spannte schon richtig.

Komm schnell, Madalinamuschi, betete ich, du Sexyschöne, mein Lingam will in deine Yoni.

Madalina IV

Jeans, T-Shirt, Turnschuhe. Wie immer war sie so gut wie ungeschminkt.

"Dein Schokohandy habe ich schon aufgegessen", begrüßte sie mich.

Dann schnupperte sie.

"Hm, was riecht hier so gut?", erkundigte sie sich neugierig.

"Natürliches Grapefruitöl", antwortete ich und zeigte ihr die kleine Sprayflasche. "Wenn die Kinder manchmal nicht gleich einschlafen wollen, dann sprühe ich ein bisschen davon über ihren Betten in die Luft und sage: *So, das ist Schlafnebel, und der wird euch gleich müde machen.* Naja, und meistens klappt das auch."

"Sleeping Spray", lachte sie. "Mann, du hast immer nette Ideen!"

Da sie sich wie üblich noch kurz bei ihrem Chef melden wollte, nahm ich mein Telefon, wählte die Nummer und sagte *auf Rumänisch (!)*: "Guten Tag, Fräulein Madalina ist hübsch und nett und wunderbar." Frumos schi minunat, jawohl. Dann gab ich den Hörer weiter.

Lachend schlug sich Madalina mit der Hand auf den Mund und machte ganz große, freudestrahlende Augen. Spätestens bei dieser Geste hätte ich mich noch vor einem halben Jahr schwer in sie verliebt, aber mittlerweile war ich in dieser Hinsicht ja nicht mehr ganz so anfällig.

Als sie das Telefonat beendet hatte, zog sie eine Zigarette aus der Schachtel in ihrer Handtasche hervor, und ich hielt ihr flink die Flamme aus einem meiner Sichelmond-Feuerzeuge vor die Nase. Madalina war augenblicklich entzückt von diesem kleinen Geschenk. (*Sicher könnte man jetzt einwenden, dass es ja nur albernes Spielzeug war, was ich da wie billige Glasperlen unter*

Eingeborenen verteilte. Aber ich tat es ja nicht, um Madalina oder Oksana damit hinterlistig um ihren gerechten Lohn zu betrügen, sondern um ihnen eine kleine Freude zu machen, und zwar zusätzlich zum Standardtarif. Ich beschloss jedenfalls, mir einen ausreichenden Vorrat an solchen Mini-Präsenten zulegen. Beschaffung von Kontaktpflegegeschenken, so lautete übrigens der entsprechende amtsdeutsche Terminus an den Botschaften dafür.)

Ich legte Musik auf und wir plauderten noch ein wenig (hauptsächlich über ihre seltsame Nachbarin, die aber immerhin auch Madalinas Hund fütterte, wenn sie selber so wie jetzt unterwegs war), bis sie plötzlich aufstand und schon mal ihre Jeans auszog, um anschließend kurz ins Bad zu huschen. Auch ich begann mich auszuziehen, und als Madalina zurückkam, befreite ich sie in Sekundenschnelle vom Badetuch und animierte sie zu einem netten kleinen Schmusetanz. Mit verführerischem Lächeln schmiegte sie schon einen Moment später ihren Rücken an meine Brust, und splitternackt wiegten wir uns so eine ganze Weile hin und her.

Irgendwann ließen wir uns auf das Bett fallen, und ich fingerte sie erstmal ausgiebig im Liegen, bevor das finale missionarische Andocken erfolgte. Selig versenkte ich meinen Riesenbalken in ihrem Leib, und sie, ganz Weibchen, spreizte sich dabei dermaßen auf, dass ich dachte, sie reißt sich gleich mittendurch. Doch sie blieb keineswegs passiv, sondern packte richtig zu und zog mich fest in sich rein. Immer wieder. Solange, bis es vorbei war.

Nach der üblichen Verschnaufpause rauchte Madalina eine Zigarette und erzählte ein wenig von ihrem letzten Wochenende. Sie wäre nämlich noch ein bisschen mitgenommen, meinte sie, denn sie hätte mal wieder diverse Pillen in der Disco eingeworfen. Allerdings würde sie ja nur 'sauberes Zeug' nehmen und nie bei fremden Dealern kaufen.

Kaum hatte sie die Zigarette ausgedrückt, gingen wir auch schon zur zweiten Runde über, wobei sie mir zu verstehen gab, dass es ruhig ein wenig heftiger zugehen durfte. Diesem Wunsch kam ich nur zu gern nach, und so pflügten wir also noch einmal eine wüste Spur der Lust durch das Bettzeug, bis wir beide schweißnass und ermattet keuchten. Danach leckte ich sie, ganz langsam und sanft. In der ersten Minute war sie noch nicht ganz locker, aber das gab sich allmählich, und dann wurde es richtig schön.

Wir hatten Spaß miteinander, nicht einer auf Kosten des anderen.

Vollkommen relaxed lag sie hinterher an meiner Brust und erzählte unter anderem, wie sie als Kind zu Hause beim Hühnerschlachten geholfen hatte. Sogar mit Kopf abschlagen und ausbluten lassen, nicht nur Federn rupfen.

"Meine Freunde finden es manchmal merkwürdig, wenn ich über sowas rede", meinte sie. "Die sagen, vor mir müsse man ja Angst haben. Mad Madalina nennen sie mich manchmal. Auch die Typen in der Disco haben Respekt vor mir, wenn ich sie anpfeife: *Stopp, Junge, lass mich bloß in Ruhe.* Da glitzert dann wohl was Eisiges in meinen Augen, was andere sofort auf Abstand gehen lässt." Sie lachte belustigt.

"Bekannte haben mich schon 'n paarmal gefragt, ob ich Domina mache", gluckste sie.

"Und, machst du?", erkundigte ich mich.

"Nee", erwiderte sie kopfschüttelnd. "Ruxandra hat 'ne Maske und Lederzeug und so. Die ja, die macht alles. Die arbeitet sogar, wenn sie ihre Tage hat."

Ich stellte ihr noch zwei oder drei Fragen, und irgendwie kamen wir dabei im Laufe der Unterhaltung auch auf ihren ersten Freund zu sprechen. Mit 14 hätte sie ihn kennengelernt und mit 18 das erste Mal mit ihm geschlafen, wobei sie auch gleich schwanger geworden wäre, gab sie mir lakonisch Auskunft. Aber natürlich hätte sie das Kind damals abtreiben lassen.

"Komischerweise konnte ich mit meinem Vater sogar ein bisschen darüber reden", sagte sie. "Mit meiner Mutter dagegen ging das überhaupt nicht."

Ich streichelte bloß stumm ihr Haar und hörte ihr zu.

"Es hat sich sogar schon bewegt", meinte sie schließlich. "Trotzdem, ich habe eigentlich kaum geweint. Ach was solls. Das gehört eben nun mal zum Leben, oder?

"Hm, naja, und was war mit deinem Freund?", erkundigte ich mich. "Wollte der das Kind denn auch nicht?"

Sie sah mich abschätzig von der Seite an, als hätte ich etwas sehr Dummes gefragt.

"An dem Tag, als ich in die Klinik ging, da fuhr er mit seiner neuen Freundin in Urlaub, ans Meer", antwortete sie angewidert und kramte nach einer neuen Zigarette.

"Deswegen kann ich wahrscheinlich kein Kind mehr kriegen", fuhr sie fort, nachdem sie den ersten tiefen Zug inhaliert hatte. "Jedenfalls habe ich später öfter mal ohne Kondom mit meinem Freund geschlafen, und ist nie was passiert."

Sie zuckte mit den Schultern.

"Das ist die Strafe für all das Böse, was ich getan habe. Ist eben so, Pech. Aber ich bin nicht zimperlich. Schon als kleines Mädchen hab ich lieber mit Jungs Fußball gespielt, und auf den Fingern pfeifen kann ich auch."

Cool zuckte sie noch einmal mit den Schultern, und ich fragte mich, ob ihr Selbstbild wirklich der Realität entsprach. Ich versuchte, ihre Sichtweise mit meinen Erfahrungen abzugleichen, und komischerweise fiel mir dazu sofort ein, wie ich als Kind zuweilen bei unseren dörflichen Hausschlachtaktionen tapfer das frische Schweineblut im Steintopf gerührt hatte, damit es für die Blutwurst später schön klumpenfrei blieb - und hinterher dann deswegen zu der Schlussfolgerung gelangt war, dass ich ja eigentlich ein ziemlich harter Bursche sein müsse, weil ich dabei nämlich nicht gekotzt hatte. Völliger Nonsens, nicht wahr?

"Ach, ich habe deine Rasterbrille vergessen", fiel ihr plötzlich noch ein, als sie aufstand.

"Macht nichts", winkte ich bloß ab, "nächstes Mal."

Sie ging duschen und telefonierte hinterher eine Weile mit der Agentur.

Inzwischen war es schon kurz nach eins.

"Der Fahrer kommt erst in fünfzehn Minuten, darf ich hier warten?", fragte sie.

"Na klar!", antwortete ich verwundert. "Was glaubst du denn?"

"Aber du musst doch schlafen?", zweifelte sie.

"Das ist schon okay so", bekräftigte ich noch einmal. "Oder meinst du etwa, ich schmeiße eine Frau wie dich raus? Ich freue mich über jede Freiminute mit dir, Baby."

Während sie ihre letzte Zigarette rauchte, erzählte sie noch beiläufig, dass sie sich ab und an eine Pizza nach Hause liefern ließ, und zwar hauptsächlich wegen dem Jungen, der sie brachte. Den fände sie ja so süß! Allerdings wäre sie eben leider zu schüchtern, um ihn anzubaggern, und er würde sich auch bloß immer sehr zurückhaltend benehmen.

"Ach, der ist bestimmt Hobbystricher", neckte ich sie, "und stell dir mal vor, das ganze Geld, was du als Callgirl verdienst, das gibst du dann für diesen sexy Callboy wieder aus. Das geht doch nicht!"

Tadelnd schüttelte ich meinen Kopf und gab ihr einen Kuss.

An der Tür drückte ich ihr noch zwanzig Euro Trinkgeld in die Hand, zusammen mit einer Kreditkarte aus Schokolade.

"Aber du hast mir doch schon das schöne Feuerzeug gegeben", zierte sie sich zuerst ein wenig.

"Ach komm, du brauchst das Geld", rief ich übermütig und umarmte sie, hob sie hoch und küsste sie immer wieder, bis sie es am Ende natürlich doch annahm.

Da geht sie hin, die gebenedeite Jungfrau vor dem Herrn, dachte ich seufzend, als ich ihr im Treppenhaus hinterher sah und winke-winke machte.

Anschließend setzte ich mich an den Computer und guckte im Internet, ob sich dort eventuell etwas über ihre Kletterschule herausfinden ließe, denn diesmal hatte ich mir die Aufschrift von dem Kleinbus, der sie immer brachte, gemerkt. Und tatsächlich, die Typen betrieben sogar eine ziemlich professionell gestaltete Webseite. Offenbar war es aber bloß eine kleine Klitsche, die lediglich Kletterwand-Training und Wochenendtrips in den Harz oder maximal ins Elbsandsteingebirge im Programm hatte. Zwar stand dort auch etwas von Abenteuerreisen und Höhlentouren in Richtung Balkan zu lesen, also Walachei, Danubien und Transsilvanien. Wenn man jedoch die betreffenden Buttons anklickte, dann kam immer nur ein 'derzeit erst in Planung'.

156. Kapitel

Als ich Freitag um halb vier nach Hause kam, fand ich eine Nachricht von Elena aka Nicole auf dem Anrufbeantworter.

Hat ja gedauert, dachte ich, denn immerhin war sie doch schon drei Wochen in Deutschland. Übrigens schien offenbar zu stimmen, was Nina mir vor einer Weile mal erzählt hatte, nämlich dass Galina mit Nicole und Oksana gemeinsam eine eigene Agentur aufmachen wollte. Denn auf der Webseite ihrer alten 'Fun-Girls'-Agentur wurden sie tatsächlich nicht mehr gelistet, wie ich neulich bereits festgestellt hatte.

Würde ich also jetzt etwa der erste Kunde bei der neuen Agentur werden?, fragte ich mich.

Ich machte mir einen Kaffee, dann rief ich Nicole an und sagte ihr, dass ich zwar die Kinder am Wochenende hätte, mich aber danach möglichst bald mit ihr treffen wollte.

"Wann du möchtest", erwiderte sie. "Und soll ich noch sagen vielen schönen Dank von Oksana für Geburtstagsgeschenke, die du hast Nina mitgegeben."

"Ja, danke", antwortete ich. "Übrigens, mit Nina war es immer kompliziert, von Anfang bis Ende", schob ich noch dezent hinterher. Sollte heißen: Du bist doch die Beste.

Sie schien es auch so zu verstehen, denn sie flirtete hinterher richtig süß mit mir, fast wie in alten Zeiten.

Nach diesem Telefonat zog ich mich schnell um, ging zu Ramonas Wohnung rüber und klingelte an der Tür. Sie hatte mir den Vorschlag unterbreitet, heute noch gemeinsam an einen See baden zu fahren. Wahrscheinlich ging es ihr in erster Linie darum, ein bisschen länger mit den Kindern zusammen sein, schließlich war es ja mein Wochenende. Tja, und da es laut Wetterbericht wohl der letzte Sommertag sein würde, hatte ich zugesagt. Ebenfalls hauptsächlich der Kinder wegen.

Natürlich war Ramona mal wieder nicht fertig, als ich kam, obwohl wir extra eine konkrete Uhrzeit ausgemacht hatten, und dann mussten wir auch noch Tanken fahren. Die Kiste war bis zum letzten Tropfen ausgewrungen, ich sah uns wirklich schon mit ruckelndem Motor an den Straßenrand rollen.

Ramona jedoch schien das nicht im Geringsten nervös zu machen. Erst als wir an der Säule standen und sie sah, dass ich den Tank nur halbvoll füllte, da fing sie plötzlich an, sich wie verrückt aufzuregen. Nach ihrer kruden Logik hätte ich nämlich gleich Sprit bis zum Anschlag bunkern müssen, und zwar auf meine Rechnung. Eben weil es ja mein Wochenende war, sie führe jetzt halt bloß so mit. Hauptsache dann später bei Übergabe ein voller Tank für sie, da hatte sie sich insgeheim wohl schon drauf gefreut. Ich ließ sie zetern und sagte nichts weiter dazu. Man brauchte nun mal ein verdammt dickes Fell, wenn man sich mit dieser Frau einließ, und das hatte ich vorher gewusst.

Am See wurden es dann doch noch ein paar ganz entspannte Stunden. Erst spielte ich eine Weile mit Malte und Nele, später legte ich mich auf die Decke und sonnte mich. Und schielte ab und an verstohlen zu Ramona rüber, die neben mir auf ihrer Decke lag und las. Für ihre 37 Jahre war sie figurmäßig immer noch guter Durchschnitt, das musste man ihr lassen. Mit einer fast zwanzig Jahre jüngeren Janica oder mit Madalina konnte sie freilich nicht konkurrieren. Aber trotzdem - es hätte mich schon gereizt, diverse Nacktspiele mit ihr auszuprobieren, wenn nur der Rest einigermaßen gestimmt hätte. Doch das tat er definitiv nicht. Nein, die Mängelliste war einfach zu lang.

Am Samstagabend alberte ich mit den Kindern bei der Gute-Nacht-Geschichte im Bett dermaßen rum, dass Malte vor Lachen ein paar Tröpfchen einstrullerte und eine neue Schlafanzughose anziehen musste.

"Mama hätte jetzt schon wieder geschimpft", meinte er. "Sie meckert dauernd, nur du bist immer so nett geblieben".

Freuen konnte ich mich über dieses Lob indes nicht so recht. Denn insgeheim fragte ich mich, wieviel Mitschuld ich daran trug, dass sie so unbeherrscht reagierte. Natürlich wusste ich, dass ich nicht für die Taten eines anderen erwachsenen Menschen verantwortlich zu machen war, und dennoch...

Aber vielleicht stimmte es auch gar nicht wirklich, was Malte sagte? Vielleicht war es ganz anders, und ich brachte ihn bloß unbewusst dazu, mir nach dem Munde zu reden? Trennungskinder im Loyalitätskonflikt zwischen Vater und Mutter, 'Parental Alienation Syndrom' im Anfangsstadium? So nach dem Motto: Papa hat Probleme mit Mama, und um ihm besonders zu gefallen, muss ich ihm nacheifern und auch welche mit Mama haben?

Je länger ich über Maltes Bemerkung nachdachte, umso mehr drehte sich mir der Kopf.

Also goss ich mir ein Glas Wein ein und rief bei der Kletteragentur an. Es war ziemlich schwer durchzukommen, ich musste ein paarmal probieren.

"Kann ich Madalina für morgen reservieren?", fragte ich nach.

"Ja aber erst ab zehn", hieß es.

Na dann, sagte ich mir und machte den Termin fest.

Als die Kinder im Bett lagen, checkte ich meine E-Mails. Von zwei Annoncendamen gab es kurze, flüchtig hingeklatschte Nachrichten; eventuell würde man sich später ausführlich melden. Nina hatte nichts mehr von sich hören lassen.

Dann loggte ich mich noch kurz bei den Fickberichte-News ein, doch auch hier tat sich kaum etwas. Nur eine Umfrage zum Thema: 'Einmal Freier - immer Freier?'. Viele gaben ihren Senf dazu, aber ich überflog bloß die ersten paar Beiträge und schaltete die Kiste dann aus.

Voller Vorfreude schwelgte ich schon mal in Madalina-Sexphantasien. Morgen Abend, aah...

Sonntagabend brachte ich Kinder rüber und räumte die Bude auf. Anschließend griff ich zum Telefon, doch bei der Kletteragentur war das Handy aus. Um sieben, um acht, um neun - immer dasselbe. Verflucht noch mal! Erst um halb elf gab ich mich geschlagen. Aus lauter Verzweiflung schaltete ich zwischendurch ein paarmal den Fernseher ein und meistens gleich wieder aus. Ausgeflippte böse Satanisten und das übliche Geballere, viel mehr lief ja sowieso nicht. Höchstens vielleicht noch die Reportage über eine junge hübsche Studentin, die den ganzen Sommer allein in einer Vogelwarte irgendwo auf einer einsamen Insel hockte und Möwen und Enten beim Kopulieren, Eier legen und Brüten beobachtete *(also doch eine Vögelwarte?)*; nur einmal in der Woche legte kurz ein Versorgungsschiff an, und das wars. Fast so einsam wie ein Großstadtbewohner, sinnierte ich trübsinnig und goss mir Wein ein.

Diesen Abend hätte ich wahrlich sinnvoller verbringen können als allein vor der Flimmerkiste, ärgerte ich mich hinterher.

Am Montag kriegte ich einen Brief vom Finanzamt. Der Termin für meine letzte Steuererklärung wäre längst überschritten, las ich, aber man räumte mir noch einmal eine Zusatzfrist von vier Wochen ein. Verdammter Mist, dachte ich bloß genervt; ich hatte eben keine Zeit mehr für solchen Kram. Alles, was mich vom Sex abhielt, war mir lästig.

Bis um sieben Uhr probierte ich es bestimmt fünf- oder sechsmal bei der Kletteragentur - wiederum ohne Erfolg. Sexy Madalina blieb unerreichbar.

Schließlich rief ich Elena an. Sie saß gerade mit den anderen Mädchen zusammen, trank Wein und spielte Karten.

"Heute oder morgen?", fragte ich sie nach einer Weile, doch dummerweise hatte ihr gleich zu Anfang des Gesprächs schon mitgeteilt, dass ich diese Nacht die Kinder bei mir hatte.

"Na dann besser bis morgen", meinte sie, und ich tat vernünftig und gab ihr recht, obwohl mein Schwanz eindeutig anderer Meinung war.

Dienstagabend. Gegen sechs telefonierte ich noch einmal mit Elena und buchstabierte ihr meine genaue Adresse. Um neun würde sie kommen, versprach sie.

Ich würde es locker angehen, nahm ich mir vor. Ende Mai hatte ich sie das letzte Mal gesehen, jetzt war es Anfang September. Seit exakt einer Woche hatte ich keine Frau mehr im Bett gehabt. Nur aus Neugier wählte ich die Nummer von Madalinas Kletteragentur, doch das Handy war noch immer aus. Vielleicht befand sich die ganze Truppe ja mal wieder in Urlaub?

157. Kapitel

Elena / Larissa I

Sie sah ausgeruhter aus als damals, kein bisschen Augenschatten mehr. Wie früher trug sie ihre langen Haare offen, aber von den Schläfen baumelten diesmal noch zusätzlich zwei bleistiftdünne Zöpfe mit bunten Perlen an den Enden herab, die bei jeder Kopfbewegung neckisch mitwippten.

Ich gab ihr einen ersten Kuss im Flur, dann zog ich mir feierlich meine Handpuppen auf und ließ das Krokodil ein Handy aus Schokolade als Begrüßungsgeschenk an Elena überreichen. Auch der Polizist verbeugte sich höflich, gab ihr eine Kreditkarte aus Schokolade und erklärte auf Russisch: "Für echte Prinzessin aus Nowosibirsk".

"Danke schön", hauchte Elena verlegen.

"Hier, guck mal", rief ich und zeigte durch die angelehnte Tür auf die Luftballonkette an der Decke des Kinderzimmers. "In dem zusammen-geschrumpelten roten da ist noch ein ganz bisschen von deiner Atemluft drin. Weißt du noch?"

"Natürlich", antwortete sie lächelnd. Sie zog Jacke und Schuhe aus, und anschließend bewegten wir uns rüber in meine gute Stube.

Als erstes begutachtete ich ihr raffiniertes weißes Oberteil. Es sah aus wie eine Art verdrehtes Kettenhemd, wie ein breites Möbius-Band aus grobgestrickten Wollmaschen.

"Ja", lachte sie, "beim ersten Mal anziehen ich brauchte auch lange in Umkleidekabine, weil ich nicht wusste, wie geht das."

Wir ließen uns auf der Couch nieder.

"Ich kann bleiben bis Mitternacht ungefähr", sagte Elena, und während sie ihre Zigaretten auspackte und sich eine ansteckte, kümmerte ich mich um die Getränke.

Zu Hause in Nowosibirsk wäre es diesmal nicht so toll gewesen, wie sie es sich eigentlich vorgestellt hatte, begann sie schließlich zu berichten. Ihre Freundinnen hätten nämlich kaum Zeit für sie gehabt oder wären inzwischen weggezogen. Deshalb wollte sie nun erst einmal in Deutschland bleiben und vielleicht sogar studieren, am besten Sprachen oder so.

Hm, dachte ich sehr skeptisch und fragte mich insgeheim sofort, wie das bei ihr wohl mit dem Visum funktionierte. Denn sie schien ja immerhin legal eingereist zu sein. Ob sie vielleicht wenigstens pro forma mit einem Deutschen verheiratet war?

"Ja, und auf Weg zurück schöne Handy auch geklaut", riss sie mich aus meinen Überlegungen und erzählte mir dann noch einmal, was ich ja schon durch Nina erfahren hatte.

"Erst eine Woche alt, vierhundert Euro teuer. War ich blöd und habe im Bus nach Berlin damit immer gespielt, dass alle können sehen, und irgendwo in Polen bei Raucherpause einer hat zapp-zarapp gemacht und Handy war weg."

"Schade, ja", erwiderte ich. "Tut mir leid."

"Naja, ich spiele gern mit Handy", sagte Elena schulterzuckend, "und auch mit meine Digitalkamera. Einmal ich geändert, dass nur alle Anzeigen auf Englisch. Ich aber nicht verstehen und ich solange drücken, bis viele schöne Fotos gelöscht. Meine Schwester zu Hause und viel von Mallorca, alles jetzt ist weg. Ich wirklich war ganz traurig. Schade, warum ich manchmal so dumm."

"Hat es dir gefallen auf Mallorca?", fragte ich.

Ja schon, antwortete sie, aber die paar Tage wären auch nicht so schön geworden, wie sie vorher geglaubt hatte. Weil der Bekannte (aha!) nämlich viel Arbeit zu erledigen gehabt hätte, wären sie fast überhaupt nicht in die Disco gegangen, wie vorher eigentlich in Aussicht gestellt, sondern immer bloß zum Abendessen ins Restaurant. Und an den letzten Tagen hätte es sowieso nur noch geregnet.

"Haben wir paarmal Streit gemacht", fügte sie kleinlaut hinzu und verstummte dann.

"Ja, die meisten Mädchen haben anscheinend nicht gerade viel Glück mit den Männern", meinte ich und schilderte ihr in groben Zügen, wie es Janica mit ihrer Scheinehen-Misere ergangen war. Doch so gut schien Elena sie gar nicht zu kennen, denn sie hörte mir zwar mit mäßigem Interesse zu, fragte aber auch nicht weiter nach.

"Ach, dein schöne Gel hab ich in Nowosibirsk vergessen", sagte sie auf einmal. "Galina hatte ich auch mal gegeben. Das war so super, ganz natural. Besser als andere Sorte."

"Na ich weiß noch, wo ich es gekauft habe", erwiderte ich. "Vielleicht kann ich es nochmal besorgen."

Ich holte meine halbvolle Tube aus der Schublade und wollte sie ihr geben.

"Nein, das bei dir bleiben", lehnte sie jedoch ab.

Konnte ich daraus schließen, dass sie derzeit nirgendwo arbeitete?

"Ecki, ich muss dir etwas sagen", fing sie plötzlich an, druckste erst noch ein wenig herum und rückte dann mit der Sprache raus: "Also, meine richtige

Name ist - ich heiße Larissa. Elena war meine Name bei alter Agentur. Damals ich wollte richtigen Name nicht sagen."

"Jaja", reagierte ich betont locker, um ihr die Situation etwas zu erleichtern, "und das nächste Mal willst du mir weismachen, dein richtiger Name ist Olga."

"Neiiin", machte sie, ganz langgezogen und mit gesenktem Kopf. Wie ein ausgeschimpftes Kind, das zum Schluss gefragt wird: *Du wirst doch jetzt nicht mehr böse sein, oder?*

Das Ganze schien ihr wirklich außerordentlich peinlich zu sein.

Soso, dachte ich, und die griechische Möwe fiel mir wieder ein. Glaros. Glaros und Larissa. Das passte nun schon besser zusammen, fand ich. Larissa, meine kleine Lachmöwe. Auch ihr Spitzname 'Lorik' ergab nun plötzlich Sinn, denn das ließ sich wohl eher von 'Larissa' ableiten als von 'Elena'.

Kurz darauf ging sie duschen, und schon bald kam sie in ein großes gelbes Badetuch gewickelt zurück. Sie öffnete den losen Knoten über der Brust, warf das Tuch auf den Sessel und schlüpfte sofort unter die Bettdecke.

"Eine Minute", sagte ich und verschwand selber nochmal kurz im Bad, um mir wenigstens den Schwanz abzuspülen, denn inzwischen war es halb elf, und ich hatte um acht geduscht.

Als ich mich abtrocknete, sah ich im Bad auf der Waschmaschine den Stapel ihrer Klamotten liegen.

Stimmt, dachte ich, denn erst jetzt fiel es mir auf: Sie hatte sich nämlich erst hier ausgezogen und nicht wie früher immer schon vor mir im Zimmer gestrippt. Schade, fand ich.

Wir machten es erst eine Weile in der Missionarsstellung, danach wollte sie von hinten. Alles in Ordnung, alles schön und so wie es physiologisch ablaufen soll: Penis ruckelt irgendwie friktionsmäßig in Scheide bis zum Samenerguss. Was sich dabei freilich im jeweiligen Kopfkino abspielte, das konnte natürlich höchst unterschiedlich sein. Schließlich hieß es ja wohl zu recht, dass das größte Sexualorgan des Menschen sein Gehirn wäre. Und genau da drinnen war bei mir in den letzten Monaten eben so einiges umgebaut worden. Das alles ging mir mittlerweile nämlich nicht mehr so unter die Haut, als dass ich jedes Mal gleich emotional aus den Latschen kippte, wenn ich mit einem Mädchen schlief, und sicherlich lag das weniger an dem jeweiligen Mädchen als an mir. Denn ich selbst war ja das zu entflammende Streichholz, die betreffende Partnerin stellte sich lediglich als Reibefläche zur Verfügung. Oder so ähnlich.

Als unser beider Atem wieder ruhiger ging, bemerkte ich auf Elenas, pardon: auf Larissas Brust, neben der bekannten Kette mit dem Brillantanhänger eine weitere, und zwar mit einem Kreuz.

"Ich hatte in Kirche beten und diese Kette gekauft", erklärte Larissa auf mein fragendes Gesicht hin. "Damals ich habe versprochen so: Wenn alles Ende ist gut mit Agentur und ich bin wieder zu Hause in Russland, dann ich gehe in Kirche zu danken und kaufe solche Kette."

Lächelnd gestand sie mir, dass sie sich zwar eigentlich passend zum Brillantanhänger natürlich auch noch ein ganzes Set zulegen wollte, also Ring und Ohrringe. Aber dafür fehle ihr momentan leider das Geld, genauso wie für ein schickes neues Handy.

"Mit deinem Brillantketten-Freund, läuft es einigermaßen gut?", erkundigte ich mich.

"Naja", meinte sie knapp, und es hörte sich nicht so an, als ob sie in dieser Sache größeren Gesprächsbedarf anmelden wollte. Auch als ich vorsichtig nach eventuellen Plänen zur Gründung einer eigenen Agentur sondierte, blieb sie ziemlich verschlossen. Überhaupt ging sie sehr wenig auf die paar Themen ein, die ich ansprach.

Aber ab der nächsten Woche würde sie eine kleine Ein-Zimmer-Wohnung für sich allein haben, sogar ganz in meiner Nähe, ließ sie mich immerhin zum Schluss noch wissen. Ein russischer Bekannter, der für eine Weile woanders arbeiten müsse und diese Wohnung trotzdem behalten wolle, hätte sie ihr bis zum nächsten Frühling vermietet.

"Länger ich nie planen", meinte sie zufrieden. "Ist kleine Wohnung, aber stört mich keiner, und muss nicht Dreck von anderen wegräumen. Denkst du nicht, dass ist immer sauber, wenn Mädchen zusammen wohnen."

Außerdem deutete sie an, dass sie doch bereits bei einer neuen Agentur zu arbeiten angefangen hätte, vorerst aber nur ab und an und höchstens bloß für drei oder vier Stunden.

Vielleicht, um in der restlichen Zeit lukrative Privattermine zu machen?

"Wann kommst du das nächste Mal?", fragte ich.

"Ich kann erst Sonntag wieder", antwortete sie.

"Okay", nickte ich. "Sag vorher Bescheid, ruf mich an. Wir können auch ins Café gehen und nicht nur zu Hause hocken. Wie du möchtest."

"Ja gut", antwortete sie und telefonierte danach schnell noch mit Galina, weil die nämlich momentan den einzigen Schlüssel für ihre gemeinsame Wohnung besaß.

"Bist du noch eine halbe Stunde zu Hause?", hörte ich sie auf Russisch fragen, und da die Antwort offenbar positiv ausfiel, bestellte ich ihr unmittelbar danach wie gewünscht ein Taxi. Larissa sammelte eilig ihre paar Sachen zusammen, und ich sah auf die Uhr. Es war kurz nach Mitternacht.

Also drei Stunden, überschlug ich, und kramte fünf Fünfziger hervor.

"Ist das so okay?", fragte ich, als ich ihr das Geld reichte.

"Ja, danke", lächelte sie und gab mir ein Küsschen, und schon einen Moment später war sie entschwunden.

Hinterher sinnierte ich ein bisschen über dies und das, und plötzlich war ich schon drauf und dran, mal wieder bei Nina anzurufen. Einfach nur um zu wissen, wie es ihr so ging.

Aber ich ließ es sein, denn wahrscheinlich war es noch zu früh dafür.

Also putzte ich mir bloß schnell die Zähne und ging schlafen.

Erst am nächsten Tag war ich etwas melancholisch: Meine Elena, meine kleine sibirische Möwe, was war von ihr geblieben? Ein Proficallgirl namens Larissa. Ganz nett und ganz hübsch, das ja. Aber so wie viele eben. Jedenfalls war ich mir nicht sicher, ob ich sie am Sonntag wieder bestellen würde. Denn momentan interessierte mich Madalina nämlich mehr.

Rein aus Neugier checkte ich am Abend das Telefon ihres Kletterschulenfahrers, und es klingelte sogar! Es war also wieder aktiv!

Aber ich legte schnell auf, denn ich fühlte mich etwas groggy.

Besser morgen, dachte ich, und ging früh schlafen.

158. Kapitel

Am nächsten Morgen sah ich zufällig, wie Ramona mit den Kindern zum Auto hastete und Malte dabei recht unsanft am Arm zerrte. Ich konnte nicht verstehen, was sie ihm zurief, aber sie wirkte ziemlich überfordert.

Malte würde mal wieder zu spät zur Schule kommen, stellte ich mit einem Blick auf die Uhr fest. Das passierte zwar nicht allzu oft, aber es kam vor, wie ich wusste.

Trübsinnig schwang ich mich auf mein Rad und trat in die Pedalen. Ich konnte schon den Krapparat spüren, wie er ungeduldig aus der Ferne seine Fangarme nach mir ausstreckte, um mich mit seinen Zeiterfassungs-Saugnäpfen für die nächsten acht Stunden in seinen Drehtür-Schlund zu zerren.

Gleich nach der Arbeit bestellte ich Madalina für halb zehn, anschließend legte ich mich prophylaktisch noch ein wenig zur Ruhe.

Hinterher las ich ein bisschen im Internet über die neuesten Erkenntnisse der Sexualforschung. Man hatte männliche und weibliche Probanden in eine MRT-Röhre gelegt und ihre jeweiligen Gehirnzustände beim Betrachten bestimmter Bilder analysiert. Zuerst wurden allen Testkandidaten Schlangen gezeigt, sozusagen zum Abgleich, und erwartungsgemäß verursachte dieser Anblick stets eine blitzartig erhöhte Aktivität in dem für die Beinmuskulatur zuständigen Hirnareal, was sich wohl ohne weiteres als Fluchtreflex interpretieren ließ. Dann präsentierte man den Frauen Fotos von steifen Schwänzen und den Männern Bilder von saftig-feuchten Muschis, und schwupp, auch hier wurden sofort bestimmte Hirngebiete aktiviert - allerdings die für die Mundbewegungen zuständigen! Der unbewusste Wunsch nach Oralsex, so die Schlussfolgerung der Wissenschaftler, war tief in uns allen verankert, egal was unser Bewusstsein mit seinen moralischen, religiösen oder hygienischen Instanzen uns auch immer vorgaukeln wollte.

Bingo, dachte ich beeindruckt, der ultimative Lügendetektor hatte zugeschlagen. Offenbar bedurfte es tatsächlich solcher Millionen-Dollar-High-Tech-Apparaturen, um der Menschheit zuweilen die Augen über sich selbst zu öffnen.

Gegen neun klingelte das Telefon.

Ich hatte gerade das halbe Tablettchen eingeworfen und trapste wohlriechend aus der Dusche. Tja, leider wäre Madalina nicht zu erreichen, erfuhr ich. Sorry, aber im Falle des Falles würde man sich noch mal melden, teilte mir der Typ lapidar mit, und schönen Abend noch. Na Kacke, dachte ich.

Da ich danach natürlich nichts mehr von den Herrschaften hörte, legte ich mir gegen zehn die Foto-CD mit meinen virtuellen Beautys ein, die ich mir nach und nach vor zwei Jahren aus dem Internet gezogen hatte, und sah mir die guten alten Bekannten an. Schöne nackte junge Mädchen, manche so hübsch wie Madalina, Larissa oder Janica, manche nicht ganz. Schönheit liegt bekanntlich im Auge des Betrachters.

Ich rubbelte meine pharmazeutisch vorgehärtete Latte, bis es mir kam, und wischte mich hinterher mit zwei Taschentüchern sauber. Es war nichts weiter dabei. Danach legte ich mich entspannt in der Koje ab.

Als ich zwei Tage später am Abend meine Mailbox checkte, fand ich eine Nachricht von Annoncen-Anne. Grundsätzlich wäre sie noch immer interessiert, ließ sie verlauten, auch wenn sie derzeit überlegen würde, vielleicht doch wieder zu ihrem Ex zurückzugehen. Na da lass ich mal besser die Finger von, dachte ich bloß. Anschließend klickte ich die Webseite der Fun-Girls-Agentur an und erblickte eine alte Freundin: Inna aus Minsk war wieder da. Inna 'die Birke'! Welch angenehme Überraschung! Es waren ihre alten Bilder, aber sie hieß jetzt Monja. Was ich besonders sinnig fand, da es auf Spanisch ja ausgerechnet *Nonne* bedeutete (auch wenn es *Moncha* gesprochen wurde).

Zuerst rief ich aber Larissa an und sprach ihr meine Absage für Sonntag auf die Mailbox. Ich würde mich später wieder melden, hinterließ ich ihr. Dann ein weiterer kurzer Anruf, und ich hatte Inna für neun Uhr sicher. Bei der Gelegenheit kam ich mit dem Agenturchef so ins Gespräch, und er erzählte mir, dass Oksana und Galina von einen auf den anderen Tag abgehauen wären.

"Das ist nicht so einfach mit denen", meinte er, "kleiner Finger ganze Hand. Die kamen damals von diesem Jochen. Der MUKA, wie er bei den Mädchenbewertungen im Internet immer genannt wird."

"Also nach dem, was man so hört, soll der Typ wohl etwas launisch sein", tat ich ein wenig ahnungslos.

"Na das ist wohl leicht untertrieben", rief er. "Ein extremer Kotzbrocken, ich kenn' ihn so vom Sehen. Naja. Jedenfalls zuerst, da waren sie total glücklich bei mir, aber dann wurden sie ziemlich schnell unzuverlässig. Nie pünktlich fertig, wenn der Fahrer um sieben unten stand und sie zum ersten Termin abholen wollte. Oder sie riefen abends um sechs an, dass sie heute nicht arbeiten wollen, auch wenn ich schon Kundentermine bestätigt hatte. Lauter so Sachen. Alle zwei Wochen die Tage gekriegt und so. Wollten Privattermine machen und am besten nur noch Teilzeit mit der Agentur arbeiten. Die russischen Killerbienen, so hießen sie schon bei den genervten Fahrern. Oder die sibirischen Dauerlutscher, aber das durften sie nicht allzu oft hören. Ziemlich überdreht, die Mädels. Beim Kunden spielen sie ja vielleicht manchmal den Engel, hier allerdings geben sie zum Ausgleich gern mal mehr so die Primadonna, die große Diva. Naja, die schnelle Kohle lässt die halt alle überkandideln."

Ich brummte ein bisschen Verständnis, und er räusperte sich derweil und fuhr dann gleich wieder fort: "Ich hab noch wie sonst auch immer für sie einkaufen lassen, das brauchten die ja nie selber machen, und zack, plötzlich ist die Bude leer! Anstatt irgendwas zu sagen, haben sie einfach die Kurve gekratzt. Das war kein sauberer Abgang, echt nicht. Sehr enttäuschend."

Ich fand es authentisch und nachvollziehbar, was er sagte, auch sein Tonfall dabei klang nicht selbstmitleidig oder gemein. Jedes Ding hat zwei Seiten, dachte ich, und dies war vielleicht die Kehrseite der Medaille.

Testweise fragte ich noch nach, ob es Neuigkeiten von Nicole gäbe.

Nein, bei ihm würde sie wohl nicht mehr arbeiten wollen, erfuhr ich. Wenn überhaupt, dann vielleicht mit den beiden anderen zusammen, vielleicht bei einer neuen Agentur. Übrigens hätte er damals auch privat guten Kontakt zu ihr gehabt und wäre freundschaftlich mit ihr auseinander gegangen, alles harmonisch und in Butter.

"Aber am Ende war sie doch total kaputt", wandte ich ein, "sie hatte doch die Nase voll und eindeutig zu viel gearbeitet."

"Ja", stimmte er mir zu, "aber das lag auch daran, dass die anderen Mädchen im Prinzip alle einen Freund hatten, und sie war allein. Das machte ihr wohl echt zu schaffen."

Zum Schluss bestätigte ich nochmal den Termin mit Inna und legte dann auf. Ich dachte noch ein bisschen an die gute alte Zeit mit Nicole, dann wandte ich mich pseudomeditativ Inna zu. Vor ungefähr einem halben Jahr hatten wir uns das letzte Mal gesehen. Würde sie sich so gut an mich erinnern, wie ich mich an sie? Wohl kaum, zweifelte ich.

Würde sie sich überhaupt erinnern?

159. Kapitel

Inna / Monja I

Als es klingelte, stand sie schon oben vor meiner Wohnungstür, unten war sie offenbar mit jemand aus dem Haus zusammen rein gekommen.

"Hallo, wo sind deine Kinder, hier?", begrüßte sie mich im Flüsterton und gab mir einen Kuss. Sie sah unverändert aus. Hübsch, bisschen spitze Nase, wie damals bereits erwähnt. Aber hübsch.

"Nein", antwortete ich, "keine Angst, wir sind allein."

Ich nahm ihr die Jacke ab und hängte sie an die Flurgarderobe *(wobei mir fast sowas wie 'Na, braucht deine Mama wieder neue Westschokolade?' rausgerutscht wäre)*, dann wir gingen ins Zimmer. Hinsetzen, Telefon, Drinks, Pralinchen.

Inzwischen wäre sie mit ihrem Studium fertig, erzählte sie, und jetzt würde sie hier einen Deutsch-Intensivkurs machen.

"Und was gibt es neues bei dir?", fragte sie, "was macht dein Buch?"

Es stellte sich heraus, dass sie sich bestens an alles erinnerte. Selbst dass sie ihr Haarband bei mir liegen gelassen hatte, wusste sie noch.

"Die Guten vergisst man nicht", erwiderte sie bloß mit kokettem Augenaufschlag.

Ich war ziemlich überrascht. Hatte ich solchen Eindruck auf sie gemacht?

"Du hattest bisschen Angst damals, beim ersten Mal", sagte sie.

"Nein", erwiderte ich, "du *dachtest*, ich hätte Angst. Aber ich wollte so langsam und vorsichtig sein."

Lange Rede kurzer Sinn, wir plauderten an die vierzig Minuten, und als sie aus dem Bad kam, hatten wir schönen verspielten und zärtlichen Sex. Sie fühlte sich vollkommen geborgen bei mir. Das Gel brauchten wir nicht, schon nach ein paar Fingerspielen war sie komplett nass *(nein, sie hatte sich vorher im Bad nicht schon mit Creme präpariert, beim ersten Antippen war sie nämlich eindeutig noch trocken).* Übrigens reagierte sie auch immer ungewöhnlich heftig, wenn ich eine ihrer Brustwarzen in den Mund nahm, was mich wiederum ziemlich antörnte. Jedenfalls, alles lief ganz locker. Mehrere Stellungswechsel, nichts Wildes, eher vertraut und entspannt.

"Danke, schöne Blume", flüsterte ich ihr hinterher auf Russisch ins Ohr, und sie lachte glucksend. Ich legte mich neben sie auf den Rücken und streckte mich.

"Du hast mehr Muskeln als damals", sagte sie und streichelte mich ein bisschen.

"Hast du heute auch wieder ein Turgenjew-Buch mit?", erkundigte ich mich.

"Nein", antwortete sie, "momentan ist Gogol dran."

Der Callgirl-Job mache ihr zu schaffen, meinte sie dann seufzend, aber sie wäre nun mal auf das Geld angewiesen. Den meisten ihrer Freundinnen ginge es ähnlich. Eine Bekannte von ihr, eine entfernte Bekannte, hätte kürzlich sogar als Leihmutter das Kind eines ausländischen Paares ausgetragen, für 15 000 Dollar.

"Das ist schlimmer als Prostitution", stöhnte sie, "ich könnte das nie machen. Nie, nie. Dann lieber ein ganzes Jahr so wie jetzt arbeiten."

Zum Schluss schenkte ich ihr noch eines der kleinen durchsichtigen Plastikköfferchen mit Schokoladengeld.

Als sie nach zwei Stunden wieder gegangen war, trank ich den Rest Wein und guckte ein bisschen Fernsehen. Ein Bericht vom letzten Auslandsbesuch des Papstes, völlig bizarr: Gottes Stellvertreter auf Erden wurde 'mit militärischen Ehren' empfangen - warum ließ er sich eigentlich nicht gleich im Kampfjet einfliegen, fragte ich mich? Inklusive Napalmshow über Nazareth oder Jerusalem oder einer der anderen biblischen Stätten im 'Heiligen Land', die heute alle vor Waffen nur so starrten? Des Weiteren kam dann auch noch ein 'Militärseelsorger' zu Wort - ja um Himmels Willen, was sollte denn das sein? Sowas wie ein Jungfrauenberater im Bordell? 'Soldat, hör zu, du sollst nicht töten, außer deine Feinde'?

Du Heiliger Stuhl, dachte ich bloß kopfschüttelnd, da musste man wohl Kleriker sein, um sowas zu verstehen.

Später, so gegen halb zwölf, testete ich nochmal die Kletteragenturnummer, und oh Wunder, es ging jemand ran! Madalina wäre krank, richtig mit zum Arzt gehen und so, erfuhr ich, und Ruxandra menstruierte, daher also die Funkstille der letzten Tage.

Ich überlegte blitzschnell: Montag hatte ich die Kinder, Dienstag eine Verabredung mit Kollegen, den Mittwoch wollte ich für Kino mit Olli freihalten - also wünschte ich erstmal gute Besserung für Madalina und bat um lose Reservierung für Donnerstag, wobei ich gleich mit fetten drei Stunden lockte.

Der Typ sagte zu, vorausgesetzt natürlich, dass sein Goldmädel bis dahin wieder fit wäre.

Hinterher, beim Zähneputzen im Bad, fiel mir übrigens auf, dass das Fläschchen mit dem Babyshampoo nun auf einmal vorn an der Regalkante stand. Außerdem war es bloß halb zugeschraubt. Hm, dachte ich, wahrscheinlich hatte Inna das Zeug wegen dem Säugling auf dem Etikett für ein besonders mildes Duschgel gehalten und es deswegen zur Muschiwaschung benutzt. Meine Leckfreudigkeit hatte dies aber nicht beeinträchtigt.

Zum Schluss las ich mir im Bett noch einmal gründlich das Blättchen von der Gruppentherapie durch, am kommenden Wochenende sollte es nämlich losgehen.

Madalina ging es am Donnerstag noch immer nicht besser. Im Gegenteil, sie war jetzt im Krankenhaus. Also kontaktierte ich die Fun-Girls-Agentur. Andy empfahl mir eine Neue, Kinga, 1,70 m, KG 32, 75C, langes schwarzes Haar, sehr hübsches Gesicht. Klang mir ein bisschen groß, aber so wie er von ihr redete, hörte es sich an, als ob er selber mächtig scharf auf sie wäre. Allerdings guckte er nochmal genauer in seine Zettel und meinte dann, sie würde doch erst ab morgen arbeiten.

"Nicht schlimm", lachte ich und bestellte Inna, wie ich es ja sowieso ursprünglich geplant hatte. "Noch weiß ich ja nicht, was ich bei Kinga vielleicht verpasse - und aufgeschoben ist nicht aufgehoben."

Inna/Monja II:

Vorher guckte ich noch schnell im Internet, wegen Gogol. Sein Roman *Die toten Seelen* war mir zwar ein Begriff, aber ein paar zusätzliche Informationen würden sich bestimmt gut machen. Aus Versehen gab ich in die Suchmaske jedoch ein 'o' zu viel ein und landete bei 'Googol', also der Bezeichnung für die Zahl zehn hoch hundert. Hatte ich vorher nur vage mal gehört. Ich korrigierte meinen Eingabefehler und las anschließend ein wenig über Gogol und seine Werke. *Der Mantel. Die Nase.* Aha, und mit knapp 43 hatte er also in einem Anfall von Wahnsinn seine Manuskripte vernichtet und sich danach zu Tode gefastet. (Von wegen, der typische russische Dichter hätte sich stets zu Tode gesoffen!) Dem Gerücht nach sollte er sogar lebendig begraben worden sein.

Monja kam pünktlich um neun, und sie schien ziemlich müde zu sein (so wie ich übrigens auch), aber wir hatten trotzdem sehr netten Sex. Diesmal führte sie meine Hand und zeigte mir, wie sie berührt werden wollte. Wir probierten ganz unverkrampft ein bisschen rum. Als sie oben war, ließ ich zum Beispiel meine beiden Zeigefinger links und rechts neben meiner Schwanzwurzel liegen, und immer wenn sie sich an mich presste, drückte ich sie damit ein wenig extra. Naja, und so weiter. Und über Gogol redeten wir hinterher auch noch.

160. Kapitel

Freitagabend sowie Sonnabend und Sonntag waren komplett der Therapiegruppe gewidmet. Insgesamt um die fünfzehn Stunden verbrachten wir an diesem ersten Wochenende in einer umgebauten Fabriketage, ein Häuflein Angeknackster plus der moderierende Guru Sebastian, und widmeten uns der Aufarbeitung unserer psychischen Defizite. Also viel Gerede, zwischendurch immer mal unterbrochen durch ein paar Aufwärmhopser und Anfassübungen in Zweier- oder Dreiergruppen. Besonders am Anfang erzählte ich zunächst zwar schon mal so einiges von mir selbst und meinen innerlichen Befindlichkeiten und beteiligte mich auch einigermaßen enthusiastisch an den ersten aufkommenden Diskussionen, aber schon bald empfand ich das Ganze doch mehr als Geschwätz- denn als Gesprächsgruppe. Es war mir einfach zu unkoordiniert und sprunghaft.

Immerhin war der Raum ganz angenehm, groß und ruhig, mit Fenstern zum Hof, und neu mit Teppichboden ausgelegt. Berge von Kissen lagen in einer Ecke, ein Stapel Wolldecken in der anderen.

Zu meinen Mitstreitern: Eine Schüchterne Anfang Dreißig sah ganz nett aus, hielt sich aber sehr zurück. Eine andere dagegen polterte andauernd auf Berlinerisch dazwischen. Karla hieß sie, eine Pseudointellektuelle, wohlgenährt und bebrillt, die mich mit ihrem primitiven psychologischen Hexeneinmaleins gleich von Beginn an nervte. Am Samstag lief sie dann erst richtig zur Höchstform auf, brüllte auf einmal ihre vermeintlichen Kontrahenten nieder und kriegte im Anschluss daran von einer Sekunde zur anderen plötzlich eine Heulattacke. Sie hatte bereits einige Wochen stationär in der Nervenklinik verbracht, rief nachts manchmal den Notdienst an, musste auch momentan noch Tabletten schlucken und galt als suizidgefährdet. Klar, sie konnte einem leidtun, wirklich, aber ich kannte sie ja nicht, und ich wollte sie eigentlich auch gar nicht erst kennen lernen. Stay away, please, dachte ich bloß.

Bei den männlichen Vertretern sah es auch nicht viel besser aus. Gleich zwei von den Typen hießen Wolfgang. Der eine benahm sich total affektiert; zum Beispiel stand er immer wieder zwischendurch abrupt auf, weil er sonst angeblich einschlafen würde. Ständig machte er irgendwelche Mätzchen, um aufzufallen. Außerdem nervte sein Sprachfehler; er dozierte unbeirrt über "tsychologische" Gruppengespräche, "Tsychotherapie" und so weiter. Der andere dagegen sagte kaum was und hielt sich völlig bedeckt, was das persönliche Befinden anging.

So hockte ich da also mittendrin auf meinem Kissen, meist mit einer Decke halb über den Beinen, und beobachtete diesen chaotischen Zirkus ringsum eigentlich mehr als ich daran teilnahm. Streckenweise kam ich mir tatsächlich vor wie im Irrenhaus, von einem kultivierten Umgang miteinander hatte ich jedenfalls andere Vorstellungen. Nach meiner laienhaften Einschätzung waren einige der hier Versammelten überhaupt noch gar nicht reif für eine Gruppentherapie, sondern hätten zuerst einmal ihre dringendsten Hausaufgaben in einer Einzeltherapie erledigen müssen. Vielleicht war ein Dutzend solcher problematischer Typen auf einem Haufen eben einfach schon zu viel.

Mein Fazit nach diesem Wochenende fiel demzufolge in etwa so aus, dass ich die Maßnahme an sich zwar noch immer als halbwegs positiv für mich einschätzte, allerdings die meisten der dort beackerten Probleme nicht als die meinen ansah. Natürlich respektierte ich schon aus grundsätzlichen Erwägungen heraus einen jeden, der zu einer Therapie antrat, als einen vom Schicksal gebeutelten, hilfesuchenden Mitmenschen. Doch ich fragte mich ernsthaft, ob ich in dieser bunt zusammen gewürfelten Truppe wirklich gut aufgehoben war.

Sonntagabend um sechs Uhr trudelte ich wieder zu Hause ein. Was tun mit dem angebrochenen Abend?, fragte ich mich. Ich war zwar neugierig auf das geheimnisvolle Supermodel Kinga, aber vor allem wollte ich endlich Madalina wiedersehen.

Also schnappte ich mir das Telefon, und mein Testanruf bei der entsprechenden Nummer ergab, dass sie leider noch immer im Krankenhaus lag und dort noch mindestens eine Woche zu bleiben hätte. Obwohl ich meine Nase nicht unbedingt in Dinge stecken wollte, die mich nichts angingen, bot ich dennoch meine Hilfe an und erkundigte mich, ob ich möglicherweise irgendwas Besonderes für Madalina besorgen könnte. Eventuell spezielle Englischlektüre, oder eine seltene Lieblingsfrucht?

"Danke, das ist total lieb", meinte der Typ, "aber das ist wirklich nicht nötig."

Madalina wäre bestens versorgt, denn sie hätte Familie hier.

Er versprach aber, wenigstens meine Grüße auszurichten.

Anschließend tippte ich die nächste Nummer ins Telefon und bestellte Kinga.

161. Kapitel

Kinga I

Eine dunkle Schönheit trat ein. Lange schwarze Haare, enge schwarze Bluse, weiße Handtasche über der Schulter, kurzer schwarzer Rock und schwarze Strümpfe mit weißem Zickzack-Linienmuster. Ein heißer Feger, auf jeden Fall. Allerdings kam sie mir gleich an der Tür schon irgendwie bekannt vor. Moment mal, diese Augen...

"Ich komme aus Moldowa", antwortete sie auf meine Frage, als wir es uns auf der Couch gemütlich gemacht hatten.

"Kischinau?", fragte ich, "Kishinjow?"

Sie stutzte.

"Die meisten wissen gar nicht, wo Republik Moldau liegt, und du sagst sogar wie Hauptstadt heißt", wunderte sie sich ein wenig.

Hm, ich kannte doch mal eine von da, überlegte ich, und außerdem fiel mir ein, dass Puschkin dort eine Weile in der Verbannung gelebt hatte. *('Kischinjow, die Zunge wird nicht müde, dich zu beschimpfen' - das stammte doch von ihm, oder? Zumindest hatte mir ein dort stationierter Lehrgangskollege mal sowas in der Art geschrieben.)* Aber Puschkin interessierte mich momentan natürlich weniger.

"Hier", sagte ich und schob ihr probeweise den Aschenbecher rüber, "kannst rauchen, wenn du willst."

"Danke, ich rauche nicht", erwiderte sie höflich.

Bingo, dachte ich, denn jetzt hatte ich keinen Zweifel mehr: Vor mir saß Nichtraucher-Nelly!

Sie war es, definitiv, und sie sah sogar besser aus als damals. Vor allem deutlich schlanker. Außerdem hatten ihre Haare jetzt an den Seiten mehr Locken, irgendwie mehr Volumen, und ihr Teint war ganz rein und nicht mehr so blass.

"Das ist heute eigentlich nicht unser erstes Treffen", eröffnete ich ihr. "Wir haben uns früher schon mal gesehen."

"Ja", antwortete sie zögernd, "dein Gesicht, ich kenne."

Sie ließ ihren Blick ringsum schweifen.

"Aber ich nicht erinnere an diese Wohnung", meinte sie etwas unsicher.

"Mmh, das stimmt", bestätigte ich, "weil ich damals diese Wohnung nämlich noch gar nicht hatte. Deshalb trafen wir uns im Hotel, und dein alter Name war Nelly."

"So lange, und mich du hast nicht vergessen?", staunte sie.

"Nein", sagte ich lächelnd, schüttelte den Kopf und nannte ihr noch ein paar Details. So erwähnte ich beispielsweise ihre blaue Jacke mit weißer Stickerei, und dass sie lieber las, anstatt in die Disco zu gehen. Auch wusste ich noch, dass sie seinerzeit geplant hatte, über Silvester nach Prag zu fahren.

Tja, und dadurch trat diesmal der umgekehrte Effekt wie bei Inna ein, denn nun war *sie* es, die sehr geschmeichelt reagierte, dass man sich so gut an sie erinnerte. Sowas schafft jedenfalls Atmosphäre, Freunde, die weibliche Paarungsbereitschaft erhöht sich dadurch signifikant.

"Ja, jetzt ich weiß auch!", rief sie plötzlich. "Bei Weihnachten, wir haben Jolkalied zusammen gesungen!"

"Richtig", nickte ich, und darauf stießen wir miteinander an. "Auf die alten Zeiten!"

Seitdem hätte sie allerdings kräftig abgenommen, teilte sie mir sogleich stolz mit. Im Februar wäre sie nämlich bei einem Maximalgewicht von 59 Kilogramm angelangt gewesen, mit zwei Fettringen am Bauch *(sie kannte das Wort nicht und machte sich mit Gesten verständlich - und ich musste sofort an ihren Entensitz damals denken, an den Zieharmonikabauch)*.

"Ich paar Wochen nichts essen, nur Diätdrinks, mein Bauch war immer mit Wasser voll wie Aquarium", erzählte sie kichernd, "und jetzt ich wiege 52 Kilo."

"Bravo", gratulierte ich. Bei ihrer Größe von 1,70 m hatte sie damit in meinen Augen so ziemlich Idealfigur.

"Hier", meinte sie auf einmal stolz und wies auf die Uhr an ihrem Handgelenk, "Zweitausend Euro, hat mir ein Klient zum Geburtstag geschenkt. Die ist echt!"

Pflichtgemäß warf ich einen anerkennenden Blick auf das glitzernde Ding, obwohl ich davon natürlich sowieso keine Ahnung hatte. Aber selbst wenn es mir auf Anhieb gelungen wäre, Anzeichen für ein billiges Fernost-Imitat auszumachen, so hätte ich ihr diese Tatsache garantiert nicht unter die Nase gerieben.

Mit einer gewissen Koketterie erwähnte sie danach noch, dass sie trotz ihrer nun bereits neunzehn Jahre erst kürzlich in einem Laden beim Wodkakaufen wieder einmal ihren Ausweis hatte vorzeigen müssen, um ihre Volljährigkeit zu beweisen.

"So jung wie du aussiehst, ist das ja auch kein Wunder", erwiderte ich und machte ihr damit das Kompliment, das sie nach dieser Bemerkung wohl zumindest unterschwellig von mir erwartet hatte.

"Wie arbeitest du denn jetzt eigentlich?", wechselte ich dann das Thema. "Andy hat gesagt, du bist nicht täglich da."

"Jetzt ich gehe richtig in Sprachschule und bin bei Agentur nur zwei oder drei Tage in Woche", antwortete sie. "Eigentlich immer erst ab zehn Uhr abends, aber Andy hat gebittet um neun schon für gute Kunde."

"Das mit der Sprachschule ist super", lobte ich. "Das ist wichtig für dich."

"Ja", meinte sie, "später ich möchte auch hier studieren. Ich will Arzt für Kinder werden."

"Du wirst bestimmt eine gute Ärztin", konterte ich als alter Charmeur natürlich sofort.

"Meine Mutter sagt immer, das Leben ist größte Arzt", erwiderte sie, "muss nur jeder richtig hören, was es sagt."

Wie wahr, dachte ich, aber da ich nicht gewillt war, mich auf ein derart gewaltiges Thema einzulassen, beließ ich es bei einem tiefsinnigen Kopfnicken als Antwort.

Zur Abwechslung erzählte ich ihr noch ein wenig über mich und auch über die noch gar nicht so lange zurückliegende Trennung von Ramona.

"Deine Frau muss sehr schön sein", unterbrach mich Kinga auf einmal unvermittelt.

"Wieso?", fragte ich erstaunt.

"Na wenn du zehn Jahre nicht mit andere Frau hast gemacht Sex..."

Tja, und das war dann auch das Stichwort, denn schon eine Minute später ging sie duschen, und kurze Zeit später standen mir ihre schlanken 52 Kilo vor dem Bett nackt gegenüber.

"Du brauchst kein Französisch machen", ließ ich sie noch wissen, damit sie auch ganz entspannt sein konnte. "Keinen blöden Gummigeschmack im Mund und so."

"Aha, hat dir Agentur gesagt, dass ich alles mache nur mit Schutz, ja?", meinte sie darauf aber bloß ziemlich beiläufig und zog mich sanft auf das Laken.

Zack, und schon lag ich da, und sie kniete über mir und sah mir lüstern in die Augen.

"Magst du das?", flüsterte sie verführerisch, griff mir an den Sack und kraulte mit drei Fingern sanft meine Bälle. Mein Schwanz erhob sich, wuchs unter ihren geschickten Griffen weiter zum prallen Pfahl, wurde flink gummiert, und dann nahm sie mich auseinander, und zwar nach allen Regeln der Kunst. Freunde der heiteren Muse, ich fand mich in Stellungen wieder! Unglaublich! Einmal vögelten wir wie kopulierende Riesenspinnen: beide waren wir rücklings nur auf Hände und Füße gestützt, so als ob jeder für sich eine Brücke machte, bloß eben an der entscheidenden Stelle miteinander verbunden. Rein und raus ging es jedenfalls wie verrückt dabei, und immer mit den wildesten Verrenkungen, wie bei einer Art Krakentanz. Zwei ineinander geschobene Wäscheklammern. Nun, ich will ja nicht sagen, dass mir das alles keinen Spaß gemacht hätte, aber so ein olympisches Programm war mir einfach zu anstrengend.

Nachdem wir unsere diversen Leibesübungen absolviert hatten und wieder zu Atem gekommen waren, stützte Kinga ihren Kopf auf, sah mich an und fragte: "War ich so gut wie im letzten November?"

"Ich glaube, sogar besser", antwortete ich grinsend. "Aber weißt du, nur wenn es für dich gut ist, dann ist es auch für mich richtig gut."

"Na wie im Restaurant", versuchte ich zu erklären. "Stell dir vor, ich sitze da am Tisch und kriege das schönste Essen, und du sitzt hungrig daneben und musst zugucken. Wie soll es mir denn da alleine schmecken? Verstehst du? Und genau so ist es doch auch im Bett, oder?"

Sie lächelte.

"Sex ist Kommunikation", erläuterte ich, "und zwar sehr intensive Kommunikation. Etwas, was *zwei* Menschen miteinander tun. Aber wenn ich gar keine Verbindung zu der Frau fühle, dann bleibt jeder für sich, und das finde ich nicht so schön."

Ich trank einen Schluck aus meinem Glas.

"Du musst gar nichts Besonderes machen", erklärte ich noch einmal. "Mir ist nur wichtig, dass ich echten Kontakt zu dir habe. Darauf kommt es an."

Danach gingen wir ein zweites Mal in den Clinch miteinander. Aber hallo, von wegen kein Französisch und alles nur mit Schutz - mein Schwanz war diesmal ihr Lieblingsspielzeug, und zwar ungummiert! Sie kriegte ihn gar nicht mehr raus aus ihrem Rachen! *(Seltsam, aber wahr: auch für mich als Ausbund an Rationalität war das Risiko einer Krankheitsübertragung inzwischen überhaupt kein Thema mehr. Es kam mir einfach kaum noch in den Sinn. Wahrscheinlich bildete ich mir ein, mein Schwanz wäre irgendwie nanobeschichtet. Ein geheimnisvolles unsichtbares Kondom, das mich schützte, sowas in der Art.)* Ich wollte mir anfangs sogar selber einen Gummi rüber ziehen, aber sie ließ es einfach nicht zu, sondern spielte erst noch eine ganze Weile pur mit meinem Teil rum. Endlich rollte sie mir mit ihrem Mund aber doch ein Kondom drüber, und dann legten wir los, und zwar so lange, bis ich japsend um eine Pause bettelte. Leider war inzwischen die Zeit fast abgelaufen, doch ich hatte diesmal noch immer nicht ejakuliert. Nachvollziehbar unschön, nicht wahr? Schließlich erhob sich Kinga und ging ins Bad, und als ich nebenan das Wasser rauschen hörte, sprang ich unruhig auf, tigerte mit meinem allmählich wieder ersteifenden Gemächt durchs Gemach und versuchte verzweifelt, mit blutleerem Hirn und testosterondurchweichten Basalganglien eine Entscheidung zu treffen.

Sollte ich sie ziehen lassen, oder...?

Hm, okay, sagte ich mir nach drei oder vier Minuten. Auf gehts!

Halb nass zog ich sie wieder zu mir in die gute Stube, hielt ihr kurz das Telefon ans Ohr und verlängerte um eine Stunde, und ratzfatz ging es nochmals kräftig zur Sache. Aber irgendwie war es mir komischerweise doch zu viel. Ich wollte sanfte Berührungen, und sie machte Vollkontakt-Karate. Diese Frau war einfach nicht zu bremsen, offensichtlich brauchte sie einen Schwerathleten im Bett. Aus der Missionarsstellung zog ich sie zu mir hoch, bis wir beide aufgerichtet saßen, noch immer unten verbunden. Eigentlich wollte ich sie so einfach nur eine Weile an mich pressen und halten, aber sie hörte überhaupt nicht auf, sich in den Hüften zu bewegen. Also ergab ich mich in mein Schicksal und schunkelte auch wieder weiter. Ich ackerte, bis mir der Schweiß herunterlief. Ihr Atmen erinnerte mich allmählich an eine anfahrende Dampflok, uuusch, uhsch, usch, die Intervalle wurden immer kürzer, und dann ging es auf einmal auch noch los mit Russisch, 'da, daah, taak', bis es ihr kam. Völlig hinüber hing sie in den Seilen, also da war nichts mehr gespielt. So, und jetzt hatte ich freie Bahn und juckelte fröhlich nach Herzenslust drauflos, und selbst nachdem ich abgestrahlt hatte, stocherte ich immer noch ein bisschen im Leerlauf nach. Erst als sie leicht mit der flachen Hand gegen meinen Unterleib drückte, ließ ich es gut sein. Das war ein ziemlich klares Zeichen, fand ich, auch sie hatte nun wohl tatsächlich genug.

Ich zog das Deckbett über uns beide und kuschelte mich an sie, da gab ihr Handy auf einmal ein merkwürdiges Zischgeräusch von sich. Eine SMS vom Fahrer, erklärte sie mir, als sie die Nachricht gelesen hatte. Etwa eine Viertelstunde wäre noch Zeit.

Kurz darauf stand sie auf und ging ins Bad, und nach ungefähr zehn Minuten kam sie fertig angezogen, geschminkt und gekämmt zurück. Sie nahm die auf dem Tisch liegenden Scheine und steckte sie in ihr Portemonnaie, und bei der Gelegenheit zeigte sie mir auch ein paar Münzen aus ihrer Heimat und schenkte mir schließlich sogar ein kleines moldawisches 25-Kopeken-Stück. *(Prima, freute ich mich, denn so konnte ich jetzt wenigstens wahrheitsgemäß behaupten, dass ich schon mal von einem Mädchen nach dem Sex bezahlt worden war.)*

Dann stellte sie ihre Tasche ab und setzte sich zu mir auf die zerwühlte Couch. Das heißt, sie lehnte sich eher entspannt an das neben mir aufgetürmte Bettzeug und lag eigentlich mehr, als dass sie saß. Jedenfalls sah sie so wirklich extrem lecker aus, besonders ihre langen Beine in diesen schwarzen Strümpfen. Also schob ich ihr ein bisschen den Rock hoch und küsste sie ein paarmal lässig auf den Oberschenkel, einfach so. Keine Frage, ich durfte das.

"Wenn du später studieren willst, dann musst du aber jetzt schon sparen", sagte ich schließlich aufs Geratewohl, um die Wartezeit irgendwie zu überbrücken.

"Ja, bloß ich habe noch Schulden", antwortete sie. Ursprünglich hätte sie nämlich hunderttausend Euro abzahlen sollen, so wäre der Deal damals nun mal gewesen.

"Ich werde zehntausend in ein Monat verdienen, so hat mir gesagt", erzählte sie. "Also zehn Monate Arbeit, so ich denken, und das ist okay. Aber jede Tag ich kann nicht arbeiten, und bis jetzt ich erst zwanzigtausend gegeben.

Zwanzigtausend, ist auch viel Geld. Jetzt ich muss vielleicht noch dreißig oder vierzig geben, bis genug. Bei anderen ich wäre schon frei. Ich war ganz dumm, ich weiß."

Wie bitte?, dachte ich. Hunderttausend Euro? Das klang mir doch ziemlich übertrieben. Oder war das etwa ihre individuelle Masche zum Spendenaufruf?

Ich griff erstmal nach der Fernbedienung, um die soeben abgelaufene CD erneut zu starten, und gerade, als ich etwas auf ihre obskure Hunderttausend-Taler-Geschichte erwidern wollte, da nahmen wir beide plötzlich ein leises Summen wahr. Just in den zwei oder drei Sekunden der Stille, bevor die Musik wieder einsetzte.

"Oh, Fahrer schon dreimal angerufen", rief Kinga einen Moment später erschrocken, als sie ihr Handy aufgeklappt und auf das Display geblickt hatte. "Ich nicht gehört!"

Küsschen links und Küsschen rechts, und schon stürzte sie los, schnell noch von mir beschenkt mit einer Kreditkarte aus Schokolade.

So entstehen Legenden, dachte ich, räkelte mich noch einmal behaglich im Bettzeug und grinste ein bisschen vor mich hin. Denn am Ende hieß es nämlich wieder, dass die Mädchen selbst nach drei Stunden nicht pünktlich bei mir raus kamen...

Übrigens stieß ich etwa zwei Wochen später im Freierforum auf folgenden Eintrag über Kinga: *Erfahrene Fickerin, liebt es, richtig hart rangenommen zu werden. Hübsches Gesicht und ultrageiler Körper mit extrem selbstölendem Spalt, ganz lecker Möschen im Höschen. Megascharfes Gerät, aber leider schwer zu kriegen, laut Agentur arbeitet sie nur sporadisch. Herkunft garantiert aus Scoville, PLZ 90 000. Falls jemand versteht, was ich meine...'*

Nein, verstand ich nicht. Scofield oder Scoville, was sollte das? Wie denn, dachte ich ein wenig irritiert, wollte mir irgendein Wichtigtuer hier etwa weismachen, die wilde Moldawierin stammte in Wirklichkeit aus den USA oder Kanada? Oder gab es irgendwo da unten im tiefsten Transnistrien tatsächlich so ein bessarabisches Hirtennest mit dem Namen Scoville?

Per Suchmaschine fragte ich *Scoville* ab und wurde prompt zu einer Webseite geführt, die die Einteilung der Schärfegrade von Peperoni und ähnlichen Gewürzen erläuterte. So lernte ich also, dass es Cayennepfeffer am oberen Ende der Skala bis auf maximal 50.000 Scoville brachte, so hieß nämlich die betreffende Maßeinheit dafür. Die für Kinga im Freierforum per Postleitzahl vergebenen 90.000 Scoville-Punkte mussten demnach schlichtweg höllisch scharf sein.

162. Kapitel

Was für ein hektischer Freitagmorgen! Ich kam eine Viertelstunde später als sonst zur Arbeit, und schon ging der Stress los, jeder wollte etwas von mir. Old Korpuskel mit ihrer zahnsteingelben Bernsteinkette war am schlimmsten. Erst nervte sie andauernd wegen irgendwelchem Kleinkram, und als ich dann später das gewünschte Zeug bei ihr im Büro kurz abladen wollte, da war sie gerade mit einer anderen 'Katzenmutti' am Quatschen und schien alle Zeit der Welt zu haben. Bis die in Gang kam, meine Herren! Schon mit dem bloßen Annehmen von ein paar Geheimpapieren für ihren Chef war sie komplett überfordert. Quälend langsam suchte sie mit dem Finger im Quittungsbuch die entsprechende Zeile und las sich dann angestrengt wie eine funktionelle Analphabetin selber laut die Registriernummern vor, fehlte bloß noch die rausgestreckte Zungenspitze. Vor Aufregung hatte sie heute sogar vergessen, ihren astrologischen Wunder-Ratgeber 'Schlank mit den Sternen' zuzudecken, in dem sie andauern rumschmökerte. Ach was war ihr das peinlich, wenn ich sie zuweilen dabei erwischte! Diese Verklemmtheit! So bieder, angepasst und unfrei, und immer dieses beflissene Getue! Den ganzen Rückweg über in mein Büro fluchte ich vor mich hin und dachte mir wüste Beschimpfungen für sie aus.

Nein, Korpuskel und ihresgleichen waren einfach nicht zu ertragen, all diese kapriziösen Büroweibsen mit ihren albernen und dennoch sauteuren weil 'sehr individuellen' Brillengestellen. Wie sie tratschend in den Pausen zusammen hockten und über ihren Horoskopen und ihren 'Fit mit 50'-Broschüren brüteten. 'Ästhetisch durchgeglühte Tanten', so hatte Wilhelm Busch diese Sorte mal treffend im 'Maler Klecksel' beschrieben. Was sollte man von solchen Damen auch erwarten? Sie cremten sich zehn Mal am Tag die Hände ein, plapperten sich durch die Büros und hinterließen überall bloß glyzerinverglitschte Türklinken. Das war so ziemlich alles, was sie konnten - ihre kostbaren Brillengestelle wichtigtuerisch durch die Gegend tragen und dabei ihren ranzigen Schneckenschleim im ganzen Haus verteilen. Drei von denen auf einem Haufen reichten aus, um den schönsten Auslandsposten zu versauen. Tja, und wenn der Rest der Mannschaft auch noch aus derartig degenerierten Pappnasen bestand, dann konnte man dort eigentlich nur noch exzessiv Yoga betreiben oder sich tagtäglich besaufen.

In die Mittagspause ging ich mal wieder allein. Ich brachte den dicken Umschlag ans Finanzamt zur Post; endlich hatte ich die verdammte Steuererklärung nun doch fertiggekriegt. Danach aß ich Nudeln am Asia-Stand, und anschließend ging ich noch ein wenig spazieren. Erst jetzt bemerkte ich wirklich, was für ein schöner Tag es überhaupt war. Die sonnenbeschienenen Backsteinmauern und die goldglänzenden Turmspitzen der nahe gelegenen kleinen Kirche fügten sich mit dem makellos königsblauen Herbsthimmel ganz von selbst wie zu einem überdimensionalen rahmenlosen Bild zusammen.
Auf dem Rückweg ins Büro traf ich zufällig einen Lehrgangskollegen, der vor Kurzem erst aus Lateinamerika zurückversetzt worden war. Wir gingen noch in den Coffeeshop und tranken einen Cappuccino zusammen. *(Die schöne Brünette war wieder vorn am Tresen, 'Aschenputtel' alias 'die Schwiegertochter', und diesmal sah sie mir richtig lange in die Augen, sogar ein bisschen spöttisch, wie ich fand; garantiert wusste sie genau, dass ich verrückt nach ihr war. Sie sah aber auch dermaßen umwerfend aus, dass ich allein vom bloßen Hingucken schon richtig besoffen wurde.)*
Ähm, mein Kollege, ja. Auch er lebte mittlerweile solo ('kalte Trennung', meinte er bloß lapidar), was in seinem Fall unter anderem bedeutete, dass er am Wochenende an die sechshundert Kilometer fahren musste, um seinen Sohn zu sehen, der jetzt in einer niedersächsischen Kleinstadt wohnte.
"Am schlimmsten ist immer der Abschied", sagte er und starrte dabei in seine Tasse. Der Kleine würde jedes Mal weinen.
Hier in Berlin hätte er sich jetzt nur ein winziges Kämmerchen gemietet, erzählte er schließlich noch, bloß zum Essen und Schlafen, mehr bräuchte er

momentan nicht. Er müsse sich erstmal in Ruhe neu orientieren. Vielleicht würde er demnächst sogar kündigen und irgendwo bei Hannover in einer Stadtverwaltung anfangen. Er hätte da in dem Dreh nämlich eine Freundin.

Am Abend, ich kam gerade vom Joggen (und dem Betrachten eines außergewöhnlich niedlichen Sport-BH's in action) zurück, da klingelte mein Telefon.

Ich hob ab, und eine Automatenstimme verkündete: "Sie haben eine SMS: Hallo Ecki, wenn du möchtest, ruf mich an. Nina."

Naja, ich tat es, und wir plauderten ein bisschen. Ihr ginge es gut, sagte sie, und ja, ihrem Mann auch. Er wäre allerdings kaum zu Hause. Immer nur unterwegs.

Nach einer Weile fragte ich sie, ob ihre drei Freundinnen Oksana, Galina und Nicole denn damals wirklich ohne einen Ton heimlich von der Agentur abgehauen wären.

"Lüge!", empörte sich Nina augenblicklich in einer Lautstärke, dass ich dachte, sie kommt gleich durch den Hörer geschossen. "Ich war dabei, als sie gesagt haben, dass sie in zwei Wochen ausziehen! David und andere Chef haben gedroht! Wollen ihnen Kopf abschneiden, wenn sie hier in Berlin Konkurrenz machen! Oder sollen immer Prozente zahlen!"

Je mehr sie schimpfte, umso mehr kam sie in Fahrt.

"David ist Jude, oder Halbjude", rief sie schließlich, "ach ich kenne genau, freundlich reden aber immer anders machen, und wenn um Geld geht..."

Nun, ich hielt zwar nichts von derartigen Klischees, aber streiten wollte ich mich mit ihr deswegen natürlich auch nicht. Zum Teufel, dachte ich bloß, sollte einer draus schlau werden. Was ging mich das alles eigentlich überhaupt an?

Ganz beiläufig tastete ich mich dann zu einem sehr heiklen Thema rüber: Nicole. Mit ihrem Lover wäre jetzt angeblich Schluss, erfuhr ich, und momentan würde sie überhaupt nicht arbeiten.

"Wirklich nicht?", fragte ich.

"Nein, gar nicht", wiederholte Nina steif und fest.

Hm, dachte ich. Ging mich *das* vielleicht etwas an?

"Na wer weiß", machte ich bloß spöttisch, "die liebe Nicole alias Elena alias Larissa..."

Ich müsse das mit dem falschen Namen verstehen, meinte Nina daraufhin fast entschuldigend. *(Nanu, dachte ich, was ist denn heute los - Nina verteidigt Nicole?)* Aber in diesem Umfeld, da könne man nun mal nicht vorsichtig genug sein. Es gäbe sogar Klienten, die erst mit einem Mädchen heimlich Privattermine machten und sie dann hinterher beim ersten Streit ums Geld beim Agenturchef verpfiffen.

"Gibts solche Schweine, sagen ihm *'Mensch du, weißt du eigentlich, dass das Mädel dich verarscht',* und dann hat richtig Ärger", rief sie wütend. Angeblich hätte sie sowas schon erlebt. Soviel zum Vertrauen zwischen den Mädchen und den Kunden.

Danach fragte sie mich plötzlich, ob ich sie sehen wollte.

"Ja na klar", antwortete ich sofort und überlegte einen Moment. "Also nächsten Sonnabend zum Beispiel, da wäre es gut."

Hm, naja, druckste sie ein bisschen herum, also übermorgen würde es ihr eigentlich am besten passen, dann könnte sie nämlich in Berlin gleich Leute besuchen und auch noch zur Kosmetik und zum Frisör gehen.

"Bei Frisör Termin ist um vier, danach vielleicht, wenn geht?", schlug sie schließlich vor.

Aha, dachte ich, also daher weht der Wind.

"Ich habe aber die Kinder bei mir, und die sind erst um acht im Bett", wandte ich ein, "und am nächsten Morgen muss ich schon um halb sieben aufstehen."

"Naja, bleibe ich eben nicht über ganze Nacht", erwiderte sie. "Komme ich um acht, für drei Stunden, bloß bis elf oder zwölf. Wie du willst. Oder möchtest du keinen Sex mit mir?"

Es war mal wieder ein ewiges Hin und Her, kompliziert wie immer mit Nina. Nein, sie wäre jetzt kein Callgirl mehr, wollte sie mir unbedingt noch weismachen. Sie hätte zwar ein paar Telefonnummern von Ex-Klienten, aber von denen würde sie bestimmt keinen anrufen, beteuerte sie. Nur bei mir könne sie nämlich wirklich so sein, wie sie tatsächlich auch wäre, denn den zwei oder drei anderen hätte sie immer etwas vorspielen müssen.

Hm, dachte ich, und nach einer Weile hatte sie mich überzeugt.

"Also bis übermorgen", machten wir schließlich aus und verabschiedeten uns mit Telefon-Schmatzer.

Gedankenversunken starrte ich danach noch ein paar Sekunden lang aus dem Fenster. Damals am kalendarischen Sommeranfang war Nina zum ersten Mal privat zu mir gekommen, in der kürzesten Nacht des Jahres. Vor genau drei Monaten. Übermorgen würde Herbstanfang sein, exakte Tag- und Nachtgleiche. Hatte das vielleicht was zu bedeuten?

Wohl kaum, sagte ich mir, reiner Zufall, ich hielt nichts von solcher Kaffeesatzleserei.

Ich brühte mir einen Tee auf, setzte mich in meinen Denksessel und grübelte. Nach meiner letzten E-Mail hatte Nina nichts von sich hören lassen. Totale Funkstille. Nicht mal ein Dankeschön dafür, dass ich ihr hinterher noch so locker Geld überwiesen hatte, sogar fünfzig Euro mehr als versprochen. So, und jetzt passte ihr ein Treffen mit mir also zufällig gerade recht gut in den Kram, und ich hatte zu springen. Klar, ein bisschen Geld verdienen machte sich ja auch bestimmt immer ganz gut. Das war dann natürlich 'Arbeit' für sie, denn sie wollte ja ihren Ehemann nicht betrügen - aber Callgirl mochte sie andererseits auch nicht mehr sein. Ach ja, und falls das zwischen uns überhaupt mal sowas wie eine Beziehung gewesen sein sollte - für Nicole hatte sie längst grünes Licht gegeben. Es wäre nämlich 'Schluss zwischen uns', so ihre eigenen Worte seinerzeit.

Also Ecki, wozu das alles überhaupt?, fragte ich mich. Himmel nochmal, warum holten sich denn Männer Callgirls ins Haus? Einer der Hauptgründe war doch wohl, dass sie Beziehungsquark vermeiden wollten, nicht wahr?

Je mehr ich darüber nachdachte, umso mehr war mir die Sache mit Nina eigentlich zuwider.

Mittwoch nach der Arbeit, mein obligatorischer Anruf bei der Kletteragentur. Der Typ war sehr freundlich, als ich meinen Namen nannte. Madalina ginge es besser, erfuhr ich, wahrscheinlich würde sie nun endlich am Wochenende aus dem Krankenhaus entlassen werden und ab nächste Woche dann wieder arbeiten.

Später am Abend kriegte ich noch einen Anruf von Annoncen-Barbara.

Was sie sagte, hörte sich allerdings sehr durchwachsen an.

Na mal abwarten, dachte ich skeptisch.

163. Kapitel

Donnerstag. Mit sehr gemischten Gefühlen dachte ich an das bevorstehende Treffen mit Nina. Am Abend gegen halb acht kriegte ich wieder eine SMS, vorgelesen per Plastikstimme: "Wenn du willst, ruf mich an."

Ich war gerade mit den Kindern mitten im Zähneputzen, deshalb meldete ich mich nicht sofort bei ihr. Fünf Minuten später klingelte das Telefon. Nina, wer sonst. Mit beleidigtem Unterton wollte sie von mir wissen, was los wäre.

"Habe gerade mit den Kindern zu tun", erklärte ich nur knapp, mit der einen Hand das Telefon haltend und mit der anderen frische Unterwäsche für Malte aus dem Schrank kramend. "Wann willst du denn nun kommen?", erkundigte ich mich. "Neun bis elf, oder wie?"

"Mh", bejahte sie. "Vielleicht ich kann schon auch Viertelstunde früher kommen. Es regnet ja. Muss ich mit Taxi fahren, und das geht schneller."

Das hieß übersetzt: Es wird teurer.

"Wieviel willst du haben?", fragte ich ganz direkt.

Sie druckste herum.

"Na normal", erwiderte sie schließlich.

"Was heißt das?", hakte ich ganz neutral nach.

"So wie letzte Mal", antwortete sie.

"Also zweihundertfünfzig?", wollte ich es ganz genau wissen.

Einen Moment lang schien sie zu zögern.

"Ja", bestätigte sie dann schlicht und offensichtlich um Beiläufigkeit bemüht, obwohl ich die Unsicherheit in ihrer Stimme deutlich hören konnte.

Prost Mahlzeit, dachte ich bloß, da hatte wohl jemand vollkommen die Relationen verloren. Zweihundertfünfzig Euro für zwei Stunden, sozusagen zum Freundschaftspreis. Naja, zum Teil war das natürlich auch meine Schuld, ich hatte sie ja verwöhnt. Allerdings kannte ich nun wahrlich die gängigen Tarife, und rechnen konnte ich auch. Zweihundertfünfzig, das war mir jedenfalls definitiv zu viel, selbst bei aller Großzügigkeit, und vom Feilschen um Liebeslohn hielt ich prinzipiell nichts. Erst recht nicht nach so einer heftigen Offerte. Da konnte es hinterher nur enttäuschte Erwartungen geben, auf beiden Seiten, egal ob nun so oder so.

Das sagte ich ihr, und einen Moment später war unser Gespräch beendet.

Schade, dachte ich schulterzuckend, denn Nina war jetzt todsicher schwer sauer auf mich. Schwer wütich. All meine vorangegangenen Bemühungen, meine Geduld und Großzügigkeit, alles für die Katz. Aber es war nicht zu ändern.

Anschließend bestellte ich Kata, sie war glücklicherweise noch frei. Zwei Stunden für hundertsiebzig Radatten, eine klare Ansage. Gegenüber Nina also achtzig Dukaten gespart, und selbst minus zwanzig Euro Trinkgeld machte das noch immer sechzig Dinger Differenz, und zwar zu meinen Gunsten. Und vor allem: kein Theater mit Klein-Kata!

Übrigens waren ja bei ihr sogar noch ein paar alte 'Kredit'-Schulden offen, fiel mir während des Duschens wieder ein. Aber die würde ich freilich nicht mehr einfordern.

Kata VI

Eigentlich fand ich es ja besser, wenn ein Mädchen auf privater Basis zu mir kam, so wie Kata die letzten beiden Male. Aber diesmal bevorzugte ich tatsächlich die Agentur-Variante. Einfach, weil es in ihrem Fall unkomplizierter war.

Sie schien ganz locker zu sein, als sie kam. Küsschen, Jacke aus, Täschlein abgestellt und Zigaretten raus. Ich wollte ihr mein Telefon reichen, aber sie winkte ab. Nein, bei mir bräuchte sie ihren Chef nicht mehr anzurufen.

Ich machte ihr Kaffee, und sie erzählte mir, dass sie inzwischen geheiratet hätte und nun endlich alles geregelt wäre.

"Hat alles geklappt", meinte sie.

"Na dann viel Glück", gratulierte ich.

Sie wirkte viel ruhiger als bei unseren letzten Treffen. Aber sie redete noch immer mit sehr ausdrucksstarker Mimik, was ich irgendwie niedlich fand.

Ich bat darum, sie kämmen zu dürfen, und da sie nickte, bürstete ich also ausgiebig ihr seidiges Haar, während wir noch eine ganze Weile miteinander plauderten. Selbst als sie dann nur mit einem kleinen Slip bekleidet kerzengerade im Schneidersitz auf der Couch saß, machte ich noch zwei oder drei Minuten mit der Bürste weiter, obwohl ich schon längst kräftig einen stehen hatte. Aber es gefiel mir einfach zu gut. Kata war eben sowas wie meine perfekte Schulmädchen-Phantasie, das muss ich zugeben. Ein Anblick für Götter, wie der Kerzenschein auf ihrer nackten Haut schimmerte.

Nachdem nun bereits ungefähr eine Dreiviertelstunde vergangen und auch ihr Höschen schließlich gefallen war, glitschte ich sie zwischen den Schenkeln mit Gel ein und führte ihre Hand an meinen Schwanz. Sie ließ keinerlei Abneigung gegen diese Aktion erkennen, sondern schien im Gegenteil durchaus mit einer gewissen spielerischen Neugier an meiner Latte zu reiben und an meinem Beutel zu kneten.

Ich nuckelte derweil ganz zart an ihren Teenieknospen und drückte und quetschte dabei auch ein bisschen an ihrem glattrasierten Pfirsich herum, und plötzlich tat sich etwas bei ihr. Deutlich merkte ich, wie sie unten auf einmal weich wurde, und diese Vorfreude war das Größte überhaupt. Geil wie ein Pavian kletterte ich also auf sie rauf und steckte ihn rein, und dann hatte ich sie, ehrlich. Ich schwöre, sie ließ sich gehen, und ich trieb sie ein ordentliches Stück weit ins gelobte Land. Ich rede hier zwar nicht von uferloser Ekstase, aber sie kam wirklich in Fahrt; ihre hektischen Atemzüge überschlugen sich, und ein Seufzer wurde manchmal schon zur Hälfte vom nächsten eingeholt. Besonders schien es ihr zu gefallen, wenn ich mich richtig an sie schmiegte und sie überall ganz fest an mich presste, dann hörte es sich tatsächlich schon fast nach Orgasmus an. Freilich war es beileibe nicht so heftig wie bei Nina - aber ließ sich denn die Qualität von Sex für einen Mann nur danach bemessen, wie sehr es gerade der Frau gefiel? Was hatte ich schon von einer multipel-ekstatisch sich windenden Partnerin, wenn ich in erster Linie bloß für sie schuftete und anschließend obendrein noch fürstlich dafür zur Kasse gebeten wurde?

Hinterher küsste mich Kata sogar noch ein paarmal leicht auf die Schulter, was ich sehr rührend fand. Dann steckte sie sich eine Zigarette an, und erst jetzt wurde mir bewusst, dass ihr Atem schon die ganze Zeit über ein wenig unangenehm nach Qualm gerochen hatte. Aber so schlimm war das ja nun auch wieder nicht.

Ich fragte sie, was sie so im allgemeinen von ihren Kunden hielte, und nach kurzer Bedenkzeit präsentierte sie mir die ernüchterndste Quote, die mir bis dato zu Ohren gekommen war, nämlich 'drei Prozent gut, Rest schlecht'. (Und ich wagte nicht zu fragen, in welche Kategorie sie mich wohl einsortierte.)

"Macht mich alles nervös, weißt du?", klagte sie. "Deshalb ich arbeite mindestens zwei Tage in Woche nicht. Habe ich gedacht dass ich kann diese Arbeit noch ein Jahr machen, aber geht nicht. Kann nicht."

Ihr Handy jaulte plötzlich ein paarmal kurz auf, doch Kata guckte nur kurz aufs Display und ignorierte den Anruf.

Als ich mich nach ihrer Meinung zu Andy erkundigte, meinte sie bloß: "Ach Andy, der ist nicht schlecht. Aber weißt du, manchmal große Chef und David sagen ihm, er soll Mädchen zu eine Termin schicken, muss zu Wohnung wo ist auf Liste und keine will hin. Ist nicht Andy schuld, aber große Chef will so, und Mädchen dann machen Ärger mit Andy, obwohl eigentlich er ist gute Mann."

Sie drückte ihre Kippe im Aschenbecher aus, und ich bat sie, sich nochmal kurz auf den Bauch zu legen, damit ich sie streicheln konnte.

"Es sind bloß noch fünf Minuten", gab ich ihr schließlich Bescheid, aber sie blieb liegen und unterhielt sich einfach noch ein bisschen weiter mit mir.

Dann zog sie sich in aller Ruhe neben der Couch an, auf die Dusche verzichtete sie.

Ich stand ebenfalls auf, griff mir Slip und T-Shirt und machte die große Stehlampe an, damit sie sich vernünftig im Schrankspiegel den Lippenstift nachziehen konnte. Jetzt bemerkte ich zum ersten Mal deutlich die Hauttransplantation nach dem Brandunfall, von dem sie damals geredet hatte. Am Hals und unter dem Kinn waren ein paar hellere Streifen zu sehen, so als ob beim Sonnenbad ein großes Pflaster drauf gewesen und erst danach abgemacht worden wäre. Die Stellen fielen aber eigentlich kaum auf, und ihre dunkelbraunen Augen zogen den Blick sowieso ganz von selbst auf sich.

"Hast du heute noch viele Termine?", erkundigte ich mich, als sie im Flur ihre Jacke anzog.

"Glaube nicht", antwortete sie, "denn eigentlich ich habe frei. Aber Andy rief an und fragte extra um diese Termin."

Donnerwetter, dachte ich, na welche Ehre! Ich staunte jedenfalls nicht schlecht. Das war dann wohl sowas wie der offene Rest vom Kredit...

Als sie ging, gab sie mir einen Kuss auf den Mund, und ich schenkte ihr noch eine Packung Papiertaschentücher mit Hundert-Dollar-Aufdruck.

Ein schöner Abend, zog ich Bilanz, als ich mir danach in der Küche ein kleines Glas Rotwein genehmigte. Vielleicht nicht ganz so gut, wie es mit Madalina gewesen wäre, aber zumindest wohl besser als das, was ich bei Nina unterm Strich rausgekriegt hätte, nach der vermasselten Vorgeschichte. Soweit man in diesen Dingen natürlich überhaupt eine Prognose wagen konnte.

Müde schlürfte ich meinen Wein und dachte noch ein bisschen an Kata. In ein paar Tagen hatte sie Geburtstag, fiel mir ein, und ich nahm mir vor, sie dann anzurufen und ihr zu gratulieren.

164. Kapitel

Am nächsten Morgen weckte ich die Kinder wie immer, indem ich nur das Flurlicht durch den Türspalt ins Kinderzimmer scheinen ließ und leise "Guten Morgen, meine Schätze" rief. Manchmal blies ich dazu auch noch ein paar verhaltene Töne auf der Mundharmonika oder ließ Neles Lachsack eine Runde losgackern.

"Mama weckt uns nie so schön, sie macht einfach nur Licht an und ruft *aufstehen*", sagte Malte, als er noch ganz kuschelig zusammen mit Nele zum Frühstücken angeschlichen kam.

Welch ein Lob für Papa!, dachte ich. Die Kehrseite der Medaille war freilich, dass diese beiden völlig entspannten Kinder bei mir morgens immer ordentlich rumtrödelten. Sie hatten echt die Ruhe weg. Im Gegensatz zu mir, denn ich wurde öfter mal hektisch, wenn irgendwas nicht reibungslos lief. Dieser blöde Knoten im Schnürsenkel von Neles Schuh zum Beispiel. Herrgott noch mal, immer wenn es schnell gehen sollte! Und unten am Auto musste Nele natürlich unbedingt auch noch probieren, mit dem Rucksack hinten drauf in ihren Kindersitz zu klettern.

Erst fuhr ich Malte zur Schule. Die Gesichter der Kinder hätte ich mir stundenlang ansehen können, vor allem die der zehnjährigen Mädchen. Einige von ihnen waren von buchstäblich unbeschreiblicher Schönheit. Ich versuchte mir vorzustellen, wie sie wohl in sechs oder zehn oder fünfzehn Jahren aussehen würden. Oder in sechzig Jahren. Warum wurden aus so vielen hübschen Kindern später eigentlich so wenig ansehnliche Alte?, fragte ich mich. War denn das Leben, so wie wir es führten, dem Schönen in uns dermaßen abträglich? Wieso lebten wir nicht viel mehr der Schönheit zugewandt, weshalb ließen wir uns daran hindern?

Anschließend brachte ich Nele zum Kindergarten. Ein paar der Mütter, die ich flüchtig kannte, grüßten mich bloß ziemlich kühl zurück. Wer weiß, was Ramona ihnen erzählt hatte, dachte ich. Aber vielleicht kam es mir auch nur so vor und es lag bloß an der Morgenhektik.

Ich half Nele beim Anziehen der Hausschuhe und nahm sie noch einmal auf den Arm, bevor ich sie zum Abschied küsste.

"Papa, bitte wieder die Fensterscheibe von außen anhauchen und ein Herz ran malen", bat sie, und liebend gern tat ihr den Gefallen.

Wir hatten eine neue Praktikantin auf dem Flur. Vanessa. Was für ein Sonnenschein! Okay, ich war ja Realist und wusste, dass ich null Chance bei ihr hatte, aber gucken durfte man ja wohl trotzdem: Knapp 1,65 m groß, wohlgeformte KG 34, jedoch mit deutlichen Beulen in der Bluse, dazu ein entzückendes Engelsgesicht und eine wallende Blondhaarschleppe, fast runter bis zum Hintern, der sich wiederum so richtig schön griffig rauswölbte. Ein echtes Zuckerpopöchen, für den der Begriff 'Allerwertester' wirklich angebracht war. Obendrein hatte dieser Schatz noch so eine echt unverdorbene Ausstrahlung, plus die Haltung einer Bodenturnerin.

Jedes Mal, wenn sie zu Moritz und mir rüberkam (ich fütterte sie immer mit Schokolade an), dann lief der Entertainer in mir zur Höchstform auf, um sie möglichst lange bei uns zu halten. Ecki, die One-Man-Show. Es dauerte nie lange, bis ich ihr ein Lächeln entlockt hatte, und oft brauchte ich bloß mit Kastratenstimme das 'Gutte Murrgen' der polnischen Putzfrau zu imitieren ('die Putschfrau, vom KGB eingeschleust'), damit schon ihr glucksendes Lachen erklang.

"Mensch, du hast 'ne blühende Phantasie", sagte sie des Öfteren zu mir, "dir fällt ja wirklich immer was ein". Worauf ich stets versucht war zu erwidern: 'Ja, Sweetie, wenn ich dich sehe, fällt mir wirklich immer was ein, und zwar immer dasselbe...'

Manchmal stand sie auch ganz dicht hinter mir (und stützte sich dabei sogar auf meiner Schulter ab!), wenn ich ihr gerade irgendwas auf meinem Monitor zeigte, und meist stubste sie mich dann kumpelmäßig in die Seite und schäkerte wie ein Teeniegirl mit mir. Allein schon dieser Augenaufschlag, von wegen naiv! Nein, sie wusste genau um ihre Wirkung. Das geborene Luder, jede Wette. Und haltet euch fest, Leute, jetzt kommts (Hände raus aus der Hose, Männer!): Ich wusste nämlich, dass es noch eine Zwillingsschwester gab (eine *eineiige*, selbstverständlich!). Mein Gott, man stelle sich das mal vor, was für ein Traum! Eine links, eine rechts, zwei Señoritas vom Allerfeinsten - doch das warf natürlich auch sofort wieder Probleme auf. *(Nicht dass es mir so wie Buridans Esel erging, der sich zwischen zwei gleichen Heuhaufen nicht entscheiden konnte und verhungerte!)* Denn ich verfügte zwar über jeweils zwei Hände und Augen, aber leider waren längst nicht alle der für ein solch spezielles Zwillingsschwestern-Rendezvous benötigten Organe paarig angelegt. Ein Jammer, nicht wahr?

Vanessa konnte einen jedenfalls ganz schön nervös machen, das stand fest. Selbst Moritz balzte kräftig und grinste oft noch leicht verklärt, wenn sie nach einer ihrer eindrucksvollen Visiten schon längst wieder außer Sichtweite war.

Nun, vom rein literarischen Standpunkt aus mag der gestrenge Leser an dieser Stelle vielleicht einwenden, dass es eigentlich nicht allzu sinnvoll sei, diese Figur *(diese Figur!)* hier überhaupt einzuführen, weil sie ja im späteren Verlauf weder als Handlungsträgerin noch sonst irgendwie wieder auftauchen wird. Recht hat er! Und dennoch - ich finde, schon allein aufgrund der Tatsache, dass die süße Vanessa also gelegentlich bei mir auf dem Schreibtisch saß und vergnügt die Beine baumeln ließ (wobei ihr jedes Mal hinten die Bluse ein bisschen hochrutschte), verdient sie es, hier verewigt zu werden. Punkt.

Freitagabend. Vor dem Zähneputzen ließ ich die Malte und Nele mal wieder je eine Silberfontäne auf dem Balkon abbrennen, und danach durfte jeder noch von oben ein paar Knallerbsen auf die Straße werfen. Dann scheuchte ich die zwei ins Bett.

Wir hatten vorher schon andauernd 'verkehrte Welt' gespielt, und nun las mir Malte zum Schluss also auch noch die Gutenachtgeschichte vor. Zum Ausgleich machte ich hinterher bei Taschenlampenlicht ein bisschen Schattenspieltheater an der Decke.

Dann telefonierte ich mit Nicole. Es ginge ihr so lala, meinte sie, und sie schien sich sehr über meinen Anruf zu freuen. Übermorgen würde sie wieder zu mir kommen.

Kaum aufgelegt, klingelte es. Eine Automatenstimme verlas eine SMS von Nina. Ich rief sie an. Sie wäre noch auf dem Bahnhof in Berlin, meinte sie kleinlaut, ihr Zug würde aber in zwanzig Minuten fahren. Und ob ich denn noch sauer wäre.

Ich erklärte ihr ehrlich und ganz ruhig, was mich bewogen hatte, unser Treffen vom Vorabend abzusagen, und sie schien mich durchaus zu verstehen.

"Es tut mir leid, dass es so gelaufen ist", sagte ich, eigentlich mehr aus Höflichkeit, denn was hatte ich mir schließlich vorzuwerfen?

"Mir auch", seufzte sie, "tut mir sehr leid", und jetzt tat es mir plötzlich auch tatsächlich leid, weil sich ihre Stimme auf einmal so furchtbar traurig anhörte.

Verdammt, dachte ich, ja war es denn wirklich ihre Schuld, dass sie kein eigenes Geld hatte und sie demzufolge auf jede sich bietende Gelegenheit angewiesen war?

"Wie geht's dir in Dresden", fragte ich als Nächstes. "Was ist mit deinem Mann?"

"Besser nicht drüber reden", wiegelte sie bloß ab.

"Also schlecht", sagte ich, und sie widersprach nicht. Stattdessen erzählte sie mir, dass Oksana Fieber hätte und momentan bei Galina wohnen würde.

"Darf in Berlin nicht arbeiten, sonst viel Ärger", meinte sie. "Kann ich aber am Telefon nicht darüber sprechen."

Eine Weile schwiegen wir beide.

"Nina, es freut mich sehr, dass du dich nochmal gemeldet hast", sagte ich schließlich, "und dass das gestern nicht das letzte Wort zwischen uns war."

Sie seufzte bloß schwer.

"Also tschüss, Ninotschka, ich wünsche dir Glück", verabschiedete ich mich leise und legte dann auf.

Samstag gleich Ausschlaftag - ja denkste! Die Kinder waren nämlich schon um 6.30 Uhr wach. In der Woche kriegte man sie früh nicht aus dem Bett, und dann sowas am Wochenende.

Nach dem Frühstück schraubte ich den Duschkopf ab, um ihn zu entkalken.

"Was machst du da?", fragte Malte neugierig.

Ich antwortete nicht, sondern hielt mir das Ding ans Ohr, als würde ich telefonieren.

"Hallo, hallo", rief ich hinein, "ah ja, hm, ist okay."

Malte kletterte auf meinen Schoß und balgte sich mit mir um den 'Hörer'. Natürlich kam Nele ebenfalls sofort angerannt, also 'telefonierte' ich verzweifelt Hilfe herbei, und schon gab es die schönste Keilerei.

Gegen zehn zogen wir uns dann an und fuhren mal wieder ins Naturkundemuseum.

"Ach, jetzt haben wir den Ketchup vergessen!", rief Nele plötzlich unterwegs.

"Hm?", stutzte ich bloß verständnislos.

"Na letztes Mal hattest du mich doch hochgehoben und dem großen Flusspferd unter das Riesenmaul gehalten", antwortete sie vergnügt, "und es hat gesagt, es will mich ja fressen, aber leider nicht ohne Ketchup."

Ja das stimmte, fiel es mir wieder ein, unten bei den ausgestopften Tieren.

"Mensch, was du für ein Gedächtnis hast!", staunte ich.

Natürlich statteten wir dem speckigen Koloss und seinen Freunden auch diesmal einen Besuch ab, aber am längsten hielten wir uns wohl in der Mineralienabteilung auf. Bunte Kristalle, Halbedelsteine und blankpolierte Meteoritenhälften, da gab es wirklich allerhand zu sehen.

Zu Mittag aßen wir Nudeln und Pizza beim Italiener, und danach fuhr ich Malte zu einem seiner Klassenkameraden, der Geburtstag feierte. Nele und ich gingen für anderthalb Stunden auf den Spielplatz, und später bastelten wir Flieger aus Papier, die wir vom Balkon auf die Straße runtersegeln ließen.

Am Sonntag ließen die Kinder Gnade mit mir walten. Erst um kurz nach acht war Getuschel zu vernehmen, dann tapsten sie leise nach nebenan. Ach wie süß!, dachte ich, als ich ihnen im Halbschlaf noch eine Weile beim Spielen zuhörte. Aus den gestern auf dem Spielplatz gesammelten Kastanien wurden

Kokosnüsse für die Pirateninsel, drei neulich von Nele mit Tuschfarbe bunt angemalte Korken verwandelten sich in 'Goldmeteoriten', und meine Armbanduhr wanderte als unermesslich kostbares 'Glitzerding' in die Schatztruhe.

Gegen Viertel vor neun stand ich schließlich auf und streckte mich erst einmal ausgiebig.

"Guten Morgen Papa", kam Nele mir freudig entgegen. "Na, heute haben wir dich nicht gleich geweckt und du bist noch in Ruhe ein bisschen blieben geliegen, stimmts?"

"Na bloß gut!", rief ich übermütig und warf sie zack-zack in die Kissen, und schon waren wir mal wieder mittendrin im allzeit beliebte Bärenspeck- und Wattwurm-Kampfspiel.

Beim Frühstück fing ich dann an, alles nachzumachen, was Nele gerade tat: "Mensch Papa" - "Mensch Papa", ihre Hand geht zur Tasse - meine Hand geht zur Tasse, sie kichert - ich kichere, "hör auf!" - "hör auf!", na und so weiter.
Ein toller Spaß.

Später fuhren wir ins Puppentheater und gingen in den Park, und am Nachmittag bastelten wir aus Kastanien, Eicheln und Streichhölzern lauter Esel, Pferdchen und Riesenraupen. Eine besonders große Kastanie kriegte von Malte mit schwarzem Filzstift ein lustiges Gesicht verpasst und wurde *der Glotzer* getauft. Anschließend durfte ihn Nele irgendwo im Zimmer verstecken, und der tollpatschige Papa musste ihn suchen, nochmal und nochmal.

Gegen fünf steckte ich die Beiden in die Badewanne und rief bei Larissa an.
Sie klang müde.

"Liege noch in Bett", sagte sie.

"Krank?", fragte ich. "Nein", erwiderte sie, "nur schlechte Wetter und so."

Sie wäre nun bereits in die neue Wohnung gezogen, die sie ja beim letzten Mal schon erwähnt hatte, erzählte sie, und sie nannte mir die Straße. Es war wirklich ganz in meiner Nähe.

"Was denkst du, wieviel kostet Taxi?", wollte sie wissen.

Mit U-Bahn oder Tram zu mir zu fahren, das lohnte in diesem Fall wirklich nicht so recht, überschlug ich, denn da konnte man im Prinzip gleich zu Fuß gehen.

"Na ich schätze die Tour auf fünf oder sechs Euro", antwortete ich schließlich.
Sie hätte gerade noch zehn, ließ sie mich wissen.
"Wann willst du kommen?", erkundigte ich mich. "Meinetwegen ist ab acht okay. Kannst aber auch erst um neun. Wie du willst."
"Na um acht ist gut", sagte sie. "Ich freu mich, tschüss bis bald."

165. Kapitel

Larissa II
Im Fernsehen sah ich gerade noch die letzten zwanzig Minuten einer Reportage über den Film "Christiane F. - Wir Kinder vom Bahnhof Zoo". Zwar hatte ich das Buch über die Berliner Drogenkids der Siebziger mal vor Jahren gelesen, und auch über das Schicksal der echten Christiane F. war ja immer wieder in diversen Talkshows berichtet und debattiert worden. Aber hier ging es vor allem um die damals 13jährige Hauptdarstellerin, dieses außergewöhnlich hübsche und intelligente Mädchen, und ich erfuhr zu meiner nicht gelinden Überraschung, wie einsam und vernachlässigt auch sie aufgewachsen war. Faktisch ohne Mutter und nur beim Vater, der jedoch praktisch immer außer Haus gewesen war. Man stelle sich das vor, dachte ich kopfschüttelnd, solch ein Kind, so schön und begabt, mitten in einer wohlgeordneten deutschen Großstadt - und dieser Engel von einem Teenager hockt tagein tagaus nur allein vor dem Fernseher und futtert lauwarmen Dosenfraß, und keiner kümmert sich richtig um die Kleine. Wie sollte man das begreifen? Waren denn alle um sie herum blind und taub gewesen? Unsere Welt musste verrückt sein, dachte ich mal wieder ziemlich ernüchtert, unser ganzes System. Eindeutig.

Larissa klingelte überpünktlich, schon um zehn vor acht.
Gleich zu Anfang erzählte ich ihr, dass ich zwar von Ninas Berlinbesuch wusste und mit ihr auch telefoniert, mich allerdings nicht mit ihr getroffen hätte. (Dass es eigentlich anders geplant war, ließ ich freilich unerwähnt.)
"Ich sie habe auch nicht gesehen", meinte Larissa nur knapp dazu, und damit war dieses Thema durch.

Dann schob ich ihr die bereits auf dem Tisch liegenden 250 Euro rüber und sagte nur: "Du bleibst, solange du möchtest."

Larissa packte das Geld ein und ihre Zigaretten aus, ich sorgte noch schnell für Getränke, und schon bald hockten wir gemütlich auf der Couch, das Knabberzeug immer in Reichweite, und guckten Fernsehen. Ich schaltete kurz ein paar Kanäle durch, bis wir schließlich bei einem total albernen Film hängen blieben. Naja, Larissa zuliebe. Allein hätte ich diese Klamotte wahrscheinlich keine drei Minuten ertragen, aber so amüsierten wir uns dennoch beide, denn insgeheim blickte ich die ganze Zeit über mehr auf Larissa als auf den Bildschirm. Sie saß neben mir auf der Couch, nein, sie kauerte neben mir, die Arme um ihre angezogenen Beine geschlungen, das Kinn auf den Knien. So wie ein kleines Mädchen auf einer Sommerwiese, es fehlte nur noch ein keckes Hütchen mit flatterndem Band. Und erst wenn sie lachte! Es war so süß, wie sie dabei ihren Kopf schüttelte und das lange Haar ihr seitlich ins Gesicht fiel und ihre vor Freude blitzenden Augen einrahmte. Dann sah sie wirklich wunderschön aus.

In einer Werbepause fragte sie nach etwas Essbarem. Natürlich hatte ich mich schon vorher erkundigt, ob sie hungrig wäre, doch sie hatte verneint. Sicherlich traute sie sich erst jetzt zuzugeben, dass ihr der Magen knurrte.

Ich ging mit ihr in die Küche und packte den Tisch voll, und sie schmierte sich einen kleinen Teller mit Broten, die sie hinterher vor dem Fernseher verdrückte (und auch mir immer mal wieder zum Abbeißen hinhielt).

Als der Film zu Ende war, machte ich die Kiste aus und den CD-Player an, und wir schmusten ein bisschen rum und plauderten dabei.

Ich redete nochmal über mich, meine Frau und die Callgirls.

"Weißt du", versuchte ich ihr zu erklären, "ich hatte damals gedacht, mein Leben wird für immer so bleiben: Ich gehe jeden Tag zur Arbeit, die Kinder wachsen und werden groß, und ich bleibe mit dieser Frau zusammen. Alles geht irgendwie immer so weiter, zwar nicht ganz perfekt, aber auch nicht total schlecht. Tja, und dann kamen die Callgirls, und dann kamst du. Die Erste, wo es mich richtig doll umgehauen hat. Bumm!"

Ganz offen erzählte ihr, wie es mir innerlich dabei ergangen war; ich wollte einfach, dass nichts ungesagt blieb, und es fiel mir leicht, darüber zu reden.

Larissa lachte und schüttelte ungläubig den Kopf, als ich erwähnte, dass ich früher geglaubt hatte, sie würde unbedingt einen rassigen Italiener mit Brusthaar, Goldkette und flottem Cabrio brauchen.

"Für mich ein Mann muss nicht reich sein, nur dass ich habe Essen und bisschen Klamotten", erklärte sie bestimmt. "Normale Wohnung, mehr nicht. Aber lustig muss sein, und viel Spaß machen."

"Naja, jedenfalls eins ist sicher", beendete ich meine Laudatio, "egal was wird - dich vergesse ich nie."

Sie sagte mir auch was ziemlich Nettes, und wir nahmen unsere Weingläser und prosteten uns zu.

"Ich nur noch habe knapp 43 Kilo", meinte sie dann. "Alle Klamotten jetzt bisschen groß." Selbst wenn man ihre 1,62 Meter berücksichtigte, war das wohl trotzdem bestenfalls 'sehr sehr schlank', nicht wahr? Oder eben schon grenzwertig, wenn nicht gar magersüchtig. Noch ein paar Kilo weg, und sie würde mehr Neutrum als Mädchen sein.

Eigentlich schlimm, dachte ich, aber mit nutzlosen Ermahnungen wollte ich ihr nicht kommen.

Danach beschrieb sie mir ihr winziges Hochhaus-Apartment, in dem nicht mal ein Fernseher stünde. Oft würde sie abends einfach bloß grübelnd aus dem Fenster starren und sich den Sonnenuntergang angucken, und wie es draußen langsam dunkel wurde und die Lichter angingen. Eine ganze Stunde lang, oder sogar auch zwei.

Dann senkte sie den Kopf und schwieg einen Moment, und ihr zartes, fragiles Profil erinnerte mich plötzlich sehr an die damalige kindliche Christiane F.-Darstellerin.

Sie hätte Probleme mit sich selber, fuhr Larissa fort, deshalb könne sie nichts essen. "Meine Kühlschrank sowieso ist immer leer", seufzte sie.

Ab und an würde sie sich zwar mit ein paar Leuten zur Disco verabreden oder beim Bowling treffen, meinte sie schließlich noch, aber insgesamt wäre sie eigentlich viel zu viel allein.

Dann trank sie ihr Glas aus und ging ins Bad, und als sie kurz darauf wiederkam...

Splitternackt stand sie im Zimmer, hielt ihr Handtuch anmutig in Bauchnabelhöhe, fuhr sich damit noch einmal kurz über den Hals und warf es mit lässigem Schwung auf den Sessel. Ein paar nasse Lockenkringel klebten an ihren Wangen, was ihr etwas Dschungelhaft-Unschuldiges verlieh. Ihr dunkler Teint und der flackernde Kerzenschein taten ein Übriges dazu, manchmal sah ich von ihrem Gesicht fast nur noch das Weiß ihrer Augen und Zähne. Je nachdem, wie sie sich drehte. Tarzans süße kleine Schwester, dachte ich, das Haupt umkränzt von Luftwurzeln, Lianen und sich windenden Schlangen. Larissa aus dem dampfenden Paradies. So wie Gott sie schuf.

Ich saß nackt auf dem Bett und verschlang sie trotz aller Scheu mit meinen Blicken.

Anschließend hatten wir das, was im Freierforum immer als höchstes der Gefühle galt: 'Girlfriendsex', der sogenannte 'Gf6'. Meine kleine sibirische Möwe, was war sie aber auch für ein zartes Persönchen! Sie hatte die schmalste Taille von allen, auch obenrum fast nichts dran an ihr, eine echte Sprotte - und doch...

Kaum im Bett, wölbte sie sich meinen Händen wie eine Sprungfeder entgegen; sie wollte von mir berührt werden, ihr ganzer Körper war eine einzige erogene Zone, die mit vielen kleinen Seufzern um immer noch mehr bat. Ganz ohne Scham spreizte sie sich auf, feucht wie sie war, und kaum hatte ich das Kondom drüber, zog sie mich fest in sich.

Hinterher lagen wir noch eine Weile auf der Matte, und ich konnte nicht aufhören, sie zu streicheln. Sie hatte eine so sanfte mädchenhafte Ausstrahlung, so richtig schüchtern und bescheiden.

Und plötzlich musste ich über mich selber den Kopf schütteln. Wie hatte ich es früher mal formuliert? Von wegen, solch eine Beziehung hielte der Realität nicht stand und wäre so ungefähr wie ein Urlaubsflirt? Ja klar, dachte ich, aber welche 'Realität' hatte ich dabei eigentlich im Sinn gehabt? Das Klischee irgendeiner 'Normalität'? Das hier *war* meine Realität! Dieses nackte russische Mädchen neben mir und all die anderen Callgirls, sie waren längst ein Teil meines Alltags, Freudenmädchen im besten Sinne des Wortes, sie gehörten dazu! Ich hatte es doch genau so gewollt. Lediglich eine rein finanzielle Restproblematik blieb dabei bestehen, alles andere ging für mich in Ordnung.

Ich sah Larissa an, wie sie schläfrig neben mir lag, und strich ihr ein paarmal übers Haar.

Obwohl wir uns von verschiedenen Ebenen her trafen, waren unsere gemeinsamen Stunden letztendlich austariert und für sie und für mich gleichermaßen erfüllt, das stand für mich fest. Nun, und was Madalina und Nina und Kata und all die anderen betraf: Zunächst einmal handelte es sich natürlich um simple Begegnungen zwischen Mann und Frau, bei denen zwar grundsätzlich alle Zwischentöne möglich waren. Doch nach meiner Überzeugung stand auch dort unter dem letzten Strich fast immer ein Plus, und zwar für beide Seiten. Das war meine Sicht der Dinge und basta. Sollte der Rest der Welt sich darüber ereifern, das waren und blieben ja trotzdem immer nur externe Meinungen. Wirklich zählte für mich schließlich nur, was in meinem Hirn vorging, eben die Innenansichten. Die Welt in meinem Kopf. Genauso, wie bei jedem anderen Menschen auch.

Gegen Mitternacht bat mich Larissa, ein Taxi zu rufen.

Ich schenkte ihr noch eine Marzipanrose und das Gel.

"Danke schön", sagte sie und küsste mich.

"Bis spätestens nächsten Sonntag, wir telefonieren", rief ich ihr noch hinterher.

Es war ein sehr schöner Abend mit einem sehr lieben Mädchen gewesen.

Am nächsten Abend rief ich sie wieder an.

"Hallo, ich wollte mich nur erkundigen, wie es dir geht", sagte ich und ließ sie wissen, dass sie stets bei mir willkommen wäre, falls ihr mal wieder die Decke auf den Kopf fallen sollte oder sie einfach nur Langeweile hätte.

"Fernsehen gucken oder Internet oder zum Abendessen", bot ich an, "einfach so, alles ist okay. Ich bin immer gern mit dir zusammen, es muss nicht jedes Mal gleich im Bett sein. Taxigeld zahle ich dann natürlich trotzdem."

"Danke", erwiderte sie, "heute und morgen ich habe Termine. Aber bald wohnt Galina bei mir, bis sie neue Wohnung findet. Bin ich also nicht allein. Aber danke."

"Na dann, alles Gute", wünschte ich noch, "bis spätestens Sonntag."

Danach telefonierte ich ungefähr eine Viertelstunde lang mit Annoncen-Barbara, und schließlich machten wir einen Treff für nächste Woche aus.

Hinterher überflog ich noch einmal ihre E-Mails. Sachen wie 'so ganz wage Erinnerungen' und 'Wehrmutstropfen' stachen mir ins Auge, außerdem hatte sie zweimal *wie* und *als* verwechselt.

Naja, das sind vielleicht bloß Flüchtigkeitsfehler, versuchte ich mir einzureden, aber es trübte dennoch meine Vorfreude. Oder mit anderen Worten: das Ganze konnte ich wohl schon jetzt vergessen.

Später im Bett kam mir urplötzlich eine merkwürdige Idee: Wie wäre es eigentlich, wenn ich mit einer Lesbe zusammenleben würde? Dann könnte ich doch meine Callgirls weiter bestellen! Kein Eifersuchtstheater deswegen, und trotzdem hätte ich jemanden, der mir Gesellschaft leistet. Wer weiß, vielleicht sogar eine 'Partnerin'? Ich spielte das Ganze in Gedanken durch. Hm, naja, so theoretisch gefiel mir diese Variante eigentlich nicht schlecht.

Später surfte ich noch eine halbe Stunde querbeet im Internet. Larissa wäre auch der Name eines Neptunmondes, fand ich so nebenbei heraus, 'ein sehr unregelmäßig geformter Körper'. Aber das konnte freilich nicht viel mit der Larissa zu tun haben, die ich kannte. Dann las ich auf einer anderen Webseite, dass der Name Larissa ursprünglich aus der griechischen Mythologie stammte. So hieß dort nämlich die Tochter des Königs Pelasgos, die einstmals vor die Wahl gestellt worden war, entweder die Geliebte des Zeus zu werden oder sich ansonsten umzubringen. Da sie sich aber Zeus nicht ergeben, sondern stattdessen den Sprung ins Meer gewählt hatte, bezeichnete man fortan angeblich auch etliche Festungen so. Larissa, die uneinnehmbare Burg.

Tja, das erklärt einiges, dachte ich, fuhr die Kiste runter und ging schlafen.

166. Kapitel

Pia I

Donnerstagabend. Madalina war nicht erreichbar und Larissa hatte keine Zeit, weil sie Galina angeblich beim Umzug helfen musste.

Also testete ich zur Abwechslung mal wieder eine neue Agentur, allerdings ohne Bilder.

Pia, so hieß das von mir auserkorene polnische Mädchen, hatte wie versprochen lange blonde Haare, ein hübsches Gesicht und eine schlanke Figur. Statt der angekündigten 23 Jahre schätzte ich sie jedoch eher schon auf knapp 30. Naja, aber der Gesamteindruck ging in Ordnung. Nicht aufgedonnert, allerdings mit stilvollen Klamotten. Sehr gepflegt und nicht übermäßig solariumgebräunt. Außerdem hatte sie ein ruhiges, freundliches Wesen, jedenfalls spürte ich kein bisschen Aufregung bei ihr. Zwei Profis unter sich.

Drinks, Aschenbecher, Geld. 75 Euro kostete die Stunde, ich gab 80.

Sie hätte eine Tochter, vier Jahre alt, erzählte sie, während sie eine Zigarette rauchte.

Als sie sich auszog, erblickte ich ein ziemlich großes Tattoo auf ihrem Rücken.

"Noch nicht ganz fertig", meinte sie nur, und ich fragte auch nicht weiter nach.

Ihr Unterbauch war leider ein bisschen schlaff, wohl von der Schwangerschaft, aber im Liegen fiel es nicht weiter auf. Sie war lieb und zärtlich. Ich ließ sie den Rhythmus bestimmen, und sie machte es genau richtig für meinen Geschmack. Langsam, mit etlichen Genusspausen, und erst ganz zum Schluss die schnellere Gangart. Alles in allem völlig okay, befand ich, als ich mich hinterher auf Polnisch bei ihr bedankte. Zum Abschied schenkte ich ihr ein Glücksschweinchen aus Schokolade.

Hinterher las ich im Internet über aktuelle Entwicklungen in Wissenschaft und Technik. Scheinbar völlig paradox: Zur Untersuchung der winzigsten Elementarteilchen benötigte man die größte Maschine der Welt, einen gigantischen unterirdischen Ringbeschleuniger mit kilometerlangen Tunnelröhren, in denen man dann die Partikelstrahlen kollidieren ließ. An diesem Riesenmikroskop mit dem Stromverbrauch einer ganzen Stadt waren

Dutzende Staaten beteiligt, und das alles letztendlich nur um rauszukriegen, was beim Urknall vor Milliarden von Jahren passiert war. Kernphysik und Kosmologie wuchsen hier praktisch zusammen, die Lehren von Allergrößten und vom Allerkleinsten wurden eins. Unglaublich!

Ich holte mir ein Glas Wein aus der Küche und grübelte über das eben Gelesene nach. Beeindruckende Apparate; nach jedem Versuch spuckten dort die Computer irrsinnige Mengen von Daten aus. Aber trotzdem würde kein Forscher jemals dieses dort so aufwändig mit internationalem Haftbefehl gesuchte Higgs-Boson sehen oder anfassen können, die ganze vollautomatisierte Auswertung der Experimente beruhte letztendlich bloß auf binärer Logik, auf Nullen und Einsen, ja und nein, auf Strom und kein Strom. Alle Ereignisse wurden übersetzt in diese Schwarz-Weiß-Matrix, und den Rechnern war es egal, ob es dabei nun um Partikelkollisionen oder Excel-Tabellen oder die Übertragung von Serienbriefen und E-Mails ging, oder um Videos oder Börsendaten oder die Steuerung eines Walzwerks. Unsere ganze moderne Welt funktionierte ja längst schon so, und wir wurden immer abhängiger von diesen Maschinen. Die totale Digitalisierung. Bloß wer konnte denn eigentlich all diese Abstraktionsschritte wirklich noch nachvollziehen? USB-Sticks mit immenser Speicherdichte, die nur funktionierten, weil es den quantenmechanischen Tunneleffekt gab - wie sollte man sowas wirklich begreifen? Man sah am Ende nur die Resultate, und die wurden dann vermarktet und von der Masse genutzt, auch wenn die meisten Anwender die vielen Zwischenschritte und Zusammenhänge dahinter überhaupt nicht kannten. So wie bei den Nuklearwaffen, die versuchsweise ganze Atolle pulverisiert (und zwei Städte vernichtet!) hatten, nur durch sich spaltende oder verschmelzende Atomkerne, nachdem jemand die dazu gehörige Formel für den Massendefekt in jahrelanger Arbeit ausgeschwitzt hatte. Dieser eine Forscher wusste freilich, womit er es zu tun hatte – bei der später damit hantierenden Generalität jedoch durfte man dies wohl in Zweifel ziehen.

Überall auf dem Flur tuschelten sie über einen hochrangigen Kollegen an einer Botschaft in Südamerika. Er war Junggeselle, und seine diversen Affären vor Ort gehörten angeblich hier wie dort schon zum Stadtgespräch. *Wissen Sie, ob*

Herr XY Töchter um die Zwanzig hat? Man sieht ihn ja immer mit so jungen Damen, da wird so einiges gemunkelt, hieß es scheinheilig in gewissen Kreisen. Heute wurde die Debatte über sein Liebesleben sogar direkt vor meinem Schreibtisch geführt, und zwar durch Papke und Müllers, die dabei gleich ihre paar Arbeitsmappen aus dem Eingangsregal sichteten und an Ort und Stelle im Stehen abzeichneten.

"Ich denke, er wird schon seine sehr validen Gründe für sein Tun haben", stellte ich dazu bloß lakonisch fest und versuchte mich auf meinen eigenen Kram zu konzentrieren. *(Durch das ehrwürdige 'valide' kriegte mein belangloser Satz doch glatt einen gewissen seriösen Anstrich, nicht wahr?)*

"Ja aber trotzdem", meinte Müllers mit bedenklich zur Seite geneigtem Haupt und jammerte dann mit Fistelstimme als nächstes lang und breit über die teuren Fliesenleger auf seiner Baustelle, wobei er ganz selbstverständlich den Locher von meinem Schreibtisch nach hinten in Richtung Ablagetisch entführte.

Inzwischen war auch noch Korpuskeline dazu gekommen und unterhielt sich mit Papke gleichermaßen ungeniert wie angeregt über irgendeine beknackte Fernsehserie. Dass andere Leute in diesem Büro vielleicht zu arbeiten hatten, störte die beiden anscheinend nicht weiter. Gott sei Dank verzogen sie sich schon bald wieder.

"Na das sieht doch jetzt picobello aus", lobte Müllers seine eigene Arbeit und raffte schließlich mit emsigem Rascheln seine kostbaren Papiere zusammen, bevor er sich ebenfalls verflüchtigte. Den von mir stibitzten Locher ließ er natürlich hinten auf dem Ablagetisch stehen. Er brachte ja nie was zurück. Hatte er doch nicht nötig! Verstellte den Kopierer auf doppelseitig oder Querformat, klaute Textmarker und wuselte die Zeitungen durcheinander. Er hinterließ nichts, wie er es vorgefunden hatte. Ein Herr unter Dienern. Einer von der Sorte, die mit dem Handy am Ohr durch die freundlich aufgehaltene Tür stolzierte und einem dann nicht mal flüchtig zunickte dafür.

'Ein Diplomat ist jemand, der dir 'Geh zur Hölle!' auf eine Art und Weise sagen kann, dass du dich am Ende sogar noch freust auf diesen Trip' - tja, dachte ich kopfschüttelnd, so buchstabierte man hier gern augenzwinkernd den geheimen Ehrenkodex dieser noblen Truppe. Stets ausgesuchte Höflichkeit und Manieren,

immer stilvoll und zuvorkommend, feinste Etikette. Die leisen Töne eben. Aber was für ein Witz, wenn man dann einen Totalausfall wie Müllers sah! Anspruch und Wirklichkeit, wie Tag und Nacht. Dieser arrogante Schrumpfkopf! Andauernd dieses lachhafte Gefasel von 'Stallgeruch' und 'Hochelite'! Innerlich konnte ich bloß lachen darüber. Oh Mann! Dieser Schmalspur-Macho, dieser postkoloniale Aromaboy! Dabei war das meiste von dem Zeug, was er produzierte, doch sowieso bloß zum alsbaldigen Verbrauch bestimmt. Kurzlebige Analysen, schnell überholte Sachstände, Sprechzettel und 'Non-Paper'. Seine geistigen Exkremente wanderten ruckzuck in die Altpapiertonne und wurden dann alle paar Wochen von den Hausarbeitern abgeholt, um penibel zu Konfetti zerschreddert zu werden. Zu Papierschnee von gestern.

Nachdem ich meine paar Sachen abgearbeitet hatte, gönnte ich mir erstmal eine Pause und ging hoch auf die Dachterrasse. Ich brauchte dringend frische Luft. Alles war so unsäglich tranig und schlapp in dem Laden, dachte ich, all diese hartleibigen, reservierten Kaltblüter. Klar, nicht jeder im Krapparat war so, nein, das nun auch wieder nicht. Aber es gab einfach zu viele von diesen konzilianten, aseptischen Figuren.

Nicht zum ersten Mal stellte ich mir vor, ich würde mit dieser Schleudertruppe im Flieger sitzen und dann über dem Urwald abstürzen. Brutal real, meine ich, nicht bloß als gruppendynamische Assessment-Center-Fiktion. Ein Dutzend arrivierte Vertreter der höheren Beamtenschaft plötzlich auf sich gestellt in der Wildnis - was würde dabei wohl rauskommen, wenn es auf einmal ans Existenzielle ging? Wie würden sich die hierarchischen Strukturen innerhalb dieser abgehobenen Bagage verändern?

Aber natürlich waren das alles schon wieder völlig unnütze Gedanken. 'Verstand schafft Leiden', seufzte ich innerlich; nur der alte Gribojedow (übrigens ein in diplomatischen Diensten stehender Dichter - sic!) hatte es geschafft, eine Komödie daraus zu machen. Ich dagegen konnte es noch nicht mal richtig benennen, dieses kapitale Missverständnis zwischen mir und der Welt. Wie bei Strindberg, dachte ich, ringsum nur mental schockgefrorene Masken und Gespenster, Registrator Waussholz gleich Student Archenholz. Überall nur lauter sklerotische Larven und Phantome in den Amtsstuben. *Die toten Seelen,* die längst gestorben und nur noch auf dem Papier lebendig waren.

Manchmal kam ich mir vollkommen daneben vor, total verpeilt, so als würde ich im Taucheranzug (Hauptsache im Anzug, nicht wahr?) durch die unendlichen Gänge des verrückten Hilbert-Hotels platschen (Mathematiker werden wissen, was ich meine), so richtig mit Schnorchel, Brille und Flossen. Von Kopf bis Fuß in schwarzes Neopren gewandet, Metallpulle auf dem Rücken und aus dem Mundstück blubbernd, und trotzdem nimmt keiner Notiz von mir! Patsch, patsch, nur lauter nasse Flecke auf dem roten Teppich. Und keiner denkt sich was dabei! Oder waren die anderen wirklich so, wie sie sich tagtäglich gaben, und ich spukte hier als einziger ungeschlüpfter Grottenolm durch die Katakomben? Waren die die Verrückten - oder ich? Weh mir!

167. Kapitel

Am Freitagabend fuhr ich wieder in die Fabriketage zur Therapiegruppe.
Die nette Schüchterne war leider schon nicht mehr dabei, auch die beiden Wolfgänge hatten sich bereits verflüchtigt.
Sebastian animierte uns zuerst zu ein paar Aufwärmübungen, dann kam die übliche Befindlichkeitsabfrage reihum. Nichts Besonderes, bis auf die dominante Karla vielleicht, die uns mitteilte, dass sie ihre Depressionen jetzt mit 'homöopathischer Muttermilch' zu kurieren versuchte und dazu irgendwas von der 'feinstofflichen Ebene' schwatzte, was mir komplett schleierhaft war. Zum Schreien, wie ich fand. Aber dann sagte ich mir: Nun gut, wenn sie dran glaubt und es ihr *dadurch* hilft, dann ist es doch letztendlich auch okay. Egal ob nun Globuli, warme Milch oder warme Worte, das Resultat war ja das, was zählte. Wie hieß es so schön: Wer heilt, hat recht.
Nach dieser Einleitung wandte sich Sebastian plötzlich an mich und fragte, ob ich mich nicht heute der Runde gegenüber mal etwas mehr offenbaren wolle, da ich ja wohl am letzten Wochenende 'ein bisschen zu kurz gekommen' wäre. Insbesondere den Suizid meines Vaters hielt er nämlich für ein Thema, welches hier in diesem Rahmen besprochen werden sollte. Auch aus der Gruppe kam sogleich zustimmendes Gemurmel. Ich würde mich nämlich viel zu sehr

verstecken und 'nicht wirklich zeigen', hieß es, obwohl ich ja durchaus präsent wäre und zu den Problemen anderer etwas zu sagen wüsste.

Da Kneifen für mich nicht in Frage kam (denn schließlich hatte ich mich ja aktiv darum bemüht, hier zu sitzen), begann ich also zu erzählen, wenn auch ein wenig ungeordnet. So schilderte ich zum Beispiel, dass ich in der Schule plötzlich Angst vor dem Englischunterricht entwickelt hatte.

"Da ging es ja anfangs öfter mal um Berufsbezeichnungen, und jeder konnte also mit 'nem Satz wie '*My father is a farmer*' drankommen", versuchte ich zu erklären. "Hm, tja nun, bloß was sollte ich denn sagen, vor der ganzen Klasse? *'Wissen Sie, mein Vater ist doch tot, Herr Lehrer. Hat sich im Suff nämlich eben mal weggehängt, am hintersten Querbalken in der Scheune!'* Deshalb betete ich immer nur, dass die Stunde möglichst schnell vorbeigeht, oder am besten ganz ausfällt."

"Hattest du je selber Suizidgedanken?", wurde ich gefragt.

"Nein", antwortete ich, "überhaupt nicht."

Wie kann man nur, dachte ich bloß, denn mich verblüffte es ja immer wieder, wenn ich von so manchem reichen und erfolgreichen Künstler oder Geschäftsmann im Nachhinein las, dass er sich tatsächlich mal hatte umbringen wollen. Obwohl ich freilich zugeben musste, dass ich eine Zeit lang rein theoretisch tatsächlich die Befürchtung durchgespielt hatte, ich könnte in puncto Suizidneigung irgendwie erblich belastet sein. So allgemein vom Karma her, oder durch ungünstige Methylierungsmuster in meinem epigenetischen Profil, Stichwort An- und Ausknipsen bestimmter Gene. Zumindest gab es ja wohl etliche Studien die besagten, dass der Suizid eines Elternteils neben der Depressionsanfälligkeit auch die Selbsttötungsgefahr der betroffenen Kinder stark erhöhte. Aber auf mich traf das jedenfalls nicht zu.

Schließlich kam noch die Frage auf, ob ich jemals das Gefühl gehabt hätte, dass mir durch den Freitod meines Vaters eine Schuld auferlegt worden wäre.

"Na vielleicht wohl eher sowas wie 'ne besondere Verpflichtung", antwortete ich zögerlich. "Ich meine, er war 'n guter Mensch und ich liebte ihn, also hatte ihn die schlechte Welt in den Tod getrieben, und demzufolge war die Welt verkehrt, so wie sie war. Naja, und die Aufgabe, die mir besonders durch den Tod meines Vaters zufiel, war also schlicht und einfach: die Welt zu verbessern.

Ich strebte andauernd nach irgendwelchen 'höheren Idealen', nicht nur wegen der Schule. Ich war viel zu kopflastig."

Vielleicht sowas wie ein generalisiertes Helfersyndrom, dachte ich. Aber so eine ähnliche Problematik fand sich ja wohl öfter bei männlichen Jugendlichen, die ohne Vater aufgewachsen waren. Wo das entsprechende Rollenvorbild fehlte, da wurde es eben hin und wieder kritisch, und wenn die edlen theoretischen Motive im sauren Milieu der Praxis gelegentlich umkippten, dann führte der Weg zuweilen sogar schnurstracks zum idealistisch motivierten Attentäter, wie so manche Biografie zeigte. Doch in meinem Fall war das alles wohl ein bisschen weit hergeholt und arg konstruiert, und ich war einfach nur besonders introvertiert und schüchtern gewesen, vor allem aufgrund der Erziehung durch meine verdrehte Oma.

Dann rückte Karlas Sitznachbar mit seiner Problematik in den Focus, aber ich kriegte kaum etwas davon mit und die folgenden Wortmeldungen dazu rauschten auch alle so ziemlich an mir vorbei, da ich noch viel zu sehr mit mir selbst beschäftigt war. Zum Schluss machten wir noch ungefähr zwanzig Minuten lang eine Dreierübung, gegenseitiges Abstützen und so. Aber da die meisten schon ziemlich müde waren, kam auch hinterher bei der Auswertungsrunde kein rechter Schwung mehr in die Diskussion. Pünktlich um neun entließ uns Sebastian.

"Machts gut, bis morgen", sagte er.

"Ja, bis morgen", echoten wir alle durcheinander zurück.

Am Samstag begannen wir mit Körperübungen und einer 'Meditationsreise', dann wurde natürlich wieder geredet.

Ich saß auf meiner Matratze, das dicke Kissen im Rücken, und hörte mir die Sorgen der anderen an.

Zuerst war Frieder dran (ich dachte erst, er hieße *Frieda* und wäre vielleicht eine Transe), ein selbständiger kleiner Subunternehmer Ende Dreißig, Familienvater mit vier Kindern (und einem Ohrring rechts). Immer öfter wache er in der Nacht auf, erzählte er stockend, weil ihn die schiere Existenzangst plage. Außerdem würde er die meisten Aufträge nur noch kriegen, wenn er sie schwarz, also ohne Rechnung, durchzog.

"Ich werde mit dem ganzen Mist einfach nicht mehr fertig", klagte er. Immer ginge es nur ums Geld. Tag für Tag fühle er sich vors Joch gespannt und für alle Ewigkeit gefangen. Manchmal litte er sogar schon unter richtigen Weinkrämpfen.

"Nur noch Arbeit und Familie, und keine Träume mehr", fasste er resigniert zusammen, zu so einem elenden Klecks wäre sein Leben geschrumpft. Es würde ihn erdrücken, und seine Frau verstünde ihn nicht.

Esther, eine kleine Schmale um die 50, berichtete anschließend mit leiser Stimme von ihren Partnerschaftsproblemen. Sie hätte seit einiger Zeit zwar wieder einen Freund, aber ihrer Meinung nach brächte er zu wenig Interesse für sie auf, und sie fühle sich oft einsam.

"Wir reden eigentlich andauernd bloß so auf der abstrakten Ebene miteinander", meinte sie, "aber unsere Beziehung ist überhaupt nicht emotional unterkellert."

Da ihre Gespräche immer öfter im Nichts oder im offenen Streit enden würden, versuchten sie es momentan mit 'nonverbaler Kommunikation'. Man schrieb sich also Zettelchen und beschränkte sich ansonsten auf tiefe Blicke. Manchmal riefe sie ihr Freund auch an, aber wenn sie dann den Hörer abheben würde, dürfte laut Abmachung keinesfalls gesprochen werden. 'Ich denk an dich', das sollte das Schweigen heißen.

Ziemlich verkorkst, nicht wahr?

Dann machten wir erstmal Pause, und danach war ich wieder dran.

Inwiefern meine frühkindliche Oma-Geschichte noch mit meinen heutigen Problemen zu tun hätte, wollte Sebastian diesmal von mir wissen.

Als erstes blitzte mir eine Szene aus Turgenjews *Adelsnest* durch den Sinn, die Stelle, wo Lawretzki sagte, dass man ihn 'von Kindheit an verrenkt' hätte, und wie er darauf dann prompt die Antwort bekam: 'So renk dich wieder ein! Dazu bist du Mensch'. Aber manchmal bedurfte es freilich schier übermenschlicher Anstrengungen, die verdrehten eigenen Gehirnwindungen zu entzerren.

"Natürlich ist es auf jeden Fall sehr prägend, was einem in den ersten Lebensjahren widerfährt", antwortete ich schließlich lahm und versuchte in ein paar Sätzen, einige der zweifellos vorhandenen Verknüpfungen zwischen meiner frühen Kindheit und meinem gegenwärtigen Leben aufzuzeigen.

"Was denkst du, wie wärst du ohne diese Oma-Erziehung geworden, bei einer ganz 'normalen' Kindheit?", fragte mich Frieder, und außerdem wollte er noch wissen, wie das Verhältnis zu meiner Mutter gewesen wäre.

"Ach wer weiß", meinte ich leichthin. "Vielleicht hätte ich auch ohne Kriegsmacken-Oma verstärkt gefremdelt, immerhin gibt es ja auch anderswo mal Kinder, die nur mit den Eltern reden und ansonsten die Fremdheit zu anderen nicht überwinden. Selektiver Mutismus, stumm und mit der Hand vor den Augen."

Ich winkte ab.

"Hätte, wäre, könnte. Letztendlich für mich alles müßige Fragen. Dir widerfährt, was dir entspricht, und Ende. Ich denke, so läuft das im Prinzip, natürlich mit gewissen Einschränkungen."

'Schicksal und Gemüt sind Namen eines Begriffs', dieser schöne Satz von Novalis fiel mir dazu auf einmal wieder ein. Aber ich wollte nicht mit Zitaten glänzen, also behielt ich ihn für mich. Da ich mich jedoch noch immer von den anderen erwartungsvoll beobachtet fühlte, fuhr ich nach einer kleinen Pause fort: "Ich meine, so mit Zwanzig, da hab ich mal 'ne ganze Weile mit meinem Schicksal gehadert, und ich war auch ziemlich sauer auf meine Mutter. So mehr theoretisch, meine ich. Weil sie mich damals einfach meiner durchgeknallten Oma überlassen hatte. Oh, himmlische Heerscharen, wie konnte sie mir das antun? Einfach zugucken, wie das eigene Kind verblödet! Aber dann hielt ich mir vor Augen, wie es ihr wohl selber ergangen war: aufgewachsen praktisch in der Kriegszeit, als Halbwaise, danach von früh bis spät nur Arbeit auf dem Hof, die Mutter früh gestorben - wer hatte *ihr* denn beigebracht, wo es langgeht im Leben? Was wusste *sie* schon von Kindererziehung, von Pädagogik und Psychologie? Eigene Defizite erkennen? Ha, dafür war doch gar kein Raum! Sie war ganz auf sich allein gestellt, so gesehen. Denn mein Vater verbrachte sein bisschen Freizeit ja meistens in der Kneipe. Außerdem gab es sowieso keine Alternative, oder hätte sie etwa meine Oma aufs Feld schicken sollen, um selber zu Hause bleiben zu können?"

Stumm schüttelte ich meinen Kopf.

"Nein, ich mache ihr keinerlei Vorwürfe. Sie hat mich aufgezogen, so gut sie konnte. Auf jeden Fall mit Liebe, und das ist das Wichtigste. Ich hab auch nie

Schläge bekommen. Sie hat mich ins Leben gesetzt, und der Start war vielleicht nicht unbedingt optimal, aber den Rest nehme ich auf meine Kappe. Da ist nichts mehr offen."

Ich zuckte mit den Schultern. Nein, hier gab es keine Altlasten mehr, nichts was ungeklärt war und mich quälte.

"Die sieben Jahre von meiner Einschulung bis zum Tod meines Vaters habe ich jedenfalls als eine richtig glückliche Zeit in Erinnerung", versuchte ich schließlich zusammenzufassen. "Immer gute Zensuren, keine Probleme. Unsere kleine Dorfschule im Nachbarort war total gemütlich. Weil ich schon gut lesen konnte, saß manchmal in den Pausen fast die ganze Klasse um mich rum, und ich musste Märchen vorlesen, und jeder wollte im Schulbus dann später auch wieder neben mir sitzen. Bis zur vierten Klasse hatten wir sogar nur einen einzigen Lehrer. So ein väterlicher Typ mit Herz, ein echter Glücksfall. Der machte alle Fächer bei uns. Außer Nadelarbeit, Topflappen häkeln und Knöpfe annähen und so, das unterrichtete seine Frau. Das war paradiesisch, verglichen mit dem Stress an heutigen Schulen."

Vorsichtig guckte ich in die Runde, dann schielte ich rüber zu Sebastian.

Keiner sagte was, man räusperte sich nur hier und da oder streckte ein Bein etwas weiter aus. War ich noch dran?

"Ich weiß noch, wie wir uns alle immer Samstagnachmittag bei einem Klassenkameraden zu Hause vor dem Fernseher versammelten", schwelgte ich daher einfach ein bisschen weiter in Erinnerungen, "denn dessen Eltern hatten nämlich schon die Extra-Antenne, die man ja damals für das zweite Programm noch brauchte. Naja, und dann guckten wir alle zusammen erstmal eine Folge 'Tarzan', und anschließend gingen wir raus und spielten das gleich nach. Wir waren so 'n bisschen wie die Kinder aus Bullerbü, möchte ich sagen. Unbeschwert und frei, viel unter uns. Jedenfalls ohne 'helicopter parents', wie man auf Englisch die Sorte Eltern heute nennt, die permanent über ihren Sprösslingen schweben und alles überwachen. Bei vielen von uns waren Vater und Mutter doch tagsüber kaum präsent, die kamen ja erst spät von der Arbeit nach Hause. In der Landwirtschaft wurde nun mal oft bis Sonnenuntergang gerackert, nicht nur in der Erntezeit. Tja, und meine Oma war inzwischen gestorben. Also stromerten wir Kinder nachmittags eben stundenlang durch die

Wiesen und Wälder, uns selbst überlassen. Oder wir spielten Versteck in der riesigen Scheune, oder auf dem Heuboden. Von den Problemen, die meine Eltern miteinander hatten, kriegte ich da eigentlich kaum was mit."

Bis auf das letzte halbe Jahr, dachte ich. Als mein Vater anfing, richtig Randale zu machen.

"Na zumindest nichts, was mich schwer belastete", schränkte ich daher ein. "Klar, mein Vater trank und kam oft besoffen aus der Kneipe, aber das machten ja andere Väter auch. Das war jedenfalls keine Ausnahme."

Hinterher debattierten wir mit Sebastian noch in großer Runde über die Rolle unser jeweiligen Eltern und welchen Einfluss deren Erziehung damals wohl ganz konkret auf uns gehabt hätte, und ein wenig fragte ich mich dabei mal wieder, was ich eigentlich in dieser schrägen Psycho-Versammlung suchte. Ich hatte nämlich nicht das Gefühl, dass ich hier wirklich die seelischen Transfusionen kriegte, die ich zu brauchen glaubte. Aber als Konstante in meinem Leben hielt ich die Gruppe vorerst dennoch für sehr wichtig. Als so eine Art Sicherheitsgeländer, falls ich mal wieder heftig abdrehen sollte.

Man wusste ja nie...

168. Kapitel

Als ich zu Hause ankam, schmierte ich mir ein Brötchen und warf den Fernseher an. Erst sah ich ein Stück einer Reportage über das Elend nigerianischer Fischerfamilien, die den Ölreichtum ihres Landes bitter verfluchten, weil die unzähligen Lecks in den Pipelines immer mehr Gewässer mit stinkendem schwarzen Schlamm vergifteten und ihnen die Lebensgrundlage nahmen, während eine skrupellose Mafia aus Lokalfürsten und internationalen Konzernen Tag für Tag Millionen scheffelte. *(Über das aserbaidschanische Baku hatte ich vor Kurzem übrigens einen ganz ähnlichen Bericht gesehen: ringsum nur rostige Fördertürme, Ölpfützen und zerstörte Landschaft; korrupte Bonzen ließen tagtäglich protzige Partys steigen, und der Rest der Bevölkerung vegetierte im Dreck. Ach wie sich doch die Bilder gleichen, dachte ich.)* Ein paar Sender weiter schwatzte irgendein vielbeschäftigter Heini ('mit regelmäßiger 80-Stunden-Woche') gerade über seine Hobbies und präsentierte dem Kameramann stolz seine Modellauto-Sammlung. Wahrscheinlich waren es Tausende, die meisten davon sogar noch in der Originalverpackung. Ganze Kartonberge stapelten sich an den Wänden. Eines Tages würde er sich extra Regale dafür anfertigen lassen, schwärmte er, und dann... Ich fragte mich, warum er sich nicht einmal etwas richtig Gutes gönnte und den ganzen Ramsch unter den nächsten Waisenhäusern und Kitas verteilte, anstatt an seiner lächerlichen Illusion festzuhalten.

Danke, das reicht, sagte ich mir und knipste die Kiste aus, und obwohl ich schon ziemlich müde war, begann ich trotzdem noch ein wenig über das Konzept des 'inneren Kindes' und über 'neuro-linguistische Programmierung' zu lesen. Vieles daran erschien mir logisch und offensichtlich, anderes wiederum auch reichlich angestrengt und bemüht. Aber vielleicht war es gar nicht so wichtig, wo man nun konkret ansetzte. Hauptsache, man wurde überhaupt aktiv und die Dinge gerieten in Bewegung.

Nach einer Weile legte ich das Büchlein zur Seite, denn andere Dinge kamen mir in den Sinn. Für morgen Abend hatte ich ja beim letzten Mal schon einen Termin mit Larissa ausgemacht, überlegte ich. Sollte ich heute nur nochmal probehalber die Kletteragentur kontaktieren? Ich griff nach dem Telefon und wählte. Die letzten Tage war zwar keiner rangegangen, aber diesmal hatte ich Glück.

"Madalina will auf jeden Fall das Wochenende noch freimachen", wurde mir mitgeteilt.

"Okay", erwiderte ich, "rufe ich also nächste Woche wieder an."

"Ich soll übrigens einen schönen Gruß an Sie zurückbestellen", meinte der Telefonist dann noch.

"Oh, das ist ja lieb", sagte ich überrascht, denn damit hatte ich wirklich nicht gerechnet.

Am Sonntag ging es nach ein wenig Aufwärm-Geplänkel gleich nahtlos weiter mit der Gesprächstherapie in großer Runde. Erst machte Karla zwar wie üblich etwas Rabatz, aber als ihrem verkorksten Beziehungs-Wirrwarr etwa eine

Viertelstunde lang ausreichend kollektive Aufmerksamkeit gewidmet worden war (sorry, aber ich verstand das alles nicht), da kam auch ich gleich wieder an die Reihe.

Natürlich hatte ich mir über Nacht ein paar Gedanken gemacht, und so packte ich diesmal also noch ein bisschen mehr aus, besonders was mein Verhältnis zu Frauen betraf, und deutete sogar schon mal etwas in Richtung Callgirls an.

"Obwohl meine früheren Sexprobleme ja wohl eigentlich nur 'n Symptom darstellten", erklärte ich dann schließlich. "Denn vor allem hatte ich 'ne völlig verstopfte Seele; ich war so ziemlich der introvertierteste Mensch, den ich kannte. So richtig schön im eigenen Labyrinth verrannt. Perfekt darauf getrimmt, die Erwartungen der anderen zu erfühlen und zu erfüllen und die eigenen Bedürfnisse zu verdrängen und zu unterdrücken. 'Das Drama des begabten Kindes', frühkindliche Programmierung und so. Na jedenfalls, ich glaub, ich war besonders seit der Pubertät viel zu verkopft und zu wenig geerdet, und durch die verdammte Armeezeit wurde die Anbahnung erster Intimkontakte ja nun auch nicht gerade gefördert. So dass sich da mein innerster Kern irgendwie noch mehr abkapselte, sozusagen, trotz äußerlich zur Schau gestellter Lockerheit."

Daraufhin folgten noch ein paar eher unglücklich formulierte Fragestellungen aus der Gruppe, unter anderem zu meinem Selbstwertgefühl und Empathievermögen, deren merkwürdige Nüchternheit mich ein wenig unbehaglich fühlen ließ. Aber Sebastian zog mich schon bald darauf aus der Patsche und verkündete eine Teepause, und damit hatte ich es überstanden.

Allerdings verdrückte ich mich zunächst aufs Klo.

Das war doch eigentlich ganz manierlich gelaufen, lobte ich mich dann dort im stillen Kämmerlein selber. Jedenfalls hatte ich trotz meiner Aufregung nicht als stammelnder Idiot dagesessen. Schließlich war ich ja auch überhaupt kein richtiger Problemfall, sondern hatte mein Leben ganz gut im Griff, nicht wahr?

Aber vielleicht war das ja alles doch irgendwie ganz anders, überlegte ich plötzlich, und mich befielen nicht zum ersten Mal heftige Zweifel. Denn möglicherweise spaltete ich ja permanent etwas von mir ab, so sehr und schon so lange, dass das übriggebliebene Zerrbild fast schon zu meiner zweiten Natur geworden war? Und dieses gebrochene Verhältnis zu mir selbst spiegelte sich dann in meinem schwierigen Verhältnis zu den anderen wider? Warum blieb ich denn so oft allein, und warum fiel es mir auch jetzt noch so verdammt schwer, Zutrauen zu jemandem zu fassen? Vielleicht ließ ich ja niemanden wirklich an mich ran und entzog mich letztlich allen? Aber wo lag dann die Ursache für diese Kontaktstörung? Welche von außen an mich herangetragenen Glaubenssätze und Haltungen hatte ich so tief verinnerlicht, dass sie mir inzwischen wie meine ureigensten Überzeugungen vorkamen? An welchen Fremdkörpern hatte ich mich so heftig verschluckt? Rannte ich denn nicht noch immer als Sozialphobiker mit der Hand vor Augen durch die Welt, so wie damals als kleiner Junge, aus Furcht vor allem und jedem und mit einer irren embryonalen Angst, so tief sitzend, dass sie mir meist selber nicht mal mehr bewusst war? Was war mit der Angst vor Fremden, vor attraktiven Frauen, vor ihren geilen Erwartungen, vor ihrer Muschi und davor, keinen mehr hochzukriegen? Was mit der Angst vor männlicher Konkurrenz, vor Gewalt und Schmerzen? Angst vor dem Tod, Angst vor dem Alleinsein, vor dem Fliegen und vor dem Autofahren, vor dem Ertrinken, vor irgendwelchen Infektionen und Herzinfarkt und Aids? Angst vor Gentechnik, vor Kernstrahlung und dem Atomkrieg? Nirgends sah ich doch wirklich Sicherheit und Zuflucht, stattdessen überall nur einsame, nackte Angst! *(Ach Ecki, was hast du hier bloß für ein Zeug zusammenfabuliert, wunderte ich mich schon einen Tag später wieder, als ich diese wenigen Sätze nochmal durchlas.)*

Nun, und wenn dem tatsächlich so war, überlegte ich, dann blieb jedoch immer noch die große Frage: *Warum* sollte ich mich denn überhaupt anderen gegenüber offenbaren? Hier in diesem Rahmen, meine ich, vor Leuten wie Karla?

Zugegeben, Sebastian fand ich kompetent und sympathisch, doch der Rest der Truppe war mir eher suspekt und gefiel mir nur bedingt. Grundstimmung Verzagtheit, um es in zwei Worte zu fassen. Bloß wieso sollte es mir mit Therapiegruppen auch besser ergehen als mit den Callgirls?, sagte ich mir dann. Schließlich konnte man ja wohl kaum erwarten, dass es gleich mit der ersten optimal klappen würde.

169. Kapitel

Larissa III privat

Auf dem Rückweg von der Gruppe kaufte ich noch schnell ein bisschen was ein, machte dann Abendbrot und bereitete mich auf Larissa vor.

Kurz vor neun saß ich frisch geduscht vor dem Fernseher und guckte noch den Schluss einer Sendung über eine spendenfinanzierte Ärzte-Organisation, 'Operation Smile' oder so ähnlich, durch die weltweit bereits Zehntausende Kinder kostenlos von ihrer Gaumenspalten-Missbildung befreit worden waren. Emotional sehr berührend, das Ganze, wirklich. Die reinsten Engel, diese Leute. Echt.

Gerade als ich nach dem Lüften die Balkontür schloss, sah ich Larissa unten aus dem Taxi steigen, und wir winkten uns schon mal freudig zu. Kurze Zeit später schloss ich sie oben bei mir in die Arme.

Wie üblich ließen wir uns erstmal auf der Couch nieder, prosteten uns zu und palaverten dann einfach drauflos. Galina wohne ja jetzt bei ihr, berichtete Larissa als erstes, und somit hätte sie nun auch wieder für eine Weile Gesellschaft - und sogar noch einen Fernseher obendrein.

"Zuhmka i telewisor", lachte sie, Reisetasche und Fernseher, das wäre so ziemlich Galinas ganzes Umzugsgut gewesen.

Ich erzählte ein bisschen von meiner Psychogruppe, und es schien sie durchaus zu interessieren.

Anschließend klagte sie mir ihr Leid, dass sie ein ehemaliger Kunde laufend anrufen und mehr und mehr bedrängen würde, sie solle doch endlich mit ihm zusammenleben.

"Aber ich will nicht", stöhnte sie. "Erst ich habe immer freundlich 'nein' gesagt, aber er fragt immer wieder! *Warum nicht? Ach warum?* Immer dasselbe, immer nervt mich."

Sie stöhnte noch einmal und tippte sich an die Stirn.

"Er fickt meine Kopf, verstehst du?"

Toller Ausdruck, dachte ich, sagte aber nichts. Es war das erste Mal, zumindest soweit ich mich erinnerte, dass sie sich in meiner Gegenwart einer solch expliziten Sprache bediente.

"Ja tut mir leid weil ich kenne Situation", fuhr sie nach einer kurzen Pause etwas ruhiger fort. "Ich früher auch habe kennen Mann, den ich möchte haben, aber er hat geguckt nicht richtig zu mir. Weil er will nur Frau mit große Brust, sonst nicht gefällt ihm. Ja, ist schlechte Situation. Aber diese Mann der mich jetzt immer anruft, ich ihn nicht möchten. Nicht meine Problem."

Kommt mir bekannt vor, dachte ich.

"Tja, jeder Mensch ist frei", referierte ich weise, "so denke ich. Niemand darf gezwungen werden, etwas zu wollen."

Ich küsste sie und fuhr heiter lächelnd fort: "Es ist schön, der kleinen Möwe beim Fliegen zuzusehen, und jeder Mann sollte dankbar sein, wenn sie für einen Moment bei ihm auf dem Knie landet und eine Weile da sitzenbleibt und sich vielleicht sogar streicheln lässt. Aber mit Gewalt festhalten und sie in einen goldenen Käfig zu sperren versuchen - nein, das darf man nicht."

Ich war sicher, dass sie alles verstanden hatte, denn sie lächelte hinreißend, und ich glaube, sie freute sich sehr über dieses Bild. Über dieses Kompliment.

Wir tranken noch ein bisschen Wein, schließlich gab sie mir einen Kuss und verschwand im Bad.

Die ersten zehn Minuten auf der Liege 'machten' wir gar nicht viel. Mein Gesicht lag an ihrem Hals, eine Hand auf ihrer Brust, die andere irgendwo auf ihrem Rücken. Tiefe Atemzüge, intensives Ruhen. Finger wanderten wie schlaftrunken über warme Haut, strichen spielerisch über Berg und Tal, um am Ende doch dort anzukommen, wo es am schönsten war. Sich wohlig rekelnde Körper tauschten zarte, fast schüchterne Küsse. Dann wurde es irgendwann doch Zeit für das Kondom. Ich zog es selber auf, und Larissa nutzte den Moment und drehte sich derweil - schwupps! - auf die andere Seite, jetzt also mit dem Rücken zu mir, und dirigierte nun mit flinker Hand das Erigierte bei sich hinein. Es war gut so, natürlich, aber in dieser 'Löffelchenstellung' hielt ich es nie sehr lange aus, irgendwie fühlte ich mich dabei nach einer Weile etwas beengt. Also kippte ich sie vollends auf den Bauch, und wir vögelten weiterhin von hinten, allerdings eben nicht auf allen vieren a la Hündchen, sondern eher a la Flunder. Larissa lag nämlich beinahe gänzlich platt, wie auf der Sonnenliege, die Beine fast zusammen. Und *das* war gut! Ich hatte freie Bahn hinter mir, kniete stabil und bequem auf allen vieren über ihr, und konnte nach

Schwanzeslust loslegen. Und genau das tat ich auch. Sie krallte sich in das Laken, und mit aller Bescheidenheit, Freunde - ich denke, sie hatte auch wahrlich Anlass dazu.

Natürlich erinnerte ich mich noch lebhaft an unser zweites Treffen damals, das mit den bebenden Zitteraal-Entladungen hinterher, als wir es auch so gemacht hatten. Nun, diesmal war es zwar nicht ganz so spektakulär, es hatte für mich eine emotional leichtere Note, aber sehr schön war es trotzdem. Außerdem ging es sowieso nicht in erster Linie um irgendwelche raffinierten Sextechniken - Larissa praktizierte bei mir ja nicht mal Französisch, und selbst das Kondomaufziehen besorgte ich allein. Nein, darauf kam es gar nicht an. Sie gab mir einfach das, was ich brauchte, und darin war sie wirklich gut. Also hatte alles mal wieder seine Richtigkeit.

Das Sichelmond-Feuerzeug, das ich ihr zum Abschied schenkte, war übrigens genau nach ihrem Geschmack, sie freute sich buchstäblich wie ein Kind darüber.

Inzwischen war es schon kurz nach eins und damit Zeit für das Taxi geworden, und während Larissa ihre paar Sachen zusammensuchte, erklärte ich ihr, dass ich dann bald für zehn Tage die Kinder habe und eventuell zwischendurch auch kurz wegfahren würde und daher also jetzt noch nicht wüsste, wann wir uns das nächste Mal treffen könnten.

"Naja", antwortete sie leichthin, "manchmal haben ich keine Zeit und manchmal du nicht." Sie zuckte mit den Schultern. "Das ist nicht so schlimm."

Ja, für dich vielleicht nicht, dachte ich, küsste sie noch einmal an der Tür und sah ihr nach, wie sie im Treppenhaus verschwand.

Milena I

Ich ließ mich mal wieder ein bisschen treiben und stieß dann im Freierforum auf einen Eintrag von einem gewissen 'Sexgourmet', der ein neues Modell anpries. Das heißt, eigentlich handelte es sich nur um ein einziges Wort, allerdings versehen mit drei Ausrufungszeichen: *'Granate!!!'*.

Neugierig ging ich auf die angegebene Webseite. Da gab es Bikinibilder einer Strandschönheit aus Prag zu sehen, jedoch ohne Gesicht. Mein Gott, sah dieses Wesen sexy aus! Allein schon diese lange blonde Haarpracht! Außerdem fehlte eine Tschechin ja noch in meiner Sammlung. Der Haken war freilich, dass sie mit 1,77 m fast so groß wie ich selber war, bis auf einen einzigen Zentimeter.

Ich verordnete sie mir dennoch, aus therapeutischen Gründen. Meine Restangst vor Frauen musste schließlich offensiv angegangen werden.

Oje, dachte ich dann bloß, als sie eine knappe Stunde später in hochhackigen Stiefeln vor mir stand, denn mit den Dingern an den Füßen konnte sie tatsächlich auf mich runtergucken. Aber mal abgesehen davon fand ich sie äußerst attraktiv. Sie sah wirklich toll aus. Ein Gesicht wie ein reifer Apfel, lächelnd, volle Wangen, so richtig gesunde Hautfarbe. Bestimmt hatte sie noch nie einen einzigen Pickel gehabt. Die Idealbesetzung für die gute Fee im Märchen, dachte ich. Oder für die ländliche Schönheit, die am Ende den Prinzen kriegt.

Ihr langer Pferdeschwanz teilte sich im Nacken und fiel ihr dann mit neckischem Schwung je zur Hälfte nach vorn über die Schultern, so als ob ihr zwei helle Bächlein links und rechts munter über die Brust herab rinnen würden.

Ich lotste sie in die gute Stube, und als wir beide endlich saßen, da war mir schon etwas wohler zumute, denn wenigstens befanden wir uns nun auf gleicher Augenhöhe. Allerdings irritierte mich jetzt, dass sie öfter mal etwas merkwürdig blinzelte und völlig unvermittelt große Kulleraugen machte. Was aber lediglich an ihren neuen Kontaktlinsen liegen würde, wie sie mir schon bald leicht verlegen gestand. Ihr Deutsch erwies sich übrigens als exzellent. Angeblich würde sie Germanistik und Philosophie studieren, was mir durchaus plausibel erschien, denn sie drückte sich meist sehr gewählt aus. Höflich und mit etlichen Fremdwörtern, jedenfalls eindeutig ohne Straßenvokabular.

Etwa zwanzig Minuten später kam sie aus dem Bad, im orangefarbenen Bikini. Sie hatte einen Körper wie eine antike Statue, von schlankem Wuchs und kräftig, aber trotzdem war sie kein wuchtiger 'Brocken'. Keine böhmische Brunhilde oder Bodybuilding-Amazone. Dennoch war sie ungefähr ein Dutzend Zentimeter größer (und schätzungsweise ein Dutzend Kilogramm schwerer) als meine bisherigen Mädchen. Sie rangierte also nicht eine, sondern wohl eher gleich zwei Gewichtsklassen höher. Das hier war jedenfalls kein Girlie, kein Schulmädchenimitat, sondern eine schöne junge Frau mit durchaus klassischen

Proportionen. Die hatte bestimmt keine Angst vor einem Bürschchen wie mir, das war schon mal sicher.

Sie hakte ihr Oberteil auf, streifte es ab und warf es lässig von sich.

"Waoh", brachte ich bloß heraus, "lass dich mal angucken."

Scherzhaft tänzelte sie ein bisschen auf der Stelle. "Da da la", summte sie und drehte sich vor mir ein paarmal hin und her und hielt mir ihre verführerisch wogende Pracht unter die Nase.

Auch später in der Horizontalen spielte sie mit mir, sanft aber ohne Hemmungen, und als ich dann endlich auf ihr drauf war, da verstand ich, was Pixie an großen Frauen so faszinierend fand: es lag sich anders. Oder um es ganz unprätentiös mit Huxley auszudrücken: Milena war sehr 'pneumatisch'. Natürlich waren die Kleinen auch weich, aber (man möge mir den Vergleich verzeihen) eben doch ein bisschen wie zu kurze Luftmatratzen. Sie gingen mir ja meist bloß bis zu den Schultern; mein Oberkörper hing zuweilen über, und man traute sich nicht recht, sich bei solch zarter Anatomie auch noch auf ihnen abzustützen. Aber hier bei Milena lag ich wie im komfortablen Wasserbett, überall butterweich gefedert. Den Sexakt mit ihr an sich empfand ich daher zugegebenermaßen als phantastisch. Bloß eben hinterher kamen mir gleich ein paar merkwürdige Gedanken. In Milenas Armen fühlte ich mich nämlich plötzlich wie ein Neutrum, oder wie ihr Schmusekind beim Stillen, auf eine beinahe mütterliche Art von ihr angenommen. Nicht wie ein Mann, sondern bestenfalls wie ein sie begattendes Männchen. Archaisches kam mir in den Sinn, und ich verglich mich unwillkürlich mit meinen imaginären Nebenbuhlern. Ich stellte mir bullige Zwei-Meter-Ringer vor, lauter sehnige Muskelprotze. Nein, das mit dem Beschützerinstinkt haute hier irgendwie nicht hin. Natürlich war das wohl ziemlicher Quatsch und alles eine Frage der inneren Einstellung, doch wie das nun mal so ist mit solch vertrackten Psychogeschichten - mit Logik ist ihnen am allerwenigsten beizukommen. Insgesamt empfand ich es jedenfalls als runde Sache mit Milena, aber es bestand trotzdem nur geringe Wiederholungsgefahr.

Übrigens sah ich ihre Fotos ein paar Wochen später im Internet bei einer Nobel-Escortagentur wieder, die sie für mehr als das Doppelte feilbot. Minimum zwei Stunden, und 'overnight stay ab 900 Euro'.

170. Kapitel

Bei der Kletteragentur kriegte ich keinen ans Telefon, und auch bei den anderen sah es mau aus. Von den Kandidatinnen, die ich wollte, war keine verfügbar, was mich zunehmend missvergnügt und unfroh stimmte.

Hm, was nun?, fragte ich mich daher und beschloss, erstmal wieder für ein halbes Stündchen vor die Stereoanlage zu gehen, um Dampf abzulassen. Diesmal wählte ich lauter Stücke, die sich schön steigerten. Hauptsächlich Balladen, unter anderem einige Sachen von Santana. Ich warf die CD in den Player, stellte mich in Positur, schloss die Augen, und ab ging die Post: Erstmal beim Intro nur langsames Einpendeln, dann allmählich immer mehr Bewegung und schließlich das volle Tanzprogramm, während die vorwärts treibende Gitarre sich weiter und weiter hochpeitschte, hin zu einem einzigen klaren Ton, bis die Saiten schließlich oben im Kosmos zersprangen und alles in synästhetischen Farbfächern und Funken zerstiebte. Zum Schluss vibrierte jeder Muskel an mir wie bei einem Kundaliniausbruch, der volle Ohrgasmus. Nach ein paar solchen Trainingseinheiten war mein T-Shirt mal wieder komplett durchgeschwitzt (eben *Tanzpiration,* daher der Begriff), so dass ich es gleich in die Wäschekiste hauen konnte. Manchmal schossen mir auch Tränen in die Augen, oder ich kriegte plötzlich Gänsehaut und die Härchen an den Unterarmen bescherten mir tausendundeine Mikroerektion. Die Mehrzahl der Leute, mit denen ich jemals darüber zu reden versucht hatte, schienen mich in diesem Punkt übrigens nicht recht zu verstehen. Sie ergötzten sich offenbar lediglich an der technischen Virtuosität diverser Instrumentalisten, oder sie stellten hochtrabende musiktheoretische Vergleiche nach irgendwelchen Parametern an. *(Selbst Müllers geriet ja zuweilen ins Schwärmen darüber, wie er sich hin und wieder zu Hause auf seiner großen, teuren Anlage 'mit picobello Endstufe' ein paar alte Rock-Klassiker anhörte. Doch seine seelische Resonanz beim Musikgenuss konnte naturgemäß wohl nur sehr bescheiden sein; Gott sei Dank war eben nicht alles käuflich.)*

Von meinen Nachbarn sagte komischerweise nie einer etwas zu meinen Akustik-Orgien, obwohl ich den Regler meist bis zur Discolautstärke hochzog, wenn ich richtig in Fahrt kam. Entweder waren sie taub oder besoffen oder gerade nicht zu Hause. Oder wer weiß, vielleicht hatten sie ja bloß Angst vor dem Irren nebenan? (Freilich erlaubte ich mir ein solches Sound-Gewitter niemals zu später Stunde, also gab es nominell zumindest auch gar keinen Beschwerdegrund.)

Nach dieser ganzheitlichen Ekstase duschte ich zunächst genüsslich, und hinterher trimmte ich im Bad noch meine Körperhaare. Untenrum und die Achselhöhlen, aber auch am Bauch. Selbst obenrum ließ ich nur ein ganz bisschen Flaum stehen, sozusagen als Dekoration meiner indianischen Kriegerbrust. Anschließend durchforstete ich im Internet die einschlägigen Webseiten und entschied mich am Ende für ein neues Girl: Justyna, 18/1,65, ein blonder Teenie aus Polen. Das Gesicht war zwar auf dem Foto nicht zu erkennen, aber was man sonst so sah, das konnte sich durchaus sehen lassen.

Justyna I

Pünktlich zur ausgemachten Stunde klingelte es. Ich drückte wie üblich auf den Türöffner, aber unten im Hausflur tat sich nichts. Also wetzte ich die Treppen runter, um den Einlass manuell zu regeln, und man stelle sich vor: *zwei* junge attraktive Damen standen lächelnd vor mir! Einen Moment lang war ich völlig perplex, ich konnte ja wohl schlecht fragen: 'Hallo, wer von euch zwei wird bei mir oben gleich unten liegen?' Denn die Beschreibung 'kleiner blonder Teenie' traf nämlich auf beide zu.

Aber Justyna rettete die Situation, sie machte einfach "Hey, Schatz", drückte mir einen Schmatzer auf die Wange und hakte sich bei mir ein. Die andere (ich hätte sie eigentlich noch lieber genommen, sechzig zu vierzig etwa) murmelte bloß "danke" und verschwand in Richtung Hinterhaus. Etwa andere Agentur und anderer Kunde?, dachte ich.

Justyna entpuppte sich schnell als ulkige Nudel, und sie war völlig unbefangen. Kaum hatte sie auf meiner Couch Platz genommen, sich eine Zigarette angezündet und ein paarmal am Trinkhalm ihrer Viertelliterpackung Schokomilch gezogen (für Malte und Nele hatte ich sowas nämlich immer im Hause), meinte sie auf einmal mitten im Satz: "Schatz, ach komm, wir machen erst mal, hinterher können wir bisschen weiterquatschen. Dann ist nicht mehr so hektisch."

Sie drückte ihre noch nicht mal richtig aufgerauchte Kippe im Aschenbecher aus, und ratzfatz stand sie schon ein paar Sekunden später nackig vor mir und examinierte mich: "Wann hast du das letzte Mal ficki-ficki gemacht?"

"Ähm, so vor zwei Tagen", antwortete ich ein bisschen irritiert, während ich mich im Schnellgang aus meinen Klamotten schälte.

"Aha", machte sie und ergänzte: "In Bad muss ich nicht mehr weil war gerade vorhin".

Mit Mühe und Not schaffte ich es noch, das Laken über die Couch auszubreiten, dann gingen wir zum gemütlichen Teil über.

"Oh, ist schon big", sagte sie und griff mir prüfend an die schwellende Latte, die dadurch erst richtig auszuhärten begann. "Du hast einen ziemlich großen Schwanz, weißt du das?"

Ich musste verlegen grinsen. Meine Herren, sie ging sowas von zügig zur Sache! Aber sie schien es wirklich zu wollen, und sie bestand auch auf Französisch. Also bitte...

"Ha, keine Kondom, was jetzt?", rief sie erschrocken, gerade als es richtig losgehen sollte, und bevor ich in meine Schublade greifen konnte, hatte sie schon selber eins in der Hand und lachte: "Huhu, kleiner Scherz, hähähä..."

Sie kletterte nach oben, dockte an und hoppelte los, und eine Weile später drehte sie sich in die Larissa-Stellung, fast ganz flach auf dem Bauch liegend, und ich beackerte sie von hinten.

"Is my favorite", erklärte sie, stöhnte ein bisschen und plapperte gleich wieder weiter, "weil ich muss nicht mich bewegen."

Ich ließ mich voll gehen und sie hielt wacker gegen, und so wurde es ganz gut für mich, aber für sie war es wohl bloß ein angenehmes Jucken. *You know what, bla bla,* quasselte sie höchstens zwei Sekunden nach meinem Höhepunkt schon wieder drauflos. Mein Gott, dachte ich, wenigstens eine anständige Andachtspause hätte sie mir doch wohl gönnen können.

Übrigens redete sie auch immer ziemlich laut.

Hinterher praktizierten wir noch ein bisschen Smalltalk über Popmusik, außerdem erwähnte sie auch kurz ihre Familie. Vater schon lange weg, Mutter ständig genervt, zwei große Schwestern.

Vor Kurzem hätte sie hier in Berlin ihren 18. Geburtstag bei einer Freundin nachgefeiert, erzählte sie noch, mit einer Party bis fünf Uhr früh, um gleich darauf zum ersten Mal mit einem Freier zu schlafen.

"Zwei Stunden, pro Stunde zweihundert Euro", gab sie an.

Ich schätzte sie auf knapp Zwanzig, vielleicht war sie auch wirklich erst 18, aber jedenfalls schwatzte sie wie eine unbedarfte Vierzehnjährige. Fand ich zumindest.

"Was ist das eigentlich?", erkundigte ich mich und zeigte auf zwei dunkelblaue Pünktchen oberhalb ihrer linken Brust.

"Ach", meinte sie bloß, "wollte ich Tattoo stechen lassen, aber Freund hat mir verboten."

"Und was sollte es werden?"

"Eine Spinne."

"Eine Spinne, auf die Brust?"

Zur Antwort grinste sie schulterzuckend, dass ihre beiden Puddinghügel nur so wackelten.

"Hm, und warum hast du dir da unten den Regenschirm machen lassen?", fragte ich und zeigte auf die kleine Tätowierung in ihrer Leistengegend.

"Das ist ein Sonnenschirm", erwiderte sie und gackerte gleich wieder drauflos. "Weil da noch weiter unten bei Frau die Stelle ist, wo nie Sonne reinkommt. Man sagt so. Das ist Witz, verstehst du?"

"Ach so", lächelte ich höflich.

"Guck mal", sagte sie plötzlich und drückte sich mit der flachen Hand auf den Bauch, bis ein blubberndes Furzgeräusch ertönte.

"Luft aus meine Muschi", erklärte sie kichernd. "Du hast mich aufgepumpt. Kommt von Gummi. Nur wenn ich mit mein Freund ohne Gummi mache, dann ist nicht so."

"Aha", erwiderte ich mit mäßigem Interesse.

Als sie sich eine Viertelstunde später schließlich wieder fertig angezogen hatte, zückte sie ihr Notizbuch und fragte mich ganz ernst: "Schatz, wie alt?"

Ich antwortete wahrheitsgemäß, und mit vor Konzentration gekräuselter Stirn schrieb sie die Ziffern nieder.

"Ah, nur ein Jahr älter als mein Ex-Freund", murmelte sie.

"Wozu brauchst du das?", erkundigte ich mich.

"Lottozahlen", war ihre Antwort. Angeblich nahm sie das Alter ihrer Kunden für ihre Tipps, erklärte sie. Oder falls das nicht ging, dann eben deren Hausnummer. Oder zur Not auch mal die Anzahl der Kippen im Aschenbecher.

"Ficken mit Kunden macht mich nicht reich, aber vielleicht so geht", meinte sie. "Mit diese Zahlen von Kunden klappt vielleicht. Wenn Gott hilft."

"Na denn viel Klück", murmelte ich skeptisch und holte ihr schnell noch eine Packung Schokomilch für unterwegs aus der Küche, dann verabschiedeten wir uns an der Tür.

Was für eine Göre!, dachte ich bloß kopfschüttelnd und sah ihr noch ein wenig hinterher, wie sie storchbeinig durchs Treppenhaus nach unten stöckelte. Der alte Spruch 'dumm fickt gut' fiel mir ein, aber das klang natürlich ziemlich fies, und ich behaupte ja auch gar nicht, dass sie blöd war. Sondern eben nur, dass ich gerade in diesem Moment an diesen Satz denken musste. Na egal. Belassen wir es also vielleicht bei der Feststellung, dass Justyna ihr Handwerk bereits recht gut beherrschte.

Als Nachtrag möchte ich freilich noch erwähnen, dass ich später im Internet den Kommentar eines ihrer Kunden fand, der sich 'Kaminkehrer' nannte und sich wie folgt zu ihr äußerte:

Als sie hinterher fragte, ob sie noch eine rauchen könnte, sagte ich: also eigentlich besser nicht. "Macht nichts", meinte sie dann bloß, "rauche ich eben deinen Schwanz." Und schon wurde mein armer Kleiner zu Kautabak umfunktioniert.

Und ein anderer Großverbraucher ('Starficker XXL') gab zu Protokoll: *Also, liebe Dreibeiner, hab mir die Kleine neulich auch mal wieder vor die Flinte gelegt. Sie quatschte laufend von ihrem Freund und zeigte mir sogar ein Foto, verkneift sich jedoch generell den Orgasmus beim Kunden. Einmal beim Lecken mit meiner langen Ameisenbär-Zunge hatte ich sie fast soweit, da rutschte sie plötzlich weg und sagte nein nein, Orgasmus nur bei meinem Freund. Aber ansonsten sehr kumpelhaft.*

Das mit dem Freund rundete das Bild ab, fand ich. Denn irgendeine Oase brauchte ja schließlich jeder Mensch.

Der Vollständigkeit halber sei noch angemerkt, dass ich geraume Zeit später einen zweiten Termin mit ihr haben sollte, was jedoch hauptsächlich der Tatsache geschuldet war, dass sie bei einer anderen Agentur als Neuzugang (unter dem merkwürdigen Namen 'Melba') ohne Bild mit den Angaben 19/KG 32/163 angeboten wurde. Ansonsten hätte ich sie nämlich kaum ein weiteres Mal bestellt.

Sie kam jedenfalls gut gelaunt und erinnerte sich sofort an mich, wohingegen ich zumindest am Anfang einige Mühe hatte, ihr Gesicht irgendwo einzuordnen. Diese nunmehr abgerupften kurzen Haare und dieses Tuschkasten-Make up gereichten ihr nämlich nicht zum Vorteil, nein, ganz und gar nicht, und körpermittig zugelegt hatte sie in der Zwischenzeit auch ein wenig. Im Bad trocknete sie sich komischerweise mit dem von mir kurz zuvor benutzten feuchten Handtuch ab (?), und anschließend war sie dann wie gehabt schnell (und durchaus angegeilt) bei der Sache. Beim 'ficki-ficki' machen. Ich hingegen fühlte so gut wie nichts. Oder eben so schlecht wie nichts. Im Freierforum allerdings erreichte sie weiterhin meist ziemlich gute Bewertungen.

Von ihrem Freund (inzwischen ein anderer 'Schatz') ließe sie sich nun übrigens nicht nur gern lecken, sondern ebenfalls ins Gesicht spritzen, hatte sie mir zum Schluss noch freimütig mitgeteilt; rein privat stand sie angeblich total drauf. Und sie war auch noch immer recht zuversichtlich, was ihren baldigen Lottogewinn betraf.

Apropos Lotto: Kurz nach der Episode mit Justyna kam ich eines Nachmittags auf dem Nachhauseweg an einem Zeitungsladen vorbei. *'23 Millionen im Jackpot'* prangte es mir in fetten Lettern von einem Aufsteller neben der Tür entgegen. Da kam ich dann doch ins Grübeln. Also hielt ich an, stieg vom Rad und betrat das Geschäft.

Ramona mit ihrem ewigen 'extra, extra'- Geldgejammer fiel mir ein. Bei meinem Pech in der Liebe müsste im Spiel doch eigentlich ein Sechser für mich drin sein, überlegte ich. Ein paar Milliönchen, das wäre doch überhaupt die optimale Lösung, nicht wahr? Denn dann würde ich Ramona und die Kinder weiterhin stabil in meiner Nähe halten und trotzdem mein eigenes promiskuitives Leben gewohnt kostenintensiv fortsetzen können. Money makes the world go round... Nicht umsonst bedeutete das Wort *fortune* im Englischen (bzw. erst recht im Französischen) ja sowohl 'Schicksal' und 'glücklicher Zufall' als auch 'finanzielles Vermögen'. Offenbar sahen da also auch andere Leute Zusammenhänge. Old Hesse freilich hatte davon nicht allzu viel gehalten, wie ich wusste, und auch Marina, eine meiner ersten Bekannten in Westberlin, war damals nicht gut auf die Verknüpfung von Reichtum und Glück zu sprechen gewesen. Komischerweise musste ich in letzter Zeit öfter mal wieder an sie denken. Marina hatte nämlich als junges Mädchen ein ziemliches 'fortune' geerbt, jedoch 'unfortunately' einen Großteil davon innerhalb weniger Jahre für Fressalien verbraten. Weil sie, die schwer Bulimiekranke, täglich derartige Mengen Lebensmittel in ihre Bude geschleppt hatte, dass einige der Nachbarn bereits zu tuscheln anfingen, sie würde sich da oben bestimmt heimlich ein paar polnische Bauarbeiter als Sexsklaven halten. Dabei war sie aber nur tagtäglich stundenlang am Fressen und Kotzen gewesen. "Ohne die scheiß Kohle hätte ich mir diese scheiß Krankheit gar nicht leisten können", so lautete seinerzeit ihr bitteres Fazit, und das erschien mir mittlerweile wie eine Mahnung.

Na jedenfalls, ich füllte an diesem Tag keinen Lottoschein aus, sondern kaufte mir nur die neue Ausgabe der Stadtillustrierten.

Nein danke, dachte ich beim Rausgehen, als mein Blick noch einmal die Werbung mit dem Millionen-Jackpot streifte. Ein Laster reichte mir schon vollkommen.

171. Kapitel

Kim I

Ich hatte einen Tipp im Internet gelesen. Kim, 1,72 groß, 26 Jahre, KG 36, also eigentlich etwas älter und stabiler als meine bisherige Zielgruppe. Probeweise klickte ich den Link an, und ich musste zugeben, das Bild der Kandidatin sah äußerst verlockend aus: hübsches Gesicht, enge Jeans und wohlgeformter freier Oberkörper. Insgesamt eine sehr, sehr sexy Erscheinung.

Also nichts wie ran, sagte ich mir, und griff zum Telefon.

Eine Frau (!) war dran.

"Kim? Ja, die ist noch frei", hieß es. "Macht Französisch aber nur mit Schutz."

"Kein Problem", antwortete ich und gab die Daten durch. "Also um neun dann, und höchstwahrscheinlich für zwei Stunden."

Premiere, dachte ich, meine erste Deutsche. Sveta aus Minsk zählte ich insofern nicht, auch wenn sie einen deutschen Pass besaß.

Ich machte mich im Bad fertig und guckte mir dann voller Vorfreude noch einmal die Fotos an. *'Nur Montag bis Freitag 10 bis 19 Uhr, Ausnahmen nach Absprache möglich'*, stand am untersten Rand ihrer Setcard.

Oh, dachte ich, denn das hatte ich vorher nicht bemerkt.

Kim erschien zur ausgemachten Zeit, in Jeans und einem auf mich etwas altmodisch wirkenden rosa Strickpullover. Gut sah sie trotzdem aus. Dunkelblonder Pferdeschwanz, ziemlich lang. Sehr zarte Haut. Schöne Zähne, und lächelnd. Ganz warme Ausstrahlung. Eine richtig hübsche junge Frau, sehr sympathisch.

"Zwei Stunden", sagte ich und wies dezent auf die unter dem Aschenbecher liegenden Scheine. "Neunzig plus achtzig, richtig? Plus einen Zehner extra."

Sie guckte fragend.

"Nein, nicht für Französisch, musst du nicht. Der Zehner ist Trinkgeld."

"Danke", erwiderte sie schlicht, steckte die Scheine weg und nahm auf der Couch Platz. Ich bot ihr etwas zu trinken an und setzte mich ihr schräg gegenüber in den Sessel, und wir begannen ganz ungezwungen miteinander zu plaudern. Sie wäre gebürtige Ostberlinerin, hätte bereits einen kleinen Sohn und träume davon, demnächst mal wieder richtig in die Sonne zu fliegen, am liebsten nach Kuba, soviel konnte ich ihr innerhalb der ersten fünf oder sechs Minuten bereits entlocken. Freilich hatte ich ihr zuvor auch über mich in groben Zügen Auskunft gegeben.

"Komm doch mal rüber", lockte sie dann plötzlich und klopfte spielerisch ein paarmal auf den Platz neben sich. Das ließ ich mir natürlich nicht zweimal sagen; sie rückte noch ein Stückchen weiter auf der Couch nach hinten, und einen Moment später hockten wir uns im Schneidersitz gegenüber.

"Na siehst du, es redet sich doch viel besser so", ermunterte sie mich und nahm schon mal meine Hand. "Deine Wohnung sieht übrigens total freundlich aus, ist mir gleich aufgefallen. Und du bist doch bestimmt auch ein ganz Netter, hm?"

Naja, wer wäre da nicht mit ihr warm geworden? Wir schäkerten noch eine Weile miteinander rum, und das ging umso ungestörter, da sie sogar Nichtraucherin war. Zwei- oder dreimal lachte sie zwischendurch über irgendetwas ein wenig übertrieben und neigte dabei ihren Kopf, bis er fast mein Knie berührte und ihre Haare schon mal kurz meinen Schoß kitzelten. Zwar wirkte das ein bisschen einstudiert, aber ich fand es trotzdem nett. Bestimmt eignete sich diese Geste auch ganz gut, um auf charmante Weise einen Moment der Stille oder Verlegenheit zu überbrücken.

Nach ungefähr zwanzig Minuten fragte sie nach dem Bad, kam dann alsbald in Slip und BH wieder von dort zurück, zog beides vor mir aus, kletterte anschließend zu mir auf das Bett, warf die Decke über uns beide und kuschelte sich an mich.

"Erstmal warmwerden", bibberte sie ein bisschen übertrieben, und vier Hände gingen schon mal auf Erkundungstour.

"Du hast schöne weiche Haut", flüsterte sie nach einer Weile.

Sowas hatte mir eine Freundin früher auch schon mal gesagt, ging es mir flüchtig durch den Kopf. 'Den Hautstatus eines Milchknaben', so hatte sie sich später dann witzigerweise ausgedrückt. Damals, fast zwanzig Jahre war das jetzt her.

"Du gehst bestimmt viel in die Sauna, oder?", fragte sie, schlug die Decke ein Stück weit zurück und begann, sich langsam über mich herzumachen.

"Nee, warum?", erwiderte ich.

"Na ich dachte, wegen deiner Haut, und sportlicher Typ und so..."

Sie zog mir ein Kondom über die Latte und begann zu lutschen, und ich versenkte derweil meinen Mittelfinger bei ihr. Etwas später setzte sie sich rauf, das Gel blieb also mal wieder in der Schublade, und ab ging es. Einer achtete auf den anderen, es war richtig schön. Allmählich dehnte sie sich beim Reiten immer weiter nach hinten, bog sich dann bis fast zur Brücke durch und stützte sich mit einer Hand ab. Danach wechselten wir die Stellung, und diesmal nahm ich sie von hinten und machte sie 'platt'. Aah, wie sie da vor mir lag, den ganzen Oberkörper flach auf der Matte und nur den Stietz leicht hochgereckt! Mit einer ihrer zarten Wangen schmiegte sie sich an das zerwühlte Kissen, den Pferdeschwanz zur Seite geworfen und die Hände ins Laken gekrallt, und jetzt ging es erst richtig los! Immer wieder hauchte sie ein leises "oh ja, ist das geil" vor sich hin; und wie sie wimmerte und flehte, wenn ich nach ein paar eher gemächlichen Stößen plötzlich wieder rammliger wurde! Mann war das schön! Und hinterher hatte sie dann eine Minute lang die wohlbekannten Zuckungen...

Nach einer kurzen Verschnaufpause tranken wir beide einen Schluck Wasser, und Kim erzählte mir, dass sie schon mal knapp drei Jahre lang verheiratet gewesen wäre.

"Hab' damals Nobelklamotten in Designer-Boutiquen verkauft und nebenbei auch mal als Strumpfhosenmodell gejobbt", meinte sie und streckte zum Beweis eins ihrer schönen Beine hoch in die Luft. "Guck doch, was ich für lange Häkelhaken hab'!"

Ich nickte anerkennend, obwohl ich in Gedanken eigentlich noch genug damit beschäftigt war, die originelle Berufsbezeichnung 'Strumpfhosenmodell' entsprechend zu würdigen.

Jedenfalls hätte ihr der eifersüchtige Ehemann in dieser Zeit andauernd nachspioniert, fuhr sie fort, weil sie nämlich seiner Meinung nach die paar männlichen Kunden zu oft und zu nett angelächelt hätte. Naja, und daran wäre dann letztendlich alles zerbrochen.

Wir redeten noch ein Weilchen über das Leben im Allgemeinen und im Besonderen und tauschten natürlich auch Freier- und Callgirlerfahrungen aus. Kim sprach nett von ihren Kunden, selbst von denen, die bloß zum Quatschen kamen oder sich nur schnell einen runterholen ließen, ohne sie dabei überhaupt richtig anzugucken. Sie taten ihr leid.

"Klar sind auch welche dabei, auf die ich verzichten könnte", gab sie lapidar zu, "aber was solls. Hauptsache, ein Mann ist gepflegt und behandelt mich nicht von oben herab, dann ist er als Kunde für mich akzeptabel."

Sicher wäre es anfangs schon ein komisches Gefühl gewesen, meinte sie, aber inzwischen hätte sie sich an die Arbeit gewöhnt.

"In der Boutique damals musste ich mir auch so einiges bieten lassen, und das für den Hungerlohn", zuckte sie mit den Schultern. "Da waren es mehr so die reichen Zicken, die genervt haben, und hier sind es eben die Ekeltypen."

Sie stand kurz auf und ging zur Toilette, danach kam sie wieder zu mir unter die Decke gekrochen, und wir unterhielten uns weiter.

"Auswärtstermine sind eher selten", erzählte sie. "Meistens arbeite ich nachmittags in so 'nem Laden, nur fünf Mädchen". Es klang ein bisschen verschämt, wie sie es sagte.

"Was findest du besser?", erkundigte ich mich.

"Kommt natürlich auf den Gast an", erwiderte sie. "Aber meistens ist auswärts besser. Interessanter. In der Regel sind das andere Männer als die, die nur kurz auf 'n Quickie reinkommen. Wer einen in die eigene Wohnung lässt, der gibt sich oft mehr Mühe und will nicht bloß mal schnell 'abrotzen'."

Beim letzten Wort machte sie mit ihren Fingern eine Geste, als würde sie imaginäre Anführungszeichen in die Luft malen.

Ich nahm noch einen Schluck Wasser und zeigte dann auf den Wecker. Es waren noch zwei Minuten.

"Ach lass mal", winkte sie ab, strich mir sanft über die Schulter und erzählte einfach weiter.

Zehn Minuten später musste sie aber leider doch aufstehen.

"Hat mich gefreut, dich kennenzulernen", verabschiedete ich sie schließlich an der Tür und übergab ihr eine kleine Packung 'Hochfeine Edelpralinen'. "Vielleicht sieht man sich ja mal wieder?"

Ich drückte ihr noch zwei Küsschen auf, machte dann brav winke-winke und guckte ihr hinterher, wie sie die Treppe runterging. Denn ihr Pferdeschwanz pendelte bei jedem Schritt so schön hin und her.

Eine ganz tolle Frau, dachte ich dabei, wirklich. Die würde ich gern zur Freundin haben.

172. Kapitel

Am nächsten Tag ging ich ein bisschen in mich. Das schlechte Gewissen nagte nämlich an mir. Hatte ich denn nicht langsam genug Geld ausgegeben für Callgirls? Okay, am Anfang war das Ganze für mich fast sowas wie eine existenzielle Notwendigkeit gewesen, aber mittlerweile fiel mir die Rechtfertigung immer schwerer. Das war ein ziemlich kostspieliger Luxus, den ich mir da gönnte, ein verdammt teurer Spaß. Es war schön, ja natürlich, und ein harmonisch vollzogener Beischlaf stellte ja auch schon zweifellos einen Wert an sich dar. Doch so richtig weiter brachte mich das alles mittlerweile nicht mehr. Es war eine Zwischenlösung, vielleicht sogar eine unverzichtbare, bloß eine echte Gefährtin fand ich so bestimmt nicht. Denn dass es leicht war, für jemanden ein paar angenehme Stunden lang ehrliche Sympathie zu empfinden, also gegenseitig, meine ich, und erst recht in einer speziell dafür arrangierten Stimmung - diese Erfahrung hatte ich ja inzwischen nun bereits wiederholt machen dürfen, das galt als abgehakt. Allerdings waren das eben nur die Rosinen und nicht der ganze Kuchen. Andererseits - was machte das schon?

Und um gleich bei den Backwaren zu bleiben - der alltägliche Job, das harte Brot...
Es schlauchte enorm, echt. Jeden Morgen im Krapparat antanzen und im Papier wühlen, da stellte sich schon mal des Öfteren die Sinnfrage. Aber mit Moritz ging der ganze Kram wenigstens locker über die Bühne. Meist begrüßte er mich mit einem zackigen 'Salaam, Exzellenz!' oder einem kanonischen 'Ehrwürdiger Heiliger Vater!', und ich entbot ihm im Gegenzug den Tagesgruß mit der Anrede 'Herr Dr. med. gyn.' *(worauf er wiederum jovial zu kontern pflegte:* 'einfach nur 'der Hirte' *bitte, die Titel lassen wir heute mal weg').* Dann wurde erstmal gemeinsam der Morgentee genommen. Mit ihm war es meistens ziemlich lustig. Max und Moritz nannten uns die Kollegen, wenn wir wieder mal zusammen was ausgeheckt hatten.
Referent Müllers dagegen (ihm stand leider bloß ein knappes 'Mr. Reverend' zu, aber manchmal kriegte er von mir auch ein vernuscheltes 'Guten Tag, Herr Botschamper'), nein, der war nicht gerade für seinen überschäumenden Humor

bekannt. Auch heute gab er sich recht schnell verschnupft, weil ich es wagte, ihn bereits kurz nach seinem Erscheinen zum wiederholten Male freundlich aber bestimmt an die noch ausstehende Bezahlung für die neulich bei mir geborgte Briefmarke zu erinnern. Dabei hätte er doch nur auf das passende Münzgeld im Portemonnaie gewartet, ließ er mich mit pikierter Miene wissen. Ich nickte bloß verständnisvoll und beschloss, ihm derartige Unannehmlichkeiten zukünftig zu ersparen. Von mir kriegte er keine Briefmarke mehr und basta.

Völlig baff war er allerdings mal wieder, als er etwas später mitkriegte, dass ich mich mit den beiden neuen Praktikantinnen schon duzte und ab und an mit ihnen sogar Kaffee trinken oder Mittag essen ging.

"Ich muss nach oben in die Armenspeisung *(damit meinte er die Kantine, für etwas anderes war er zu geizig)*, und sie führen die jungen Damen aus? Wie machen Sie das?", erkundigte er sich mit großen Augen, und es schien ihn mächtig zu beschäftigen.

"Na ich sage einfach bloß *'ja'*, wenn sich eine der Holden um ein Rendezvous mit mir bemüht", antwortete ich nicht ganz wahrheitsgemäß. Und mit Blick auf den hauseigenen Speisenplan an der Pinnwand ergänzte ich: "Mit ordinären Spaghetti Bolognese oder hühnerigem *Freak*-kassee kommt man da freilich nicht weit. Filetspitzen vom Koi-Karpfen sollten es schon sein, mit einem Lauchsüppchen vorweg, für Ihro Durchlaucht. Oder wenigstens *Duett von Flussbarsch und Zander*. Singende Fische, kleine Tische, und fertig ist das gediegenes Arbeitsessen im lauschigen Gartenrestaurant. Yepp! Hinterher noch ein Tässchen Kopi Luwak, die feinste Bohne, und dann mit der Stretcherlimousine zurück ins Körbchen. Tja, man muss eben Vorkehrungen treffen, damit die Herzen im luftigen Dekolleté mal höher schlagen. Man muss sich erkenntlich zeigen! Nur so gehts."

"Sie schlimmer Finger, Sie!", erwiderte Müllers verblüfft und starrte mich unverwandt an.

"Ach, ich entwickle doch bloß väterliche Gefühle gegenüber den Kleinen", winkte ich jovial ab und wandte mich demonstrativ wieder meinen Akten zu.

Tja, mit den jungen Kolleginnen konnte ich gut umgehen, das war eine Tatsache. Bei mir im Office lief oft Musik, ich hatte immer Schokolade und lose

Sprüche auf Lager, und vor allem: es gab stets wohldosierte Komplimente. Ich denke, die Mädchen spürten, dass ich sie mochte, ohne dabei aufdringlich zu sein, denn mein Hormonspiegel war entspannt. Aber das alles musste Müllers nicht wissen. Dieser Kerl nahm mich nicht für voll, nun gut, also trieb ich mit ihm ebenfalls nur mein Spiel. Er ließ sich aber auch so schön heißmachen und auf die Schippe nehmen! Und Moritz war natürlich stets fleißig mit von der Partie.

"Hast du die Neue drüben bei Axel und Mandy gesehen?", fragte er mich zum Beispiel vielsagend, als Müllers am Nachmittag gerade wieder in unserer Nähe weilte. "Aus gewöhnlich gut unterrichteten Kreisen wird da so einiges kolportiert."

"Si, claro, Eure Rohheit, das gehört doch alles zu meinem Sprengel", bestätigte ich cool. "Zu meinem Beritt. Die Süße ist schon längst eingescannt in die Bunnydatenbank. Naturblondie, knapp 1,70 und 34er Konfektion. Ein echtes Beauty-Cutie."

Leicht irritiert guckte Müllers von seinem Aktenkram auf.

"Heute wurden die Heißgetränke im Coffeeshop unten wieder von besonders zarter Hand gereicht", machte Moritz weiter.

"Ach ja", stimmte ich sofort zu, "habe heute Vormittag auch schon kurz Sichtkontakt zu den beiden diensttuenden Elfen hinterm Tresen aufgenommen. Niedliche Mademoiselles. Wiewohl jedoch betrüblicherweise anzumerken ist, dass die jungen Dinger heutzutage nicht mal mehr T-Shirts richtig waschen können. Viel zu heiß."

Müllers' Ohren waren jetzt ungefähr so groß wie die eines afrikanischen Elefanten.

"Heiß? Die Damen? Oder bist du noch bei der Temperatur der Waschlauge?", erkundigte sich Moritz sehr sachlich, und wir mussten beide ein Grinsen unterdrücken.

"Na jedenfalls sind die T-Shirts total eingelaufen, oben echt eng und hüftmäßig verdammt kurz, so dass anatomische Details schon gewissermaßen freiliegen", gab ich zurück. "Ich sag nur Bauchnabelpiercing, und sogar Gegenden weiter südlich. Das weckt Begehrlichkeiten. Selbst eherne Bollwerke der Tugend wie ich müssen da herbe Momente durchleiden."

"Ja wie denn?", meldete sich Müllers mit nervösem Tremolo aus rauem Hals, "was ist denn da los?"

Also blieben wir ihm in puncto ausführlicher Beschreibung nicht allzu viel schuldig und berichteten abwechselnd von der kleinen Schwarzhaarigen und der großen blonden Studentin mit der Megaoberweite und vergaßen auch nicht 'Callidrome' zu erwähnen, also 'die mit dem schönen Gang', die uns alle verrückt machte. Jedenfalls hatten wir Müllers voll am Haken, seine Augen wurden schon richtig glasig, und ich dachte der Schleim kleckert ihm jeden Moment aus dem Hosenbein. Erst als der Referatsleiter in Sicht kam, flüchtete er plötzlich mittels Fachvokabular auf unverfängliches Terrain. Die letzte Europaratstagung hatte auf einmal sein Interesse geweckt, und außerdem musste er noch Unterlagen für irgendeine 'Erektorenkonferenz' im 'Bundeskassleramt' zusammenstellen; zumindest war es das, was ich verstand...

Endlich Herbstferien! In der ersten Woche würden die Kinder bei mir sein, bis nächsten Sonntag, so war es ausgemacht. Also hatte ich entsprechend Urlaub genommen.

Ramona fuhr derweil für ein paar Tage zu ihrer Freundin Heidi, und weil sie mich darum bat, brachte ich sie sogar noch mit dem Auto zum Bahnhof. Immerhin hatte sie kurz zuvor auch für einen Fünfer getankt, wie sie mir mitteilte. Außerdem überließ sie mir ihren Wohnungsschlüssel, falls ich irgendwelche Kindersachen bräuchte - und zum Blumen gießen.

Am Abend rief ich bei der Kletteragentur an, und der Telefonist reagierte sehr freundlich, als er meine Stimme erkannte. Madalina wäre erstmal für eine Woche in Urlaub, gab er mir gleich Auskunft, danach unterhielten wir uns aber trotzdem noch eine ganze Weile weiter.

"Aufgeschoben ist nicht aufgehoben", verabschiedete ich mich schließlich von ihm, "alles klar."

Später telefonierte ich mit Nina, sie hatte mir mal wieder eine Blechstimmen-SMS geschickt. Wir redeten sehr offen miteinander, unter anderem auch über Sex. Sie schien sehr liebesbedürftig zu sein.

173. Kapitel

Kim II

Montag gegen sechs griff ich zum Telefon.

"Ist Kim heute da?", erkundigte ich mich.

"Momentan ist sie nicht hier im Haus, sie hat aber regulär bis um sieben oder halb acht Uhr Dienst", hieß es.

Da lagen die Kinder vielleicht gerade mal so im Bett, überlegte ich. Ich war mit ihnen im Spielcenter gewesen, im Kino und danach noch im Park. Immerhin hatte ich sie ordentlich umher gescheucht, sie würden also sicherlich müde sein.

"Könnte sie eventuell auch um halb neun noch kommen, für einen Zwei-Stunden-Termin?", fragte ich vorsichtig.

"Hm, ja das hängt davon ab", hielt sich die Telefonistin bedeckt. "Wohin soll es denn gehen? Hoffentlich kein Außenbezirk?"

"Nein", antwortete ich und gab ihr meinen Straßennamen durch.

"Ach ja, na dahin wird sie wohl fahren", meinte sie, "aber ich muss trotzdem nachfragen."

Fünf Minuten später kriegte ich einen Rückruf. Kein Problem, versicherte man mir, um Punkt halb neun Uhr würde Kim da sein.

Also brachte ich die Kinder ins Bett und bereitete dann alles vor.

Diesmal trug sie wieder einen Pullover zur Jeans, allerdings einen schwarzen. Einen sehr enganliegenden schwarzen.

"Ich komme von zu Hause, deshalb brauche ich nicht ins Bad", ließ sie mich gleich wissen, als sie auf der Couch Platz nahm. "Habe heut kaum Termine gehabt."

Während ich die Gläser vollgoss erzählte sie, dass ihr Sohn ganz neugierig gefragt hätte, von wem denn die schönen Pralinen waren.

"Da wusste ich gar nicht, was ich ihm antworten sollte", lachte sie und machte wieder ihre typische Geste, wenn auch in leicht abgewandelter Form: Sie lehnte sich für einen Moment bei mir an, neigte dabei den Kopf und berührte mit ihrer Stirn kurz meine Schulter. So richtig schön vertraulich, nicht wahr?

Dann erkundigte sie sich nach 'meiner Russin', denn ich hatte ihr ja beim letzten Mal ein wenig von Larissa erzählt.

Hm, überlegte ich, fragte sie das jetzt bloß, um ein Gespräch in Gang zu bringen, oder interessierte sie sich wirklich für meine Gefühle?

Wie auch immer, zumindest hörte sie aufmerksam zu, als ich antwortete.

"Du hast im Internet geschrieben", sagte sie dann plötzlich. "Ich habe keinen Computer zu Hause, aber meine Chefin hat mich angerufen und mir alles vorgelesen."

"Mmh", bestätigte ich und nickte, denn ausnahmsweise hatte ich einen kurzen Beitrag über Kim verfasst. Normalerweise ließ ich mich ja kaum über die Mädchen im Freierforum aus, und wenn, dann sowieso eher dezent als pornografisch, aber diesmal war mir eben mal wieder nach einem Kommentar gewesen. Ohne mich in Einzelheiten zu ergehen hatte ich Kims *warme feminine Art* hervorgehoben, ihre Gesamterscheinung als *sehr hübsch* bezeichnet und aus meiner Sicht eine *uneingeschränkte Empfehlung* ausgesprochen.

Es schien ihr wirklich etwas zu bedeuten, ja fast nahezugehen.

"Freut mich, dass es dir gefallen hat", hauchte sie beinahe schamhaft.

"Das ist untertrieben", erwiderte ich charmant und streichelte ihre Schulter.

"Weißt du", sagte sie nach einer kleinen Pause nachdenklich, "das ist echt komisch: Ich hatte mal einen Freund, der war wirklich 'n netter Kerl und gab sich Mühe, bloß mit dem hat es im Bett einfach nicht richtig geklappt. Aber manchmal, nur 'n paar Stunden später, da kam irgendein Kunde in unseren Laden reinspaziert, und bei dem kriegte ich einen Orgasmus nach dem anderen. Ist das nicht verrückt?"

"Nö, eigentlich fast logisch, finde ich", widersprach ich schulterzuckend, "denn bei dem Fremden bist du unbelastet, also frei. Keine Erwartungen, keine Verpflichtungen, kein Druck. Du musst dich nicht 'benehmen' oder für irgendwas hinterher schämen. Plus der *thrill* des Neuen. Das ist das ganze Geheimnis."

Diese kurze Orgasmusdebatte hatte mich auf einmal richtig scharf gemacht. Ich stellte mein Glas ab und rückte ihr auf die Pelle. Mit beiden Händen zog ich ihr den Pullover erst am Bauch hoch - und dann gänzlich über den Kopf. Kein BH, alles nackt!

"Komm, machen wir es uns gemütlich", flüsterte ich heiser, und genau das taten wir auch. Es wurde kein bisschen schlechter als beim ersten Mal, im Gegenteil. Kaum hatten wir uns entblättert, griff sie meinen Dreiviertelständer, massierte ihn vollends steif und begann richtig schön zu lutschen, und zwar pur! Ich war so überrascht, dass ich im ersten Moment gar nicht realisierte, was Sache war. Französisch ohne, ausnahmsweise, extra für mich! Die Geste dieses Geschenks ging mir fast mehr ans Herz als die angenehme Aktion an sich. *(Wie gesagt: fast.)* Halb sitzend, mit dem Rücken an der Sofalehne, küsste ich ihren Nacken und streichelte ihre Schulter, während mein harter Balken oral verwöhnt wurde.

"Gott, ist das super!", stöhnte ich nach einer Weile. "Aber so kann ich dich nicht gut anfassen."

Flink drehte sie mir daraufhin ihren Rücken zu, kniete sich leicht gespreizt über meinen Schoß und bearbeitete nun mit beiden Händen weiter gekonnt meinen Schwanz und meine Bälle, und ich griff derweil von hinten abwechselnd unter ihren Armen oder Beinen durch und spielte selig in den sanften Hügeln und Tälern ihrer Vorderseite. Besonders mit den straffen Nippeln und der feuchten Niederung zwischen ihren Schenkeln. Schließlich zog sie das Kondom auf, verleibte sich (noch immer als 'Cowgirl' vor mir sitzend) zügig meine Latte ein und wippte testweise ein paarmal auf und nieder, und als alles schön flutschig war, stieg sie ab und legte sich mit in die Höhe gereckten Schenkeln (und einer Hand um meinen steifen Schwanz) neben mich. Ich ließ mich bloß noch reingleiten, und schon liebten wir uns hingebungsvoll und leidenschaftlich. Aber ja doch. 'Kim kam', um es ganz simpel auf den Punkt zu bringen.

Hinterher blieben wir noch eine Weile eng aneinander gekuschelt liegen, dann räkelte ich mich und schielte nach dem Wecker. Es war noch massig Zeit.

"Hast du dir den Namen Kim eigentlich selbst ausgesucht?", fragte ich.

"Ach, den haben die sich ausgedacht", antwortete sie gleichgültig. Offenbar schienen die meisten Mädchen die Auswahl des Arbeitsnamens anderen zu überlassen, dachte ich.

"Richtig heiße ich Melanie", fügte sie plötzlich noch ganz von selbst hinzu. "Und wenn du mich fragst - ich glaube, ich habe ein gestörtes Verhältnis zu Männern. Zu Partnerschaft, Ehe und den ganzen Kram. Das ganze Gelüge, das ich andauernd sehe. Große Versprechungen, Komplimente, und hinten rum läufts in Wahrheit ganz anders."

"Tja", machte ich bloß tiefsinnig.

"Mein Kopf ist momentan ganz schön voll, deshalb war es gut, das Gespräch, letztes Mal mit dir", fuhr sie nach einer Pause fort. "Es war interessant, was du erzählt hast, und ich hab gern zugehört. Dadurch war ich wenigstens eine Weile abgelenkt von meinen Problemen. So viel schlimme Sachen sind für mich in diesem Jahr passiert."

Sie atmete einmal tief durch und griff nach ihrem Glas auf dem Tisch.

"Weißt du...", setzte sie dabei zu einem neuen Satz an, brach aber plötzlich resigniert wieder ab. "Das Leben, wo man immer auf so viel verzichten muss", meinte sie dann bloß noch und schwieg schließlich, und dieser letzte Satz brachte sie mir ein ganzes Stück näher.

"Ja", räusperte ich mich, "es ist natürlich schwer, da was allgemein drauf zu erwidern. Aber vielleicht so: Freue dich an dem, was du hast, zum Beispiel an deinem gesunden Kind, und grüble nicht ständig über das, was du gerade nicht hast."

Sie nickte, und eine Weile schwiegen wir beide.

"Eine meiner ex-Kolleginnen, eine Polin, die ist 32 und hat vor 'nem halben Jahr 'nen Deutschen geheiratet", wechselte sie danach das Thema. "Die arbeitet jetzt als Altenpflegerin. Seitdem ist ihr Spruch: *Es sind die gleichen Kunden, nur dreißig Jahre später.'* Ist was dran, oder?"

Erwartungsvoll sah sie mich an und lachte los, und ich entgegnete spöttisch, dass ich auch schon von dänischen Altersheimen gehört hätte, wo es den Opis sogar mit offiziellem Segen der Hausleitung gestattet sein sollte, sich gelegentlich ein paar professionelle Strapsladies zu bestellen. Weil die Alten dadurch nämlich leichter zu handhaben wären und es so für alle Beteiligten besser lief.

"Egal ob alt oder behindert, Sex ist schließlich Menschenrecht, hm?", grinste ich, und Kim zuckte daraufhin bloß wie selbstverständlich mit den Schultern.

"Das gibts hier auch", meinte sie, "und die Nachfrage steigt. Manche Kolleginnen machen das sogar ganz gerne, weil die Alten meistens höflich sind und gut Trinkgeld geben. Die kommen dann als Enkelin zu Besuch oder so."

"Echt?", staunte ich. "Na das sind ja dann goldene Aussichten!"

"Eine gute Freundin von mir geht auch anschaffen", fuhr sie fort. "Aber die ist nicht mehr drauf angewiesen, verstehst du? Das ist super! Nur so nebenbei, höchstens zwei oder drei schnucklige Termine am Wochenende, und bloß bei Stammkunden, mit Sekt und so. Genau das macht den Unterschied."

"Tja, auf den kleinen Unterschied", toastete ich feierlich, "auf die schnuckeligen Termine", und wir prosteten uns zu. Anschließend berichtete Kim von einer anderen ex-Kollegin, die jetzt irgendwelche Lebenshilfe-Kurse anbot und dabei explizit mit ihrer jahrelangen Prostituierten-Erfahrung warb. 'Sexuelle Energie aufspüren und erfolgreich im Alltag nutzen, selbstbewusster werden', so in dieser Art ungefähr stünde es bei ihr im Prospekt.

Kurz darauf sah Kim auf die Uhr und stand auf, denn die zwei Stunden waren bereits seit fünf Minuten um. Es dauerte aber noch eine ganze Weile, bis sie sich angezogen und zum Gehen fertiggemacht hatte. Zum Schluss gähnte sie beinahe im Sekundentakt.

"Es kribbelte schon überall vor Müdigkeit", meinte sie entschuldigend. "Sonst gehe ich meistens gegen neun rum ins Bett. Gleich nach meinem Peterchen."

Sie hängte sich ihre Handtasche über die Schulter, und ich gab ihr zwei Wangenküsschen.

"Halt, Moment noch!", rief ich streng, als sie die Hand bereits auf der Türklinke hatte. "Denn nach dem Trinkgeld muss es zum Schluss auch noch Essengeld geben!"

Mit einer angedeuteten Verbeugung überreichte ich ihr wiederum ein Schächtelchen Pralinen, diesmal die 'Nougat-Variationen'.

"Und schönen Gruß an deinen Sohn, aus Peter-gogischen Gründen", flachste ich dazu, was noch einmal ein kleines Lächeln auf ihr Gesicht zauberte.

174. Kapitel

Am Dienstag fuhr ich mit Malte und Nele zuerst nach Wruckenhalde, zu meiner Mutter und Horst, bloß für etwa zwei Stunden, zum Mittagessen. Danach ging es gleich weiter, denn ich hatte für die drei nächsten Tage im Elbtal-Naturpark eine Blockhütte für uns gemietet.

Zwar war mir anfangs noch der Gedanke gekommen, ob ich nicht sogar eins von den Mädchen mitnehmen sollte? Fragen kostete ja nichts, oder? Naja, und den Kindern ließ sich sowas doch bestimmt erklären, nicht wahr? Papa nimmt halt noch eine Freundin mit, eine nette Tante, was wäre schon dabei?

Aber ich versuchte es dann doch gar nicht erst, denn ich scheute mich vor den eventuell damit einhergehenden Komplikationen.

An der Elbe hatten wir eine schöne Zeit. Herrliches Herbstwetter. Relaxen, Radfahren, ein bisschen durch die Kleinstadt flanieren, ein bisschen wandern, und Vögel beobachten.

Am Freitagnachmittag waren wir wieder zurück in Berlin.

Während ich das Gepäck nach oben wuchtete und die Wäsche sortierte, bauten Malte und Nele eine Kleinstadt aus ihren Legosteinen. Später spielte ich ebenfalls eine Weile mit. Besonders Malte interessierte sich dabei für alles Verbotene. Was passiert eigentlich, wenn einer zu schnell fährt? Wenn einer was kaputt macht, oder was klaut? Kommt man dann immer gleich ins Gefängnis?

Er fragte unermüdlich, nach Verbrechern, Polizei, Gerichten und Strafen, und mir machte es richtig Spaß, ihm auf alle seine Fragen zu antworten *(wobei ich mich schon ein ganz klein bisschen wie Vater Mozart fühlte, weil der ja seinen kleinen Wunderknaben auch immer selbst unterrichtet hatte)*. Man konnte richtig sehen, wie Malte alles aufnahm und wie es in ihm arbeitete. Und dazwischen plapperte Nele immer mal wieder selbstvergessen vor sich hin, ganz die kleine Schwester, die vieles von dem Gehörten zwar noch nicht verstand, aber trotzdem aufschnappte und auf ihre Art unbeirrt wiederholte. Mit der eigentümlichen, drollig-ernsten Aussprache einer Vierjährigen, die sich Stück für Stück die Welt zu eigen macht.

Irgendwann später tapste sie ins Bad, und da es mir verdächtig lange vorkam, ging ich etwas später vorsichtshalber nachsehen. Mir bot sich ein merkwürdiges Bild, denn Nele war ziemlich beschäftigt und turnte zwischen Waschbecken und Toilette hin und her. Weil das feuchte Klopapier alle war, hatte sie nämlich einfach das normale von der Rolle gerupft und unter den Wasserhahn gehalten, erklärte sie mir schnaufend. Ein ganzer Klumpen Pampe verstopfte bereits den Ausguss.

"Aber das geht gar nicht richtig gut, Papa", klagte sie mir sehr ernsthaft ihr Leid, als ich dazukam und die Bescherung entdeckte, und ich wusste wirklich nicht, ob ich lachen oder die Hände über dem Kopf zusammen schlagen sollte.

Nach dieser Episode spazierten wir noch für eine Stunde in den Park, wo sich Malte sogleich mit seinem großen Holzschwert auf mich zu stürzen begann.

"Los, helf mir, Nele!", schrie er aufgeregt. "Wir müssen den schwarzen Ritter fertigmachen!".

"Das heißt *'hilf mir'*, du Nase!", korrigierte ich ihn zwischen zwei Säbelhieben, mich seiner mühsam mit meinem alten Wanderstock aus Haselnuss erwehrend, während sich Nele nunmehr anschickte, mich von der anderen Seite zu attackieren.

"Ja, ich hilfe dir!" brüllte sie dabei, und ich konnte vor Lachen kaum noch meinen Stock halten.

Dann machte ich die Kinder bettfertig, und es nahte der Abend...

Wie gesagt, es war Freitag, ich hatte also bereits eine Woche Urlaub hinter mir und fühlte mich ziemlich ausgeruht. Ich fand sogar, ich sah richtig gut aus.

Also kontaktierte ich die Kletteragentur. Madalina wäre wahrscheinlich am Montag wieder da, wurde mir mitgeteilt. Ich fragte nach anderen Girls, und der Telefonist erwiderte, er hätte da noch so eine Süße. 19 Jahre, 1,60 m und 45 kg. Die Bilder im Internet, die ich mir daraufhin ansah, machten mir zwar vom reinen Körperbau her schon mal gewaltig Appetit, ließen allerdings kaum Rückschlüsse auf das Gesicht der Kandidatin zu. (Eine weitere Kollegin namens Letitia kostete übrigens komischerweise nicht den Einheitspreis, sondern gleich 150 Euro pro Stunde, obwohl sie noch dazu schon 33 Jahre alt sein sollte - hatte die etwa zwei Muschis?)

Hm, was solls, sagte ich mir und orderte nach kurzer Bedenkzeit die Neue. Gleich für zwei Stunden, damit es sich auch lohnte.

Während ich mich anschließend duschte, dachte ich noch einmal kurz an die liebe und etwas reifere Kim. Tja, das war zwar wirklich alles gut und schön mit ihr, aber erstens lag ihre normale Arbeitszeit (laut Setcard nur Montag bis Freitag von 10 bis 19 Uhr) eher ungünstig für mich, und zweitens stand mir der Sinn (bitte was genau?) eben doch mehr nach zarten Elfen. So wie es aussah, gab es zu dem von einem zierlichen Teeniegirl ausgehenden Liebreiz nun mal auf Dauer keine echte Konkurrenz für mich. Flüchtig überlegte ich außerdem, ob ich es nicht gelegentlich mit einer Sex-Kontaktbörse probieren sollte, denn seitensprungwillige Weibchen gab es bekanntlich mehr als genug. Mittlerweile konnte ich mir jedenfalls durchaus vorstellen, dass so manche guterhaltene Mittdreißigerin ganz gern mit mir ins Bett gehen würde. Aus freien Stücken und ohne Geld, meine ich. Also verwarf ich diesen Gedanken nicht gänzlich. Aber ich verschob ihn auf später, denn momentan war ich eher scharf auf ihre gerade volljährig gewordenen Töchter. Mein Hunger auf diese unvergleichlich zarten Rehkitze war nämlich noch immer nicht gestillt.

Maja I

Der Tarif betrug 80 Euro für die erste Stunde plus 60 für jede weitere.

Ich gab drei Fünfziger für zwei Stunden.

Majas Figur entsprach augenscheinlich den Bildern auf der Webseite (*da war sie nackt bis auf den ultrakurzen Schottenrock, den ich ja schon von Madalina her kannte, denn die tief aufgeknöpfte weiße Schulbluse fiel bereits auf dem dritten Foto*) und damit auch meinen Erwartungen. Gott sei Dank galt dies aber auch für ihr Gesicht. Maja war nämlich eine kleine niedliche Person mit Schulmädchen-Zöpfen, braunen Augen und brünettem Haar. Einzig ihre ein winziges bisschen zu hohe Stirn passte nicht so ganz ins Bild, doch das ließ sich ja bei Bedarf vielleicht schon durch eine andere Frisur irgendwie ausgleichen. Insgesamt bot sie jedenfalls einen sehr angenehmen Anblick. Rein vom Aussehen her ordnete ich sie deshalb schon mal unter 'gehobenen Durchschnitt' ein. Außerdem vergab ich insgeheim noch einen Extra-Pluspunkt, da Nichtraucherin (!).

Während unserer entspannten Konversation bei Fruchtsaft und Wasser protzte ich zunächst ein wenig mit frisch angelesenen historischen Schlagwörtern (meine Geschichtskenntnisse waren in Wahrheit nämlich hundsmiserabel). Rumänien, so dozierte ich lässig, bedeute ja absurderweise eigentlich 'Land der Römer', obwohl doch wohl eher 'Land der Daker' angemessen wäre, zumindest bis zum ersten Jahrhundert nach Christus. Und auch über die die finsteren Zeiten der jüngsten Diktatur (inklusive der legendären *Securitate*) zeigte ich mich selbstverständlich ziemlich gut informiert.

Maja sprach übrigens wie Madalina ein erstaunlich gutes Englisch. Die Grammatik war zwar katastrophal, dafür der Wortschatz aber umso umfangreicher. So unterschied sie beispielsweise zwischen *gloves* für Finger- und *mitten* für Fausthandschuhe und benutzte immerhin einen Begriff wie *guinea pig* für Versuchskaninchen. Als ich mich daraufhin von ihren Sprachkenntnissen angetan zeigte, erklärte sie mir ein wenig geschmeichelt, dass sie in Rumänien bereits eine ganze Weile für eine amerikanische Company gearbeitet hätte. (Thanks guys, dachte ich, für die exzellente Vorauslese.)

Nach ungefähr einer Viertelstunde gab es jedoch eine kleine Unterbrechung, denn plötzlich hörte ich jemand über den Flur tapsen, dann wurde die Klinke langsam niedergedrückt, und schon stand mein kleiner Malte blinzelnd im Türrahmen. Es war aber nichts weiter, also lotste ich den kleinen Schlafwandler wieder ganz sacht zurück in sein Bettchen. Das Ganze dauerte nur eine Minute, Maja lächelte bloß darüber. Sie erzählte mir, dass sie Kinder sehr mochte und sich gelegentlich auch mit Babysitting ein bisschen Geld verdienen würde.

"Damit ich mir viele solche Socken kaufen kann", lachte sie und streckte ihre Füße hoch, an denen sie bunte Ringelsöckchen trug, mit einzeln gearbeiteten Zehen.

"Meine kleine Macke", gestand sie, "ich habe nämlich über zwanzig Paare davon. Bin süchtig danach. In meinem Koffer ist kaum mehr Platz für anderes Gepäck."

In dieser Art schwatzten wir noch eine ganze Weile einfach so weiter, und es machte richtig Spaß mit ihr, denn sie taute ziemlich schnell auf. Nur dass sie sich selber nicht für besonders hübsch hielt, wie sie einmal in einem Nebensatz fallen ließ, das konnte ich nicht so recht nachvollziehen. Ich fand sie nämlich ziemlich reizend, sowohl vom Äußeren als auch von ihrer Art her, so lieb und charmant und trotzdem völlig natürlich. Ein wirklich schnuckliges Mäuschen eben. Mit ihr würde es im Bett bestimmt ganz locker laufen, da war ich mir sicher. Jedenfalls hatte ich ein gutes Gefühl, als sie nach etwa einer halben Stunde aufstand und Duschen ging.

"Du hast ein schönes Bad", meinte sie beiläufig, als sie knapp zehn Minuten später in ein Handtuch gewickelt zurückkam. "Meins ist so klein, dass ich beim Haare waschen immer mit den Ellbogen an die Wände schlage."

Eigentlich wollte ich sie daraufhin noch fragen, ob sich das auf ihre Wohnung in Rumänien oder ihre Unterkunft hier in Berlin bezog, aber als ich sah, wie sie im flackernden Kerzenschein ihre Frotteeumhüllung abwarf, da hob ich bloß noch wortlos meine Decke (hauptsächlich mit der Hand, meine ich).

Maja fröstelte ein wenig, also kuschelten wir erstmal ganz harmlos, nur so zum Warmwerden. Ihr Haar roch angenehm nach Haar und nicht nach Shampoo, und ihre winzigen Hinterbäckchen passten genau in meine Hände. Aber egal wo ich sie berührte, ihre Haut fühlte sich an jeder Stelle überaus zart an, fast wie eingewachst. *(Sie rasierte sich nämlich regelmäßig überall am Körper, wie sie mir später verriet.)*

"Sag mir, was du möchtest", flüsterte sie mir nach einer Weile ins Ohr.

"Alles ist perfekt", erwiderte ich schon halb trunken vor Lust, doch Maja lächelte bloß verheißungsvoll, gummierte meinen Ständer, kletterte nach oben, führte ein und pfählte sich genüsslich in Zeitlupe selbst. Übrigens küsste sie auch ganz viel, richtig mit Zunge.

Wir machten erstmal vorsichtig ein bisschen Probehoppeln (total süß: ihre wackelfreudigen Kleintitten, so richtig schöne 'Igelschnuten'!), aber schon bald drehte ich sie dann um und dirigierte sie behutsam in die Hündchenstellung. Doch auch da stieß ich meist nur ganz sachte, denn alles an ihr war so klein, und sie war ganz eng. Schön eng. Zwischendurch legten wir immer mal wieder ein Päuschen ein; ich streichelte ihren Rücken, küsste ihren Nacken und schmiegte mich an sie, und sie revanchierte sich, indem sie fast ununterbrochen mit einer Hand meinen Sack massierte (mit der anderen hielt sie sich an der Couchlehne fest). Trotz ihrer unschuldigen Erscheinung schien sie also wirklich einschlägige Erfahrung zu besitzen.

Als ich dann kam, schien es kein Ende zu nehmen, meine derart stimulierte Hodenpumpe förderte sämtliche Reserven zutage und schoss alles raus raus raus.

Hinterher, nachdem wir unsere Körper bereits wieder vorsichtig entkoppelt hatten, kuschelten wir uns in wohliger Ermattung unter die Decke.

"Ähm, in einem Punkt bin ich aber nicht deiner Meinung", begann ich schließlich ganz trocken ein Gespräch.

"Wieso, was meinst du?", fragte sie interessiert und drehte mir ihr Gesicht zu.

"Na ich denke schon, dass du hübsch bist", antwortete ich und grinste sie an.

"Na geht so", lächelte sie. "Außerdem wäre ich gern etwas größer. Ich bin noch nicht mal ein Meter sechzig, zwei Zentimeter fehlen."

"Weißt du, Kind", belehrte ich sie, "eine alte Marktfrau in Portugal hat mir mal gesagt, dass es da ein Sprichwort gibt: Mit den Frauen ist es wie mit den Sardinen, die kleinsten sind die allerbesten."

"Komischer Vergleich", lachte sie. "Aber von mir aus. Das werde ich mir merken." Danach erzählte sie ein bisschen von Rumänien, von ihrer Familie, und dass sie bereits Heimweh hätte, obwohl sie erst eine Woche hier wäre.

"Aber morgen kommt ja Ruxandra wieder, dann bin ich nicht mehr so allein", tröstete sie sich schon einen Moment später selbst.

"Stimmt es eigentlich, dass sie so verrückt nach Sex ist?", erkundigte ich mich.

"Ja klar!", meinte Maja und fing an loszuprusten. "Wenn unser Chef sagt: *'Für heute ist Schluss'*, dann ist sie meistens enttäuscht und protestiert: *'Waaas? Keine Termine mehr?'* Sie kriegt echt nie genug!"

Augenrollend und kopfschüttelnd machte Maja ihren Chef nach und stöhnte genervt *(auf Deutsch!)*: "Chronisch untervögelt, diese Nymphomanin!"

Nachdem sich meine Lachmuskeln von dieser bühnenreifen Einlage wieder erholt hatten, streckte ich mich nach unseren Gläsern auf dem Tisch, und wir nahmen jeder erstmal einen kräftigen Schluck.

"Hast du eigentlich einen festen Freund zu Hause?", rutschte es mir plötzlich einfach so raus.

"Ja, hab ich", nickte sie und lächelte. "Er sagt immer, ich bin so klein, ich könnte eigentlich auch in seinem Koffer reisen."

"Wie lange bist du mit ihm schon zusammen?", fragte ich.

"Etwas über ein Jahr", erwiderte sie, "aber in letzter Zeit haben wir uns oft gestritten".

Er hätte sich nämlich auch immer mal wieder für andere Mädchen 'interessiert', erklärte sie. Vor allem, wenn er in der Woche gelegentlich irgendwo auswärts arbeiten musste.

"Ich verstehe ja, dass er auch seine Bedürfnisse hat (*'that he has his needs'*)", seufzte sie, "bloß alles lasse ich mir auch nicht bieten. Dann kann er gleich bei einer von denen bleiben. *'Mädchen sind wie Brieftauben, die kommen immer wieder zurück'*, mit solch blöden Sprüchen trösten ihn seine Freunde, wenn ich ihm sage, dass bald Schluss mit uns sein wird, falls sich da nichts ändert. Irgendwann muss er schließlich wissen, was er will. Naja, und so gesehen ist es eigentlich ganz gut, dass wir mal eine Weile getrennt sind. Jetzt hat er nämlich Zeit, darüber nachzudenken." Sie lächelte. "Und ich auch", ergänzte sie heiter.

Darauf stießen wir miteinander an.

"Du bist ein netter Mann", sagte sie. "Ich fühl mich sehr wohl bei dir."

"Danke", antwortete ich. "Ich mag es, wenn ich es dir angenehm machen kann."

Sie hatte sowas Bescheidenes, Ergebenes, fand ich, und ihre uneitle, einfache, irgendwie ganz leicht ins Mutlose, Resignative spielende Art rührte mich.

Flüchtig überlegte ich, ob ich nicht um eine Stunde verlängern sollte, aber mir fiel ein, dass ich nicht genügend Geld im Hause hatte. Weil Maja jedoch noch unbedingt Fotos von meinen Kindern sehen wollte, fuhr ich kurz den Computer hoch und zeigte ihr ein paar der schönsten Schnappschüsse, während sie schon hastig ihr Zeug zusammenraffte und sich hinter mir anzog. Sie guckte trotzdem aufmerksam, manchmal beinahe richtig gerührt.

An der Tür schenkte ich ihr eine Schoko-Kreditkarte und eine Packung Papiertaschentücher mit spaßigen Cartoon-Aufdrucken (mit ihren letzten zwei 'Hankies' hatte sie mir nämlich netterweise den Schwanz abgewischt).

Lächelnd pickte sie mir zum Schluss ein Extraküsschen auf die Wange, dann zog sie von dannen. Leicht melancholisch schaute ich ihr noch ein Weilchen hinterher und dachte: Tja, vor einem Jahr hätte mich so ein Abend schlichtweg überwältigt. Aber jetzt hatte das alles bereits einen milden Schimmer, so als würde ich es durch Milchglas oder Morgennebel betrachten. Es wurde eben Herbst in meiner Seele. Oder naja, sagen wir mal Spätsommer.

175. Kapitel

Am nächsten Nachmittag rief ich bei Larissa an. Majas Babysitting hatte mich nämlich auf eine Idee gebracht.

Gleich nach dem 'Hallo, wie gehts?' bot ich ihr zehn Euro pro Stunde plus Taxikosten, wenn sie gelegentlich mal nachmittags auf meine Kinder aufpassen würde.

"Falls ich mal am Computer was arbeiten muss oder in den Park joggen will und so", erläuterte ich. Doch sie lehnte gleich dankend ab. Das wäre zwar lieb von mir, meinte sie, aber nein, sie hätte kein Interesse.

Naja, wohl nicht ganz ihre Preislage, sagte ich mir, war aber nicht eingeschnappt. Weil ich in Wahrheit natürlich gar kein Kindermädchen suchte. Denn eigentlich hatte ich mir das Ganze sowieso mehr als nette Geste für sie ausgedacht.

Wir unterhielten uns noch eine Weile, hauptsächlich über Wohnungsmieten in Berlin, und zum Schluss erkundigte ich mich nach ihrer Zeitplanung für die nächsten Tage.

"Heut Abend geh ich zur Party, aber vielleicht können wir uns ja nächste Woche wieder treffen, ja?", schlug sie vor.

"Ja gut", stimmte ich zu, und so unbestimmt verblieben wir dann auch.

Am Sonntagabend gegen sechs brachte ich wie üblich die Kinder rüber. Maja hatte ich mir schon kurz vorher telefonisch für neun Uhr gesichert.

Ramona empfing mich extrem mufflig. Eine von ihren Topfblumen ließ angeblich die Blätter hängen, maulte sie, und ich wäre selbstverständlich schuld daran, weil ich sie in der Zwischenzeit irgendwie falsch gegossen hätte. Außerdem sollte ich mal wieder 'Kohle rüber rücken', giftete sie mich an, was allerdings nur ein zur Hälfte berechtigter Vorwurf war, denn wir hatten es *beide* mit den letzten Abrechnungen schleifen lassen und auch keinen konkreten Termin dafür ausgemacht. Ich verhielt mich zwar zunächst noch defensiv, aber egal was ich sagte, sie nahm mir alles übel. Dann fing sie auch noch an, wegen Extrageld für irgendwelchen Kleinkram zu nerven. Sie hörte einfach nicht auf mit ihrer Keiferei, und allmählich geriet ich in Rage. Immer mehr Rechte einfordern, aber keine Pflichten übernehmen, dachte ich, der reinste Klotz am Bein.

"Treibs nicht zu weit, sonst garantiere ich für nichts mehr", brüllte ich schließlich beinahe. "Auch meine Geduld ist endlich!"

"Leck mich!", schrie sie zurück.

'Da kannst du höchstens von träumen', wollte ich schon erwidern, 'das mache ich nur bei frischen Jungspalten', aber ich beherrschte mich gerade noch einmal. Doch mittlerweile dampfte ich bereits förmlich vor Wut, und wenigstens ein Teil davon musste einfach raus.

"Was bildest du dir eigentlich ein?", kanzelte ich sie ab. "Was glaubst du, warum ausgerechnet du ein Studium anfängst und ich weiter malochen gehe? Ja echt, warum studiere ich eigentlich nicht moderne Literatur in Kalifornien? Oder Ethnologie, das muss wirklich spannend sein! Wieso nicht, hm? Irgendwo bei ein paar netten Eingeborenen in der Südsee vielleicht, zum Beispiel auf den Marquesas? Meinst du etwa, ich marschiere bald wieder ab auf Posten ins Ausland, irgendwo nach Nigeria oder in die mongolische Steppe? Als Beamtenarsch an den Arsch der Welt, oder wie? Der verblödete Zahlemann, der die Kinder sowieso nur noch einmal im Jahr sieht, aber pünktlich die fetten Überweisungen schickt? Und der auch noch extrafett für seine mondäne Studentenfrau löhnt? Damit sie sich ihre Eierstöcke schaukeln kann?"

Ich lachte bloß einmal irre und zeigte ihr dabei einen Vogel.

"Ey, fass dir an n' Kopp und sag: 'Kürbis gedeihe!', vielleicht hilft das ja!", riet ich ihr höhnisch, "denn so wird das Spiel bestimmt nicht laufen!"

Für ein paar Sekunden kreuzten sich unsere eisigen Blicke, es war wie ein Duell.

"Denk an das Märchen vom Fischer und seiner Frau", warnte ich sie schnaubend und drohte mit dem Finger. "Am Ende hat sie wieder in ihrer kleinen Hütte gesessen und hatte gar nix. 'All wedder im alten Pisspott'. Ich sag dir, wenn du mir so dusselig kommst, so unverschämt, dann schmeiß' ich lieber alles hin und verpiss mich ganz, als Tramp auf dem alten Hippie-Trail nach Indien. Unterschätz' mich lieber nicht, ich bin verrückt genug für sowas! Über Kabul an den Strand von Goa, auf gehts in die Nudistenkolonie! Ja, lach nur, das Grinsen wird dir schon noch vergehen! Im Ernst, ich geh zu Josef auf die

Philippinen, da spiel ich dreimal die Woche den Reiseführer und lass mich ansonsten von den Dorfschönsten verwöhnen. Oder was hältst du davon: Ich mach stramm auf Psychomacke, lass mich dienstunfähig schreiben und hau ab nach Bali, ist bestimmt schön da. Oder Thailand. Ach was weiß ich! Aber selbst wenn ich hier mit meinem Arsch bloß das Fernsehsofa durchliege - egal, Hauptsache, du kannst zur Abwechslung mal 'n paar Jahre für mich Unterhalt blechen!"

Danach drehte ich mich einfach um und machte, dass ich wegkam. Mann, war ich wütend! Aber wenigstens zog ich mit der Genugtuung ab, das letzte Wort gehabt zu haben.

Maja II

Zartes Küssen schon an der Tür. Offenes Haar.

Ich goss ihr den gewünschten Schwarztee auf und bat sie, von Rumänien zu erzählen.

Dabei machten wir es uns auf der Couch bequem, hielten uns an den Händen, streichelten uns und sahen uns in die Augen. Sehr bald schon flogen die Jeans zur Seite, dito wenig später die T-Shirts. Erst spielten wir noch ein bisschen im Sitzen aneinander herum und nippten dabei ab und an ein Schlückchen Wein, dann stellten wir jedoch die Gläser zur Seite, und Maja kam nicht mehr dazu, ihren restlichen Tee auszutrinken oder ins Bad abzuwandern.

"Du hast einen schönen Körper", flüsterte sie.

"Du nimmst mir echt die Worte aus dem Mund", erwiderte ich lächelnd.

Wir lagen auf der Seite, und ihre kleinen warmen Samthändchen wanderten tiefer und tiefer bei mir. Es war schön, aber nach einer Weile rollte ich mich auf den Rücken und zog sie nach oben.

Oh Mann, wie sie die Luft anhielt, als ich ihn endlich bei ihr reinsteckte! Beim letzten Mal hatte ich ja fast nur stillgehalten, damit sie sich selber ganz nach Belieben raufschieben konnte. Diesmal aber bestimmte ich das Reingleiten. Ganz sacht hielt ich ihre Hüften, und sie ließ sich mehr als willig führen. Ein perfektes Lehrstück an nonverbaler Kommunikation, wirklich zauberhaft. Richtiger Girlfriendsex, sehr langsam und liebevoll, mit viel gegenseitiger Hingabe.

Als es vorbei war, linste ich auf die Uhr, aber wir hatten noch gut Zeit. Also stand ich auf und legte eine andere CD ein. Santana, 'The Game of Love', so richtig schön locker-flockig. Gleich bei den ersten Takten fing Maja an, ein wenig mit den Füßen zu wippen.

Das ist ausbaufähig, dachte ich und zog sie zu mir hoch, hüllenlos wie sie war. Sie sträubte sich überhaupt nicht, im Gegenteil; die Aussicht auf einen kleinen Nackttanz bei Kerzenlicht schien ihr durchaus zu gefallen. Erst schlenkerte sie im Stehen ein bisschen vor mir rum, dann setzte ich mich wieder auf den Rand der Liege und tippte immer nur rhythmisch mit meinen Zeigefingern ganz leicht an ihre Hüften. Rechts links, klick klack, wie ein Uhrpendel ging ihr kleines Becken, so als würde sie einen Hula-Reifen kreisen lassen. Lachend wackelte sie hin und her und drehte sich einmal im Kreis dabei, es sah richtig gut aus. Mehr unschuldiges Spiel als schwül-aufreizender Sambatanz.

'Love is whatever you make it to be', sang Michelle Branch dazu, und ich hatte es noch zehn Minuten später im Ohr, als Maja schon längst im Bad war und duschte.

Schade, sagte ich mir, ich hätte ihren süßen Po bemalen sollen, mit einem lustigen Gesicht, dann wäre es bestimmt noch schöner gewesen.

Bemerkenswert fand ich übrigens noch, dass sie unter ihrem richtigen Vornamen arbeitete, denn Maja war tatsächlich Maja geblieben. Ihre Mutter hätte ein Faible für besondere Namen, erzählte sie mir beim Kämmen vor dem Spiegelschrank, und die Geschichte von der Biene Maja sei ihr damals wohl eben ganz besonders ans Herz gewachsen. Auch zwei ihrer Cousinen wären nach irgendwelchen Fabelwesen benannt, wenn auch nur mit Zweitnamen.

"Na ich hätte dich Däumelinchen getauft", sagte ich, "die war auch ganz klein, lieb und hübsch, so wie du. Sie hat heimlich die arme Schwalbe gepflegt und wurde von allen unterschätzt, denn sie hat nicht aufgegeben, sondern ist dem fiesen Maulwurf am Ende abgehauen. Weg aus der dunklen Höhle. Und so wirst du es auch machen."

Maja III
Madalina war noch immer nicht da, also bestellte ich wieder Maja.
Aber inzwischen war sie längst nicht mehr nur Ersatzspielerin.

Maja erschien fast eine Viertelstunde zu früh, also zog mir bloß fix T-Shirt und Slip an und kämmte mich flüchtig zu Ende. Dann war sie mit Duschen dran, und als sie aus dem Bad kam, saß ich bereits nackt auf dem Bett. Ich bat sie, noch für einen Moment still stehen zu bleiben, damit ich sie bequem in der richtigen Höhe abtasten und küssen konnte. Am liebsten hätte ich sie gleich im Stehen genommen, denn eigentlich war sie ja wie geschaffen dafür, bestimmt wunderbar leicht zu halten. Einfach bloß raufheben auf den harten Ständer, wie auf einen stabilen Kleiderhaken, und sie dann unruhig zappeln lassen. Aber ich traute mich nicht zu fragen, oder mir war es nicht wichtig genug. Jedenfalls landeten wir wieder wie üblich auf der Matratze, was aber nicht heißen soll, dass die folgenden zwanzig Minuten irgendwie schlecht oder langweilig wurden.

"Bei dir habe ich kein Heimweh", seufzte sie hinterher, als wir noch gemütlich kuschelten.

Ich erwiderte nichts darauf, sondern streckte mich bloß einmal wohlig, und Maja fing an, mir eine sanfte Massage zu verpassen. Madalina hätte es böse erwischt, deutete sie dabei an, richtig mit Operation, irgendwas im Bauchraum. Ich wollte nicht taktlos sein (wenn man gerade mit einer Frau im Bett lag, sollte man sich wohl nicht übermäßig nach einer anderen erkundigen, fand ich), deshalb fragte ich nicht allzu viel nach. Außerdem erwähnte sie noch einmal ihren Freund. Er würde jetzt täglich anrufen und ihr regelmäßig SMS schicken. Anscheinend vermisste er sie inzwischen wohl doch.

Plötzlich hustete ihr Handy ein paar seltsame Klangbrocken aus.

"Meine Mutter!", rief sie erschreckt. "Nur sie kennt diese Nummer und ruft so spät an."

Sie griff nach ihrem Telefon.

"Bitte sei leise!", bat sie mich und klappte es auf.

Es war aber nur Ruxandra dran. Angeblich ging ihr Fahrer nicht an sein Handy, offenbar war er eingepennt. Maja versuchte nun in den verbleibenden zwanzig (von mir bezahlten) Minuten, andauernd entweder den Fahrer oder die Agentur oder Gott sonst wen zu erreichen, um ihre logistischen Probleme zu diskutieren, obendrein dann auch noch mit meinem Telefon. Ich kam mir vor wie in einer Vermittlungszentrale. Maja entschuldigte sich zwar ständig und wiederholte immer wieder 'sorry, sorry', doch die schöne Schmuseatmosphäre war unwiederbringlich dahin. Am Ende blieb kaum noch Zeit für ein Küsschen an der Tür.

Eigentlich hatte ich ihr diesmal ja eine kleine Pralinenpackung mit auf den Weg geben wollen, aber das fiel mir wegen der Hektik erst wieder ein, als ich unten schon die Haustür zuklatschen hörte.

Hinterher setzte ich mich an den Computer und starrte meine bisherigen Notizen auf dem Monitor an. Ich hatte aber keine Lust zum Schreiben. Das bloße Protokollieren mehr oder minder variantenreich vollzogener Geschlechtsakte fand ich allmählich öde, und der Rest meiner Aufzeichnungen war auch meist nur unbeholfenes Seelengestammel. Bestenfalls Rohmaterial für ein Buch mit dem Titel 'Arme Seligkeiten', oder vielleicht 'Dokumentation eines Niedergangs'. Irgend so was. Kurzzeitig kam mir die Idee, beim Krapparat ein Sabbathjahr einzulegen und mich mit voller Kraft der Schriftstellerei zu widmen. Mal ernsthaft, warum eigentlich nicht? Für die Selbstverwirklichungseskapaden meiner Frau sollte ich zahlen, oh ja; mit einer infantilen Selbstverständlichkeit ohnegleichen nahm sie an, nein: setzte sie voraus, dass ich den finanziellen Kram für sie und die Kinder schon regeln würde. Aber was war mit mir? Aktentaschenträger lebenslänglich, 'seinen Möglichkeiten entsprechend' eingesetzt, angemessen versorgt und basta? Wo war denn meine zweite Chance, verdammt nochmal? Hatte ich nicht vielleicht sogar die Pflicht, an mein Talent zu glauben und mich meinen künstlerischen Versuchen mit ganzer Energie zu widmen? Auf jeden Fall, sagte ich mir, und sah mich im gleichen Moment schon die verdienten Segnungen einer Bestsellerauflage genießen. Ich als Alterspräsident einer Model-Groß-WG, unermüdlich Feldstudien betreibend und diese literarisch verarbeitend, was auf Dauer natürlich auch der Nobelpreiskommission nicht verborgen bleiben konnte...

Aber dann verwarf ich diesen verlockenden Gedanken zu meinem Leidwesen wieder. Ich, der Verantwortungslose.

176. Kapitel

Am Wochenende kamen Florian und Aurelia aus Rom zu Besuch. Freitag am späten Abend bezogen sie bei mir Quartier, mein Kinderzimmer war ja gerade frei. Wir tranken bloß noch gemütlich eine Flasche Wein zu dritt, gegen Mitternacht war dann bereits Nachtruhe.

Samstagvormittag spazierten wir ausgiebig durch den Kiez, vor und auch nach dem Mittagessen, und natürlich redeten wir dabei die ganze Zeit über. Denn wir hatten ja einiges nachzuholen, was das betraf. Allerdings ging es in unseren Gesprächen weniger um die Sehenswürdigkeiten von Rom (und erst recht nicht um die Arbeit in der Botschaft), sondern mehr um wirklich persönliche Dinge und innere Befindlichkeiten.

Zwecks gemeinsamer Planung des Samstagabends gingen wir dann später am Nachmittag vor meinem Computer schon mal die aktuellen Agenturangebote im Internet durch.

"Man muss die Gegebenheiten nutzen", dozierte Florian mit erhobenem Finger und spitzem Mund beim Anklicken der Bildergalerien. "So günstig wie in Berlin kriegt man es nirgendwo."

Er machte sich ein paar Notizen, konnte sich mit Aurelia aber noch nicht so recht einigen.

Zu Madalinas Fotos sagte Florian bloß *flawless*, was ja übersetzt 'makellos' hieß und außerdem im internationalen Diamanthandel die höchste Güteklasse für einen absolut lupenreinen Brillanten darstellte. Übrigens hätte ich im Fall des Falles den beiden Madalina sogar problemlos (okay - *fast* problemlos) überlassen, vorausgesetzt natürlich, sie selber wäre überhaupt zu so einem Pärchentermin bereit gewesen. Madalina, mein sexy Solitär. Aber leider war sie momentan ja verhindert.

Hinterher setzten wir uns noch auf einen Kaffee in die Küche, und Florian erzählte mir, dass er mit Aurelia in Kürze einen neueröffneten Swinger-Club ausprobieren wollte. Allerdings erstmal ohne Verkehr, zunächst nur zum Gucken und Kuscheln und so.

"Naja, für sowas bin ich glaube ich zu schüchtern", entgegnete ich. "Wenn ich mir ein Mädel nach Hause bestelle, dann ist die Situation ja Gott sei Dank schon geklärt. Die Akteure stehen 1:1 fest, und ich brauch mir keine Sorgen mehr wegen irgendwelcher männlicher Konkurrenz zu machen. Aber so? Ich kann da nicht im Slip zusammen mit 'nem Dutzend anderer Bewerber vor den Mädels rumtänzeln, zwecks gegenseitiger Fleischbeschau. Nee, Selbstdarstellung liegt mir nun mal gar nicht, und erst recht nicht beim Körperlichen."

Aurelia kicherte daraufhin bloß, während Florian mir weiszumachen versuchte, dass es da in Wirklichkeit ganz anders ablaufen würde.

Nun, er redete zwar viel, aber ich blieb dennoch skeptisch.

"Aurelia und ich, wir integrierten das jedenfalls alles in unsere Beziehung", erklärte er zum Schluss seines recht leidenschaftlichen Vortrags. "Externe Sex-Spiele ja, aber eben nach Absprache. Vertrauen. Das bringt uns nicht weiter auseinander, sondern mehr zusammen."

Gutes Statement, dachte ich beeindruckt. Wenn sie es denn wirklich so hinkriegten, und das mit den erotischen Netzwerken blitzte mir kurz durch den Kopf.

"Neulich hab ich was im Fernsehen gesehen", sagte ich schließlich, "da gings um Verhaltensforschung bei Primaten. Bei brasilianischen Spinnenaffen, sogenannte Muriqui, glaube ich. Sind leider vom Aussterben bedroht. Na jedenfalls, bei denen gibts höchst selten Stress wegen der Vögelei. Da stehen nämlich schon öfter mal drei oder vier oder noch mehr Männchen ganz geduldig in der Warteschlange, bis sie beim gleichen Weibchen dran sind und losjuckeln dürfen. Alles ganz normal, kein Grund zur Aufregung. Wieso die allerdings so entspannt damit umgehen, das konnten die Wissenschaftler freilich auch nicht so recht erklären. Fand ich aber trotzdem sehr bemerkenswert. Von den coolen Brüdern lässt sich glatt noch was lernen, scheint mir."

"Die coolen Schwestern bitte nicht vergessen", meinte Aurelia, und wir grinsten alle drei gleichzeitig.

"Habt ihr euch eigentlich mal eine von den Callgirls öfter bestellt?", erkundigte ich mich dann noch. "Meiner Erfahrung nach macht es nämlich mehr Spaß, wenn man schon mal das Vergnügen miteinander hatte und das Ganze dann beim zweiten oder dritten Mal relaxter angehen kann."

"Nö", erwiderte Florian und blickte kurz zu Aurelia rüber. "So gut fanden wir keine, oder?"

Sie nickte, sah auf die Uhr und stand auf.

"Los geht's", rief sie, "wir wollten doch ins Kino!"

Also zogen wir unsere Schuhe und Jacken an und machten uns auf den Weg.

Zwei Stunden später saßen wir in einem Café und unterhielten uns ein bisschen über den Film. Es ging um Selbstfindung, geistige Manipulation und die eigene Persönlichkeit.

"Ich hab mich jedenfalls immer gegen den Gedanken gewehrt, hauptsächlich bloß Produkt meiner Umwelt zu sein", sagte ich, "und irgendwann wollte ich endlich mal mein eigener Innenarchitekt sein."

"Ja", nickte Florian, "am besten man wischt die Schultafel erstmal wieder komplett ab und setzt das ganze System gnadenlos auf null zurück."

Er erzählte von seiner Zeit in Südostasien damals, gleich nach dem Gymnasium, wie ihn das geerdet hätte, gerade das Reisen mit wenig Geld, und wir redeten eine ganze Weile über die einst von Kerouac prophezeite (und bislang leider weitgehend ausgebliebene) *great rucksack revolution* und über all diese idealistischen Freaks in Amerika oder Australien, die zwecks Selbstfindung einfach mal eine Auszeit nahmen. Irgendwo ein paar Monate im Busch, mutterseelenallein mit sich und der Natur, um sich von diesem ganzen aufgesetzten pseudozivilisatorischen Ballast zu reinigen.

"Ja", rief ich enthusiastisch, "weg mit der Verblendung! Ich weiß nur, was ich selber weiß; nur eigene Erkenntnisse zählen und basta. 'Nullius in verba', wie es so schön heißt. Nichts ungefiltert übernehmen, bevor man es wieder in den eigenem Schädel einbaut. Sonst wird man bloß zur fremdbestimmten Drohne, ein Leben lang manipuliert, und das ist garantiert nicht mein Ding."

Naja, ich wusste ja schließlich, wovon ich redete, denn immerhin war ich mal dermaßen weit weg von mir selber gewesen, dass ich jahrelang keinen hochgekriegt hatte, wenn mit einem Mädchen im Bett lag. Und so ganz mackenlos war ich ja auch jetzt noch nicht.

Schließlich zückte Florian unentschlossen sein Handy und begann über seinen spärlichen Notizen zu brüten. Er ging die paar Nummern der Agenturen durch, doch so recht konnte er sich nicht entschließen. Dann kriegte Aurelia plötzlich

Unterleibsschmerzen, ihre Tage waren nämlich sowieso längst fällig, und deshalb wurde die Aktion Damenbesuch schon nach kurzer Diskussion wieder gänzlich abgeblasen.

Übrigens musste ich mein Bild von Florian, den ich ja ziemlich gut zu kennen glaubte, ein wenig korrigieren: Ja, ein Dreier hieß für ihn ausschließlich Aurelia und er selbst plus eine weitere *Frau*, so hatte er es damals klargestellt. Aber das bedeutete eben keine Bevormundung und Einschränkung Aurelias - nein, er selber hatte nämlich lediglich kein Interesse daran, sich an Männerhaut zu schmiegen. Aurelia stünde es nach seinen Worten jedoch selbstverständlich frei, bei entsprechendem Bedarf für sich allein aktiv zu werden, wie er mir beiläufig mitteilte.

Hm, dachte ich, da hatte ich kleingläubiger Naseweis ihn wohl ein wenig unterschätzt, meinen Freund Florian, den Guten, und das übrigens nicht nur in dieser Hinsicht. Denn schon seit zwei Monaten hatte er aufgehört zu rauchen. Einfach so, ohne großes Theater.

Am nächsten Morgen schien die Sonne, und wir joggten erstmal eine Stunde durch den Park. Aufgrund mangelnden Trainings trabte ich allerdings mit ziemlich schweren Hufen hinter den beiden her, denn es haperte nämlich in letzter Zeit etwas mit meiner Sportbegeisterung.

Viertel nach zehn gingen wir dann in ein kleines Café und nahmen dort unser wohlverdientes Frühstück ein.

Aurelia las dabei aus der Zeitung einen Artikel über eine Ausstellung digitaler Kunst vor, was sie sehr interessant fand.

"Das ist auch faszinierend", nickte ich und schwärmte ihr angeberisch ein bisschen was vor von fraktaler Geometrie, von Mandelbrotmenge, Apfelmännchen, Lichtenberg-Figuren und von anderen selbstähnlichen Strukturen *(wobei ich freilich anfangs einmal den guten Herrn Mandelbrot mit der 'Mandelkern' genannten Amygdala aus dem limbischen System verwechselte, was aber niemandem aufzufallen schien).*

"Computer rechnen bloß stur ihre Algorithmen runter, und trotzdem kommen so schöne Bilder raus", rief ich verzückt. "Ist das nicht unfassbar?"

„Ich stehe eher auf andere schöne Bilder", brummte Florian bloß als

Erwiderung, und schon waren wir wieder mit dem Thema Nummer Eins beschäftigt, wenngleich auch nur auf theoretischer Ebene. Denn die Praxis war ja diesmal leider auf der Strecke geblieben.

Hinterher gingen wir noch für eine Stunde auf den Flohmarkt, und gleich nach dem Mittag machten sich Aurelia und Florian dann auf den Weg zum Flughafen, und ich war wieder allein.

Heidi war zu Besuch bei Ramona drüben, hatte aber 'keine Zeit' für mich. Wie erbärmlich, dachte ich bloß, wenn man unter erwachsenen Menschen zu solchen Ausflüchten greifen musste.

Diesmal brachte mir Ramona die Kinder wie ausgemacht erst am Nachmittag, und sie zeterte sofort los, als ich wieder einmal zu erwähnen wagte, dass sie fast immer zehn Minuten oder mehr zu spät käme. Nein, sie wäre natürlich nicht schuld. Es läge niemals an ihr, ließ sie mich wissen, denn entweder müsste Malte eben ganz dringend nochmal aufs Klo oder Nele räumte zu langsam ihr Zeug zusammen, jedenfalls wäre immer irgendwer anders verantwortlich.

"Aber klar doch, der Schwanz wedelt mit dem Hund", erwiderte ich daraufhin bloß mit kühler Missbilligung (oder meinetwegen, ich gebs ja zu: mit klirrend eisiger Herablassung) und brachte anschließend mit sehr klaren Worten zum Ausdruck, dass ich absolut keinerlei Verständnis für ihr ewiges Zuspätkommen hätte. Ich sträubte mich zu begreifen, wie man nicht nur einmal, sondern immer immer immer zehn oder zwölf oder fünfzehn Minuten zu spät sein konnte, bei schlappen vierzig Metern Entfernung! Bloß einmal schräg über die Straße und die Treppen hoch! Nein, das wäre entweder Vorsatz oder nichts weiter als Unfähigkeit und somit rücksichtsloser Egoismus pur, machte ich ihr meine Sicht der Dinge klar.

Bevor ich mit meinem vernichtenden Plädoyer allerdings richtig zu Ende war, hackte sie mir mit hochrotem Kopf dazwischen. Sie schrie, dass ich ein Hornochse wäre *(zum Brüllen: sie benahm sich nicht nur kindisch, sie schimpfte auch so!)*; diesmal hätte Malte nämlich unbedingt noch für morgen Klavier üben müssen, und ich würde mich ja schließlich nicht darum kümmern (womit ich ihr in diesem einen Punkt durchaus zustimmen musste, denn ich besaß im

Gegensatz zu ihr ja kein Keyboard), und so weiter.

Tja, eigentlich hatte ich zunächst nur ganz sachlich vorschlagen wollen, dass sie die Kinder zum Ausgleich für die Verspätung ja beispielsweise ein andermal eben zehn Minuten früher rüberbringen könnte und fertig, sowas ließ sich doch regeln. Aber jetzt waren wir mal wieder so richtig schön am Zoffen. Ramona wurde ziemlich ausfallend in ihrer Raserei, titulierte mich zum krönenden Abschluss dann noch 'Wichser' *(welche Ironie, dachte ich - nie war diese Beschimpfung unangebrachter als jetzt!)* und stampfte schließlich zutiefst beleidigt von dannen.

Tja, soviel zu Madalinas 'einer allein kann gar nicht wütend sein', dachte ich entnervt.

Woran lag das bloß? grübelte ich. Nicht die kleinste Kritik von mir konnte Ramona ertragen, sie hatte sich überhaupt nicht im Griff.

Na was solls, sagte ich mir aber dann. Ich war es leid, andauernd Entschuldigungen für sie zu suchen. Finito, sie konnte mich mal und basta.

177. Kapitel

Madalina sollte jetzt angeblich auf Besuch zu Hause in Rumänien sein, hatte ich erfahren; sie wurde erst in etwa drei Wochen zurück erwartet, zu Mitte November. Die frisch vermählte Kroatin Janica war inzwischen längst von der Fun-Girls-Webseite verschwunden und ihr Privathandy nie erreichbar, wie ich nach zahlreichen vergeblichen Versuchen feststellen musste. Und nach der leider eher unverbindlichen Larissa (für deftige 250 Euro pro Besuch!) spürte ich kein rechtes Verlangen. Ebenso nicht nach Maja, denn ihre Telefonzentralen-Aktion beim letzten Mal hatte mich (trotz ihrer ständigen Entschuldigungen) doch irgendwie gekränkt und meine Begeisterung deutlich abkühlen lassen. Was also tun? Es sah ziemlich trübe aus.

Ergo stöberte ich erstmal ein bisschen im Internet. Aha, van Gogh war also auch Dauergast bei Prostituierten gewesen, las ich, der Puff sein zweites Zuhause, und Picasso der alte Lustgreis bekannte sich ebenfalls zu seinen

Freudenhausgängen. Dito die Herren Kafka, Nietzsche, Brecht und Baudelaire - demnach befand ich mich in höchst ehrenwerter Gesellschaft. Wobei die Dunkelziffer prominenter Lüstlinge wohl erst recht enorm sein dürfte. Dann guckte ich im Freierforum nach Neuigkeiten *(mein Gott, ich musste erstmal diese Kürzel deuten lernen - ZK für Zungenküsse ging ja noch in Ordnung, aber dass EL für Eierlecken stand, darauf sollte erstmal einer kommen - oder ZA gleich Zungenanal und GB für Gesichtsbesamung)* und schrieb anschließend einen durchweg positiven Beitrag über die Kletteragentur *(Lobeshymnen auf Madalina und Maja, simply the best)*, denn schließlich lebte so ein Forum vom Geben und Nehmen. Ich profitierte ja auch von diesen Einträgen, auch wenn mir vieles dabei nicht behagte.

Hinterher klickte ich noch ein paar einschlägige Webseiten durch, und siehe da, Samanta war wieder gelistet. Die Super-Brustituierte. Ich rief sofort an, und tatsächlich, sie war zu haben. Prima, dachte ich und klatschte in die Hände, heute ist also Große-Titten-Tag! Oh Samanta, wie ich mich schon auf deine straffen 1-A-Teenager-Brüste freue! Ich konnte es kaum noch erwarten, die beiden Bälle mit meinen Händen zu modellieren. Schon beim Schwanz einseifen unter der Dusche schmetterte ich in bester Laune:

Jajaja jung muss 'se sein,
jung muss 'se sein,
jung, mit schö-hö-nen Ti-hit-ties,
jajaja jung muss 'se sein,
jung muss 'se sein,
jung, mit Lust zum Fi-hi-cken,
und bumsfallera,
und tral-lal-lala...

Na das war aber auch ein feines Liedchen, so recht nach meinem Geschmack! Eine Sternstunde der Volksmusik!

Vor allem kein großartiges Labervorspiel, nahm ich mir vor; einfach nur in die Kiste und schön vögeln.

Samanta IV

Auch diesmal erschien sie wieder in einem neuen Outfit. Enge Jeans und grobmaschiger oranger Strickpullover (mit verheißungsvollen Beulen!) plus tiefschwarz gefärbte Haarmähne.

Es sah bei weitem besser aus als das alberne Pink-Teenie-Girl vom letzten Mal, fand ich.

Ja, sie wolle mal wieder ein bisschen Geld verdienen fürs Studium, meinte sie, und nein, nicht mehr Theater und Schauspielerei, sondern Tourismusmanagement sollte es jetzt werden.

Auch das passte besser zu ihr, dachte ich.

"Und, ist es inzwischen erträglicher mit dem Job, hast du dich schon dran gewöhnt?", fragte ich.

"Phff", machte sie bloß, grinste verlegen und winkte ab. Nein, es hätte sich nichts geändert.

Sie knabberte ein bisschen Schokolade und rauchte eine Zigarette, dann zündete ich die Kerzen an und sie wanderte ab ins Bad, und danach gings los. Ein strammes Mädel, wahrlich, richtig schnuckelig, und vor allem - himmlische Brüste. Ach was sag ich, Traumtitten, echt! Wie diese Dinger so federnd abstanden und einem entgegen strotzten, so richtig protzig. Doch, das war was!

Prall und fest, welch straffes Wippen,
und dieser zauberhafte Schwung!
Spür' ich euch erst an meinen Lippen,
frag' ich nicht mehr, ob ihr zu jung...

Ja es ist leicht, die Brüste einer tadellos gewachsenen 18jährigen zu preisen, denn sie sind von Natur aus vollkommen. Reifere Frauen mögen andere Qualitäten haben (allerdings nicht immer - ich rede hier vom günstigsten Fall), doch meistens, wenn der Drüsenhalter fällt...

Aber zurück zu Samanta.

Wie gehabt war es anfangs zwar etwas lahm mit ihr, aber als ich dann später richtig zugange war, da hatte ich sehr wohl das Gefühl, dass sie ziemlich mitging, auch wenn es kein kosmischer Urknallorgasmus war.

Übrigens sollte sie ein paar Monate später erneut am Start sein, dann jedoch bei einer anderen Agentur (für 160 pro Stunde!), und zwar mit kurzen orangeblonden Haaren, als Entenschopf nach hinten gegelt. Samanta die Wandlungsfreudige, auf den neuen Fotos hätte ich sie beinahe nicht wiedererkannt. Vielleicht galt diese aerodynamisch günstige Frisur ja in Russland als elegant und stylish, als schnittig und cool, aber ich konnte nicht begreifen, wieso ausgerechnet jemand mit solch wundervollem Naturhaar wie sie sich so etwas antat. Warum, warum nur? Sollte das ein Luxustuning sein? Mit ihrer verspiegelten Sonnenbrille auf der Nase guckte sie auf den neuen Fotos dermaßen billig und blasiert aus der Wäsche, es fehlten wirklich nur noch die aufgespritzten Gummilippen. Entstellung pur, zumindest meiner Meinung nach. Auch ihre Augenbrauen waren weggezupft, komplett verschwunden wie bei einem Verbrennungsopfer, nur ein schwarzer narbenartiger Strich markierte nun die zurückgebliebene Ödnis. Trendy und hochmodisch, ja? Na meinetwegen, dachte ich kopfschüttelnd. Doch von einer erneuten Buchung sah ich jedenfalls ab, trotz ihrer sonstigen Reize.

Und noch ein Nachsatz: Wie ich aus zuverlässiger Quelle erfuhr, wurde sie später sogar für ein VIP-Event am Mittelmeer gebucht, mehrere Tage am Stück, untergebracht auf einer großen Yacht, mit Flugticket und Helikoptertransfer inklusive. Man höre und staune.

178. Kapitel

Gesprächsgruppe. Zuerst redete Karla, wie meistens. Angeblich hatte sie mit einem Typen mal wieder ein Fiasko erlebt, aber so wie sie es schilderte, hörte es sich eigentlich gar nicht so dramatisch an, fand ich. Mitten im Erzählen brach sie jedoch plötzlich ab, von einem Weinkrampf geschüttelt, und rannte aus dem Gruppenraum raus, und Sebastian gleich hinterher. Stumm saßen wir auf unseren Kissen und warteten auf die Rückkehr der beiden, mit so einem Auftakt waren wir hier wohl alle etwas überfordert.

Anschließend wurde daher erstmal mit Körperübungen fortgesetzt, und dann war ich an der Reihe. Ich hatte ja beim letzten Mal schon ein bisschen was von Callgirls durchblicken lassen und wollte meinen Mitstreitern nun heute etwas mehr davon zumuten – doch ich wurde leider gleich zu Anfang schon mal gründlich missverstanden. Frieder, der von schierer Existenzangst geplagte Familienvater, glaubte nämlich absurderweise, ich würde das mit den teuren Prostituierten hauptsächlich veranstalten, um anderen damit zu zeigen, was ich mir finanziell leisten könne. Ich wolle mich also durch mein Geldausgeben bloß demonstrativ aufwerten, behauptete er ziemlich gehässig. Falscher konnte man freilich bei der Suche nach meinen Motiven für diese Aktivitäten kaum liegen, und dennoch war es ihm als das Nächstliegende erschienen, wunderte ich mich. Da hatte ich wohl unbeabsichtigt seinen wunden Punkt getroffen, sagte ich mir, denn ich wusste ja, dass die Finanzen für ihn ein großes Problem waren, und jeder ging nun mal zuerst von sich aus. Immer diese Mimosen, dachte ich innerlich seufzend, überall fühlte sich gleich jemand angegriffen und unterstellte einem grundsätzlich unlautere Absichten. Gott, war das anstrengend! Schlimmer als beim Schach, nicht wahr? Da musste man zwar auch bei jedem Zug sämtliche Gegenreaktionen im Voraus durchspielen, aber wenigstens kannte man für jede Figur die entsprechenden Optionen. Hier dagegen wurde ständig erwartet, dass man auf alle möglichen bekannten und vor allem unbekannten Empfindlichkeiten Rücksicht nahm; alle erdenklichen Vorsichtsmaßnahmen mussten ergriffen, alle Eventualitäten bedacht und alle Phantomschmerzen mit einbezogen werden, damit bloß niemand 'sein Gesicht verlor'. Ansonsten galt man nämlich schnell als Elefant im Porzellanladen und brachte einen nach dem anderen gegen sich auf. Aber wie sollte man bei diesen misstrauischen Versteckspielereien überhaupt zueinander in Beziehung treten können?

Nun, trotz dieser Überlegungen fuhr ich zwar dennoch fort, über meine abendlichen Aktivitäten zu berichten, allerdings nicht ganz so ausführlich und rückhaltlos offen wie ursprünglich beabsichtigt. Immerhin kamen auch noch ein paar Nachfragen dazu, und schon war dann erstmal wieder Teepause angesagt.

Komischerweise wurde aber anschließend in der Küche gleich weiter diskutiert über diese Frage: Geld für Liebe? (Oder wohl eher: Geld für Sex?)

"Alle Beziehungen sind doch letztendlich Austauschbeziehungen", versuchte ich noch einmal meine individuelle Sicht der Dinge zu vermitteln, "die Frage ist doch bloß, was wird wogegen getauscht, und in welcher Gewichtung. Für mich dient Geld bei den Callgirls vor allem erstmal zur Initialzündung, sozusagen, und nach Herstellen des persönlichen Kontakts schrumpft die Bezahlung dann lediglich zu einem Teilaspekt des Ganzen."

Ich zuckte mit den Schultern.

"Taxigeld und ein bisschen Gratifikation, also nettes Beiwerk, mehr bedeutet es manchmal eigentlich nicht. Zumindest wenn es gut läuft."

Komischerweise fiel mir dabei ein, wie eine Freundin von mir früher über die Besuche bei ihrer Oma, an der sie sehr hing, berichtet hatte. Stets war sie von diesen Visiten reich beschenkt zurückkehrt - etliche Gläser Eingemachtes, ein neues T-Shirt, und Spritgeld sowieso. Deswegen fuhr sie freilich nicht primär hin, es war natürlich nicht die Hauptsache. Trotzdem machte es das Ganze angenehmer für sie und erleichterte ihr wohl manchmal die Entscheidung. Jedenfalls, vielleicht konnten ja mehrere Nebensachen zusammen auch gelegentlich mal zur Hauptsache werden, nicht wahr?

"*Geiz macht einsam*, ja, den Spruch unterschreiben alle", meldete ich mich also noch einmal zu Wort, "aber bei der daraus logisch zu ziehenden Schlussfolgerung *Freigiebigkeit macht beliebt*, also nein, da ist man doch schon skeptisch, denn eine sich darauf gründende Sympathie wäre dann ja nicht echt. Teils - teils, ist dazu meine Meinung. Jedenfalls glaube ich, dass meine Favoritinnen nicht ungern zu mir kommen. Oder andersrum, im Umkehrschluss: Die Tatsache, dass ich bezahle, heißt ja wohl nicht automatisch, dass die Mädchen plötzlich keine Gefühle mehr entwickeln können, oder?"

Nun, die anderen teilten meine Meinung wohl nur sehr bedingt (dabei war ich ja ebenfalls der Ansicht, dass es prinzipiell besser wäre, wenn das Geld hier überhaupt keine Rolle spielte).

Schließlich wanderten die meisten allmählich mit ihren Kaffeetassen ab in den Flur und verteilten sich im Nebenzimmer oder gingen vor die Tür, um zu rauchen oder mit dem Handy zu telefonieren.

Ragna, eine der Damen, die bisher nicht allzu viel Gehaltvolles von sich gegeben hatte, meinte lediglich vor ihrem Abgang noch ziemlich süffisant in bestem Zickenton: "Also ich brauche jedenfalls einen authentischen Partner und nicht nur gekaufte Aufmerksamkeit und gespieltes Interesse."

"Ach naja, Authentizität, das ist auch nur so 'n Modewort", brummte ich ihr daraufhin bloß friedlich hinterher und ließ sie ansonsten unbehelligt ziehen. Viele unserer Zeitgenossen bestehen zum Großteil ja doch nur aus kritiklos übernommenen geistigen Fremdkörpern, dachte ich flüchtig, und der Film den ich am letzten Wochenende mit Aurelia und Florian gesehen hatte fiel mir wieder ein. Jedenfalls hatten die meisten wohl nie ernsthaft angefangen, mal richtig bei sich im Kopf Inventur zu machen und aufzuräumen. Sie waren einfach zu bequem um jemals zu prüfen, ob dies oder jenes besser einzuschmelzen wäre oder eigentlich komplett aus dem Hirn rausgeschmissen werden müsste. Lauter Rumpelkammern voller Introjekte, aber Messies störten sich daran ja nicht.

Den Rest unserer Sitzung an diesem Abend fand ich weniger interessant, es handelte sich meist nur um (aus meiner Sicht) eher banale Probleme und ein paar laue Übungen.

Auf dem Heimweg hängte sich jedoch zu meiner nicht gelinden Verwunderung Frieder bei mir ein ganzes Stück weit an. Erst druckste er ein wenig rum und drängte mir dann schließlich mehr oder weniger ein Gespräch auf. Er wäre nämlich vor ungefähr drei Jahren auch 'zwei oder drei Mal' in einen Puff gegangen, beichtete er mir. Allerdings hätte er sich da vorher immer ein bisschen Mut ansaufen müssen und deshalb diese Episoden nicht gerade in bester Erinnerung behalten. Soso, machte ich bloß, ging aber nicht weiter darauf ein. Es kam mir nämlich vage so vor, als ob er sich von mir irgendeinen 'Geheimtipp' erhoffen würde, aber da er sich nicht so recht aus der Deckung wagte und eigentlich nur um den heißen Brei herum redete, ließ ich mich gar nicht erst aus der Reserve locken. Denn wozu sollte ich ihm irgendein 'großes Glück' schmackhaft machen und ihm gratis den Weg dahin aufzeigen, noch dazu ungefragt? Am Ende führte ihn dieser Pfad womöglich bloß ins Elend und vollends in den Ruin? Nein, ich hatte absolut keine Lust, für solche Fremdexperimente verantwortlich gemacht zu werden.

179. Kapitel

Im Krapparat ward mir am Montag immerhin ein kleines Highlight zuteil, denn am Nachmittag gabs selbstgebackenen Kuchen von der Praktikantin. Sie hatte ihn im Vorzimmer deponiert und aufgeschnitten, und alle waren per E-Mail zur Selbstbedienung ermuntert worden. Nur Moritz und mir wurde er direkt am Platze serviert, und zwar mit einem süßen Lächeln. Na das schmeckte mir!

Am Abend verspürte ich Lust auf etwas Neues, Spannendes. Zwar dachte ich auch kurz mit Wehmut im Herzen an Larissa, und zwar so, wie ich sie damals gesehen hatte. Vielleicht würde ich sie bald mal wieder bestellen, sagte ich mir, aber erstmal rief ich eine neue Agentur namens 'Party-Angel' an und bestellte eine Rumänin. Simona, 1,65 m groß und 34er Konfektion, angeblich ganz neu im Gewerbe.

Simona I

Ich hörte sie die letzten Stufen heraufkommen und öffnete die Tür, damit wir uns gegenseitig schon mal aus ein paar Metern Entfernung in natura betrachten konnten, und ich erblickte eine nicht unhübsche Karpatenbraut im fast knöchellangen Kunstpelz.

"Hallo", begrüßte ich sie, "komm rein, bitte."

Unsicher sah sie mich an, blickte auf den Zettel in ihrer Hand und verglich das dort Geschriebene erstmal mit dem Namen auf meinem Türschild. Dann begann sie wie auf Knopfdruck zu lächeln und gab mir die Hand.

Unter ihrem Mantel erwies sich Simona bereits als halb nackt, denn sie trug lediglich weiße Hotpants und ein winziges bauchfreies Top aus flauschigem Kunstfell oder sowas. Ein Eskimo-Bikini, würde ich sagen.

Als sie im Flur abgelegt hatte (den Mantel, meine ich, nicht den Bikini) und ich sie in die gute Stube bat, musterte ich schon mal eingehend ihre Figur. Ein bisschen Babyspeck auf den Hüften, fand ich, aber durchaus noch annehmbar. Auch ihr Gesicht war okay. Zartbrauner Teint, dunkle Augen und pechschwarze schulterlange Locken, vorn allerdings zum Fransenpony geschnitten, wie bei einem Indiomädchen vom Amazonas, was ihr in meinen Augen einen leicht primitiven, steinzeitartigen Touch verlieh. (Oder lief sowas jetzt unter *Ethno-look*)? Auch sprach sie leider bloß wenige Brocken Deutsch und überhaupt kein Englisch, nur Rumänisch und etwas Spanisch. Musste ich mich also auf ungehemmten Höhlenmenschen-Sex einstellen?

Nachdenklich kratzte ich mich am Kopf und buchte unter diesen Umständen erstmal nur eine Stunde.

Kaum hatte sie sich gesetzt und das Geld in ihrer Handtasche verstaut, erkundigte sie sich schon nach dem Bad. Ich bot ihr zwar noch etwas zu trinken an, aber sie wollte nichts.

Als sie vom Duschen kam, zog ich gerade meinen Slip aus.

"Du bist 35 Jahre alt?", fragte sie mich auf Spanisch, und ich bestätigte lakonisch nach einem Schluck Wasser: "Si, mas o menos, treinta y seis."

Ja, so ungefähr, dachte ich, bin ich nun also 36. Von mir aus.

Dann stellte ich mein Glas ab, und es ging zur Sache.

Es war ein bisschen wie beim Pornodreh, wo der Standard-Dreikampf durchexerziert wurde: nach dem Aufsatteln erstmal ein wenig Reitergehoppel zum Aufwärmen, danach in fliegendem Wechsel das Mädel ab nach unten, und zu guter Letzt Rammeln im doggy-style von hinten. Aber trotzdem lief die ganze Veranstaltung nicht völlig ohne Herz ab. Wir mussten allerdings ein wenig gebremst vögeln, weil sie ein ganz frisches Bauchnabelpiercing hatte. Doch alles in allem war es eine nette Nummer mit einer einfachen Bauerstochter, wenn auch nur mit geringem Wiederholungsfaktor. Abgesehen von dem Trinkgeldzehner schenkte ich ihr schließlich noch eine kleine Pralinenpackung sowie die Teufel-Engel-Taschentücher, und ach, die Freude angesichts dessen war gar groß. Mit einem an der Tür gemurmelten "vaya con dios" schickte ich sie nach Verabreichung eines übermütig aufgedrückten Abschiedsküsschens wieder hinaus, auf zur nächsten Verrichtung. Die Absätze ihrer Stiefel waren übrigens fürchterlich schief gelatscht, was ich vorher jedoch nicht bemerkt hatte.

Larissa IV privat

Ich freute mich nun doch sehr auf sie, denn schließlich war sie ja eine Zeitlang mal die wichtigste und schönste Frau der Welt für mich gewesen, und eine gewisse Anhänglichkeit aufgrund dessen war geblieben.

Larissa erschien in dicker Steppjacke und grob gestricktem Wollpullover, ihre Wintersachen (und das von ihr so sehr geschätzte Gel!) waren nämlich endlich angekommen, wie sie mir freudig mitteilte.

Sie setzte sich auf ihren Stammplatz, ich goss Getränke ein, und sie zündete sich wie üblich eine Zigarette an.

"Galina ist gestern in neue Wohnung ausgezogen", sagte sie, "ich jetzt wohne wieder allein."

Genüsslich inhalierte sie den ersten Zug und stieß dann den Rauch einen Moment später gegen die Zimmerdecke aus.

"Und jetzt ich brauche eigene Televisor", ergänzte sie, "vielleicht schon ich kann kaufen bald." Ihr derzeit geliehener Fernseher wäre nämlich bloß so ein tragbares Miniaturgerät, für den man von der Couch aus schon ein Fernglas bräuchte, wie sie mir mit ihrer unnachahmlichen Zeichensprache erklärte. Aber Geld wäre momentan eben knapp, meinte sie schulterzuckend. Für das neue Fotohandy hätte es leider ebenfalls noch nicht gereicht, und manchmal fehlte ihr sogar der Eintritt für die Disco, wie sie beiläufig anmerkte. Also blieb sie des Öfteren zu Hause (und machte stattdessen verstärkt Gymnastik, zusätzlich zu ihrem kleinen Standardprogramm). Denn sich von irgendjemand den ganzen Abend lang aushalten lassen, das wollte sie auch nicht.

Von den Finanzen her ging es ihr also nicht gerade rosig (was das betraf, musste so ein Abend mit mir natürlich wie ein warmer Regen sein), dennoch war sie guter Dinge. Sie lachte und scherzte, und die Kiste Pralinen, die Florian und Aurelia aus Rom mitgebracht hatten, futterte sie dabei weg wie Popcorn. Ich kam gar nicht mehr nach mit den Probehäppchen, die sie mir übrigließ.

Mit dem Sichelmond-Feuerzeug hätte sie übrigens viel Spaß gehabt, erwähnte sie, und viele ihrer Freunde fänden es auch toll. Aber bedauerlicherweise wäre es nun seit letzter Woche leer. Also schenkte ihr flugs ein neues.

Wir plauderten noch eine Weile, und sie erzählte von sich aus, dass sie neulich einen ihrer alten Stammkunden angerufen und sich mit ihm verabredet hätte, er dann aber doch nicht erschienen wäre. Sie hätte lange gewartet, draußen in der Kälte, weil sie kein Geld fürs Café ausgeben wollte.

"Ist bestimmt jetzt mit andere Frau, wo er denkt ist besser", schloss sie scheinbar gleichgültig, aber ein bisschen geknickt schien sie trotzdem zu sein.

Ich fragte sie vorsichtig nach ihren bisherigen festen Beziehungen zu Männern, und sie ließ mich immerhin wissen, dass sie mit einem ihrer früheren Freunde fast zwei Jahre lang zusammen gewesen war.

"Habe nur immer gesagt, wenn du mit andere machst, dann nimm aber Gummi und zeige sie mir nicht, weil ist wie rote Tuch bei Matador für mich", schob sie dann noch nach.

So richtig nach glücklicher Zweisamkeit klang das zwar nicht, fand ich, aber es offenbarte zumindest ihr persönliches Rezept zum pragmatischen Umgang mit dem Thema Eifersucht.

Kurz darauf gingen wir in die Horizontale. Kuschelsex mit sanfter, sich allmählich steigernder Leidenschaft, da blieb nichts zu wünschen übrig. Was das anging, hatte es Larissa einfach perfekt drauf.

Hinterher kniete ich mich neben sie und streichelte sie lange von oben bis unten. Meine schöne schöne Nicole. Lang hingestreckt lag sie auf dem Laken, ein Bein etwas angewinkelt. Eine neben der Quelle im Gras ruhende Nymphe. Wie so oft schon legte ich ihr schließlich wieder meine rechte Hand flach auf den Bauchnabel und schob meine Linke etwa auf derselben Höhe unter ihren Rücken. Sie war so unglaublich schmal, es blieb so wenig Platz zwischen meinen Händen. So hielt ich sie dann meist eine ganze Weile. Diesmal krabbelte ich aber bald schon etwas tiefer, bis hin zu der vertrauten Gabelung, und es dauerte nicht lange, da regte sich wieder neues Leben in unseren schlummerweichen Körpern.

Kurz nach Mitternacht schickte sie dann eine SMS an ihren 'Freund' (ich fragte nicht weiter nach; nur dass er ein ex-Klient wäre und auf Baustellen arbeiten würde, hatte sie mir erzählt). Aber er wollte sie nicht abholen, so dass sie schließlich doch mit dem Taxi fahren musste.

180. Kapitel

Ein paar Tage später rief ich sie an und erkundigte mich, ob sie schon einen Fernseher hätte. Nein, hatte sie nicht.
"Aber vielleicht nächste Woche, meine Freund hat so gesagt."
Gut so, dachte ich, und da ich nicht nur zu gelegentlichen spontanen Erektionen fähig war, sondern auch zu ebensolchen Handlungen, kaufte ich mir also kurzerhand die aktuelle Ausgabe der Second-Hand-Zeitung, pickte mir ein vernünftiges Angebot raus (62 cm Diagonale, vier Jahre alt, 150 Euro) und holte die Kiste ab. Anschließend rief ich Larissa noch einmal an, ließ mir die genaue Adresse geben *(auch so eine Sache: normalerweise hätte ich mich kaum getraut, sie danach zu fragen, aber da ich nun nachweislich uneigennützige Absichten verfolgte und quasi bloß Ausführender war, kamen mir die paar Worte gänzlich problemlos über die Lippen)* und wuchtete ihr das Ding kurze Zeit später in die Bude. Kabel schnell noch ran, zack zack und fertig. Bild und Ton perfekt.
"Ach ja, die Geschenkschleife habe ich zwar leider vergessen", erklärte ich ihr etwas gestelzt, "aber hier noch ein kleines Zubehör. Von Herzen."
Mit diesen Worten überreichte ich ihr eine der letzten Edelpralinen von Florian und Aurelia, ein rot eingewickeltes Nougatherzchen.
Sie gab mir einen Kuss (schüchtern-intensiv) und umarmte mich, aber ich nutzte es nicht aus, denn ich wollte nicht, dass sie sich irgendwie verpflichtet oder unbehaglich fühlte. Deshalb sah ich mich auch gar nicht erst weiter in ihrem kleinen aber sauberen (und ja - auch ziemlich tristen) Apartment um, sondern verzog mich nach getaner Arbeit gleich wieder.
Klare Sache, alter Junge, lobte ich mich, als ich mit dem Fahrstuhl wieder nach unten fuhr, und ich spürte im Innern jenes herzerwärmende Gefühl, dass sich einstellt, wenn man ganz genau weiß, dass man etwas Gutes getan hat. Meine kleine Möwe, deine Freude ist auch meine Freude. Ihr mickriges TV-Vorgängermodell 'Imbissbude' konnte sie jetzt jedenfalls getrost ihrem komischen 'Freund' zurückgeben. Sollte er Augen machen, der Vogel, sollte er sich das Ding selber auf den Nachttisch stellen, dachte ich voller Genugtuung. Jeder Knastologe hätte ihm das Scheißding gleich wieder an die Birne

geschmissen und wäre damit auch locker durchgekommen, schon von wegen Medienzugang und Menschenrechte. Zum Erbarmen diese Krücke, echt. Aber für ein Russenmädel reichts ja, hm?

Am Abend ging ich dann übrigens noch ins Solarium, zum ersten Mal in meinem Leben. Es gab schließlich immer etwas Neues auszuprobieren.
Und Alter schützt vor Torheit nicht.

Am nächsten Tag rief ich Larissa an und fragte, ob sie nicht Lust hätte, mit mir essen zu gehen. Am besten vielleicht gleich morgen. Naja, an sich schon, antwortete sie, aber sie würde ihre Tage kriegen, ich solle also besser nochmal kurz vorher anrufen. Das tat ich dann zwar auch, aber sie ging nicht ran (und rief mich leider auch nicht zurück - schließlich hatte sie ja auch meine Nummer). Vielleicht lag es am Nieselregen oder sie hatte Schmerzen, ich grübelte nicht weiter darüber nach und trug es mit Fassung. Eigentlich hatte ich ihr mit der Einladung nur eine Freude machen wollen.
Am Abend fragte ich dann bei der Kletteragentur nach. Maja war da, der Rest krank, erkältet. Also bestellte ich sie, und zwar nicht nur als Notlösung, ich wollte sie wirklich.
"Ach, da wird sie sich freuen", meinte der Telefonist, als ich Name und Adresse durchgab.
Kaum aufgelegt, klingelte es. Larissa war dran, sie entschuldigte sich. Sie wäre die Nacht nicht zu Hause gewesen und hätte ihr Handy vergessen.
"Habe erst jetzt gesehen, dass du hast fünfmal angerufen, tut mir laihd, zooorry".
"Kein Problem", antwortete ich, und lediglich drei der Anrufe wären von mir gewesen. Ich wünschte ihr noch einen geruhsamen Fernsehabend.
Danach checkte ich meine E-Mails. Ein Typ aus dem Freierforum namens 'Der Fickfroschficker' hatte auf meinen Eintrag zur Kletteragentur geantwortet und wollte wissen, ob die Mädchen denn auch 'richtig willige Mundfotzen' wären und sich 'die Rohsette aufbohren' und 'schön die Gesichter näßen' ließen. Ich klickte ein paar seiner alten Einträge durch (die vor Rechtschreibfehlern nur so strotzten); es ging um Gang Bangs und Fisting und Ficken im Wohnwagen und

auf LKW-Parkplätzen. Besonders gern traktierte er die Frauen auch mit Prosecco-Flaschen. Im Unterleib, versteht sich. Anscheinend hatte er irgendwie mit Autoreparaturen zu tun (oder vielleicht 'Berufskraftfahrer', dachte ich), seinen Schwanz nannte er nämlich wahlweise meist 'Ölmessstab' oder 'Ansaugstutzen'. Außerdem verwies er manchmal auf ziemlich abartige Links, zum Beispiel empfahl er Webseiten, wo man sich Amateurfotos von blutenden Autounfallopfern angucken konnte, vielleicht sogar von Leichen und Obduktionen, eben lauter grässliches Zeug. Jede Wette, dachte ich angewidert, der Typ war ein ekliger Smegmatiker. Momentan, so teilte er mir nun also zum Schluss noch mit, suche er 'eine reifere Mutti mit richtig großem Loch, wo ich Hand und Schwanz gleichzeitig reinkriege, um mir innen drin megapornös einen zu pellen'.

Ich las es zweimal, aber ich begriff es nicht wirklich, und ich verstand auch nicht, was um Himmelswillen er dann ausgerechnet von Madalina oder Maja wollte. Woher kamen überhaupt solche merkwürdigen Wünsche?

Es blieb mir ein Rätsel, wie so vieles.

181. Kapitel

Maja IV:

Es war ihre letzte Arbeitsnacht, erfuhr ich, am kommenden Wochenende würde sie nach Hause fliegen. Sie freute sich schon sehr darauf.

Unser letztes Treffen also, dachte ich. Daher hielt ich es für angebracht, mich zusammen mit ihr vor den Computer zu setzen und ihr die sie betreffenden Freierpostings vorzulesen. *(Ich hatte sie vor Kurzem erst angeklickt, alle waren durchweg sehr positiv abgefasst, meist mehr Emotionales als eigentliche Sexdetails.)* Denn jeder Arbeitnehmer hatte schließlich das Recht auf ein Zeugnis, nicht wahr? Also bitteschön.

Ich zeigte immer mit dem Finger am Bildschirm, wo ich gerade las (denn ein paar Worte Deutsch konnte sie ja auch) und übersetzte die Einträge (inklusive des von mir selbst verfassten) ins Englische, so dass sie alles mit eigenen Augen verfolgen konnte. Einer hatte geschrieben: 'Wie früher in der Fernsehwerbung für diese bequemen Dingsbums-Schuhe: reinschlüpfen und sich wohlfühlen. Was für ein Schatz!'

Maja lachte darüber, der schräge Vergleich schien sie nicht zu stören.

Nur einmal protestierte sie ein bisschen, nämlich als ich vorlas, wie ein Kunde sie angeblich überall mit Schokocreme dekoriert und dann genüsslich abgeschleckt hätte. Nein, ganz so wäre das ja nun auch nicht gewesen, behauptete sie. Aber vom Rest des Statements fühlte sie sich durchaus geschmeichelt.

Summa summarum war ihre Bilanz ein 5-Sterne-Plus, eine echte Spitzenleistung.

"So you see", fasste ich zusammen, "you did a great job."

Wir gingen rüber zur Couch, setzten uns und stießen auf sie an. Ich bestand darauf. Lächelnd erzählte sie dann, dass sie mal von zwei Brüdern bestellt worden wäre und sich ausgerechnet der Schwule in sie verliebt und später tagelang den Telefonisten genervt hätte.

Wir knabberten noch ein oder zwei Pralinen, und ich erkundigte mich, ob sie auch ein richtig schlimmes Erlebnis gehabt hätte, aber sie schüttelte bloß fröhlich den Kopf.

"Einer hatte mich mal in einen Wohnwagen bestellt, der stand auf so einem Schrottgelände", berichtete sie allerdings, "aber mein Fahrer war misstrauisch und ging erst gucken. Alles war dreckig und keine richtige Dusche, hat er gesagt. Deshalb sind wir da Gott sei Dank gleich wieder weg." (Na bloß gut, freute ich mich.)

Nachdenklich zog sie die Stirn in Falten. "Und in einer Wohnung habe ich mich ziemlich unwohl gefühlt, bei so einem merkwürdigen Grusel-Typen, die Wände waren nämlich mit schwarzen Plastik-Mülltüten tapeziert und der Fußboden so klebrig und schmutzig, dass ich meine weißen Socken hinterher wegschmeißen musste."

Zumindest diese Gefahr bestand bei mir nicht, dachte ich, denn bevor ein Mädchen kam, fegte ich immer schnell nochmal Bad und Zimmer durch. Oft wischte ich sogar. Es mochte ja Leute geben, die ein dirty Bahnhofsklo-Ambiente als sexuell stimulierend empfanden, die von mir bevorzugten Damen gehörten jedoch aller Wahrscheinlichkeit nach nicht dazu, und ich ebenfalls nicht. *(Fragt meine Mutter - schon vor meinem ersten Geburtstag war ich nämlich mit der Windelkackerei durch und sauber!)*

Maja trank ihr Glas aus.

"Mit dem Rest der Kunden hatte ich eigentlich keine Probleme", meinte sie schulterzuckend. "Und so viele waren es ja auch gar nicht."

Dann ging sie ins Bad, und wir machten es, ein letztes Mal. Es war gut, einfach und ohne Getue. Schön, und auch ein kleines bisschen traurig.

Die zwei Stunden mit ihr vergingen mal wieder viel zu schnell. Hinterher sah ich ihr zu, wie sie sich anzog, erst die Spitzenunterwäsche, dann die geringelte Wollstrumpfhose, mehr niedlich als sexy, und zum Schluss Jeans und Pullover. Striptease rückwärts, alles wieder sauber eingepackt, für den nächsten Auftritt.

"Ich bin froh, dich nochmal gesehen zu haben", sagte sie zum Abschied ganz schlicht. (Und das gehört für mich zu den Goldkörnern im Sieb, die bleiben.)

Ich nahm sie in die Arme und schnupperte an ihrem Haar.

"Hoffentlich weiß dein Freund zu Hause jetzt immer, was er an dir hat", wünschte ich ihr und schenkte ihr eine kleine Herzdose mit Pralinen.

Sie zog meinen Kopf sanft zu sich herunter und küsste mich auf den Mund.

Was für wundervolle dunkelbraune Augen, dachte ich traurig und benommen zugleich.

Dann öffnete ich die Tür, machte das Flurlicht an und sagte: "Also, viel Glück und gute Reise. In Gedanken werde ich am Airport stehen und winken. Mit dem schwulen Bruder zusammen."

Leichtfüßig hüpfte mein kleines Däumelinchen die Treppe hinab, drehte sich auf dem Absatz noch einmal um und winkte mir zu.

Da geht sie hin, sinnierte ich, als ich ihr nachsah. Hoffentlich fiel ihre persönliche Bilanz ebenso positiv aus wie die der Freier, wünschte ich ihr, besonders in finanzieller Hinsicht. Schließlich hatte sie es sich redlich verdient.

Ich goss mir noch einen Tee auf, guckte vom Balkon runter und grübelte dabei über meine eigenen Finanzen nach. Über meinen aktuellen Kontostand. Ich hatte schon lange nicht mehr nachgerechnet, wo ich mittlerweile mit meinen Sexausgaben stand. Um die drei Dutzend Frauen dürften es wohl gewesen sein, die ich inzwischen konsumiert hatte, überschlug ich. Und vielleicht fünfzehntausend Euro, die ich nun nicht mehr besaß.

Reue empfand ich deshalb jedoch keine. Im Gegenteil. Maja, Madalina, Larissa und wie sie alle hießen - die meisten waren mir ihr Geld locker wert gewesen, ich hatte diesen Engeln einige der schönsten Stunden meines Lebens zu verdanken. Zugegeben, freilich wäre es noch besser, wenn sich ein paar Hübsche fänden, die auch ohne Scheine auf dem Couchtisch zu mir unter die Decke kletterten. Aber man sollte wohl erstmal mit dem zufrieden sein, was man hatte, sagte ich mir, und die Dinge so akzeptieren, wie sie nun einmal waren. Darauf aufbauen konnte man dann ja immer noch.

Wochenende, diesmal wieder mit den Kindern bei mir.
Nele hatte neue Lieblingsworte, keine Ahnung woher. Andauernd sagte sie 'dafte, dafte' oder 'zirrditt', und dann schüttete sie sich mit Malte (und ihrem Vater) aus vor Lachen. Auch ich hatte mir in ihrem Alter lauter eigene Worte ausgedacht, fiel mir wieder ein. Zum Beispiel 'Katschel' für Schultergelenk. Es erschien mir damals einfach passender als die betreffenden Worte der Erwachsenensprache.
Am Samstag stromerten wir zuerst durchs Kaufhaus, wo Malte und Nele in der Spielzeugabteilung ordentlich Taschengeld ließen. Nach dem Mittag kam ein Schulfreund von Malte zu Besuch, der bis zum Abendessen blieb und dann von seinem Vater abgeholt wurde.
Als die Kinder im Bett lagen, surfte ich ein wenig im Internet. Soso, in Indien gab es sogar Tempel, wo Ratten angebetet werden, die liefen da frei rum und wurden gefüttert! Woanders dagegen wurden sie abgerichtet und dann in Afrika erfolgreich zum Minensuchen eingesetzt, zum Beispiel in Mosambik. Was es nicht alles gab! Schließlich klickte ich noch routinemäßig die üblichen Seiten an und erfuhr so unter anderem, dass die Kletteragentur für die nächsten zwei Wochen erstmal komplett abtauchte, wegen 'Betriebsferien'. Glück im Unglück, dachte ich, denn wäre Madalina wieder da gewesen, dann hätte ich mich ja qualvoll zwischen ihr und Larissa entscheiden müssen. So aber fiel die Wahl für morgen Abend leicht.

Am Sonntagvormittag reparierte ich zusammen mit Malte seine Ritteraxt, bei der vor ein paar Tagen die Schneide aus Sperrholz weggebrochen war. Wir bohrten neue Löcher, schnitten zwei Leisten passend zu und schraubten sie dann an Vorder- und Rückseite fest, und schon war die Waffe wieder kampftauglich.

"Jetzt sieht sie richtig echt aus!", freute sich Malte und fuchtelte furchterregend damit umher.

Am Nachmittag fuhren wir ins Planetarium, zur Kindervorstellung über das Sonnensystem, und ich musste dran denken, was mir eine ziemlich unbedarfte Bekannte früher einmal kichernd erzählt hatte. Denn immer, wenn sie mit ihrem damals vierjährigen Sohn am Planetarium vorbeigefahren war, an diesem riesigen fensterlosen Silberiglu, dann hatte sie ihm mit gesenkter Stimme weisgemacht, dies wäre das große Kindergefängnis, wo all die bösen kleinen Jungen und Mädchen eingesperrt würden. Tja, und wen wundert es, dass dieser Knirps später bei einem Schulausflug zum Planetarium Angstzustände gekriegt hatte und dafür von seinen Klassenkameraden obendrein noch ausgelacht worden war! Seine Mutter schien das tatsächlich lustig zu finden, zumindest gab sie diese Episode immer wieder gern mit heiterer Miene zum Besten. Wofür ich freilich nur schwerlich Verständnis aufbringen konnte. Denn ich erinnerte mich selber noch allzu gut daran, wie mir meine verrückte Oma als kleines Kind immer eine Höllenangst eingejagt hatte, wenn wir im Hausflur an der rußigen Schornsteinfegerklappe vorbeigekommen waren. Dort drinnen wäre nämlich der 'schwarze Mann' zu Hause, hatte sie warnend gesäuselt, gleich hinter dem dünnen Blech, und der würde die unartigen Kinder blitzschnell zu sich hereinziehen.

Zur Kaffeezeit waren wir wieder zu Hause, und während Malte und Nele genüsslich in der Küche an ihrem Kuchen kauten, schlich ich mich kurz ins leere Kinderzimmer rüber und rief Larissa an. Sie lag noch im Bett, obwohl draußen die Sonne schien. Nein, meinte sie, zum Essen gehen hätte sie heute keine rechte Lust, vielleicht beim nächsten Mal, aber um acht würde sie zu mir kommen.

Na prima, dachte ich, und freute mich schon auf meine 'malenkaja tschaika', meine kleine Möwe, wie ich sie meist nannte. Mein zweites Patenkind, eins im fernen Afrika und eins gleich um die Ecke. Wobei ich letzteres erheblich generöser sponserte, wenn auch nicht ganz uneigennützig.

182. Kapitel

Larissa privat V

Sie entstieg einem Großraum-Taxi, einem richtigen Transporter. Ich dachte erst, sie bringt noch ein halbes Dutzend Freundinnen mit. Aber dem war natürlich nicht so.

Schon ungefähr drei Minuten später kriegte ich oben an meiner Wohnungstür ein richtiges kleines Feuerwerk von übermütigen Begrüßungsküsschen verpasst, anschließend legte sie gleich im Flur ihre Jacke ab und entledigte sich ebenfalls flink ihrer Stiefel. Dann drehte sie sich einmal vor mir im Kreis, damit ich ihre neue Bluse gebührend bewundern konnte. Der Clou war heute jedoch ihr sehr dezentes netzartiges Häkelmützchen, ein weißes Teil aus durchbrochener Spitze, oder wie man das nennt. So wie die feinen Damen es in den Stummfilmen der 20er Jahre immer getragen hatten. Es fehlte nur noch die lange Perlmutt-Spitze beim Zigarettenrauchen. Wo sie das ganze extravagante Zeug bloß immer her hatte? Ich fragte mich, ob sie den passend geklöppelten Slip dazu trug, sozusagen als Garnitur. Jedenfalls sah sie ganz allerliebst mit diesem Häubchen aus. Echt putzig.

Wir machten es uns gemütlich, wie immer. Zuerst redete sie ein bisschen über sich, dann fragte sie nach meinem Buch und ob ich es vielleicht auch auf Russisch übersetzen lassen könnte. Sie wäre nämlich schon so neugierig und würde es sehr gerne lesen.

"Eines Tages vielleicht", antwortete ich, "aber das wird auf jeden Fall noch dauern."

Anschließend wechselte ich das Thema und erzählte ihr mit Blick auf die Spielecke hinter dem Sofa wieder ein wenig von meinen Kindern. Übrigens erfuhr ich dabei auch ganz nebenbei, dass ich sie in puncto Babysitting neulich völlig falsch eingeschätzt hatte. Denn es war zwar richtig, dass sie auf Malte und Nele nicht aufpassen wollte - allerdings nicht, weil sie keine kleinen Kinder mochte oder ich zu wenig dafür zahlen würde, sondern weil sie sich meinen 'großen' Kindern nicht gewachsen fühlte, besonders vom Sprachlichen her. Sie hatte schlicht ein bisschen Bammel davor, wie sie beinahe errötend zugab. Was aber plötzlich viel besser ins Bild passte, wie ich fand. Doch solche Missverständnisse zwischen Larissa und mir waren für mich letztendlich unwesentlich, denn sie betrafen nur rationale Dinge. Das Hauptgeflecht unserer Verbindungen lag ja darunter, in irgendwelchen tieferen Schichten, und das meine ich wirklich nicht auf die primitive Tour. Der Verstand ist eben ein 'Fliegenschiss', verglichen mit dem Unbewussten, so ungefähr stand es ja bei Hesse. Larissa war sehr lebhaft und trotzdem in ihrem Innersten scheu, und gerade diese Mischung kannte ich ja von mir selber. Tja, und da wir Menschen nun einmal Resonanzgeschöpfe sind, klappte es vielleicht deshalb beim Sex zwischen ihr und mir so gut. Wer weiß? Auch diesmal lief es wieder traumhaft - ganz lieb und sanft, höchstens zum Schluss vielleicht ein bisschen wilder. Und hinterher schlummerte sie wie ein Engel an meiner Seite.

Als sie etwa zwanzig Minuten später ein Auge öffnete, meinte ich spöttisch zu ihr: "Also die australischen Koalabären können ja schon zwanzig Stunden am Tag schlafen, aber du schaffst wohl auch vierundzwanzig Stunden, hm?"

"Na, auch geht fünfundzwanzig Stunden", antwortete sie prompt. "Schlafen ist meine Hobby, weißt du?"

Und schon ging das Auge wieder zu, aber ihr Mund lachte.

"Warte nur, das kommt alles in mein Buch", versprach ich.

Larissa VI privat

Wir schlenderten durch die Hackeschen Höfe und spazierten anschließend zum 'Tacheles', einer seit Jahren von Künstlern besetzten Kaufhausruine. Mittlerweile existierten hier neben diversen Ausstellungsräumen und Ateliers noch ein Theater, ein Kino und ein Café. Am interessantesten erschien uns beiden jedoch die Schweißerwerkstatt gleich unten auf dem Hof, wo zu den dröhnenden Klängen einer keltischen Oper gerade eine der überdimensionalen Metallskulpturen zusammengesetzt wurde. Die ganze Anarcho-Atmosphäre schien hier irgendwie konzentriert und besonders magisch zu sein, und während Larissa mich in jeden Winkel zog, fasziniert 'ah' und 'oh' machte und mit dem Finger staunend nach links und rechts auf die unzähligen Miniaturen in den Ecken deutete, fühlte ich mich urplötzlich für eine Weile wieder um zwanzig Jahre zurück versetzt. Zurück in die Zeit meiner Jugend, als ich einfach drauflos lebte wie die Jungs hier, ohne mir viel Gedanken um meine Zukunft zu machen.

Hinterher flanierten wir noch eine halbe Stunde lang die Oranienburger entlang, vorbei an Ladenpassagen und Galerien.

Ein Shop mit Gummimasken hatte es Larissa besonders angetan. Frankenstein, Zombies, amerikanische Präsidenten und andere Monster, Showstars. Sie zog sich einen Latex-Affenkopf über.

Verdammt geile Schimpansin, dachte ich bei mir, als ich sie vor dem Spiegel rumhampeln sah.

Auch vor einer der Kunstwerkstätten blieben wir noch etwas länger stehen. Eine hübsche junge Polin verpasste schnöden Kieselsteinen einen vollendeten Diamantschliff und präsentierte sie dann wie Kronjuwelen in auf Hochglanz polierten Vitrinen, um so die Relativität und Manipulierbarkeit unserer Wertvorstellungen zu demonstrieren. Hinter sich hatte sie noch ein paar Dutzend ganz gewöhnliche Braunkohlebriketts aufgeschichtet, die allerdings vorher sorgfältig mit Goldbronze bepinselt worden waren, so dass sie nun wie schwere Edelmetallbarren im Tresorraum von Fort Knox glänzten.

"Ist ernst und lustig, nicht wahr?", fand Larissa, und ich stimmte ihr zu.

Später gingen wir indisch essen und danach natürlich noch ins Bett. Tantra Kamasutra.

Lucy I

Ich wollte was Schnelles, Unkompliziertes (und Preiswertes), nichts mit groß Quatschen und verständnisvoll und so. Sondern einfach nur Männchen mit Weibchen und Schluss.

Also klickte ich ein paar Webseiten durch und griff anschließend zum Telefon, und neunzig Minuten später stand die Süße vor mir. Laut Agentur eine Rumänin.

Lucy schien echte 19 Jahre alt zu sein. Halblanges Blondhaar und schön schlank, mit großen erschreckten Augen hinter der Brille - und irritierendem Silberblick. Sie wirkte irgendwie ein bisschen verloren. Verständigung auf Englisch war kaum möglich, auf Deutsch natürlich erst recht nicht.

„You a doctor?" fragte sie mich mit einem ehrfürchtigen Blick auf meinen

Bücherschrank, was ich jedoch der Einfachheit halber unkommentiert ließ.

Ich nahm eine Stunde, für 90 Euro plus Trinkgeldzehner.

Nachdem sie das Geld verstaut hatte, nippte sie bloß noch zwei- oder dreimal an ihrem Glas, dann ging es gleich ohne Umschweife zur Sache und sie begann sich vor mir auszuziehen. Wobei ihre schönen Titten wippten, so dass ich mir schon mal einen geilen Testgriff genehmigen musste. Kurz darauf ließ sie mir ein wundervolles Französisch zuteilwerden, sie auf der Sofakante sitzend und ich vor ihr stehend (und wie!). Auch ihre beiden warmen Hände waren voll im Einsatz, Eins-A-Skrotummassage, zur großen Freude meiner Testikel. Eine wirklich exzellente Gehängekomplettbehandlung, wobei der bereits erwähnte Silberblick beim Lutschen erst so richtig zur Geltung kam. (Als geilheitsverschärfender Faktor, meine ich.)

Danach bediente ich mich ihrer im Liegen. Zuerst ging sie nach oben, später wurde nochmal gewechselt, damit ich sie auch richtig mit Schwung durchstoßen konnte.

Hinterher streichelte ich sie kurz, dazu gabs ein paar warme rumänische Worte, und schon war die Zeit mal wieder um. Bereits wenige Augenblicke später begleitete ich sie zur Tür, knipste wie üblich noch das Flurlicht an und entließ sie ins Treppenhaus.

Dann putzte ich mir die Zähne, kroch wieder in das angewärmte Bett zurück und machte den Fernseher an. Die Spätnachrichten berichteten über die aktuelle Monsunkatastrophe in Südostasien; Hochwasser und Schlammlawinen hatten ganze Landstriche verwüstet. Riesige Flächen Ackerland standen unter Wasser, überall trieben tote Tiere in den Fluten, ganze Dörfer versanken vollständig in der braunen Brühe. Zehntausende waren über Nacht obdachlos geworden und hatten buchstäblich alles verloren. Unvorstellbar, dachte ich. Was wäre wohl, wenn das hier bei uns passieren würde? Wie würden wir uns dadurch verändern?

Anschließend entschied ich mich nach kurzem Hin- und Hergeschalte für eine Sendung über das Schicksal eines nordkoreanischen Paares, das auf seiner lebensgefährlichen Flucht nach Südkorea mehrere Tausend Kilometer zurückgelegt hatte, nämlich zuerst heimlich über China nach Laos und dann weiter nach Thailand, von wo aus die beiden schließlich per Flugzeug legal nach

Südkorea ausreisen durften. Unzählige Risiken und Entbehrungen hatten sie auf sich genommen, nur um eines Tages so leben zu können wie wir. Sehr beeindruckend, wie ich fand. Nun, und wenn auch solche Reportagen meine eigenen Sorgen und Probleme nicht unbedingt kleiner werden ließen, so rückten sie sie immerhin in ein anderes Licht.

Was hatte ich doch für ein schönes Leben!

183. Kapitel

Übers Wochenende fuhr ich mit der Therapiegruppe raus ins Umland, in ein kleines Tagungshaus. Freitagnachmittag um kurz nach fünf kam ich an, also hatte ich noch fast eine Stunde zur freien Verfügung. Ich stellte bloß schnell meine Klamotten oben im Zimmer ab und machte einen kleinen Spaziergang runter zum See, um die Großstadthektik abzuschütteln. Uralte Eichen säumten den ausgetretenen Pfad zum Ufer, und ein einsames Ruderboot dümpelte angekettet neben dem Steg im mannshohen Schilf. Vorsichtig betrat ich das schwankende Gefährt, ließ mich für eine Weile auf der hölzernen Sitzbank nieder und beobachtete ein paar Wasservögel, und eine beinahe idyllische Ruhe zog in mein Gemüt ein.

Nach dem Abendessen ging es dann allerdings gleich wieder ordentlich zur Sache, denn diesmal erfuhren wir von Karla, dass sie als Elfjährige vergewaltigt worden war, und zwar vom siebzehnjährigen Sohn einer örtlichen Parteigröße, aber das Ganze hatte man damals im Osten geschickt vertuscht. Doch besonders schlimm daran war für sie gewesen, dass sogar ihr Vater dabei ganz brav mitgespielt hatte! Echte Genossen konnten sich eben aufeinander verlassen, die ließen lieber die eigene Tochter im Stich als dass sie die Fassade sozialistischer Musterfamilien durch die ungeschminkte Wahrheit beschädigten. Erst Jahre später, nach einem ihrer Selbstmordversuche, war das alles noch einmal richtig ans Licht gekommen. Wohl vor allem deshalb, weil sich die Zeiten inzwischen geändert hatten.

"Das ist, als wenn so 'n Braunkohlebagger kommt und dir dein Zuhause wegfrisst", schluchzte Karla und zog sich beim Erzählen immer wieder ein neues Stück Zellstoff aus der Pappbox. "Alles ist kaputt und sieht auf einen Schlag komplett anders aus. Die Kindheit ist weg. Nichts ist mehr so, wie du 's mal gekannt hast."

Am Samstagvormittag stand ich dann selber nochmal für eine Weile im Mittelpunkt, jedoch ohne große Dramatik. Bloß eine Art Nachbereitung zu dem, was ich bisher schon offenbart hatte. Sebastian meinte als Resümee, ich hätte letztendlich wohl meine Spielwiese gefunden und mit den Callgirls im Schnelldurchlauf das nachgeholt, was andere normalerweise zwischen 16 und 25 erledigten - und mich auf diese Weise Stück für Stück selber aus dem Sumpf gezogen.

"Ich dachte, das konnte nur Münchhausen", erwiderte ich darauf heiter. "Bei mir trifft wahrscheinlich mehr so *Faust II* zu, der letzte Satz aus der Tragödie: *'... das ewig Weibliche zieht uns hinan!'* Es waren nämlich eher die Mädchen. Die haben jedenfalls tüchtig geholfen beim Ziehen."

Und zwar eigentlich weniger an den Haaren, dachte ich innerlich leicht grinsend.

"Was glaubst du, wie es bei dir in puncto Frauen weitergehen wird?", wollte Sebastian wissen.

"Hm, weiß ich noch nicht", sinnierte ich halblaut, und mir fiel ein, dass Olli mir mal von einem seiner Bekannten erzählt hatte, der seit Urzeiten eine Beziehung zu einer Professionellen unterhielt und jedes Jahr gemeinsam mit ihr in Urlaub fuhr.

"Vielleicht werd' ich auch nie *die eine* Partnerin finden", antwortete ich schließlich vage, "sondern mehr so eine etwas stabilere Kardinalbeziehung führen und abgestuft dazu dann weiterhin noch ein bisschen erotische *quality time* mit anderen, meinetwegen auch mit gewerblichen Damen, verbringen. Das gute alte Trennkost-Konzept, sozusagen. Keine Ahnung, wer weiß?"

Aber vielleicht würde mein zukünftiges erotisches Netzwerk ja auch für immer bloß ein einziges chaotisches Kuddelmuddel bleiben, ein sich ständig umschichtendes Mischmasch? Oder ich würde als Asexueller enden?

"Willst du uns diese Haupt- und Nebenfrauengeschichte etwa als innovatives Konzept verkaufen?", ätzte Ragna und blickte ziemlich feindselig zu mir rüber.

"Es steht doch jedem frei, wie er es damit hält", erwiderte ich ihr darauf aber bloß betont friedfertig und zuckte mit den Schultern. "Doch ich gebe gerne zu, dass ich 'ne kräftige Restmacke habe und das ideale Glücksrezept natürlich auch nicht kenne."

Immer ruhig und sachlich, sagte ich mir gelassen, denn mittlerweile war ich ja abgeklärt wie sonst was. Mein eigener Opa, sozusagen.

Ragna schüttelte trotzdem bloß demonstrativ den Kopf.

Soll sie ruhig, dachte ich, und während die anderen sich bereits einem neuen Thema zuwandten, grübelte ich noch über das nach, was ich vor Kurzem im Fernsehen gesehen hatte. Es war nämlich um einen berühmten Regisseur und Filmproduzenten gegangen, der so ungefähr gesagt hatte, dass er erst richtig klar denken und sich ungestört geistig entfalten konnte, seit sich sein Schwanz mit seinen ständigen Bedürfnissen langsam abgemeldet hatte. Die Libido also nichts als ein Stressor, der körperliche Verfall als Erlösung? Was für eine traurige Bankrotterklärung, dachte ich. Der entmannte Denker; erst wenn das Feuer ausging, sollte die große Erleuchtung über einen kommen? Das schien mir jedenfalls auch nicht gerade der Weisheit letzter Schluss zu sein.

Beim Abendessen saß ich neben Sonja, einer stillen Blonden um die Vierzig, die ebenfalls so ihre liebe Not mit dem anderen Geschlecht zu haben schien. Ihr letzter Freund hatte sich eines schönen Tages überraschend als homosexuell geoutet und sie kurz darauf wegen eines Kollegen verlassen.

Ich unterhielt ich mich mit ihr eine ganze Weile über diese Geschichte, wobei sie auch nebenbei erwähnte, dass einer ihrer schwulen Freunde gerade HIV-positiv getestet worden wäre.

"Letztes Jahr in Berlin gab es 350 Neuansteckungen, er ist einer davon", meinte sie, was mich einen Moment lang ziemlich frösteln ließ.

In der Nacht dort träumte ich etwas sehr Schönes.

Es war im Sommer, irgendwo dicht am Meer, wahrscheinlich an der Ostsee, und Aurelia und ich saßen zusammen in einer Baumkrone (einer Weide?), ungefähr hundert Meter vom Wasser weg. Und wir waren beide ganz nackt.

Aber seltsamerweise gab es dabei nicht die geringste sexuelle Spannung zwischen uns (im Traum funktionierte das jedenfalls). Einfach so, wie unschuldige kleine Kinder. Der warme Wind fächelte angenehm über unsere Haut und trug den Strandlärm nur in Fetzen zu uns herüber, während wir ganz gemütlich dunkelrote Kirschen von den Weidenzweigen pflückten (wie gesagt, im Traum geht sowas). Und wir lachten über das, was wir uns gegenseitig erzählten. So ging das eine ganze Weile: Kirschen essen, erzählen, lachen. Der perfekte Zeitvertreib.

Irgendwann wurde mir jedoch bewusst, dass sie auf meinen Oberschenkel gerutscht war, ihre Haut an meiner Haut, ganz ganz dicht. Und plötzlich regte sich etwas bei mir zwischen den Beinen. Eine merkwürdige Wärme stieg von dort auf und machte mich irgendwie benommen.

Daher bat ich sie, ein Stückchen von mir abzurücken.

"Weißt du, bei mir passiert da nämlich grad' was", erklärte ich ihr ohne jegliche Verlegenheit, so als wäre sie mir einfach bloß allmählich zu schwer geworden. Ein wenig belustigt schlug sie sich die Hand vor den Mund und guckte an mir runter, ja tatsächlich, aber weiter war dann auch nichts dabei. Sie setzte sich auf den Ast mir gegenüber, und schon hielten wir wieder nach den saftigsten Kirschen Ausschau.

Als ich am Morgen erwachte, blieb ich noch ein Weilchen im Bett liegen und spürte diesem Traume nach, dieser friedlichen, liebevollen Stimmung. Hm, dachte ich, war das nun vielleicht Ausdruck meiner Sehnsucht nach einer präpubertären, infantilen Geborgenheit, weit weg von einem übersexualisierten Menschenbild? Steckte Flucht vor der Bürde des Erwachsenseins dahinter, die unbewusste Angst vor der Individualisierung überhaupt? Oder ließ sich daran einfach bloß ablesen, dass sich der Schwerpunkt meiner Bestrebungen weiter von bloßem Sex in Richtung Nähe und Zärtlichkeit verlagert hatte?

Nun, ich war zwar ziemlich unbedarft, was Traumdeutung und Symbolinterpretation betraf, beschloss aber dennoch, das Ganze als ein Zeichen zu werten. Daher schrieb ich Aurelia einen langen Brief und schilderte ihr darin, was ich geträumt hatte ('mit Aurelia ist gut Kirschen essen'), und indem ich es aufschrieb, hielt ich es fest.

Etliche Tage später rief mich Aurelia an und bedankte sich für den Brief, und bei der Gelegenheit erfuhr ich zu meiner Überraschung, dass es ihr eigentlich schon seit geraumer Zeit gar nicht mehr so besonders gut ginge, weshalb sie sich nun sogar zu einer Psychotherapie durchgerungen hätte. So wie ich ihre etwas kryptischen Erläuterungen dazu verstand, fühlte sie sich innerlich irgendwie unfrei; jedenfalls würde sie sich besonders im privaten Bereich viel zu oft in Situationen manövrieren beziehungsweise manövrieren lassen, die ihr eigentlich missfielen. Besonders diese Swinger-Club-Geschichten gingen ihr mittlerweile mehr und mehr gegen den Strich, meinte sie, das Ganze käme ihr manchmal vor wie der Anfang vom Ende. Geduldig hörte ich ihr zu, wobei ich mich gleichzeitig mehr als einmal fragte, was ich über meine Freunde Aurelia und Florian eigentlich wirklich wusste. Waren wir zueinander vielleicht gar nicht immer so offen gewesen, wie es auf den ersten Blick den Anschein gehabt hatte?

184. Kapitel

Inzwischen war es Dezember geworden. Draußen hatten Dunkelheit, Matsch und Kälte die Herrschaft übernommen, aber ich war einer der zähen Gesellen, die selbst im Schneegestöber noch immer unverzagt mit dem Fahrrad zum Job strampelten.

Eines Abends fragte ich mal wieder bei der Kletteragentur nach, jedoch wie schon insgeheim von mir befürchtet sah es leider schlecht aus. Madalina wollte jetzt angeblich überhaupt nicht mehr arbeiten kommen, hieß es, ständig würde sie ihre Meinung ändern.

"Aber Weihnachten fahren wir runter, und im Januar bringen wir dann wieder was Schönes mit", versprach mir der Telefonist noch, bevor er auflegte. Was mir im Moment freilich auch nicht viel nutzte. Flüchtig dachte ich an meine wundervollen Stunden mit Madalina zurück.

Na wer weiß, sagte ich mir schließlich, wahrscheinlich hat sie sich auch 'ne Menge schöngeredet damals. Jedenfalls hatte es sich nun erstmal ausgevögelt.

Aber trotzdem ließ ich die Flaschen mit 'ihrer' Sorte Möhrensaft noch im Küchenschrank stehen, denn bekanntlich sollte man die Hoffnung ja nie aufgeben.

Ich telefonierte noch ein bisschen umher, aber keine von meinen bisherigen Favoritinnen war zu kriegen. Höhere Gewalt, musste ich also endlich einsehen, deshalb buchte ich zur Abwechslung mal wieder eine Neue. Vielleicht gab es da ja eine geheime Korrelation, grübelte ich, und das Schicksal wollte unbedingt, dass ich bis zu meinem 44. Geburtstag auch auf 44 Frauen kam. Wer weiß?

Chanel I

Sie kam mit einer riesigen Sonnenbrille auf der Nase (abends um halb zehn!), und sie sah nicht so gut aus wie auf den Bildern. Entweder waren die Fotos uralt, oder jemand hatte am Computer kräftig nachgebessert.

Angeblich war sie Lettin. Sie arbeitete rund um die Uhr, erzählte sie mir, gleich bei zwei Agenturen wäre sie registriert.

Wir vollzogen den Akt, und schon nach vierzig Minuten stand sie wieder fertig angezogen in der Tür. Höfliches Küsschen zum Abschied, Trinkgeldzehner und bye bye.

Larissa VII privat

"Ich kann nur bis elf bleiben", hatte sie mir schon am Telefon angekündigt.

Natürlich, dachte ich, denn ich wusste ja, dass morgen ihr Geburtstag war. Also würde sie später zu Hause bestimmt schon mal reinfeiern wollen.

Da wir ausgemacht hatten, heute ins Steakhaus um die Ecke zu gehen, klingelte sie gegen acht bloß kurz unten bei mir an der Tür, so dass ich mir nur noch schnell meine Jacke zu schnappen und in großen Känguruhsprüngen die Treppe runter zu hüpfen brauchte.

Bereits ein paar Minuten später saßen wir im Restaurant am Tisch und studierten die Karte.

Larissa wollte unbedingt den spanischen Wein probieren, ich jedoch riet ihr zu dem chilenischen, und schließlich bestellten wir von beidem ein Glas.

"Deiner besser", lächelte sie, als sie von meinem gekostet hatte, also tauschte ich mit ihr.

Dann berichtete sie von dem neuesten Schrei aus Moskau, den man sich angeblich von amerikanischen Millionären in Florida abgeguckt hatte: tropische Riesenschmetterlinge. Man züchtete sie jetzt extra zum Verkauf, natürlich zu horrenden Preisen, nur damit sie bei den Parties der Neureichen einen Abend lang umherflatterten. Als exotische Dekoration, zur allgemeinen Erheiterung und perversen Ergötzung.

"Wenn Feier zu Ende, alle Tiere müssen sterben, weil draußen zu kalt", sagte Larissa und schüttelte mitleidig den Kopf. "Weißt du, Ecki, ich oft denken an diese arme Tiere. Weil ist bisschen so wie mit Mädchen. Wir sollen auch Party schön machen. Erst alle gucken, aber später wenn genug, dann interessiert sich keiner was ist. Leute alle gehen nach Hause."

Anschließend erzählte ich von meinem Kirschbaum-Traum mit Aurelia, und Larissa vertraute mir an, dass sie vor ungefähr einem Jahr andauernd von Ratten geträumt hätte. Damals, als sie noch bei diesem fiesen MUKA-Luden gewesen war.

Kurz darauf kam unser Essen, und nicht nur ich schien ordentlich Hunger zu haben, denn auch Larissa schmeckte es sichtlich. Besonders der Rotkohl war nach ihrem Geschmack, so dass wir davon gleich noch eine Extraportion nachbestellten.

Hinterher, beim zweiten Glas Wein, fragte ich Larissa behutsam, ob sie nochmal als Callgirl arbeiten würde oder eher nicht.

"Weiß nicht", antwortete sie leichthin. "Ist in Mitte zwischen Nein und Ja, aber bisschen mehr Nein." Sie sah mir in die Augen. "Ich kennen gute Zeiten, und ich kennen schlechte Zeiten, und wenn Mensch hat beides gesehen, das ist" - sie suchte einen Moment nach Worten - "naja, viel nützlich *(das blieb mir noch lange im Ohr, besonders wie sie es betonte: 'njutzlich')*. So ich denken."

Ihr russischer Fatalismus war einfach unschlagbar, fand ich. Immer nach dem Motto: Das Leben hat gegeben, das Leben hat genommen, das Leben sei gelobt - und basta.

Fragend guckte sie zu mir rüber.

"Natürlich, das kann sehr nützlich sein", stimmte ich ihr zu und nickte. Schließlich war es immer gut, wenn man das ganze Spektrum abdeckte. Das war ja auch meine Philosophie.

"Aber gute Zeiten viiel bähsser", schob Larissa auf einmal noch nach und lachte übermütig.

Irgendwie kam ich danach auch auf mein letztes Therapie-Wochenende zu sprechen.

Naja, meinte sie daraufhin ziemlich skeptisch, sie könne sich nicht so recht für sowas erwärmen. Sie wäre nämlich früher auch mal kurz mit einem Psychologiestudenten zusammen gewesen, und aus ihren Andeutungen schloss ich, dass sie sich in dieser Zeit wohl des Öfteren vorgekommen war, als würde ihre Seele ständig wie eine Fliege unter dem Mikroskop seziert werden.

"Ich weiß, dass du da sehr empfindlich bist", meinte ich, "und dass du natürlich bloß noch verschlossener wirst, wenn man dich zu sehr ausfragen will, hm?

Larissa nickte, und weil wir gerade beim Thema Psycho waren, gestand sie mir auch, dass sie häufig rot wurde, wenn sie von fremden Deutschen angesprochen wurde. Zum Beispiel, wenn sie gerade bei ihrem deutschen Freund war und jemand zu Besuch kam. Weil sie nämlich permanent Angst hatte, nicht alles richtig zu verstehen. Sie schämte sich offenbar dafür.

Na sowas, dachte ich zumindest ein bisschen überrascht, und ich stellte mir sofort vor, wie sie sich gefühlt haben musste, als sie zu hunderten von fremden deutschen Männern in die Wohnung gegangen war. Zu Scharen von Rattenmännchen.

"Du musst deine Probleme rauslassen", riet ich ihr, "damit du dich sicherer fühlst. Am besten, du sprichst gleich die anderen an und sagst von vornherein, dass dein Deutsch noch nicht perfekt ist und dass man deshalb bitte einfach und langsam mit dir sprechen soll. Dadurch wissen sie, was los ist, und du stehst nicht mehr so unter Druck."

"Ja", seufzte sie, "aber ist trotzdem nicht einfach."

Gegen halb zehn zahlten wir, und auf dem Rückweg blieb Larissa kurz vor dem Schaufenster eines Fotostudios stehen.

"Ich will Aufnahmen machen lassen", sagte sie. "Wenn ich alte Oma bin, möchte ich Kindern schöne Fotos von mir zeigen."

Angeblich konnte man sich ja auch schon per Laser dreidimensional das Gesicht abtasten und dann als räumliches Porträt in einen Glaswürfel brennen lassen, fiel mir plötzlich ein. Hatte ich nicht neulich erst irgendwo eine Werbeanzeige für so eine 'Vitrographie' gesehen? Wäre doch ein schönes Geschenk, oder? Vielleicht sollte ich mal im Internet danach suchen, überlegte ich.

"Weißt du, einmal hat mich fremder Mann in Café angesprochen", riss mich Larissa aus meinen Gedanken. "Er ist Maler und will mich malen, hat er gesagt. Nur meine Gesicht."

"Vorher oder hinterher?", fragte ich cool.

"Ja, habe ich auch so gedacht", lachte sie. "Er hat mir seine Business Card gegeben. Aber bis jetzt ich habe noch nicht angerufen."

Wir stapften hoch in meine Wohnung, und oben saßen wir noch ein bisschen zusammen und redeten, einfach so. Um kurz vor elf zog ich meine Couchtisch-Schublade auf und gab ihr das Geld, die vollen 250 Euro, obwohl wir ja diesmal gar nicht in die Horizontale gegangen waren.

"Es ist eine Stunde vor deinem Geburtstag", erklärte ich mit ein wenig steifer Feierlichkeit, "und da möchte ich dir nicht nur sagen, sondern auch zeigen, dass ich immer gern mit dir zusammen bin und dich mag. Nicht nur wegen Sex."

Stumm und mit großen Augen guckte sie mich an, und selbst im Schummerlicht sah es so aus, als ob sie auf einmal richtig rot geworden war.

"Ich bin Realist, Larissa, und trotzdem möchte ich...", setzte ich noch einmal neu an und suchte nach den richtigen Worten. "Also ich weiß, wir sind natürlich beide sehr verschieden, sehr ungleich, naja, und..."

"Aber Ecki, so ist es doch immer", unterbrach sie mich sehr sanft, sah mich lächelnd mit ihrem Unschuldsgesicht an und zuckte dazu schicksalsergeben mit ihren schmalen Schultern.

Aber so ist es doch immer, hallte es plötzlich wie von selbst in mir nach, und für eine ganze Weile konnte ich erstmal keinen klaren Gedanken mehr fassen.

Obwohl Larissa ja ursprünglich um elf Uhr gehen wollte, blieb sie schließlich dennoch bis nach Mitternacht, so dass ich der Erste war, der ihr zum Geburtstag gratulierte.

Ich schenkte ihr noch einen flauschigen bunten Wollschal sowie Edelschokolade im Holzkästlein.

"Danke für diese schönen Abend mit dir", sagte sie an der Tür, als sie mich küsste.

Später im Bett ließ ich noch einmal Revue passieren, was ich mit ihr schon alles erlebt hatte. Von Anfang an bis heute, bis zu ihrem 24. Geburtstag. Das hätte ich mir nie träumen lassen, dachte ich dabei immer wieder; so viele wundervolle Stunden mit so einem hübschen Mädchen, das meine Tochter sein könnte. Mein Gott, als Larissa das Licht der Welt erblickte, da war ich bereits als Soldat der Grenztruppen mit der Knarre über der Schulter durch den kalten Gebirgs-modder gerobbt! So gesehen trennten uns natürlich Welten. Doch sofort fiel mir wieder ihr fatalistisches *'Aber so ist es doch immer'* ein, und ich betrachtete diesen seltsamen Satz solange von allen Seiten, bis ich schließlich darüber einschlief.

185. Kapitel

Als ich am nächsten Tag von der Arbeit kam, war ich vor allem eins - nämlich geil. Heiß und in Stecherlaune. Larissa kam diesmal freilich für meine Zwecke nicht in Frage, denn sie würde bestimmt gerade nach russischer Sitte irgendwo kräftig ihren Geburtstag feiern. Also griff ich seit langem mal wieder auf die Nummer meiner guten alter Agentur zurück.

David war dran, und er erkannte mich sofort an der Stimme.

"Wenn ich Sie jetzt wieder als Kunde habe, dann mach' ich heute gleich 'ne Flasche Sekt auf, ehrlich", frohlockte er, und wir hielten erstmal einen kleinen Schwatz ab. Ohne große Umschweife erkundigte er sich, was ich von diesem und jenem Mädchen halten würde, und ganz besonders war er daran interessiert zu erfahren, welche Damen der Konkurrenz meiner Meinung nach eine Empfehlung wert wären. Im Gegenzug gab mir dann ebenfalls ein paar nützliche Hintergrundinfos, und außerdem bestellte er mir viele liebe Grüße von Nelly. *(War das vielleicht bloß raffiniert und geschäftstüchtig von ihm, fragte ich mich natürlich sofort - oder handelte es sich tatsächlich um eine echte Geste?).* Übrigens hielt er mich für einen Journalisten, deshalb bat er mich auch, seine neue Webseite gelegentlich mal auf eventuelle Fehler durchzusehen. Schließlich bestellte ich Tanja, eine Russin, 21/1,63 und 32er Konfektion, die sowohl von den Fotos als auch von den Internetkommentaren her ein ziemlicher Kracher sein musste - und obendrein auch noch von David empfohlen wurde.

Tanja I

Ich machte mich fertig und überflog anschließend noch einmal die sie betreffenden Internet-Einträge. Einer namens 'Mit-Glied' hatte geschwärmt: 'Die Kleine ist echt talentiert für den Job. *Ich schon dreimal mit Orgasmus fertig, bevor du spritzen,* behauptete sie anfangs, und sie hat es tatsächlich wahr gemacht.' Und ein anderer hob besonders hervor, dass sie 'sehr sensitiv' wäre. Na das ließ doch hoffen, oder?

Kurz nach acht kam Tanja die Treppe hochgestapft, im dicken Babuschka-Mantel und mit zottligen Fellpuschel-Stiefelchen an den Füßen, was sie von weitem ein bisschen wie die kleine Schwester vom Yeti aussehen ließ. Doch als sie dann dicht vor mir stand und sich aus dem Bärenfell schälte, da änderte sich das Bild gewaltig. Sie war nämlich gertenschlank und hübsch und hatte außerdem von der Kälte gerötete Bäckchen, was sie zusammen mit dem langen Blondhaar und ihrem zarten Teint wirklich beinahe wie gemalt wirken ließ.

Nun, ich träumte ja bereits eine ganze Weile davon, mal mit einer richtig schnucklige Maid zu vögeln, ohne vorher überhaupt mit ihr zu sprechen, und mit Tanja war ich wirklich schon nah dran. Ein paar ruhige Gesten und ansonsten bloß souveräne Ausgeglichenheit ausstrahlen, mehr war dazu eigentlich gar nicht nötig. Einfach nur leise Musik laufen lassen, Telefon und Aschenbecher reichen, Wasser- oder Saftflasche öffnen, und alles ganz selbstverständlich und ohne eine Spur von Verlegenheit. Zum Warmwerden schossen wir mit Maltes kleiner Kinderarmbrust noch ein paar Gummipfeile auf die Zielscheibe neben der Tür.

Als die süße Tanja dann endlich frisch und duftend aus dem Bad zu mir ins Vollzugszimmer trat, hob sich meine Stimmung jedenfalls schon mal gewaltig. Perfekte Brüste, nicht zu voll, aber straff und rund und mit kleinen, ungewöhnlich dunklen Warzen. Sexy as hell.

Sie kletterte zu mir ins Lotterbett, wobei sie sich des um ihre Hüften geknoteten Handtuchs praktischerweise gleich selbst entledigte, so dass ihr makelloser kleiner Kugelpo nun zur Ansicht freilag. Die schwarzen halterlosen Strümpfe (das einzige, was sie jetzt noch trug!) behielt sie allerdings an; stumm lächelnd schüttelte ich nämlich meinen Kopf, als sie sie gerade abstreifen wollte. Sanft nahm ich ihre Hände weg und drückte ihr ein paar Küsse auf die Oberschenkel, vorerst freilich nur außen, während sich meine Finger zielstrebig zu ihren bereits herrlich steifen Nippeln hoch tasteten, was wiederum zur Folge hatte, dass sie sich schon bald unter meinen Berührungen genüsslich wie eine rollige Katze zu strecken und zu winden begann. Anfangs tat sie zwar noch ein wenig kitzlig, wenn ich ihr dabei hin und wieder mal drängend zwischen die Beine griff, um ihre zarte, glattrasierte Spalte zu massieren, endlich aber spreizte sie von selbst die Schenkel weit auf und wurde spürbar feucht.

Jedenfalls, die Chemie zwischen uns stimmte, und schon bald fickten wir richtig schön hemmungslos. Beim Finale stieß ich sie wirklich wie ein junges Böckchen, von Herzen fröhlich und gelöst, und auch sie tat sich keinerlei Zwang an, insbesondere nicht, was die akustische Komponente betraf.

Hinterher neckte sie mich ein bisschen, indem sie meinen noch immer in ihr steckenden Schwanz spielerisch mit ihren Vaginalmuskeln bearbeitete.

"Gefällt dir das?", gurrte sie und ließ ihre Muschiröhre ein paarmal rhythmisch kontrahieren, und schließlich lachte sie lauthals drauflos.

Im anschließenden postkoitalen Nachbereitungsgespräch erfuhr ich von ihr, dass sie eine russische Offizierstochter wäre, die lange im Baltikum gelebt hätte und nun seit einiger Zeit in Smolensk wohnen würde, was 28 Stunden mit dem Bus von Berlin entfernt läge.

Zu ihren hiesigen Kunden befragt, meinte sie: "Achtzig Prozent schlecht und zwanzig Prozent gut. Die meisten Degenerazija."

Wir kuschelten noch ein bisschen, dann sah sie auf die Uhr und seufzte.

"Schade, nur noch zehn Minuten", sagte sie. "Weißt du, wenn mit gute Mann, geht Zeit ganz schnell. Ich so müde! Gestern dreizehn Termine, also ich will heute früher Schluss. Bloß Chef sagt bestimmt wieder, ach komm, nur noch einen. Immer noch einen."

Sie setzte sich auf und suchte tastend nach ihrer Unterwäsche, doch ich führte ihre zarte warme Patschehand gleich nochmal entschlossen an meinen halbsteifen Schwanz, und sie rieb ein Weilchen dran rum, bis er wieder richtig schön stand. Voller Tatendrang warf ich den Rest der Decke von mir, aber sie ließ plötzlich von mir ab, kicherte "Spaß vorbei!" und entschwand ins Bad. Mist, dachte ich und holte mir hastig einen runter, während sie nebenan duschte. Anschließend guckte ich ihr vom Bett aus beim Anziehen und Kämmen vor dem Schrankspiegel zu. Dann telefonierte sie noch kurz und drückte mir ein Küsschen auf, und schon war dieses sinnliche Engelchen wieder entschwunden. Halb bedeppert blieb ich im Bett liegen, in dem auch sie sich vor Kurzem noch lustvoll gewälzt hatte, und grübelte mal wieder ein wenig darüber nach, ob ich sie nun öfter bestellen sollte oder nicht. Aber so recht hatte ich dazu eigentlich doch keine Lust, denn der weitere Verlauf war ja unschwer vorauszusehen: Erst würde ich etliches an Zeit und Geld investieren, um ihr möglichst nahe zu kommen, und wenn das Ganze schließlich tatsächlich auch seelischen Tiefgang kriegte und gerade so richtig schön symbiotisch zu werden begann (wobei ich vom günstigsten Fall ausging), dann müsste ich mich bereits wieder auf den Abschied einstellen. Immer das gleiche Drama. Nein, ich wusste, was kommen würde, und dessen war ich überdrüssig.

Kaum war Tanja gegangen, klingelte mein Telefon, und eine abgehackte Automatenstimme las mir eine SMS von Nina vor. *(Nein, ich besaß noch immer kein Handy.)* Natürlich rief ich sie sofort zurück.
"Wo bist du?", fragte ich.
"In Berlin", antwortete sie, und ich hörte andere Stimmen und Fahrgeräusche im Hintergrund. Sie säße nämlich gerade im Auto und ginge mal wieder ein paar Tage anschaffen, erfuhr ich.
"Was soll ich machen, mein Mann gibt mir kein Geld", erklärte sie. "Aber egal, ich schimpfe nicht mit ihm und bin freundlich. Bei mir immer alles okay."
Montag wollte sie zum Arbeitsamt gehen, um sich hier einen Job zu suchen. Bei einem Fastfood-Restaurant hätte sie sich vor Kurzem bereits vorgestellt.
"Also, wenn du mich sehen willst", meinte sie zum Schluss, "über neue Agentur von Galina, du weißt."
Sie gab mir sicherheitshalber noch einmal die Telefonnummer und wiederholte ebenfalls sowohl das Datum als auch den Wochentag, bis zu dem sie dort erreichbar wäre.
"Ich ruf dich an", versprach ich und schickte ihr zwei Küsschen durch die Leitung, bevor ich auflegte.
Dennoch stellten sich schnell zwiespältige Gefühle bei mir ein. Hm, ja was erwartete ich denn eigentlich von diesem Treffen? Sicher wollte ich Nina gern

wiedersehen - aber konnte sie mir darüber hinaus überhaupt noch etwas geben? Nein, ein Termin mit ihr wäre rausgeschmissenes Geld, dachte ich schließlich, und ich war wirklich nahe daran, diese alte Geschichte ruhen zu lassen. Das hatte doch alles keine Zukunft.

Am nächsten Abend stieß ich im Internet allerdings auf einen alten Eintrag zu Jade: *'Sie ist süß und intelligent. Anfangs zwar äußerst zurückhaltend, aber dann war sie doch sehr lieb. Bloß wenn die Chemie nicht stimmt, kommt garantiert keine Freude auf. Also nicht für jedermann zu empfehlen.'*

Nun, diese wenigen Zeilen brachten mir noch einmal unsere besten Stunden ins Gedächtnis zurück und stimmten mich schließlich um. Ganz nüchtern beschloss ich, mir noch ein letztes Mal diesen Luxus zu leisten: eine bezahlte Stunde, nur zum Reden, ohne Sex.

Na was solls, dachte ich. Damals hatte ich ihr immerhin angeboten, zu ihr nach Dresden zu fahren, bloß um zusammen im Park ein bisschen spazieren zu gehen, und das hätte mich unterm Strich wohl kaum weniger gekostet. Ein schlapper Hunderter, das war nun mal der Mindesteinsatz im großen Spiel. Tja, und wer weiß, ob es am Ende vielleicht nicht doch gut investiertes Geld war? Denn Florian hatte mir ja seinerzeit geraten, mich an Nina zu halten, und wenn ich jetzt nicht die Gelegenheit nutzte, dann würde ich sie wahrscheinlich für immer verlieren und nie wiedersehen. So hätte ich mir zumindest in dieser Hinsicht nichts vorzuwerfen.

186. Kapitel

Freitagabend. Malte kränkelte, und ich fühlte ich mich eigentlich ebenfalls ziemlich matt. Aber trotzdem stellte ich den Aschenbecher auf den Tisch, schob zwei Fünfziger darunter und griff zum Telefon. Einmal noch und Schluss, nahm ich mir vor. Andere machten aus ihrem Bedürfnis zu helfen eine Profession und verdiente Geld damit, ich dagegen blechte sogar noch dafür, dass ich jemandem die Seele trösten durfte. Ich war der gestörte Therapeut, der seine Klienten bezahlte.

Nina IV (privat)

Sie trug eine kurze dunkle Jacke und darunter einen langen blauen Wollpullover, der sich eng um ihre Hüften schmiegte und sogar noch bis halb über die Oberschenkel reichte. Sehr chic und mädchenhaft, fand ich. Aber schon kurz nach dem ersten Begrüßungsküsschen stand sie dann nur noch in Jeans und T-Shirt vor mir (was mir keineswegs schlechter gefiel), und wir umarmten uns richtig.

"Bei mir alles okeeh", sagte sie. Als erstes schenkte ich ihr ein Schokoladenauto zur bestandenen Führerschein-Prüfung.

"Ich hoffe, das ist das einzige Auto, was du jemals kaputtmachst", grinste ich.

"Danke", erwiderte sie lächelnd. "Ich gucke schon manchmal nach Annoncen. Brauche noch etwas Geld, aber mit kleinem, zufälligen Auto ich bin später zufrieden." Ich stutzte.

"Ein unbesonderes Auto", korrigierte sie sich schnell.

"Du meinst unauffällig?", fragte ich und unterdrückte ein Lächeln.

"Ja", antwortete sie, "aber ich möchte nicht, dass du über mich lachst. Ich weiß, dass mein Deutsch ist nicht perfekt."

"Entschuldigung", erwiderte ich betont sanft. "Ich lache wirklich nicht über dich, sondern nur über die komischen Worte, das ist alles. Ehrlich."

Als wir dann auf der Couch saßen und an unseren Gläsern nippten, erkundigte sie sich nach meinem Buch.

"Da, budjet", antwortete ich. "Es wird schon, es geht voran. Andere Schriftsteller schreiben drei oder fünf Jahre an einem Roman."

"Ja, aber du bist nicht irgendeiner", sagte sie ganz ernst.

"Stimmt", gab ich ihr recht, "aber ich habe auch noch einen Job und Kinder, um die ich mich kümmern muss."

Sie schwieg einen Moment, und auch ich sagte nichts. Wir sahen uns bloß lange in die Augen. Es wurde ein verhaltenes Gespräch, ganz ohne falsche Sentimentalität.

Ich fragte sie, wie es mit ihrem Mann liefe, und nach und nach schilderte sie mir die Misere. Details spare ich mir, nur so viel: Angeblich war er der Meinung, dass sie einen echten russischen Mann bräuchte, der sie ab und zu mal richtig vermöbelte.

Ich schüttelte bloß meinen Kopf.

"Wenn ich an deiner Stelle wäre, würde ich mir auf jeden Fall einen Job und eine kleine Bude suchen", sagte ich. "Am besten hier in Berlin, aber Hauptsache unabhängig und weit weg von ihm. Alles ist besser als das jetzt."

"Ja", seufzte Nina matt mit hängendem Kopf. "Habe ich dir am Telefon erzählt. Ich versuche ja."

"Das ist gut", brummte ich und nickte zustimmend. Konkrete Versprechungen für den Fall, dass sie wirklich bald nach Berlin käme, wollte ich allerdings auch nicht machen; ich fand, dass meine Bereitschaft, mich auf dieses teuer bezahlte Plauderstündchen einzulassen, erstmal schon Geste genug war.

Schließlich ließ ich sie wissen, dass ich in Zukunft nicht mehr so viele Mädchen bestellen wollte.

"Ich habe das Gefühl, es wird bald weniger", murmelte ich leise.

"Wer einmal hat damit angefangen, der hört nicht auf damit", erwiderte Nina daraufhin bloß ebenso leise, und ich fragte mich, ob sie dabei generell an alle Männer dachte oder in erster Linie an mich oder gar an ihren Mann - oder ob sie vor allem sich selber damit meinte.

"Wie heißt bei Jurist? Wiederholungstäter", präzisierte sie nachträglich.

"Es ist aber so bei mir, wirklich", beteuerte ich und suchte einen Moment lang nach Worten. "Weißt du, jeder geht doch von seinen Erfahrungen aus", erklärte ich dann nach einer kurzen Denkpause. "Wenn ich zum Beispiel jemanden beklaue, also etwas stehle, verstehst du? Dann muss ich danach glauben, dass der Rest der Menschheit auch bloß aus potentiellen Dieben besteht. Denn was ich tue, das traue ich im Prinzip auch jedem anderen zu. Meine Tat verändert mich also. Das ist der Preis meiner Tat, egal ob sie nun entdeckt wird oder nicht. Tja, und wenn ich nun jeden Tag einem neuen Mädchen vorschwärme, dass sie etwas ganz Besonderes für mich ist und ich von ihr auch solche tollen Sprüche höre, dann kann ich ihr das einfach nicht mehr glauben. Es ist bloß Lüge und Illusion, weil ich ja weiß, dass meine eigenen Sätze auch nicht stimmen. Logisch, nicht wahr? Jedenfalls, ich habe langsam genug davon. Ich möchte Stabilität, verstehst du?"

Doch im selben Moment zweifelte ich selbst schon wieder an meinen eigenen Worten. Fühlte ich denn wirklich bereits eine Art Sättigung, oder beeinträchtigte eventuell lediglich die Winterkälte meine Libido? Versuchte ich am Ende vielleicht bloß mal wieder unbewusst, etwas mir längst hoffnungslos über den Kopf Gewachsenes in ein rationales Schema zu pressen, nur um mir zu suggerieren, dass ich alles scheinbar unter Kontrolle hatte? Immer nach dem alten Muster: 'Alles in Ordnung, alles im Griff'?

"Ich kann bestimmt nicht versprechen, dass ich nie wieder ein neues Callgirl bestellen werde", sagte ich, "aber zumindest der Schwerpunkt hat sich eindeutig verlagert."

Nina nickte, wenn auch etwas zögerlich.

"Die Mädchen haben dich auf Russisch 'Wohltäter' genannt", meinte sie plötzlich und lächelte spöttisch. "So mit Spitzname oder wie das heißt. Hast du das gewusst?"

"Nein", lachte ich, "echt?"

In Gedanken gab ich das Kompliment gleich an die Damen zurück und stellte mir genüsslich mein dickes Hurenbuch im Schaufenster vor: *Die Wohltäterinnen!* Wär das nicht was, hm?

Wir tranken noch ein wenig Wein und plauderten miteinander, und ruckzuck war die Stunde mal wieder um. Aber Nina blieb sogar zehn Minuten länger.

Bevor sie ihre Jacke anzog, umarmte ich sie ganz fest, und ich konnte dabei deutlich spüren, wie sie in meinen Armen zitterte.

"Das gibt mir bisschen Kraft", hauchte sie und wischte sich hinterher zwei kleine Tränen aus den Augen.

"Halte mich auf dem Laufenden", bat ich sie. "Melde dich, egal ob in einer Woche oder in zwei Monaten. Sag mir immer, wenn sich etwas an deiner Situation ändert. Wenn etwas neu ist, verstehst du?"

Sie nickte, und an der Tür verpasste sie mir urplötzlich noch einen lüsternen Zungenkuss, der mich glatt nach Luft schnappen ließ. Na wer weiß, dachte ich, vielleicht zieht sie ja eines Tages doch noch bei mir ein...

Auf jeden Fall war sie eine tolle Frau in einer verdammter Klemme, fand ich, und ich setzte mich danach noch einmal kurz auf die Couch, trank den Rest Wein aus und rief mir ihre lange Umarmung ins Gedächtnis zurück. Wie schüchtern sie sich an mir festgehalten hatte!

Mein lieber Mann, das ging mir ganz schön zu Herzen.

Übrigens bin ich dann noch ein paar Tage später ganz spontan zum Bahnhof geradelt, abends um neun, und da ich aufgrund unserer Unterhaltung ziemlich sicher zu wissen glaubte (ich und meine Selbstüberschätzung mal wieder), welchen Zug sie nach Dresden zurück nehmen würde, habe ich mir eine S-Bahn-Fahrkarte gekauft und bin eingestiegen. Wäre doch ein cooler Auftritt, so dachte ich, wenn ich mal eben locker angeschlendert käme und mich lässig auf den Sitz neben sie fallenlassen würde, um wenigstens noch ein kleines Stück weit gemeinsam mit ihr zu fahren (natürlich nur, falls nicht gerade schon jemand anderes bei ihr zum Knutschen auf dem Schoß säße ...).

Nun ja, soweit der Plan. Allerdings latschte ich viermal durch den elenden Zug und durchkämmte zunehmend verdrießlicher werdend die blöden Doppelstockwagen von vorn bis hinten, ohne Erfolg. *(Wobei ich plötzlich Visionen kriegte, dass ich so immer weiter unerlöst durch mein Leben irren müsste, verflucht als ruheloser Ahasver der Schiene, der zum Schluss in irgendeinem Bahnwärterhäuschen in der Provinz einsam und allein seinen Geist aufgeben würde wie seinerzeit der langbärtige Alte aus Jasnaja Poljana, schwer hadernd mit sich selbst und der Welt. Ja, ganz im Ernst - denn warum sollte wohl ausgerechnet mir ein besseres Ende vergönnt sein als so einem klugen und willensstarken Menschen wie Tolstoi?)*

Nun, Nina war jedenfalls leider nicht an Bord. Was mich ziemlich traurig machte und obendrein noch den Glauben an meine hellseherischen Fähigkeiten schwer erschütterte.

Gegen elf war ich endlich wieder am Ausgangspunkt meines Trips angelangt und latschte quer durch die Bahnhofshalle, zurück zu meinem draußen am Geländer angeschlossenen Fahrrad. Noch immer kamen Leute durch die große Eingangstür gehastet oder schlurften einfach bloß von einer Ecke in die andere, wie in einer psychiatrischen Anstalt. Typen, die auf ihren Zug warteten, und andere, deren Zug schon längst abgefahren war.

'Ah, look at all the lonely people, where do they all belong?', meinte ich die Beatles von irgendwoher säuseln zu hören, und es schien mir der einzig angebrachte Song für dieses Bild zu sein.

187. Kapitel

Marina I

Zwei Neue waren auf der Webseite, allerdings noch ohne Bilder. Die Erste sollte 1,70 m groß und 20 Jahre alt sein, die andere, Marina, nur 1,60 m und 18 Jahre. Also denn, rieb ich mir bereits voller Vorfreude die Hände und sagte anschließend am Telefon auch gleich für zwei Stunden zu, im Vertrauen auf die Kletteragentur, die ja nur Spitzenbunnies führte.

Fünfzig Minuten später klingelte es, und ich drückte auf den Türöffner. Gott, was war ich gespannt, als ich Marina die Treppe heraufkommen hörte!

Ihr Gesicht erwies sich schon mal als ganz gefällig, fand ich, als sie mir etwas unsicher lächelnd die Hand hinstreckte. Doch als sie sich kurz darauf im Flur aus ihrem Mantel wickelte, wurde dieser erste positive Eindruck sozusagen gleich wieder weggeblasen, denn Marina verströmte augenblicklich eine unglaubliche Duftwolke der billigsten Sorte. Ein aufdringliches, süßliches Blumenparfüm, das höchstens zum Einbalsamieren frischer Leichen taugte. Außerdem schien sie leider nicht besonders schmal in den Hüften zu sein, und sie sprach auch nur wenige Worte (und ich meine wirklich nur wenige Worte) Deutsch. Nun, ich will nichts beschönigen, also bleibt mir hier bloß noch festzustellen: Das Ganze entwickelte sich zunehmend zum Desaster.

Gleich zu Anfang gab sie mir mit Blick auf die in der Ecke geparkten Spielzeugautos zu verstehen, dass sie eine bereits sechsjährige (!) Tochter hätte, und das wars dann auch schon mit der Konversation. Verkrampft lächelnd hielt sich an ihrer frisch aufgegossenen Hot Chocolate fest, und obwohl ich das Zeug hinterher extra noch ein paarmal in eine andere Tasse umgoss und es am Ende wirklich nur noch lauwarm war, trank sie es nicht. Stattdessen wühlte sie ewig in ihrer Handtasche und packte erstmal eine Schachtel Zigaretten aus. Rauchen wollte sie nämlich auch noch, aber erst 'später', obwohl inzwischen bereits an die zwanzig Minuten vergangen waren.

Höflich aber bestimmt schickte ich sie ins Bad, und danach - ach, es lohnt eigentlich gar nicht, davon zu berichten. Nein, Marina hat nicht rumgezickt oder sich irgendwie krass danebenbenommen, das nicht, aber sie verhielt sich in etwa so unbeholfen wie Samanta an ihrem schlechtesten Tag. *(Bloß die verfügte eben über heftige äußere Reize, war echte 18 Jahre und sprach immerhin Englisch!)* Jedenfalls wurde es mehr und mehr zur Quälerei. Ich steckte meinen Dicken zwar bei ihr rein und stocherte ein bisschen damit rum, spürte jedoch sowieso kaum was in ihrer ausgeleierten Riesenmuschi (sorry), so dass ich ihn schon bald entnervt (und steif) wieder rauszog. Nee, also das denn doch nicht... Eigentlich fühlte ich ja gar kein Verlangen sie anzufassen, und mir von ihr einen rubbeln lassen, das wollte ich auch nicht. Also legte ich mich einfach auf den Rücken, kreuzte die Arme hinter dem Kopf und starrte die Zimmerdecke an.

Die gute Marina schien ratlos und verängstigt zu sein.

"Du Problem? Du nicht fertig? Ist meine Problem?", fragte sie immer wieder, lediglich die Reihenfolge der drei Brocken variierte.

Da ich nun gar keine Lust verspürte, mich auf dieses Rumstotter-Niveau einzulassen, winkte ich zur Antwort bloß pantomimemäßig ab, ohne dabei ein allzu böses Gesicht zu machen. Es gab Schlimmeres, sagte ich mir; halt wieder mal Pech gehabt, 150 Dinger im Eimer.

Den Trinkgeldzehner wollte sie zwar rausgeben, aber ich hatte Mitleid und ließ ihn ihr. Nur die Extrapralinen machte ich nicht locker.

Kurz nachdem sie gegangen war, warf ich den Computer an und klagte dem Freierforum mein Leid angesichts der soeben durchlittenen Pleite. Natürlich betonte ich vorab, dass dies meine ganz subjektive Sicht der Dinge war - aber das Niveau von Madalina oder Maja hatte Marina meiner Einschätzung nach nun mal bei weitem nicht.

Zum Schluss klickte ich probehalber noch einmal die Webseite der Kletteragentur an. Die neuen Fotos fehlten noch immer, aber Madalinas Fotos waren jetzt weg. Nur Maja lächelte einen nach wie vor aus ihren süßen Bildern heraus an. Was für ein Engelchen! Mit ihrem kurzen Schulröckchen, und erst gänzlich ohne! Bei diesem Anblick konnte ich einfach nicht anders, die Erinnerungen überwältigten mich, und hastig zerrte ich meinen pochenden Schwanz aus dem Slip und holte mir einen runter. Es war alles so furchtbar bitter.

Larissa VIII privat

Sonntag, der zweite Advent. Draußen war es trocken und mild, aber Larissa kam wie immer per Taxi, obwohl ihre Wohnung ja keine zwanzig Minuten Fußweg entfernt lag.

Sie trug eine blinkende Nikolausmütze, kombiniert mit glitzernden sternförmigen Ohranhängern, die mich sofort an Ausstechförmchen für Lebkuchenteig denken ließen.

"Ich habe neues Parfüm dran", teilte sie mir als erstes mit und neigte ihren Kopf zur Seite, so dass ich an ihrem Hals schnuppern konnte. Es roch ein bisschen viel nach Zimt, fand ich.

"Hmm, gut", lobte aber ich trotzdem artig.

Zuerst erzählte sie noch ein wenig von ihrem Geburtstag.

"Haben mit Freunde in Bowlingcenter gegangen", berichtete sie und steckte sich dabei eine Zigarette an. "Erst lange gesessen und auf alle gewartet und getrunken. Ja, und wann sollte endlich losgehen, aber alle Bahnen waren besetzt."

Vergnügt zuckte sie mit den Schultern.

"Auch egal", lachte sie und griff nach der Schale mit den Schokokeksen.

Wir guckten einen ellenlangen Film ('Der Pferdeflüsterer'), der zwar ganz nett war, allerdings mit den elenden Werbepausen ungefähr bis halb zwölf lief. Larissa sah ihn jedoch nicht ganz zu Ende, denn kurz vor Schluss stand sie plötzlich wortlos auf und ging duschen.

Wollte sie hinterher vielleicht noch ausgehen?, überlegte ich.

Die folgende halbe Stunde mit ihr war aber trotzdem schön. Im flackernden Licht der Adventskerze kuschelten, knutschten und vögelten wir drauflos wie zu unseren besten Zeiten.

Als ich kurz nach Mitternacht das Taxi für sie bestellte, gab ich ihr auch gleich noch ein paar Tannenzweige und sogar eine Packung Feinfrost-Rotkohl mit. Obwohl ich mir dabei irgendwie ein bisschen dämlich vorkam und an meine alte Tante denken musste. Die hatte mir nämlich früher auch immer Fressalien mitgegeben, wenn ich bei ihr zu Besuch gewesen war.

Im Internet fanden sich mittlerweile ein paar weitere Einträge zu Marina von der Kletteragentur. Manche Männer kamen offenbar etwas besser mit ihr klar, aber insgesamt hörte es sich nicht gerade so an, als würde die Agentur mit ihr (und der anderen Neuen) kräftig Umsatz machen.

Mit Ramona führte ich eines Abends eine längere Diskussion, Weihnachten betreffend. Denn eigentlich wäre ich ja dieses Jahr mit den Kindern dran. Allerdings jammerte sie mir natürlich dermaßen die Ohren voll, dass ich tatsächlich ins Grübeln kam. Außerdem scheute ich mich ein wenig davor, den ganzen Weihnachtstrubel für die Kinder allein organisieren zu müssen, angefangen vom Tannenbaum über das volle Entertainment-Programm bis hin zum Gänsebraten. Schließlich einigten wir uns auf die Variante, dass wir alle vier die Feiertage in Marsiw verbringen würden, nämlich sie zusammen mit den Kindern bei ihren Eltern und ich nur ein paar Straßen weiter bei meinem alten Kumpel Ringo, so dass ich trotzdem mit Malte und Nele jeden Tag für drei oder vier Stunden etwas unternehmen konnte, und zwar ganz ohne Stress und mit nur minimalem Aufwand. Ein prima Kompromiss, wie ich fand.

Der dritte Advent. Als ich Larissa gegen 15 Uhr anrief, hörte sie sich verschlafen an. Sie lag ja sowieso meistens im Bett, auch wenn ich sie wie sonst erst gegen sechs oder sieben Uhr anrief.

"Du bist wie ein Igeltier, das den ganzen Winter durch schläft", neckte ich sie.

"Denkst du, das ist viel njutzlich, oder wie?"

Ich hörte sie lachen.

"Mensch, du kannst doch nicht immer nur im Bett liegen!", rief ich.

"Na manchmal ich auch in Badewanne liegen", erwiderte sie schlagfertig und erzählte mir, dass sie erst am Morgen um acht nach Hause gekommen wäre.

Ich fragte sie, ob sie nicht Lust hätte, ins Kino und anschließend vielleicht noch Essen zu gehen, und sie schien sich über meine Einladung zu freuen.

"Oh ja, gern", meinte sie, und wir verabredeten uns für um fünf Uhr bei mir.

Als sie kam, tranken wir bloß noch kurz Kaffee und aßen ein Stück Kuchen. Boxen hätte sie am Vorabend geguckt, bis früh um sechs, erwähnte sie dabei. Ein WM-Fight, life übertragen aus Las Vegas. Deshalb wäre sie auch erst früh um acht zu Hause gewesen.

Na toll, dachte ich mir, wenn da dein Freund hinter steckt, dann hat er ja wirklich Stil...

Übrigens schloss ich aus Andeutungen, dass sie Weihnachten nicht mit ihm verbringen würde. So toll konnte das Ganze also wohl nicht sein.

Weil es kalt und nass war, fuhren wir anschließend natürlich mit dem Taxi ins Kino, und mit Hilfe des Wörterbuches erklärte ich ihr unterwegs, worum es in dem Film ging. Wir hatten noch eine Viertelstunde Zeit bis es losging, also schlenderten wir solange über den angrenzenden Weihnachtsmarkt und teilten uns einen Becher Glühwein. Damit ich es auch ja nicht vergaß, gab ich ihr dabei schon mal den Zehner für das Taxi, mit dem sie zu mir gekommen war, zurück. Zwar würde ich sie nicht extra für diesen Abend bezahlen, aber Unkosten sollte sie schließlich auch nicht haben, wenn sie mit mir zusammen ausging. Alles wie abgemacht.

Der Film erwies sich als eine gelungene Komödie mit Tiefgang, so richtig schön witzig und originell. Allerdings wurde Larissa zwischendurch von ziemlich heftigen Kreuzschmerzen geplagt; vielleicht hatte sie sich irgendwie den Hals verrenkt oder Zugluft gekriegt. Schon seit Tagen machte sie sich zu Hause öfter mal ein Handtuch mit dem Bügeleisen heiß und legte es sich auf Schulter und Nacken, erklärte sie mir, das linderte die Beschwerden dann wenigstens für eine Weile.

Hinterher im russischen Restaurant ging es ihr jedoch schon wieder viel besser. Wir hatten glücklicherweise die bequemste Ecke mit Sofa und Sessel erwischt. Larissa blühte auf, voller Übermut alberte sie umher und lachte; man konnte sehen, dass sie sich wohlfühlte.

Dann kam das Essen, erst die Suppe, anschließend Pelmeni und Lachs.

"Genau wie zu Hause", schwärmte Larissa und verputzte ihre Portion mit sichtlichem Appetit.

Gegen kurz nach elf ließ ich ein Taxi rufen, denn sie hatte mir vorher gesagt, dass sie nur bis um halb zwölf Zeit hätte. Also ging es pünktlich ab nach Hause. Erst zu ihr *(Küsschen, "bis Dienstag, war schön mit dir")* und zum Schluss in meine Junggesellenbutze.

188. Kapitel

Am nächsten Tag (Montag), ich war mit Malte und Nele gerade beim Eierkuchen backen, da klingelte das Telefon, und ein gewisser Arend oder Arno meldete sich. Ich kannte allerdings keinen, der so hieß. (Oder hatte der Anrufer vielleicht bloß "*'n Abend*" gebrummt?)

Falsch verbunden, dachte ich also und wollte gerade auflegen, aber dann fiel der Name Madalina, und bei mir fiel der Groschen: die Kletteragentur! Das Goldmädel fing heute wieder an, ließ er mich wissen, und da hätte er gedacht...

Ich überlegte ungefähr eine tausendstel Sekunde lang, dann hörte ich mich sagen: "Neun bis elf, mindestens".

Na mal sehn, dachte ich, und holte 'ihren' Möhrensaft aus dem Schrank.

Madalina V

Um fünf vor neun kam sie die Treppe hoch, mit ihrem unnachahmlichen Lächeln, scheu und offen zugleich. Ihr Gesicht war noch schmaler geworden, mit zurückgekämmten Haaren wäre sie jetzt wirklich fast als Junge durchgegangen. Die großen Augen, die ganz leicht vorstehenden Lippen... Wegen dieses niedlichen 'Kükenschnabel'-Mundes hatte ihr jemand im Freierforum übrigens mal den Namen von diesem kleinen Comic-Piepmatz 'Tweety' verpasst, und das war tatsächlich gar nicht so abwegig.

Wir küssten uns. Mantel aus, Telefon in die Hand gedrückt, das Geschäftliche zuerst.

"Wie lange ist es her, zwei Monate?" fragte sie anschließend, und ich nickte. "So ungefähr."

Ich zeigte auf die Couch, sie setzte sich, und ich holte Gläser und Getränke aus der Küche. Verlegen lächelte sie mich an, sie wirkte ziemlich befangen.

"Ich bin nicht abergläubisch, aber eine Flasche von deinem Lieblings-Möhrensaft hab ich immer noch stehen lassen", sagte ich locker. "Und siehst du, es hat geholfen!"

Sie sah mich an, mit einem Blick, der mir durch und durch ging und mich augenblicklich von innen her schmelzen ließ.

"Ah, heute habe ich deine Rasterbrille mit", fiel ihr dann auf einmal ein, und sie griff in ihre Handtasche und legte das gute Stück auf den Tisch. "Ich bin schon zweimal hier an deiner Straße vorbeigekommen, aber ich wusste nicht, welches Haus es war."

"Ach, die schenke ich dir, ist doch Weihnachten", winkte ich großzügig ab. "Aber nett, dass du daran gedacht hast. Wirklich. Ich schätze sowas."

Wir prosteten uns zu, dann legte ich meine Hand auf ihren Arm, sah ihr in die Augen und sagte: "Kein Druck. Du weißt, dass ich dich sehr mag, aber du musst nicht denken, ich erwarte heute irgendeinen Riesenknall oder sowas. Es ist ganz einfach wie es ist und fertig. Just relax. Prost!"

Sie lächelte wieder ihr Engelslächeln und streichelte meine Hand (streichelte meine Hand!), und mir wurde buchstäblich ganz warm ums Herz.

Natürlich hatte sie meine Interneteinträge gelesen ('Goldmedaille für Madalina') und mit ihrer Chefin auch über mich geredet, erfuhr ich. Und sie hatte ihren Chef gebeten, mich anzurufen, damit sie möglichst bei mir anfangen konnte.

Wir unterhielten uns noch eine ganze Weile, und Madalina berichtete vom Krankenhaus und von ihrer Operation, einer üblen Tumorgeschichte. Dank mikroinvasiver Chirurgie war es aber fast narbenlos abgegangen, alles gut verheilt. Allerdings fühlte sie sich noch immer sehr schwach.

"Freunde haben mich nach der Operation im Krankenhaus besucht und mich draußen ein bisschen im Rollstuhl rumgeschoben", meinte sie. "Dann hat einer ein deutsches Sprichwort gesagt. *'Es muss erstmal Gras über die Sache wachsen.'* Kennst du das?"

Sie lachte fröhlich. "Natürlich hatten sie gleich *Gras* mit. Also haben sie Joints gedreht und mich ab und zu dran ziehen lassen."

Während sie erzählte, hielten wir uns an den Händen. In ihr Englisch mischten sich übrigens mittlerweile schon mehr und mehr deutsche Wörter. Am liebsten mochte sie 'sowieso', verriet sie mir lachend. Immer wieder streichelte ich sie, und sie bedankte sich noch einmal, dass ich mich so oft nach ihr erkundigt hatte, als sie im Krankenhaus lag.

"Danach habe ich gesund gelebt, viel Vitamine, bisschen Fitness und so", seufzte sie. "Nur allein zu Hause, Computerspiele und E-Mails an meine Freunde in Rumänien. Aber letzte Woche haben mich ein paarmal Freunde besucht und immer gleich abgeholt, dreimal Party hintereinander bis morgens. Gras rauchen, auch Pillen, und wieder alles kaputt."

Sie seufzte noch einmal. "Ich bin ein unvernünftiges Mädchen."

Sie nippte an ihrem Saft, dann nahm sie ihr Handy und zeigte mir auf dem Display zwei Fotos von ihrem Hund.

"Wolfy und ich, wir gehören zusammen", erklärte sie. "Weißt du, ich bin kompliziert, mit Menschen halte ich es nicht lange aus."

"Das gibts", bestätigte ich lahm und zuckte mit den Schultern.

"Spielst du eigentlich hauptsächlich Ballerspiele?", erkundigte ich mich.

"Klar", nickte sie. "Ist doch nichts dabei."

"Naja", erwiderte ich, "ich weiß zwar, dass es diverse dubiose Untersuchungen gibt, die das alles für harmlos halten, aber ich bin da anderer Meinung. Die Werbeindustrie würde nicht weltweit irrsinnige Millionensummen zum Fenster rausschmeißen, um uns irgendwelche Joghurtsorten und Shampoomarken anzupreisen, wenn es gänzlich ohne Effekt wäre. Es bleibt immer was hängen, das steht fest, egal ob bei Werbespots oder bei Killerspielen. Besonders bei Jugendlichen, und je mehr Wiederholungen es gibt. Glaubst du nicht auch?"

"Hm, ich weiß nicht", murmelte sie. "Kommt drauf an."

Nach einer halben Stunde fragte sie mich, ob sie ins Bad gehen sollte.

"Kein Stress", antwortete ich, "wie du willst."

Sie blieb noch sitzen und erzählte, dass sie bei einem Kunden mal ins Bad gegangen wäre und er hinterher gleich wie mit der Stoppuhr dagestanden und für die fünfeinhalb Minuten eine Verlängerung gefordert hätte.

"Aber als ich ihm das Geld wieder auf den Tisch knallte und gerade telefonieren wollte, da überlegte er sich es doch anders", knurrte sie und erwähnte anschließend noch, dass sie am selben Tag damals zu ihrem ältesten Kunden gekommen wäre.

"Mindestens achtzig Jahre alt", behauptete sie, "wirklich, im Ernst. Erst wollte ich gleich weg, aber der war ganz lieb und wollte mich nur angucken. Hat mich höchstens bloß so 'n bisschen an den Armen gestreichelt und immerzu gesagt: *'Hach, du bist so jung, so jung.'* Ich merkte gar nicht, wie die Stunde bei dem verging."

Gleich danach stand sie auf und ging duschen. Naja, irgendwann war sie fertig damit, und dann widmeten wir uns dem Eigentlichen. Tja, was soll ich da schon groß beschreiben? Madalina enttäuschte mich nicht. Es war schlicht wundervoll mit ihr, wirklich.

Hinterher angelte sie nach ihrer Handtasche, zog sich den Aschenbecher auf dem Tisch etwas dichter heran und steckte sich eine Zigarette an. Sie hätte zwar vor Kurzem einen Freund gehabt, meinte sie beiläufig, aber als er anfing, sie zu kontrollieren, da wäre sie sofort ausgerastet. Sie würde nämlich nur ihrem Hund Wulfy trauen und sonst keinem.

"Wulfy is my only friend, until the end, you know?", zitierte sie leicht abgewandelt die DOORS und inhalierte einen tiefen Zug. Angeblich überlege sie sogar, sich bald acht oder neun seiner Pfotenabdrücke auf ihre rechte Seite tätowieren zu lassen, murmelte sie anschließend noch mit verlegenem Kichern und deutete mit der Hand an die betreffenden Stellen, von der Wade aufwärts bis hoch zur Taille. So als wäre Wulfy mit moddrigen Tatzen mal eben über sie drüber getapst, während sie sich auf einem Handtuch am Strand aalte.

"Der Typ war ein paar Jahre älter als ich", kam sie dann noch einmal unvermittelt auf das vorige Thema zurück, "aber er wohnte noch immer bei Mama und bettelte bei ihr um Geld. Wie ein Kleinkind, echt. Also meine Eltern zum Beispiel, die haben mich manchmal nicht gerade gut behandelt, naja, aber ich würde trotzdem nie Geld von ihnen nehmen. Niemals! Nicht wie dieser Freak. Hält sich für einen Mann und will über mich bestimmen, aber kann nicht mal für sich selber sorgen. Die meisten Leute haben einfach keinen Stolz, glaube ich."

Sie sah mir kurz in die Augen und blickte dann zur Seite.

"Manchmal hasse ich mich, weil ich schon so viel weiß", knurrte sie leise und vielleicht auch etwas gekünstelt, wie ich fand. Sometimes I hate myself because I know already so much…

"Ja, aber das ist ziemlich leicht verständlich", entgegnete ich deshalb bloß betont nüchtern und zuckte leicht mit den Schultern. "Nämlich weil dich das einsam macht. Weil du schon 'ne Menge gesehen hast, was du mit den meisten in deinem Alter bestimmt nicht teilen kannst. Also suchst du den 'Fehler' dafür bei dir. Daher kommt das, denke ich."

Denn wenigstens ein bisschen was hatte ich im Lauf der Jahre inzwischen kapiert. Nicht viel, aber ein bisschen was.

"Du verstehst mich wirklich immer sehr gut", antwortete sie betont langsam und sah mich dabei irgendwie bedeutungsvoll an.

"Sowieso", erwiderte ich leichthin, und wir mussten beide lachen.

"Weißt du, im Krankenhaus habe ich über vieles nachgedacht", sagte sie etwas später leise und starrte vor sich hin. "Ganz viel, und ganz lange. Über früher, über das Baby, das in meinem Bauch war und das ich habe totmachen lassen. Meine allergrößte Sünde, die mir Gott nie verzeihen wird. Nie, niemals. Ich wollte es ja nicht sterben lassen, ehrlich nicht, aber ich habe es so gemacht. Das war nicht ich, nicht wirklich, denn innen eine Stimme sagte 'nein' dazu, das spürte ich genau. Trotzdem habe ich 'okay' gesagt und bin in die Klinik gegangen, ganz normal wie tausend andere auch."

Sie zog an ihrer Zigarette, guckte in die Ferne und schwieg.

"Weißt du, ich glaube, ich hab irgendwie eine Macke", fuhr sie dann fort, "in meinem Leben läuft so vieles falsch. Die falsche Arbeit, die falschen Freunde. Mad Madalina eben. Es liegt an mir, ich weiß. Aber ich habe keine Ahnung, wie ich es ändern soll."

Sie atmete einmal tief durch, zuckte mit den Schultern und drückte die Kippe aus.

"Hast du eine Idee?" fragte sie mich.

"Hm", brummte ich und erzählte ihr von meiner Therapiegruppe.

"Es gibt bestimmt auch hier irgendwo Leute in deinem Alter, mit denen du was anfangen kannst", versuchte ich ihr Mut zu machen. "Oder vielleicht musst du dir auch einen Psychiater suchen? Im Ernst, meine ich."

"Das würde ich wirklich gern", nickte sie, "aber die Sprache..."

Sie erzählte, dass sie vor Kurzem mal mit einem Freund in einer Suchtgruppe gewesen wäre, wo er für sie den ganzen Abend lang gedolmetscht hätte.

"Bloß das waren fast nur Männer und außerdem alles schwere Fälle", winkte sie ab. "Nicht nur bisschen Gras und Pillen wie ich, sondern richtig Kaputte. Aber trotzdem, ich wüsste schon ganz gerne, was mit mir los ist. Warum ich tagelang allein mit Wolfy-Dog in der Bude sitze und Computerspiele mache."

Zur Antwort nickte ich bloß tiefsinnig; schließlich hatte auch ich reichlich

Zeiten hinter mir, in denen ich buchstäblich nichts mit mir anzufangen gewusst hatte. Kein Antrieb, keine Lust zu gar nichts. Oft las ich dann stundenlang Zeitung, eine Gazette nach der anderen, und staunte über das, was die anderen so alles trieben. Manchmal dachte ich mir auch ganz neue Biografien für ein paar meiner Bekannten aus, ganz so, als ob sie niedliche bunte Modelleisenbahnen wären, bei denen man die Weichen einfach mal so oder so stellen konnte. Ich spielte das richtig bis ins Detail durch; wie sie zum Beispiel in eine ganz andere Stadt gezogen wären, andere Partner kennengelernt hätten, andere Jobs machen würden, wie sie sich also - zumindest von diesen äußeren Parametern her - zu ganz anderen Menschen entwickelt hätten. Tja, und dann wunderte ich mich stundenlang, weshalb sich nun alles dennoch ausgerechnet so und nicht anders zugetragen hatte und warum überhaupt unsere ganze Welt genau so war, wie sie nun einmal war. Im Kleinen wie im Großen. Natürlich konnte immer nur eine Realität existieren - aber viele andere wären dennoch möglich gewesen, nicht wahr?

"Echt, ich würde gern mal einen Psychotest machen, wie verrückt oder normal ich bin", riss mich Madalinas Stimme aus meinen Tagträumereien.

"Oh, den Test können Sie natürlich auch bei mir machen", antwortete ich mit verstellter Stimme und angelte mir den dicken Psychologiewälzer aus dem Regal neben der Couch.

Dann setzte ich mir die schwarze Rasterbrille dazu auf und murmelte: "Hirnforschung ist das mit Abstand faszinierendste Forschungsgebiet überhaupt, was die Wissenschaft heute so zu vergeben hat, besonders die Neuroplastizität, also die lebenslange Formbarkeit und Umprogrammierbarkeit unseres Denkorgans. Das Ich als transitives Konstrukt, sozusagen, hm, wirklich eine faszinierende Sache."

Ich nahm ihren Kopf in beide Hände und drehte ihn vorsichtig zur Seite.

"Na wolln wir doch mal sehn", brummte ich und klopfte mit einem Fingerknöchel leicht gegen ihre Schläfe. "Hm, hier ist das Areal 44, Broca. Sehr gut, aha, dort das Wernicke-Zentrum, und da der rechte temporale Kortex, soweit alles okay."

"Oh!", machte ich dann, "aber hier müssen wir öffnen. Ich bereite schon mal die Mund-zu Mund-Narkose vor."

Ich holte tief Luft, aber die Patientin küsste so, dass der Arzt fast in Ohnmacht fiel...

"Was steht denn da nun so drin?", fragte sie und zeigte neugierig auf das Buch, nachdem ich wieder einigermaßen reanimiert war.

"Na zum Beispiel, dass die rechte Hirnhemisphäre für die linke Körperhälfte zuständig ist und umgekehrt", gab ich Auskunft.

"Ph", machte sie abschätzig, "davon hab ich auch schon gehört. Und rechts im Gehirn sind die Gefühle und links die Logik oder so."

Sie zuckte mit den Schultern.

"Yes Lady", bestätigte ich. "Das bedeutet praktisch, wenn ich einer Frau was von Liebe erzählen will, dann muss ich ihr ins linke Ohr säuseln, weil es dort direkt in ihre rechte Hirnhälfte geleitet wird, wo es anschließend sofort emotional klingelt."

Das schien sie ziemlich zu belustigen. Offenbar glaubte sie also doch nicht alles, was ich von mir gab.

"Aha", erwiderte sie und nickte, "und wenn ich mit einem Mann cool über Geld reden will, dann muss ich in sein rechtes Ohr flüstern, damit es links oben in seinem Rechenzentrum ankommt, ja?"

Sie legte ihren Kopf schräg und wartete auf meine Antwort.

"Falsch!", erwiderte ich triumphierend. "Nimm auch diesmal wieder das linke Ohr. Sprich ihn nicht rational an, sondern bring ihn emotional zum Absturz und mach ihn verrückt, dann kriegst du alles, was du von ihm willst."

Demonstrativ hielt ich ihr sogleich mein linkes Ohr hin und griff mit urmenschenartigem Gesichtsausdruck nach ihren Brüsten. Wir lachten erstmal ausgiebig eine Runde, dann nahm ich die Rasterbrille wieder ab und klappte das Psychobuch zu (aber erst, nachdem der Neandertaler in mir noch einmal bei ihr nachgeknetet hatte).

"Weißt du, was mein Traum ist?", fragte sie mich danach mit dem verlegenen Gesichtsausdruck eines Kindes.

"Ein Auto", verriet sie mir, "aber nicht mit Lenkrad, sondern mit einem Joystick. Sowas möchte ich haben! Ich liebe Computer, und ich liebe Autos, weißt du? Früher hab ich bei 'nem Bekannten sogar schon mal in der Autowerkstatt mitgeholfen, wirklich! Da wollte ich sogar Schlosserin werden, ehrlich!" Sie holte tief Luft. "Ich hab so viele Träume!", rief sie. "So viel möchte ich machen! Bloß wenn ich hier bin, sehne ich mich nach zu Hause, und wenn ich in Rumänien bin, will ich nach ein paar Tagen schon wieder weg. Ich kann mich überhaupt nicht entscheiden."

Aber eigentlich hätte sie sich jetzt doch vorgenommen, per Scheinehe in Deutschland zu bleiben, um hier zu studieren, ließ sie mich noch wissen.

Unwillkürlich musste ich sofort an Janica denken. An all die Reinfälle, die sie dabei erlebt hatte.

Da die Zeit inzwischen schon recht weit fortgeschritten war, probierte ich noch um eine dritte Stunde zu verlängern, doch der Telefonist wollte davon leider nichts wissen.

"Sorry", sagte er, "Sie wissen, Sie sind bei uns als sehr guter Kunde bekannt, aber ich musste heute an Madalinas erstem Tag schon dermaßen viele Kunden vertrösten, so dass ich die paar, denen ich bereits fest zugesagt habe, nun wirklich nicht mehr schieben kann."

"Naja, verstehe", gab ich mich geschlagen, "Angebot und Nachfrage eben."

Ist ja auch meine Blödheit, dachte ich, dass ich das Mädel nicht gleich länger gebucht hatte. Bis früh um fümwe, kleine Maus...

189. Kapitel

Natürlich trocknete ich mich am nächsten Morgen nach der Dusche mit ihrem Handtuch vom Vorabend ab. Irgendwie roch eine kleine Stelle merkwürdig nach Kräuterbalsam, fand ich. Aber ich maß dem keine Bedeutung bei.

Gleich nach der Arbeit kaufte ich ein Heizkissen für Larissas steifes Genick, anschließend kochte ich mir zu Hause erstmal einen Tee und legte eine kleine Denkpause ein. Denn eigentlich war ich scharf auf Madalina, aber ich hatte mich für diesen Abend ja schon so halbe-halbe mit Larissa verabredet. Also was tun?

Ich rief Larissa an, und sie entschuldigte sich sogleich, weil sie heute nämlich bloß Zeit bis um neun hätte.

"So bloß ganz schnell ist nicht gut, besser wir treffen am Sonntag, wie immer?", schlug sie daher vor, und ich war natürlich einverstanden. Bingo! Ungefähr eine Minute später hatte ich dann Madalina sicher, wieder für zwei Stunden, von neun bis elf.

Als das geklärt war, begann ich schon mal mit den üblichen Vorbereitungen. Tisch abwischen und zwei Gläser hinstellen, ebenso feine Pralinchen sowie den Aschenbecher nebst Geldscheinen darunter. Heizung aufdrehen und neues Laken auf die Couch. Das Gleitgel legte ich diesmal zum Vorwärmen auf den Heizkörper, denn die Mädchen zuckten nämlich manchmal ein bisschen, wenn ich mitten im Vorspiel eine Ladung kalten Pudding auftrug. Musste ja nicht sein, sowas, nicht wahr?

Danach zog ich mir Mantel und Schuhe an und düste zu Larissa, um ihr schnell noch das Heizkissen zu bringen.

Sie öffnete frisch geduscht, im Bademantel! *(Olala!)*

An ihrer Wohnzimmerwand hing ein Drahtgeflecht mit vielen winzigen Lämpchen, rot, grün, gelb, und andauernd blinkte es überall durcheinander, fast wie bei einem Rummelplatz-Karussell.

"Fünf Funktionen!", strahlte Larissa und führte mir alles vor.

Dafür ging also das Geld drauf, was sie von mir kriegte, dachte ich irgendwie belustigt. Komisches Gefühl... Aber das war natürlich ihre Sache.

Ich übergab ihr das Überraschungspaket, machte jedoch keine große Sache daraus, um sie nicht zu beschämen.

"Bis Sonntag also!", bestätigte ich an der Tür noch einmal, und sie stellte sich zum Abschied bloß stumm auf die Zehenspitzen und umarmte mich. Himmel, ihre süßen Küsse machten mich ganz kirre! Fehlte nur noch, dass der Bademantel aufging!

Als ich mit dem Fahrstuhl schließlich wieder nach unten fuhr, musterte ich mein Spiegelbild, schüttelte den Kopf und stellte ganz nüchtern die Diagnose: "Herr Amorekasper, sie sind ein hoffnungsloser Fall."

Im Nieselregen radelte ich zurück, schloss dann schnell mein Fahrrad unten im Hof an und trapste eilig die Treppe hoch. Als ich oben meine Wohnungstür aufschließen wollte, merkte ich allerdings zu meinem Entsetzen, dass der verdammte Sicherheitsschlüssel abgebrochen war. Vorn fehlte ein ordentliches

Stück, ungefähr anderthalb Zentimeter lang. Wann war das bloß passiert?, fragte ich mich verzweifelt. Im Schloss steckte jedenfalls nichts, da war alles frei, auch auf der Fußmatte und dem Treppenabsatz sah ich nirgendwo ein metallisches Blinken, und in meiner Hosentasche fand sich bis auf ein paar Fusseln ebenfalls nichts. Aber vielleicht unten, beim Anschließen des Fahrrads?, überlegte ich. Eventuell hatte ich da unbemerkt etwas verkantet, und das irgendwie bereits angeknackste Ding war dann endgültig an der heimlichen Schwachstelle zerbröselt? Konnte doch sein, oder? Beim Funzellicht meiner Fahrradlampe suchte ich zwischen Blättermatsch und Hundescheiße krampfhaft nach der abgebrochenen Schlüsselspitze, doch es war alles vergeblich. Außerdem hätte mir die blöde Spitze wahrscheinlich sowieso nicht viel genützt, zumindest nicht auf die Schnelle, gestand ich mir schließlich ein. Also, kluger Mann, was nun? Blieb tatsächlich nur der Schlüsseldienst, oder wie? Bloß unter einem Hunderter rührte da doch keiner einen Finger, und erst recht nicht nach Feierabend, wie ich aus leidvoller Erfahrung wusste. Obendrein handelte es sich diesmal ja nicht nur um eine zugeklatschte Tür, sondern hier war der Schlüssel ganz ordentlich gleich zweimal im Schloss rumgedreht worden. Also würde wohl das volle Zerstörer-Programm zum Einsatz kommen, der ganz große Bohrer; auf die Rechnung konnte ich mich jetzt schon freuen! Fröhliche Weihnachten! Tja, und vor allem: der Termin mit Madalina, der wäre hundertprozentig futsch.

Nee, dachte ich bloß immer wieder kopfschüttelnd, nee, das kann nicht sein, nee, nee...

Schließlich hetzte ich wieder die Treppe nach oben und klingelte bei meinen Studenten-Nachbarn. Birgit öffnete, Heimo war nicht zu Hause.

"Ich müsste nur mal kurz über euren Balkon, okay?", bat ich möglichst beiläufig, zog meine Schuhe aus und stapfte munter voran durchs Gemach, und während mir die verdutzte Birgit half, einen der schweren Blumenkästen vom Balkonrand zu heben, erklärte ich ihr den Rest.

Dann schwang ich mich mit dem Rücken zur Straße auf die Brüstung, klammerte mich in luftiger Höhe bei richtig schönem Sauwetter mit feuchten Saugnapf-Händen an der glitschig-schmierigen Trennwand zwischen ihrem und meinem Balkon fest (alles wegen der Geilheit!) und ruckelte im Sitzen vorsichtig zentimeterweise auf die andere Seite rüber, bis ich es ungefähr zwanzig Sekunden später tatsächlich geschafft hatte und auf meinem eigenen Balkon stand. Entschlossen drosch ich sogleich mit dem Schuh in der Hand auf die untere Glasscheibe der Balkontür ein, aber das verdammte Ding hielt stand wie das Panzerglasschaufenster eines Juwelierladens. Inzwischen verfolgten bereits auch einige Anwohner von ihren Balkonen auf der anderen Straßenseite aus recht interessiert das seltsame Geschehen (einer rief sogar schon was von 'Polizei holen' zu mir rüber), so dass ich erstmal ein paar beruhigende Halbsätze zurückbrüllte, bevor mir Birgit ihren Schnitzelklopfer aus der Küche reichte. Damit ging die verdammte Scheibe dann schließlich doch noch scheppernd zu Bruch *(Gott sei Dank musste ich nur die Außentür knacken, denn die inneren Türflügel schloss ich meist nur, wenn ich für längere Zeit weg war)*, vorsichtig fasste ich durch das gezackte Loch hoch zum Quergriff, und endlich war ich wieder drin in meiner Bude. Hurra! Mit einem meiner Ersatzschlüssel aus der Schrankschublade schloss ich nun von innen die Wohnungstür auf, klebte anschließend schnell noch das Loch in der Balkontür notdürftig mit Pappe ab und stellte mich zum Schluss eine Viertelstunde lang unter die heiße Dusche. Gerettet!, dachte ich erlöst, als ich mir sorgfältig den Schwanz mit Duschgel einseifte.

Madalina VI

Irgendwie stand sie wohl leicht unter Stoff diesmal. Andauernd drehte sie mit den Fingern ihrer linken Hand geistesabwesend in ihren Haaren rum, und die Zigarette ließ sie so lange brennen, bis die Asche fast von selber abfiel. Von den zusammengekehrten Scherben neben der Balkontür schien sie kaum Notiz zu nehmen, aber als ich ihr meine abenteuerliche kleine Klettertour schilderte, erschien immerhin der Abglanz eines Lächeln auf ihrem Gesicht.
Ziemlich zusammenhanglos und wirr berichtete sie von ihrem (tja, nennen wir es mal: unsteten) Lebenswandel, und ihre Sätze endeten oft nuschelig. Außerdem sah sie müde aus, blass und übernächtigt, oder eher kränklich.
Ich machte erstmal Kaffee, und sie kam gleich mit in die Küche.
"Kann ich dir helfen?", bot sie zaghaft an.

"Ach, das geht doch zack zack", erwiderte ich und umarmte und küsste sie. "Du sollst dich wohlfühlen bei mir."

"Ich fühle mich sehr gut bei dir, wirklich", beteuerte sie, mich umarmt haltend.

Milch und Zucker nahm sie sich selbst, dann ließen wir uns wieder nebenan auf der Couch nieder, wo sie nun abwechselnd Kaffee schlürfte und an einer Zigarette zog.

"Manchmal bin ich nach der Arbeit noch nicht müde", erzählte sie schließlich, "ich kann nicht schlafen. Also spiele ich dann noch ein bisschen an meinem Laptop. Ja, und neulich, da war ich bei einem Klienten, da haben wir ein bisschen Computerspiele gemacht, und ich hab ich ihn immerzu geschlagen. Na der hat vielleicht geguckt!"

Allmählich schien sie wieder etwas klarer zu werden.

"Heute Mittag habe ich Kopfschmerzen gehabt", stöhnte sie, "hab ich gleich drei Tabletten eingeworfen."

Ich runzelte die Stirn.

"Was denn?", meinte sie, "ist doch bloß Aspirin, total harmlos. Manchmal schluck ich die Dinger wie Fruchtdropse weg."

Lies mal den Beipackzettel, dachte ich, sagte aber nichts.

Beiläufig erwähnte sie noch, dass ein paar Freunde von ihr auch Tilidin nehmen würden, ein verschreibungspflichtiges Schmerzmittel, das sie sich irgendwie 'besorgten'. Damit wäre man richtig gut drauf und hätte vor nichts mehr Angst.

"Letzte Woche haben wir uns nach 'ner Tilli-Party 'n paar Fahrräder ausgeborgt und sind damit stundenlang durch die Nacht geschossen", kicherte sie, "und einer von den Typen hat immer alle hundert Meter 'n großes Auge auf 'n Gehweg oder an 'ne Wand gesprayt, so richtig cool mit 'ner Schablone."

"Hm", brummte ich nur, "klar, kann man alles mal machen. Bloß zu viele Drogen sind Mist. Ich halte nichts davon."

"Ach naja, ist doch bloß Spaß", entgegnete sie lässig. "Aber hast schon recht. Weißt du, ich war selber mal mit Drogen ganz schön weit unten. In Rumänien damals, jetzt nicht mehr."

Sie öffnete ihren Mund und deutete auf einen Backenzahn.

"Hier hinten, da ist ein Zahn von Amphetamin-Pillen kaputt, ich muss zum Dentist."

"Hm, das kenne ich eigentlich nur bei Bulimie, wegen der Magensäure", erwiderte ich, aber sie schüttelte betont entschieden den Kopf. Etwas zu entschieden, wie ich fand.

Wir unterhielten uns noch etwa eine Viertelstunde lang und schmusen dabei ab und an schon mal ein bisschen rum. Das heißt, sie erwiderte zwar mein Streicheln und Küssen, aber die Initiative dazu ging fast vollständig von mir aus. Die erste Stunde war bereits um, als sie ins Bad ging (wo sie ihr über der Heizung aufgehängtes Handtuch vom Vortag benutzte - was mich wiederum zu der Schlussfolgerung veranlasste, dass sie augenscheinlich inzwischen doch nicht mehr so zugepillt war wie noch eine halbe Stunde zuvor).

Im Bett kam ich gleich zur Sache und bat sie, sich auch so wie ich mit gespreizten Beinen hinzusetzen, splitternackt mir gegenüber; anschließend umarmte ich sie und zog sie ganz dicht an mich heran. Brust an Brust und Bauch an Bauch, nur mein dicker Schwanz drängelte sich wie ein aufragender Mast dazwischen. Ich fackelte nicht lange, zog mir ein Kondom rüber, glitschte sie mit Gel ein *(mit vorgewärmten Gel!)*, und dann ließ ich sie aufsitzen, meine gekreuzten Waden unter ihrem Po. Der koitale Lotossitz. Oder sollte ich besser Orchideensitz sagen? Da ragte doch auch immer so eine riesige Zapfennase aus der Blüte hervor...

So, das wäre schon mal geschafft, dachte ich und ließ mich mental völlig fallen, der Rest konnte jetzt schön langsam weitergehen. Mein Gott, das hatte aber auch was, dieses zarte Wesen bei mir auf dem Schoß! Dieser schlanke, weiße Mädchenkörper, wie eine gemalte Elfe!

Sie saß einfach bloß still mit geschlossenen Augen auf meinem Schoß, nur manchmal ruckelte sie verhalten ein bisschen hin und her, ohne Rhythmus und fast wie in Trance oder wie im Halbschlaf, was mich einen Moment lang komischerweise an unwillkürliche Darmbewegungen bei der Verdauung denken ließ. Jedenfalls an etwas rein Physiologisches, Vegetatives.

Irgendwann verlangte dann mein Schwelli in ihr nach mehr Reibung, und so wurde ich schließlich aktiv und legte sie mir missionarisch zurecht. Voll aufgespreizt, die Schenkel hoch. Ahh, und dieser flache Bauch unter mir!

Während ich stieß, guckte ich an uns runter, denn das Auge fickte bekanntlich mit, und es dauerte nicht mehr lange, bis es mir kam.

Madalina strich mir hinterher schläfrig mit der Hand über den Rücken, und ich ruhte mich auf ihr aus.

"Ich fühl mich, als ob ich krank werde", sagte sie nach einer Weile. "Letztens bei einem Klient, einem echten Vollidioten, da zeigte das Thermometer vierzehn Grad im Zimmer an! Vierzehn Grad! Die Heizung stand auf null, wirklich, hab ich gesehen. Mir war saukalt, kein Wunder, wenn ich jetzt krank werde. Dieses Tier, nur 'n verlängerter Schwanz, echt. Soll er sich doch 'ne Inuit-Frau holen, wenn er im Eisschrank ficken will! It pisses me off, really. Ich glaub, ich hör auf mit dem ganzen Mist. Ja, und dann werd ich auch mal in Internet schreiben, aber über die Männer! Von wegen Prinzessin! Eure Prinzessin hat die Nase nämlich langsam voll!"

Sie schnaufte einmal kurz durch die Nase und berichtete von einem Termin bei einem älteren bärtigen Kunden, wo ihr schon bei der ersten plumpen Umarmung im Flur heftiger Schweißgeruch in die Nase gestiegen war.

"Der zeigte mir gleich so 'n tollen Plastikschwanz, da klebte noch vom letzten Mal was dran, oder er hatte damit gerade hinten bei sich selber rumgemacht. Sah jedenfalls so aus. Hab ich natürlich sofort abgelehnt. Aber als er dann erstmal sein Ding aus der Hose rausholte, also bäh, das war sowas von dreckig, das hätt ich nicht mal mit 'nem Gummihandschuh angefasst! Da hab ich fast gekotzt! *Erstmal ab unter die Dusche, sonst wird das nichts'*, fauche ich ihn an, aber der schüttelt bloß den Kopf, grinst mich blöd an und sagt: *'Ach weißt du, ich liebe meinen Käse.'* Brr, so ein widerliches Arschloch!"

Angeekelt verzog sie das Gesicht, und mir wurde schon vom bloßen Zuhören schlecht. Herr im Himmel, dachte ich, und das alles für 30 Euro pro Stunde! Fassungslos schüttelte ich den Kopf, doch Madalina legte gleich munter nach. Ein Kunde wäre mal mit einem langen Messer hinter dem Rücken aus der Küche gekommen, erzählte sie, angeblich aber nur 'aus Spaß', um sie zu erschrecken. Trotzdem hätte sie natürlich Angst gekriegt, denn schließlich gäbe es ja genug Verrückte. Satanisten und so, die würden manchmal sogar Leute schlachten und dann aufessen. Sie wüsste da ziemlich gut Bescheid.

"Oder einer im 4-Sterne-Hotel", meinte sie, stützte sich auf ihren Ellbogen und zündete sich eine Zigarette an, "ein Inder, so 'n kleiner Maharadscha, der hat mich schon drei oder vier Mal bestellt. Da kostet es 120 pro Stunde, und jedes

Mal drückt mir dieser Penner die Scheine so ganz klein zusammengerollt in die Hand! So richtig zerknüllt, und es ist immer zu wenig! Bloß 90 oder 100. Muss ich also jedes Mal erst sauer werden und ihn anfauchen: *'Ey, Mann, das ist nicht genug'*. Derselbe Trick, immer wieder. Der glaubt, ich bin ein blödes kleines Mädchen. Dieser Idiot! Ja, und dann will er immer *'hot action'*, haha!".

Sie tippte sich ein paarmal an die Stirn und imitierte dazu das hackende Geräusch einer hängengebliebenen CD: "dck dck dck dck". Gedankenverloren spielten ihre Finger mit der Zigarette, während sie ins Leere starrte.

"Tja, und Ruxandra, der hat mal einer drei Fünfziger aus der Handtasche geklaut und schnell unterm Bett versteckt", erwähnte sie etwas später noch matt, "gerade als er auf ihr drauf lag. Aber sie kriegte es mit, und da wollte er sie mit dem Metallrohr vom Staubsauger verprügeln. Sogar Falschgeld haben sie ihr mal angedreht, hundert Euro, schön im Dunkeln. Alles Schweine."

Sie stieß wieder einen kurzen Schnaufer durch die Nase aus, zog noch einmal an ihrer Zigarette und schwieg schließlich.

"Hm, ich denke, nach solchen Erlebnissen ist es wohl völlig normal, dass du Männer lediglich als laufende Schwänze siehst", räusperte ich mich, und plötzlich kam mir eine Idee.

"Was du bräuchtest, wäre eine kleine Auszeit", schlich ich mich durch die Hintertür an. "Mal wegfahren mit jemandem, eine andere Stadt oder so. Am besten, wenn du deine Tage hast, damit du wirklich mal wieder spürst, dass jemand an dir auch ohne Sex interessiert ist."

Sie schüttelte entschieden den Kopf.

"Naja", beeilte ich mich nachzubessern, "oder vielleicht einfach bloß ins Café oder so, damit du auf andere Gedanken kommst."

"Ach, ich geh nicht viel raus", erwiderte sie. "Das hab ich anfangs ja gemacht, aber ich versteh die Leute nicht. Diese seltsame Sprache, grrr grr bla bla. Und die Typen halten mich alle für blöd und quatschen mich bloß voll. Komische Leute, strange people."

"People are strange when you 're a stranger", zitierte ich mit angemessenem Pathos die DOORS, und zusammen mit einem schrägen Seitenblick schenkte sie mir einen kleines Lächeln, was ich mir ungefähr mit *'Okay, 1:0 für dich'* übersetzte.

Sie angelte nach ihrem auf dem Tisch liegenden Handy, und nach einem kurzen Tastendruck sprang sie erschrocken auf, denn zwei oder drei Minuten waren nämlich bloß noch übrig. Offenbar hatten wir uns diesmal ordentlich verquatscht.

Während sie sich anzog und kämmte, erhob auch ich mich, um mir zumindest Slip und T-Shirt überzustreifen.

Als ich ihr zum Abschied im Flur in den Mantel half, da fiel mir auf, dass sich der Kragen schon ein Stück weit gelöst hatte. Überhaupt schien das gute Stück ein etwas älteres Modell zu sein und schon recht heftig gelitten zu haben, wie man am Innenfutter deutlich erkennen konnte. Aber natürlich tat ich so, als hätte ich nichts von alledem bemerkt.

"Bis bald", sagte ich und küsste Madalina auf den Mund.

"Ja, bis zum nächsten Mal", antwortete sie, und sie schien sogar wirklich zu lächeln dabei.

190. Kapitel

Hinterher schaltete ich den Fernseher an; unter anderem lief ein kurzer Bericht über eine sogenannte 'seriöse Seitensprungagentur', die von Damen betrieben wurde. Männliche Bewerber, die in die erlesene Kartei aufgenommen werden wollten, wurden zunächst einmal von der Kommission aus vier (!) Gouvernanten-Tanten kritisch beäugt, wo sie auch ihre Hände vorzeigen (sauber? Nägel gepflegt?) und gestrenge Fragen wie zum Beispiel nach der bevorzugten Hotelkategorie (geizig?) beantworten mussten, um dann - nach Zahlung der saftigen Gebühr (nur für Frauen war das alles natürlich kostenlos, versteht sich) - das ersehnte Prädikat 'vermittelbar' zu erhalten und damit die Aussicht auf die alsbaldige Gelegenheit, einer aufgetakelten 35jährige Mutti bei Champagner an der Nobelbar zu einem 'unvergesslichen Abend' zu verhelfen...

Das ist echt bizarr, dachte ich bloß kopfschüttelnd, und Bukowskis Wendung *'eine total überschätzte Ware'* kam mir wieder in den Sinn.

Vielen Dank, Ladies, aber euer Geschäft muss ohne mich laufen.

Die darauf folgende Sendung beschäftigte sich mit 'Intimchirurgie', mit operativer 'Vagina-Rejuvenation'. Um für ihren jüngeren Partner attraktiv zu bleiben, hätte manch reifere Liebhaberin nämlich auch ein kleines Lifting im Schritt nötig, wurde dezent angemerkt, also straffte man ihr die Leitplanken, verengte den Schacht und legte die Perle wieder schön frei. Für solche Notfälle standen neuerdings Ärzteteams in kalifornischen Privatkliniken bereit, Kostenpunkt um die 7000 Dollar. Fehlte nur noch der erste Mann, der sich Botox zwischen die Beine spritzen ließ, gegen die Runzeln im Sack, dachte ich. Irgendwie erinnerte mich dieser ganze Firlefanz an die abstrusen Praktiken der Genitalverstümmelung in Afrika. Oh, ich verstand natürlich, was diese irre jung aussehenden Endvierzigerinnen umtrieb! Doch das machte mir diese leidenden Society-Damen auch nicht unbedingt sympathischer. Nicht solange es noch Kinder gab, deren Gaumenspalten-Operation aus Geldmangel unterblieb. (Und nur der Parität halber: Bald würde sich bestimmt auch der erste stinkreiche 80jährige die Hoden eines 20jährigen armen Schluckers transplantieren lassen, jede Wette!)

Kaum war das vorbei, gab es weihnachtliche Shopping-Tipps für die moderne Frau, darunter eine Empfehlung für eine Erotik-Boutique, die selbstverständlich auch Vibratoren aus Massivgold führte, auf Wunsch sogar mit eingearbeitetem Brillie. Zum Beweis präsentierte man der Kamera neben den üblichen sauteuren Dessous ein erlesenes Sortiment polierter Hochglanzschwänze mit Gangschaltung. Sexspielzeug für betuchte Geschäftsfrauen, die mit ihrem Geld fickten. Ich griff zur Fernbedienung und schaltete um zu einer Reportage über Nuklearwaffen, die der US-Army im Laufe der letzten Jahrzehnte abhandengekommen waren, durch Flugzeugabstürze oder irgendwelche andere Unglücksfälle. Codename 'Broken Arrow'. Etliche voll funktionsfähige Atombomben der Amerikaner lagen noch heute irgendwo auf dem Meeresgrund oder waren anderweitig verschollen, und wie es damit bei den anderen Atommächten aussah, insbesondere bei den Russen, das wusste natürlich erst recht niemand.

Na Gute Nacht, sagte ich mir, für heute hatte ich genug gesehen. Entschlossen drückte ich auf die AUS-Taste der Fernbedienung. Halb zwölf, Schlafenszeit.

Als ich am nächsten Abend eine Ladung Buntwäsche in die Maschine steckte stellte ich fest, dass Madalinas Handtuch vom Vortag schon wieder so komisch roch, und zwar nur an einem einzigen Fleck. Dafür dort aber umso intensiver. Irgendwie 'medizinisch'. Als hätte jemand Rheumabad-Zusatz oder Saunaaufguss-Konzentrat oder sowas raufgeträufelt. Ob sie vielleicht irgendein Muschi-Desinfektionspräparat benutzte?, grübelte ich.

Doch das konnte eigentlich nicht sein, überlegte ich, denn das hätte ich ja dann wohl am Ort der Anwendung erschnuppert. Aber wie auch immer, ich nahm mir vor, sie beim nächsten Mal danach zu fragen.

Nachdem ich die Waschmaschine angeworfen hatte, setzte ich mich an den Computer und guckte im Internet nur so aus Neugier bei den einschlägigen Agenturen. Ich sichtete aber keine auffallenden neuen Schönheiten. Höchstens eine langhaarige Lettin namens Feline schien mir eine Sünde wert zu sein. Feline - da dachte man doch gleich an Fellatio, an Felidae und Felix den Glücklichen. Lauter süße Anklänge, lauter positive Konnotationen.

Kurze Zeit später landete ich eigentlich mehr aus Zufall ausgerechnet beim Webauftritt irgendwelcher *Gender*-Aktivisten. In langen und furchtbar intellektualistisch aufgeschäumten Beiträgen zur irgendeiner innovativen 'Queer-Theorie' wurde die 'bipolare Geschlechterordnung' radikal in Frage gestellt und die sexuelle Orientierung des Einzelnen lediglich als sozial erlernte Kategorie abgetan. Na gut, sagte ich mir, also mal angenommen, ich wäre irgendwie verrückterweise in eine Parallelwelt hineingeboren worden, die von lauter Fetischisten bevölkert wäre, oder in eine mit ausschließlich lesbisch-schwuler 'Normalität', jedenfalls in eine Gesellschaft, in der jegliches heterosexuelles Begehren als abartig gälte - hätte sich bei mir da nicht trotzdem früher oder später meine Libido in Richtung der dort für Männer verpönten jungen Mädchen hin Bahn gebrochen, selbst bei Strafe permanenten Außenseitertums? Höchstwahrscheinlich ja, schätzte ich, denn die Pflanze wuchs eben immer hin zum Licht (auch wenn man freilich jede Entwicklung fördern oder hemmen konnte). Tja, überlegte ich weiter, und vielleicht fühlten sich ja andere umgekehrt im Hier und Jetzt wie in einer derart ungemütlichen Parallelwelt, in der sie von einem engen sozialen Korsett ausgegrenzt wurden? Immerhin war es ja wohl durchaus so, dass sich viele von uns in ihren zwischenmenschlichen Beziehungen mehr oder weniger verleugneten und sich Tag für Tag nur zu einem Bruchteil ihrer Sehnsüchte bekannten. Und was war dann erst mit jenen, deren biologisches Geschlecht mit dem individuell 'gefühlten' überhaupt nicht übereinstimmte?

Hm, könnte sein, dachte ich beim Überfliegen der Artikel so manches Mal, da war zumindest zum Teil wohl was dran. Denn einiges an Spielraum mochte zwischen der biologischen Dualität 'beschlitzt' und 'berüsselt' sicherlich noch existieren. 'Es gibt mehr als eine Sexualität, es gibt viele' - war das nicht schon ein berühmter Oswalt-Kolle-Spruch aus den siebziger Jahren? Einer der Webseiten-Verfasser plädierte übrigens für fünf Geschlechter, andere für noch mehr.

Na schön, sagte ich mir, doch mit jedem gelesenen Absatz wuchsen meine Zweifel daran, dass es wirklich angebracht wäre, die bestehende 'sexuelle Matrix' der 'phallogozentristischen Zwangheterosexualität' so pauschal zum neuen Feindbild der unterdrückten Menschheit auszurufen. Brauchte man zur Klärung der Geschlechterfragen wirklich diese Zusammenballung von Wortungetümen, so dass man schon nach drei Sätzen überhaupt nicht mehr wusste, wovon eigentlich die Rede war? Warum diese künstliche Wichtigtuerei, diese verkopften Proklamationen, all diese akademischen Auswüchse? Mehr und mehr bekam ich beim Lesen dieser wütenden Traktate den Eindruck, Sexualität wäre vor allem eine rationale und politische Angelegenheit und hätte rein gar nichts mit Instinkt und Emotionalität zu tun, mit Begehren und Gefühl, geschweige denn mit Liebe. Die Ganzheitlichkeit blieb dabei auf der Strecke, und damit die Humanität. Und das konnte ja wohl nicht richtig sein, oder?

Mir fiel ein, wie sich Pixie einst zu dieser Thematik geäußert hatte, nämlich: *'Alles bloß 'ne Ersatzmasturbation übererregter Feministinnen, die höchstens dazu taugen, mit ihren ledrigen Gesichtern die Leute in der Geisterbahn zu erschrecken.'* Dem waren dann noch ein paar deftige Anmerkungen zum Terminus *Freudscher Penisneid* gefolgt. Sicher, es gab bessere Statements und edlere Standpunkte. Allerdings kam mir bei alldem wieder in den Sinn, welches einfaches Rezept die Leute früher in unserem Dorf parat hatten, wenn es galt, irgendwelche abgehobenen Politiker oder überkandidelten Künstler wieder zur Räson zu bringen. *'Mal zwei Wochen lang richtig arbeiten gehen'*, das war in solchen Fällen stets empfohlen worden, *'Rüben hacken oder Mist abladen, dann gibt sich das wieder'*. Nun ja, und dieser Vorschlag schien mir auch heutzutage ganz generell nicht der schlechteste Rat zu sein. Ich jedenfalls fand es großartig, dass es zwei wunderbare Sorten Mensch gab, auch wenn bei deren Umgang miteinander zugegebenermaßen durchaus noch erheblicher Verbesserungsbedarf bestand.

Da meine Lust am Internet-Surfen inzwischen fürs Erste gestillt war, fuhr ich den Computer runter und probierte es stattdessen mit der TV-Berieselung. Anfangs schaltete ich ein bisschen hin und her und blieb dann bei einem populärwissenschaftlicher Beitrag hängen. Ein Genie saß gekrümmt im Rollstuhl, jonglierte mit Begriffen wie 'Feinstrukturkonstante Alpha', 'hypothetische variable Lichtgeschwindigkeit', 'Wurmloch' und 'Paralleluniversum' und erklärte so im Plauderton den Kosmos. Unglaublich, dachte ich. Der Kerl konnte buchstäblich keinen Finger rühren, aber grübelte über Ereignisse nach, die sich möglicherweise vor Millionen und Milliarden von Jahren in irgendwelchen fernen Galaxien ereignet hatten. Weiter konnte man doch gar nicht von sich selber weg sein, oder? Dreißig Jahre lang hätte ihn beispielsweise die Frage des 'Informationsparadoxons' gequält, also ob Schwarze Löcher die sie umgebende Materie im Moment des Einsaugens nun vollständig zerstörten oder eben irgendwann später wieder in irgendeiner Form ausstießen, teilte er seinen Zuschauern mit. Was für ein Problem, nicht wahr? Noch absurder wurde es freilich, als er anfing über die geheimnisvolle 'dunkle Materie' und die noch geheimnisvollere 'dunkle Energie' zu reden - nach neuesten Theorien sollte der weitaus größte Teil des Universums nämlich aus diesem Zeug bestehen, über das momentan allerdings so gut wie nichts bekannt war. Das geniale Fazit lautete also: Nach neuesten wissenschaftlichen Theorien hatten wir im Prinzip keine Ahnung von gar nichts.

Bingo, dachte ich bloß und grinste in mich hinein, denn dies deckte sich ja in etwa mit meinen bisherigen Ergebnissen im privaten Forschungsbereich.

Ich machte den Fernseher aus und goss mir ein Glas Wein ein, und schon bald landete ich mit meinen Gedanken wieder in vertrauten irdischen Gefilden, nämlich beim magischen Dreieck aus Sex, Callgirls und Ecki. Bloß was gab es da eigentlich noch groß zu grübeln? Die Befriedigung eines Urtriebes unter den

Bedingungen der Marktgesellschaft, das war doch eine ganz simple Sache, nicht wahr? Die vielgeschmähte 'käufliche Liebe'. Wie im Zeitraffer sah ich noch einmal meinen 'zweiten Frühling' vor meinem geistigen Auge vorbeirasen; all die herrlichen Momente mit all den hübschen Mädchen. Ich hatte die Attraktivitätsdifferenz (eine *Differenz* wohlgemerkt, keine klaffende Kluft, bitteschön) zwischen mir und den Schönen mit reichlich Geld kompensiert, und ich war mit diesem Verfahren auch jetzt noch völlig einverstanden. *(Ansonsten hätte ich ja auch Swingerclubs oder Diskotheken abfischen können - was freilich ebenfalls Geld und erst recht Zeit kostete und somit unterm Strich wohl kaum billiger käme.)* Die richtig Junghübschen hatten es mir nun einmal angetan. Nur leider befanden sich diese eigentlich ganz klar außerhalb meiner natürlichen Reichweite. Bei einem Callgirl allerdings sah ich dies anders. Da brauchte ich mich nämlich glücklicherweise nicht ständig zwanghaft mit all den phantastischen Nebenbuhlern aus der freien Wildbahn zu vergleichen, sondern ich maß mich stattdessen lediglich an den anderen zahlenden Klienten (die ich freilich nur vom Hörensagen kannte), und innerhalb dieser Population wähnte ich mich dadurch zu einer Art Alphamännchen aufgewertet. Zelebrierte ich mein Gutmenschentum bei den Mädchen also bloß deshalb, weil ich all diese noblen Gesten zur Kompensation meiner Minderwertigkeitskomplexe brauchte? Jedenfalls verschaffte ich mir so das nötige männliche Selbstbewusstsein, das ich hübschen jungen Frauen gegenüber normalerweise nicht besaß.

Doch so intensiv wie am Anfang, so ursprünglich und unmittelbar wie vor einem Jahr, nein, so herzerschütternd empfand ich diese speziellen Stunden mittlerweile längst nicht mehr. Aber ich wollte mich keinesfalls beklagen. Mit Larissa und Madalina hatte ich nun meine persönlichen Favoritinnen der hauptstädtischen Callgirlszene allzeit verfügbar; ich war Topkunde, und auch wenn zwischen diesen erlesenen Geschöpfen und mir vielleicht nicht die reinste Liebe selbst am Werke war, so doch wohl immerhin so etwas wie ein verdünntes Fluidum derselben. Viel besser konnte es in dieser Hinsicht jedenfalls für mich kaum werden. War das jetzt also der Zenit?

Am Anfang meiner Freierkarriere hatte ich ganz demütig und bescheiden um einen einzigen perfekten Akt gebettelt, und meine Bitte war nicht nur erhört worden, sondern das gnädige Schicksal hatte sein Füllhorn sogar mehr als reichlich über mich ausgeschüttet. (Wobei mich die Tatsache, dass ich die Schönen nicht für mich allein hatte, eigentlich kaum belastete.) Doch was ich nun darüber hinaus noch am meisten suchte, das ließ sich mit der bisher praktizierten Methode wohl nicht finden. Inzwischen war ich für mich persönlich nämlich zu dem Schluss gelangt, dass sich exzessive Promiskuität (und ich rede hier in erster Linie von *meiner* exzessiven Promiskuität) und tiefe Intimität auf Dauer unweigerlich ausschlossen. Es handelte sich also sozusagen um ein immanentes Problem meiner jetzigen Lebensweise. Dieses generelle Manko würde bestehen bleiben, solange ich immer wieder neue Schönheitsköniginnen verbrauchte, egal wie verliebt und hingerissen ich mich bei jeder einzelnen von ihnen auch fühlte. Denn erst wenn ich jemanden ganz bewusst aus der Beliebigkeit hob und für mich zu etwas Einzigartigem machte, erst dann würde es doch wirklich persönlich werden und dauerhaft in die Tiefe gehen. *('Der kleine Prinz' fiel mir ein, und ich dachte daran, wie er mit dem Fuchs über seine ganz besondere Rose gesprochen hatte.)* Bloß wie sollte irgendeine meiner Gespielinnen überhaupt jemals etwas Besonderes für mich werden können, solange ich sie alle auf Distanz hielt, indem ich keinerlei Verpflichtungen zuließ? Damit blieben sie doch jederzeit auswechselbar, immer nur eine Nummer in einer langen Reihe.

Über ein Jahr lang hatte ich nun schon richtig schön gewildert, jetzt schlug das Pendel langsam von selber wieder in die andere Richtung aus. Ich sehnte mich nach einer intensiven, tiefen Dauerbeziehung, und meine eigene Promiskuität stand mir dabei im Wege. War es nicht sowieso längst Zeit, mich in der hohen Kunst der freiwilligen Selbstbeschränkung zu üben? Nur wer sich selbst beherrscht ist wirklich frei, und nur wer frei ist, der kann wirklich glücklich sein, oder? Das mit der seriellen Monogamie fiel mir plötzlich wieder ein. Vom Kopf her war ich ja sowieso gut beraten, fortan mit den Callies etwas kürzer zu treten, schon aus finanziellen Gründen. Aber jetzt konnte ich es tatsächlich auch fühlen: Die pure Vögelei allein war mir nicht mehr so unbeschreiblich wichtig wie noch am Anfang dieser Geschichte. *(Der Typ hat gut reden, dachte ich ein paar Stunden später, als ich diesen Satz noch einmal las. Denn sowas schrieb sich bestimmt leichter mit der wohlig wärmenden Gewissheit unter der*

Gürtellinie, allzeit seine Traumgirls zur freien Verfügung zu haben. Trotzdem traf es aber zu.) Sex war jetzt jedenfalls ein ganz normaler Teil meines Lebens. Ein wichtiger, das ja, aber nicht mehr die luxuriös bestückte Wüstenbar mit dem Schild 'NUR FÜR MITGLIEDER', an dessen Schaufenster ich mir einst halbtot vor Durst die Nase plattgequetscht hatte. Die Narben würden zwar für immer sichtbar bleiben, aber die tiefe Wunde war ausgeheilt und kuriert. Meine Katharsis lag hinter mir.

191. Kapitel

Am nächsten Morgen lüftete ich Madalinas 'Rheumabad'-Geheimnis, und zwar völlig unspektakulär. Denn als ich mein eigenes Handtuch von der Heizung nahm und daran plötzlich ebenfalls denselben merkwürdigen Geruch feststellte, da ging mir ein Licht auf. Vor Kurzem hatte man nämlich im ganzen Haus die Kalorimeter ausgewechselt, diese kleinen Thermometerdinger zur Heizkostenabrechnung, und die neuen waren mit diesem seltsamen Duftstoff gefüllt. Ein bisschen davon verdunstete durch die Hitze und setzte sich offenbar im feuchten Stoff fest. Das war alles, mehr steckte nicht dahinter.

Zwei Tage später rief ich wieder wegen Madalina an.
"Wir fangen aber erst um halb elf an", meinte der Telefonist.
"Okay", antwortete ich, "aber dann diesmal nur für eine Stunde."
Zehn Minuten später rief er zurück.
"Wir haben was umgestellt, jetzt können Sie wieder ihre Wunschzeit haben."
"Danke schön", sagte ich erfreut, "also wie gehabt für zwei Stunden, von neun bis elf."
Ach was war ich doch für ein Glückspilz!

Madalina VII
Diesmal war sie wieder ganz klar, keine Spur von Drogen.
"Was ist mit deiner kaputten Balkontür?", erkundigte sie sich.

"Hab ich schon zum Glaser gebracht, alles okay", winkte ich ab und goss ihr etwas Möhrensaft ein.

"Ich bin heute ein bisschen müde und kaputt", meinte ich dann, "harter Tag und so."

"Willst du einen Joint?", bot sie an und griff nach ihrer Handtasche. "Ich hab was dabei."

"Nee, danke", lehnte ich ab, "ich weiß was Besseres."

Zehn Minuten später kam sie frischgeduscht zu mir ins Bett. Zuerst gabs ganz zartes Schmusen, danach leckte ich sie, anschließend ging sie nach oben. Mit einer Hand knetete sie mir hinter ihrem Rücken sanft den Beutel, während ich immer wieder abwechselnd erst ihre linke und dann die rechte Brust hochdrückte, bis sie mir unter der Hand straff durchschluppte und an ihren angestammten Platz zurück federte. Nochmal und nochmal, und nochmal von vorn. So als ob ich eine absackende Böschung aus Götterspeise glätten würde. Es schien sie ebenso heiß zu machen wie mich; ihre kleinen festen Kautschuktittchen schwollen jedenfalls richtig an dabei, und die Brustwarzen wurden zu vollen Brombeeren. Als sie das Stillsitzen nicht mehr aushielt, neigte sie sich nach vorn, stützte sich mit beiden Armen ab und begann mit dem üblichen Hoch und Runter, allerdings im Entensitz. Ich stieß gleich von Anfang an kräftig dagegen, was sie nun erst recht auf Touren brachte. Doch bevor sie sich auf diese Weise völlig verausgabte, erlöste ich sie, indem ich mich schon bald aufrichtete, sie an mich presste und unter mich drehte, so dass sie sich zum Finale bequem im Liegen durchvögeln lassen durfte.

Als ich hinterher rauszog und mich neben sie legte, setzte sie sich plötzlich erschreckt auf und fingerte zwischen ihren Beinen rum.

"So much liquids", stammelte sie; anscheinend lief einiges an Flüssigkeit bei ihr raus. "Aber meine Tage können es doch unmöglich sein!"

Sie glaubte, dass das Kondom geplatzt wäre, deshalb beleuchtete sie mit der Kerze mein erschlafftes Teil, doch ich hatte den Gummi noch drüber, und es sah alles okay aus. Genau wie bei ihr selbst auch, nirgendwo Blut oder irgendwas Auffälliges.

Also beruhigte ich sie. Wahrscheinlich weibliche Ejakulation und so, völlig normal.

Ja, nickte sie schließlich zögernd, gehört hätte sie auch schon davon, aber an ihr selbst wäre ihr etwas Derartiges eigentlich bisher noch nie aufgefallen.

Ich reichte ihr Papiertaschentücher und küsste sie, erst auf einen Schenkel und dann auf den Mund. "You are a beauty", flüsterte ich dabei, du bist eine Schönheit.

"Ach, manchmal habe ich mir sogar schon gewünscht, hässlich zu sein", erwiderte sie, doch da diese Bemerkung recht kokett vorgetragen ward, nahm ich sie nicht ganz ernst und tat sie bloß mit einem milden Lächeln ab.

"Nein, wirklich", beteuerte sie energisch, "weil einen keiner für voll nimmt! Was denkst du, wie das zum Beispiel abgelaufen ist, als ich mir 'ne Wohnung gesucht habe? *'Ach, du hast nicht so viel Geld? Na gut, kriegst du billiger bei mir, ich will dir helfen.'* Diese Arschlöcher! *'Komm, lass dich ficken'*, das haben die gemeint! Wenn ich hässlich aussehen und zwei Zentner wiegen würde, dann wäre mir zumindest sowas nicht passiert. Echt, die meisten finden mich vielleicht hübsch, aber keiner respektiert einen, wenn man so aussieht wie ich. Glaub mir, immer dasselbe."

"Hm, ja", antwortete ich und nickte versöhnlich. "Naja, ist was dran. Stimmt schon."

Sie zündete sich eine Zigarette an und inhalierte genüsslich ein paar Züge.

"Einer hat mir mal gesagt: *'Also was man so liest über dich im Internet, Mensch, du bist ja schon richtig berühmt!'*, haha", lachte sie plötzlich los. "Der war total nervös."

Spielerisch ließ sie eine große Rauchwolke in Richtung Zimmerdecke wabern.

"Na was solls", meinte sie, "ich werde nur wieder ein oder zwei Monate arbeiten. Danach will ich ein Internet-Café aufmachen, mit einem Freund zusammen."

Eigentlich hätte sie aber kaum richtige Freunde, ließ sie anschließend durchblicken.

"Ich hab meistens nur in meiner Bude gesessen, gequalmt und Computerspiele gemacht", erzählte sie lakonisch. "Als ich damals nach ein paar Monaten hier zum ersten Mal wieder zu Besuch nach Hause gefahren bin und alle was von mir über Deutschland hören wollten, da hatte ich kaum was zu erzählen."

Sie zuckte mit den Schultern.

"I m just a lonely freak", seufzte sie. Ich bin bloß ein einsamer Spinner.

"Lonely Mad Madalina", nickte ich tröstend und streichelte ihren Arm. "Aber weißt du, mir geht es manchmal ähnlich. Ich hab schnell eine Überdosis Leute weg, wenn mir andere zu dicht auf die Pelle rücken. Bloß alleine fühle ich mich auch nicht wohl."

Es ist eben anstrengend, sich ständig dem Druck irgendwelcher Erwartungen stellen zu müssen, sinnierte ich. Die ganze Welt war ja voll davon (und ich selbst am allermeisten).

"Eine Überdosis Leute", wiederholte Madalina und lachte, meine seltsame Formulierung schien ihr zu gefallen. "Weißt du, ich bin wirklich kein Menschenfreund, aber wenn ich eine Weile in meiner Bude gehockt habe und mein Boss ruft an, dann geh ich eigentlich ganz gern mal wieder nachts mit ihm auf Tour."

Sie erzählte ein paar der üblichen Episoden und berichtete dann sogar von einem dreitägigen Escort-Trip nach Dresden.

"Die anderen sind übers Wochenende zum Klettern ins Elbsandsteingebirge gefahren, und mich haben sie unterwegs bei dem Kerl abgesetzt. Ich hatte vorher schon mal 'n Termin mit ihm gehabt, hier in Berlin. Naja, anfangs war es ganz nett. Am ersten Abend hat er mich durch die halbe Stadt kutschiert und auf sämtlichen Partys als seine neue Freundin vorgestellt, um anzugeben oder was. War mir egal. Aber dann am zweiten Abend, als er angesoffen war, da hat dieser Idiot es doch ausgequatscht, dass er mich für Geld aus Berlin bestellt hat. Na toll. Plötzlich glotzten mich alle Jungs geil an, und die Weiber taten künstlich angeekelt, oder sie kamen mir mit ihren mitleidigen Blicken. *'Ach du armes Mädchen, wie schlimm, dass du sowas machen musst'*. Das nervt mich noch am meisten, echt."

"Naja", antwortete ich, "wahrscheinlich weil du ihre Verlogenheit genau spürst. Vielen tust du doch in Wahrheit gar nicht leid, denen bist du scheißegal. Die wollen bloß die schöne Gelegenheit nutzen, um sich über dich zu stellen. Tja, und ich kann sehr gut verstehen, dass du das hasst. Denn ich denke, du bist nun mal kein Mensch, der unterwürfig sein will."

Madalina erwiderte nichts darauf. Sie drückte bloß ihre Zigarette aus, kuschelte sich an mich und begann mich zu streicheln.

"Ach ich will gar nicht mehr weg hier", hauchte sie schließlich, und auf einmal wirkte sie sehr zerbrechlich; ihre Stimme klang wie die eines kleinen Mädchens, und es lag etwas sehr Bedürftiges in ihrem Blick, als sie mich küsste.

"Am besten für heute ist Schluss", meinte sie. "Höchstens bis um eins, länger arbeite ich sowieso nicht mehr."

Das passt, dachte ich, denn die Internetgemeinde sang zwar Lobeshymnen auf Madalina, gleichzeitig wurde aber auch bitter beklagt, dass sie verdammt schwer zu kriegen wäre. Allerdings, um der Wahrheit die Ehre zu geben - inzwischen mischten sich auch andere Stimmen darunter. Ehrlich gesagt, in letzter Zeit hagelte es Beschwerden im Netz. So hatte einer zum Beispiel berichtet, er hätte sie eigentlich für drei Stunden gebucht, aber gleich nach fünfzig Minuten wieder rausgeschmissen, Zicke und so.

"Ihr Eingangsstatement war ungefähr: Ich bin nämlich keine herkömmliche Prostituierte, nicht so wie die anderen. Und Typen, die sich ein Mädchen bloß zum Ficken bestellen, die wären natürlich sowieso das Letzte. Als ich ihr dezent klarmachte, dass ich primär am Quatschen nicht interessiert bin, musste ich mich als Krönung noch beschimpfen lassen. Ihren Chef nennt sie übrigens nur "my promoter" oder "my coordinator", so als würde sie von einer Künstleragentur kommen. Starallüren hat sie jedenfalls schon mehr als genug. Ganz schön von der Rolle, die Kleine."

Ein Zweiter schwärmte zwar von ihrem Aussehen, maulte jedoch über ihren 'unterdurchschnittlichen Service'; er fühlte sich nicht gerade verwöhnt von ihr.

"Sie bietet zwar FT an, nuckelt aber nur so ein bisschen rum und versucht ständig das Gesicht wegzudrehen. Und wie bei diesem Plattfisch ein Tittenfick machbar sein soll, ist mir schleierhaft, die hat ja wirklich bloß Tittchen wie angespuckte Kirschkerne."

Nun, und der derzeit letzte Eintrag, der mir vor Kurzem erst unter die Augen gekommen war, las sich so:

"Die Kohle hat sie sofort eingesteckt, eine rauchen und noch eine, dann verschwand sie erstmal 20 Minuten im Bad. Danach ein bisschen Gefummel, dies passt ihr nicht und das nicht und Küssen ist erst recht nicht erlaubt. Blasen kann sie schon mal gar nicht, und bei der Handarbeit keult sie ungefähr so gefühlvoll wie ein Rinderzüchter beim Bullenwichsen. Abschuss ging nur auf dem Bauch,

die heilige Mu*** durfte ja nicht nassgemacht werden. Man muss wohl schon mindestens einer von den California Dream Boys sein, um Prinzesschen besteigen zu dürfen. Beim Einsacken der bunten Scheine ist sie jedoch nicht so wählerisch. Von mir wird sie allerdings keine mehr nachgeworfen kriegen. Für den Preis gibts woanders mehr als so eine tittenlose Holzpuppe."

Jedenfalls, um wieder auf die sich gerade so schön an meine Seite ankuschelnde Madalina zurückzukommen: Als ich sie dezent und sehr allgemein auf die zunehmende Kritik im Freierforum hin ansprach, meinte sie bloß schnippisch: "Ich ficke sowieso nicht mit jedem. Ich kann mir meine Kunden aussuchen."

Ziemlich gewagte Behauptung, dachte ich bei mir. Wer weiß, wie weit ihr Chef (Verzeihung, ihr 'Promoter' natürlich) da mitmachte. Allerdings schien ihre 'Agentur' tatsächlich ein wenig außergewöhnlich zu sein. Derzeit war sie das einzige Mädchen dort. Und ich inzwischen vielleicht der einzige Kunde? Wie auch immer, die 150 Euro heute waren jedenfalls gut angelegtes Geld gewesen. Übrigens hatte ich neulich im Freierforum die Information gefunden, dass Madalina für 90 Euro zu buchen wäre, jede weitere Stunde kostete dann 70. Für mich galt diese Preissteigerung anscheinend nicht.

Zum Abschied schenkte ich ihr diesmal einen kleinen buntbemalten Teelichthalter aus Glas. Ich selbst hatte mir genau den gleichen gekauft, im Partnerlook, sozusagen.

"Danke, es ist nett wenn ich weiß, dass du an mich denkst", sagte sie mit charmantem Lächeln, und draußen im Treppenflur gab sie mir nach dem letzten Abschiedskuss sogar noch einen allerletzten.

Als ich hinterher aufräumte und das von ihr benutzte Handtuch zum Wäschekorb ins Bad brachte, fiel mein Blick auf das Kosmetikregal in der Ecke. Madalina probierte immer alle meine sechs oder sieben Sorten Duschgel durch und ließ sie hinterher meist offen stehen. Nicht dass mich das gestört hätte, im Gegenteil. Denn wenn ich am nächsten Morgen unter die Dusche tapste, dann grüßten mich all die Fläschchen mit hochgeklappten Deckeln wie kleine Männeken, die den Hut lüfteten: 'Hallo und Guten Tag, Fräulein Madalina war nämlich hier, weißt du noch...'

192. Kapitel

Larissa IX privat

Ich hatte vor Kurzem im Internet einen Freierbericht über ein Mädchen gelesen ('Nuckelalarm am Eiweißspender') und jemand hatte gleich darauf angefragt, ob das nicht die ex-Nicole von den Fun-Girls wäre.

Als Larissa am Abend kam, erzählte ich ihr davon.

"Du hast offenbar überall bleibenden Eindruck hinterlassen", meinte ich anerkennend. "Die Männer erkundigen sich immer noch nach dir."

Larissa schien sich sehr für diesen Eintrag zu interessieren.

"Kannst du mir bitte zeigen, was hat genau geschrieben?", bat sie mich. Denn ja, mh, so rückte sie nach und nach mit der Sprache heraus, sie arbeitete nun doch gelegentlich wieder, und zwar bei einer ihrer alten Agenturen. *(Aha, dachte ich, kein Wunder, dass du nachmittags oft noch im Bett liegst, wenn ich dich anrufe.)*

Also fuhr ich den Computer hoch und setzte mich mit ihr vor den Monitor. Natürlich wunderte ich mich im Stillen, warum sie wohl nicht bei ihrer Freundin Galina angefangen hatte, bloß als ich als erstes kurz versuchte, die betreffende Webseite anzuklicken, existierte sie plötzlich nicht mehr.

"Da gab es Probleme", meinte Larissa bloß knapp, "aber hat nichts mit mir zu tun."

Fragend sah ich sie an, doch ihr Blick schien mir zu signalisieren, dass sie nicht weiter darüber reden wollte. Daher wandte ich mich wieder dem Monitor zu, loggte mich ins Freierforum ein und suchte nach dem betreffenden Eintrag. Bei der Gelegenheit überflog ich schnell noch einmal zwei alte Beiträge zu Larissa:

Wer sich an einem verregneten Tag ein bisschen Sonnenschein ins Schlafzimmer holen möchte, der liegt mit Nicole goldrichtig. Allein schon bei ihrem Anblick kriegt man den ersten Abgang. Dieses kleine glattrasierte Bumsbrötchen kann es kaum erwarten, dass Mann da die Wurst reinsteckt. Aber vor allem ist sie auch noch eine phantastische Bläserin, überhaupt sehr routiniert und geht gut mit. Allerdings für anschmiegsamen Teeniesex wohl eher nicht geeignet. Also, liebe Verkehrsteilnehmer, lehnt euch zurück und lasst sie machen, denn dieses süße Saugteufelchen macht es ausgezeichnet.

Und das Resümee des nächsten Kandidaten (der sich 'DER DEFLORATOR' nannte) lautete:

Hilfe, Samenraub! Da mir das Eiweiß schon wieder fast von selber aus dem Rohr zu kleckern drohte, bestellte ich mir heute also Nicole, und was soll ich sagen? Wenn diese kleine Spermazapfanlage erstmal so richtig ihre Schnute am Ventil ansetzt, dann lässt sie so schnell nicht mehr locker! Beim Stoßen an sich waren ihre movements zwar eher mau, da besteht sicher noch Lernbedarf. Ich hab ihr natürlich trotzdem reichlich von meinem Direktsaft eingespritzt. Aber beim Blasen (gummilos, ist im Preis inklusive) ist diese Maus echt der Hit! Die Kleine verfügt über enormen oralen Stauraum, den sie auch optimal auszunutzen versteht. Und den cumshot empfängt sie auf eine total supergeile Weise: Dieses Zuckerpüppchen kniet also ganz niedlich im richtigen Abstand auf Schwanzhöhe ab und streckt dann mit kullerrunden Augen erwartungsvoll das Zünglein raus. So ein gieriges Schleckermäulchen! Ich hab meine Sahne beim Abschuss schön breitflächig verteilt, die volle Ladung, es tropfte hinterher nur so vom Gesichtchen runter auf die Locken, so dass eine komplette Haarwäsche fällig wurde und sie mit feuchter Mähne den Heimweg antreten musste.

Dann fand ich endlich den neuen Eintrag. Ein Kunde namens 'Spritzi' schwärmte von einer heißen Nummer mit ihr im Hotel. Am Ende hieß es: *"Supergeile Blas- und Leckperformance, samtweiche Haut, nur leider lässt sich die Kleine nicht gern fingern. Fazit: wegen verweigerter Gesichtsbesamung, was doch laut Telefonauskunft Standard bei der Agentur war, bloß 8 von 10 Punkten."*

Larissa zuckte nur leicht mit den Schultern, anscheinend konnte sie mit dieser Kritik leben. Ich versuchte das eben Gelesene zu ignorieren und krabbelte mich derweil schon mal ein bisschen mit der Hand bei ihr unter dem Pullover vor.

Da wir beide keine rechte Lust hatten, noch irgendwo essen zu gehen, durchsuchten wir probeweise meinen Kühlschrank nach Delikatessen, und am Ende kochten wir Kartoffeln mit Tiefkühl-Lachsfilet und Gemüse.

Larissa war hungrig, sie verdrückte eine Riesenportion.

"Habe heute ganzen Tag nur Grießbrei gegessen", gestand sie mir dabei lachend und strich sich nach dem letzten Happen zufrieden über ihr imaginäres Bäuchlein.

Satt und träge ließen wir uns hinterher mit einer Tafel Schokolade auf der Couch nieder und guckten ein bisschen Fernsehen. Etwa eine gute Stunde später begann sich Larissa plötzlich mit tigerartigem Knurren zu strecken, stand schließlich auf und fing an zu strippen. Sie zog sich nämlich längst wieder vor meiner Nase aus, so wie früher. Erst wurde sich aus den superengen Jeans geschlängelt, dann kam das Oberteil: linke Hand an rechte Taille und rechte Hand an linke Taille, als nächstes kurz nach hinten durchgebogen und schwupp! - schon war sie bis auf einen winzigen Slip nackig. *(Ich hatte übrigens noch nie einen Mann gesehen, der sich so mit den Armen 'über Kreuz' Pullover oder T-Shirt auszog, da musste wohl eine speziell feminine genetische Disposition vorliegen.)*

Wir schmusten schon mal im Stehen drauflos und gingen auch gleich zusammen ins Bad, und nach dem Duschen trug ich sie zurück ins Zimmer.

Im Bett war es superschön. Wenn wir uns in die Arme nahmen und ganz eng aneinanderpressten konnte ich jedes Mal spüren, wie es ihr durch und durch ging.

Und von wegen, sie ließe sich nicht gern fingern! Sie wurde feucht auch ohne Gel, die angewärmte Tube blieb diesmal auf der Heizung liegen. Immer wieder küssten wir uns zwischendurch, aber überhaupt nicht wild, sondern sehr behutsam.

Wir machten ganz langsam, mehr Karezza als grande finale.

Übrigens fiel mir erst irgendwann später auf, dass ich diesmal ganz vergessen hatte, Musik aufzulegen. Aber was ich zu hören kriegte, das war ja sowieso schöner...

"Du bist so sanft", flüsterte ich hinterher zu ihr (und wiederholte es zur Sicherheit auf Russisch).

"Du auch", erwiderte sie prompt.

Und sie erkannten einander, musste ich plötzlich denken. Wie in der Bibel.

"Was machst du, wenn es dir nicht geht gut und du hast Depression?", fragte sie mich.

Ich überlegte einen Moment lang.

"Musik hören?", antwortete ich schulterzuckend.

"Ich gehen in Bad, in Badewanne. Schön lange, in warme Wasser, mit was riecht gut und Schaum", sagte Larissa und seufzte. "Aah!"

Wir unterhielten uns noch ein Weilchen, mittlerweile war sie mir gegenüber ja nicht mehr ganz so verschlossen. Ihr größter Wunsch war momentan, zehntausend Euro zu besitzen, verriet sie mir zum Beispiel. Das war jetzt ihr Ziel. Zehntausend Euro, dann würde man schon weitersehen. Auch ihren Visastatus kannte ich übrigens inzwischen (dreimal dürft ihr raten).

Kurz vor zwölf machte sie sich wieder fertig, und ich bestellte ihr das Taxi.

Als sie unten einstieg, winkte ich vom Balkon, und sie winkte zurück.

So wie immer.

Am nächsten Tag blieb bei der Kletteragentur das Handy leider komplett stumm. Am übernächsten Abend war zwar immerhin schon ein Klingelton zu hören, aber trotzdem ging keiner ran.

Dann eines schönen Tages klappte es endlich wieder, gerade als ich von der Arbeit kam, und ich bestellte mir Madalina für die üblichen zwei Stunden auf um neun. Bei der Gelegenheit fragte ich auch gleich nach den Arbeitszeiten für die kommenden Feiertage.

"Also naja", meinte der Telefonist, "wir sind im Prinzip eigentlich da, lassen es aber ruhig angehen. So wie in der letzten Zeit. Nur für"- er zögerte einen winzigen Augenblick - "also praktisch bloß, wenn ich die auf dem Display angezeigte Nummer erkenne. Nur Stammkunden, ein oder höchstens zwei Termine pro Abend. Mehr nicht."

"Danke", sagte ich, denn damit konnte ich sehr gut leben.

Kurze darauf rief Nina an, um mir schöne Weihnachten zu wünschen. Anfang Januar würde sie wieder nach Berlin kommen, erfuhr ich, und sie wollte sich mit mir treffen. Ohne Agentur und ohne Geld.

"Vielleicht besser in Café?", schlug sie vor. "Weil letzte Mal in deine Wohnung war bisschen traurig für mich, habe immer an schöne Zeit in Sommer gedacht."

Das ließ mein Herz höher schlagen, und wir turtelten bestimmt noch eine Viertelstunde lang.

Danach zog ich mir noch einmal Schuhe und Mantel an und schwang mich aufs Fahrrad, um mich schon mal probeweise nach Weihnachtsgeschenken für meine Kinder umzusehen.

Im großen Kaufhaus gab es natürlich meist bloß regalweise bescheuerten Kram aus irgendwelchen Fernsehserien. Martialisch aufgemachte Action-Helden standen neben Monstermasken und Blinkschwertern aus Plastik, die Spielzeugabteilung glich beinahe einer Waffenkammer. Weiter hinten wurde ich dann aber doch noch fündig, und am Ende kaufte ich ein großes Steckspiel aus Holz sowie ein riesiges Piratenschiff zum Selberzusammenbauen. Als ich dann zufällig im Erdgeschoss auch richtig schöne Badehandtücher mit farbig irgendwie aufgesticktem oder 'eingewirktem' Möwenmotiv (!) erblickte, zögerte ich natürlich nicht lange, sondern ließ mir gleich zwei der schönsten (zusammen mit einem Schoko-Weihnachtsmann und einem Nobelduschbad) als Geschenk einpacken.

Auf dem Rückweg hielt ich noch an einem Scherzartikelladen, wo ich endlich so kleine Spieldosen zum Kurbeln erspähte, die ich für Larissa immer gesucht hatte. Ich entschied mich für eine mit der Melodie 'Jingle bells'. Außerdem fand ich dort eine ziemlich ulkige Fußmatte, auf die man wie bei einem Anrufbeantworter immer wieder neue Ansagen aufsprechen konnte. Zum Beispiel 'Aua, warum tritts du mich, ich bin der fliegende Teppich?' oder 'Guten Abend, ihr kleinen Wichte, bitte schnell rein und die Schuhe aus'. Naja, und so weiter.

Was für ein Spaß, dachte ich, die Kinder würden sich bestimmt darüber freuen!
Doch dann fielen mir plötzlich noch weitere Einsatzmöglichkeiten dafür ein.
'Herzlich willkommen, Schatzi, und zieh dich gleich aus!'
Oder ich würde nur die dünne Sensorfolie mit dem Minilautsprecher rausnehmen und im Bad unter die Fußmatte vor der Dusche legen: 'Oh naked beauty, you look great, sexy baby.'
Oder gleich unters Bettlaken...
Allein diese Gedanken machten mich schon wieder ganz kirre.
Aber erstmal fuhr ich zurück nach Hause und rief Larissa an.
"Ich würde gern heute noch zu dir kommen, hast du Zeit?", fragte ich ganz direkt. "Nur ganz kurz, höchstens eine Viertelstunde, nicht länger."
"Ja, aber nur ungefähr bis um neun geht", antwortete sie. "Wenn du willst."
Nun, klar wollte ich.

Zügig verdrückte ich mein Abendbrötchen, zog mir ein frisches Hemd an und radelte ein paar Minuten später das kleine Stückchen zu ihr rüber.

Larissa empfing mich im katzenhaften Ninja-Look (schwarze Leggings, enges schwarzes Oberteil, rotes Haarband) und mit Kerzenschein, was ich zuerst missdeutete.

"Strom ist weg", erklärte sie jedoch bloß hilflos nach dem Begrüßungsküsschen und zuckte mit den Schultern, "weiß nicht was ist los." Gerade eben hätte sie noch versucht, mit ihrem neuen Power-Staubsauger ein bisschen sauberzumachen, und peng, da wäre auf einmal das Licht ausgegangen.

Ich drückte ihr mein Geschenkpaket in die Hände (wieder Küsschen), zeigte ihr den Sicherungskasten über ihrem Schuhschrank, ließ es einmal klicken, und schon war alles wieder okay (nochmal Küsschen).

"An der Steckdose immer nur den Staubsauger allein anschließen", ermahnte ich sie, "nichts anderes. Kein Bügeleisen, keinen Föhn, und den Fernseher am besten auch vorher ausmachen. Sonst geht wieder das Licht aus."

Sie nickte brav und beäugte neugierig ihr Geschenk, aber sie wollte es noch nicht aufmachen. Stattdessen überraschte sie mich mit einem kleinen Glücksbringer.

"Ist für dich, schöne Weihnachten, und alles Gute."

Ich bedankte mich mit einer herzlichen Umarmung (letztes Küsschen), und wir verabredeten uns noch lose zum Sushi-Essen für Anfang Januar. Dann hastete ich wieder los, weil ich doch schon in einer knappen Stunde Madalina erwartete.

193. Kapitel

Madalina VIII

Ich schaffte es gerade noch rechtzeitig, mich zu duschen und zurechtzumachen; die sprechende Fußmatte würde also erst beim nächsten Mal zum Einsatz kommen.

Madalina sah super aus, extrem super. Sie trug keine verwaschenen Straßenklamotten wie die letzten paar Male, sondern hatte sich offenbar komplett neu eingekleidet. Flauschige steingraue Kapuzenjacke, weiße Bluse und wie angegossen sitzende dunkle Jeans, dazu schwarze Marken-Turnschuhe. (Nur den coolen roten Feuerwehrschlauch-Gürtel mit der Metallhände-Schnalle kannte ich schon von unserem ersten Treffen her.) Außerdem war sie dezent geschminkt, so richtig edel, und auch von der Frisur her eher feminin gestylt als burschikos verstrubbelt wie sonst. Soll heißen, ihre Haare waren etwas kürzer und blonder als bisher, gut kinnlang und abgestuft geschnitten. Schüttelfrisur hieß sowas wohl, glaube ich. Und es gab noch eine kleine Überraschung: Sie hatte mir eine DVD mitgebracht. Einen Film über Jugendliche, die in trostlosen britischen Vorstadtslums aufwuchsen, mit harten Drogen experimentierten und dabei auf die eine oder andere Art vor die Hunde gingen. Ein Kultfilm, den ich allerdings nur vom Titel her kannte; sie hatte mir beim letzten Mal bereits davon erzählt.

"Danke schön", sagte ich und küsste sie. "Wann brauchst du die DVD wieder zurück?"

"Nein, nein", erwiderte sie, "die ist ein Geschenk für dich."

Da fehlten mir doch glatt die Worte.

"Bist du erkältet?", fragte ich, als wir dann bei Möhrensaft und Wein auf der Couch saßen, weil sie nämlich des Öfteren vor sich hin schniefte.

"Ein bisschen, aber ist schon wieder besser", antwortete sie. "Dauernd dieser Wechsel mit ausziehen, duschen und anziehen, das ist nicht gut, weißt du? Mal kalt, mal warm."

Demonstrativ schüttelte sie sich. "In den letzten Tagen war ich fast nur zu Hause, keine Termine."

"Ja", sagte ich, "auch heute ging euer Telefonist erst wieder nicht ran. Der ist manchmal echt schwer zu erreichen."

Sie grinste.

"Mh, der hat nämlich Angst, mit Leuten zu sprechen", erwiderte sie. "Weil die oft so bestimmte Fragen stellen, und dann schämt er sich immer und wird rot."

Ich konnte es nicht glauben.

"Du meinst so explizite Fragen zum Sex?", hakte ich nach. "Das ist der Grund?"

Lebhaft nickend prustete sie los, albern wie eine Zwölfjährige, wobei ihr eine einzelne lose Haarsträhne immer wieder neckisch ins Gesicht fiel.

Sie berichtete noch so ein paar schräge Sachen von der Kletteragentur. Aber angeblich hatte man dort jetzt große Zukunftspläne, was Aktivreisen, Surfen und Trekking anbelangte, zumindest würde der Chef ständig davon reden. Madalina lachte immer wieder zwischendurch und wurde auf einmal richtig gesprächig, und schließlich begann sie sogar über ihre Kindheit und Teenagerzeit zu erzählen, wobei sie auch heikle Episoden nicht aussparte. Wie zum Beispiel, dass sie noch mit sechzehn Jahren ('bis ich meinen ersten Freund hatte') eine notorische Daumenlutscherin gewesen wäre, oder auch, dass sie später sehr wohl eine bulimische Phase durchgemacht hätte. Ich kam jedenfalls aus dem Staunen über ihr plötzliches Mitteilungsbedürfnis gar nicht mehr raus. "Darf ich einen Keks nehmen?", fragte sie danach plötzlich wieder ganz schüchtern, so als ob sie diese Frage tatsächlich Überwindung kosten würde, und ich hatte nicht den Eindruck, dass es irgendwie eine 'Lolita-Masche' von ihr wäre.

"Weißt du, eigentlich will ich ja zu jedem Menschen freundlich sein", sagte sie nach einer Weile sehr ernst, "doch dann wird man bloß rumgestoßen, weil sie einen für schwach halten. Aber wenn man fett und grob und hässlich daherkommt, hat man es auf eine Art leichter, weil die Leute nämlich Angst kriegen und Platz machen. Tja, so ein niedliches kleines Mädchen aus Rumänien, wer nimmt das denn ernst? Dummes Kind, denken die. Mir glaubt doch kein Mensch, dass ich vierundzwanzig bin und mich besser mit Computern auskenne als die Idioten, die mich andauernd blöd anquatschen."
(Also vierundzwanzig, dachte ich, ja das kam wohl hin. Vom Äußeren her wäre sie zwar auch für die von der Agentur behaupteten achtzehn Jahre durchgegangen, aber ich hatte mich wirklich des Öfteren gewundert, wie ein Mädchen in dem Alter schon so weit sein konnte.)
"Ich hasse diese überheblichen Typen", fuhr sie fort. "Im Geschäft, im Café, in der Disco. *'Na Süße, hast du einen Freund?'* Die kriegen von mir einen Blick" - und sie guckte wirklich wie eine lesbische Karateweltmeisterin - "damit sie gar nicht erst auf falsche Gedanken kommen. Sollen sie glauben, ich bin frisch aus der Klapsmühle entlassen, ist mir egal. Hauptsache sie haben es kapiert, dass man mich besser in Ruhe lässt, wenn ich es sage."
Schweigend starrte sie einen Moment lang vor sich hin.

"Na Mensch", meinte ich schließlich grinsend, "wenn du vierundzwanzig bist, dann bin ich ja nicht mal zwanzig Jahre älter als du. Ein Klacks. Und ich dachte schon, uns trennen Welten!"

"Ja", stimmte sie mir zu, "ich finde, wir denken in vielen Sachen ganz gleich."

"Ach komm", erwiderte ich sehr gelassen. "Ich könnte dein Vater sein."

"Nein, das ist Unsinn", widersprach sie und betonte noch einmal, wie ähnlich wir uns doch eigentlich wären, und es hörte sich so an, als wäre ihr sehr daran gelegen, diese Vorstellung unbedingt aufrecht zu erhalten.

Mit einem verschmitzten Lächeln blickte sie dann zu mir rüber.

"Du siehst heute echt gut aus", sagte sie. "You look really sexy. Hast dich gut ausgeruht in den letzten Tagen, viel geschlafen und relaxed, hm?"

"Nee, viel gearbeitet", grinste ich, "eigentlich hatte ich sogar 'ne Menge zu tun."

"Na dann tut dir wohl die Arbeit gut", entgegnete sie fröhlich, und wir lachten.

Tja, dachte ich, momentan lief ja bei mir auch alles rund, und ich hielt es nun wahrlich nicht wie Till Eulenspiegel, der beim bequemen bergab wandern schon wieder losjammerte, weil er sich bald wieder bergan würde quälen müssen. Nein, ich wusste mein momentanes Glück sehr wohl zu schätzen, und zwar jeden einzelnen Augenblick davon.

Madalina griff nach ihrer Handtasche und wühlte suchend darin herum.

"Hast du Kondome?", fragte sie mich.

Sie hatte nämlich keine, wie sie erschrocken feststellte.

"Na sicher", brummte ich zur Antwort, stand auf, zog schon mal mein Hemd aus und begann, Kerze und Teelicht anzuzünden.

"Das Glasding, was du mir beim letzten Mal geschenkt hast, das steht bei mir im Bad", meinte sie. "Es macht so schönes Licht, wenn ich in der Wanne liege."

"Tja, und heute kriegst du auch wieder was für das Bad", erwiderte ich und überreichte ihr eine kleine Pappschachtel. Ich hatte nämlich extra ein richtig gutes Duschgel für sie gekauft (nein, nicht im Supermarkt, sondern eine Sorte, die es nur in der Parfümerie gab).

"Wenn du möchtest, kannst du das ja jetzt gleich nehmen", schlug ich vor.

"Danke schön", hauchte sie mit großen Augen. "Kann ich sofort probieren, ja?"

Tja, und Sekunden später verschwand sie im Bad, und ich hörte nur noch das Wasser rauschen. Wie üblich richtete ich derweil das Lager und machte mich schließlich selber nackig, und als Madalina dann ein paar Minuten später wieder ins Zimmer kam, wickelte ich sie sogleich aus dem Handtuch und schnupperte erstmal ausgiebig an ihr. *(Übrigens hatte ich die Heizung wohlweislich schon am Nachmittag hochgeschraubt, so dass inzwischen eine Affenhitze herrschte. Um es im Treibhaus zu treiben...)*

"Ahh, das Duschgel ist so gut!", schwärmte sie, "meine Haut ist so schön weich, ich möchte mich andauernd selbst anfassen", und mit gespielter Lüsternheit strich sie sich über ihre Brüste, was seine verführerische Wirkung auf mich natürlich nicht verfehlte.

Ganz langsam und ungezwungen begannen wir uns anzufassen; wir streichelten und küssten uns und geilten schon mal ein bisschen zu Bowies 'China Girl' rum. Immer wieder griff ihre Hand flüchtig nach meinem Schwanz und drückte ihn kurz (aber intensiv!), und ich revanchierte mich mit gelegentlichen manuellen Testpenetrationen (maximal ein Finger-Glied tief).

Zwischendurch stellte sie sich dabei ab und an auf die Zehenspitzen und reckte mir ihren Mund ganz schüchtern entgegen, worüber ich insgeheim grinsen musste.

Nach einer Weile setzte ich mich auf die Sofakante, sie blieb nackt vor mir stehen, und ich ließ meine Fingerspitzen wandern und berührte und küsste sie überall. Sie war jetzt längst feucht wie sonst was, wirklich klitschnass; ich konnte spüren, wie ihre Knie schwach und zittrig wurden und nachgaben. So musste ein Mädchen aussehen, wenn es richtig scharf auf Sex war und nur noch genommen werden wollte, dachte ich beinahe ehrfürchtig, so 'bereit' und über alle Maßen schön. Aber war das denn nicht wirklich einfach bloß die 'natürlichste Sache der Welt'? Madalina vertraute mir und wusste, dass ich zärtlich sein würde, also weshalb sollte sie sich nicht auch getrost für ein paar magische Momente in meine Hände geben?

Wir gingen in die Horizontale, und ein paar lange Zungenküsse folgten, wobei ich ununterbrochen ihre kleine Spalte kraulte, während sie mit festem Griff meinen Schwanz hielt. Etwas später rutschte sie tiefer und begann zaghaft zu lutschen, und ich drehte mich noch etwas mehr zu ihr hin, so dass sie es dabei bequemer hatte. Plötzlich überlegte ich es mir aber anders und bat sie, mir schnell noch ein paar Gymnastikfiguren vorzuturnen (von *gymnos* gleich griechisch für *nackt*). Zum Beispiel auf der Seite liegend, ein Bein in die Höhe gespreizt (wo meine Hand dabei landete, dürft ihr raten!). Schon allein bei dieser Pose wäre es mir beinahe gekommen.

Schließlich stießen wir richtig miteinander an, sozusagen. Erst ein bisschen a tergo und dann zum Finale missionarisch (wobei wir uns ein paarmal lange in die Augen sahen), und da gab es nun wirklich keine Spur von Scheu oder Zurückhaltung mehr. Madalina griff richtig zu und zog mich fester in sich, so dass es ziemlich heftig wurde. Freilich kein wilder Kampf oder so, aber schon irgendwie fast eine Art Kräftemessen. Selbst ihre Fingernägel kamen moderat zum Einsatz. *(Ähm, also keine falschen Vorstellungen bitte, postkoitale blutstillende Maßnahmen waren jedenfalls nicht erforderlich.)*

"You are a wonderful person", keuchte ich hinterher, "both physically and mentally".

Dabei küsste ich sie auf die Stirn, und sie sah mich so gerührt an (und gab mir einen Kuss zurück), als ob ich der erste Mann wäre, der ihr gesagt hätte, wie schön sie sei.

Nach einem Blick zur Uhr griff ich zum Telefon und wählte die Nummer der Kletteragentur, zwecks Verlängerung auf drei Stunden. Als jemand abhob, gab ich Madalina den Hörer, und sie fragte ihren Chef zuerst, ob er danach noch etwas für sie hätte.

"Nein", hörte ich ihn sagen, und der Rest war damit reine Formsache.

Während des Telefonats hatte ich mich hinter Madalina gesetzt, ihr Rücken und Schulter geküsst und ihre Brüste massiert. Als sie das Gespräch beendet hatte, lehnte sie sich an mich und legte ihre Hände auf meine.

"Ich überlege wegen Silikon", meinte sie, "nur ein bisschen größer. Findest du nicht?"

"Lass bloß nicht an dir rumschnippeln", beschwor ich sie, "das würde dich nur verschandeln, ehrlich. Ich finde dich supersexy so. Das Geld kannst du dir sparen."

Dann erzählte ich ihr, was ich damals gelesen hatte, nämlich dass einige Mädchen mit kleinen Brüsten beim Sex oft ihr Oberteil anlassen würden, weil sie sich schämten.

"Ja, das mache ich auch manchmal", gab sie zu.

Während wir anschließend noch ein wenig über die Vor- und Nachteile kosmetischer Operationen diskutierten, langte ich schon mal nach dem Keksteller auf dem Tisch und stellte ihn vor uns auf die Decke, so dass wir dabei gemütlich ein paar von den leckeren Dingern wegknabbern konnten.

"Gehst du eigentlich auch zu Pärchen?", erkundigte ich mich, aber sie schüttelte sofort heftig den Kopf.

"Warum nicht?", fragte ich. "Stört dich die Konkurrenzsituation zu der anderen Frau, oder was?"

"Ach, ist doch pervers", wehrte sie mit unsicherem Lächeln ab; das Thema schien ihr irgendwie peinlich zu sein.

"Wieso, was ist denn dabei?", hakte ich trotzdem noch einmal nach. "Würdest du zum Beispiel auch zu einer Frau allein gehen, wenn dich jemand anruft?"

"Alles gibt's nicht zu verkaufen", blockte Madalina daraufhin ziemlich nervös ab und widmete sich demonstrativ den Keksen.

Hm, grübelte ich etwas irritiert, war das nun reiner Selbstschutz, frei nach dem Motto: Ich mache zwar den Job, aber nein, eine Hure bin ich nicht?

"Sorry", sagte ich, "natürlich ist das deine Privatsache, und du musst nicht darauf antworten. Ich wollte dich jedenfalls nicht unter Druck setzen."

"Ich weiß", antwortete sie. "Kein Problem, ist schon okay."

"Danke", entgegnete ich, blickte ihr kurz in die Augen und streichelte ihre Hand.

"Naja, es gibt vieles, was ich jedenfalls nicht für Geld mache, sondern nur mit Freunden", schob sie dann allerdings noch nach. "Oder glaubst du, ich habe Sex mit allen Kunden so wie mit dir? So richtig von vorn? Das ist sehr persönlich, finde ich. Man kann sich dabei ins Gesicht sehen und hat viel Hautkontakt. Weißt du, mit den meisten versuche ich es nämlich so hinzukriegen, dass sie es bloß von hinten tun. "

Da mir keine passende Erwiderung einfiel, redete sie nach einer kurzen Pause einfach weiter und erwähnte unter anderem auch noch einen früheren Freund ('wirklich nur ein Freund'), mit dem sie alles mögliche zusammen angestellt hätte, Dinge wie zum Beispiel im selben Bett schlafen oder auch Klamotten tauschen, ja sogar duschen ('und noch dabei Witze machen!') - aber eben alles ohne Sex.

Dann gab sie sich den nächsten Ruck und begann noch ein bisschen mehr auszupacken und von ihren sexuellen Erlebnissen zu berichten. Außerhalb ihrer Arbeit, meine ich. Auf Einzelheiten einzugehen halte ich hier nicht für angebracht, aber ein paar nicht gerade alltägliche Dinge 'hatten sich schon mal so ergeben' bei ihr, das sei gesagt, und während sie mir davon erzählte, staunte ich immer wieder, wie empfindlich und schamhaft sie eigentlich war. Naja, und freilich auch ein bisschen draufgängerisch und wild. Aber trotzdem, sie war ein zartes, verletzliches Mädchen, das mutig oft bis an seine Grenzen ging, und manchmal sogar noch ein Stück weit darüber hinaus. Das imponierte mir, und nicht nur das. Denn vieles von dem, was sie mir über sich anvertraute, fand Eingang in mein Herz.

Anschließend redeten wir auch noch kurz über Musik, und Madalina versprach, beim nächsten Mal ein paar von ihren Lieblingssongs mitzubringen.

Mittlerweile war auch die dritte Stunde schon fast um, und erst da fiel mir ein, dass ich wieder nicht daran gedacht hatte, Fotos von ihr zu machen. Also verschob ich es auf das nächste Mal.

Als sie sich anzog (sie hatte übrigens nicht mal richtige Reizwäsche; ihr bisschen Kram ließ sie immer ganz verschämt im Bad unter der Jeans liegen), schrieb ich ihr meine Telefonnummer auf.

"Dein Chef ist ja manchmal tagelang nicht erreichbar", murmelte ich, als wäre das alles ziemlich belanglos. "Damit du wenigstens mich anrufen kannst, nur für den Fall des Falles."

"Danke", sagte sie schlicht und steckte den kleinen Zettel zu der Faltschachtel mit dem Duschgel in die Handtasche. Ich hatte ihr vorher schon gesagt, dass ich 160 Euro zahlen würde, falls sie privat zu mir käme.

"La revedere", verabschiedeten wir uns mit Küsschen. Auf Wiedersehen, und das wars mal wieder. Dachte ich. Denn sie war bereits zur Tür raus und im Treppenhaus verschwunden, da sah ich, dass das ganze Geld noch immer unter dem Aschenbecher lag.

Ich machte die Balkontür auf und guckte nach unten, vier Stockwerke tiefer, wo Madalina gerade aus der Haustür kam und sich anschickte, zum auf der anderen Straßenseite wartenden Auto zu gehen.

"Madalina", rief ich, "du hast was vergessen!" *(Das Wort 'money' benutzte ich bewusst nicht, um sie vor dem Fahrer - oder sonst wem - nicht bloßzustellen.)*

Sie blieb stehen, sah zu mir nach oben, stutzte einen Moment und rannte dann zurück zur Haustür und klingelte. Ich drückte den Öffner und hüpfte anschließend die Treppen runter, nur mit Slip und T-Shirt bekleidet und barfuß *(meine Pantoffeln hatte ich aber geistesgegenwärtig oben in die Türspalte geklemmt, nicht dass mir noch das blöde Brett zuknallte und ich um Mitternacht in Unterwäsche auf den Schlüsseldienst warten konnte...)*, irgendwo in der Mitte trafen wir uns, und lachend drückte ich ihr die Scheine in die Hand und wir küssten und umarmten uns nochmal, alles gleichzeitig. Ihre Augen, ihr Gesicht...

"Wiedersehen, la revedere!", rief ich ihr hinterher, als sie dann zum zweiten Mal losstürzte, und ich dachte bloß: Verdammt, ich kanns ja jetzt schon kaum noch erwarten.

Oben in meiner Bude legte ich dann bloß noch meine Sachen für den nächsten Tag raus und machte mich bettfertig, und die ganze Zeit über musste ich dabei an Madalina denken.

Mein Gott, sie hatte wirklich das Geld vergessen!

194. Kapitel

Mein letzter Arbeitstag in diesem Jahr bestand im Wesentlichen aus Kaffeetrinken und Lebkuchenessen, und obendrein machte ich auch noch früher Schluss als sonst.

Zu Hause packte ich gleich meine Reisetasche für die nächsten Tage in Marsiw, anschließend räumte ich ein bisschen auf. Gegen acht rief dann bei Ringo an.

"Also, wie letztens schon gesagt, es bleibt dabei", teilte ich ihm bloß kurz mit, "morgen Mittag gegen eins bin ich bei dir in Marsiw."

"Alles klar", meinte Ringo und rückte dann damit raus, dass die neue 'Bekannte', von der er mir schon seit ein paar Wochen erzählt hatte, nun also doch seine feste Freundin wäre. Rike, 36, eine Kindergärtnerin.

"Echt nette Maus", schwärmte er, "na du wirst sie ja kennenlernen."

Außerdem bot er mir sein altes Handy an, denn er würde nämlich bald ein neues kriegen.

"Ist eins ohne Vertrag, musst du immer vorher mit ein paar Euro aufladen", erläuterte er. "Mein Weihnachtsgeschenk für dich. Na guck dir das Teil mal an."

"Super, ich sag schon mal danke", antwortete ich. "Können wir aber alles morgen Mittag bereden."

"Okay", brummte Ringo, "man sieht sich."

Hinterher setzte ich mich vor den Fernseher und gluckerte dabei so nach und nach den in der Weinflasche befindlichen Rest weg, der ja sonst bis zum nächsten Jahr schlecht werden würde. Es lief eine Reportage über Genfood, über Zusatz- und Konservierungsstoffe in Nahrungsmitteln und die Unzulänglichkeiten diverser Öko-Siegel. Ach du meine Güte, dachte ich dabei mehr als einmal, wenn das so weiterging, dann brauchte man bald einen Doktortitel, nur um halbwegs kompetent sein täglich Brot einkaufen zu können. Plötzlich klingelte das Telefon. Meine gute alte Liana rief an, um mir schöne Feiertage zu wünschen und mich natürlich auch ganz allgemein auf dem Laufenden zu halten. Ich hörte mir erstmal eine ganze Weile an, was bei ihr so alles passiert war.

"Und was macht die Psychogruppe, und vor allem der fremdsprachliche Heimunterricht?", erkundigte sie sich schließlich.

"Wo ist da der Unterschied?", lachte ich. "Ich meine, ein paar aus der Gruppe machen ja auch noch zusätzlich Einzeltherapie. Tja, und bei mir mit den Mädchen, das ist in meinen Augen sowas ähnliches, abgesehen vom Spaßfaktor natürlich."

Ich erzählte ihr in groben Zügen, wie weit die Geschichte mit Larissa und Madalina inzwischen gediehen war und betonte dabei besonders, welch großen Stellenwert all diese Begegnungen nach wie vor für mich hätten.

"Jedenfalls hat mich dieses Jahr enorm vorwärts gebracht", bekräftigte ich zum Schluss noch einmal.

"Inwiefern?", wollte sie wissen. "Neue Sextechniken, oder in welcher Hinsicht?"

"Naja", versuchte ich zu erläutern, "mal abgesehen von den besagten angenehmen Nebeneffekten dieser Therapieform hab ich dadurch ein Stück weit zu sowas wie innerer Balance gefunden. Also ich empfinde mich nicht mehr als total sonderbaren Außenseiter, sondern mehr mit dem Rest der Menschheit verbunden, ums mal pathetisch auszudrücken. Weißt du, früher glaubte ich ja immer, ich wäre grundverschieden von allen anderen, aber natürlich ist das gar nicht so. Ach was weiß ich, zur Hölle mit dem ganzen Psychokram!"

Ich lachte kurz und fuhr dann fort: "Jedenfalls hab ich durch etliche dieser Mädchen gespürt, dass sie zum Beispiel genauso das Bedürfnis haben, sich zu verschenken. Dass sie Geben *wollen*! Allerdings ist mir das komischerweise erst relativ spät aufgegangen, da war ich anfangs ziemlich blockiert. Ich meine, sie müssen doch auch irgendwohin mit ihren Gefühlen, wie soll man denn sonst diesen vielen langen Nachtstunden einen Sinn geben! Das ist doch ein verdammt großes Stück von ihrem Leben, und jeder braucht was Schönes, an dem er sich festhalten kann. Das Geld allein wärmt die Seele nun mal nicht, besonders in der Weihnachtszeit."

Ich räusperte mich und sagte feierlich: "Huren haben mir zu einem besseren Frauenbild verholfen. Klingt paradox, wie? Ist aber ernst gemeint. Sogar zu einem besseren Menschenbild insgesamt. Auch dafür danke ich den Mädchen. Was wäre wohl ohne sie aus einem Schizo wie mir geworden? 'Die Schönheit wird die Welt retten', so ungefähr hat Dostojewski mal geschrieben, und zumindest in meinem Fall trifft das schon mal ganz gut zu. Danke, ihr Süßen! Die Schönen der Nacht haben mich gerettet, yippiejeah! Naja, oder sagen wir: Sie haben mich zumindest vor dem Schlimmsten bewahrt. Das klingt nicht ganz so hochtrabend."

"Das klingt nach Talkshow", spottete Liane.

"Tja", erwiderte ich, "egozentrische Sinngebung alleine greift auf Dauer eben zu kurz, das wissen wir doch längst. Ohne ein gewisses Maß Selbstaufgabe dann und wann geht nun mal gar nichts. Geben und Nehmen, bloß auf die Balance dabei kommt es an. Alles schon seit Jahrtausenden bekannt. Liebe dich selbst wie deine Nächstin, zum Beispiel, oder tat twam asi, welche Religion auch immer. Aber Theorie ist nichts und Praxis alles. Das rechte Maß der Dinge, die Balance, das ist jedenfalls immer das allerwichtigste überhaupt, schon seit Anbeginn der Zeit."

Und schon begann sich vor meinem inneren Auge das ganze Weltpanorama in all seiner auf ewig unbegreiflichen Komplexität zu entfalten, angefangen von winzigen kernphysikalischen und biochemischen Reaktionen bis hin zu kosmologischen Abläufen in schier endlosen Dimensionen, und überall sah ich dabei gegenläufige Prozesse am Werk, die wie in einem gigantischen Mahlwerk aus sich durchdringenden Strudeln und Spiralen miteinander verwoben waren und oszillierend ineinander griffen. Die Ordnung hinter den Dingen, das höchste Prinzip, die universelle Interdependenz - auf einmal erhaschte ich einen Blick darauf. Lauter wirbelnde Taijitu-Scheiben tanzten flirrend vor meinen Augen, ringsum erblickte ich Myriaden von Balanceakten zwischen Yin und Yang, alles floss zusammen und trennte sich auch gleichzeitig wieder. Die Energie-Masse-Äquivalenz, Welle und Korpuskel als dualistische Erscheinungsformen. Hier die Annihilation von Teilchen und Antiteilchen, dort das Verglühen einer ganzen Galaxie. Geburt und Tod, Wachsen und Sterben. Es war, als ob Gott selbst für den Bruchteil einer Sekunde den Vorhang zurückgezogen und sein gesamtes Werk mit einem ungeheuren Blitz erhellt und zur Ansicht freigegeben hätte. Alles schien plötzlich vollkommen offensichtlich, kristallklar und rein. Wie im Moment der Aura bei einem Epileptiker kurz vor dem Anfall. Höchste Vigilanz. So wie ich mir einen schillernden LSD-Flash vorstellte.

Ich fühlte mich, als wäre ich aus der Zeit gefallen.

Doch dann schüttelte ich mich, atmete einmal kräftig durch und bemühte mich, den verlorenen Faden wieder aufzunehmen.

"Bloß der entscheidende Punkt dabei ist nun mal leider, dass man die jeweiligen Polaritäten überhaupt erstmal identifiziert haben muss, bevor man mit dem Versuch beginnen kann, sie zur Harmonie zu bringen", hörte ich mich also gleich darauf wie gehabt drauflos palavern. "Obwohl - vielleicht sind es ja oft gar nicht zwei gleichwertige Kontrahenten, die da miteinander ringen, sondern eben nur ein kapitales Etwas gegen das universale Nichts? Ich meine, zum Beispiel Hass ist doch eigentlich auch nur ein Mangel an Liebe beziehungsweise ihre gänzliche Abwesenheit, so wie Dunkelheit nun mal die Abwesenheit von Licht ist, hm? Oder Kälte die Abwesenheit von Wärme, von thermischer Energie, von kinetischer Energie der Teilchen. Oder etwa nicht?"

"Sag mal, warst du in der Kneipe, oder hast du was geraucht?", fragte Liane am anderen Ende verdattert, und ich gestand ihr kleinlaut, dass ich tatsächlich schon fast eine halbe Flasche Wein intus hatte ('weil die doch sonst schlecht geworden wäre').

"Na jedenfalls, um auf die Mädchen zurückzukommen", setzte ich dann noch einmal neu an, "gerade diese altruistische Sehnsucht, dieses Sich-verschenken-wollen, das ist doch was zutiefst Menschliches. Oder denkst du etwa, einer wie Dostojewski hätte rein zufällig den Bibelspruch von dem in der Erde ruhenden Samenkorn seinem gigantischen Karamasow-Werk als Motto vorangestellt? *'Nur wenn das Weizenkorn in die Erde fällt und erstirbt, nur dann kann es Früchte tragen.'* Naja, oder so ähnlich, zumindest sinngemäß. Man lebt nur in dem Maße in anderen weiter, wie man für sie auch Opfer bringt und ein bisschen stirbt."

"Wie blumig", erwiderte sie spöttisch, und ich hörte sie lachen. "Ein bisschen viel Theorie, finde ich, nur um käuflichen Sex zu rechtfertigen. Das erinnert mich an den Satz irgendeines großen Denkers, der da so in etwa mal sagte: *'Die kleinen Kinder wollen immer gleich alles zum Mund führen, und die Erwachsenen immer gleich alles zum Verstand, und eins ist so naiv und untauglich wie das andere, um die Dinge zu erkennen'.* So wirken deine intellektuellen Nebelkerzen jedenfalls auf mich. Oder willst du mir ernsthaft weismachen, du schläfst mit Prostituierten, um Dostojewskis Vermächtnis zu erfüllen? Oder damit irgendwelche abstrakten Polaritäten zur Harmonie kommen? Es geht wohl eher um Hormone, die dadurch zur Balance kommen, und nichts weiter."

"Na gut, dann von mir aus eben die Hormonie", gab ich mich versöhnlich. "Okay, mag ja sein, dass der ganze pseudophilosophische Theoriekram vorhin vielleicht ein bisschen hoch gegriffen war. Ach was weiß ich. Möglicherweise hast du ja recht und ich bin auch bloß einer von diesen Kontrollfreaks, die alles mit dem Verstand zersäbeln müssen, weil sie glauben, erst Ruhe finden zu können, wenn sie ihre persönliche Weltformel gefunden haben und damit endlich jede Unsicherheit beseitigt ist. Was natürlich Unsinn ist, weil gerade das ja unser Leben ausmacht, also dass immer wieder alles offen und rein gar nichts endgültig entschieden ist. Bloß das lässt sich zuweilen eben schwer ertragen. Naja, wie auch immer, und um nochmal ein paar Worte zu Dostojewskis Weizenkorn anzumerken: Ich meine, jeder muss sein Leben leben, aber alleine hat es einfach keinen Sinn. Geistige Autarkie als Konzept ist offensichtlich Nonsens, sich hermetisch abschotten im bequem gepolsterten Sarg. Gerade die Seele lebt doch vom Austausch, und Sex gehört wohl eindeutig dazu. Mehr wollte ich damit eigentlich gar nicht sagen."

"Naja, lassen wir das mal für heute, und wie geht's im nächsten Jahr jetzt weiter?", erkundigte sich Liana. "Irgendwelche guten Vorsätze und so? Willst du mit dem Rauchen anfangen, oder vielleicht pilgern gehen?"

"Nö", antwortete ich, "ich denk, ich lass es einfach laufen. Keine Vorhersagen möglich. Ich meine, du kennst mich doch. I 'm just a lonely freak, you know."

"Jaja, schon klar", lachte sie und kündigte zum Schluss noch einen Berlin-Besuch für Mai, spätestens Juni des nächsten Jahres an.

"Der flotte Senior freut sich auf dich", ließ ich sie wissen.

"Also bis demnächst mal wieder", verabschiedete sie sich und legte auf.

Ich fand es nett, dass sie an mich gedacht hatte.

195. Kapitel

Die Feiertage in Marsiw waren eine angenehme Abwechslung. Ramona überließ mir die Kinder wie abgemacht täglich für ein paar Stunden, so dass ich mit ihnen (und oft auch mit Ringo und seiner Freundin Rike zusammen) etwas unternehmen konnte. Abends gab es Bier und Wein und die dazugehörigen Debatten. Die spektakulärsten Ereignisse jedoch waren die (natürlich in streng konspirativem Zirkel ablaufenden) Schießübungen auf Gonzos Farm, wo die neue, mit explosivem Haarspray betriebene Gas-Kanone getestet wurde. Das Ding schoss Matschäpfel auf über dreißig Meter Distanz zielgenau an die Giebelwand der Scheune, dass es nur so klatschte, und mit extraharten Kartoffelprojektilen ließen sich sogar die dicken Glasscheiben von Gonzos altem Schildkröten-Terrarium zertrümmern. *("Einmal Terrarist - immer Terrarist", lautete das Motto unserer Aktion.)* Wir filmten die besten Probeschüsse und stellten die Videos anschließend ins Internet. Nebenbei wurde übrigens auch noch das sachgerechte Anlegen einer schicken kleinen Cannabis-Plantage erwogen, wobei Gonzo jedoch einen Fliegenpilz-Rausch zwecks Bewusstseinserweiterung favorisierte.

"Lest mal alte ethnologische Berichte", belehrte er uns lässig, "die Korjaken und Wogulen auf Kamtschatka, also deren Schamanen, die haben den Pilz gegessen, vorsichtig natürlich. Aber eigentlich kommt es auf den Urin hinterher an, durch den Stoffwechsel wirkt das Zeug nämlich stärker und ist kaum noch giftig." Er wäre mal einem sibirischen Austauschstudenten behilflich gewesen, so raunte uns Gonzo zu, der hätte sich mit dieser Eigenurin-Therapie des Öfteren tagelang in den schönsten Rausch katapultiert, freilich rund um die Uhr überwacht von einem weiteren Kommilitonen und dem Blutdruck-Messgerät seiner toten Oma.

Nun, wir blieben trotz seiner enthusiastischen Schilderung skeptisch und konzentrierten uns vorerst weiter auf unsere ballistischen Experimente.

Als wir Pixie in unsere diesbezüglichen Aktivitäten einweihten, nahm er fortan natürlich ebenfalls regelmäßig an den Versuchen auf Gonzos Testgelände teil, und so wurden wir vier also unter anderem Zeuge, wie ein mit fachmännisch getunten Silvesterböllern befüllter Aluminiumkochtopf per Fernzündung in einer alten Hundehütte zerbarst und letztere dabei komplett zerlegte. Wir jubelten wie nach einem geglückten Raketenstart und Pixie versuchte Gonzo daraufhin zu einer baldigen 'Jumbo-Detonation mit stöchiometrischem Diesel-Dünger-Gemisch' zu überreden, in einem der alten Erdbunker im Wald, und noch am selben Abend wurden im *Knoten* (die Kneipe mit den coolen Toilettensprüchen, erinnert ihr euch?) bereits weitgehende Pläne für den zielgerichteten Einsatz von Fäkalbomben im heraufdämmernden Klassenkampf geschmiedet. In bester Anarcho-Tradition, in memoriam Georg Elser und B. Traven. Besonders Pixie war mal wieder in Höchstform.

"Trecker mit Gülleanhänger klauen und hin zur Bonzentagung, dann auf dem Parkplatz vom Nobelhotel abstellen und *peng*!", krähte er mit leuchtenden Augen. "Da nehmen wir am besten Karbid für, mit frisch geblubbertem Atze-Gas kracht das bestimmt ganz gut. Ja, und Ziel Nummer eins wird die scheiß GEZ in Köln, da wird die Kartoffelhaubitze zur Entglasung der Fassade eingesetzt. Oder als Stinkbombenwerfer, für buttersäuregeimpfte Tischtennisbälle. Oder mit Farbbeuteln aufmunitioniert. Voll subversiv! Und hinterher regnet es Flugblätter: '*Scheiße den Scheißern! Sprengkommando Dr. Notdurft und die korjakischen Terraristen*'. Das komplette Manifest gibts dann natürlich im Internet."

"Jawoll", nickte ich, "und wir nennen uns 'Die Lunabomber' und schlagen immer nur bei Vollmond zu. Oder so ähnlich. Ich bin dabei, keine Frage, wiewohl ich jedoch vorab noch betonen möchte, dass ich mich als ein Fan der freiheitlich-demokratischen Grundordnung betrachte und froh bin, in einer Gesellschaft zu leben, in der ich trotz aller Unzulänglichkeiten immerhin meine Sexualität frei ausleben kann. Ja, klingt hölzern, freie Entfaltung und so, aber ganz im Ernst, meine lieben Geschlechtsgenossen! Ehrlich, das muss mal ausgesprochen und entsprechend gewürdigt werden! Trotzdem natürlich - Nieder mit der Bonzokratie! Der Kampf geht weiter! Naja, und Sex und Revolution gehören ja sowieso irgendwie zusammen, denke ich."

Nun, wie man sich wohl unschwer vorstellen kann, hatten wir somit mal wieder ein Thema für den Stammtisch gefunden, welches uns auch an den nächsten Tagen noch schwer beschäftigen sollte. Langeweile kam in Marsiw jedenfalls nicht auf.

196. Kapitel

Im Krapparat ließ sich das neue Jahr vorerst eigentlich ganz gut an; es gab nicht übermäßig viel zu tun, und Moritz und ich kriegten obendrein noch eine Auszubildende. Annika, 23, eine kleine quirlige Kichererbse. Sie schien mich (und meine ständigen Kalauer) von Anfang an zu mögen, denn sie saß immer sehr dicht an meiner Seite und berührte mich sogar oft am Unterarm und an der Schulter. Und sie machte mir versteckte Komplimente, zum Beispiel, dass ich ja eine sehr hübsche Tochter hätte, die mir 'wie aus dem Gesicht geschnitten' wäre. (Übrigens hatte mir Aurelia mal genau das gleiche gesagt.) Zu meinem 44. Geburtstag schenkte sie mir sogar Schokolade, woraufhin ich sie zum Mittagessen einlud.

Gelegentlich brachte Annika auch die eine oder andere Lehrgangskollegin zu Moritz und mir ins Büro mit, der sie anscheinend ordentlich was vorgeschwärmt hatte. *(Eine von ihnen, eine richtig Hübsche, roch dezent aber deutlich nach Madalinas Parfüm, auch das noch... Am liebsten hätte ich diese zarte Gazelle gleich an Ort und Stelle gerissen.)*

"Special Agent Miller", wies ich Annika dann immer vor versammelter Mannschaft an, "Uhrenvergleich: fünfzehnhundert null null, folgt Maßnahme: dienstlicher Erfahrungsaustausch bei koffeinhaltigem Heißgetränk, Dauer: 900 Sekunden, Beginn: sofort". Und dann verzog ich mich mit den Damen in den Coffeeshop.

Bei diesen Gelegenheiten erfuhr ich so einiges, denn längst nicht alle Azubis waren glücklich mit ihren Ausbildern. Einige klagten über fiese kleine Machtspiele, was mal wieder ein bezeichnendes Licht auf den Typus des angepassten Beamten in einer formalhierarchisch aufgebauten Organisation warf.

Nach sechs Wochen war Annikas Praktikum in unserem Büro leider schon vorbei.

"Du wirst mir fehlen", seufzte sie mir wehmütigem Lächeln zum Abschied, worauf ich ihr trocken zur Antwort gab: "Ach was. Du weißt doch, ich bin unfehlbar."

So, nun aber endlich wieder zu meiner Lieblingsbeschäftigung. Natürlich blieb ich Larissa und Madalina auch im neuen Jahr weiterhin sehr gewogen, soll heißen, ich verkehrte regelmäßig mit ihnen. Aber ich wollte mich nicht auf die beiden - na sagen wir mal: versteifen. Also verordnete ich mir ganz bewusst auch ein paar Seitenstiche, wobei sich die sprechende Fußmatte unter dem Badabtreter übrigens prächtig bewährte. Sie verteilte reichlich Komplimente, so dass die Damen nach dem Duschen meist heiteren Angesichts und in gelöster Stimmung aus dem Bad traten. *(Besonders erwähnen muss ich hier eine 18jährige Tschechin - beinahe gänzlich ohne Fremdsprachkenntnisse - mit den schlanken Händen einer Prinzessin; eine ganz außergewöhnlich zarte Blume, gesegnet mit herrlich aufrecht stehenden Spitzbrüsten und superlangen Beinen, mit schmalen samtigen Oberschenkeln. Schon beim zweiten Mal schleckte ich den Nektar aus ihrer taufrischen Rosenknospe wie aus einem Honigtöpfchen, und bevor sie wusste wie ihr geschah ergab sie sich mit herzhaftem Schluchzen und einem niedlichen kleinen Atemkollaps. Ich hatte wirklich das Gefühl, ich würde einer Jungfrau das Ganze erst beibringen; am liebsten hätte ich auf Vorrat gevögelt, doch sie blieb leider nur anderthalb Wochen. Sie schrieb mir zum Abschied eine SMS: 'You have good hard', und ich wusste nicht so recht, ob sie mir damit 'Du hast ein gutes Herz' oder eher 'Du hast einen guten Harten' sagen wollte.)*

Mit der kleinen Möwe lief es Ende Februar leider aus. Wir hatten uns noch einmal in einer Sushi-Bar verabredet, an einem trüben, grauen Nachmittag. Es war ungefähr unser dreißigstes Treffen, jedenfalls hatten wir laut meiner pedantischen Buchführung bis dato sechsundzwanzig Mal miteinander geschlafen. Larissa fror jämmerlich, sie bibberte ständig, und ich hatte den Eindruck sie wäre am liebsten zu Hause geblieben. Aus dem Internet-Forum hatte ich zwar zu meiner Überraschung erfahren, dass sie mittlerweile sogar wieder für den widerlichen MUKA arbeitete, doch da ich fürchtete, dass es ihr peinlich wäre, wenn ich sie danach fragen würde, versuchte ich es erst gar nicht. Mühsam hielt ich das Gespräch am Laufen, während sie meist bloß einsilbige Brocken und Belanglosigkeiten von sich gab und dabei viel zu oft in das Glas vor sich hinstarrte. Selbst das Sushi schmeckte ihr nicht; hilflos sah ich zu, wie sie ein bisschen darin herumstocherte und dann die Stäbchen gänzlich zur Seite legte.
Waren es die Umstände, die uns sprachlos machten?
Etwa eine Woche danach hinterließ sie mir noch einmal einen kurzen Gruß auf meinen Anrufbeantworter, und ihre Stimme klang sehr traurig, aber ich rief nicht mehr zurück. Ich wusste einfach nicht, was ich ihr noch hätte sagen sollen.

Nina meldete sich alle paar Wochen per SMS bei mir (auch am Valentinstag vergaß sie mich nicht) und schickte mir ihre jeweils aktuelle Handy-Nummer, und ich rief dann zurück, und sie schüttete mir ihr Herz aus. Ja, alles wäre okay, es ginge so - und natürlich ging gar nichts.

Unser geplantes Treffen im Januar hatte zwar nicht geklappt, aber im April oder spätestens im Mai wollte sie wieder nach Berlin kommen, versprach sie, und dann würden wir ausführlich miteinander reden.

Natürlich blieb ich skeptisch und bemühte mich, meinerseits erst gar nicht irgendwelche falsche Hoffnungen aufkommen zu lassen. Trotzdem konnte ich mich jedoch des Gefühls nicht erwehren, dass zwischen uns noch immer etwas offen war.

Nele hatte nach dem Wochenende ihren Schneeanzug bei mir vergessen, was mir allerdings erst am Sonntagabend um kurz vor halb zehn auffiel.

"Soll ich ihn dir jetzt noch rüberbringen?", fragte ich Ramona am Telefon.

"Nee, sonst werden die Kinder gleich wieder wach, wenn du klingelst", meinte sie. "Leg ihn einfach ins Auto, das steht genau vor der Tür. Morgen früh im Kindergarten braucht ihn Nele ja sowieso nicht."

Ich pustete zwei Luftballons auf, steckte den größeren als Rumpfersatz in den Anzug und den kleineren als Kopf unter die Kapuze. Dann verpasste ich dieser Schlackerpuppe mit schwarzem Filzstift noch ein grinsendes Mondgesicht, trug sie nach unten und setzte sie ganz leger hinten ins Auto rein. Die Kinder würden sich bestimmt über so eine lustige Morgenüberraschung freuen.

197. Kapitel

Madalina privat:

Madalina rief mich eines Tages an, was sie wohl reichlich Überwindung gekostet haben musste. Selbstverständlich ließ ich mich nicht lange betteln, sondern packte die Gelegenheit unverzüglich beim Schopf und machte gleich für denselben Abend noch einen Termin mit ihr aus. Als sie schließlich gegen acht kam, brachte sie mir sogar ein kleines Geschenk mit: eine von ihr selbst zusammengestellte CD mit mehr als vier Stunden ihrer Lieblings-Lounge-Musik.

"Oh, vielen Dank!", sagte ich überrascht und legte die Scheibe sofort ein, und zumindest der erste Song klang schon mal ganz brauchbar, fand ich. Wattierte

Echosounds und tranceartige Walgesänge, untermalt von dicht am Infraschallbereich grummelnden Bässen. Was man eben um Mitternacht so unter Wasser alles hört.

"Hinten kommt auch noch was von *Café del Mar-* und *Buddha-Bar-*Compilations", erklärte sie. "Geh doch mal 'n bisschen weiter."

Gehorsam sprang ich mit der Fernbedienung zu einem Titel, der sich für meine Ohren ungefähr wie eine Mischung aus angejazzter balinesischer Tempelmusik und italienischer Opernarie anhörte. Als er durchgelaufen war, kam ein Stück mit sich überlagernden Dudelsackechos, danach folgte karibisches Partyfeeling pur.

"Cool zum Chillen, right?", meinte Madalina, strahlte mich erwartungsvoll an und fügte dann plötzlich auf Deutsch hinzu: "Echt geiles Musik, ja?"

"Mh", grinste ich bloß zurück (ohne sie zu korrigieren), denn das Zeug gefiel mir wirklich. Mit dem Rest ihrer Erläuterungen zu dem Silberling konnte ich freilich kaum etwas anfangen, da mir viele der von ihr benutzten Namen und Begriffe einfach nicht geläufig waren.

Nebenbei begann ich mich schon mal um die Getränke zu kümmern, und als wir dann kurz darauf miteinander anstießen, platzte sie plötzlich damit heraus, dass sie nun nicht mehr bei der Kletteragentur arbeiten würde. Der dort anfangs von ihr so gepriesene Familienanschluss hätte sich nämlich zwischenzeitlich längst als zweischneidiges Schwert entpuppt.

"Es gab in letzter Zeit schon öfter mal Streit", erklärte sie und beschrieb mir dann ausführlich, wie sich ihr Agenturboss angeblich mehr und mehr in ihr Privatleben eingemischt hätte.

"Weißt du, alle Mädchen mussten nach Feierabend immer mit der Frau vom Chef Joints rauchen und sich ihre blöden Probleme anhören, stundenlang", regte sie sich auf. "Naja, und dabei haben wir meistens auch 'n bisschen Wein getrunken. Tja, und hinterher mault mich Arno dann an, ich soll nicht so viel rumhängen und kiffen, sondern gesünder leben. Mein Gott, ständig dieses Generve! Dabei sollte er sich mal lieber um sein eigenes Gesaufe kümmern."

Stöhnend tippte sie sich an den Kopf.

"Mehr arbeiten und Moneten für ihn einspielen, das meinte er wohl", knurrte sie. "Übrigens geht seine eigene Tussi auch anschaffen, ist das nicht pervers?

Die steht als Letitia auf der Webseite, für hundertfünfzig pro Stunde. Hat aber kaum einer bestellt."

Aha, dachte ich, deshalb galt für diese Madame also ein Spezialpreis. Als Frau vom Chef stand sie natürlich haushoch über den einfachen Freudenmädchen.

"Letitia, klingt wie Lutetia, ist das nicht der lateinische Name für Paris?", überlegte ich laut. "Kommt sie aus Frankreich, oder wie?"

"Nein, aus Sibiu, sie heißt in Wahrheit Oana", erwiderte Madalina mit spöttischem Lächeln. "Aber sie hält sich für was Besonderes. Den Namen hat sie sich bloß ausgesucht, weil Napoleons Mutter auch so hieß. Hat sie uns zumindest erzählt."

"Hm, und was willst du jetzt machen?", erkundigte ich mich vorsichtig.

"Mal sehen", antwortete sie leichthin und erzählte mir, dass sie schon vor knapp einer Woche erstmal zu einer Freundin gezogen wäre und dann auch gleich bei der großen Modellagentur von David und Artjom angefangen hätte - wo sie inzwischen jedoch bereits wieder rausgeflogen wäre, in Rekordzeit. Offenbar aus dem Grund, weil sie dort etliche Klienten ganz cool abgezockt und zur Weißglut gebracht hatte.

"My time of revenge to the stupid customer", wiederholte sie ein paarmal triumphierend, während sie mir davon erzählte; es wäre eben ihre Zeit der Rache an den fiesen Kunden gewesen. Ich hegte zwar einige Zweifel daran, dass sich das alles auch wirklich genau so (und vor allem so lustig) zugetragen hatte, wie sie es mir gegenüber darstellte, aber da das Ganze noch ziemlich frisch war, wollte ich es nicht gleich wieder aufwühlen. Momentan steckte sie jedenfalls ganz schön in der Klemme, das stand wohl fest. Sie brauchte eine neue Geldquelle, und bei ihrer Freundin würde sie auch nicht ewig wohnen können. Außerdem hatte sie Angst, dass eventuell noch etwas nachkäme wegen ihrer Operation im Krankenhaus damals, erfuhr ich als nächstes. Denn sie war natürlich nicht versichert gewesen und hatte die Abrechnung über die Karte einer Freundin laufen lassen. Eine Bekannte von ihr wäre damit allerdings neulich erst aufgeflogen.

Na schöner Mist, dachte ich bloß, aber was konnte ich da schon tun?

Als sie ungefähr eine Viertelstunde später das erste Mal auf die magische Duschmatte trat und unter sich ein neckisches *'Hey, sexy beauty, glad to see you'* hörte, da ging drei Sekunden später noch einmal die Badtür auf, und ich hörte sie (schon nackt?) fröhlich aus dem Flur rufen: "Ecki, I'm glad to see you too."

Allein dafür hatte sich diese Anschaffung bereits gelohnt.

Während sie duschte und ich das Bett machte, ließ ich mir einige ihrer Geschichten noch einmal durch den Kopf gehen. Man konnte ja sagen, was man wollte, sinnierte ich, und sicherlich war auch sie kein reiner Unschuldsengel, aber leicht hatte sie es bisher wohl nicht gerade gehabt. Ich nahm mir jedenfalls vor, besonders aufmerksam ihr gegenüber zu sein und sie sehr liebevoll zu behandeln.

"Du hast mir einiges über dein Leben erzählt, und ich weiß, dass du viel ausgehalten hast", sagte ich leise und sah ihr in die Augen, als sie dann endlich vor mir stand. "Bei mir musst du aber nicht mehr beweisen, dass du ein stolzer Mensch bist. Ich respektiere dich so, wie du bist. Zu hundert Prozent. Bloß jeder Mensch hat mehrere Figuren in sich, und keiner kann immer nur stark sein."

Sie senkte ihren Kopf, und ich zog sie an mich und küsste sie auf den Scheitel.

"The little girl in you, I see it sometimes, and I really like what I see", flüsterte ich und knotete ihr Handtuch auf. "In fact, I even like it very much."

Einen Moment später waren wir beide völlig nackt, und sie gab sich mir hin.

Fortan kam Madalina also auf privater Basis zu mir, wobei ja ein netter Nebeneffekt war, dass sie das ganze Geld einstrich und keine Agentur mitkassierte. Ein angenehmes Gefühl. Die 160 Euro pro Treffen reuten mich jedenfalls nicht, denn erstens blieb Madalina meist ungefähr vier Stunden, und zweitens ließ der Sex mit ihr nichts zu wünschen übrig.

Es herrschte jetzt eine Atmosphäre zwischen uns, als würde sich ein süßer Teenie heimlich mit seinem reiferen Lover treffen; oft kam es mir wirklich fast so vor, als ob unser Kennenlernen noch einmal völlig neu beginnen würde. Madalina benahm sich nicht im Geringsten besserwisserisch oder arrogant, sondern im Gegenteil, sie war handzahm wie ein kleines Mädchen, hauchzart und regelrecht devot. So sagte sie zum Beispiel meist verschämt 'I go to the toilet' wenn sie sich anschickte unter die Dusche zu gehen *(während es sich bei den prüden Amerikanern kurioserweise ja genau andersrum verhielt - wenn man* da nämlich Kacken musste, dann fragte man besser scheinheilig nach dem 'bathroom'), und auch nach dem x-ten Mal bei mir kam sie nie anders als bis obenhin in ein großes Handtuch gewickelt aus dem Bad und huschte dann gleich unter die Bettdecke. Nicht wie Larissa, die meist ungeniert splitternackt umhergesprungen war.

Allerdings brachte Madalina immer öfter ihren Hund mit, was mich doch ein wenig zu stören begann. Bloß da sie inzwischen nochmal umgezogen war und momentan angeblich niemanden mehr hatte, der auf ihren Wolfy aufpasste, blieb ihr ja auch kaum etwas anderes übrig. *(Natürlich fragte sie mich stets vorher, aber konnte ich denn unter diesen Umständen überhaupt ablehnen?)* Anfangs hatte ich die Befürchtung, dass mir dieser komische Dackel sämtliche Ecken meiner Bude vollscheißen würde, aber das blieb Gott sei Dank aus; anscheinend war er wirklich stubenrein.

Inzwischen kannte ich nun auch den größten Teil von Madalinas Geschichte. Ihr Vater hatte sie ein paarmal nach Strich und Faden verdroschen, und eines Tages war sie dann (mit aus seinem Nachttisch geklauten Geld) von zu Hause abgehauen, weg von Craiova, auf nach Bukarest. Möglicherweise hatte sie dort sogar kurzzeitig auf dem Babystrich angeschafft, zumindest ließen sich ein paar ihrer Bemerkungen in diese Richtung hin interpretieren. Christiane F. und die Kinder vom Bahnhof Zoo, sozusagen, freilich in der rumänischen Fassung. Madalina hatte mir gegenüber nämlich mehrfach beteuert (und auch Maja hatte dies bestätigt), dass sie aus eigener Anschauung von 13jährigen Zigeunermädchen wüsste, die den Freiern Sex ohne Kondom anböten. Mittlerweile wäre dies angeblich sogar schon in der Tschechei der Fall, und im Übrigen wären 14jährige Mütter ja bei Zigeunern sowieso traditionell keine Seltenheit. Wie auch immer, jedenfalls hatte Madalina dann wohl doch noch einigermaßen die Kurve gekriegt, mit der Hilfe eines ihrer Verwandten. Auch wenn sie über ein paar Dinge nie richtig sprechen wollte und einiges nur bei Andeutungen beließ - ich hatte mich in letzter Zeit genug über Rumänien informiert, über Straßenkinder in Bukarest, von denen manche unterirdisch in der Kanalisation hausten *(was übrigens keine auf den Ex-Ostblock beschränkte Zerfallserscheinung war, denn solche 'Maulwurfsmenschen' gab es auch in New York)*, über minderjährige Prostituierte, die von der Polizei höchstens noch misshandelt wurden, wenn sie nachts aufgegriffen wurden, und so weiter - es waren genügend Puzzlesteine, um mir einigermaßen ein Bild machen zu können. Der Rest von Madalinas Geschichte hier in Deutschland schien dagegen vergleichsweise glimpflich verlaufen zu sein. Ob sie ursprünglich allerdings wirklich wegen irgendeines 'Computerstudiums' hergekommen war (beziehungsweise dies dann überhaupt jemals angetreten hatte), wie sie immer mal wieder behauptete, das konnte ich freilich nie so recht in Erfahrung bringen.

198. Kapitel

Im März ging es mir nicht besonders gut, ich war ständig müde und fühlte mich oft einsam, die Decke fiel mir auf den Kopf. Madalina versetzte mich einige Male, sie kränkelte andauernd, aber ein anderes Mädchen wollte ich nicht. Wenn ich sie nachmittags anrief, lag sie meistens noch im Bett. Offenbar verbrachte sie viel Zeit allein, obwohl sie zuweilen auch von irgendwelchen wilden Partys erzählte, und was in puncto Drogen dabei abging, das konnte man sich wohl vorstellen. Irgendetwas tief in ihr selbst schien sie jedenfalls systematisch zerstören zu wollen; es kam mir oft so vor, als ob sie sich nur noch treiben ließ und von der Hand in den Mund lebte. Mit dem Geld von mir und mit ein bisschen 'Gassi gehen' hielt sie sich halbwegs über Wasser, für ein paar Euro pro Hunerunde kümmerte sie sich nämlich auch gelegentlich um die Dackel und Pinscher ihrer Nachbarschaft. Viel mehr erzählte sie mir jedoch nicht. Möglicherweise hatte sie daneben noch ein paar andere Jobs am Laufen, aber ich war klug und gelassen genug, sie nicht danach zu fragen.
Ab und an holte ich mir also einen Softporno aus der Videothek, oder ich kramte ein paar uralte Songs raus, etwa das nach all den Jahren noch immer sehr bemerkenswerte 'The Great Gig In The Sky' vom 'Dark Side Of The Moon'-Album, oder dieses unglaublich herzzerreißende Stück 'Zal' (was polnisch 'Trauer' bedeutet) von Beirach und dem viel zu jung gestorbenen Zbiggy Seifert, wirklich ein Kleinod, nur Piano und Geige. Oder Carole Kings ‚So Far Away' und

‚It's Too Late', allein schon das heimelige Coverbild ihres ‚Tapestry'-Albums machte einen ja ganz wehmütig, diese schöne Frau am Fenster, noch dazu mit Katze...

Oder ich hörte auch einfach bloß immer wieder 'Little Girl Blue' von Janis. 'All is loneliness', dachte ich dann immer, oh yeah, und wie, und ich war nah dran, in Tränen zu ersaufen. Rilkes Satz *'Wer jetzt allein ist, wird es lange bleiben'* geisterte mir ebenfalls ständig durch den hohlen Schädel. Ich fühlte mich einsam, nutzlos und überflüssig. *'Mancher Mensch hat ein großes Feuer in seiner Seele, und niemand kommt, um sich daran zu wärmen'*, ja damit hatte es der gute alte van Gogh wohl so ziemlich auf den Punkt gebracht, was meine Gemütsverfassung anging. Auch der schönste Edelstein konnte seine Wirkung eben nicht entfalten, wenn er nicht in die richtige Fassung eingebettet war, dachte ich selbstmitleidig. Außer meinen Kindern brauchte mich doch niemand! Mehr und mehr kam ich mir vor wie eine eingekapselte Spore, und ob diese überhaupt nochmal zu neuem Leben erwachen würde, das war höchst ungewiss. Ein paarmal litt ich auch wieder unter Herzbedrückungen, und etliche Gelenke taten mir ebenfalls weh, wahrscheinlich die ersten Vorboten kommender Rheuma- und Gichtplagen. Opa Ecki, der schuppige graue Gichthyosaurus.

Beim Kramen im Bücherschrank fiel mir eines Sonntags zufällig erst Hesses *Walter Kömpff* in die Hände, jene kleine Erzählung über diesen verschrobenen Junggesellen, der sich mehr und mehr im Leben verirrt und am Ende den Strick nimmt, und dann kam plötzlich hinter irgendwelchen angestaubten Bildbänden auch noch Büchners *Lenz* zum Vorschein. Ich blätterte ungefähr eine Viertelstunde darin herum und erschrak noch einmal über jenen furchtbaren letzten Satz: *'Er schien ganz vernünftig, sprach mit den Leuten; er tat Alles wie es die Anderen taten, es war aber eine entsetzliche Leere in ihm, er fühlte keine Angst mehr, kein Verlangen; sein Dasein war ihm eine notwendige Last. - So lebte er hin.'*

Danach starrte ich bloß noch eine Weile an die Wand. War das etwa ein Omen? Nun, in diesen Märztagen spürte ich jedenfalls einfach keine Kraft mehr, nicht mal zu erhebenden Gedanken war ich in der Lage. Der lange düstere Winter wollte einfach nicht weichen, von Frühling keine Spur. Eine bleierne Lethargie hatte mich fest im Griff, besonders wenn ich abends allein auf dem Sofa hockte und mein Glas *Gran Reserva* süffelte. Vinum lac senum, Wein ist die Milch der Greise. *So lebte er hin*, dachte ich dann oft. Arsch lecken und aus.

Die Therapiegruppe ließ ich gelegentlich auch schon mal ausfallen, und wenn ich hinging, dann hatte ich nicht viel beizutragen. Es war mehr so wie eine Vereinssitzung, wo man die Tagesordnung abarbeitete. Bekannte Gesichter, man begrüßt sich mit *'Hallo'* und tauscht Neuigkeiten aus, aber man war auch froh wenn man wieder zu Hause war.

Mittlerweile schlief ich auch meistens schlecht, und so manches Mal trieb es mich des Nachts um. Eine seltsame Unruhe erfasste mich dann, so dass ich oft für eine Weile aufstand, im Kühlschrank rumschnüffelte und wie ein Geist auf den Balkon heraustrat. Senile Bettflucht eben, beruhigte ich mich, ganz normal bei alten Leuten.

Aurelia schickte mir zwar hin und wieder aufmunternde E-Mails, aber das half nur bedingt.

Florian meldete sich noch seltener. Er hatte wieder angefangen zu rauchen, schrieb er mir einmal, das Fleisch ist schwach. Beide vermisste ich wie verrückt.

Aus Frust und Langeweile verdrückte ich nun jeden Tag mindestens eine halbe Tafel Schokolade, stellte außerdem das Joggen ein und nahm auch prompt ein paar Pfund zu, so dass mir die meisten Hosen etwas eng wurden. Na und? Scheiß drauf, dachte ich bloß. Ich ließ mich ein bisschen gehen, und dann noch ein bisschen mehr. Wozu sollte ich mich quälen? Scheiß Aufräumen, scheiß Wäsche waschen, scheiß Dreckskrempel. Ich sollte es einfach so machen wie dieser eine verarmte exzentrische Komponist, sagte ich mir manchmal. Der Kerl hatte nämlich fast dreißig Jahre lang absolut niemand mehr über seine Schwelle gelassen, und nach seinem Tode waren dann nur ein paar Samtanzüge und Regenschirme und haufenweise vollgekritzelte Zettel in seiner Bude gefunden worden - und sonst nichts. *(Eric Satie hieß er, der selbsternannte 'Gymnopädist'; der Name fiel mir dann später wieder ein.)* Oder so wie Marlene Dietrich, die in ihren letzten zehn Jahren in Paris überhaupt nicht mehr aufgestanden, geschweige denn vor die Tür getreten war, sondern alles nur noch vom Bett aus per Telefon geregelt hatte. Oder wie *'The dice man'* von Luke

Rhinehart, der einfach dem Würfel alle seine Lebensentscheidungen überließ.

Tja, ich befand mich wohl auf dem besten Weg zum *dirty old man*, konstatierte ich eines Tages ungerührt, als ich mal wieder nach der Arbeit im Sessel hockte und über mein Leben nachdachte. Fehlten wirklich nur noch die schmuddeligen Unterhosen. Aber war ich denn im Grunde meines Wesens nicht sowieso schon immer ein liederlicher Mensch gewesen? Ein Vagabund, der die Verantwortung scheute und sich nirgendwo einbinden ließ? Haltlos und maßlos? Der am liebsten für sich bleiben wollte und nur triebhaft dem nachging, was ihm wichtig war, und alles andere um sich herum verlottern ließ?

Ich und meine große Selbstbeherrschung - ha, dachte ich und fasste mir dabei an den Kopf, na das konnte ja wohl nur ein schlechter Witz sein! Was war denn das Resultat? Erst hatte ich die falsche Frau geheiratet und mich dann auch noch für den falschen Beruf entschieden. *(Was wohl nicht weiter verwunderte, denn wenn man wie ich Hesses Überzeugung prinzipiell teilte, dass ein Beruf letztendlich immer ein Unglück war, dann konnte man ja in dieser Hinsicht sowieso bloß zwischen 'falsch' und 'ganz falsch' wählen. Von Nietzsche hingegen stammte der Satz: 'Ein Beruf ist das Rückgrat des Lebens'; wer sich ohne einen solchen dastehen sah, der führte demnach offenbar ein schmerzliches Invalidendasein. Wo aber lag meine Berufung, fragte ich mich. Welche Art Tätigkeit würde mir die Existenz sichern und zugleich Befriedigung verschaffen, und das auch noch auf Dauer?)*

Nun, ich grübelte also mal wieder einige halbe Abende lang hin und her und versuchte irgendwie, so etwas wie eine Generalbilanz meines Lebens zu ziehen. Aber egal wie ich es auch betrachtete, das Urteil fiel stets ziemlich ernüchternd aus. Trotz meiner angeblichen Intelligenz war ich eben ganz einfach zu nichts nütze, unbrauchbar von Anfang an und in allen Bereichen. Jawohl, ich konnte nichts, und ich wusste auch nichts. Jedenfalls nichts, womit sich wirklich etwas anfangen ließe. Ich hatte ja immer nur überall ein bisschen meine Nasenspitze reingesteckt, alles bloß halb beschnuppert und nichts bis in die Tiefe studiert. Ein pseudointellektueller Taugenichts mit ein paar läppischen Inselbegabungen im Miniaturformat, verludert und verzettelt anstatt vernünftig zentriert, ein Blender par excellence (aber kräftig!), ein Schwätzer und Sprücheklopfer, ein alberner Clown, all das war ich. Ein eklektischer Nascher, ein verkorkster

Spinner. Ein Schwächling, Angsthase und Feigling. Der Mann mit den ach so großen Fähigkeiten, der aber leider nichts zustande brachte. Herr Hydrocephalus mit zwei linken Händen; der Denker ohne praktische Fähigkeiten, der sich stets selber im Wege stand. Ein Tagträumer und Kindskopf, die ewige Fehlbesetzung. Auf jeden Fall eine arme Sau, so ziemlich bankrott in jeglicher Hinsicht. Bis zu meinem 30. Lebensjahr hatte ich an materiellen Gütern sowieso kaum etwas Nennenswertes besessen; darauf folgte zwar ein Jahrzehnt relativer finanzieller Prosperität und bürgerlicher Stabilität, aber mittlerweile war ich ja wieder auf dem besten Wege zum alten Trott, im Sturzflug runter auf Normalnull. Gänzlich ohne Halt. 'Freedom is just another word for nothing left to lose', oh yeah, back to the roots. Wenn ich nicht Vater zweier Kinder wäre... Nein, einer wie ich war kein Garant für Stetigkeit, immer dieser Hang zum Extremen. Der Ausflug in die höheren gesellschaftlichen Sphären war mir sowieso nie ganz geheuer gewesen; eigentlich hatte ich ja bloß immer nur in einer spirituell angehauchten Landkommune leben wollen. Wozu denn immer noch mehr Besitztümer anhäufen, hm? Wirklich arm war doch bloß der, der keine Wahl mehr hatte - stimmt doch, oder? Ich erinnere mich an ein kleines Foto, auf dem nach dem Tode Gandhis all seine irdischen Habseligkeiten abgebildet waren: Latschen, Brille, Wickelgardine und Schluss, viel mehr war es nicht. Solch ein außergewöhnlicher Mensch, und so wenig hatte er auf Erden gebraucht! Das fand ich ungeheuer beeindruckend. *Wer am wenigsten nötig hat, der ist der Gottheit am nächsten'*, so sprach einst Diogenes, der alte Fassbewohner. Ein klasse Statement, nicht wahr? Mit Florian war ich damals vor gut zehn Jahren einer Meinung gewesen: Wir machen den Beamtenjob so lange, bis wir sechsstellig sind, nur für ein solides Startkapital, als Sicherheitspolster, und dann steigen wir aus. Ein niedliches Landhostel mit netter kleiner Kneipe unten und zwanzig oder dreißig Betten oben drüber, irgendwo in einer schönen Gegend. Olompali Ranch light, *The Chosen Family* im Kleinformat. Sogar Ramona hatte sich von unserer Begeisterung damals ein bisschen anstecken lassen. Ja, Pustekuchen, längst aus den Augen verloren hatten wir unseren schönen Lebenstraum, musste ich mir bitter eingestehen. Und nun?

Ich war von Trübsal erfüllt, ich hatte eine Depression. Die große mentale Abkaltung. Alle Lebensfunktionen runtergefahren, völlig torpide. In meinem Schädel herrschte Schneetreiben, der nukleare Winter. Sogar die Schreiberei hatte ich inzwischen aufgegeben; mein 'großes Testament' bestand bisher bloß aus einem Haufen loser Episoden und Handlungsfetzen, eben genau wie mein richtiges Leben. Und wer weiß, vielleicht würde es auch für immer dabei bleiben? Schiller hatte sich angeblich durch die Ausdünstungen fauliger Äpfel am Schreibtisch inspirieren lassen, und Old Bukowski war mit Sixpacks und Sinfonien von Mahler und Strawinski in die richtige Stimmung gekommen, aber bei mir verfingen solche Tricks leider nicht. Blockade blieb Blockade; keine Energie mehr, keine Lust zu gar nichts. 'Die Melancholie des Unvermögens'; ich glaube, Nietzsche hatte das mal über Brahms geschrieben. Traf dieses Verdikt nicht auch auf mich zu? Wie auch immer, jedenfalls stand ich seelisch so ziemlich im Nadir, meine Tage waren morgens schon angewelkt. Ein paarmal stöberte ich durch meine Dateien und bekritzelten Zettel und dachte: Wenn ich heute sterbe, dann weiß keiner, wer ich eigentlich wirklich gewesen bin. Die ultimative Singlelitis.

In der Hoffnung, vielleicht bei den *Mensa*-Intelligenzlern adäquaten Anschluss zu finden, meldete ich mich zu einem IQ-Test bei diesem Verein an. Ich erreichte jedoch lediglich einen Wert von 121 (die Quadratzahl einer Schnapszahl, wie passend!) und lag damit definitiv unter der dortigen 130er Aufnahmelatte, obwohl ich diese vor ungefähr zwei Jahren bei einem angeblich 'vollwertigen' Internet-Test noch gemeistert hatte. Nun, wie auch immer, knapp daneben war bekanntlich auch vorbei. Gescheit gescheitert, wahrscheinlich verblödete ich eben allmählich. Natürlich wusste ich, dass dieses ganze IQ-Brimborium sowieso mit Vorsicht zu genießen war und nur einen Bruchteil der Persönlichkeitstorte widerspiegelte - und außerdem hatte ich ja bestimmt bloß einen schlechten Tag gehabt... Dennoch war dieses Testergebnis nicht gerade dazu angetan, meine Lebensgeister zu heben.

Um auf andere Gedanken zu kommen, hörte ich manchmal klassisches Zeug, vor allem Mozart, aber irgendwie zog auch das mich runter. Göttliche Musik, ja schon, allerdings musste ich dauernd daran denken, dass dem armen Kerl erst vier von seinen sechs Kindern weggestorben waren und er dann bald auch selber das Zeitliche gesegnet hatte, viel zu früh, mit noch nicht mal 36 Jahren. Also ungefähr wie Marley. Aber Schubert war ja noch früher gestorben, und Chopin ebenfalls schon als Enddreißiger. Naja, und so weiter. Andere dagegen wurden steinalt und begriffen überhaupt nichts. Es war ein Jammer, damals wie heute.

199. Kapitel

Einen sehr skurrilen Gesprächsabend verbrachte ich mit Pixie in seiner kargen Behausung, wo Wohn- und Arbeitsbereich fließend ineinander übergingen. Im Flur neben der Dobermann-Ecke lagerten zwei Dutzend Tastaturen, die Küche war zugestapelt mit irgendwelchen Kartons und muffelnden Hundefutterdosen ('kontrolliert angesetzte Bakterienkulturen, soll mal 'n Bioreaktor werden'). Haufenweise Rechnerplatinen im Schlafgemach; Kabel, Schrauben und Kühlkörper, wohin man blickte; der Computermonitor zeigte eine merkwürdige Schachstellung auf einem übergroßen 10 x 10 Felder-Brett. Ein filmreifes Stillleben. Auch Pixies ausgeblichenes mülltonnengraues T-Shirt mit dem Aufdruck *'Bitte keine heiße Asche einfüllen'* passte da bestens ins Bild.
Ich kam zum Feierabend bei ihm hereinspaziert, als er gerade den Laden dicht machte. Sofort holte Pixie zwei Flaschen Pils aus dem Kühlschrank, die wir gleich an Ort und Stelle leerten. Danach ließen wir uns hinten in der Küche unter dem alte Zappa-Poster nieder, und während ich weisungsgemäß bereits die nächsten Bierflaschen öffnete, leerte er stöhnend seine vollen Hosentaschen auf die Ablage neben sich aus. Schlüssel, Taschenmesser, irgendwelcher metallischer Kleinkram. Übrigens fiel mir erst bei dieser Gelegenheit auf, dass er offenbar überhaupt kein Portemonnaie besaß, sondern seine Münzen nebst ein oder zwei Knitterscheinen stets bloß in einer altmodischen schwarzen Plastik-Filmdose mit sich herumtrug.
"Na da siehst du es", brummte Pixie nur, als er meinen Blick bemerkte, "die verdammten Nutten treiben mich noch in den finanziellen Urin."
Bei Bier und Weinbrand (ich trank nur Bier) quatschten wir anschließend mal wieder ein bisschen über Huren und Sex, wobei er unter anderem erwähnte, dass jene Christiane F. ungefähr zehn Jahre nach ihrer Drogenzeit am Bahnhof Zoo für etliche Wochen auf dem Straßenstrich wieder anschaffen gegangen war.

Freiwillig, denn eine Eigentumswohnung und genug Geld besaß sie da ja längst. „Die hatte sich einen ganz verrückten Trip in die Vergangenheit zurück geholt, so hat sie es genannt", meinte er schulterzuckend und angelte sich dabei mit spitzen Fingern ein Würstchen nach dem anderen aus einer Blechdose mit gefährlich scharfzackig aufgeratschtem Deckelrand.

"Willst auch eine?", bot er mir großzügig an und schmatzte weiter fröhlich drauflos, aber ich lehnte dankend ab.

"Na was?", knurrte er ein wenig pikiert. "Soll ich dir den Scheiß vielleicht erst in 'ne Karaffe umfüllen, damit das Wurstwasser noch 'n bisschen atmen kann?" Als er den Kühlschrank kurz öffnete, um ihm einen hartkrustigen Senfbecher ohne Deckel zu entnehmen, erblickte ich darin zwar fast nur Bier und Hochprozentiges, aber trotzdem stank die ganze Küche hinterher intensiv nach Elefantenfurz.

"Und nun zum gemütlichen Teil", meinte Pixie bloß lakonisch, als wir uns dann nach diesem Gourmet-Snack nach nebenan auf sein uraltes dunkelrotes Sofa begaben, umstellt von vollen Aschenbechern und leeren Flaschen, und es dauerte nicht lange, da begann er zunehmend wirre Reden zu führen, denen ich nicht recht folgen konnte. Wie ein überhitzter Sprachprozessor generierte er aus dem Fundus seiner Phrasenbausteine mehr oder minder originelle Aphorismen am laufenden Band, die allerdings sämtlich an mir vorbeirauschten. Dazu zündete er sich an der rotglühenden Drahtwendel des lädierten Uralt-Toaster neben sich andauernd eine neue Zigarette an und genehmigte sich auch im gleichen Rhythmus jeweils einen ordentlichen Nachfüllschluck 'Braunen' für sein Schwenkglas. Grinsend erzählte er mir noch, dass er neulich mit der Werbepost bereits ein Angebot für eine Sterbegeld-Versicherung zugeschickt bekommen hätte. Zu seinem Leidwesen ließ sich der Wisch aber trotz seines Wühlens in etlichen Schubladen nicht mehr auffinden. Dafür fiel ihm aber plötzlich seine alte Schlafwagenschaffner-Uniformmütze in die Hände, eine Art Zylinderhut mit Goldverzierung, die er sich sogleich aufsetzte. Jetzt sah er aus wie ein Veteran der Fremdenlegion, oder wie ein Nussknacker.

"General de Gaulle!", rief ich lachend, "wo findet die Siegesparade statt?"

"Kabine vier, Madame, bin sofort da!", brüllte Pixie und salutierte leicht schwankend. "Stets zu Diensten, immer zackig - machen Sie sich mal gleich nackig!"

Kichernd posierte er noch einen Moment lang vor dem Spiegel in der Ecke, dann warf er schließlich den CD-Player an und legte ungelenk eine seltsame alte Scheibe auf, die mir nur äußerst vage bekannt vorkam *(irgendwas aus den frühen Siebzigern, schätzte ich, eventuell 'Soft Machine'?)*, und dazu hampelte er eine Weile ziemlich weggetreten vor den Boxen rum, noch immer mit dem Nussknacker-Zylinder auf dem Kopf. Er sah einfach durch mich hindurch, zog wilde Grimassen, presste vier- oder fünfmal hintereinander ein sehr leidenschaftliches *'nitt nott nitt'* in ein imaginäres Mikro und tat so, als wären Kameras und Scheinwerfer auf ihn gerichtet.

"Mann, bin ich wrackig", brabbelte er zum Schluss und glotzte mich schief aus glasigen Augen an. "Der Ofen ist aus, echt. Nur noch totes Urgestein, alles total versifft und ranzig. Eigentlich bin ich schon überfällig, exitus und zack. Hast du gewusst, dass *exitus* eigentlich *Ausgang* bedeutet? Ja, exitus letalis, und zack und bumm. Wird langsam Zeit um abzudanken. Meine letzte Messe ist doch längst gesungen. Der große Manitu wartet schon auf mich."

Er setzte die Mütze ab und wischte sich den Schweiß von der Stirn.

"Eisrauch", murmelte er dabei kryptisch vor sich hin. "Eisrauch, ab in die Kryo."

König Alkohol und die weiße Logik, dachte ich bloß, Korsakoff lässt grüßen. Als er kurz darauf aber auch noch herzhaft in das Sofa zu furzen anfing, so dass die Spiralfedern hörbar wie Klaviersaiten nachsummten *('nur 'n kleiner Würzfurz, 'n bisschen rektales Schmatzen', grinste er lässig, bevor er dann mit einem kräftigen BORRRZ das Hauptbeben auslöste, 'die Mutter aller Darmwinde')*, tja, da machte ich mich dann doch recht bald auf den Heimweg. Der bei Pixie durch das Dauersaufen verursachte mentale Flurschaden schien beträchtlich zu sein, konstatierte ich unterwegs mit Bedauern. Ich konnte mir nicht vorstellen, dass es mit Pixie noch lange gutgehen würde.

Ein paar Tage später war ich bei einem meiner Kollegen eingeladen - was für ein Kontrast! Das Haus - ach was, nein: das Anwesen - hochherrschaftlich! Eine liebevoll renovierte alte Villa auf einem Wassergrundstück draußen am Stadtrand, so richtig schön im Grünen gelegen, und in den Gemächern Mobiliar aus aller Herren Länder, durchweg 'picobello' und dennoch nicht protzig. Sogar ein eigenes kleines Lesezimmer gab es! Die Gastgeber waren sehr angenehme Gesprächspartner, freundlich und zuvorkommend, und die Kinder wohlgeraten. Hier hätte man glatt eine Familienserie drehen müssen, dachte ich, wirklich, ohne Ironie. So konnte es also sein, ja das gab es auch. Aber dieser Abend deprimierte mich erst recht, und innerlich zog ich mich dadurch noch mehr zurück. Nein, solch ein Bilderbuch-Zuhause konnte ich meinen Kindern nun mal leider nicht bieten, keine Katze und keinen Hund, und sie würden auch nicht im Ausland zur Schule gehen und dabei ganz selbstverständlich drei oder vier Sprachen lernen. Nun, und was mein eigenes Leben anging, sah es ja erst recht trübe aus, denn das bestand doch inzwischen fast nur noch aus Job, den paar Stunden mit meinen Kindern und irgendwelchen wirren Schreibversuchen im künstlerischen Randbereich. An manchen Tagen kam ich mir mit meiner ganzen Grübelei schon armseliger vor als Old Korpuskel mit ihrem Lionel-Kater und ihrem Designersofa. Oder wie der Maulwurfmann aus dem Guinnessbuch, der wochenlang irgendwo unter der Erde hockte, um seinen 'inneren Taktgeber' zu erforschen.

200. Kapitel

Noch hatte ich keine andere Frau und Ramona keinen anderen Mann an ihrer Seite - ließ sich diese Konstellation nicht auch als ein großer Glücksfall deuten? Als Chance? Noch war es nicht zu spät! Solche Gedanken kamen mir immer öfter. Natürlich ging es nicht darum, in alte Muster zurückzukehren, sondern im Fall des Falles die Beziehung zwischen uns ganz neu zu strukturieren.
Aber sollte das denn unmöglich sein?
Ja, auch ich hatte damals Fehler gemacht, das war mir längst klar geworden. Ich hatte Konflikte gescheut, zu viel nachgegeben, mich zurückgezogen; ich hatte Ramona oft aus meinen Überlegungen ausgegrenzt und sie 'nicht mitgenommen'. Freilich würde sich eine solche Schieflage nicht automatisch dadurch bereinigen lassen, dass fortan Einer zog und der Andere mitlief, denn solange die Rollenverteilung dabei gleich blieb, änderte sich wenig.
Ohne Eigenständigkeit gab es nun mal keine vernünftige Balance und basta.
Dennoch - sollte ich es nicht auf einen Versuch ankommen lassen?

Ramona und ich, wir waren ursprünglich vielleicht nicht gerade füreinander bestimmt, aber inzwischen gehörten wir doch trotzdem irgendwie zusammen, oder? Über Markus hatte ich einmal gesagt: 'Ich war zehn Jahre eng mit ihm befreundet, und wenn er ein Scheißkerl ist, dann muss ich ja auch einer sein' - traf das nicht erst recht auf meine Ehe mit Ramona zu? Wenn sie eine dumme Ziege war, dann war ich doch mindestens ein blöder Bock, nicht wahr? Nein, ich hatte gar nicht die falsche Frau geheiratet, das stimmte so nicht; sie war höchstens nicht ganz die richtige gewesen, und das machte immerhin einen Unterschied. Am Anfang hatte es sehr wohl gepasst, und kann und will man denn überhaupt alles gleich auf die nächsten paar Jahrzehnte hin abklopfen? Aber wie auch immer, vielleicht brauchten sie und ich ja einfach bloß unser Schicksal annehmen, und alles würde gut werden? Warum sollten wir denn nicht beispielsweise auf rein freundschaftlicher Basis ins Ausland gehen können, egal ob nun in einem gemeinsamen Haushalt oder in zwei benachbarten Wohnungen? Sowas ließe sich bei gutem Willen doch garantiert regeln! Oder etwa nicht?

Ich grübelte viel in diesen Wochen und sah mir oft lange die Gesichter meiner schlafenden Kinder an. Was es am meisten brauchte im Leben, das war ein starker Wille zur Wahrhaftigkeit und zum Guten, dachte ich dabei manchmal, und vor allem der Glaube, dass beides im Grunde genommen ein und dasselbe war. Dabei wollte ich ihnen beistehen, Tag für Tag, und ihnen die nötigen 'Wurzeln und Flügel' geben, so gut ich es vermochte. Ich wollte ihnen nah sein, auch in ein paar Jahren noch, und wünschte mir, dass sie später sagen würden, ich hätte richtig gehandelt. Damals, als sie noch klein waren.

Schließlich schrieb ich Ramona einen Brief. Ich war es, der vor nunmehr fast sechzehn Monaten gegangen war, also sollte ich wohl auch jetzt keine Probleme mit solch einer Initiative haben, nicht wahr? Nüchtern und ohne Sentimentalität ließ ich sie auf anderthalb Seiten wissen, dass ich seit einer Weile darüber nachdachte, ob wir irgendwie auf einer neuen Basis wieder zusammenkommen könnten. Konkrete Vorschläge hätte ich zwar momentan nicht, allerdings würde mich ihre Meinung dazu interessieren.

"Das muss ich erst mal sacken lassen", antwortete sie ziemlich reserviert, als ich sie drei Tage danach an der Tür darauf ansprach und um einen Termin für ein Gespräch bat.

"Okay, es eilt ja nicht", erwiderte ich cool und verabschiedete mich gleich wieder ohne großes Getue. "Also tschüss denn, und sag mir einfach Bescheid, wann es dir passt."

"Naja, vielleicht nach den Prüfungen Anfang Mai", rief sie mir immerhin noch halb hinterher, als ich mich schon umgedreht hatte und am Gehen war. "Die nächsten vierzehn Tage habe ich auf keinen Fall Zeit."

Doch die Wochen vergingen, und Ramona rührte sich nicht. Ich natürlich ebenso wenig, denn ich hatte mir vorgenommen, nicht noch einmal aktiv darauf zurück zu kommen. Oder sollte ich etwa zwei Schritte machen, und sie gar keinen? Nein, dachte ich, wenn sie nicht wenigstens ein bisschen auf mich zuging, dann hatte so eine Aktion von vornherein keinen Sinn.

Trotzdem war es richtig gewesen, nichts unversucht zu lassen, fand ich. Unter anderem, weil es wahrscheinlich auch Ramonas angeknackstem Selbstbewusstsein gut getan hatte. Sie fühlte sich von mir wieder mehr respektiert; zumindest glaubte ich das zu spüren, wenn wir uns danach begegneten. Vor allem aber hatte ich mit meinem Brief den Spieß umgedreht und ihr eine Entscheidung abverlangt. Plötzlich war sie nun also am Zuge, sie bestimmte mit, und dadurch konnte sie sich nicht mehr so leicht auf ihre bequeme Opferrolle der unschuldig verlassenen Ehefrau zurückziehen. Tja, und das war wohl unter dem Strich das Beste an dieser ganzen Aktion, sagte ich mir, auch wenn am Ende also weiter gar nichts dabei rauskommen sollte.

Allerdings hörte ich zwei oder drei Monate später, dass sie sich bei einer Freundin beklagt hätte, warum ich überhaupt erst solch einen Brief schreiben und dann doch nichts weiter unternehmen würde; sie hätte jedenfalls mehr erwartet. Woraus ich wiederum schloss, dass die Unordnung in ihrem Kopfe noch erheblich größer sein musste, als ich ursprünglich angenommen hatte. Alte Muster, unverändert.

Eines Tages entdeckte ich folgende Anzeige:
F 39/165/schlank, Leseratte, mehr geistig interessiert als konsum- und spaßorientiert, mag Natur, Wandertouren, Sternenhimmel und Milchkaffee, sucht schlanken, sensiblen, intelligenten Mann.

Ich schrieb anderthalb Seiten und brachte den Brief auch sofort zur Post, doch leider kriegte ich nie eine Antwort. Eventuell hatte mich die Gute gleich von vornherein als potentielles Scheidungsopfer aussortiert, oder meine beiden Kinder störten sie, oder ich war ihr einfach zu kopflastig. Was weiß ich! Es konnte an allem Möglichen liegen. Vielleicht hatte ich ja etwas an mir, was sensible Gemüter gleich auf Anhieb verschreckte. Irgendwas Unheimliches. Müßig, noch weiter darüber zu spekulieren.

Aber immerhin war da ja noch Madalina, mein exklusives Engelchen für gewisse Stunden. Freilich muss ich zugeben, dass mich selbst an ihr auf Dauer so einiges zu nerven begann. Zum Beispiel ihr ständiges Gequalme (und ich meine nicht nur Tabak, sondern die kleine Dose mit der harzigen Krümelknete). Auch bediente sie sich mittlerweile stets recht generös an meinen Handtuchstapel im Bad; zuerst benutzte sie ein großes Frotteetuch zum Duschen und ein mittleres für die Füße, und wenn sie hinterher aus dem Bett kam und nicht mehr wusste, wohin sie was abgeworfen hatte, dann nahm sie eben einfach nochmal ein neues. Wahrscheinlich hatte sie nie jemand Ordnung halten gelehrt. *(Aber konnte das überhaupt noch als Entschuldigung herhalten, bei einer inzwischen Vierundzwanzigjährigen?)* Meine Waschmaschine war jedenfalls andauernd am Rotieren, wie beim Wäschedienst einer Hotelkette, ich hatte schon ein richtiges Schleudertrauma.

Nun, und auf ihren 'süßen' Wolfy in meiner Wohnung hätte ich erst recht getrost verzichten können, aber das erwähnte ich wohl bereits. Dieses zottlige Biest hopste immer gleich auf meinen Sessel, auf die schöne saubere Decke. Doch runterjagen hatte nicht viel Sinn, denn spätestens, wenn er mich mit Madalina im Bett wusste (am liebsten wäre er wohl noch zu uns gehüpft), dann schlich er sich wieder auf seinen Thron und machte es sich gemütlich - und hinterließ überall seine Haare. Aber Madalina zuliebe nahm ich also auch noch ihren Wolfy kommentarlos in Kauf, obwohl er mir mehr und mehr gegen den Strich ging.

Doch dafür wurde unser Sex immer besser. Vor allem weil es für sie immer besser wurde. Die Geltube in der Schublade trocknete jedenfalls allmählich ein, und ich hatte wirklich des Öfteren das deutliche Gefühl, dass Madalina beileibe nicht nur des Geldes und des netten Drumherums wegen zu mir kam, sondern vor allem auch, um sich einfach bloß mal wieder richtig schön von mir - na sagen wir mal - lieben zu lassen. Spätestens wenn ich meinen linken Daumen bei ihr unten drin hatte und dazu noch mit der rechten Hand anfing, ihre Pussy ausgiebig durchzuwalken, rauf und runter und wie ein flinker Mini-Scheibenwischer *(oder Scheidenwischer?)* über die kleine Perle flutschend (das hatte ich mir nämlich von einem Lesben-Video abgeguckt), dann war kein Halten mehr. Und meistens leckte ich sie so lange, bis sich ihre zuckenden Schenkel an meine Ohren pressten und sie nur noch ganz zarte Kusstupfer auf den Venushügel vertrug. Stets gab mir redlich Mühe (wobei mir das in diesem Fall recht leicht fiel), und es schien durchaus zu fruchten. Vielleicht wäre sie ja sogar umsonst zu mir gekommen? Wer weiß?

Oft brachte ich sie hinterher noch bis zum nächsten Taxistand, und einmal begleitete ich sie sogar bis vor ihre Haustür, eine knappe halbe Stunde zu Fuß. Dabei ließ sie Wolfy unterwegs mitten auf den Gehweg kacken, und als ich ihr deswegen einen schiefen Blick zuwarf, lachte sie mich aus und fragte, ob ich etwa auch für DNA-Tests an Hundehäufchen wäre, um so den Halter zu ermitteln. Angeblich hätte sie nämlich neulich sowas im Internet gelesen. Andauernd gackerte sie drauflos und erzählte mir obendrein noch von irgendeinem Freak, der regelmäßig in ihrer Straße an der Imbissbude seine Pommes verdrücken und hinterher sein Plastikbesteck stets dekorativ in die nächste beste Hundekackwurst stecken würde. Der hätte wenigstens Humor, meinte sie, der sähe das alles viel entspannter! Sie machte sich ziemlich lustig über mich, deutscher Spießer und so, was mich an diesem Abend freilich schon ein wenig verstimmte.

Aber abgesehen von solchen Lappalien verbrachte ich stets ein paar sehr schöne Stunden mit ihr. Ich hatte keine Ahnung, wohin das Ganze eigentlich führen sollte, und ich dachte auch gar nicht erst groß darüber nach. Wozu auch? Momentan war es gut so, wie es war, und zwar für uns beide. Also ließ ich es laufen, und ich bestellte auch kein anderes Mädchen mehr. Irgendwann blieb ihre Tube Nobel-Duschgel gleich in meinem Bad stehen. An ihrem Stammplatz.

201. Kapitel

Im April kaufte ich auf dem Flohmarkt ein schickes kleines Mountain-Bike für 80 Euro und schenkte es Madalina. Es schien ihr wirklich sehr zu gefallen.
"Das macht ja noch mehr Spaß als Inline-Skater fahren", jubelte sie, als wir uns ein paar Tage später trafen, und das wollte was heißen, denn ich wusste sehr wohl, wie vernarrt sie in ihre *speedy boots* war, mit denen sie schon seit Wochen wieder durch den frühlingshaften Park flitzte.

Besonders gern erinnere ich mich an den Abend des 1. Mai. Es war unsere letzte ungetrübte Zusammenkunft, aber das ahnte ich da ja noch nicht. Durch das offene Fenster hörte man aus der Ferne das Krawallgejohle irgendwelcher autonomer Steinewerfer und die Sirenen der aufgeregt rumkurvenden Polente, die laue Frühlingsbrise ließ die Gardinen leise rascheln, während Madalina und ich uns in unserem Kuschelnest viel Gutes taten und dabei völlig verausgabten, und zwar auf die dem 'Tag der Arbeit' einzig angemessene Weise. Einmal dachte ich dabei sogar ein wenig erschrocken, ich hätte - hm, nun ja - zu heftig agiert, weil Madalina urplötzlich sehr laut geworden war. Aber nein, ließ sie mich mit verschämten Lächeln wissen, es war pure Lust und nicht etwa Schmerz gewesen, was sie bis zur Selbstvergessenheit überweibt hatte. Nur ein besonders heftiger 'Stoßseufzer', im wahrsten Sinne des Wortes. Jedenfalls sah sie hinterher wunderschön aus, wie sie auf mir saß und ihr inzwischen länger gewordenes Haar ihre schmalen Schultern umspielte, während meine Hände sanft über ihre Brüste strichen, über Bauch und Hüften, bis an die Stelle, wo wir noch immer miteinander verbunden waren.
Solch ein Bild vergisst ein Mann so schnell nicht.

Aber wie bereits gesagt, dieses Glück sollte nicht mehr allzu lange währen. Bereits wenige Tage später ging es zu Ende.
Vor einigen Wochen schon hatte ich Madalina gegenüber nämlich mal einen Film erwähnt, der von einer jungen russischen Zwangsprostituierten handelte, also keine leichte Kost, aber sie hatte ihn unbedingt sehen wollen und immer wieder danach gefragt. Schließlich besorgte ich die DVD aus der Videothek und

gab ihr Bescheid: "Ich hab den Film jetzt hier, ruf an, wenn es zeitlich bei dir passt." Das war am Montag oder Dienstag gewesen.

Madalina jedoch ließ nichts von sich hören, selbst bis Samstag nicht.

Am Sonntag gegen halb sechs hielt ich es nicht mehr länger aus und erlaubte mir die diskrete Nachfrage, was denn nun eigentlich Sache wäre.

"Okay, wir können uns heute sehen", meinte sie sofort. "Um acht, ja das klappt."

Na endlich, dachte ich erleichtert. Wurde aber auch Zeit.

Gegen halb neun kam sie dann, mit dem Fahrrad. Strubbelig und ungeschminkt. Sie hätte bis zuletzt in ihrer Wohnung gearbeitet, erklärte sie. "Bad renovieren und saubermachen."

Offenbar als kleine Entschuldigung streckte sie mir ein paar blühende Fliederzweige entgegen, die sie wahrscheinlich unterwegs irgendwo im Park abgebrochen hatte. Ich stellte sie in einer großen Vase auf den Tisch, und schon einen Moment später bedufteten sie das ganze Zimmer. Na wer hätte ihr da noch böse sein können?

Doch Madalina schien ziemlich neben der Spur zu sein, allerdings nicht primär wegen irgendwelcher Drogen, zumindest soweit ich es erkennen konnte. Sie wirkte einfach unzufrieden und permanent reizbar, irgendwie unausgeschlafen und nervös.

"I need a shrink", nuschelte sie; sie bräuchte einen Psychiater. "Ich bin vierundzwanzig und mein Leben ist nur Scheiße", beklagte sie sich, "alles Mist."

Außerdem war sie diesmal ziemlich grob zu ihrem Hund. Einmal zog sie ihn sogar an der Leine zu sich hoch und schlug ihn, bis er winselte, nur weil er nicht sofort pariert hatte (wobei sich mir der Eindruck aufdrängte, sie wolle damit hauptsächlich vor mir demonstrieren, dass sie sehr wohl *entschlossen durchgreifen* könne und *alles im Griff* hätte).

Hinterher kratzte sie sich ein paarmal an den Armen und am Bauch. Hatte sie sich von ihrem Wolfylein etwa Flöhe geholt?

In Ermangelung einer besseren Idee legte ich schließlich den Film ein, und wir breiteten uns auf der Couch aus. Doch bereits nach ungefähr zwanzig Minuten piepste Madalinas Handy auf dem Tisch, und sie hechtete sofort begierig zu dem Ding rüber und klappte es auf, um die soeben angekommene SMS zu entziffern.

"Oh ich muss ins Internet-Café", stieß sie plötzlich aufgeregt hervor.

"Kannst auch bei mir online gehen", brummte ich schulterzuckend und stand (zugegebenermaßen ein wenig widerwillig) auf, um ihr den Computer hochzufahren.

"Nein, ich muss ins Internet-Café", rief sie, als würde sonst was davon abhängen.

"Was denn, jetzt gleich?", fragte ich entgeistert.

"In einer Stunde", murmelte sie teilnahmslos, als wäre sie bereits ganz woanders.

Wollte sie sich vielleicht mit ihrem Dealer treffen, überlegte ich, oder was steckte dahinter? Na schöne Scheiße, dachte ich jedenfalls bloß grimmig, denn von mir würde sie sich sowieso nichts vorschreiben lassen, egal was ich auch sagte. Oder sollte ich sie etwa irgendwie 'zur Rede stellen'? Ein falsches Wort von mir, und ich konnte heute verdammt lange kalt duschen vor dem Zubettgehen, das war wohl klar.

In Gedanken ging ich daher blitzschnell die verbleibenden Optionen durch. Hm, also war höchstens noch ein Schnellfick drin, oder wie stellte sie sich das vor?

Da sie aber keinerlei Anstalten in diese Richtung hin machte (und ich nicht vorhatte, sie auf die Matte zu drängen), beschloss ich einfach abzuwarten und den Dingen ihren Lauf zu lassen.

"Willst du den Film nun noch weiter gucken, oder nicht?", erkundigte ich mich nach einer Weile mit leicht mürrisch eingefärbter Gleichgültigkeit, denn irgendwie musste ich ja meinen Ärger kanalisieren.

"Mh", machte sie cool, "aber ich hab nicht mehr so viel Zeit."

"Okay, soll ich dann öfter mal vorspulen?", bot ich nahezu emotionslos an, und sie nickte mechanisch.

Also guckten wir immer mal ein Stück und sprangen dann weiter, und zwischendurch erklärte ich ihr in ein paar dürren Sätzen, was wir da gerade so alles verpassten. Ich kam mir vor wie in einer sehr seltsamen Veranstaltung. Madalina starrte auf den Bildschirm und spielte zwischendurch immer mal wieder nervös mit ihren Haaren, während ich ungerührt den Sprecher im Stummfilmkino gab. Die volle Groteske.

Nachdem das Ganze endlich durchgestanden war und bereits der Abspann lief, Madalina aber weiterhin beharrlich schwieg, gab ich auch noch drei oder vier von den Geschichten zum Besten, die mir die Mädchen mal erzählt hatten. Einfach, um die Stille zu füllen. Allerdings sollte ich mich damit schwer in die Nesseln setzen. Denn als ich gerade von Inna aus Minsk berichtete, da wurde ich auf einmal von Madalina unsanft unterbrochen.

"Ich würde nie für Schokolade anschaffen gehen", fauchte sie kalt. "Oder für irgendwelchen Luxusdreck. Bloß den Laptop, den brauchte ich ja nun mal. Das ist auch was völlig anderes."

"Ach was solls", tat ich schließlich ganz friedlich und liberal, "so hat jeder Mensch halt andere Ziele. Manch einer spart für den Führerschein, der nächste für 'ne Reise. Computer, Fernseher, Auto, Klamotten - wo ist der Unterschied?"

In Wahrheit wollte ich ihr damit natürlich vor allem ganz dezent sagen: 'Baby, was bildest du dir eigentlich ein? Wieso glaubst du denn, was Besseres zu sein?' Doch Madalina legte auf solche Feinheiten der Gesprächsführung augenscheinlich keinen Wert mehr.

"Schokolade!", rief sie und fasste sich an den Kopf. "Sowas klaut man höchstens mal! Für so 'n Mist geht doch keiner auf 'n Strich!"

Und dann begann sie regelrecht zu kollern und tickte total aus.

"Eine Frau kann maximal mit drei Männern hintereinander Sex haben", schrie sie, "auch wenn sie noch so nymphoman ist!"

Ihre weit aufgerissenen Augen stierten dabei durch mich hindurch, sie schien mich gar nicht mehr wahrzunehmen.

"Licensed rape!", brüllte sie mit sich überschlagender Stimme, "everybody lies" und "want to forget" und irgendwelche wüsten Verwünschungen, von denen ich jedoch nur noch Wortfetzen verstehen konnte. Die gestörte Mad Madalina kam plötzlich durch, das klinische Vollbild. Sie gebärdete sich wie eine Jähzornige. Total hysterisch und außer Kontrolle.

Flüchtig dachte ich daran, wie sie mir bei ersten Mal lächelnd 'its fun!' geantwortet und behauptet hatte, dass sie das alles freiwillig tun würde. Aber davon schien ihr jetzt nichts mehr erinnerlich zu sein.

"Neunzig Prozent so!", tobte sie mit demonstrativ zur Seite gelegtem Kopf, hechelte mechanisch und zog dazu eine schiefe Grimasse, als ließe eine kaputte

Sexpuppe gerade eine Vergewaltigung über sich ergehen.

Nun ja, ich hatte mir freilich schon gedacht, dass dieser Film nicht gerade als Aphrodisiakum auf sie wirken würde, aber diese heftige Reaktion überraschte mich dennoch.

Verdammter Mist, dachte ich bloß und versuchte mich schon mal mit der Aussicht anzufreunden, dass ich heute wohl mit Samenstau zu Bett gehen würde.

Als sich Madalinas Ausbruch nach einer Weile aber schließlich etwas zu legen schien, warf ich einen kurzen Blick auf den Wecker. Fast elf Uhr. Die von ihr in Aussicht gestellte 'eine Stunde' bis zu ihrem Aufbruch war längst um. Würde sie jetzt also ins Internet-Café gehen, oder...?

Auch Madalina sah auf die Uhr - und dann auf das Geld, das wie immer unter dem Aschenbecher auf dem Tisch lag.

Angestrengt zog sie die Stirn in Falten, während sie Zigaretten und Feuerzeug einsteckte.

"Was machen wir?", fragte sie mich. "Fürs nächste Mal lassen, oder?"

Doch so wie sie es sagte, schien sie eigentlich genau das Gegenteil zu meinen.

"Mh", antwortete ich mit bedauerndem Schulterzucken. "Du weißt, wie wir uns geeinigt haben. Klare Regeln."

Zwar fühlte ich mich nicht gerade wohl dabei, doch ich wollte mich auch nicht vor ihr rechtfertigen.

"Ich kann mein Geld nicht einfach nur verschenken", schob ich nach einer kurzen Pause aber trotzdem noch nach. "An mir hängen eine Frau und zwei Kinder, du kennst meine Situation."

"Ja klar, wir haben alle unsere Probleme, na sicher", erwiderte sie schnell, viel zu schnell, und griff nach ihrer Jacke.

"Rufst du mir bitte ein Taxi, ich kann jetzt nicht mit dem Rad fahren, es ist zu kalt", bat sie mit leidender Miene und mit auf den Boden gerichtetem Blick. Dabei war die Luft draußen noch immer angenehm lau an diesem ausgesprochen milden Frühlingsabend.

Okay, wie du willst, dachte ich und zuckte mit den Schultern. Keine kindischen Spielchen, mit mir nicht. Ich würde gar nicht erst anfangen, irgendwelche Überredungsversuche zu starten.

Also griff ich zum Hörer, telefonierte kurz und gab ihr dann Bescheid: "Wagen kommt in drei Minuten, haben sie gesagt."

"Danke", nuschelte sie, zerrte Wolfy in den Flur, zog ihre Schuhe an und stürzte sofort los.

"Bye bye, wir können telefonieren", hörte ich bloß noch, und schon war sie weg.

Etwa eine Minute lang zögerte ich, dann nahm ich die DVD aus dem Player und rannte Madalina hinterher. Denn ich war wirklich nicht der Meinung, dass es bei alldem in erster Linie ums Geld ging. Der verdammte Film hatte eben einfach zu viel in ihr getriggert, irgendein hirnchemischer Cocktail war hochgegangen, was weiß ich? Cannabis konnte bekanntlich Psychosen auslösen, es gab es reichlich Untersuchungen zu dieser Thematik.

So wie ich es sah, hatte das Ganze jedenfalls mehr mit Scham und verletzter Würde zu tun, mit Selbstachtung und Stolz. Naja, und demzufolge natürlich auch mit Trotz. Fairerweise würde ich ihr wenigstens einen Zwanziger anbieten, beschloss ich; zumindest Grundvergütung und Spesen.

Unten vor der Tür konnte ich sie jedoch nirgends erblicken. Offenbar hatte sie erst gar nicht auf das Taxi gewartet. Allerdings stand ihr Fahrrad noch immer angeschlossen im Hof.

Angestrengt scannte ich die Straße überall rauf und runter, und schließlich sah ich sie in etwa 150 Metern Entfernung, halb verdeckt von einem parkenden Lieferwagen, wie sie gerade mit Wolfy um die Ecke bog.

Ich spurtete los, bis ich bloß noch einen Häuserblock hinter ihr war. Offenbar hörte sie meine näherkommenden Schritte, denn sie blieb stehen, drehte sich um und sah einen Moment lang zu, wie ich in leichtem Trab immer weiter zu ihr aufschloss. Freilich wartete sie nicht einfach bloß ab, bis ich bei ihr sein würde (oh nein, so leicht wollte sie es mir bestimmt nicht machen!), sondern das verschnupfte Fräulein tippelte natürlich gleich ungerührt wieder weiter vorwärts.

Als ich nur noch etwa sechs oder sieben Meter hinter ihr war, drehte sie sich ein zweites Mal um.

"Ich will in die Videothek, die DVD zurückbringen", sagte ich.

"Aha", machte sie, zog einmal hart an Wolfys Leine und stiefelte sofort wieder los, irgendwas vor sich hinmurmelnd.

"He, warte mal 'ne Sekunde!", rief ich ungeduldig und rannte näher zu ihr ran.

"Das war mein Test!", warf sie mir jedoch bloß abschätzig im Gehen über die kalte Schulter hinweg zu. "Ich dachte du bist anders, aber du bist genauso, auch nur für das hier!"

Angewidert machte sie eine obszöne Handbewegung, während ich die ganze Zeit wie ein Vollidiot hinter ihr her latschte.

"Hallo, kann ich vielleicht kurz mit dir reden?", versuchte ich es entnervt nochmal, doch Madalina marschierte immer bloß stur weiter, und allmählich wurde es mir wirklich zu blöd.

Schließlich blieb ich stehen.

"Okay, dann ist es deine Entscheidung", schrie ich.

"Ja, und die ist endgültig!", brüllte sie wütend zurück. "This is final."

"Alright, alles klar", erwiderte ich, und um nicht alle Brücken abbrechen zu lassen, setzte ich in möglichst neutralem Ton noch hinzu: "Wie du willst. Ich bin nicht sauer, ich akzeptiere das. Good luck!"

Ha, ich und nicht sauer? Und ob ich stinkig war! Ich hatte die DVD extra für das gnädige Fräulein aus der Videothek geholt und seit Tagen bei mir auf Halde gelagert, immerhin kostete das auch Geld! Und wenn sich Ihre Hoheit dann endlich tatsächlich mal zum Filmgucken zu mir bequemt, dann reicht da irgendein Anruf und sie muss gleich wieder los, um im Internet zu chatten? Wie bitte, und dafür soll ich auch noch 160 Euro berappen? Ja war Madame denn von allen guten Geistern verlassen? Hatte sie einen Knall? Oh, man stellte hohe Ansprüche, das ja, aber natürlich immer nur an die anderen und nicht an sich selbst. Bloß wie sollte das wohl gerechtfertigt sein? Nehmen und Geben, Balance, Symmetrie - waren das alles Fremdwörter?

Ich bemühte mich redlich, diese verfahrene Situation von allen Seiten zu betrachten, aber hier war das ganze Paysex-Dilemma letztendlich exemplarisch wie durch ein Brennglas auf den Punkt gebracht: Das Callgirl dachte, er will mich nur ficken - und der Freier dachte, sie will nur meine Kohle.

Um rauszufinden, ob darüber hinaus überhaupt noch etwas existent war, brauchte man folglich bloß diese beiden Faktoren eliminieren, richtig?

'Die Geschichte meiner Experimente mit der Wahrheit', so lautete der Titel von Gandhis Autobiografie, wenn ich mich nicht irrte. Na mal sehen, dachte ich, als ich Madalina zwei Tage später anrief, jetzt kommt mein Wahrheits-Test.

"Hallo ich bins, Ecki", meldete ich mich. "Bitte gib mir 'ne Minute."

Ich vernahm allerdings bloß undefinierbare Geräusche, deren Interpretation reichlich Raum gegeben ward. Also was solls, sagte ich mir, und fing einfach mit meiner Rede an.

"Okay, ich akzeptiere deine Entscheidung", begann ich da, wo wir beim letzten Mal aufgehört hatten, "aber du sollst wissen... Also wenn du vielleicht doch mal mit mir bloß 'n Kaffee oder 'n Cocktail trinken möchtest, irgendwann, oder wenn du einen zum Quatschen brauchst, beim Gassi gehen oder so, dann ruf mich an. Es ist ja nicht so, dass ich nichts mehr mit dir zu tun haben will. Wenn du Probleme hast, oder vielleicht..."

"Nee, ich hab kein Problem", vernahm ich plötzlich ihre Stimme an meinem Ohr, und sie klang eigentlich nicht mal abweisend. "Mir geht's gut, ich mache gerade mein Bad sauber."

"Naja schön", erwiderte ich unschlüssig, "okay dann. Also ich überlass es jetzt dir und werde dich nicht weiter per Telefon nerven. Aber hol doch bitte dein Fahrrad ab. Wenn du willst, stell ich es dir auch auf die Straße raus. Sag bloß vorher kurz Bescheid, dann musst du nicht mal bei mir klingeln. Falls es das ist, was dich stört."

"Nee, das Fahrrad ist deins, den Schlüssel in deinem Briefkasten hast du doch gefunden, oder?", antwortete sie, und egal wie sehr ich mich auch anschließend noch verbal abstrampelte, sie ließ sich nicht erweichen und blieb gnadenlos bei ihrer Ablehnung.

'Mensch, was soll der Mist, ist das jetzt wieder eine von deinen Selbstzerstörungs-Anfällen?', wäre mir am Ende fast rausgerutscht, so hilflos und wütend machte mich ihre pseudostolze Sturheit. Doch ich kam bei ihr einfach nicht durch.

"No hard feelings", verabschiedete ich mich also stattdessen bloß matt, und sie gab mir ein neutrales "good luck, and all the best" zurück. Und dabei blieb es leider auch.

202. Kapitel

Das unschöne Ende mit Madalina schlug mir sowieso schon ganz schön aufs Gemüt, aber das mit ihrem Fahrrad fand ich schlichtweg unerträglich. Wie hatte sie sich vor Kurzem noch darüber gefreut! Es tat mir jedes Mal richtig weh, wenn ich es so verwaist auf dem Hof rumstehen sah.

Nach ungefähr einer Woche hielt ich es nicht mehr länger aus und stellte es einfach vor einem großen Kino ab, mit einem Zettel an der Stange:

Kann mitgenommen werden,
zur freien Verfügung.
Schlüssel steckt im Schloss.
Viel Spaß!

Am nächsten Tag war es dann weg. *(Leider dämmerte mir erst später, dass ich mich dabei mal wieder verdammt blöd angestellt hatte, denn mein täglicher Arbeitsweg führte dicht an eben jenem Kino vorbei, so dass ich wieder und wieder an diese Episode erinnert wurde.)*

Von einem Typen aus dem Freierforum, mit dem ich gelegentlich Einschätzungen und Empfehlungen per E-Mail austauschte (wir schienen in etwa denselben Mädchengeschmack zu haben), kriegte ich übrigens auf meine Frage nach seiner Meinung zu Madalina bloß einen ziemlich knappen Kommentar zurück. Er meinte nämlich so ungefähr, dass er am Anfang zwar auch schwer von ihrer Erscheinung insgesamt begeistert gewesen wäre, dies sich aber dann recht schnell verflüchtigt hätte: *'Mir war sie viel zu überspannt. Auf Dauer anstrengend, ständig diese aufgeladene Dramatik. Sie hat sowas Verklärtes.'*

Tja, nicht völlig von der Hand zu weisen, das musste ich zugeben. Doch das Aufzählen ihrer Fehler machte es mir nicht leichter; ich hing trotzdem noch ganz schön an ihr.

Etwa zwei Wochen später benutzte ich eines Morgens aus Zerstreutheit zufällig Madalinas Stamm-Duschgel, das natürlich nach wie vor bei mir im Bad stand, und es irritierte mich noch einmal mächtig, den wohlvertrauten Duft an meinem eigenen Körper zu erschnüffeln. Als Gegenmittel schüttete ich mir eine extrafette Ladung Rasierwasser über den Pelz. Das half, wenigstens einigermaßen.

Kurz darauf traf ich Nina wieder.

Es war mal wieder ein ziemliches Hin und Her. Ständig änderte sie ihre Pläne und verschob den Termin, immer wieder sollte ich sie anrufen, und zwischendurch war ihr Handy auch schon mal gänzlich aus. Ich hatte schon beinahe keine Lust mehr. Schließlich klappte es eines schönen Tages aber doch noch mit unserer Verabredung, und ich fuhr direkt von der Arbeit zu der von ihr vorgeschlagenen Straßenecke, sonst hätte ich es nicht pünktlich geschafft.

Tja, und da standen wir nun also, küssten uns ein wenig verlegen auf die Wangen und lächelten uns an. Es war jetzt kaum ein knappes Jahr her, als wir uns zum ersten Mal getroffen hatten, aber inzwischen wirkte Nina auf mich fast fünf Jahre älter. Sie sah müde aus, erschöpft, und unter der dezenten Schminke lag ein resignierter Ausdruck in ihrem Gesicht. Wo war ihr Übermut hin, wo ihre Frische?

Wir liefen ein kleines Stück und setzten uns dann in ein Gartencafé.

"Gestern lange Party", stöhnte sie, als sie sich eine Zigarette anzündete. "Eigentlich wäre ich lieber noch in Bett geblieben, aber ich wollte nicht schon wieder unser Treffen verschieben."

"Och naja, hättest mich ja meinetwegen auch zur Party einladen können", entgegnete ich trocken, und endlich zeigte sich ein erstes zaghaftes Lächeln auf ihrem Gesicht. Anschließend berichtete ich kurz, was ich in den letzten Monaten so getrieben hatte, und dabei erwähnte ich auch, dass es sowohl mit Larissa als auch mit Madalina 'der Rumänin' vorbei wäre.

"Naja, also werde ich in Zukunft wohl wieder mehr mit meinen Kindern unternehmen", scherzte ich leichthin und verspeiste dabei meinen kleinen, zum Kaffe gehörenden Keks.

"Ach du hast es gut", erwiderte Nina seufzend und erzählte mir ein bisschen von ihrem tristen Alltag. Kein Geld, beengte Verhältnisse und ein Ehemann, der nachts immer öfter wegblieb. Tja, und da hätte sie dann eben ihre Sachen gepackt und sich für ein paar Tage nach Berlin verdrückt, zu ihrer alten Freundin Galina.

"Wie geht es ihr?", fragte ich (und hoffte dabei insgeheim, auch etwas über Larissa zu erfahren). "Ist sie okay?"

"Naja, Galina kifft viel, sie trinkt viel, am meisten von alle", meinte Nina schulterzuckend. "Redet nur Quatsch, und oft alles doppelt. Zum Frühstück gibt gleich Champagner und muss ich auch kiffen, so dass mir wird ganz schlecht, wenn ich bei Aufwachen das rieche."

Sie selbst würde dagegen nur noch ganz wenig trinken, betonte sie.

"Seit ich habe Führerschein ich muss meinen Mann und Freunde immer fahren und kann nicht trinken", erklärte sie. "Alle sind besoffen, nur ich nicht. Muss ich immer blödes Gequatsche hören. Aber jetzt in Berlin ich werde auch mal richtig trinken."

Da wir inzwischen schon ganz gut miteinander im Gespräch waren, wagte ich es schließlich, mich auch einfach mal ganz direkt nach Larissa zu erkundigen.

Leider ginge es ihr mies, erfuhr ich; angeblich hätte sie gesundheitliche Probleme.

"Ist immer erkältet und isst zu wenig. Doktor sagt, dass kann sein was mit Drüsen, an Hals."

Mit ihrem Macho-Freund würde sie ebenfalls kein Glück haben, behauptete Nina.

"Er verkauft Kokain, und sie nehmen bestimmt beide das. Ihre Augen leuchten so komisch."

Inzwischen wäre sie auch wieder umgezogen, weiter weg in eine miese Gegend.

"Sie versteckt sich vor andere Mädchen", regte sich Nina ein bisschen auf. "Keiner war bei ihr zu Hause! Weißt du, Galina ihr einmal hat in Gesicht gesagt, dass ihr Freund ist Kunde bei ihrer Agentur, weil Larissa weiß nicht davon, oder sie will nicht wissen. Sieht nur großen starken Mann und hat Augen zugeschlossen, träumt irgendwas. Sie ist unvernünftig. Wirklich dumm."

Sie tippte sich an die Stirn.

"Sogar zum Solarium Larissa fährt immer im Taxi", lästerte Nina weiter. "Ist bloß um die Ecke, aber weil sie hat keine warmen Klamotten, muss sie Taxi fahren. Gibt ganze Geld dafür aus, also bleibt nichts für Wintersachen. Macht wie Idiot, oder? Keine Ahnung von Ekonomija! Kein Sparen, keine Intelligenz! Nitschewo!"

Sie ließ sich in ihren Stuhl zurückfallen und zündete sich eine neue Zigarette an.

"Wusstest du, dass sie sogar schon mit Taxi einmal vor deine Tür stand, aber wieder musste umkehren und erst zu Geldautomat weiterfahren, weil ihre Bankkarte bei Taxi nicht hat funktioniert?", fragte sie mich danach etwas ruhiger.

"Ich wusste nicht mal, dass sie überhaupt eine Bankkarte hatte", erwiderte ich erstaunt.

"Na nicht eigene, war von Freundin, die mir hat alles erzählt", brummte Nina. "Aber egal. So Larissa hat fast zwanzig Euro bezahlt für Weg, was kostet normal ungefähr fünf Euro. Ist verrückt, oder?"

Wieder tippte sie sich an die Stirn. "Weißt du, Mädchen schon machen Witz über Larissa: *'Wenn sie will nach Amerika, dann sie nimmt Taxi'*. Und Larissa, die lacht auch selber über das! Denkt, sie ist große Prinzessin."

Nina schüttelte den Kopf. "Kein bisschen Ekonomija, denkt nicht an nächste Tag. Lebt nur von Hand in Mund."

Aber wenigstens Oksana ginge es richtig gut, wechselte Nina dann plötzlich von selbst das Thema.

"Ist schon ein Jahr mit ihre Freund zusammen, Deutschrusse, und sie hilft bisschen in Büro. Ist bei Firma wo er auch arbeitet, mit Lkw. Waren gestern beide auf Party. Sie trinkt fast gar nicht, und sie zusammen lachen ganz viel."

Ich dachte an Oksana, an ihre blanken dunklen Augen, und vor allem an ihren wunderschönen Mund. Und an ihre Wärme.

Na wenigstens eine gute Nachricht, sagte ich mir und freute mich für sie.

Ich blieb an diesem Nachmittag an die drei Stunden mit Nina in dem Café sitzen, und die ganze Zeit über versuchte ich in ihrem Blick zu lesen, besser kann ich es nicht ausdrücken. Ich musste dabei andauernd daran denken, was sie mir damals am Telefon gesagt hatte: 'Fühle mich als ob ich stehe vor Tür, aber kann nicht aufmachen'.

Ich glaubte ihre innere Zerrissenheit zu sehen; wie sie sich nach Liebe sehnte, auch nach Liebe von mir, aber gleichzeitig Angst vor den Folgen hatte, wenn sie dieser Sehnsucht nachgäbe. Nämlich Angst davor, dass ihr mühsam zusammengehaltenes Leben dann endgültig in Scherben zerfiele. Denn auch wenn es wahrlich nicht vor Wohlstand und Geborgenheit strotzte, so war es doch immerhin alles, was sie hatte.

"Du bist einzige Mann mit dem ich reden kann, über alles", gestand sie mir schließlich, und wir sahen uns lange still in die Augen.

"Weißt du, manchmal tut mir schon Herz weh, wegen zu viel Zigaretten und Pille", seufzte sie dann leise. "Diese Kombination ist nicht gut, sagt Arzt. Aber oft ist so schwer, was soll ich machen?"

Sie versuchte ein tapferes Lachen.

"Naja, bald ich gehe zu Ausländerbehörde und kriege endlich Dauervisum", machte sie sich selber Mut, "wird alles besser."

Doch ihr Blick sprach eine ganz andere Sprache.

Auf dem Rückweg zum S-Bahnhof bot ich ihr an, dass sie auch bei mir übernachten könnte, einfach so und ohne irgendwas, wenn sie wieder mal in Berlin wäre und eventuell nicht wüsste wohin. Sie erwiderte allerdings nichts darauf, sondern lächelte nur traurig.

"Was machst du jetzt noch?", fragte ich sie zum Abschied.

Sie sah auf die Uhr.

"Die Mädchen fangen gleich an zu arbeiten", meinte sie, "bald ich habe Ruhe. Ich stelle Musik an und lege mich in die Badewanne, ganz lange."

"Melde dich, lass was von dir hören", sagte ich und gab ihr einen Kuss.

"Tschau, tschau" erwiderte sie leise und umarmte mich kurz.

Dann drehte ich mich um und ging.

Am nächsten Tag löschte ich zu Hause ihre Nachricht auf meinem Anrufbeantworter, die sie vor fast einem Jahr dort aufgesprochen hatte. Es war irgendwie seltsam, nun das grüne Lämpchen wieder blinken zu sehen, 'volle Aufnahmekapazität' verkündend.

203. Kapitel

Nachdem ich Madalina also unwiederbringlich verloren hatte, wurde ich erneut zum regulären Agenturkunden. Zwar bestellte ich wieder diverse Mädchen, aber es begann nicht einfach alles von vorn, sondern es gab ein paar kleine Unterschiede zu früher. Nämlich erstens: ich beschränkte mich regelmäßig auf eine Stunde (vorzugsweise wenn Fußballabend war, denn da kriegte ich auch die Hübschesten), und zweitens: ich versuchte meist eine Woche oder sogar länger zu warten. Allerdings schaffte ich es nicht immer. Doch nur wenn ich richtig scharf war und es wirklich kaum noch aushielt, erst dann griff ich jetzt zum Hörer. Einmal pro Woche Joggen und einmal wöchentlich Verkehr - die Parität blieb also weiterhin gewahrt, wenngleich fortan auf seniorengerechtem Niveau. Wie gesagt, es hatte sich eben so einiges verändert. Der schöne 'Vatertag' damals mit Sveta und die heftige erste Strähne mit Nicole, all das war laut Kalender zwar erst vor ungefähr einem Jahr passiert, doch es schienen inzwischen Äonen vergangen zu sein. Die heftigsten Beben lagen jedenfalls hinter mir; das meiste an Spannungen war abgebaut, der große Druckausgleich zwischen Innen- und Außenwelt hatte stattgefunden. Natürlich gab ich den Mädchen auch weiterhin Trinkgeld, überreichte Geschenkchen und war nett und freundlich wie eh und je, aber ich strebte keine erlösende Liebesbeziehung mehr an. End of confusion, no more illusion. Wenn die Damen mich nach sechzig Minuten wieder verließen, dann lüftete ich hinterher bloß kurz die Bude durch und guckte meist noch ein bisschen Fernsehen, oder ich schrieb oder surfte im Internet.

Nina rief mich eines Nachmittags an und fragte, ob sie bei mir übernachten könnte, und natürlich sagte ich sofort zu. Sie kam, als die Kinder gerade im Bett waren, und als Gastgeschenk setzte sie ein kleines lustiges Männchen auf meine Lautsprecherbox, das seitdem von dort seine Beine baumeln lässt und mich an sie erinnert.
"Bei den Mädchen geht nicht mit Übernachtung", flüsterte sie und berichtete von einer Razzia. Larissa und Galina sollten im Abschiebe-Knast sitzen, und eines der anderen Mädchen hätte sich beim Sprung aus dem Fenster angeblich

sogar einen Knöchel gebrochen.

"Hattest du noch Kontakt zu Larissa?", fragte sie mich.

"Nein", antwortete ich verwirrt, "schon seit Monaten habe ich sie nicht mehr gesehen."

Was für Nachrichten, dachte ich bloß.

Nachdem wir noch eine Weile über die mutmaßlichen Folgen dieser Aktion spekuliert hatten, kam Nina schließlich auf ihre eigenen Angelegenheiten zu sprechen. Sie hätte nämlich neulich auf eine ihrer Bewerbungen tatsächlich eine positive Antwort aus Berlin gekriegt.

"Morgen ist Vorstellungsgespräch", verkündete sie und zeigte mir das Schreiben mit der Adresse, damit sie gemeinsam mit mir die günstigste Verbindung dorthin raussuchen konnte.

"Ich will endlich von meinem Mann unabhängig sein", meinte sie, während wir uns über den Stadtplan beugten. "Er kontrolliert mich ständig, wird alles immer schlimmer."

Anscheinend fühlte sie sich sogar bedroht von ihm, doch sie wollte nicht recht darüber reden. Sie schämte sich wohl für ihre Situation. Für ihren Mann.

Wir tranken noch ein bisschen Wein zusammen und unterhielten uns bis halb zwölf.

Nina schlief auf der Wohnzimmercouch, und ich legte mich auf die freie Bodenmatratze im Kinderzimmer und dachte daran, wie sie mich gerade geküsst hatte. Und natürlich dachte ich auch an Larissa, an die kleine Möwe, die die Freiheit so sehr liebte und nun doch gefangen im Käfig saß. Ich überlegte tatsächlich, ob ich sie nicht vielleicht besuchen sollte; wenn ich wirklich wollte, würde ich sie schon finden. Aber was dann? Würde ich sie überhaupt trösten können? Würde sie überhaupt wollen, dass ich sie so sah?

Ich malte mir aus, wie sie bald abgeschoben werden und Westeuropa nie wiedersehen würde, wie ihr Deutsch verkümmern und sie mich allmählich vergessen würde, bis sie dann schließlich in ein paar Jahren irgendeinen kratzigen und nach Wodka stinkenden Typen heiratete, um fortan nur noch in irgendeinem heruntergekommenen 'Zawod' mit der Gummischürze am Fließband zu stehen und Konservendosen zu befüllen oder im Akkord Fische auszunehmen...

Mit solch entsetzlich traurigen Bildern vor Augen wälzte ich mich noch eine ganze Weile unruhig hin und her.

Als Malte am nächsten Morgen zum Frühstück in die Küche kam, fragte er mich verschlafen: "Papa, wer liegt denn da?"

"Eine Freundin von mir", antwortete ich beiläufig, "sei bitte schön leise, damit sie noch ein bisschen schlafen kann."

"Hat die das Männchen hier mitgebracht?", flüsterte Nele, die ihm hinterhergetapst kam und nun vor der Lautsprecherbox stehenblieb.

"Ja", nickte ich, und damit war die Neugier der beiden anscheinend erstmal befriedigt.

Ungefähr eine Woche später rief mich Nina an und teilte mir mit, dass sie leider eine Absage gekriegt hätte. Allerdings sollte es nicht das letzte Mal gewesen sein, dass sie sich bei mir meldete. Wir blieben in Kontakt. Freilich würde sie erst gut zwei Jahre später auf eigenen Füßen stehen, in einer anderen Stadt, mit festem Job und getrennt von ihrem Mann lebend. Sie würde es schaffen. Aber bis dahin sollte noch so manche Träne fließen.

Per Anzeige hatte ich ein paar Leute kennengelernt, die bei mir im Kiez eine Freizeitclique aufbauen wollten. Man traf sich wöchentlich in einem Café oder einer Bar um die Ecke, zunächst nur zum verbalen Austausch und Beschnuppern. Ich ging zwar regelmäßig hin, allerdings ließ sich die ganze Unternehmung zumindest aus meiner Sicht erstmal recht schleppend an. Vor allem die zwei überdrehten Selbstdarsteller fand ich extrem nervig, aber da sie die meiste Zeit über freilich bloß mit den beiden schrillen Theaterfrauen (Alter und Kleidergröße schätzungsweise 40 plus) viel zu viel Rotwein becherten, konnten sie mir herzlich egal sein. Gott sei Dank erschienen dann auf einmal gleich alle vier nicht mehr zu den nächsten Treffen; die Fluktuation in einem solcherart zusammengewürfelten Haufen war eben erfahrungsgemäß besonders am Anfang recht groß.

Die verbleibenden Kontaktsuchenden waren dem ersten Anschein nach mehr so Normalos, denen es wohl hauptsächlich um Zerstreuung ging. Okay, dachte ich, besser als gar nix, und drei oder vier von ihnen schienen tatsächlich ganz passabel zu sein. Gelegentlich hatte ich mich mit einigen auch schon separat verabredet, zum Kino oder einfach so auf ein Bier. *(Einer der etwas schrägeren Junggesellen hatte den Flur seiner Bude spiegelglatt wie eine Eisbahn gebohnert, mit Autowachs (!), so dass ich mir beim Eintreten auf Socken fast den Steiß brach.)* Allerdings musste ich bei diesen Gelegenheiten oft an Madalina denken; sie wäre die perfekte Kandidatin gewesen, um bis spät in die Nacht in irgendeiner Lounge abzuhängen. *(Von anderen Aktivitäten natürlich ganz zu schweigen. Eines Abends, nach ein paar konsumierten Drinks, checkte ich tatsächlich noch einmal ihre Handynummer, doch sie war inzwischen komplett stillgelegt. Höchstwahrscheinlich hätte es aber sowieso nichts gebracht.)*

Da mir also sowohl die männlichen als auch die weiblichen Mitglieder meines neuen Freizeitkreises bisher noch ein wenig unzureichend erschienen, hielt ich mich zu abendlicher Stunde gelegentlich weiter an die Agenturen. Im Gedächtnis geblieben sind mir besonders eine sehr junge und sehr hübsche Rumänin (angeblich zur Hälfte Libanesin) mit Madonnengesicht und dickem rabenschwarzen Zigeunerzopf bis runter zum Hintern, die sechs oder sieben Sprachen zumindest floskelhaft zu sprechen schien (und das Geld auf dem Tisch vergaß; ich musste sie an der Tür daran erinnern), sowie eine langhaarige Schönheit aus Magadan (man blicke auf die Landkarte - das ist wirklich *finsterstes* Gulag-Sibirien!) mit tschetschenischen Vorfahren, die mir einen heißen Profi-Striptease vortanzte und dazu sogar einen ganzen Beutel mit selbstgeschneiderten Kostümen mitbrachte. Dieses Mädchen war wirklich *special*. Blanke dunkle Augen wie die Sünde selbst und pechschwarze Haare bis zum Arsch, mein Gott, bei jedem Schritt kitzelten die Spitzen hinten wie kleine Pinsel an ihren Bäckchen rum. Sie sah dermaßen rassig aus, dass die Agentur ihr Bild gleich wieder von der Webseite nahm (!), damit die anderen Mädchen auch noch eine Chance hätten. Leider war sie viel zu schnell wieder weg, weil sie weiter nach Amsterdam wollte, um dort unter dem Künstlernamen *Anouk* mit irgendwelchen Streetdancern zusammen aufzutreten.

"Holland ist das beste Land, weil die Leute dort traditionell sehr liberal sind", hatte sie in einer Mixtur aus Englisch, Deutsch und Russisch geschwärmt, "und vor allem lieben sie Künstler und Individualisten. I have friends there, and all they say so. Gollandia is the best!"

(Leider vergaß sie bei mir im Bad ihre Armbanduhr, aber obwohl ich noch am selben Abend die Agentur informierte, wurde sie nie abgeholt. So, und bei der Gelegenheit gleich noch ein Psycho-Nachtrag: Früher hätte ich einen Privat-Strip in meinen vier Wänden überhaupt nicht genießen können, denn als einziger Zuschauer wäre mir dabei irgendwie unbehaglich zumute gewesen, zu viel Aufmerksamkeit für mich. Aber mittlerweile war dies nicht mehr der Fall.)

204. Kapitel

Eines schönen Samstagvormittags, ich kam gerade vom Einkaufen nach Hause, sah ich meinen Anrufbeantworter blinken. Neugierig drückte ich die Nachrichtentaste, und zu meiner Überraschung hörte ich Larissas Stimme.
Natürlich rief ich sofort zurück.
"Hallo, wie geht's?", fragte sie, und sie klang sehr unsicher. "Warum du nicht mehr hast mich angerufen? Du hast viel Arbeit, ja?"
"Wo bist du?", fragte ich als erstes. "Hier in Berlin, noch bei der Polizei?"
Es schien sie sehr zu erleichtern, dass ich längst wusste, was passiert war; so musste sie mir nicht mehr viel erklären. Nach zwei Wochen Abschiebehaft hätte man sie jetzt in einem Wohnheim untergebracht, teilte sie mir mit. Es wäre zwar nicht gerade ein komfortables Hotel, aber immerhin dürfte sie nun erstmal die nächsten sechs Monate legal in Deutschland bleiben.
Wir verabredeten uns gleich für denselben Nachmittag.

Kurz vor drei rief sie mich an, und obwohl sie meine Straße und Hausnummer ja wohl eigentlich kennen musste, durfte ich sie trotzdem erst noch ziemlich umständlich per Handy vom U-Bahnhof durch ein paar Querstraßen bis zu meiner Wohnung dirigieren.
Gott sei Dank sah sie überhaupt nicht krank aus, wie ich es nach Ninas Schilderungen insgeheim befürchtet hatte. Höchstens ein ganz bisschen schmaler im Gesicht, ansonsten eigentlich unverändert. Nur ihre Haare waren länger geworden, stellte ich sofort fest - und ihr Deutsch merklich besser, wie sich schon nach den ersten paar Sätzen erwies.
Ich machte uns Kaffee, und wir nahmen auf dem guten alten Sofa Platz.

"Es war so schön, deine Stimme auf Anrufbeantworter zu hören", sagte sie und lächelte, und dann begann sie zu erzählen. Von ihrer Festnahme, vom Knast und von ihrer Angst bei den Verhören, und wie sie und Galina sich schließlich doch zur Zusammenarbeit mit der Polizei durchgerungen und Fotoalben durchgeguckt und Leute identifiziert und Aussagen gemacht hätten. Trotz der damit verbundenen Gefahren. Die anderen Mädchen wären inzwischen bereits abgeschoben worden, und bis auf Galina, die in einem anderen Wohnheim logierte, kannte sie nun praktisch keinen Menschen mehr hier. Denn auch ihr Freund hatte sie fallen gelassen.

"Die ersten drei Tage bei Polizei ich habe nur geweint", meinte sie leise. "Ich war wie tot. Alles kaputt, keine Zukunft. Ich habe alles falsch gemacht."

"Nein", versuchte ich sie zu trösten, "du warst vielleicht naiv und hast Pech gehabt, aber das heißt nicht, das alles verkehrt war."

Sie kramte in der Handtasche und zeigte mir ihren Pass mit der neuen Aufenthaltsgenehmigung, auch ihre alten Visa. Sie bestand regelrecht darauf, dass ich mir das alles ansah; es war, als ob sie mir wirklich beweisen wollte, dass sie fortan ehrlich und offen zu mir sein würde. (Übrigens hatte sie auch einen außergewöhnlich wohlklingenden Nachnamen, wie ich nun zum ersten Mal feststellen durfte.)

Larissa vertraute mir an diesem Nachmittag vieles an, aber ich schreibe hier ja keine Prozessakten. Unter anderem berichtete sie jedoch auch von ihrem MUKA-Chef, der zwar unter den Freiern im Internet wegen seiner Schroffheit am Telefon als echter Kundenschreck galt, allerdings dennoch beileibe noch nicht der schlimmste Fiesling im hiesigen Gewerbe wäre, wie mir Larissa glaubhaft versicherte.

"Er hat nicht geschlagen, aber Mädchen mussten manchmal auch an Frauentagen arbeiten, mit Periode", erklärte sie. "Wenn Mädchen *nein* sagt, dann er hat ihr Strafgeld weggenommen, und wenn öfter, dann stellte er Tschemodan *(Koffer)* mit Klamotten auf die Straße und Schluss."

Sie illustrierte das Ganze noch mit einigen einschlägigen Beispielen, und dann meinte sie: "Aber seine größte Fehler war, dass er hat nicht an Staat bezahlt, wie heißt das, an Finanz-..."- sie suchte nach Worten - "nalogi, du weißt."

"Steuern", sagte ich, "keine Steuern ans Finanzamt gezahlt", und sie nickte.

"Und jede Chef mir früher immer hat gesagt: Agentur kann alles machen, aber wenn nicht zahlt Steuer, dann bald kommt Polizei und Ende."

"Tja, so ist das im Kapitalismus", nickte ich. "Al Capone war der schlimmste Mafiaboss in Chicago, keiner traute sich an ihn ran. Mit Mord und Totschlag kam er durch, aber ins Gefängnis gesperrt haben sie ihn am Ende wegen Steuerhinterziehung."

Wir unterhielten uns noch eine ganze Weile über diese Dinge, danach setzten wir uns vor den Monitor und ich zeigte ihr die neuesten Fotos von meinen Kindern und mir, und irgendwann, nach vier oder fünf Stunden, zog sie sich schließlich aus, ließ aber den Slip an.

"Ich kann nicht", sagte sie mit bedauerndem Blick und schlüpfte unter die Decke.

Und ich hinterher. Obwohl sie ja 'unpässlich' war, ließ sie mich nicht etwa bloß gewähren, oh nein! Sie nahm meine Hand und zeigte mir, wie und wo sie berührt werden wollte (trotz des Slips), bis sie sich mit tiefen Seufzern unter mir wand. Dann war ich dran; sie gab sich reichlich Mühe und wollte mich anscheinend bis zum Ende mit der Hand befriedigen. Meine Erektion ließ zwar nichts zu wünschen übrig, aber irgendwie kam dennoch nichts. Ich fühlte ich mich nicht so recht wohl bei dieser Variante.

"Ich möchte, dass du auch Orgasmus hast", flüsterte sie, also machten wir noch ein bisschen weiter, doch es blieb dabei. Da es inzwischen schon kurz vor Zehn war, ließen wir das Ganze schließlich sein, zogen uns wieder an und machten uns auf den Weg ins Steakhaus.

Ich trug sie huckepack die Treppen runter, und sie lachte die ganze Zeit über.

Wir nahmen draußen Platz und bestellten Steaks und Wein (diesmal nahmen wir beide gleich den chilenischen Roten), und da es ziemlich leer war, konnten wir uns noch einmal ungestört über die Razzia unterhalten. Larissa erzählte mir nämlich erst jetzt, dass sie bereits knapp zehntausend Euro besessen hätte (was natürlich ein riesiges Vermögen für sie darstellte), die an zwei verschiedenen Orten deponiert gewesen wären. Doch leider hätte die Polizei angeblich das ganze in den Wohnungen aufgefundene Bargeld ausnahmslos beschlagnahmt und auch ihr gegenüber bereits angekündigt, dass sie nichts davon je wiedersehen würde.

"Weil ist schlechte Geld, ist alles von kriminelle Aktion", erklärte Larissa, "so mir haben andere gesagt."

Hm, dachte ich unschlüssig, denn ich hatte keine Ahnung, ob das in solchen Fällen wirklich so Usus war, oder ob da nicht vielleicht jemand aus ihrem Umfeld die Gelegenheit genutzt haben könnte, um schnell einen schönen Batzen beiseite zu schaffen. Aber eigentlich hielt ich es doch für wahrscheinlicher, dass es komplett konfisziert worden war.

"Meine Schwester hatte mich zwei Wochen vorher um achttausend Euro zu borgen gebittet", seufzte sie. "Weil sie eine Wohnung kaufen möchte, in Nowosibirsk. Aber ich wollte nicht geben und habe nicht gemacht, und meine Schwester deswegen war tagelang sauer auf mich."

Sie senkte den Blick und nahm einen Schluck Wein.

"Mensch, hätte ich ihr doch gegeben, jetzt ist alles weg", sagte sie und seufzte noch einmal.

"Ach verdammt, so ein Pech!", rief ich mitleidig. "Echt, so ein Mist!"

"Naja", meinte sie nach einer Weile leichthin und lächelte wieder, "war alles meine eigene Entscheidung. Der eine gibt diese Rat und anderer sagt so, aber machen muss jeder allein."

Dieser Satz berührte mich sehr, und er verblüffte mich auch gleichzeitig. Denn ich hatte dies mit Mitte Zwanzig für eine meiner größten Erkenntnisse überhaupt gehalten, sogar die Worte waren recht ähnlich: 'Man kann zwar andere beraten, aber entscheiden muss jeder für sich selbst.' Larissa mochte so verspielt und so albern sein wie sie wollte, aber sie übernahm immerhin die Verantwortung für ihr Tun und gab nicht anderen die Schuld dafür, falls etwas in ihrem Leben schiefging. Wenn das nicht Reife war! Ich kannte genug Leute, die zwanzig Jahre älter waren und die das noch längst nicht begriffen hatten. Allein das viele Geld, zehntausend Euro! Nur sie selber und Gott - oder wohl eher der Teufel - wussten, was sie dafür alles hatte mit sich anstellen lassen! Tja, und nun war die ganze schöne Kohle futsch. Ein ziemlicher Schicksalsschlag, und doch steckte sie ihn weg wie ein gestandener Mann. Flüchtig versuchte ich mir den Stapel der Scheine vorzustellen, die zum Teil ja auch von mir stammten, denn einen nicht unerheblichen Teil meiner Beamtenbezüge hatte ich an Larissa durchgereicht, immerhin einige tausend

Euro. Nun gingen sie also an den Staat zurück, zwecks Bekämpfung illegaler Einreise und Prostitution, und flossen so dem großen nihilistischen Kreislauf wieder zu. Seltsame Wege, dachte ich.

Gegen Mitternacht brachte ich sie zur Straßenbahn. Hand in Hand schlenderten wir durch die warme Sommernacht, und erst ganz zum Abschied drückte ich ihr zwei Fünfziger in die Hand.

Es war ihr sichtlich peinlich und sie zierte sich, aber ich nahm das Geld nicht mehr zurück.

205. Kapitel

Einige Tage später verabredeten wir uns wieder, am Nachmittag um vier. Es war heiß und stickig, der volle Hochsommer. Larissa trug bloß ein winziges weißes Trägerhemdchen und grünliche Shorts.

Zuerst gingen wir ins Kino und anschließend Sushi essen, in eins dieser Lokale, wo das Essen wie bei einer Modelleisenbahn an einem vorüberfuhr und man sich die Tellerchen einzeln selber runternehmen konnte. Na das war was für Larissa! Ich hatte sie selten dermaßen viel essen sehen.

Neben uns saß eine sehr schlanke junge Frau in einem rückenfreien Kleid, deren Schulterblätter ziemlich spitz unter der Haut hervorstachen.

"Sieht das bei mir auch so aus?", flüsterte mir Larissa ins Ohr.

"Na nicht ganz, aber so ungefähr", antwortete ich und wackelte dazu sorgenvoll mit dem Kopf. "Man sieht bei der Möwe ein bisschen, wo die Flügel festgemacht sind. Wie bei einem Engel, weißt du?"

Und sofort schwirrte mir Hendrix' *Angel* durch den Schädel, oder nein, es war *Little Wing* (aber beide Songs passten ja eigentlich recht gut zu ihr), und vor meinem inneren Auge tauchte ein Bild dazu auf: Larissa nackt, allerdings als Bodypainting-Modell mit Goldbronze lackiert, mit großen weißen Flauschschwingen auf dem Rücken.

Ich gab ihr einen Kuss und streichelte ihre nackten Schultern. Ein paar Kilo mehr hätten ihr zwar sicher nicht geschadet, aber sie wirkte eigentlich auch jetzt nicht dürr oder knochig, sondern eben einfach bloß sehr zierlich. Sie hatte die ebenmäßigen Glieder einer schlanken Heranwachsenden, einer Kindfrau. Langgestreckt, aber wohlproportioniert und grazil. So wie bei einem edlen Fohlen, aber das klang vielleicht ein bisschen zu pathetisch.

Anschließend spazierten wir ein wenig durch die Gegend, bis wir uns in einer Cocktailbar niederließen. Wir beobachteten erst ein bisschen die anderen Gäste, und Larissa erzählte mir nebenbei eine ziemlich kuriose Geschichte von einem Armenier, einem Bekannten ihrer Wohnheim-Nachbarin, der angeblich vor ein paar Wochen von seiner Asylunterkunft irgendwo im tiefen Mecklenburg bei Nacht und Nebel zwecks Abschiebung zunächst nach Berlin verfrachtet worden war (also ein 'Schübling', wie es so schön abartig im Behördendeutsch hieß).

"Ging dann aber nur bis Prag", prustete sie, "weil da war kein Flugzeug nach Eriwan weiter, also er musste wieder zurück nach Berlin. Am Flughafen Polizei guckt blöd und ihm gibt Papier mit Stempel, damit er wieder kann in sein altes Asylheim, bis nächste Mal."

Hm, dachte ich im Stillen, das wäre natürlich eine ziemlich blamable Behördenpanne - aber konnte durchaus schon mal vorkommen, nicht wahr?

"Ja", lachte sie, "jetzt er sagt überall, dass so wie Moskauer Millionärfrau die fliegt zum Frisör nach Paris, er ist geflogen nach schöne Prag einen Tag als Tourist, und deutsche Staat bezahlt alles."

Nach dem zweiten Glas begann Larissa allmählich von ihrem Leben als Illegale zu erzählen. Wie sie immer Angst beim Rausgehen auf die Straße gehabt und in ihrer Wohnung den Fernseher stets leise gestellt hätte. Und dass es einen Arzt gäbe, wo die Mädchen hingehen konnten, ohne viele Fragen beantworten zu müssen. Naja, und dass sie auch noch einen falschen Zweitpass besaß.

"Es ist so schwer jemand kennenzulernen", seufzte sie. "Ecki, du weißt von meine Arbeit. Aber andere nicht. Viele verstehen das nicht."

"Du hast nichts wirklich Böses gemacht", erwiderte ich ernst. "Dir ist viel Schlimmes angetan worden."

Du bist doch Opfer, nicht Täter, dachte ich. Aber ich scheute mich irgendwie, diese banale Tatsache ihr gegenüber überhaupt auszusprechen.

"Weißt du was ist komisch?", meinte sie und lächelte resigniert. "Jetzt könnte ich reisen, weil ich habe Zeit und bin legal - aber habe ich kein Geld mehr."

Dann lachte sie plötzlich, und sie steckte mich sogar ein bisschen an damit.

"Naja, Reisen ist schön aber muss nicht sein", sagte sie schließlich. "Auf jeden Fall jetzt ist die Situation für mich besser als früher, als ich mit Arbeit jede Nacht bei Agentur war."

"Also, auf bessere Zeiten!", rief ich, und wir stießen miteinander an.

"Weißt du noch", fragte sie mich auf einmal, "damals, als ich so habe geweint bei dir? Ganz viel?"

"Natürlich", antwortete ich und nickte.

"Damals ganz schlechte Kunde hat zu mir viel geschimpft", fuhr sie fort, "und er auch hat gesagt, jede Mann will nur inseminieren, das ist Natur, und ich bin dazu gemacht, und anderes kann ich sowieso nicht arbeiten. Ich bin nur für das."

Sie kämpfte fast mit den Tränen, redete aber dennoch weiter.

"Ganz schlimm war das, weil ein Mann hat das gesagt, verstehst du? Wenn Frau so redet, das ist anders. Ist bisschen wütend oder so, egal. Aber Mann! Der hat wirklich so gemeint, wie richtige Wahrheit! Das war Schlimmste."

Behutsam legte ich meine Fingerspitzen auf ihre Hand, und sie lehnte sich zurück und schwieg. Sie sah erschöpft aus, wie nach einer Beichte.

Ich winkte der Kellnerin und bestellte neue Drinks, und da es inzwischen schon etwas später geworden war, wurden Kerzen auf die Tische gestellt.

Plötzlich drehte der Barkeeper die Musik ein wenig lauter, und auf einmal schien eine klare Frauenstimme aus den Boxen heraus zu schweben und dann schließlich mitten im Raum zu stehen:

Oh, why you look so sad?
Tears are in your eyes...

Längst hatte ich das Lied erkannt, *'I' ll stand by you'*, ein zehn Jahre alter, ziemlich bekannter Lovesong.

Don't be ashamed to cry,
let me see you through
Cause I've seen the dark side too...

Ich starrte auf Larissas Hände und lauschte einfach nur der Sängerin.

Gleich würde eine irgendwie besonders schöne Stelle kommen, das wusste ich noch. Ja, und dann hörte ich sie:

Nothing you confess
could make me love you less.
I' ll stand by you.

Genau so, dachte ich, als ich diese Worte hörte, und mir traten fast die Tränen in die Augen.

Egal was du gestehst, was auch immer, kleine Möwe, ich werde dich deshalb nicht weniger lieben, niemals. I' ll stand by you. Ganz genau so, Baby.

Im Wohnheim, wo sie jetzt untergebracht war, da würden zwar auch ein paar jüngere Frauen leben, meinte sie, doch mit denen könnte sie nicht viel anfangen.

"Sind mit Kinder, auch ohne Kinder", erläuterte sie, "aber die gehen nicht raus. Nur immer sitzen zu Hause vor Fernseher und rauchen. Wenn ich frage: *Kommst du mit an See, baden?*, dann kriege ich die Antwort *Ach nein, dann muss erst rasieren unter Armen*, oder *Kostet Eintritt, ach nein*. Also ich gehen allein, immer allein."

Nach dem vierten oder fünften Cocktail begann mir langsam der Schädel zu schwirren, besonders wenn ich meinen Blick immer wieder lange auf Larissas Gesicht ruhen ließ und den flackernden Widerschein der Kerzenflamme in ihren Augen beobachtete. 'Mich bedingungslos jemandem verschreiben', dachte ich dabei; ich weiß nicht, wieso es gerade diese altmodische Wendung war, vielleicht hatte ich sie kürzlich irgendwo gelesen und dann die Fundstelle vergessen. Jedenfalls scherte es mich nicht, ob es nun klug war oder nicht, wenn ich mich noch einmal auf Larissa einließ. I' ll stand by you, no matter what. Nein, ich war kein bedächtiger Investor, vor allem nicht in Herzensangelegenheiten. Endlich Ruhe, wünschte ich mir, endlich etwas nicht mehr in Frage stellen müssen, dem Zweifelgenerator den Saft abdrehen, keine quälenden Ambivalenzen mehr. Endlich Erlösung. *Love lifts us up where we belong*, raus aus dem irdischen Jammertal hienieden.

Ich nippte an meinem Glas, lauschte der Musik und streichelte einfach bloß Larissas Hand. Die ganze klugscheißerische Grübelei früher über Beziehungen, die hätte ich mir sparen können, sagte ich mir. Ich sammelte vollkommene Augenblicke, um nichts anderes ging es mir doch, und darum war es mir immer gegangen. Was sich daraus ergeben würde, das wusste freilich niemand. Zu viele unkalkulierbare Einflussfaktoren, zu viele Strudel, Untiefen, Strömungen und Seitenwinde. Mit meinem kleinen Motor war so ein Schiff nicht zu steuern, der Kurs lag allein in Gottes Hand. Nur meine Kinder und der Job zählten für mich noch als Fixpunkte, den Rest würde ich einfach bloß kommen lassen. Genau das war mein ganzer Masterplan: nämlich keinen Plan mehr zu haben. Nimm es wie es kommt, Menschlein. Tja, so weit hatte ich es in über vier Jahrzehnten nun also gebracht.

Beim letzten Drink fragte ich Larissa, ob sie Lust hätte, mit mir ein Wochenende irgendwo auswärts zu verbringen. Irgendwohin wegfahren, eine andere Stadt, oder raus aufs Land.

"Es kostet dich nichts", bot ich an, "natürlich bist du eingeladen."

Freilich ohne Extraentlohnung, machte ich deutlich. Klare Regeln.

Sie nickte sofort und gab mir einen übermütigen Kuss, bereits wieder ganz die alte immerfröhliche Larissa, und schon ein paar Minuten später stand die Planung fest. Gleich am kommenden Wochenende würden wir fahren, und zwar nach Marsiw. Mit dem Zug hoch an die Ostsee.

Darauf stießen wir noch ein letztes Mal an diesem Abend an, dann bestellte ich die Rechnung, und eine Viertelstunde später standen wir an der Haltestelle der Straßenbahn.

"Ich will mir später an Tankstelle noch zwei Wodkadrinks kaufen, wenn ich aussteige", erklärte Larissa und zählte ihre paar Münzen, die jedoch nicht mehr ganz dafür zu reichen schienen.

"Brauchst du noch Geld?", fragte ich.

Larissa nickte ein bisschen verschämt.

"Ich weiß das ist schlecht von mir, wenn noch mehr trinken", gestand sie, "aber fühle mich jetzt so gut und will nicht in dunkle Haus."

Oh, wie gut ich sie verstand!

"Du willst dein Alkoholniveau halten, hm?", erwiderte ich jedoch erstmal ziemlich dümmlich, weil ich mich noch ein bisschen vor der Entscheidung drücken wollte.

"Hnjaaa, ach ja!", brach es aus ihr heraus, und es schnitt mir richtig ins Herz, denn es klang so ehrlich. So gequält. Gott, wie ich mit ihr fühlte, wie ich mitlitt! Ja ich war angetrunken, und sicher spielte das eine Rolle, aber trotzdem war mein Gefühl für sie sehr intensiv und real.

Um sie von den Wodkadrinks abzulenken, brachte ich für die nächsten paar Minuten die Sprache noch einmal auf unseren anstehenden Ostsee-Trip.

Dann kam ihre Bahn, wir küssten uns zum Abschied, und sie stieg ein.

Die Tür stand noch offen.

"Willst du wirklich unterwegs noch an die Tanke?", fragte ich, als die Warnklingel schrillte.

"Jaaaaa!", hauchte sie, und ich drückte ihr einen Schein in die Hand, und im selben Moment klappte die Tür zu und die Bahn fuhr los.

206. Kapitel

Freitagnachmittag um vier trafen wir uns vor dem Bahnhof.

"Kannst du mir das da kaufen?", bat Larissa und zeigte auf ein mit Wurst und Käse belegtes Baguette in den Auslagen. Ich gab ihr einen Zehner und bedeutete ihr dezent, sie möge das Wechselgeld doch bitte gleich selber einstecken, weil ich nämlich gerade keine Hand frei hätte. Es handelte sich um ihre erste Mahlzeit an diesem Tag, gestand sie mir später, sie war völlig abgebrannt und hatte noch nicht mal anständig Frühstück gegessen. Allerdings schimmerten ihre eigentlich kastanienbraunen Haare schon wieder in einem anderen Rotton, der freilich hervorragend zu der luftigen bunten Tunika-Bluse und den weinroten Jeans passte.

"Ja, ist neue Tönung", erklärte sie geschmeichelt, als ich sie darauf ansprach.

Der Bahnsteig war rappelvoll, als der Zug einfuhr, aber ich hatte Gott sei Dank Plätze reserviert, und zwar in der 1. Klasse. Immer auf Nummer sicher.

Kaum saßen wir in unserem Abteil, begann sie russische Kreuzworträtsel zu lösen. Ich half ihr ein Weilchen dabei, mit sehr bescheidenen Resultaten. Als wir eine halbe Stunde später das Abteil ganz für uns hatten, breitete ich meine Zeitung aus und las ein wenig. Larissa erkannte übrigens auf Anhieb zwei deutsche Fußball-Nationalspieler und irgendwelche anderen Promis auf den Fotos. Da hatte sie mir freilich etwas voraus.

Dann blätterte sie in ihrer russischen Zeitschrift und übersetzte mir, was dort unter der Rubrik 'Goroskop' für mich als Sternzeichen Steinbock geschrieben stand.

"Naja", winkte ich lächelnd ab, "erstens bin ich ja sowieso eigentlich Sternbild Faultier *(dieses Wort hatte ich erst vor Kurzem im Wörterbuch nachgeschlagen)*, und zweitens glaube ich nicht an diesen Kram. Guck mal, in Japan zum Beispiel sind die Leute davon überzeugt, dass die Blutgruppe eines Menschen seinen Charakter bestimmt. *(Von da ist es wohl nicht mehr allzu weit bis zu den Schädelmessungen der Nazis, schoss es mir urplötzlich durch den Kopf.)* Die machen ein Riesentheater deswegen und teilen manchmal sogar die Kleinen im Kindergarten danach auf. Na ist das nicht erst recht verrückt? Also da sind mir dann die alten Schamanen noch lieber, die am Lagerfeuer trommeln und die bösen Geister vertreiben."

"Ja, gibt so in Sibirien, kennt oft Geheimnisse", antwortete Larissa, und wir redeten noch eine Weile über esoterische Dinge (naja, zumindest über das, was wir dafür hielten) und Sachen wie Hypnose, Akupunktur und Yoga.

Nach zweieinhalb Stunden Zugfahrt kamen wir schließlich in Marsiw an.

Wir liefen die paar Schritte zu Ringos Wohnung, um erstmal unsere Klamotten abzustellen.

"Jemand anwesend im Anwesen?", rief ich, als wir die Treppe hochpolterten.

Ringo saß im 'Herrensalon' und hörte Musik. Larissa schnorrte gleich eine Zigarette von ihm und verschwand nochmal kurz im Bad. Dort hörte ich sie durch die angelehnte Tür plötzlich kichern. Sie amüsierte sich beim Kämmen, weil nämlich der Spiegel eigentlich nur aus ein paar großen Scherben bestand, die etwas schief in den verzogenen Rahmen eingesetzt worden waren.

"Diese *serkalo* ist kaputt aber lustig", rief sie, "ich habe drei Augen wenn ich halte Kopf so."

Vom Flur aus konnte ich sehen, wie sie sich Lippenstift nachzog, dann zufrieden ihr Werk betrachtete und ihrem Spiegelbild einen Kuss gab.

Als sie unten im Hof den Hund erblickte, hockte sie sich kurz neben ihm hin, plapperte ein bisschen auf Russisch zu ihm und streichelte ihn.

Dann gingen wir zu dritt los, runter zum Alten Hafen, wo ich ihr als erstes die alte Kanone an der Stadtmauer zeigte. Daneben war eine Bronzetafel angebracht, auf der zu lesen stand, dass der russische Zar Peter I. hier einst im Jahre 1716 die Befestigungsanlagen besichtigt hatte.

"Vor dir waren also auch schon andere Besucher aus Russland hier, siehst du?", spielte ich ein bisschen den Stadtführer.

Aus Richtung Wasser, von einem großen weißen Kahn mit Sonnenschirmen an Deck, trug der Wind plötzlich laute Musik zu uns herüber; keine zweihundert Meter entfernt sah man dort emsige Kellnerinnen mit vollen Tabletts über das Deck balancieren.

"Oh, Partyschiff, ja?", rief Larissa sofort und machte ganz große Augen.

"Komm, Ecki!", rief sie unternehmungslustig, und schon zog sie mich hinter sich her.

Aber sie hatte sich zu früh gefreut, denn das Schiff war zwar eine schwimmende Bar, jedoch permanent an der Kaimauer festgezurrt. Es schaukelte nur träge im Wellentakt ein bisschen auf und ab und bewegte sich ansonsten leider nicht vom Fleck. Wir gingen trotzdem an Bord.

"Naja", machte Larissa und nippte an ihrem Cocktail, "zu Hause bei uns wir hatten auch eine schöne Boot, mit Musik. Ist gefahren auf Fluss, heißt Ob, weißt du, eine ganze Kilometer breit, wie Amazonas. Aber russische Männer immer trinken viel *(zur Verdeutlichung schlug sie sich cool mit der Handkante gegen den Hals),* und dann streiten alle und kämpfen und viele fallen in Wasser und viel Möbel auch kaputt, und dann Boot nicht mehr fährt und ist alles vorbei."

Nach einer Weile zahlten wir und zogen weiter. Es wurde langsam Zeit für die Abendmahlzeit, wir hatten alle drei schon Hunger. Nach kurzer Beratung entschieden wir uns deshalb für das Restaurant in dem alten Speicher, wo auch gerade ein Tisch draußen auf der Terrasse frei wurde.

"Was ist das?", fragte Larissa, kaum dass wir saßen, und zeigte auf das Wort *Matjes* in der Speisenkarte. Ich versuchte es ihr zu erklären.

"Hm, kenne ich nicht", meinte sie und zuckte mit den Schultern. "Na ich probieren."

Allerdings tauschte sie dann doch recht bald mit mir den Teller, mein Zanderfilet schmeckte ihr offensichtlich um einiges besser. Hinterher blieben wir noch eine ganze Weile bei Bier und Gin Tonic sitzen. Ich machte Witze, Larissa lachte, und zwischendurch streute Ringo immer mal wieder ein paar neue Geschichten von seiner Freundin Rike ein, und später auch ein paar alte von Gonzo und Festus und all den anderen Chaoten.

Gegen halb elf zahlten wir schließlich, und Ringo machte sich auf den Weg zu Rike. Am Sonntag würden wir uns wieder treffen, hatten wir ausgemacht.

Larissa und ich liefen noch ein bisschen durch die Gassen der Altstadt. Schließlich kehrten wir in eine schummrige kleine Bar ein und machten es uns auf einer dunkelroten Plüschcouch bequem. Larissa bestellte einfach die Karte rauf und runter, und was ihr nicht ganz so gut schmeckte, das durfte ich entsorgen. Da sie am meisten flambierte Cocktails liebte, strudelte ich etliche Drinks mit 73%igem Rum in mich rein.

Auf einmal zwitscherte kurz ihr Handy, aber es war nur eine SMS.

"Meine Schwester", erklärte Larissa. "Sie hat jetzt neue Arbeit in Akademgorodok. Ihr Mann auch hat studiert und arbeitet dort. Das ist Stadt ganz dicht bei Nowosibirsk, gibt da viel Universität und Hochschule, und wohnen da ist sehr schön. Sie ist die einzige aus meine Familie, die es gut geht."

"Wieso?", fragte ich. "Das von deinem Vater hast du mir erzählt, aber was ist mit den anderen?"

"Zapoi", antwortete sie bloß knapp, was ungefähr so viel wie 'tagelange Sauforgie' bedeutete.

"Weißt du, meine Schwester schimpft manchmal mit mir und sagt, ich soll kommen und so wie sie machen", fuhr sie nach einer Weile fort.

"Und warum machst du das nicht?", fragte ich.

Sie zuckte mit den Schultern.

"Naja, in der Schule war ich wirklich sehr gut damals", erwiderte sie. "Meine Lehrerin hat mir gegeben manchmal sogar Spezialaufgaben. Aber ich habe Schule nicht gut zu Ende gemacht, weißt du. Bin nicht jeden Tag mehr hingegangen."

Mit 13 Jahren wäre sie praktisch sich selbst überlassen gewesen, erklärte sie mir.

"Ich denke heute, dass Mama war einfach nur noch müde", sagte sie leise und schwieg dann einen Moment, und ich rückte näher an ihre Seite und legte meinen Arm um sie.

"Ich weiß ich kann ganz lustig sein mit andere Menschen", meinte sie, "aber wenn ich habe viel Problem, ich kann nicht reden." Ihre Verschlossenheit bedrücke sie oft selber, gestand sie mir - aber naja, eigentlich wäre sie ja doch eher ein fröhlicher Mensch. Und schon bald lachte sie wieder und trieb ihren Schabernack mit mir.

Gegen eins schaukelten wir schließlich gemütlich eingehakt nach Hause, beide mit einem ordentlichen Schwips. Das blöde Schlüsselloch in der Haustür fand ich erst beim zweiten Anlauf, und oben in der Wohnung fiel mir die CD beinahe runter, als ich sie in den Player schieben wollte.

"Ich heute nicht mehr Zähne putzen", tat Larissa übermütig kund, pellte sich bis auf die Unterwäsche aus, legte sich ab und zog sich - schwupps - die Decke über die Ohren.

"Soso", brummte ich, drehte die Musik etwas leiser, schwankte noch mit der Zahnbürste pflichtbewusst ins Bad und kroch fünf Minuten später zu ihr ins Bett.

Ich streichelte ihr den Rücken, und nach einer Weile fing sie an, sich träge zu räkeln.

"Hilf mir bitte, ja?", murmelte sie dann und wand sich aus dem BH.

Meine Hände wanderten zu ihren Brüsten, strichen über Hüften und Bauch, und sie begann mit offenem Mund zu atmen.

"Hast du Gummi?", hauchte sie.

Aber ich hatte keinen in Reichweite platziert, und so beließen wir es dabei. Kein Beischlaf, nur beieinander schlafen. Allerdings lag ich noch eine ziemliche Weile wach und hielt sie zärtlich in meinen Armen, während Miles Davis leise 'You are my everything' spielte. Ein paarmal murmelte Larissa dabei im Schlaf irgendwelche russischen Wortbrocken vor sich hin und zuckte immer wieder zusammen, und ich versuchte mir vorzustellen, wo sie jetzt war und mit welchen Dämonen sie gerade kämpfte.

207. Kapitel

Am nächsten Vormittag standen wir spät auf.

Mein leichter Brummschädel zeigte mir zwar an, dass ich mir am Vorabend ein bisschen zu viel Alkohol zugemutet hatte. Aber nach dem Duschen fühlte ich mich schon viel besser, besonders als ich Larissa neben mir in Unterwäsche umherhüpfen sah. Diesmal zog sie zu ihren roten Jeans ein Mickey Mouse-Top an, mit dem sie auf den ersten Blick beinahe wie eine Zwölfjährige wirkte.

"Na und?", erwiderte sie bloß heiter, als ich sie deswegen beim Tischdecken neckte. "Ich möchte immer Kind bleiben. Weil Kind hat keine Probleme, weißt du."

"Das glaubst du nicht wirklich, oder?", fragte ich und goss ihr und mir Kaffee ein.

"Naja, aber manchmal ich wünsche so", antwortete sie und begann ihren Joghurt zu löffeln.

Auf einmal drehte sie ihren Kopf horchend in Richtung Stereoanlage. Ich hatte Santana zum Frühstück aufgelegt, 'Full Moon' lief gerade, und zwar ziemlich leise.

"Hast du von dir diese CD mitgenommen?", erkundigte sie sich, was mich jedoch bass erstaunte. Denn offensichtlich erkannte sie das Stück wieder, obwohl ich es ihr damals bloß ein einziges Mal vorgespielt hatte. Oder naja, vielleicht auch zweimal. Allerdings war das Monate her! Doch Larissa schien das nicht weiter bemerkenswert zu finden, sie zuckte lediglich mit den Schultern.

Gegen elf waren wir dann soweit und liefen zur nahegelegenen Nikolaikirche, wo wir gleich an der nächsten Führung teilnahmen. Larissa schien es sehr zu gefallen, andauernd nahm sie etwas mit ihrer Videokamera auf. Nachher setzten wir uns in eine der Bankreihen, um uns vom Treppensteigen auszuruhen und dem Orgelspiel zu lauschen.

"Schön", flüsterte Larissa, lehnte sich an mich und schloss die Augen.

Zum Mittagessen stiefelten wir in Richtung Marktplatz, und wir hatten tatsächlich Glück und kriegten sogar noch einen Tisch im historischen

Nobelrestaurant, dem ersten Haus am Platze. Teuer aber gut. Ach pfeif aufs Geld, dachte ich, als wir fürstlich tafelten. Larissa fütterte mich andauernd mit kleinen Häppchen, und es war eine Augenweide, ihr beim Essen zuzusehen.

Jedwede gereichte Delikatesse,
Garnele, Fisch und Wachtelbein,
ward zerlegt mit Akkuratesse
von flinken Fingern, schlank und fein.

Na so in etwa jedenfalls, um diese Szene mal mit einem lyrischen Bild zu illustrieren.

Hinterher nippte sie an meinem Cappuccino und versenkte ihre Oberlippe dabei ein paarmal mutwillig tief im Milchschaum, um mich anschließend schelmisch mit einem dicken weißen Schnurrbart anzulächeln. Zuletzt bat sie die Kellnerin noch, ein schmusiges Foto von uns beiden zu machen.

Wohlig vollgefuttert stromerten wir wieder weiter durch die Altstadt, und auf einmal lief uns zufällig Benno über den Weg, der gute alte Jazzfreak und Schallplatten-Großhändler von damals. Aber ach, es ginge ihm leider ziemlich mies, klagte er, denn da die Werft, wo er seit über 30 Jahren arbeitete, nun keine Aufträge mehr kriegte, hätte man ihn jetzt weit weg auf Montage verfrachtet, in ein Kaff irgendwo am Rhein.

"Ich mit meinen 51 Jahren muss malochen und wie 'n Prolo im Wohnheim pennen, und die Jungen sitzen arbeitslos zu Hause und kriegen alles vom Staat in den Arsch geblasen", schimpfte er. "Das ist doch voll idiotissimo! Vom Wochenende bleibt mir praktisch nur der Samstag, den Rest hock ich auf der Bahn. Nicht mal zur *Zappanale* kann ich diesmal, kein Urlaub! Die Säcke! Jedes Jahr bin ich da gewesen, von Anfang an! So eine Scheiße! Diese verfluchten Schweinebacken! Ein Kackland ist das, sag ich dir!"

Wütend regte er sich noch ein bisschen auf, und er tat mir auch wirklich leid, doch ich konnte ja nichts daran ändern. Außerdem hatte ich mit Larissa an meiner Seite sowieso kein rechtes Ohr für die Schlechtigkeit der Welt.

"Na trotzdem viel Glück", wünschte ich ihm zum Abschied, "vielleicht siehts ja in ein paar Monaten schon wieder anders aus."

Dann schlenderten wir wieder weiter, am Stadtmuseum vorbei und über die Schweinsbrücke mit den lustigen Bronzeskulpturen. An einem der Marktstände dahinter probierte Larissa einen schwarzen Cowboyhut auf und drehte sich damit vor dem Spiegel hin und her, und auf einmal setzte sie ihn mir auf den Kopf.

"Wo ist deine Pferd?", rief sie und lachte übermütig, und ihre Augen schimmerten im hellen Sonnenlicht wie Bernstein. Wie dunkler Honig.

Ein Piratenkopftuch schien ihr zu gefallen, denn sie fragte den Verkäufer nach dem Preis. Aber bevor sie ihre paar Münzen rausgekramt hatte, kaufte ich es ihr.

"Danke", sagte sie schlicht und knotete es sich gleich um den Kopf.

Plötzlich blieb sie ganz steif stehen, schloss ihre Augen und streckte mir ihren Arm wie zum Handkuss entgegen.

"Du musst mich führen", verlangte sie mit Grabesstimme. "Ich jetzt Mensch, der kann nichts sehen."

"Okay", willigte ich ein, nahm gehorsam ihre Hand und zog sie sanft hinter mir her. *'Vorsicht, Absatz!',* warnte ich manchmal, oder *'so, wir gehen gleich über die Straße, jetzt weiter, langsam',* immer in dieser Art, bestimmt zwei Minuten lang, und sie brachte mir buchstäblich blindes Vertrauen entgegen und schien wirklich nicht zu schummeln. An einer ruhigen Ecke hielt ich an ("Augen noch zu lassen!", bat ich) und hob ihre Hände, bis ihre Fingerspitzen links und rechts an meinen Schläfen lagen.

"Kannst du Gedanken lesen?", flüsterte ich, und sie blieb ganz still stehen. Dann küsste ich sie. Erst auf die Stirn, danach auf die geschlossenen Augen, und zum Schluss auf den Mund. So sagte ich es ihr. In A Silent Way.

Im neuen Besucherzentrum der Marienkirche sahen wir uns einen zwanzigminütigen Film über die Blütezeit der Backsteingotik und den Bau der großen Kirchen an, und gleich hinterher band sich Larissa draußen am historischen Ziegeleistand eine Schürze um, schnappte sich eine der alten Holzformen und modderte begeistert drauflos. Ich tat so, als würde ich in der Zwischenzeit ein bisschen an den ringsum aufgestellten Infotafeln lesen, schielte aber in Wirklichkeit ständig zu ihr rüber, denn sie strahlte dermaßen vor Glück, wie sie da inmitten einer Kinderschar selbstvergessen mit einem riesigen Lehmkloß vor sich hin werkelte, mit ihren braun beschmierten Unterarmen, ihrem Mickey-Mouse-Top und ihrem Piratentuch, dass ich sie einfach immerzu angucken musste. Dieses Bild gehört jedenfalls zu meinen schönsten Erinnerungen an Larissa.

Gegen halb vier spazierten wir zum Alten Hafen runter, wo wir uns frisch vom Kutter ein paar Stücke Räucherfisch holten, die wir anschließend gleich zu Ringos Wohnung brachten, für später, zum Abendbrot.

"Oh, jetzt ich brauche eine Pause", stöhnte Larissa, warf sich aufs Bett und ließ ihre Schuhe von den Füßen plumpsen. Ich tat desgleichen, schob aber vorher noch schnell eine CD mit Orgelmusik in den Player, und schon bald kuschelten wir sanft zu sakralen Klängen.

Hinterher tranken wir Kaffee, und ich schlug eine kleine Fahrradtour vor.

"Ecki, ich letzte Mal vor viele Jahre bin gefahren!", reagierte Larissa zunächst eher ablehnend. In russischen Städten wäre diese Fortbewegungsart nicht üblich, meinte sie, nur Verrückte würden dort auf ein Rad steigen. Aber als ich ihr draußen die Mountain-Bikes zeigte, sie erstmal vorsichtig ein bisschen üben ließ und ihren Sattel ein ganzes Stück niedriger schraubte, da kriegte sie dann allmählich doch Lust auf einen kleinen Ausflug.

Sehr gemächlich radelten wir also schließlich los, immer am Wasser entlang, auf dem neu ausgebauten Radweg. Anfangs blieb ich stets genau neben Larissa, doch später ließ ich sie manchmal auch ein paar Meter vorausfahren, wohlweislich natürlich, denn wie sie vor jeder kleinen Anhöhe aus dem Sattel aufstand, das war aus dieser Perspektive nämlich ungemein sehenswert! Ihre lange, im Wind flatternde Mähne, die biegsame Taille, und vor allem ihr Hintern, dieses kleine niedliche Etwas, das mal mehr zu der einen, mal mehr zu der anderen Seite hin rüber pendelte - immer wieder starrte ich auf die Mittelnaht ihrer Jeans und beobachtete fasziniert, wie winzige schräge Fältchen abwechselnd mal links und mal rechts davon ein sexy Fischgrätenmuster bildeten, wie die Nadeln an einem Tannenzweig. Aber auch auf gerader Strecke, im Sitzen, war der Anblick ihrer süßen straffen Bäckchen nicht minder reizvoll, wie sie so angestrengt arbeiteten, so fest und quecksilbrig zugleich, besonders wenn ein Stück Holperpiste kam und der vibrierende Sattel sie noch zusätzlich durchmassierte. Auf mich wirkte das jedenfalls so ungefähr wie ein Striptease, und meine Vorfreude auf den kommenden Abend wuchs dadurch umso mehr.

"Ecki, ich lange nicht so Spaß gehabt", jubelte Larissa mir nach einer Weile fröhlich zu und sauste in beachtlichem Tempo bergab, und endlich fühlte auch ich mich vollkommen relaxed, denn bis dahin hatte bei allem Vergnügen trotzdem noch ein gewisser 'Reiseleiter'-Druck auf mir gelastet. So etwa in der Art: *Was wäre, wenn das Wetter nicht mitspielt? Oder wenn ihr meine Vorschläge nicht gefallen? Wie lautet der Alternativplan 'B'?* Ständig hatte ich geglaubt, ihr etwas 'bieten' zu müssen, meine Gegenwart allein schien mir nicht genug zu sein. Nicht so wie bei Nina damals, wo ich deutlich gespürt hatte, dass sie *mich* wollte und das restliche Drumherum nur Nebensache war. Bei Larissa fehlte mir manchmal diese Gewissheit, leider.

Nach ungefähr einer halben Stunde wurde es Zeit für eine Picknickpause, also suchten wir uns an einem Waldrand ein schattiges Plätzchen, wo wir uns erschöpft ins Gras fallen ließen. Unser kleines Mahl bestand zwar nur aus Orangensaft und Keksen, aber es mundete trotzdem. Sogar eine Blindschleiche kam kurz zu Besuch, aber sie fühlte sich durch unsere Anwesenheit wohl eher gestört und verschwand recht flink im Gestrüpp.

Wenige Meter neben uns lag ein Stapel frisch geschnittener Kiefernstämme, die in der sengenden Sonne ihren intensiven Duft verströmten.

"Oh wie das riecht gut!", rief Larissa träumerisch mit geschlossenen Augen, und plötzlich nahm auch ich den Geruch bewusst wahr und fühlte mich dadurch augenblicklich zurückversetzt in meine Kindheit. In die Zeit, als ich so manchen Nachmittag mit meinen Freunden durch die heimischen Wälder gestromert war.

"Das ist doch hier fast wie in der sibirischen Taiga, hm?", neckte ich Larissa schließlich und kitzelte sie mit einem Grashalm, aber sie erwiderte nichts darauf, sondern zog mich bloß dösend an ihre Seite.

Wir ruhten uns noch ein bisschen aus, dann machten wir uns auf den Heimweg, und gegen acht kamen wir wieder bei Ringo zu Hause an.

"Puh, für heute genug Sport", rief Larissa, stieg steifbeinig vom Rad ab und ließ mich mit verschämter Geste wissen, dass ihr jetzt zwischen den Oberschenkeln alles wehtäte. Also gönnte ich ihr etwas Ruhe und deckte allein den Tisch für unser Räucherfisch-Abendbrot. Aal, Lachs, Heilbutt und Butterfisch, und ein paar Scheiben Schwarzbrot.

"Oh, ist das gut", stöhnte Larissa ein paarmal und leckte sich die Finger, als wir mit den Tischmanieren unserer Urahnen drauflosfutterten. Nur Gräten und ein bisschen ölige Pelle ließen wir übrig.

Anschließend telefonierte ich kurz mit Ringo, während Larissa derweil die Wohnung inspizierte. Irgendwann entdeckte sie dabei auch zufällig mein Zuckerwatte-Buch im Regal, eingeklemmt zwischen 'Narziss und Goldmund' und einem alten Seefahrer-Roman von Jonny Rieger (kann ich wirklich sehr empfehlen, den alten proletarischen Weltenbummler), in einer Reihe mit Kerouac und Bukowski. Na wunderbar, dachte ich ein wenig geschmeichelt, als mich Larissa darauf hinwies, denn zumindest der flüchtige Beobachter konnte ja nun glauben, ich hätte es tatsächlich zu literarischem Ruhm und Erfolg gebracht. *(Obwohl ich es natürlich besser wusste, denn der größte Teil der Auflage wurde inzwischen längst im Internet bei irgendwelchen Discountern verramscht. Neulich hatte ich mein Buch sogar auf einer Camping-Webseite unter dem Rubrum 'Wohnwagen / Literatur' entdeckt, zwischen Caravan-Ratgebern und Zeltplatz-Poesie. Aber das musste ich ihr ja nicht auf die Nase binden.)*

Nach dem Bücherregal durchforschte Larissa mit flinken Fingern Ringos CD-Sammlung. Plötzlich stieß sie einen Laut der Begeisterung aus und zog eine Klassik-Scheibe hervor, 'Peer Gynt' von Edvard Grieg.

"Das immer hat ganz oft Svetlana gehört, Oksana, weißt du?", rief sie verzückt und sah mich mit großen Augen an. Natürlich ließ ich mich nicht lange bitten, und alsbald erklang die berühmte 'Morgenstimmung', zu deren Klängen sich Larissa ein wenig im Takt wiegte.

Später guckten wir uns bei einem Glas Wein noch ihre heutigen Videoaufnahmen an, bevor wir uns dann gegen elf bettfertig machten.

"Endlich von etwas tun ich heute richtig müde", seufzte Larissa wohlig, als sie sich neben mir streckte. "Sonst ich brauche normal zwei Stunden in Bett, bis schlafe ich richtig."

Sie küsste mich etliche Male, kuschelte sich in meine Arme und sackte bald darauf weg, mit ganz leisem Schnarchen, während ich dagegen noch ziemlich lange wach lag. Mit unnützer Erektion; das vorsorglich eingeworfene Tablettenstück zeigte nämlich volle Wirkung. Wieder und wieder drückte ich die Fernbedienung des CD-Players (das gute alte 'Blue In Green' von der legendären 'Kind Of Blue') und sah zum gelblichen Käsemond hoch, wie er stumm zu uns durchs Fenster lugte. Nein, die sibirische Möwe und ich, wir waren nicht gerade ein perfektes Paar, dachte ich. Aber trotz all unserer Unterschiede hatte ich mich von ihr niemals abgewiesen gefühlt. Obwohl ich sehr feine Antennen besaß, was das betraf. Folglich musste da wohl irgendein Zauber am Werke sein.

208. Kapitel

Sonntag früh deckte ich den Tisch draußen auf dem Hof in der Gartenecke und wartete dann auf Larissa. Fünf Minuten, zehn Minuten, zwanzig. Tja, sowas dauert nun mal, tröstete ich mich. Erst müssen natürlich die Feenhaare fertig gewaschen, gekämmt, geföhnt und gesprayt werden. Erst das Styling, dann der Rest.

In der Zwischenzeit unterhielt ich mich mit Ringos Bruder Fiete, der hinten auf dem Hof mit einem Monster von Vorschlaghammer äußerst herzhaft auf eine alte Waschmaschine eindrosch, an einem friedlichen Sonntagvormittag um halb zehn.

"Wenn ich den Scheißkasten komplett in einem Stück zum Müllplatz bringe, dann muss ich fünf Euro Entsorgungsgebühr zahlen", schnaufte er und wuchtete das bereits schwer eingebeulte Trumm auf die andere Seite, "ja bin ich denn bekloppt?"

Nein, das Geld könne man sich doch sparen, erklärte er mir. Lieber würde er nämlich alles zerdeppern und die Teile anschließend als Kleinschrott auf seinen klapprigen Pkw-Anhänger laden. Allerdings schnitt er sich dabei schon einen Moment später an einem scharfkantigen Blech heftig in den Daumen.

"Scheißverdammte Scheiße!", fluchte er laut und lutschte sich das Blut ab.

"Ach hab dich nicht so", grinste ich, "da klatscht du 'n Pflaster für 'n halben Euro drauf, dann hast du immer noch vier fuffzich gespart. Das ist dein Schmerzensgeld."

Aber offenbar fand er das nicht witzig.

Schließlich kam Larissa. Nein, sie erschien, sie trat auf. Strahlend weißes Spaghettiträger-Top, knappe weiße Shorts, weiße Stoffturnschuhe. Dazu ein weinroter Gürtel nebst Kopftüchlein (oder eher wohl Haarband?) im Fliegenpilzlook. Süß und doch elegant. Ein feinstofflicher Engel, herabgestiegen zu uns groben Erdlingen. Ihre frisch geföhnte Haarpracht schimmerte im Gegenlicht wie eine Gloriole.

"Aber warum du noch nicht gegessen?", flötete sie mich mit großen Augen erstaunt an.

"Na das möchte ich doch mit dir zusammen machen", antwortete ich beinahe beschämt.

"Ohhh", machte sie, und "ach duuuu", und anschließend wurde ich für mein Warten mehr als entschädigt, indem sie mich im Sitzen von hinten umarmte und einen Wasserfall rotbraunen Haares über meine Brust herabfallen ließ.

Dann frühstückten wir ausgiebig, bei Vögelgezwitscher und Sonnenschein.

"So, und hier gehn wir heute in der Ostsee baden", verkündete ich hinterher, breitete die Karte auf dem Tisch aus und tippte mit dem Finger auf die betreffende Stelle. "Dahin fährt der Bus, auf die Insel, knapp zwanzig Kilometer."

"Na ich habe schon Bikini angezogen", erwiderte Larissa, "ich bin bereit."

Kurz darauf machten wir uns auf den Weg in Richtung Busbahnhof, und nach knapp halbstündiger Fahrt und kurzem Fußmarsch konnten wir uns an einem paradiesischen Sandstrand niederlassen, wo es um diese Zeit sogar noch reichlich freie Plätze gab.

Larissa präsentierte sich mir alsbald im Bikini, rollte ihr Handtuch (das mit dem Möwenmotiv!) aus und zwinkerte mir dabei zu. Danach drückte sie mir ihre Videokamera in die Hand und stakste entschlossen in Richtung Ostsee davon, und ich hinterher. Das Wasser war zwar ziemlich kühl, aber da sie ja wusste, dass diese Szene als Beweis gefilmt wurde, tauchte sie schon bald tapfer unter.

"Oh guck mal, diese große Medusa!", rief sie etwas später und schüttelte sich, und ich musste auch noch eine der glibbrigen Quallen in die Kamera halten.

Wir blieben gut drei Stunden am Meer, dann fuhren wir wieder zurück nach

Marsiw, wo wir bloß schnell unsere Badesachen zu Ringos Wohnung brachten, um mittlerweile schon fast halb verhungert in einer kleinen Pizzeria endlich unsere Mittagsmahlzeit nachzuholen. Larissa fütterte mich wieder, wie gehabt, anscheinend machte es ihr Spaß.

Anschließend trafen wir uns wie abgemacht mit Ringo, und nachdem wir erst eine Weile über den Boulevard flaniert waren, gingen wir schließlich sogar noch alle drei ins Stadtmuseum, wo Larissa mich bat, ihr ein paar Hinweistafeln zur Hanse und zum Bierbrauen zu erläutern.

Vor einer Vitrine mit irgendwelchen historischen Utensilien zum Kokainschnupfen blieb sie etwas länger stehen und seufzte wissend: "Ja, Narkotik ist so alt wie die Welt", und als sich Ringos Blick in genau diesem Moment mit meinem kreuzte, da sah ich, dass auch er ihrem Charme längst erlegen war. *('Ein süßer Floh', so nannte er sie später, als ich mit ihm darüber sprach.)*

Zusammen mit Ringo und seiner Freundin Rike tranken wir bei ihm in der Gartenecke noch gemütlich Kaffee, dann wurde es langsam Zeit. Wir holten unsere Taschen, bedankten uns bei Rike und besonders bei Ringo, Larissa tätschelte ein letztes Mal ausgiebig den Hund, und schon mussten wir aufbrechen.

Während der Rückfahrt redeten wir nicht viel, wir waren wohl beide etwas müde und hingen unseren Gedanken nach. In Berlin fuhren wir noch gemeinsam ein Stück mit der Straßenbahn, bis meine Haltestelle kam und ich mich mit zwei Küsschen von ihr verabschiedete.

Schon zwei Tage später, am Dienstag, war ich wieder mit ihr verabredet. Wir wollten zusammen ins Freilichtkino gehen. Vorsorglich nahm ich einen dünnen Pullover für sie mit, denn ich wusste, dass sie sich um so etwas Profanes nicht kümmern würde - und natürlich lag ich richtig damit. Als wir uns um neun an der Straßenbahnhaltestelle gegenüber vom Parkeingang trafen, trug sie lediglich Jeans und ein luftiges T-Shirt.

Als erstes berichtete sie fröhlich, dass sie den Frauen im Wohnheim ihre Marsiw-Aufnahmen gezeigt und ihnen ordentlich etwas von unserem schönen Wochenende vorgeschwärmt hätte. Wohl weniger aus Angeberei, sondern einfach, um ihre Erlebnisse nochmal mit anderen teilen zu können. Ganz nebenbei erfuhr ich übrigens so, dass Larissa sporadisch Tagebuch führte, denn über die Marsiw-Reise hätte sie nämlich mehrere Seiten geschrieben, ließ sie mich mit vielsagendem Blick wissen.

Auf dem Weg durch den Park erwähnte sie, dass sie momentan sehr schlecht schlief.

"Morgen ist Gerichtstermin", seufzte sie, "meine Kopf ist ganz voll."

Sie wirkte bedrückt und nach innen gekehrt, noch zerbrechlicher als sonst, was sie nur umso anziehender für mich machte. Ich hätte sie am liebsten immerzu in die Arme genommen. Ja, ich war wohl drauf und dran, mich zum zweiten Mal in sie zu verlieben, und vielleicht war ich es sogar schon. Ich alter Esel lernte eben einfach nichts dazu. Die totale kognitive Niete. Der volle Rinderwahnsinn, mal wieder.

Am Kinoeingang kaufte ich zwei Karten, während Larissa vom Kiosk nebenan zwei Flaschen Fruchtsaft-Wodka-Mix holte; irgendeine neue Sorte, die sie natürlich gleich wieder probieren musste. Ich wollte ihr noch mein Portemonnaie mitgeben, aber sie bestand darauf, selbst zu bezahlen.

Wir suchten uns zwei schöne Sitzplätze genau in der Mitte, und da wir noch ein paar Minuten Zeit hatten, erzählte ich ihr von meinen Urlaubsplänen. Am nächsten Samstag sollte es nämlich bereits losgehen, erst für zehn Tage mit meinen Kindern plus Olli und seiner Tochter an die Ostsee, und danach wollte ich noch ein paar Tage mit meinen Kindern allein auf einem Bauernhof verbringen, so richtig schön mit vielen Tieren und einem Badesee ganz in der Nähe.

Dann begann der Film, und er war tatsächlich sehenswert; ein bewegendes Kolonialzeit-Drama, das so ungefähr um 1750 im südamerikanischen Urwald spielte und mit einem furchtbaren Massaker an den Eingeborenen endete. Wirklich grandiose, zu Herzen gehende Tragik. Gott, und wie eins der Kinder 'Miserere' dazu sang, 'Herr, erbarme dich!' Und diese Oboenmusik! Zum Heulen das alles, echt.

Hinterher gingen Larissa und ich noch ein kleines Stück durch den dunklen Park spazieren.

"Wenn du willst, kannst du ja für ein paar Tage mit mir und den Kindern in

Urlaub mitkommen", schlug ich nach einer Weile vor. "Am besten in der zweiten Woche. Wie wäre das, mh?"

Larissa holte ihr Handy aus der Tasche, guckte auf den Kalender im Display und dachte nach.

"Hm", machte sie, "ich kriege vielleicht bald eine Wohnung und muss schnell dann Möbel besorgen, und Termin bei Sozialamt ist auch. Hm, ich weiß nicht. Und was ist wenn nicht gut klappt, ich mit deine Kinder?"

"Da sehe ich keine Probleme", versuchte ich ihre Bedenken zu zerstreuen. "Aber du musst dich ja nicht gleich entscheiden. Überlegs dir einfach."

Langsam schlenderten wir weiter in Richtung Ausgang (wobei plötzlich noch einmal die Oboe aus dem Film in meinem Kopf nachklang), und schon eine Viertelstunde später stieg Larissa in die Straßenbahn, und ich war wieder allein.

Als ich dann zu Hause im Bett lag, grübelte ich darüber nach, warum ich wohl ausgerechnet von Larissa so magisch angezogen wurde. Worin bestand ihr Geheimnis? Lag es vor allem an ihrem hübschen Gesicht und ihrem zarten Äußeren? Oder war es doch mehr ihr sanftes Wesen, kombiniert mit ihrer lebhaften Art? Was steckte bloß dahinter? Gab es vielleicht eine ganz spezielle genetische Konstellation zwischen ihr und mir? Irgendwelche archaischen Impulse aus grauer Vorzeit, die 'Stimme des Blutes', die sprichwörtliche 'Chemie'? Individuelle Lockstoff-Moleküle, die wie Schloss und Schlüssel mit meinen Gegenstücken zusammenpassten und mir einflüsterten, Larissa wäre genau das ideale Weibchen, mit dem ich unbedingt Nachkommen zu zeugen hätte?

Ich rief mir ein paar der Situationen ins Gedächtnis zurück, die ich mit ihr erlebt hatte. Mein Gott, ihr erster Zitteraal-Orgasmus! Die 'Zaschegalka'-Zeiten, und wie sie damals in meinen Armen geweint hatte... Sie war durch so viel Schmutz gegangen und hatte sich dennoch viel von ihrer Unschuld bewahrt. Keine Schimpfworte, kein Gossenjargon, keine Drogen; niemandem wollte sie etwas Böses. Gab sie mir also den Glauben an die Reinheit der Seele zurück? Aber wieviel davon stimmte wirklich, und wieviel existierte bloß in meinem Kopf? Glaubte ich etwa, mich in ihr wiederzuerkennen, war es eventuell das?

Vielleicht hatte ich ja sogar mehr mit ihr gemeinsam, als mir bewusst war? Dieses hartnäckige Festhalten am Kindlichen zum Beispiel, dieses Sträuben gegen die ganz banale 'Realität'? Dieses tiefe Anlehnungsbedürfnis. Lag es also daran, war *das* der Grund? Andererseits nahm sie die Dinge meist leicht, und ich war im Grunde ein Grübler - also Gegensätze ziehen sich an? Aber für eine in sich ruhende Liebesbeziehung, für einen wirklich erfüllenden Austausch, reichte das allein wohl nicht aus.

Irgendwann gab ich es schließlich auf, dieses Mysterium ergründen zu wollen. Weil sie viel Liebe in ihrem Herzen trug und mir etwas davon geschenkt hatte, obwohl wir beide wussten, dass wir eigentlich viel zu weit voneinander entfernt standen - das war am Ende wohl die beste Antwort. No ordinary love. Keine Ahnung.

Zwei Tage später, am Donnerstag, rief sie mich an und gab mir leider einen Korb, meinen Vorschlag für ein paar gemeinsame Urlaubstage betreffend. Zu viel hinge derzeit bei ihr in der Schwebe, meinte sie entschuldigend, es wäre eben einfach nicht günstig.

"Schade", erwiderte ich bloß betrübt, versuchte aber erst gar nicht, sie umzustimmen oder etwas tiefer nachzubohren, denn ich wollte nicht, dass sie am Ende Vorwände erfand oder mich womöglich anlog.

Da wir an diesem Abend jedoch beide noch nichts geplant hatten (und sie mir unbedingt vor meinem Urlaub noch den vorgestern geliehenen Pullover zurückgeben wollte), verabredeten wir uns schließlich für halb acht zu einem kleinen Spreebummel.

Larissa stahl allen Damen weit und breit mal wieder die Show. Sie trug eine Art Kleidchen aus Seide, sehr sehr luftig und flammendrot. "Ist von Asia Botique", wie sie sagte. Es sah aus wie ein exquisiter Unterrock, mädchenhaft-unschuldig und sündig zugleich. Schon von weitem stach sie aus der Menge hervor wie eine besonnte Orchideenblüte im dämmrigen Urwalddickicht, ein echter Hingucker. Allein schon wie der Saum ihres Röckchens die gebräunte Haut ihrer Oberschenkel umschmeichelte. Sie zog sämtliche Blicke auf sich. Jeder Kerl in der Straßenbahn glotzte zuerst auf Larissa, dann kurz auf mich und dann wieder auf sie. Ausnahmslos.

Wir stiegen gleich an der ersten Brücke aus, spazierten die Uferwege entlang, gingen in eine Bar und dann in die nächste und tranken Cocktails.

Den gestrigen Gerichtstermin hätte sie ganz ordentlich überstanden, erzählte sie mir. Nach ihrer Darstellung war man offenbar vor allem an den Strukturen hinter dem MUKA interessiert, Stichwort organisierter Menschenhandel. Ihre Freundin Galina wüsste darüber noch viel mehr als sie selbst, meinte Larissa, besonders ihre Aussagen würden den MUKA wohl für einige Zeit in den Knast bringen.

Gegen halb elf schlenderten wir wieder weiter und kamen an einer Disco vorbei.

Larissa lugte neugierig durch den Eingang, anscheinend wollte sie rein.

"Geh ruhig, wenn du willst", sagte ich. "Aber ich mag nicht, für mich wird es sonst zu spät. Ich werde langsam zurück zur Straßenbahn gehen."

Sie wirkte unentschlossen.

"Was ist?", fragte ich, "kannst du dich nicht entschließen?"

"Na hab kein Geld mit", druckste sie. "Muss ich erst nach Hause und holen."

Ich hielt ihr einen Zwanziger hin.

Einen Moment lang zögerte sie, dann lächelte sie mich an und hakte sich bei mir ein.

"Wenn ich habe Zweifel, dann mache ich besser nicht", erklärte sie lachend im Gehen. "Nur wenn gleich hundert Prozent, dann ja sofort. Mache ich immer so."

Später in der Straßenbahn fragte ich sie, ob sie eventuell noch zu mir mitkommen würde, doch sie lehnte leider ab. Kurz bevor ich aussteigen musste, gab sie mir zur Entschädigung allerdings zwei sehr zärtliche Abschiedsküsse und sah mir dabei ganz lieb in die Augen, so dass mir mal wieder fast das Herz brach. Es glaube jedenfalls niemand, dass ich auch nur im Entferntesten sauer auf sie gewesen wäre. (Denn wer weiß, vielleicht war sie ja gerade blasenkrank oder so?) Egal, ich hätte ihr so gut wie alles verziehen, schon um meiner selbst willen. Mit einem Engel wie Larissa war mir schließlich wahrlich schon mehr als genug Gnade widerfahren, also sollte ich wohl nicht unverschämt sein und Unmögliches vom Schicksal verlangen. Ich wusste doch nur allzu gut, dass ich nicht der Mann war, der eine Frau wie Larissa auf Dauer halten konnte; ich meine, der sie wirklich glücklich machen konnte. Für mich würde sie ein

Mädchen zum Anbeten bleiben. Eine kleine Möwe, ein bunter Schmetterling, nichts Irdisches jedenfalls. Nichts für meinen Alltag.

Um halb zwölf bog ich in meine kleine Seitenstraße ein, und plötzlich hörte ich eindeutige Beischlafgeräusche. Je näher ich meinem Haus kam, umso lauter wurden sie. Entweder sah sich jemand bei offenem Fenster einen Porno an, oder es wurde hier irgendwo tatsächlich live gevögelt. Auf jeden Fall konnte es einen auf ganz konkrete Ideen bringen. Lange Rede kurzer Sinn, ungefähr fünf Minuten später griff ich also zittrig zum Telefon und bestellte mir Gina, deren Dienste ich schon vier oder fünf Mal für jeweils eine Stunde in Anspruch genommen hatte. Eine sexy Polin Mitte Zwanzig; bloß wenige Worte Deutsch, nur Körpersprache. Keine Studentin, sondern angeblich Friseurin. Waschen und Legen per Hausbesuch.

Gina ging ruhig und routiniert zu Werke und gab mir genau die Art Zuwendung und Sex, die ich in diesem Moment brauchte. Doch vielleicht war sie auch bloß überdurchschnittlich gut im Imitieren? Egal, jedenfalls kaufte ich es ihr ab. Im Internet ereiferten sich die Freier reihenweise darüber, dass sie an sich zwar einen klasse Service böte, aber nach dem Akt meist sofort ins Bad flüchten würde und eine Viertelstunde später von ihr nur noch ein frostiges 'tschüss' durch die angelehnte Flurtür zu vernehmen wäre. Bei mir hatte sie freilich zu ihrem Einstand ebenfalls diese coole Nummer gebracht, doch seitdem ich sie beim zweiten Mal mit Sekt und frischen Erdbeeren (und ohne irgendeinen Vorwurf oder den Hauch einer Kritik) empfangen hatte, ließ sie mehr und mehr Gnade walten und kuschelte auch noch hinterher nackt und anschmiegsam bis zum Schluss. Und manchmal lächelte sie sogar ein bisschen dabei.

209. Kapitel

Der Urlaub, die schönsten Tage des Jahres. Zumindest hieß es ja wohl so.

Samstagvormittag sollte ich die Kinder in Marsiw übernehmen, also fuhr ich am Freitag gleich nach der Arbeit mit dem Zug hoch zu Ringo.

Im Zeitschriftenladen am Bahnhof schmökerte ich noch schnell vor der Abfahrt durch die Regale, und dabei entdeckte ich ein frisch erschienenes Taschenbuch, in dem eine junge Frau über ihre Erlebnisse als 'Teilzeithure' berichtete. Jahrelang hatte sie immer mal wieder in Berliner Bordellen gearbeitet, um sich damit ihr Studium zu finanzieren. Neugierig blätterte ich ein bisschen in dem schmalen Bändchen. Ganz nüchtern schilderte sie, wie sie ihre anfängliche Angst und Scham überwunden hatte, bis der tägliche Sex mit fremden Männern schließlich zu einer Art Normalität und Gewohnheit geworden war, an der sie dann im Laufe der Zeit sogar durchaus auch Gefallen gefunden hatte. Über einen ihrer Klienten schrieb sie übrigens, dass er jedes Mal "wie ein zum Tode Verurteilter" ficken würde - was mich zuerst zum Grinsen und gleich danach ins Grübeln brachte. Ich fragte mich nämlich, ob ich damit gemeint sein könnte? Denn wer weiß, vielleicht waren wir uns ja tatsächlich einmal begegnet?

Der Zug kam ausnahmsweise pünktlich in Marsiw an, so dass ich kurz vor acht bei Ringo eintraf, praktischerweise genau zum Abendbrot. Der Tisch war bereits komplett gedeckt, ich brauchte bloß noch Platz nehmen und loslegen. Schwarzbrot, Wurst, Eiersalat und Käse.

Hinterher setzten wir uns dann zum Quatschen in den 'Herrensalon' rüber.

"Die Woche war echt brutal", stöhnte Ringo, "die absolute Katastrophe. Erst hat irgend so 'ne bescheuerte Tussi 'ne Ladung frisch bekotzte Babyklamotten zusammen mit 'nem Becher Waschpulver in den *Trockner* anstatt in die Waschmaschine geklatscht, schön alles vollgesaut, und dann an der Rezeption deswegen voll die Panik gemacht. Die Neue vorne war natürlich total überfordert damit und fing beinahe an zu heulen. Also hab ich mich erweichen lassen und nach Feierabend den ganzen angetrockneten Mist aus der Trommel gekratzt. Eingebrannte Kinderkotze mit Weichspüler-Duft, hart wie Beton. Na lecker, da kommt Freude auf!"

Er steckte sich eine Zigarette an und machte zwei Flaschen Bier auf.

"Tja, und zwei Tage später hat 's dann in der Sauna 'n Toten gegeben", fuhr er fort.

"Am Abend, und bis das einer gemerkt hatte, da war der schon halb gekocht. Ich fing noch an mit Wiederbelebung, Mund zu Mund, irgendwas musst du ja machen. Ganz automatisch. Wie unter Schock war ich, sag ich dir. Aber bei dem ging die Haut schon richtig ab, die halbe Nase war bloß noch Schleim. Da kam mir dann doch der Mageninhalt hoch, und ich hab gleich daneben hin gereihert. Tja, bloß der Arzt von der Klinik geraderüber, der hat sich nicht blicken lassen. Wir sollen auf die Schnelle Medizinische Hilfe warten, das war sein Tipp am Telefon. So 'n Arsch! Ich hab den ganzen Mist allein am Hacken gehabt. Die Bullen informiert, den Bestatter angerufen, und so weiter. Obwohl das eigentlich gar nicht mein Job ist. Ich bin Masseur, nicht die Hausleitung. Hab trotz der Hektik sogar noch dran gedacht, die Leichenträger nicht werbewirksam durch den Haupteingang rein- und rausmarschieren zu lassen, sondern die Jungs still und heimlich nach hinten ans Wirtschaftstor bestellt. Der ehrenwerte Ruf des Hauses, bloß keine Geschäftsschädigung und so."

Er nahm einen großen Schluck.

"Auf den Mitarbeiter des Monats", toastete ich und tat es ihm gleich.

"Ha, von wegen!", rief er und verschluckte sich beinahe vor Entrüstung. "Weißt du, was ich für die ganze Aktion gekriegt habe? Die Zahnbürste vom Kiosk im Foyer, mit der ich mir hinterher die Leichensabber aus dem Rachen geschrubbt habe, die brauchte ich nicht zu bezahlen! Die ging großzügigerweise auf Kosten des Hauses, das war meine Belohnung. Da hätte ich gleich nochmal loskotzen können, echt. Aber volles Rohr."

"Toller Chef", sagte ich und schüttelte ungläubig meinen Kopf, "was ist 'n das für 'n Scheißladen? Da müsste wohl mal einer wie Wallraff inkognito kommen und 'ne Reportage drüber machen, undercover und so."

Ringo winkte bloß ab.

"Hör mir auf", brummte er. "Die Bosse sitzen irgendwo in Süddeutschland und wollen vor allem Kohle sehen, an Problemen sind die nicht interessiert. Hm, und ihre Lakaien vor Ort, die haben von nix 'ne Ahnung. Aufsehertypen, die kannste erst recht vergessen. An dem Abend war ich jedenfalls total bedient, ich hatte echt die Fresse voll. Die Krönung war dann noch, als zwei von den alten Fitness-Ziegen anfingen rumzumaulen, weil sie nun nicht in die Sauna konnten. Der gesamte Bereich war ja bis zur Freigabe durch die Bullen vorläufig gesperrt. Dass da drin gerade eben einer abgekratzt war, das juckte die beiden Tanten nicht im Mindesten. Ich wär denen fast an den Hals gesprungen."

Ringo redete sich noch ein bisschen seinen Frust von der Seele, dann erkundigte er sich nach Larissa.

Ich berichtete ihm ziemlich ausführlich von meinen letzten Unternehmungen mit ihr, dann schwieg ich einen Moment und seufzte schließlich: "Echt, ich häng' ganz schön an diesem süßen kleinen Ding, das sag ich dir. Larissa hat mich jedenfalls besser kuriert, als es 'n ganzer Haufen von diesen Seelenklempnern je gekonnt hätte."

Ringo nuckelte ein bisschen an seiner Bierflasche und grinste.

"Den einzigen Psychodoc, den ich mal kannte, der machte nachmittags Paartherapie und kriegte nicht mal mit, dass sich seine Alte zur gleichen Zeit drei Häuser weiter von so 'nem Kirchenfreak von der Jungen Gemeinde rammeln ließ", erzählte er. "Der wunderte sich abends nur über ihre wunden Knie. *Schatzi, bist du hingefallen?* Dabei haben die wie wild auf den Kokosmatten in der Hündchenstellung gepoppt, der Typ hat die durch die ganze Bude gestoßen. Und hinterher konnte er nicht mal sein Maul halten. Die ganze Straße wusste Bescheid, nur Herr Doktor hatte keine Kennung. Na so viel von meiner Seite zum Thema Psychologen."

Bei der Gelegenheit wärmte ich auch gleich nochmal die alte Geschichte von meinem Sextherapeuten und dem 'vergessenen' dritten Termin auf.

"Hm, aber könnte es nicht sein, dass der Typ damals bewusst so reagiert hat?", fragte mich Ringo daraufhin zu meiner Überraschung. "Denn der Hauptteil der Arbeit war doch eigentlich getan, oder? Ich meine, du hattest das meiste selbst schon rausgefunden und vor allem 'nem anderen gegenüber klar ausgesprochen. So gesehen warst du doch auf dem besten Wege, also was sollte er da noch groß an dir rumtherapieren? Ende der Vorstellung! Nur 'ne Frau musstest du dir noch suchen. Oder?"

Ja schon, dachte ich einigermaßen perplex, aber wie bitte? Ich hatte mich immer für besonders phantasievoll und kreativ gehalten, bloß auf so eine Idee wäre ich wohl nie im Leben gekommen.

"Klingt zugegebenermaßen originell, ist allerdings sehr unwahrscheinlich", erwiderte ich jedoch schließlich nach längerem Nachdenken. "Naja, und selbst wenn es tatsächlich so gewesen sein sollte - der Eindruck auf mich war jedenfalls verheerend, was das Vertrauen in die Zunft der Psychotherapeuten betraf."

Wir schwatzten noch bis kurz vor zehn in dieser Manier weiter, dann trank Ringo mit einem Zug den Rest seines zweiten Bieres aus, ging nochmal kurz pinkeln und zog schließlich von dannen, hin zu seiner Rike. Tja, und da hockte ich also nun, von allen verlassen. Zwar drehte sich wieder dieselbe Santana-CD wie am Wochenende zuvor im Player, doch statt zusammen mit Larissa den sanften Klängen von 'Full Moon' zu lauschen, saß ich jetzt allein auf der Couch und ließ 'Brightest Star' laufen, Liebeskummer pur. Allein schon des Meisters Gitarren-Intro schnitt mir das Herz in dünne Scheiben, andauernd schrie ich mit "... I miss you so, please come back, I need your love...", immer wieder und wieder. Aber es half überhaupt nicht. Nein, wirklich gar nicht. Kein bisschen.

Am nächsten Morgen packte ich die Kinder ins Auto und fuhr zum Ferienhäuschen.
Olli und Karoline waren bereits eine Viertelstunde vor uns angekommen und hatten schon alles inspiziert. Uns erwartete Komfort de luxe: der Kühlschrank war mit Drinks und Fressalien voll, der Strand fast vor der Haustür, und nach hinten raus gab es noch eine kleine Terrasse plus Gärtchen. So gesehen beste Voraussetzungen für einen Bilderbuchurlaub.
Die Kinder patschten jeden Tag stundenlang am Wasser herum und freuten sich auf das abendliche Grillen, und als ich sie eines Nachmittags bei einer kleinen Landpartie sogar noch der Reihe nach auf meinen Schoß nahm und ein Stück weit Auto fahren ließ, da waren sie vor lauter Glück völlig aus dem Häuschen.
Aber ja doch, auch ich hatte eine Menge Spaß in diesen sonnendurchglühten Tagen, und besonders die Weinabende mit Olli unter freiem Himmel waren nicht zu verachten. In der gemütlichen, windgeschützten Sitzecke zwischen hoch wuchernden Sträuchern, Kletterpflanzen und allerlei blühendem Gewächs leerten wir zusammen so manches Fläschlein, wobei ich zu später Stunde des Öfteren über den schönen Satz sinnierte (der entweder vom alten Dante oder einem Schweizer Pallottinermönch stammen sollte), dass uns wohl immerhin drei Dinge aus dem Paradies geblieben wären, nämlich die Sterne der Nacht, die Blumen des Tages, und die Augen der Kinder. Tja, sagte ich mir dann, und war ich Glückspilz denn nicht sogar mit allen dreien gesegnet, wie ich dort so im Garten saß und zum Himmel hochblickte, während ich durch das Fenster

nebenan Malte und Nele in ihren Bettchen schlafen sehen konnte? Aber trotzdem fühlte ich mich im Innersten zuweilen freudlos. Ich hatte niemanden, mit dem ich all meine Erlebnisse und Gedanken wirklich teilen konnte. Und nachts war mein Bett leer.

An einem der ersten Nachmittage fuhr ich gerade mit dem Auto zum nächsten Supermarkt, im stockenden Feierabendverkehr, als ich an einer Ampelkreuzung direkt neben mir am Straßenrand ein Mädchen auf einem Fahrrad erblickte. Hübsch, ungefähr zwanzig; ihr großzügig ausgeschnittenes oranges T-Shirt gab einen festen Brustansatz zur Besichtigung frei. Ich konnte meinen Blick einfach nicht von ihr lösen, und da sie in etwa mit derselben Geschwindigkeit wie die Autoschlange fuhr, blieb sie fast immer exakt auf meiner Höhe. Tja, und so kam es, dass ich um ein Haar meinem Vordermann auf die Stoßstange gekracht wäre, einem peniblen Griesgram-Opa mit Hut, der natürlich schon bei Gelb sofort angehalten hatte. *(Aber was will man auch von einem Typen erwarten, der seinen ätzenden Speckdeckel sogar bei mehr als 30 Grad im Auto trug und aussah wie Ringos Saunatoter, nicht wahr?)* Jedenfalls quietschten kurz die Bremsen, der alte Zombie glotzte schiefhalsig durch sein Seitenfenster zu mir nach hinten und stieß irgendeinen zahnlosen Fluch aus, und auch die Kleine auf dem Rad sah ein bisschen erschrocken zu mir rüber. Nichts passiert, dachte ich erleichtert, kniff cool meine Augen zusammen, schüttelte meine Hand in ihre Richtung locker aus und pustete dann auf meine Finger, als ob ich mich verbrannt hätte. Gerade nochmal gut gegangen!

Waoh, und sie lächelte! Oder nein, besser: Sie schenkte mir ein Lächeln! So ein unglaublich süßes Ding! Nein, und sie war noch nicht mal 20, sondern eher 17, das sah ich jetzt. In meiner Phantasie lüpfte der Wind sogleich ihr kurzes Tennisröckchen, bis ganz nach oben, so dass ein winziges sexy schwarzes Höschen hervorlugte.

Ich ließ auf der Beifahrerseite das Fenster runter, zeigte auf das Auto vor mir und rief: "Da geht einem doch glatt der Hut hoch!", und als ich ihr Lachen über meine albernen Faxen hörte (ihr Lachen, das mir galt!), da war ich schon in sie verliebt.

Als die Ampel dann wieder auf Grün schaltete, machte ich winke-winke zu ihr, und sie winkte freundlich zurück, und mit einem gewaltigen Steifen fuhr ich langsam an, weiter und weiter von ihr weg, immer dem Hutopa hinterher. Aber in jener Nacht, da träumte ich von ihr, und im Traum war sie mein.

Nach drei oder vier Tagen rief ich Larissa an.
"Es geht mir gaaanz gut, habe sehr nette Mann kennengelernt", kriegte ich schon bald zu hören.
"Na bitte", meinte ich tapfer, und es klang fast wie eine Gratulation.
"Ja aber du bist mein Freund", beteuerte sie, "ich möchte trotzdem mit dir treffen und nicht nur wenn mir schlecht geht".
"Danke", erwiderte ich, "das ist lieb."
Höflich redeten wir noch ein bisschen über irgendetwas, einen neuen Kinofilm und das Wetter, glaube ich.
"Also bis bald, wir telefonieren", meinte sie dann.
"Ja, bis bald", wiederholte ich und legte schließlich auf.
Na schöne Scheiße, dachte ich bloß niedergeschmettert.

210. Kapitel

Wenn Hunger der beste Koch ist, dann ist temporäre Enthaltsamkeit das beste Aphrodisiakum. Die Nachmittage am Strand wurden jedenfalls mehr und mehr zur Folter, besonders die 16jährigen Dinger mit ihren hammermäßig stehenden Hartgummititten bescherten mir regelmäßig Hitzewallungen, vor allem wenn ich ihnen beim Beachvolleyball zusah. Ich kam mir vor wie auf einem Akt-Pleinair an der blauen Lagune, die schiere Reizüberflutung. Überall standen die Grazien Modell, lauter Meisterleistungen von Mutter Natur. Ganz von selbst zoomte mir mein vollautomatischer Scannerblick jedes Detail heran, dem geschulten Auge des geilen Beobachtungspostens blieb nichts verborgen. Wie manche von diesen Teens mit ihren unverschämt straffen Apfelbrüsten prunkten, die ihnen erst vor zwei oder drei Jahren gewachsen waren! Bei der einen verrutschte ständig das inzwischen viel zu klein gewordene Bikinioberteil, so dass des Öfteren ihr *unterer* Brustansatz freilag, steil gen Himmel strebend wie - ich weiß nicht was, wie ein zum Looping durchstartender Düsenjäger oder so, jeder Vergleich würde hier hinken. Herrgott hilf, dachte ich manchmal, wäre ich mit meinen Kindern doch bloß dick eingemummelt zum fröhlichen Gletscherwandern ins Hochgebirge gefahren! Dann fingen die leckersten Teeniegirls auch noch an, singend auf einem frisch auf der Wiese aufgebauten Trampolin rumzuhüpfen, boing boing wackel wackel, im Bikini...

Ach wie schön es doch wäre, jetzt nochmal Zwanzig zu sein, dachte ich voller Sehnsucht nicht nur einmal, auch wenn es noch so kitschig klingen mochte. Eins der Mädchen sah sogar tatsächlich aus wie Nina, dieselben Gesichtszüge, nur eben jünger. Das gab mir dann vollends den Rest. Meine Callies fehlten mir mächtig, meine süßen Freudenmädchen, meine himmlischen 'Huris', der Hormonstau war nahezu unerträglich. Und Onanieren half erst recht nicht! Nach ein paar Tagen begann ich schon den als Indianersquaws kostümierten platten Hühnern unter ihre braunen Wildlederröckchen zu schielen, wenn ich sie mit nackten Beinchen am Lagerfeuer sitzen sah. Eine hochgewachsene Zwölfjährige hatte tatsächlich schon beinahe richtig Figur, ihr bereits deutlich ausgeformter Busen war nun wirklich nicht mehr zu übersehen. Bestimmt sorgte sie bei einigen Jungs des Nachts regelmäßig für feuchte Träume; noch drei oder vier Jahre weiter, und man konnte sich da auf einiges gefasst machen. Ihre aus der Form geratene Mutter hingegen war längst überreif, mit ihren elefantösen Mondkrater-Schenkeln *(zerklüftet wie Kallisto!)* und diesem grotesken BRAZIL SUMMER - Schriftzug auf ihren Wabbelarschbacken. Wie ein Flusspferd sah ich sie zuweilen nach dem Baden aus dem Wasser stampfen, ich spare mir besser eine detaillierte Beschreibung. Allein schon diese strohigen, splissigen Hexenhaare!

Zusammen mit Malte, Nele und Karoline ging ich meist schon am Vormittag zum Strand voraus (Olli brauchte stets etwas länger, weil er abends mehr trank als ich) und suchte dort einen Platz möglichst in der Nähe der hübschesten Girls. Anschließend half ich den Kindern noch ein bisschen beim Ausbreiten der Sachen, von Windschutz bis Buddelzeug, doch dann ließ ich genussvoll meine Augen schweifen. Perfekt gewachsene Abiturientinnen in superknappen

Bikinihöschen räkelten sich neben niedlichen Cherrypopper-Teens, ein Stück weiter links schlängelten sich ein paar Oberschülerinnen kreischend aus engen Jeans, und direkt vor meiner Nase hob sich dünner Stoff bei jedem Atemzug über süßen Bonzai-Brüstchen. Viel nackte Haut lag ringsum zur Ansicht ausgestellt.

Aber eigentlich war es gar nicht primär mein Interesse am Sexuellen, was mich immer wieder auch diese ganz jungen Mädchen betrachten ließ und zu ihnen hinzog. Früher hatte ich freilich zuweilen geglaubt, ich könnte latent pädophil sein, bloß ich dürfte mir diese abscheuliche Neigung nie eingestehen, sondern müsste sie für immer tief in mir vergraben. Doch inzwischen wusste ich es längst besser. Nein, das war auch nur so eine Paranoia-Macke von mir gewesen. Eins von den vielen Gespenstern, die sich auflösten, wenn man sie nur einmal mit festem Blick in Augenschein nahm. Ja sicher, ich stand auf junge Dinger, die mehr Mädchen waren als Frau, aber ich träumte trotzdem nicht von Sex mit kleinen Kindern, auch nicht insgeheim. Freilich setzte die Pubertät heutzutage immer früher ein, und diese Akzeleration verschob so manche Grenze. Aber egal ob nun schon körperlich etwas weiter entwickelt oder nicht, viele dieser kleinen Prinzessinnen waren nun mal von wahrhaft betörender Anmut. Schön wie bunte tropische Vögel, wie knallrote Klatschmohnblüten, wie geschmeidig umherschleichende Russisch-Blau-Katzen. Oder meinetwegen auch wie ein Hannoveraner Dunkelfuchs, der über eine sattgrüne Frühlingswiese galoppiert. Von reinster Natur eben, völlig unverfälscht.

Doch am schönsten war die kleine Eisverkäuferin vom Strandkiosk. Schätzungsweise gerade mal 14, na oder vielleicht auch 15, wenn es hochkam. Ganz klare, wirklich azurblaue Augen, und hellblondes, nein, goldenes Haar. Und ein Mund, der immer wie von selbst zu lächeln schien, Mona Lisa junior. Mein Gott, und erst dieser Teint! Diese Haut! Von der Sonne geküsst, treffender ließ es sich kaum beschreiben. Ich kriegte schon Zustände, wenn ich sie bloß hinterm Ladentisch hantieren sah, in Jeans und buntem Sommerblüschen, ein Bild voller Anmut und Grazie. Eigentlich hätte man ihre Eisbude komplett auf eine Bühne stellen sollen. Und wehe, wenn sie sich erst nach neuen Bechern oben im Regal streckte und das nackte Bäuchlein sekundenlang freilag! Meist arbeitete Little Beauty bei ihrem Ferienjob zusammen mit ihrer Mutter, einer durchaus noch immer hübschen Frau Ende Dreißig. Beide waren sie exakt gleich groß, aber die Schönheit der Jüngeren überstrahlte die der Älteren bereits bei weitem. 'O schönere Tochter einer schönen Mutter', so hieß es doch schon bei Horaz. Eine durchschnittliche 14jährige war nun mal reizvoller als eine durchschnittliche 40jährige, jeder Modelscout wusste das.

Nach getaner Arbeit sah ich meine kleine Favoritin manchmal am Strand, wie sie sich auf einer abgewinkelten Klappliege sonnte, die erhöht liegenden Schenkel leicht gespreizt, so dass sie die wärmenden Sonnenstrahlen in ihrem Schoß empfing. *(Ich denke, allein schon an dieser Formulierung erkennt man, wie sehr ich bei ihrem Anblick bereits am Durchdrehen war.)* Jeder Hobbygynäkologe hätte seine helle Freude an diesem Exemplar, schoss es mir dann immer durch den Kopf: Bitte die Beine schön weit auseinander, ich muss dich jetzt nämlich da unten mal abhorchen.

Am vierten oder fünften Tag, da war mir das Schicksal ganz besonders hold, denn plötzlich erschien sie mit ihrer Badetasche in unserer Nähe, sah sich unschlüssig ein bisschen um und legte dann ihr Handtuch direkt neben uns in den Sand. Für einen Moment hielt ich erstmal den Atem an, und während ich mich hernach sogleich bemühte, möglichst unauffällig eine optimale Spannerposition einzunehmen, streifte sie auch schon ihren Haargummi ab und begann mit der Vorstellung. Langsam zog sie sich aus, Stück für Stück fielen die Klamotten, bis sie am Ende nur noch in einem mikrokleinen Neckholder-Bikini dastand, keine vier Meter von mir entfernt. Na das war aber was zum Hingucken! Früher hätte ich mich abzuwenden versucht, einem Ehemann war ein Zuviel an fremden Reizen schließlich nicht zuträglich, man durfte es einfach nicht wollen, zu viel Sprengstoff für die Beziehung. Aber jetzt lag die Sache ja anders. Mit Stielaugen beobachtete ich, wie sie ins Wasser sprang und alsbald wieder herauskletterte, the queen of the beach, mit nassem Höschen den Fluten entsteigend, Wasserperlen auf der Haut. *(Nanu, erblickte ich da an ihrem Hals etwa einen frischen Knutschfleck, der mir bisher entgangen war?)* Dann kam das Abtrocknen: Wie sie sich hin und her dehnte, tropfnass und glänzend, und wie geschmeidig sich das weiche Fleisch bei jeder Bewegung am Rand des knappen Höschens rauswölbte! Die perfekte Anti-Cellulite-Werbung! Es war wirklich kaum zum Aushalten. Na und wer weiß, grübelte ich mit überhitztem Schädel, vielleicht hatte sie ihrem Boyfriend den entscheidenden Stich noch nicht mal erlaubt, weil sie sich *das* für irgendeinen Popstar aufsparen wollte! Unwillkürlich musste ich daran denken, dass eine der Schönen mir gegenüber mal recht expliziert damit rausgerückt war, wie sie sich als kaum geschlechtsreif *(aah, allein schon dieses Wort, fast so gut wie 'mannbar'!)* gewordener Teenager bereits regelmäßig selbst befriedigt hatte. Gütiger Himmel, allein diese Vorstellung brachte mich damals schon fast zum Erguss! Doch jetzt machte es mich schlichtweg irre. Mit äußerster Beherrschung spielte ich den harmlosen Badegast, der bloß wie zufällig in ihre Richtung guckte, aber ich konnte einfach an nichts anderes mehr denken: Sie kommt von der Schule nach Hause, Mutti ist noch auf Arbeit, die Bücher fliegen in die Ecke, und dann zieht sie sich aus, split-ter-fa-ser-nackt, stellt sich vor den Spiegel, tastet sich ab, legt sich aufs Bett und macht die Beine breit und los gehts, rein raus und hoch und runter, immer wieder von vorn. Und nebenan hinter der Wand keult sich der schlaksige Bengel aus der Parallelklasse zur selben Zeit beidhändig einen ab.

Diese minderjährige Badenixe bringt mich um den Verstand, dachte ich verstört und kratzte mir sinnlos am Fuß herum, um irgendwie gelangweilt und normal zu wirken. Verdammt, was sollte ich bloß machen? Die Kleine war doch bestimmt erst 15, überlegte ich. Diese Göttin der Jugend. Denn wenn ich mir die Milchbubis um sie herum so ansah, dann konnte sie eigentlich nicht älter sein. Aber mein Blick verweilte nur sehr kurz bei den Jungs in ihrer Nähe. Schon bald hing er wieder an ihr. Oh Aphrodite, du Schaumgeborene, dein Körper sei dein Tempel! Mein Gott, ihre Brüste! Dieses bisschen Stoff da oben, nein, da musste nichts künstlich gehalten werden! Jetzt drehte sie sich gerade wieder, und ich sah sie von der Seite. Wie das alles rauskam aus dem Oberkörper, so fest und elastisch! Wie sie mitatmeten, diese saftigen Rundkegel! Man konnte richtig die Brustwarzen erkennen! Aber wer würde sowas bloß *Warzen* nennen? Lutschknospen, Saughütchen, Hügelspitzen, alles wäre passender. Und dieser flache Bauch, diese zarte Taille! Zart, zärter *(ja, zärter, ihr blöden Pedanten, verdammt nochmal!)*, am zärtesten! Mein Gott, Herr im Himmel, *bitte bitte bitte*!

Dann rannte sie plötzlich los in Richtung Rutsche. Mein Handtuch lässig vor der Badehose baumelnd, nahm ich hemmungsloser Lüstling hechelnd Witterung auf und schnupperte dieser taufrischen Strandfee schwanzwedelnd nach. Unten an der Wendeltreppe pirschte ich mich ganz dicht an sie heran und schob mich anschließend beim Aufgang hoch zur Rutsche direkt hinter sie. Mein Mund landete beinahe auf der Beuge zwischen ihrem Hals und ihrer Schulter; aus jeder Zelle ihrer samtigen Haut schien mir die DNA zuzuwinken und zu rufen: *Berühr mich! Küss mich! Fass mich an!* Biologie, gegen die man sich nicht wehren konnte. Heftige Wallungen, sage ich nur.

Oben angekommen, mussten wir dann noch gemeinsam einen Moment lang warten, und ich genoss es, sie direkt vor mir herumtänzeln zu sehen, nur Zentimeter entfernt. Wie der dünne Stoff manchmal verrutschte und die süße Mädchenkerbe regelrecht nachzeichnete und ausmodellierte! Man konnte das leckere Kaffeeböhnchen schon richtig durchschimmern sehen! Echt, ganz feucht und frisch! Eventuell würde sie das winzige Höschen ja hinten gleich bis zur Mitte zusammenraffen und die süßen Bäckchen vollends freilegen, so wie es manche Kinder taten, damit es dann beim Rutschen schneller ging? Mein peniler Stachel begann sich bereits mächtig zu regen; es interessierte mich nämlich brennend, ob ihre winzige Membran da unten noch intakt war. So, wie es sich für eine echte *virgo intacta* laut Lehrbuch gehörte. Oder ob sie schon mal schwach geworden war und ihren kleinen Samtpfirsich so richtig schön aufgemacht hatte, von erstem drängenden Verlangen überwältigt. Ehrlich, ich hätte fast die Beherrschung verloren und sie zu fingern versucht.

Gott sei Dank tat ich es aber nicht. Nein, dieses kleine Schmuckstück war unerreichbar für mich, das hatte ich dann doch begriffen, nach einer hilfreichen Rutschpartie ins kühle Wasser. Außerdem war es ziemlich daneben, was ich hier veranstaltete, doch ja, das sah ich schließlich selber ein. Und deshalb fasste ich an jenem Abend den reifen Entschluss, mich künftig von ihr fernzuhalten. Meine Kinder hatten an ihrem Stand sowieso schon genug Eis zu schlecken bekommen.

Fortan bemühte ich mich am Strand also redlich, mit meinen voyeuristischen Späherblicken um alles Weibliche im gebärfähigen Alter einen großen Bogen zu machen. Stattdessen betrachtete ich nun Sandburgen und das Meer oder aber verstärkt Humanoide aus der Gattung der braunfleckigen Warzenkröte. Aufgeschwemmte Wassertropfenfiguren mit schrumplig verlederten Schlauchbrüsten und speckfaltigen Schweinebäuchen. Stillleben aus Salatgurken und Wassermelonen, männliche und weibliche Exemplare gleichermaßen unansehnlich. Reithosen, Fettschürzen, deformiertes Drüsengewebe, eben die komplette Ausstattung. Ein Patchwork-Teppich aus ölig glänzenden, sonnenverbrannten Schwarten und dem blassblau geäderten Fleisch gerupfter Truthähne. Diese hässlichen Aussackungen! Adipositas, Steatopygie, weiß der Teufel was alles! Lauter Wülste, Lappen und Falten, überall Haut wie welkes Herbstlaub. Als wäre im Hinterland ein Staudamm geborsten und hätte den Inhalt einer Leichenhalle runter an den Strand geschwemmt. Und so viele unglaublich Dicke darunter, egal wohin man sah! Auch hier schien der Mittelstand zu schwinden, offenbar war man entweder extrem sportlich oder superfett. Centerfold-Model oder schlaffer Kadaver, dazwischen gab es immer weniger.

Olli verstand nicht, warum ich mich darüber aufregte.

"Lass doch jeden fressen, bis er platzt", hatte er dazu bloß schulterzuckend gemeint. "Den Schaden haben die Speckis doch bloß selber. Ist ja nicht wie beim Rauchen, passive Fresser gibts ja wohl noch nicht."

"Erstens haben wir alle den Schaden, wenn jemand ungesund lebt und unglücklich und krank wird und am Ende vor lauter Fett jahrelang nicht mal mehr die Wohnung verlassen kann", hatte ich ihm daraufhin widersprochen, "und zweitens sind das auch schlechte Vorbilder für Kinder, wenn ihnen ständig von 200-Kilo-Monstern eine falsche Normalität vorgegaukelt wird. Übrigens gibts ja seit kurzem erstmals mehr Übergewichtige als Mangelernährte auf der Welt. Soll so etwa der Fortschritt aussehen? Einfach das eine Übel gegen ein anderes austauschen? Das ist doch Irrsinn!"

Jedenfalls, für mich waren all die Übergewichtigen natürlich auch ein Symbol für den Zustand unserer Gesellschaft, denn es fehlte hier wie da an gesunder Substanz, und der Stoffwechsel, also der innere Austausch, war schwer gestört. Fast food an jeder Ecke bedeutete: das Denaturierte war auf dem Vormarsch.

211. Kapitel

An unserem einzigen Urlaubstag ohne perfektes Strandwetter besichtigten wir gleich nach dem Mittagessen ein Freilandmuseum, einen historischen Gutshof mit allem Drum und Dran. Ja genau das hier ist es, dachte ich beim Betrachten der alten Werkstätten und Stuben, was vielen von uns Entfremdeten heutzutage fehlte. Was *mir* fehlte. Nicht nur die frische Luft und das Klischee vom idyllischen Landleben, sondern vor allem eine sinnvolle Arbeit, die einen ernährt und nach der man am Abend müde und zufrieden ins Bett sinkt. Im Einklang mit der Natur und mit sich selbst.

Gründlich inspizierten wir also das gesamte Hofgelände mit Herrenhaus, Gesindeunterkünften, Schuppen und Nebengebäuden, ungefähr anderthalb Stunden lang. Das frische Heu in der offenen Scheune roch noch genauso wie zu Zeiten meiner Kindheit, stellte ich beinahe gerührt fest. Wie damals, als ich manchmal bei meinem Opa auf dem Schoß sitzen durfte, wenn er abends seine Pfeife schmauchte und von seinem sagenumwobenen 'Ostpreußen' erzählte.

Olli und ich erklärten den Kindern die alten Geräte und Maschinen, die überall herumstanden. Eggen und Pflüge, Sensen und Dreschmaschinen, hölzerne Backmulden und ledernes Zaumzeug und wie man damals Butter herstellte, und ich kramte lauter Geschichten aus vom Bauernhof meiner Kindheit, von Kühen und Pferden, von Katzen und dem Schäferhund Hasso und von den Schwalbennestern im Stall und dem Klapperstorch auf dem Scheunendach.

Hinterher rupften die Kinder büschelweise Löwenzahn und fütterten die Kaninchen, während ich neben Olli ermattet im Grase lag und träge Steinchen in den Tümpel warf.

"Neulich kam so 'ne Reportage über 'ne Riesenbaustelle, in einem der Emirate, Dubai glaub ich, na egal", fing ich an, "jedenfalls, die bauten gigantische Wohntürme, irre hoch und modern, und in einem von den schon fertigen Dingern, da wohnte einer im hundertsten Stock oder so und zeigte sein Luxusdomizil mit megatoller Aussicht."

Ich lachte kurz und fuhr dann fort: "Der musste dreimal den Lift wechseln und erstmal 'ne Viertelstunde Fahrstuhl fahren bis ganz nach oben. Die Bude kostete eine oder zwei Millionen oder so, ich habs vergessen - und man konnte nicht mal 'n Fenster aufmachen! Kein Balkon, absolut nichts! Zwangsklimatisiert, der ganze Turm, dem dezentem Duft des Tages aus der *air condition* total ausgeliefert."

Ich schüttelte den Kopf. "Da kann er doch auch für 'n Zehntel des Preises nach ganz unten in 'ne Kellerwohnung ziehen und die Wände mit fetten hochauflösenden Bildschirmen pflastern, die ihm die gleiche Aussicht wie von oben vorgaukeln", sagte ich, "oder jeden Tag sogar 'ne andere. Da hat er mehr von. Ich würde jedenfalls sterben in so 'nem Aquarium. Kein Vergleich zu dem hier, oder dem Hof wo ich groß geworden bin."

Olli brummte bloß irgendwie unbestimmt und verscheuchte einen vorwitzigen Käfer von seinem Arm.

"Mensch Olli, '*Der Morgen*' von Caspar David Friedrich", rief ich enthusiastisch, "kennst du das Bild? Wo der Fischer bei 'nem herrlichen Sonnenaufgang im Frühnebel sein Boot über den See stakt? Eins der schönsten Gemälde überhaupt, ich habs früher mal dutzendfach als Postkarte verschickt. So sollte man leben, das wärs, hm? Wie Tolstoi, der exkommunizierte Graf Leo, der große Sinnsucher. Komm, wir besetzen das Landgut hier! Ach ja, nur die alten Dorfleute wussten eben noch, was es wirklich heißt, Wurzeln zu haben. Echte *roots*, verstehst du?"

"Ein verweichlichter Großstädter predigt Agrar-Aanachronismus!", erwiderte Olli darauf bloß grinsend. "Junge, wenn dir 'ne seelische Wurzelbehandlung fehlt, dann geh zu den *amish people* nach Pennsylvania. So 'n Bekannter von mir hat da mal irgendwelche Verwandte drüben besucht. Pferdekutsche und Vollbart, und natürlich kein elektrischer Strom. Lass dir von denen mal 'ne Märchenstunde verpassen. '*Das Glück ist hinter dem Pfluge*', handgestickt auf 'nem Sofakissen. Der ehrliche Landmann auf seiner Scholle, wie er im Schweiße seines Angesichts in biblischer Idylle sein hartes Brot erbricht. Mal sehn, wie lange du das durchhältst."

"Okay, ist ja gut", winkte ich ab, "aber ich finde trotzdem, alle Schulklassen sollten wenigstens einmal für zwei oder drei Wochen so ein Museums-Camping veranstalten, da würden die Kids 'ne Menge lernen. Die haben doch überhaupt keine Beziehung mehr zu den grundlegendsten Sachen! Nur wer sein Wasser im Eimer aus dem Brunnen zieht und sein Holz für den Ofen selber hackt, der weiß den Wert dieser Dinge wirklich zu schätzen und wird sie nicht verschwenden."

Olli grinste. "Also jeder soll seine Kacke eigenhändig kompostieren lernen und dann zum Abschluss im Öko- Workshop kratzige Unterhosen weben?"

"Quatsch", antwortete ich, "es geht einfach um die Sichtweise. Mal für 'n paar Tage so richtig Eigenversorgung, die Dinge vom Kopf auf die Füße stellen. Wasser von der Pumpe holen und gemeinsam Essen kochen, mit Kartoffeln selber ausbuddeln und Möhren schnippeln und so. Mal richtig sehen, wie Pflanzen wachsen. Klar, und vor allem natürlich der Umgang mit Tieren, das ist extrem wichtig! Der Kreislauf des Lebens! Tja, und dazu gehört zum Beispiel auch, sich am Sonntag eine von den niedlichen Enten zu schnappen, die man immer so gern gefüttert hat, und ihr mit 'nem Beil den Kopf abzuhacken. So 'ner unschuldigen Kreatur das Leben nehmen, mit eigener Hand, nur weil man den saftigen Braten will! Das Schuldgefühl dabei, ja verdammt nochmal, und das Blut! Wer Fleisch essen möchte, der muss auch töten, da kommt man ums Schlachten nicht drumrum. Sowas wäre doch mal 'ne ganz erdverbundene Erfahrung, hm?"

Olli nickte bloß, und ich dachte daran, wie mir ein Ornithologe mal vor Jahren bei einer Wanderung erzählt hatte, dass der zu seiner Zeit als fortschrittlich geltende Kaiser Friedrich II., der ja ein begeisterter Jagdfalkenzüchter gewesen war *(und der eine Vierzehnjährige geheiratet und geschwängert hatte, aber das nur nebenbei)*, damals vor 800 Jahren seine Minister vor allem danach ausgesucht hatte, wie gut sie mit seinen Vögeln umgehen konnten. Denn er war der Meinung, wer sich mit Tieren auskannte, der hatte dann wohl auch das Zeug dazu, um über menschliche Untertanen zu herrschen. Das war sein Kriterium. Nur wo sollte man denn den Umgang mit Tieren in der Zukunft lernen?

Plötzlich klingelte Ollis Handy, und er stand auf und ging für ein paar Minuten zum Tümpel runter, während ich meine Gedanken einfach treiben ließ. Irgendwo hatte ich gelesen, dass der weltweite Urbanisierungstrend nicht nur anhielt sondern sich sogar beschleunigte und demzufolge wohl bereits im Jahre 2050 zwei Drittel der Menschheit in Städten leben würden, schon heute war es ja ungefähr die Hälfte. Bloß was waren das denn eigentlich für Städte? Über eine Milliarde Menschen hausten aktuell in 'Vorstädten', in dreckigen Slums! Auf Müllkippen, oder direkt neben Tag und Nacht befahrenen Gleisen, und sogar zwischen Gräbern und Gruften auf Friedhöfen! In unregierbaren Quadranten ohne Kanalisation und Müllabfuhr! In stinkenden Kloaken, wo der wuchernde Wildwuchs der Wellblechhütten brutal mit Bulldozern zurückgedrängt wurde, damit die sich krebsartig aufblähenden Mega-Cities nicht noch weiter außer Kontrolle gerieten und am Ende auf dreißig oder fünfzig oder hundert Millionen Einwohner anschwollen.

Flüchtig musste ich an Festus und sein Konzept der kleinen autonomen Zellen denken, an sein Zauberwort 'dezentralisieren'. Offenbar ging der Trend jedoch genau in die Gegenrichtung - immer mehr, immer größer, bis die morschen Strukturen am Ende unter der Last ihres eigenen Gewichts kollabierten. Wer weiß, überlegte ich, vielleicht existierte ja bei der Menschheit auch so eine Art 'kritische Masse', so ein Grenzwert wie bei der Atombombe, und ab einer gewissen Packungsdichte führten die 'natürlichen Spontanzerfälle', also die Amok-Ausraster und kriminellen Schizos, zwangsläufig zu einer lawinenartig anwachsenden Kettenreaktion, so dass uns der ganze Laden dann früher oder später automatisch um die Ohren flog? Wann kam es zum 'Urbanozid'? Wieviel Irrsinn und Brutalität verkrafteten wir wohl alltäglich in unserer Mitte, wann kippte das System? Wer konnte denn in derart entnaturalisierten Agglomerationsräumen von solch monströsen Ausmaßen überhaupt noch gesund bleiben und sich wohlfühlen? Wo sich Menschen zwangsläufig wie Ameisen vorkommen mussten, die es in das Innere eines gigantischen Großrechners verschlagen hatte und die nun verloren zwischen Prozessoren und Kühlkörpern umher kletterten und vergeblich versuchten, auf diesen öden Platinen heimisch zu werden. *Das Sein bestimmt das Bewusstsein',* so hieß es doch - was für eine Sorte Mensch wuchs dann wohl unter solchen Verhältnissen heran? Würden sich unsere Städte unaufhaltsam immer weiter polarisieren und bald vollständig in reiche, erholungsparkähnliche Zentren und verwahrloste, sich selbst überlassene Peripherien zerfallen, beide Hemisphären sorgfältig voneinander abgeschottet durch paramilitärische Sperranlagen - bis die aufgestaute Spannung schließlich alles in einem Riesenknall zerfetzte? Aber wie auch immer, der Trend zur sozialen Entmischung und zur Gentrifizierung hielt

an, und das, obwohl der Status quo ja wahrlich schon schlimm genug war. Jedenfalls, wenn man diese aus allen Nähten platzenden Siedlungen, diese elenden, wild wuchernden Provisorien, wenn man das alles als die materielle Verkörperung der resultierenden geistigen Anstrengungen der Menschheit ansah, dann lief wohl irgendetwas mächtig schief auf dem hiesigem Planeten. Der Unabomber aus Montana kam mir in den Sinn; der Mann aus der spartanischen Holzhütte, der die monströse Technisierung der Gesellschaft mit Gewalt hatte stoppen wollen, um so die Notbremse zu ziehen und die Würde der Menschheit zu retten. Weil wir ansonsten wie die Passagiere eines 'Narrenschiffs' auf eine tödliche Katastrophe zusteuerten, zumindest seiner Meinung nach. Doch bewahrheiteten sich viele seiner düsteren Prophezeiungen nicht mit jedem Tag mehr? Erst neulich hatte ich eine interessante Abhandlung über die Risiken beim Betrieb weltumspannender Strom- und Datennetze gelesen. Diverse Störungen konnten sich darin rasend schnell ausbreiten und sogar zum völligen Zusammenbruch führen. Eine einzige heftige Sonneneruption reichte im Prinzip ja bereits, um das gesamte System für Wochen lahmzulegen, und die Folgen würden mit Sicherheit katastrophal sein.
Tja, dachte ich, und je weiter man dann von den grandiosen Mega-Cities weg war, umso besser.

212. Kapitel

Ungefähr eine Stunde später gingen wir noch zu dem kleinen Gartencafé gleich neben dem Hofladen rüber. Da Olli aber keinen Hunger hatte und sowieso nochmal eine Weile ungestört telefonieren wollte, blieb er einfach draußen auf einem Holzklotz sitzen, während ich mit den Kindern an einem Tisch Platz nahm.
Malte begann sofort die Karte zu studieren.
"Was soll denn 'Ragout fin' sein?", fragte er neugierig.
"Ist so ähnlich wie Hühnerfrikassee, mit Käse überbacken", antwortete ich.
"Oh ja, das nehme ich", erwiderte er. "Aber warum heißt das denn so komisch?"

"Naja, das ist Französisch und bedeutet 'feines Gulasch' oder so ungefähr", erklärte ich. "Die Franzosen waren früher nämlich für besonders gutes Essen bekannt. Da gab es lauter Soßenrezepte und Pasteten und sowas. Die Engländer dagegen haben meistens bloß ganz einfaches Zeug gegessen. 'Fish and chips' zum Beispiel, also gebratenen Fisch und Pommes, am besten noch in altes Zeitungspapier eingewickelt. Heute ist das alles aber nicht mehr ganz so."

Dann kam die Kellnerin an unseren Tisch. Sie war um die Dreißig, schlank, und hatte eine Brille und Sommersprossen. Als ich sie unauffällig etwas näher betrachtete fiel mir auf, dass die historische Museumstracht in ihrem Fall recht kleidsam war. Enge Taille, betonte Oberweite, wenngleich auch züchtig verhüllt. Auf jeden Fall eine holde Maid; vielleicht nicht ganz die Dorfschönste, aber doch ziemlich nah dran.

Ich gab die Bestellung auf und sie notierte alles in ihrem Block, und kurze Zeit später brachte sie Nele und mir bereits Kuchengabeln und zusätzlich ein kleines Fläschchen, das sie vor Malte hinstellte.

"Wor-ces-ter-soße", las er stockend, "Papa, wozu ist das denn?"

"Für dein Würzfleisch", sagte ich. "Das gibt es in feinen Restaurants dazu, damit es besser schmeckt. Außerdem spricht man es 'Wuhstersoße', weil es nach einem alten englischen Rezept gemacht ist."

"Aber Papa", wunderte sich Malte, "du hast doch vorhin gesagt, in England gibt es nur ganz einfaches Essen, und die feinen Soßen sind alle aus Frankreich!"

"Ja schon, aber...", stöhnte ich und überlegte, wie ich aus dieser Klemme wohl am besten rauskäme, während die Kellnerin, die alles mit angehört hatte, ein Lachen unterdrückte und wieder in Richtung Küche verschwand.

Schon bald wurde dann serviert, so dass ich vor weiteren neunmalklugen Fragen erst einmal verschont blieb. Nachdem die Kinder aufgegessen und ausgetrunken hatten, rannten sie sofort vom Tisch zur Spielecke rüber, um die dort zur Verfügung stehenden Autos und Holztiere auszuprobieren, während ich in paradiesischer Ruhe zurückblieb und ungestört den Rest von meinem Kaffee und Kuchen genießen konnte. Wobei ich dennoch bemerkte, dass die Kellnerin jedes Mal lächelte (und manchmal sogar verstohlen auch zu mir rüber sah), wenn sie an Malte, Nele und Karoline vorbeiging.

Schließlich winkte ich der Kellnerin und zahlte, und erst als sie bereits wieder gegangen war, bemerkte ich die paar handgeschriebenen Worte auf der Rechnung. *'Schön, dass Sie unser Gast waren'*, stand dort neben einem schwungvoll gezeichneten Smiley.

Nun ja, Geschäftsroutine, sagte ich mir als alter Skeptiker natürlich sofort. Der auf dem Nachbartisch liegengelassene Kassenausdruck trug diesen Zusatz allerdings nicht, wie ich mit einem schnellen Seitenblick feststellte.

Hm, dachte ich, ob das wohl etwas zu bedeuten hatte - und wenn ja, galt dies dann eher den Kindern oder doch gar dem Vater? So recht war ich mir freilich nicht sicher.

"Oh, das ist aber nett", sagte ich daher bloß lahm, als ich demonstrativ mit dem Zettel in der Hand an ihrem Tresen vorbei nach draußen schlurfte, wobei sich unsere Blicke vielleicht eine Sekunde lang trafen. Der Ausdruck ihrer Augen blieb mir jedoch noch für einige Zeit im Gedächtnis haften.

An unserem letzten Ostsee-Urlaubsabend saß ich allein auf der Terrasse, denn Olli war urplötzlich noch zu einem spontanen Strandspaziergang aufgebrochen, und die Kinder schlummerten bereits friedlich in ihren Betten. Ich goss mir den Rest Wein ein und grübelte trübsinnig darüber nach, dass ich wahrscheinlich nie wieder Sex mit Larissa haben würde. Jetzt wo ich wusste, dass sie einen 'sehr nette Mann' kennengelernt hatte, von dem sie sich offenbar mehr erhoffte. Denn ich konnte mit ihr wohl nicht einfach wieder cool auf die professionelle Ebene zurückkehren, dazu waren wir uns zu nahe gekommen. Ja wie seltsam, überlegte ich, Sex im falschen Moment konnte bereits vorhandene Sympathien gefährden, und umgekehrt gingen Paare in einem Swingerclub fremd und festigten dadurch sogar manchmal ihre Beziehung. Oder ein Seitensprung brachte sie wieder zusammen. Irgendwie paradox, fand ich. Wer sollte sowas verstehen?

Gegen elf ging ich ins Bett, und vor dem Einschlafen kamen mir noch eine ganze Menge sonderbarer Gedanken zum großen Rätsel namens Sex. So versuchte ich mir beispielsweise einen Orgasmus als psychische Resonanz zu erklären, denn Resonanz war physikalisch-mathematisch betrachtet ja nichts weiter als die Verstärkung einer Schwingung mit dem Faktor unendlich. Ein Ping-Pong-Spiel: zuerst gibt man, dann kriegt man etwas mehr zurück, man gibt noch mehr... immer schön im Takt, bis sich schließlich alles zur Maximalamplitude aufschaukelte. Ziemlich einleuchtend, nicht wahr? Oder bloß höherer Blödsinn?

Wie auch immer, Fakt war jedenfalls, dass sich diese ganzen vertrackten Unterleibsgeschichten vom rein intellektuellen Ansatz her sowieso nicht knacken ließen, zumindest das hatte ich längst begriffen. Denn dazu war die Materie einfach zu komplex, und natürlich auch zu alt; Sex existierte bekanntlich schon, da war an Mensch und Intellekt noch gar nicht zu denken. Schwanz und Muschi waren entwicklungsgeschichtlich nun mal älter als die Großhirnrinde, eindeutig. Außerdem lebte ja jeder von uns sowieso meistens in seinem eigenen Film, psychologisch und existenzialistisch-philosophisch betrachtet. Ein Kneipengespräch fiel mir ein, dass ich zu diesem Thema einmal vor langer Zeit mit Gonzo geführt hatte. (Damals, als er noch etwas redseliger gewesen war.) Seinerzeit hatte er mir nämlich klarzumachen versucht, dass das, was für Armstrong 1969 die unglaublich reale und alles überwältigende Sensation des ersten Schrittes auf dem Mond gewesen war, für die meisten anderen in ihrer Phantasie letztendlich vielleicht bloß so etwas wie ein bisschen albernes Sandkastengehüpfe darstellen würde. Natürlich ließe sich dieses Ereignis ohne weiteres einigermaßen realistisch mit Schneeanzug und Gummiseil-Federung in einer abgedunkelten Halle reproduzieren, hatte Gonzo argumentiert, so dass praktisch jedem experimentierfreudigen Tester in etwa die gleichen Sinnesreize wie seinerzeit Old Armstrong zur Verfügung gestellt werden konnten. Der betreffende pseudolunare Marionetten-Astronaut bräuchte dazu beispielsweise ja nur seinen Stiefel in den künstlichen Kartoffelstärke-Staub einer entsprechend präparierten Zirkusmanege drücken - doch das würde bei ihm wohl kaum größere emotionale Wallungen auslösen. Weil es eben nie lediglich um die kahlen äußeren Fakten und irgendwelche automatisch ablaufende Kausalitätskaskaden ginge, so seine Schlussfolgerung, sondern immer auch um ihre ganz persönliche Verarbeitung. *(Zugegeben, das mochte alles banal klingen, und wahrscheinlich war es das auch, aber ab und an sollte man sich diese Tatsache wohl dennoch vor Augen führen.)*

Tja, dachte ich, und was war schon Stiefel-im-Mondstaub gegen Schwanz-in-der-Muschi! Mein lieber alter Gonzo! Welche Bandbreite an ganz individuellen

Empfindungen mochte dann da wohl erst drin sein!

Na schön, sagte ich mir schließlich und wälzte mich dabei von einer Seite auf die andere, nun hatte ich also höhere Einsichten gewonnen, demzufolge ich zu Larissa nur noch eine rein platonische Beziehung pflegen wollte. Allerdings blieb dann immer noch ein leidiges Problem übrig, nämlich: was tun mit meiner Libido? Wohin sollte ich denn nun die drängende Schar meiner Spermien dirigieren? Oder gab es dabei - bis auf die leidigen Finanzen - etwa überhaupt gar kein Problem? Die Agenturen sorgten doch für willigen Nachschub! Was war daran verwerflich, wenn ich deren ganz legale Angebote nutzte?

Doch meine innere Stimme meldete sich plötzlich klar und deutlich: *Junge, lass den ganzen aufgesetzten Scheiß mit der Sexgrübelei, das ist doch alles nur pseudointellektuelles Rumdoktern zwecks Vernebelung. Menschen sollten nur miteinander ins Bett gehen, wenn es allen Beteiligten innerstes Bedürfnis ist, und nicht weil sich irgendwer irgendwelche Vorteile davon verspricht. Alles andere ist Mist, bestenfalls 'im gegenseitigen Einvernehmen' vollzogene Kompromisskacke. Ein schräger Deal und damit eines freien Menschen unwürdig. Ende und Aus, und Ruhe jetzt und Schnauze halten, kapiert? Und tu bloß nicht so, als ob du das nicht längst schon selber wüsstest.*

Alles klar?

213. Kapitel

Die ersten fünf Tage nach dem Urlaub: Gott war ich scharf! Ich stand ganz knapp vor dem Samenkoller, echt. Da meine Gina-Maus jedoch leider zu Hause in Polen weilte, probierte ich mal wieder ein paar neue Kandidatinnen aus, alle ganz jung und definitiv unter fünfzig Kilo. Nur so recht taugte keine von ihnen was. Die Erste sah an sich zwar gar nicht so schlecht aus, kam aber mit ungewaschenen Haaren und rauchte bloß stumm mit herabhängenden Mundwinkeln; sie machte den Eindruck, als hätte sie sich schon längst aufgegeben. Die meisten meiner freundlich vorgetragenen Konversationsfragen beantwortete sie mit einem Schulterzucken, so dass ich schon gar keine richtige Lust mehr auf sie hatte. Aber da die Geldübergabe bereits vollzogen war, fickte ich sie trotzdem. Die Zweite (mit merkwürdiger schwarz-weißer Strähnchenfrisur, was mich an einen Marmorkuchen denken ließ) kriegte erst die Beine nicht auseinander, und dann wollte sie immerzu Papiertaschentücher; entweder war es kurz vor oder kurz nach ihren Tagen. Die Nächste war in natura nicht so hübsch wie auf den Fotos (schlechte Zähne!) und benahm sich dazu noch reichlich abgebrüht; außerdem hatte sie zu meinem Missfallen sowohl Nippel- als auch Intimpiercings (wobei letztere ihre seltsam rausgekräuselten Schamlippen höchstens noch unansehnlicher erscheinen ließen). So, und bei der Vierten kam ständig mit einem Höllen-Ringelbim-Getöse eine SMS nach der anderen an, was mich schon gehörig nervte. Doch damit nicht genug, denn dann fing dieses Schätzchen obendrein auch noch an, ihrem Liebsten hinterher zu telefonieren, in meiner Zeit! Ich war nah dran, sie rauszuwerfen.

Gleich am nächsten Abend nach diesem Fiasko bestellte ich mir, nun bereits völlig entnervt und dem Irrsinn nahe, eine vermeintlich garantiert aparte Dame von einer Nobelagentur, für satte 160 Euro die Stunde. Aber auch das wurde ein Reinfall, denn bis auf ihre künstlich aufgepolsterten C-Brüste war sie weder vom Äußeren her noch sonst wie irgendwas Besonderes. Die Company kassierte einfach bloß mehr ab, das war das ganze Geheimnis.

Danach hatte ich die Schnauze mal wieder so ziemlich voll von dem ganzen Business. Von Verheißungen, die sich ja doch nicht erfüllten. Von Stammel-Englisch und Schweißgeruch unter den Armen. Von all der Unkultiviertheit. Warum tat ich mir das eigentlich immer wieder an, fragte ich mich? In meinem Alter sollte man doch wohl mitten im Leben stehen, nicht wahr, man sollte etwas Großes mitgestalten, Entscheidungen fällen und Verantwortung tragen, egal ob nun als Architekt, als Staatsanwalt oder als Kinderarzt in Afrika. Oder meinetwegen auch als Busfahrer, der gerade nach Feierabend für seine Enkel den Dachboden ausbaute. Ich dagegen krebste noch immer verwirrt im embryonalen Psychonebel umher und reichte das meiste von dem Geld, das ich für meine armselige Papiersortiererei im Krapparat kriegte, gleich wieder ruckzuck an geistig unterbelichtete Teenager durch. Für einmal Muschi hin und zurück. Immer nur ‚Stößeln wie 's böse Tier', so Pixies Maxime. Nein, das konnte es doch auf Dauer nun wirklich nicht sein, oder?

Um mal etwas völlig Neues zu probieren, durchforstete ich im Internet Seitensprung- und Partnertausch-Webseiten, auf denen sich diverse willige junge Frauen anboten, sowohl mit als auch ohne 'finanzielle Interessen'. Leider kam ich bei den meisten Kandidatinnen gar nicht erst durch den Kontakt-Filter, weil ältere Herren wie ich gnadenlos geblockt wurden. *(Eine der wenigen Ausnahmen war übrigens eine 20jährige namens Agnieszka, natürlich 'mit finanziellen Interessen', die ich anhand der Fotos eindeutig als 'Vicky', jene angebliche Pädagogikstudentin aus Krakau, identifizierte.)* Jedenfalls wurde ich dort auf die Schnelle auch nicht fündig.

Doch bevor ich in meinem Testosterondunst überhaupt einigermaßen zur Besinnung kommen konnte, erschien nun kurze Zeit später auch noch Angel auf der Bildfläche, ein Neuzugang bei den Fun-Girls. Echte 18 Jahre alt! Oh mein Gott! Eine kesse (soll heißen: äußerst unprüde) Berliner Göre mit höllenheißer Traumfigur. Die am besten verteilten 47 Kilo, die ich bis dato in Händen gehalten hatte. Die deutsche Janica. Sie war unwiderstehlich. Schon am ersten Abend machte ich eine Ausnahme und leckte sie ziemlich ausgiebig, nach einer sensationell geilen Nummer, und bereits zwei Tage später war ich nun drauf und dran, die nächste Ausnahme zu machen. Denn sofort nach der Arbeit bestellte ich sie mir an jenem Nachmittag nämlich ohne zu zögern gleich für satte drei Stunden, fest reserviert von halb neun bis halb zwölf, ein schwerer Rückfall in alte Zeiten. Ich fuhr mein Leben mal wieder voll auf Verschleiß - bis zum Crash?

(Tja, der Mensch entwickelte sich eben nicht schön gleichmäßig aufwärts, sondern mehr so zick-zack, nicht wahr? Ungefähr wie ein Mäandertaler, sozusagen. Aber das lag wahrscheinlich in der Natur der Sache, denn aus einem Irrgarten gab es ja auch keinen geradlinigen Weg zum Ausgang.)

Da ich sie mir nun für den nahenden Abend also bereits gesichert hatte, andererseits aber bis zu ihrem Erscheinen noch reichlich Zeit hatte, setzte ich mich erstmal vor den Computer und sah nach, ob sich in dem Internet-Freierforum inzwischen schon Einträge über sie fanden. Dies war freilich durchaus der Fall, denn dort erhitzten sich ihretwegen bereits kräftig die

Gemüter. Einige verliehen ihr schwärmerisch das Prädikat 'Supergirl', andere hingegen maulten wegen ihrer kühlen Art.

'Als sie bei mir in der Tür stand, dachte ich, hier kommt der Sex meines Lebens', schrieb einer, beklagte sich aber schon zwei Zeilen weiter, dass sie dann auf der Matte extra die Beine gestreckt hätte, so dass er bei ihr *'kaum drei cm'* reingekommen wäre. Er warnte eindringlich vor ihrer Abzocke und gab den Rat: *'Wer dennoch nicht auf sie verzichten will, der sollte sie strippen lassen und sich dabei selber einen von der Palme schütteln, denn was ansonsten folgt, das hat mit Sex nicht viel zu tun. Für ihr Alter ist die ein echt abgebrühtes Luder.'*

Na dann, dachte ich, gut zu wissen. Wollen doch mal sehen, wohin es führt.

Angel II

Pünktlich um halb neun stand sie oben bei mir vor der Tür.

"Oh, was riecht so gut bei dir?", fragte sie schon im Flur und hob schnuppernd ihr Näschen, "bist du das?"

Ich zeigte auf das kleine Bund Lavendel, das auf dem Schreibtisch stand, erst am Nachmittag hatte ich es auf dem Markt gekauft.

"Wie geil ist das denn?", rief sie begeistert. "Hast du nicht noch mehr davon? Sowas brauch' ich auch!"

Also rückte ich ein kleines Fläschchen Lavendelöl raus, das ich eigentlich noch hatte aufheben wollen. Vielleicht brachte es mir bei ihr ja ein paar Sympathiepunkte extra ein, die ich dann beim Akt abrufen konnte.

"Kon-fekt!", freute sie sich (was sie allerdings so wie 'per-fekt!' betonte) und drückte mir einen flüchtigen Schmatzer auf, während ich gerade ein Glas Milch für sie eingoss. Schon beim ersten Mal hatte sie nichts anderes trinken wollen.

Dann setzten wir uns, und sie begann sogleich emsig, das Schälchen mit den Walnusskernen leer zu knabbern.

"Die sind gut", lobte sie, "hast du noch mehr davon?"

Ich brachte die ganze Tüte aus der Küche.

"Och, kann ich die haben?", flötete sie und wartete mein Einverständnis nur pro forma ab. "Danke dir!"

Wir unterhielten uns erstmal ein bisschen über das Geschäft im allgemeinen, das heißt ich hörte eigentlich bloß zu, wie sie sich über einige ihrer durchgeknallten Kunden lustig machte. Nebenbei ließ sie mich wissen, dass sie diesen ätzenden Job in ein oder zwei Monaten sowieso an den Nagel hängen würde. Weil dann nämlich ihre neue 3-Zimmer-Wohnung, die sie vor Kurzem bezogen hatte, endlich fertig eingerichtet wäre.

"Bei meiner Mutter bin ich raus, da ist es in letzter Zeit immer stressiger geworden", meinte sie. "Das ging nicht mehr. Wenn die morgens alleine frühstücken musste, weil ich gerade erst nach Hause kam, dann flippte sie halt aus."

Sie griff nach ihrer Handtasche und kramte kurz darin herum.

Angeblich hätte sie es bei irgendeinem Casting für eine Girls Group in die engere Auswahl geschafft, erwähnte sie cool. Der jahrelange Musikunterricht würde sich nun eben auszahlen, und mit ein bisschen Glück würde sie bald ganz groß rauskommen.

"Und dann gehts ab nach Las Vegas", frohlockte sie, "in die Präsidentensuite. Voll geilomato! Wennschon dennschon! Tja, ich bin nun mal verwöhnt."

Schließlich nahm sie ihr Handy, drückte flink ein paar Tasten und hielt mir dann zwei Fotos unter die Nase, auf denen sie tatsächlich mit einer umgehängten Bassgitarre zu sehen war, und anschließend präsentierte sie mir gleich noch eins, Arm in Arm mit ihrer besten Freundin zusammen. Trisha oder Trixie, ebenfalls so ein bildhübsches Ding.

"Mit 15 hat die immer am Bahnhof Zoo abgehangen", erzählte sie, "und da ist sie mal von 'nem Diplomaten angequatscht worden. Sein komisches Nummernschild fing nämlich mit 'ner Null an, das hat sie sich gemerkt. 500 Euro hat der ihr geboten, damit er einmal 'rüber durfte, und das hat der hinterher auch brav gelöhnt."

Danach wäre sie dann auf den Geschmack gekommen und hätte sich bei den Herren mit den dunklen Limousinen eine Zeitlang als 'Geheimtipp' rumreichen lassen, meinte sie lakonisch.

"Was hat sie denn da am Arm?", fragte ich.

"Ach naja, die ritzt sich halt manchmal, und das klebt sie dann hinterher ab", erklärte sie flüchtig und schnatterte dann gleich wieder nonstop weiter: "Für 'ne Weile hat sie auch bei Gruppensexpartys mitgemacht, wo sich drei oder vier Girls von zehn alten Säcken poppen lassen, für 'n Hunni pro Stecher. Naja, und momentan ist sie bei so 'nem Internet-Portal und will mit Webcam-Videos Kohle machen. Ich soll da miteinsteigen, sagt sie, aber ich glaub, so richtig läuft das nicht."

Für ein paar Sekunden fummelte sie wieder an ihrem Handy herum, dann durfte ich sie auf drei weiteren Fotos als Bodypainting-Modell bewundern, einmal mit aufgespraytem Anzug und einmal als Leopard und dann noch als eine Art tropisch bunter Fruchtcocktail mit Blütenbauch.

"Ja, da hab ich mal mitgemacht, war wirklich ganz nett, aber außer 'ner bunten Pelle und 'n paar schönen Bildern fällt da weiter keine Gage ab", fasste sie ihre Meinung dazu zusammen.

Tja, und so ging das noch eine ganze Weile weiter, unablässig quasselte sie mich voll. Wobei ich vieles von dem, was sie so von sich gab, durchaus interessant fand. So berichtete sie unter anderem von einem spießigen Kunden, der sie gleich unten an der Haustür in Empfang genommen und ihr dort eingeschärft hätte, sie müsse so wie er selbst absolut lautlos durch den Treppenflur in seine Wohnung hoch schleichen, der Nachbarn wegen, und der sie schließlich vor lauter Angst schon nach der Hälfte der Zeit wieder weggeschickt hätte, bei vollem Honorar natürlich.

"Ohne zu ficken", wie sie betonte.

Nun, sowas konnte ich freilich nicht zulassen, nicht bei diesem Aussehen, nicht bei diesem geschmeidigen Körper. Ich schickte sie ins Bad, und schon kurze Zeit später tobten wir uns auf der Matte aus, keuchend im animalischen Zweikampf verkeilt, bis ich irgendwann ausgepumpt und entsaftet von ihr abließ.

Hinterher zündete sie sich eine Zigarette an.

"Gestern hatte ich 'n Termin bei 'nem Kunden, der hat mich gleich für acht Stunden gebucht", sagte sie. "Andy meint, das wär einer seiner besten Kunden, so mit richtig Kohle. Aber nach drei Stunden bin ich da weg. Der Typ war total zugekokst und konnte sich überhaupt nicht mehr benehmen. Weißt du, es reicht, wenn ich das Zeug einmal ablehne, ich trink ja nicht mal Alkohol. Von dem lass ich mir doch nichts aufdrängeln. Soll er sich sein Scheißgeld meinetwegen sonst wohin stecken."

"Richtig", stimmte ich ihr zu und nickte träge, um ihr meine Anerkennung zu demonstrieren.

Etwas später schob ich testweise eine Hand zu ihr rüber. Sie drückte ihre Zigarette aus und stellte den Aschenbecher zurück auf den Tisch, und ich begann sie langsam zu verwöhnen. Zwar ließ sie sich alles gefallen, doch zu dem von mir bereits intensiv angedachten Sekundärkoitus kam es irgendwie nicht mehr.

"Warum hast du eigentlich kein einziges Tattoo?", fragte ich sie schließlich.

"Phh", erwiderte sie abschätzig, "meine Eltern sind von oben bis unten bunt zugehackt, schon vor zwanzig Jahren haben die das machen lassen. So wie die meisten in der Hardrockszene. Mein Onkel, der ist nämlich auch in 'ner Band. Nee, ich brauch das nicht. Ich finds eher cool, so wie 's ist."

Sie ging kurz auf Toilette, blieb dann aber auf dem Rückweg zum Bett auf einmal vor dem Schrankspiegel stehen.

"Ey, meine *extensions* sehn voll scheiße aus", stöhnte sie. Ihre erst vor ein paar Wochen für einen halben Tausender erworbene Haarverlängerung begann angeblich bereits zu verfilzen, beklagte sie sich, und deshalb wollte sie sie wieder loswerden.

"Komm, du musst mir helfen", forderte sie mich plötzlich auf, und so wurde ich in den noch verbleibenden vierzig Minuten zu ihrem persönlichen Coiffeur ernannt und musste ihr hinten an der Mähne rumschnippeln. Ach was schlummerten in mir doch für verborgene Talente! Natürlich hielt ich mich beim Schneiden peinlich genau an ihre Anweisungen, und während sie danach gleich nochmal duschte und sich den Restschopf wusch, kehrte ich ungefähr ein Pfund Haare zusammen. Als sie kurz darauf splitternackt ins Zimmer trat, um mir ihren frischen Bubikopf vorzuführen, da packte mich urplötzlich wieder die Geilheit. Wie sie sich mit erhobenen Armen prüfend vor dem Spiegel drehte, um einige Strähnchen am Hinterkopf zu einem niedlichen Stummelschwänzchen zusammenzufassen! Mein Gott, diese straffen Titten, und diese glatten Schenkel! Mein Schwanz begann sich kräftig zu strecken; ich sah nur ihren Körper, nicht ihre Frisur. Allerdings hatten wir bloß noch gut fünf Minuten.

"Ähm", räusperte ich mich mit heiserer Stimme, "kannst du mir 'n Gefallen tun?"

"Klar, was denn?", presste sie beiläufig mit einem Zopfgummi zwischen den

Lippen hervor und schüttelte ihre Haare noch einmal locker in Form, wobei ihre herrlichen Geleehügel mitwackelten. Was meine Halblatte augenblicklich mit weiterer Verhärtung honorierte.

"Ist das okay, wenn du mir noch einen runterholst, bloß schnell mit der Hand?", bat ich.

"Aber gerne, claro!", rief sie mit aufleuchtenden Augen (ehrlich!), und buchstäblich freudig erregt hobelte sie mir sogleich - nach kurzer Lutscheinlage - dermaßen turbomäßig einen ab, dass ich einen Moment lang befürchtete, vor lauter Lust und Wonne in Ohnmacht zu fallen.

"Ohh, danke", keuchte ich nach vollbrachter Tat, "Mensch, das fand ich wirklich total nett von dir."

"Keine Ursache, immer gerne", erwiderte sie mit charmantem Lächeln, und pünktlich auf die Minute tänzelte sie gegen halb zwölf schließlich von dannen. Mit noch feuchtem Haar und in der Eile nur flüchtig abgetrockneten Händen.

Als sie weg war, goss ich mir ein Glas Wein ein und zog nüchtern Bilanz: Geiler Sex, aber ohne große Gefühlskomponente. 400 Euro in drei Tagen versenkt, das totale Laster-Desaster.

So konnte es nicht weiter gehen.

Nun, ich bestellte mir Angel zwar später noch ein paarmal (in größeren Abständen, und eisern immer nur stundenweise), aber auch diese Sensation flaute Gott sei Dank ab und ich kam allmählich wieder auf den Boden der Tatsachen zurück. Übrigens fing sie auch recht bald mit dem nervigen Brustvergrößerungs-Gequatsche an, fast alle faselten ja anscheinend mittlerweile davon. Warum ließ ich mir eigentlich kein drittes Ei implantieren?

Es war bei unserem sechsten Treffen (ich erinnere mich noch genau an den Moment, sie hatte mir den Rücken zugedreht und begann gerade sanft an meiner Seite dahinzudämmern), als mir klar wurde, dass ich mich nie wieder in eine dieser jungen Berufshübschen verlieben würde. Meine Naivität war endgültig dahin, mein letzter Rest Freierunschuld so ziemlich zum Teufel. Oder anders formuliert - an Gf6 mit Profis konnte ich nicht mehr glauben. Diese Weide war für mich abgegrast.

214. Kapitel

Ramona schien neuerdings einen Freund zu haben, zumindest wollte sie des Öfteren die Kinderwochenenden tauschen und fuhr dann offenbar weg. Einmal erblickte ich sie von weitem wie sie mit einem ganz manierlich aussehenden Typen rumspazierte, aber ich spionierte ihr nicht weiter hinterher. Sollte sie etwa versauern, während ich Orgien feierte? Es stand ihr zu und fertig, damit hatte ich kein Problem. Von der Gigolo-Agentur kam er jedenfalls bestimmt nicht, davon durfte man wohl ausgehen. Was mich dabei bloß nervös machte war lediglich die Frage, ob sie vielleicht in absehbarer Zukunft partnerbedingt umziehen würde. Mit den Kindern, meine ich. Denn was dann?

Die Therapiegruppe löste sich plötzlich auf. Sie war zwar von vornherein nur für eine begrenzte Zeit konzipiert gewesen, aber ein paar Psycho-Wochenenden mehr hätten eigentlich noch stattfinden sollen. Doch weil Frieder gleich am Freitagabend kategorisch seinen Ausstieg aus irgendwelchen persönlichen Gründen bekannt gab und auch Karla dann immer mehr Kritikpunkte einfielen, hatte sich die Diskussion über eventuelle weitere Termine schließlich ziemlich schnell erübrigt. Ende und aus, und zwar ab sofort.

Am Samstag fuhr ich allerdings trotzdem nochmal zu Sebastian, zum ausführlichen Abschlussgespräch. Beziehungsweise zum Vorgespräch, denn er hatte mir die Teilnahme in seiner anderen, etwas größeren Gruppe in Aussicht gestellt, die bereits seit einem Jahr parallel zu unserer bestand. Naja, und so wie die Dinge lagen, würde ich wohl annehmen und dort weitermachen.

Weil ich zehn Minuten zu früh eintraf und Sebastian noch an seinem Laptop klapperte, setzte ich mich still in die Teeküche und blätterte in einem der Psycho-Hefte, die dort auslagen. Selbstkonzept, Selbst-Diskrepanz-Theorie, irgendwelche Studien mit Diagrammen. Naja, dachte ich, Psychologie konnte ganz schön trocken dargereicht werden. Aha, aber auch hier fanden sich durchaus interessante Stellen, merkte ich dann plötzlich und las: 'Verstärkte Selbstaufmerksamkeit, zum Beispiel durch einen vor dem Probanden aufgestellten Spiegel induziert, führte im Test zu solch positiven Resultaten wie höherer Konsistenz von Einstellung und Verhalten sowie zur Verstärkung von

Emotionen.' Eigentlich doch einleuchtend, nicht wahr? Außerdem passte es zu dem, was ich neulich erst über die vor ein paar Jahren erfolgte (nobelpreisverdächtige!) Entdeckung der 'Spiegelneuronen' im menschlichen Hirn gelesen hatte, sowie zu der bei Phantomschmerzen erfolgreich angewandten Spiegeltherapie, mit der man die Körperwahrnehmung der Patienten gezielt manipulieren konnte. Ließe sich aus alldem nicht ein ebenso einfaches wie probates Mittel ableiten, um die gesellschaftlichen Zustände weltweit zu verbessern?, überlegte ich. So ungefähr nach dem Motto: Ihr Brüder und Schwestern, lasst uns viel öfter einer des anderen Spiegel sein! Denn wer es frühzeitig lernte, sich mit sich selber auseinander zu setzen, der hatte später auch bessere Chancen, mit seiner Umwelt klarzukommen - und das war dann wiederum für alle gut. Logisch, oder?

Nachdenklich legte ich das Heft zur Seite. Was war wohl die Quelle für meine eigene übermäßig ausgeprägte Reflexivität, grübelte ich. Meine tief sitzende Angst als Kind? Dadurch der Versuch, sich immer mit den Augen der anderen zu sehen? Bloß nicht anecken wollen, sich stets unter Beobachtung wähnend und daher alles aus dem Blickwinkel der anderen vorausahnen wollen? Selbstreflexion bis zur Selbstzensur?

Dann rief mich Sebastian zu sich ins Zimmer, und wir unterhielten uns eine Weile über die Frage, inwieweit mir die bisherige Gruppenarbeit nach meiner Einschätzung geholfen hätte, meine Schwierigkeiten besser in den Griff zu kriegen. Wobei ich trotz aller Kritik durchaus eine positive Bilanz zog.

"Natürlich ist das Sexuelle für mich längst noch nicht abgehakt", sagte ich schließlich, "aber allmählich scheint es mir den Stellenwert zu kriegen, den es für einen Mittvierziger wohl haben sollte. Das Obsessive schwindet. Dieses Getriebene, Gehetzte, das ist inzwischen weitestgehend raus."

"Da stimme ich dir zu", nickte Sebastian, "du wirkst stabiler und ruhiger als am Anfang."

"Ja", erläuterte ich, "die Stunden mit den Callies sind für mich jetzt ungefähr sowas wie ein Wellness-Wochenende oder ein schöner Kurztrip. Es hebt die Lebensqualität, es bedeutet Genuss. Ein Luxus, den ich mir leiste. Angenehmes Beiwerk, aber nichts Lebensnotwendiges mehr. Zur Not würde es auch ohne das gehen. Ein kostspieliges Hobby eben, das ich immer mehr einzuschränken gedenke."

Denn eigentlich sehnte ich mich mehr und mehr nach einer wirklich innigen Beziehung; ich wollte zurück aus dem 'Chaos der Triebe', zurück in 'Bindung und Kultur'. Langsam war es genug mit diesem ständigen Auf und Ab, mit dieser nervenraubenden Jagd nach immer neuen Beauty-Queens. (So sprach die Stimme der höheren Hirnregionen - aber da waren auch noch andere Einflüsterungen.) Notfalls würde ich eben ab und an auf Schulmädchen-Pornos ausweichen müssen. Jedenfalls hatte ich nicht vor, abends als geiler Greis noch Mädchen zu begrapschen, die erst nachmittags in der Straßenbahn aufgestanden waren, um mir einen Sitzplatz anzubieten.

"Ich sehe jetzt etliches anders, was Beziehungen angeht", fuhr ich fort, "und ich habe vor allem erkannt, wieviel Rudimentäres und Brachiales auch in mir selber steckte und zum Teil noch ist. Wieviel rohe Gier und Unausgegorenes."

Nein, ich war beileibe nicht nur der sensible Schöngeist, als den ich mich so gern oft selber sah, das hatte ich mir längst eingestehen müssen.

"Früher hat man mir des Öfteren vorgeworfen, ich wäre immer so absolut", sagte ich nachdenklich. "Das war an sich bestimmt zutreffend, und ich fand es auch nicht mal negativ. Es machte die Orientierung schön einfach. Immer bloß Schwarz oder Weiß, ganz klare Trennungen. Zwischentöne wollte ich vermeiden, denn die wären ja verwirrend gewesen."

Wer weiß, dachte ich, vielleicht hatte ich einige meiner Callies auch derartig undifferenziert gesehen, besonders am Anfang der ganzen Geschichte.

"Weiß du, mir gehts jetzt auf eine Art oft so wie vor zehn oder zwanzig Jahren, als ich immer mal wieder zufällig im Radio irgend 'nen Popsong hörte, den ich als Kind schon gekannt hatte, und wo ich aber nun als Erwachsener auf einmal den Text erst wirklich verstand", versuchte ich zu erklären. "Zum Beispiel das gute alte *'Yesterday'* von den Beatles; ich erinnere mich noch ganz genau, dass ich das meiste davon bereits als Steppke zumindest phonetisch korrekt mitsingen konnte. Tja, aber erst irgendwann viel später reichte mein Englisch aus, um zu verstehen, was McCartney da eigentlich sang! Das war wie 'ne Erleuchtung! Naja, und da sehe ich eben gewisse Parallelen zu meiner momentanen Situation. Längst bekannte Sätze ergeben jetzt plötzlich einen Sinn! Natürlich hab ich früher auch schon von 'Eigenverantwortung' geredet und diverse schöne Zitate dazu losgelassen, aber jetzt erschließt sich mir manchmal erst wirklich, was das alles eigentlich bedeutet! Was damit überhaupt tatsächlich gemeint ist! Das sind jetzt keine altklugen Sprüche mehr, nichts intellektuell Aufgesetztes, sondern ich fühle mich reifer, von innen heraus. Weil nämlich der entsprechende Unterbau jetzt da ist."

"Ja", erwiderte Sebastian, "du bist ein Spätblüher. In bestimmten Bereichen hat so 'ne Art Nachreifung stattgefunden, vielleicht auch eine Rekonvaleszenz. Da solltest du dranbleiben."

Das mit der Nachreifung gefiel mir und ich überlegte sofort, ob ich mein Buch nicht eventuell so nennen sollte. Hm, oder vielleicht doch lieber *twisted soul*?

"Früher dachte ich immer, 'ne Therapie wäre nur was für Kranke", grinste ich. "Inzwischen fühle ich mich einigermaßen gesund, bis auf 'n paar kleinere Wachstumsstörungen vielleicht. Bloß genau dafür dürfte sich die neue Gruppe doch eignen, oder?"

"Auf jeden Fall", bestätigte Sebastian und erläuterte anschließend noch einmal in groben Zügen das dahinter stehende Konzept.

"Bis jetzt waren es sechs Frauen und vier Männer", zählte er zum Schluss auf, "dann kommen noch Ragna und zwei oder drei Neueinsteiger dazu. Mit dir wären es dann also voraussichtlich 14 oder 15, und es sind keine Leute mit schweren Persönlichkeitsstörungen dabei. Trotzdem denke ich, dass genügend Dynamik drin ist und dass es recht spannend werden dürfte."

Am übernächsten Wochenende sollte es losgehen, erstmal zum gegenseitigen Beschnuppern.

"Okay", erwiderte ich schulterzuckend, "also ich bin dabei. Kannst mich einplanen."

215. Kapitel

Später am Abend ging ich mal wieder am Computer meine bisherigen Notizen durch, und ich stellte mir plötzlich vor, was ein paar meiner Bekannten wohl dazu sagen würden. Meine verehrten Kolleginnen und Kollegen. Old Korpuskel, Pappke, von Locher.

Schauderhaft, würden sie wahrscheinlich stöhnen. Abartig, verrückt. Nein, den Kerl kennen wir nicht mehr.

Richtig so, würde dann meine Replik lauten. Habt ihr nämlich sowieso nie gekannt. *(Bescheuerte Antwort, ich weiß - als ob es darum ging, sich ein Leben lang vor der Welt zu verstecken und zu verbarrikadieren. Immer incognito, wie ein Agent in Feindesland.)*

Obwohl, eigentlich durfte ich ihnen diese Ablehnung dann ja nicht mal krumm nehmen, sagte ich mir schließlich. Denn so, wie sicherlich nicht alle Menschen den Blick in einen geöffneten Patientenleib auf dem OP-Tisch aushalten konnten, in diesen körperwarmen Brei aus Blut und Schleim und pulsierendem Gewebe, so konnten eben nur wenige einen ungeschützten Blick in die Tiefen der menschlichen Psyche wagen, ohne dass ihnen dabei speiübel wurde. Es hatte einfach zu viel Schockierendes und Verstörendes, und wer ließ sich schon freiwillig aus seiner Normalität reißen, wenn er sich darin geborgen fühlte? Aber manch anderem erschien es eben unumgänglich, eine alte Geschwulst bis ins letzte zu sezieren, um dadurch den Weg zu ihrer Heilung aufzeigen zu können.

Ich war befördert worden. 'Regierungshauptsekretär Waussholz' stand auf der Urkunde, die man mir in der Personalabteilung überreichte, mit herzlichem Glückwunsch. Meine neue Besoldungsgruppe lautete nun A8 und entsprach damit beispielsweise dem Eingangsamt eines Gerichtsvollziehers. Wobei ich freilich bedeutend ruhiger lebte als dieser.

Ich gab eine Runde Kaffee und Kuchen für die Kollegen aus und änderte mein Türschild, und das wars dann. Zu Hause stopfte ich das Stück Deutschland-Pappe in meine Dokumententüte. Kurz darauf erhielt ich übrigens noch eine Einladung zum 'Karriere-Planungsgespräch', aber ich ließ den Termin ungenutzt verstreichen. Über den zusätzlichen Hunderter pro Monat freute ich mich hingegen schon mehr, etwas Spielgeld konnte man ja immer gebrauchen. Ramona sagte ich natürlich nichts davon.

Zur Feier des Tages holte ich mir am Abend gleich mal wieder einen Porno aus der Videothek. Es gab da nämlich doch ein paar ziemlich gut gemachte Streifen. Zum gepflegten Onanieren bestens geeignet, ja, das muss ich zugeben.

Gelegentlich sehr praktisch, so ein Filmchen. Zum Beispiel, wenn man einerseits zwar irgendwie geil war, sich aber andererseits für eine echte Nummer zu schlapp fühlte. Rein in den Recorder mit dem Silberling, und los! Keinerlei Aufwand nötig, kein Fußboden fegen, nicht mal extra Duschen musste man deswegen. Fast-Food-Sex. Und vor allem - es war preiswert! Die Leihgebühr für einen ganzen Tag war ungefähr um den Faktor 100 günstiger als eine einzige Hurenstunde, aber man kriegte dafür immerhin so um die zehn Prozent eines durchschnittlichen Realficks geboten. Allerdings will ich hier auch nicht allzu jauchzend dem Pornofilm das Hohelied singen, denn freilich waren solche audio-visuellen Konserven nur zum gelegentlichen Gebrauch geeignet und auf Dauer keine wirkliche Alternative. Vor allem das Manko der fehlenden Berührungen schlug nämlich arg negativ zu Buche und dämpfte die Begeisterung meist recht schnell. Dennoch - am besten gefiel mir immer die Sorte, wo junge Amateurpärchen einfach ganz natürlich drauflosvögelten oder sich ein paar hübsche Freundinnen im Duett sehr freizügig vor der Kamera verwöhnten. Da gab es ein paar echte kleine Kunstwerke. Respekt, meine Damen! Von einigen dieser Schmuckstücke trennte ich mich nur äußerst ungern; eins bescherte mir am ersten Abend sogar gleich dreimal einen Erguss (das war Rekord!), so dass ich es erst nach etlichen Tagen wieder in die Videothek zurück brachte.

Eines Abends, ich hatte bereits die Kinder ins Bett gebracht, mir danach noch zwei Glas Wein genehmigt und mich anschließend recht früh zur Ruhe begeben, da gingen mir im Halbschlaf noch so allerlei seltsame Gedanken durch den Kopf. Wobei die meisten davon mehr so von der Sorte waren, wie sie mir ansonsten erst bei weit höherem Pegelstand in den Sinn kamen. So war ich zum Beispiel fest von der Existenz eines 'Ersten Hauptsatzes der menschlichen Gesellschaft' überzeugt, ich meine als bewiesenes Naturgesetz, das so ungefähr besagte: 'Jeder Impuls wirkt weiter; alle Freuden, alle Leiden, nichts geht verloren'. Also im Prinzip ein psychosozialer Energieerhaltungssatz. Was auch immer geschieht, es wird direkt oder über tausend Umwege in das Leben eines jeden anderen getragen und hat Einfluss auf den Fortgang der Geschichte; alles hinterlässt irgendwo Spuren und prägt das weitere Handeln, auch wenn wir freilich die Kausalketten längst nicht immer durchschauen. Wie bei einem winzigen Tröpfchen Parfüm, das in einem Raum verdampft - kaum wahrnehmbar, aber die Mikrostruktur ändert sich dadurch überall. Kleinste Enzymmengen, die im Verborgenen arbeiten. Oder wie in der Meteorologie, diese Sache mit dem hauchzarten Schlag eines Schmetterlingsflügels irgendwo im tropischen Regenwald, der am anderen Ende der Welt scheinbar aus heiterem Himmel zu einem alles zermalmenden Wirbelsturm führte - oder eben auch nicht, je nach Laune der Stochastik. *The butterfly effect*. Es konnte so oder auch anders kommen. Unmöglich genau vorherzusagen, aber eben dennoch nicht ohne Kausalität. *(Kleines Detail am Rande: Meiner Kenntnis nach benutzte der Chaostheorie-Vater Lorenz allerdings ursprünglich eine Möwe (!) statt eines Schmetterlings in seinem anschaulichen Bild - tja, und was deren liebliches Geflatter alles durcheinanderwirbeln konnte, das hatte ich ja selbst zur Genüge erfahren.)*

Nun, und während ich mich an jenem Abend unruhig im Bett umherwälzte, grübelte ich über weitere Auswirkungen dieses Prinzips nach. Ein sogenannter rechtschaffener Bürger wird von einem durchgeknallten Amokläufer oder einem verwahrlosten Drogenkid im geklauten Auto plattgemacht, als ein völlig Unbeteiligter - vielleicht aber doch nicht so ganz, oder? Denn oft glaubten wir zwar, unschuldig für die Fehler anderer büßen zu müssen, obwohl es ja eigentlich bloß unsere eigenen Unterlassungen waren, die nun über tausend Umwegen zu uns zurückkamen. Jeder hatte schließlich ein Atom Verantwortung für alles, was irgendwo auf dieser Welt geschah, und zwar nicht nur, indem man dies oder jenes tat, sondern eben auch, weil man vielleicht Tag für Tag etwas bitter Notwendiges unterließ. Nun, und gerade wir materiell vom Schicksal begünstigte Mitteleuropäer waren ja wohl als erste in der Pflicht, wenn es darum ging, für gerechtere Verhältnisse zu sorgen, nicht wahr? Das war doch die Kehrseite unseres Privilegs! Denn von denen, die sich von Tag zu Tag knapp am Existenzminimum durchs Leben hangelten, konnte man das schließlich am wenigsten erwarten. Mir fiel ein, was Dostojewski dereinst schon sinngemäß postuliert hatte: *'Das Mitleid ist das einzige Gesetz für die Existenz und Entwicklung der menschlichen Gesellschaft'.* Weil es nämlich die Mauer zwischen dem Du und dem Ich aufhob, um mit Schopenhauer zu sprechen - und Empathie war ja wohl die Basis alles Sozialen, oder etwa nicht? Selbst bei Wüstenheuschrecken hatte man schließlich bereits nachgewiesen, dass die in einem Schwarm lebenden Tiere ein anders aufgebautes und vor allem ein deutlich größeres Gehirn besaßen als alleinlebende Exemplare! Jedenfalls wären wir als Einzelgänger ohne gegenseitige Anteilnahme vielleicht dieses oder jenes, aber keinesfalls eine Spezies, die die Bezeichnung Mensch verdient. Tja, sagte ich mir, und all das spiegelte sich doch im Klimaparadoxon des 21. Jahrhunderts wider: Einerseits erwärmte sich die Erde immer mehr und die Polkappen schmolzen, andererseits ging es dafür zwischenmenschlich umso eisiger zu. Aber verdammt nochmal, wieso war es denn bloß so schwer zu sehen, dass ersteres durch letzteres verursacht wurde? Schließlich gab es nicht nur Menschenrechte, sondern auch Menschenpflichten! Warum benahm sich die Mehrheit der Menschen andauernd so ignorant?

Natürlich konnte ich mir als Realist gleich selber mindestens ein halbes Dutzend Antworten darauf geben. Die meisten wollten eben auf Nichts verzichten, weder auf Flugreisen noch auf mollig warme Wintergärten, doch dabei begriffen sie eines überhaupt nicht: Wenn man aus Liebe auf etwas verzichtete, dann empfand man es nicht als Verzicht. Im Gegenteil, denn ein solches Geschenk machte bekanntlich auch den Schenkenden reicher! Weniger konnte eben tatsächlich manchmal mehr bedeuten.

Ich meine, ging es denn bei all unserem Tun nicht letztendlich bloß um das Erreichen angenehmer Zustände, und all unsere Genüsse und Empfindungen waren bloß Hirnimpulse, bioelektrische Wellen und Kalziumionen-Potentiale? Ein fein abgestimmter Cocktail aus Endorphinen, aus Dopamin, Serotonin und anderen körpereigenen Drogen, nichts weiter! Die Frage war also bloß, wie man dahin kam, dass einem das Zeug optimal durch die Adern flutete. Warum sollte denn der Anblick des Zuckerhutes in Rio oder das Erwachen in einem dreistöckigen Eigenheim zwangsläufig ein größeres Wohlgefühl in mir auslösen als das Lächeln eines Kindes, das mit einer Katze spielt? Glück war doch immer etwas höchst Subjektives, schon von der Natur der Sache her, und demzufolge nicht zwingend mit einer bestimmten Speise oder einem bestimmten Ort verbunden. Nicht wahr?

Bei weiteren Überlegungen dieser Art schlief ich schließlich ein.

216. Kapitel

Das erste Wochenende mit der neuen Gruppe. Viele neue Gesichter.

Die Übungen waren für mich eher sowas wie ein notwendiges Übel, am meisten freute ich mich über die Gespräche in der langen Mittagspause. Besonders mit Judith, die ich von Anfang an sehr anziehend fand. Sie war um die 35, klein und schmal und mit flinken dunkelbraunen Augen. Vor Kurzem hatte sie ein Lesecafé mit lauter Sesseln und Sofas aufgemacht, halb Buchladen und halb gute Stube, erzählte sie gleich am Samstag.

"Aber alles ohne Preise, nur auf Spendenbasis", erläuterte sie. "Jeder gibt, was er für angemessen hält."

"Also praktisch wie die Kollekte in 'ner Kirche", witzelte ich, und sie lachte.

"Ja genau", stimmte sie mir zu. "Hab mein ganzes Geld da reingesteckt und steh den ganzen Tag selber hinterm Ladentisch, nur für 'nen Appel und 'n Ei. Bloß es ist nun mal mein Traum, selbst wenn ich früher oder später damit pleitegehen werde."

Betont unbekümmert zuckte sie mit den Schultern.

"Scheißegal!", rief sie, "dann hab ich 's wenigstens versucht!"

Mein Gott, dachte ich hingerissen, Herr ich danke dir, und bitte gib solchen Menschen wie ihr deinen Segen! Halte deine barmherzige Hand schützend über alle Idealisten mit derart harmlosen Visionen!

Leider erfuhr ich am Sonntag ganz nebenbei, dass Judith lesbisch war. Trotzdem hatte ich weiterhin das Gefühl, dass sie sich mir gegenüber immer besonders entgegenkommend benahm. Bei der Schlussbesprechung saßen wir sogar ziemlich lange nebeneinander, und unsere Füße berührten sich die ganze Zeit über. Noch am selben Abend schrieb ich ihrem kleinen Zeh deswegen ein Gedicht, verfasst von meinem kleinen Zeh, und schickte es ihr per E-Mail.

Bei Larissa herrschte stets totale Funkstille, und eines Tages war ihr Handy dann gänzlich platt, so dass ich nun also überhaupt nicht mehr an sie rankam. Was war passiert?, grübelte ich. Umgebracht hatte sie bestimmt keiner, davon konnte man wohl ausgehen, denn von einem spektakulären Mafiamord war mir jedenfalls nichts zu Ohren gekommen. Vielleicht genoss sie auch bloß ihr Glück mit ihrem neuen Freund, und wer würde ihr das schon missgönnen? Möglicherweise wollte sie ja deshalb alle Verbindungen zu ihrer dunklen Vergangenheit kappen? Oder ihr war bloß mal wieder ihr Handy geklaut worden, inklusive aller Daten? Meine Telefonnummer kannte sie sicherlich nicht auswendig, und obwohl sie ja wohl *eigentlich* wissen musste, wo ich wohnte, bedeutete dies keineswegs zwangsläufig, dass sie meine vollständige Adresse auf einen Briefumschlag hätte schreiben können.

Nun, es ließe sich noch trefflich weiter über die Gründe für ihr Schweigen spekulieren (und ich gebe zu, ich habe einiges an Zeit damit zugebracht), aber fest stand eben bloß, dass sie sich nicht mehr bei mir meldete. Doch sollte ich deswegen etwa als Hobbydetektiv in der Szene recherchieren? Wohl kaum, oder?

Stattdessen verlegte ich mich lieber wieder verstärkt auf die Schreiberei. Vielleicht würde mich ja nun ein furioser künstlerischer Schaffensrausch erfassen und meine noch immer latent vorhandene Sexbesessenheit ablösen? Auf jeden Fall wollte ich all diese Callgirl-Episoden jetzt nur noch möglichst schnell hinter mir lassen. Wenn ich erst die Arbeit am Buch beendet hätte, so sagte ich mir, dann würde ich auch dieses Kapitel meines Lebens zuklappen können. Finito, das wars, Kopie sichern und Monitor aus, der Rest ging mich dann irgendwie nichts mehr an. Vielleicht würde mein belletristischer Auswurf ja am Ende sowieso nicht mal publiziert werden, oder höchstens erst postum, wenn die meisten der darin beschriebenen Akteure - einschließlich des Autors - bereits von irgendeiner Geschlechtskrankheit dahingerafft worden waren. Na egal, sagte ich mir, andere pinselten jahrelang an ihrer Diplom- oder Doktorarbeit und vermasselten das Ding am Ende, alles bloß für die Schublade. Oder so mancher kritzelte zwanzig Bände mit Tagebuchnotizen voll und versenkte den Kram anschließend auf Nimmerwiedersehen in irgendeiner muffigen Truhe. Oder der Betreffende wollte alles gleich ganz vernichten, so wie Gogol und Kafka. Tja, und ich schrieb eben ein Buch, um mir selbst etwas zu erklären. Wozu also ein großes Gewese darum machen? '*There is a marvelous peace in not publishing*', hatte Salinger einst in einem seiner seltenen Interviews verkündet, und darauf konnte ich mich ja bei Bedarf wunderbar berufen. '*Ach! der Menge gefällt, was auf den Marktplatz taugt,* so hieß es schließlich schon in Hölderlins *Menschenbeifall*, und seitdem hatte sich da wohl herzlich wenig geändert.

Weil Ramona am Wochenende Besuch von ihren Eltern bekommen hatte und sie alle gerne zusammen mit den Kindern in den Zoo gehen wollten, brachte ich Malte und Nele diesmal schon am Sonntagvormittag wieder rüber. Zum Ausgleich würde ich sie dafür am Mittwoch kriegen.

Da sich noch einmal die Sonne zeigte, nutzte ich die Gelegenheit für eine Radtour. Ich fuhr mit der S-Bahn aus der Stadt raus, schwang mich dann in den Sattel und radelte los. Wanderkarten hatte ich zur Sicherheit zwar dabei, aber die grobe Richtung kannte ich auch so. Nach ungefähr zwei Stunden machte ich Mittagspause in einer Ausflugsgaststätte an einen kleinen See, und hinterher setzte ich mich noch eine Weile ans Ufer und warf ein paar Steinchen ins Wasser, einfach um meine Gedanken in Ruhe treiben zu lassen.

Ramonas 'neuer Freund' hatte sich übrigens als ihr Cousin entpuppt, mit dessen Familie sie neuerdings ab und an die Wochenenden verbrachte. Ich hatte ihn zuletzt vor vier oder fünf Jahren gesehen und aus der Entfernung nicht gleich erkannt. Entwarnung also, dachte ich, denn vorerst würde Ramona und damit vor allem Malte und Nele wohl weiterhin in meiner Nähe bleiben. Das Abitur hatte sie inzwischen zwar längst fertig, aber mit dem Studium ergab sich angeblich nichts, oder sie hatte die Idee mittlerweile selbst aufgegeben. Jedenfalls druckste sie immer bloß rum, wenn ich sie auf das Thema Arbeit und Finanzen hin ansprach. Natürlich würde sie sich auch gelegentlich die Stellenangebote ansehen, so sagte sie zumindest, aber mit fast 40 und praktisch keiner Berufserfahrung... Wie gehabt, immer war irgendetwas anderes schuld, die ungünstigen Umstände eben. Außer Ramona kannte ich freilich keine einzige Mutter, die nicht wenigstens teilzeitweise arbeiten ging; nur ich war geschlagen mit einer Frau, die absolut nichts zu ihrem Lebensunterhalt beitrug, geschweige denn zu dem ihrer Kinder, und höchstwahrscheinlich würde ich noch viele Jahre für sie zahlen müssen. Aber das war nun mal die mir vom Schicksal auferlegte Buße, sagte ich mir, und trotz allem nahm ich mir vor, ihr stets freundlich zu begegnen. Das Schicksal in Form eines ausgetickten Ehemannes hatte sie schließlich schon weiß Gott genug gepeinigt. Irgendwie scheute ich mich jedenfalls noch immer, das Ganze endgültig zu regeln. Denn immerhin bot Ramona den Kindern ein Zuhause, und ich hatte Malte und Nele dicht bei mir. So schlecht war doch der Status quo also eigentlich gar nicht, oder?

Ausgeruht stieg ich wieder aufs Rad und fuhr vielleicht zwanzig Kilometer weiter, und nach einer ausgiebigen Kaffeepause in einer verstaubten Ost-Kaschemme *(in der ausschließlich mindestens dreißig Jahre alte Musik vom Band lief, sowas wie Procol Harums 'A Whiter Shade of Pale' und 'Wild Horses' von den Stones und das großartige ‚Wooden Ships' von Jefferson Airplane)* machte ich mich dann allmählich auf in Richtung des nächstgelegenen Provinzbahnhofs. Es ging über weite Strecken bergab, flatternd rauschte der Fahrtwind in meinen Ohren, und dazu sang ich lauthals 'It never rains in Southern California' vor mich hin, weil mir dieser kurz zuvor im Café gehörte Ohrwurm einfach nicht aus dem Kopf gehen wollte. Irgendwo in der Ferne stieg weißer Rauch auf und es roch plötzlich ganz charakteristisch nach brennendem Kartoffelkraut, was mich sofort an die Herbstfeuer meiner Kindheit denken ließ, an denen ich damals abenteuerlustig gekokelt hatte, und auf einmal fühlte ich mich zurückversetzt in jene Zeit, als ich in den endlosen Sommerferien jeden Tag mit meinen Freunden an den Badesee gefahren war, braungebrannt und mager, die Badehose zum Trocknen am Fahrradlenker aufgespannt, vorbei an duftenden Heuhaufen und frisch gemähten Wiesen. Als ich noch ein richtiges Zuhause hatte, mit Katzen auf dem Hof und Schwalbennestern im Kuhstall. Als mein Papa noch da war, als alles noch heil und unbeschwert war. Seems it never rains...

Was für ein schönes Lied, dachte ich, und meine halbe Kindheit stand mir wieder vor den Augen, während mir der Fahrtwind ein paar Tränen bis hinter die Ohren verwischte.

217. Kapitel

Eines Abends blieb ich beim Fernsehen zufällig bei einer Sendung über die damalige Opposition im Osten hängen, in der es unter anderem um einen Jugendlichen ging, der damals in den achtziger Jahren wegen eines nichtigen Anlasses von der Stasi verhaftet und dann in Untersuchungshaft 'unter ungeklärten Umständen' zu Tode gekommen war. In seiner Heimatstadt hatte man jetzt eine Straße nach ihm benannt. Einige seiner früheren Mitstreiter aus Umweltgruppen und Kirchenkreisen kamen zu Wort, und plötzlich sah ich unter ihnen sogar einen meiner alten Bekannten wieder. Statt seiner einstmals langen Haare war zwar nur noch ein geschorener Restschopf übrig, aber ich erkannte Matthias dennoch sofort. Blitzartig fühlte ich mich wieder zurückversetzt in jene Zeit; ich war ziemlich aufgewühlt hinterher, alles Mögliche an Erinnerungen wirbelte mir im Kopf herum, und später im Bett konnte ich lange nicht einschlafen.

Am Tag darauf durchforstete ich gleich nach der Arbeit das Internet nach entsprechenden Quellen, und dabei stieß ich (neben ein paar Fotos von mir selbst) immer wieder auf Bilder von Matthias, mit dem ich seinerzeit fast drei Jahre lang in einer WG zusammen gewohnt hatte. Damals, vor zwanzig Jahren. Schließlich fand ich einen Eintrag mit seiner Adresse und Telefonnummer, und ohne zu zögern rief ihn gleich eine Viertelstunde später an - und als ich auflegte, hatte er mich für das folgende Wochenende zu sich an die Nordsee eingeladen.

Es war nicht weit, um die drei Stunden mit dem Zug. Während der ganzen Fahrt über dachte ich an die alten Zeiten. Matthias, Old Matte. Der mal kreativ auf dem Klo sitzen wollte, alles klar? Ursprünglich gelernter Maschinenschlosser, hatte er sich in der Endzeit der Ostrepublik mehr und mehr auf innere Sinnsuche begeben, war dann schließlich Hilfspfleger in der Psychiatrie geworden und später sogar von unserer WG direkt ins Behindertenheim umgezogen, offenbar um sich dort voll zu integrieren. Danach brach 'der Entrückte', wie er fortan von vielen nur noch genannt wurde, beinahe sämtliche Außenkontakte ab und wurde ziemlich menschenscheu. Seitdem hatte ich ihn nicht mehr gesehen.

Als ich bei ihm ankam (und wir uns sogar problemlos wiedererkannt hatten), tranken wir zuerst einmal Tee in seiner Küche und wärmten dabei ein paar alte Geschichten auf. Zum Beispiel wie wir damals in Budapest clevererweise zum Schlafen im Park extra auf ein Kioskdach geklettert waren, weil wir nämlich schon geahnt hatten, dass die Bullen gegen Mitternacht kommen und alle hops nehmen würden, die sich unten auf den hölzernen Sitzbänken niedergelegt hatten, so dass am Ende nur wir in unserem Hochparterre-Loft unbehelligt geblieben waren. Über Geld für ein Hotel verfügten wir ja nicht; das bisschen, was wir als Ostbürger umtauschen durften, ging natürlich sofort für West-Schallplatten drauf.

"Das glaubt einem heute kein Mensch mehr", meinte Matte grinsend. "Erzähl das mal deinen Kindern, oder den Jungs in deinem Ministerium. Die würden bestimmt Augen machen!"

An der Pinnwand über dem Tisch bemerkte ich nach einer Weile ein paar halb verblichene Postkarten, darunter einige mit tiefsinnigen Sprüchen von Buddha, Einstein und dem schnauzbärtigen Urwalddoktor aus Lambarene. Besonders die eine mit Gandhi-Porträt und dem Zitat: 'Sei du selbst die Veränderung, die du dir wünscht für diese Welt' schien schon Jahre dort zu hängen; sie war bereits ganz wellig und angestaubt.

"Ist das dein Mantra?", fragte ich schließlich schelmisch und tippte mit dem Finger vorsichtig an eine der abstehenden Ecken. Matte folgte meinem Blick.

"In gewisser Weise schon", lächelte er mild. "Ja ja, der alte Mahatma. Ich weiß, Leute, die ihn persönlich kannten, waren nicht immer uneingeschränkt begeistert von ihm. Perfekt ist eben keiner."

"Mmh", nickte ich, "und wer kann hinterher schon sagen, was Legende und was Wahrheit ist?"

"Bist du noch bei Gandhi, oder meinst du jetzt schon unsere eigenen alten Geschichten?", erwiderte Matte daraufhin verschmitzt, und wir lachten gleichzeitig los, so richtig wie zwei zahnlose Opas. Zwei Veteranen.

Dann gingen wir in ein zehn Minuten zu Fuß entferntes asiatisches Restaurant, wo wir uns den ganzen Abend lang gemütlich über das unterhielten, was uns in den vergangenen Jahren so alles widerfahren war.

Es hatte einige Jahre gedauert, bis er im Westen wieder einigermaßen auf die Füße gekommen war, ließ er mich wissen. Inzwischen arbeitete er festangestellt als Behindertenbetreuer und war außerdem zum Buddhismus konvertiert. Seine Freizeit verbrachte er oft im nahegelegenen Veranstaltungszentrum, wo er in der Bibliothek half und Veranstaltungen mit vorbereitete. Meistens zusammen mit seiner Freundin Renie, die er vor drei Jahren kennengelernt hatte. Sie war fünf Jahre jünger als er und saß im Rollstuhl.

"Vorletzten Sommer sind wir zusammen sogar für zwei Wochen nach Indien geflogen", erwähnte er, "na das war 'ne Tour! Ich war erst dagegen, aber Renie hat gesagt, sie fährt sonst alleine. Sie wollte nämlich unbedingt da hin, also hab ich am Ende nachgegeben. Bloß nächstes Jahr, da will ich mit 'nem Freund zum Baikalsee, richtig schön durch die Taiga, und da kann sie garantiert nicht mit."

Insgesamt funktionierte es mit Reni und ihm jedoch ziemlich gut, meinte er, jedenfalls wäre er recht glücklich mit ihr. Bis auf eine Handvoll oberflächlicher Kurzbeziehungen hätte sich ja in Bezug auf Frauen bei ihm davor nicht allzu viel abgespielt. "Hab auch jahrelang im Zölibat gelebt", sagte er schlicht, ohne irgendwelches affektiertes Getue.

Später redeten wir auch noch über ein paar alte Bekannte, vor allem über Rosie und Ringo, und Matte steuerte dazu noch ein paar Anekdoten bei, die mir tatsächlich schon längst entfallen waren.

Gegen Mitternacht zahlten wir schließlich und machten uns auf den Heimweg.

"Kannst du dich noch an Bruno erinnern?", fragte Matte draußen unvermittelt und zog sich seine Wollmütze tief ins Gesicht. "Der Maler, der damals für ein paar Tage bei uns gewohnt hatte?"

"Ja", nickte ich, "natürlich."

Er war schon über 40 gewesen, doppelt so alt wie wir, bärtig und mit Stirnglatze. Nachts hatte ich ihn manchmal im Alkoven nebenan rumoren gehört, wenn ihn wieder einmal die Schlaflosigkeit quälte.

"Er ist vor ein paar Wochen gestorben", meinte Matte. "So 'ne kleine Radierung von ihm hängt noch bei mir an der Wand."

Wir schwiegen einen Moment. Bruno, der verschrobene Künstler, dachte ich, unbekannt und schlaflos. Tja, und jetzt bin ich selber einer von der Sorte, schoss es mir durch den Kopf.

Flüchtig überlegte ich wieder mal, einen Aids-Test machen zu lassen.

Aber was wäre, wenn?

"Warum eigentlich Buddhismus?", fragte ich Matte, als wir dann im Treppenhaus nach oben gingen.

"Hm, am Anfang war es wohl vor allem mein Hang zur Exotik", antwortete er schulterzuckend. "Aber dann fand ich das alles mehr und mehr faszinierend. Kann ich dir morgen beim Frühstück gerne mal ausführlicher erzählen."

Er schloss die Tür auf und drehte sich zu mir um.

"Und was ist mit dir?", fragte er, "noch immer wie damals, knochentrockner Atheist?"

"So ungefähr", winkte ich ab, und ich musste daran denken, dass die erste indische, vor über dreißig Jahren gezündete Atombombe ausgerechnet 'Smiling Buddha' getauft worden war.

Dann zeigte er mir noch das Bad und zog sich alsbald in die Tiefen seiner Gemächer zurück.

Ich putzte mir die Zähne, zog mir meine Schlafsachen an und sah mich anschließend noch ein wenig in dem kleinen Zimmer um, das mir Matte für diese Nacht überlassen hatte. Im Bücherregal erblickte ich Hesses 'Siddhartha', es war tatsächlich dasselbe zerlesene Exemplar, das unsere ganze Clique vor zwanzig Jahren fasziniert verschlungen hatte. Laotses 'Tao Te King' stand gleich daneben. Auch die altchinesischen Weisheiten hatten also die Zeiten überdauert, dachte ich erfreut und fischte das zerfledderte Taschenbuch behutsam aus dem Regal. Selbst der rote 'Entrüstet euch!'-Sticker prangte noch immer auf der Vorderseite, den Matte eines Tages aus dem kirchlichen Arbeitskreis Menschenrechte mitgebracht hatte. Wer weiß, dachte ich, vielleicht sollte ich das alles nochmal gründlich von vorne bis hinten lesen. Möglicherweise würde es mir damit dann ähnlich ergehen wie mit jenen englischen Songtexten, die ich schon über zwanzig Jahre zumindest phonetisch kannte und trotzdem erst jetzt verstand? Ich blätterte ein bisschen in dem Bändchen herum, und nach kurzem Suchen fand ich die bewusste Stelle: 'Waffen sind unheilvolle Geräte, alle hassen sie wohl. Darum will der, der den rechten Sinn hat, nichts von ihnen wissen.'

Diese Worte hatte Matte damals dem Oberst vom Wehrkreiskommando geschrieben, um zu begründen, dass er maximal zu den Spatentruppen gehen, aber keinesfalls eine Knarre in die Hand nehmen würde. Ich betrachtete die Zeilen und musste unwillkürlich grinsen. Altchinesische Zitate! Und Matte hatte das *ihnen* am Schluss entgegen dem Original extra noch groß geschrieben: *Nichts von Ihnen wissen.* Solche Sätze waren ziemlich gewagt in jener Zeit, man brauchte Mut für sowas. Einer seiner Bekannten hatte sogar total verweigert, und zwar mit der Begründung, er wolle nicht zu den Überlebenden eines dritten Weltkrieges gehören. *(In diesem Moment wurde mir wieder einmal bewusst, wie privilegiert und begnadet wir doch allein schon durch die Tatsache waren, dass wir ein Leben in Frieden führen konnten. Selbst unsere Eltern hatten ja noch die Grausamkeiten des Krieges kennenlernen müssen, und auch jetzt explodierten irgendwo Granaten zwischen kämpfenden Soldaten, nur wenige Flugstunden von uns entfernt.)*

Übrigens fiel mir aus einem der Bücher sogar noch eine uralte Postkarte aus London entgegen, die ich Matte gleich drei oder vier Wochen nach meiner damaligen Ausreise nach Westberlin geschickt hatte. Unwillkürlich musste ich noch einmal an die Überfahrt mit der Fähre von Calais nach Dover denken und wie ich auf dem schwankenden Pott von einer Bar zur nächsten geschlendert war. Freilich nur, um mir dabei möglichst unauffällig möglichst viele von den Kaffeesahne-Becherchen zu schnappen, die dort schüsselweise zur Selbstbedienung auf den Tresen standen. Denn diese Kondensmilch brauchte ich, um mir damit hinterher in einer stillen Ecke meine mitgebrachten Haferflocken anzurühren. Die ganzen zweieinhalb Tage dieser Reise hatte ich damals praktisch von nichts anderem gelebt. Aber ich war in London gewesen, und das zählte.

Als ich dann endlich im Bett lag, wandelte ich in Gedanken noch einmal durch unsere gute alte WG-Behausung. Zuerst durchschritt ich vorn das große Zimmer, wo wir die ausgehängte Tür auf Holzböcke gelegt hatten, um sie als Esstisch zu benutzen, verweilte dann im Alkoven, unserer 'Schatzkammer', so genannt, weil dort das große Schallplattenregal und die Stereoanlage stand, um zu guter Letzt hinten in der Küche mit dem altertümlichen Herd und den vielen Teebüchsen auf dem Eckschrank anzukommen. Gott, war das lange her, dachte ich wehmütig, und so manche längst vergessen geglaubte Episode fiel mir plötzlich wieder ein. Aber gleichzeitig freute ich mich auch, dass ich Matte nach all den Jahren und trotz aller Veränderungen als einen Mann wiedergetroffen hatte, der die meisten seiner großen proklamatorischen Bekenntnisse von damals nun ganz unspektakulär in seinem Alltag lebte. Er war sich selber treu geblieben, und das machte den Rückblick doppelt schön.

218. Kapitel

Auf der Rückfahrt nach Berlin guckte ich einfach nur aus dem Zugfenster und ließ die Eindrücke aus dieser Reise in meine Vergangenheit nachklingen. Matte, Rosie, Markus, Ringo, meine ganze Jugend zog noch einmal an mir vorbei. Wie wir uns gesträubt hatten gegen die Vereinnahmung durch eine als inhuman empfundene Erwachsenenwelt. Wie mühsam wir uns vorangetastet hatten, manchmal ein Stück weit zusammen, manchmal jeder für sich allein, aber viel zu oft auf uns selbst gestellt. Denn die vorgefundenen Autoritäten hatten ja in den seltensten Fällen für uns als Leitbilder getaugt, sondern höchstens bloß als abschreckende Beispiele. Immerhin war uns dadurch wenigstens ziemlich schnell klar geworden, was wir *nicht* wollten. Also suchten wir uns andere Idole.

Komischer Zufall, dachte ich auf einmal, denn viele von denen, die wir damals leidenschaftlich verehrten, Musiker wie Jimi Hendrix, Janis Joplin und Jim Morrison, waren genau in dem Alter gestorben, in dem wir später in den Westen gegangen waren. Mit der Ausreise hatte uns das Schicksal eine zweite Chance gegeben, um nochmal ganz von vorn anzufangen. Und plötzlich ging mir auf, dass ich mich mit meiner Geschichte im Grunde bereits versöhnt hatte. Die Vergangenheit sah mir jetzt ganz anders in die Augen als noch vor zwei oder drei Jahren. Vor allem mein schreckliches Geheimnis, durch das ich mich wegen Markus' Verrat auch noch vor der ganzen Welt gedemütigt gefühlt hatte, besaß nun keinerlei Macht mehr über mich. Diese Totenmaske hing längst irgendwo bei mir im Keller und verstaubte. Es gab keine aufsteigenden

Erinnerungen oder Wünsche mehr in mir, vor denen ich mich fürchtete, keine Albträume mehr am Grunde des Sees, die dort faulten und mich quälten. Ich war jetzt längst frei, und für mich war es nicht zu spät gewesen. Die schöne Sveta kam mir auf einmal in den Sinn, wie sie mich damals mit dem Satz verblüfft hatte, dass das beste Alter für einen Mann die Jahre zwischen 35 und 45 wären. Na da konnte ich mir ja noch ein paar schöne Monate machen, sagte ich mir grinsend und lächelte sogar dem Zugbegleiter wenig später freundlich zu, als er meine Fahrkarte sehen wollte.

Lebenskrisen blieben wohl kaum jemandem erspart, sinnierte ich, während ich noch eine Weile weiter aus dem Fenster auf die vorbei sausende Herbstlandschaft blickte. Doch viele durchlitten sie einsam und versiegelten sie tief in ihrem Innern oder machten sie später mit reichlich Zuckerguss präsentabel. Ich dagegen setzte mich an den Computer und versuchte, meine 'wahre Geschichte' aufzuschreiben. Warum? Um mich 'mitzuteilen'? In der törichten Hoffnung, anderen vielleicht wenigstens ein paar Irrtümer zu ersparen?

Ja, das spielte bestimmt eine Rolle dabei, überlegte ich. Vielleicht aber tat ich es auch, weil doch jeder Mensch etwas brauchte, woran er basteln und herumpuzzeln und sich verwirklichen konnte, sei es nun das eigene Häuschen oder der Garten, ein zu restaurierender Oldtimer, die geliebte Harley oder ein 5000 PS-Dragster oder von mir aus auch bloß die große Modelleisenbahn auf dem Dachboden. Die einen suchten halt ihren Kick bei der Jagd nach immer neuen Extremsport-Rekorden (oder feilten bloß auf dem Golfplatz an ihrem Handicap), andere krempelten voller Enthusiasmus den übernommenen Familienbetrieb um oder steckten ihre ganze Energie in irgendeine Großunternehmung. Tja, und bei mir war es eben ein Buch, das unbedingt geschrieben sein wollte. Hauptsache, man gestaltete etwas nach eigenen Vorstellungen und spürte inneres Wachstum, nicht wahr?

Also Freunde, was gibt es noch zu sagen? Ich bin jetzt 44, so alt wie mein Vater damals, als er starb, und von dem es heute nicht mal mehr eine Grabstelle gibt. Nun, so wie es aussieht, hat mir das Schicksal möglicherweise ein paar Jährchen mehr zugedacht als ihm, aber dennoch - die Zeit läuft. Und wie sie läuft! An so manchem Tag lege ich mir abends gerade noch meine Klamotten für den nächsten Tag raus und sacke schon um neun total knülle vor dem Fernseher weg, und das wars dann, besonders wenn ich die Kinder hatte. Von wegen, ein Mann in den besten Jahren. Schwachsinn! Für ein paar Verrücktheiten bin ich zwar noch immer gut, aber ansonsten ist doch so ziemlich die Luft raus beim alten Ecki. Na was solls; ich denke mir, das ist vermutlich schon irgendwie okay so, und bitte jetzt keine altklugen Halbvoll- oder Halbleer-Debatten. Tut mir das nicht an, Leute, einem herben Knaben wie mir. Mein kluger Therapeut Sebastian meint zwar, es könnte nochmal ziemlich spannend werden, wenn ich mich das nächste Mal richtig verliebe, doch da bin ich eher skeptisch. Wozu sollte ich mich überhaupt nochmal auf sowas einlassen? Frauen verwirren mich einfach zu sehr, sie bringen mich um den Verstand.

So, und gern würde ich hier jetzt freilich noch irgendetwas Prägnantes an den Schluss setzen, etwas wundervoll Filigranes und Allegorisches, doch diese Masche hatte ja schon am Anfang meiner Aufzeichnungen nicht geklappt. Ist aber auch nicht weiter schlimm, denn was die literarische Fachwelt von meiner Geschichte hält, das ist mir eigentlich ziemlich schnuppe. Genauso wie die Meinungen sämtlicher Dauerschwätzer. Ehrlich, die interessieren mich nicht besonders. I did it my way, ganz einfach; auch rückblickend wüsste ich nämlich nicht, wie ich es viel besser hätte hinkriegen sollen. Also was solls, hinterher. Oder wie es so schön in Hesses 'Camenzind' heißt: 'Aber alles kam anders, und es steht mir nicht zu, das Geschehene mit Ungeschehenen zu vergleichen'.

Wie auch immer, das wars jedenfalls von meiner Seite. Es musste einfach mal raus, und Ende der Durchsage. Nehmt es nicht allzu ernst, denn ihr wisst ja, das Wichtigste steht sowieso immer zwischen den Zeilen und ist obendrein noch anders gemeint. Jedenfalls danke für eure Geduld, wenn ihr es bis hierher geschafft haben solltet. Bitte seht mir die vielen stümperhaften Passagen nach, aber es fehlte mir halt oft die rechte Muße, um das alles noch schön ästhetisch glattzuhobeln. Ach ja, und eins noch: Falls ihr es irgendwann mal mit einer Gewerblichen zu tun haben solltet, seid nett zu ihr, bitte. Sie wird es euch danken, so wie alle anderen auch.

Also machts gut, Freunde. Man sieht sich.

Tschabbasch mchalla, y joord takjoord.

219. Kapitel

Tja, liebe Leute, so sieht also ein Schluss aus, der keiner ist. Denn ursprünglich wollte ich es damit nämlich schon gut sein lassen. Aber dann konnte ich mich erstens mit solch einem abgeklärten Opa-Schluss doch nicht recht anfreunden, und außerdem gelangte ich zweitens aufgrund gewisser unvorhergesehener Ereignisse (vor allem durch eines namens Mirela) zu der Ansicht, dass auch deren angemessene Schilderung noch erforderlich wäre, um meine rudimentären Aufzeichnungen wenigstens notdürftig abzurunden.
Daher folgt nun sogleich der Moritaten nächster Teil.

Inzwischen war es Ende Oktober geworden, und die Libido plagte mich nach wie vor.
Wenn ich mich recht entsinne, hatte zwar Gandhi bereits mit 37 Jahren sein finales 'Brahmacharya'-Keuschheitsgelübde abgelegt und sich fortan der Fleischeslust enthalten (was nach immerhin 24jähriger aktiver Betätigung auf diesem Feld wohl durchaus vertretbar erschien), ich hingegen sah mich noch längst nicht bereit, ihm auf diesem Pfad als ein 'Mahatma Piccolo' zu folgen.
Sex, das war doch nur eine Falle, etwas für Tiere', so ungefähr stand es freilich auch bei Chinaski, und der alte Haudegen musste es schließlich wissen. Ein Mann könne ohne eine einzige Nummer zwar problemlos siebzig Jahre alt werden, würde aber ohne Stuhlgang wahrscheinlich bereits innerhalb einer Woche verrecken, auf diese wichtige Tatsache hatte er die Menschheit einst ebenfalls dankenswerterweise hingewiesen, um dann obendrein noch die famose Schlussfolgerung daraus zu ziehen, dass Sex demzufolge nicht mal so wichtig wie regelmäßige Darmentleerung wäre, zumindest *'rein technisch gesehen'*.
Wie wahr, sagte ich mir immer wieder, wenn ich es las oder daran dachte. Doch zur Totalabstinenz konnte mich deswegen freilich auch nicht durchringen.
Also sichtete ich im Internet mal wieder die einschlägigen Webseiten, um mich in Sachen Bezahlmädchen auf den neuesten Stand zu bringen. Jemand hatte einen Link zu einem Foto ins Freierforum gestellt und angefragt, ob das

eventuell die Jade von vor anderthalb Jahren wäre. Ich klickte das Bild an, aber es war eigentlich bloß eine Rückenansicht. Ein bisschen Hinterkopf, Po und Schenkel in weißen Dessous, viel mehr war nicht zu sehen. Wahrscheinlich irgendeine andere, sagte ich mir.

Dann entdeckte ich folgenden Eintrag: *'Sabrina, Rumänin, echte 18, nichts für die Hart-und-schmutzig-Fraktion... Luxuskörper... Haare, Augen, Haut... First-Class Beauty, ein Geschöpf von erschütterndem Liebreiz'*.

Sofort ging ich zu dem Foto auf der angegebene Seite, und tatsächlich, der obigen Beschreibung war nicht viel hinzuzufügen: ein hübsches Gesicht mit offenem Lächeln, ein schöner Brustansatz, der Rest völlig nackt auf dem Bauch liegend, in weder verklemmter noch anbiedernder Pose. Ein richtig süßes Ding, das stand fest, eindeutig Kategorie Premium.

Begierig las ich die anderen drei oder vier Einträge. *'Hammeroptik, wenn man nicht aufpasst, verliebt man sich'* stand da und *'Paradiesfick'*, und bei einem hieß es im Nachsatz *'PS: kam ohne Slip unter den Jeans...'*. Dieses Newbie schien ziemlich Furore zu machen im Board. Klack, und schon schnappte die 'Falle' wieder zu. Mit nervös zitternder Hand hob ich den Hörer ab und begann sogleich die angegebene Nummer zu wählen.

Sabrina I

Der elektrische Türöffner funktionierte mal wieder nicht, deshalb musste ich selber durchs Treppenhaus nach unten hechten, um ihr die Haustür zu öffnen.

Da stand sie nun also in natura, die gute Sabrina. Wie sie aussah? Nun, also man stelle sich einen Pulk junger Mädchen um die 18 oder 20 vor, so wie sie zum Beispiel draußen vor irgendeiner Disco anstehen, okay? Oder nein, noch besser, eher diese Kinowerbung für Eiscreme oder tropische Mixgetränke, wo immer ein ganzer Haufen halbnackter Bikinigirls gut gelaunt am Strand Dauerparty macht. So, und dann picke man sich von denen eine der Hübschesten raus: Konfektion circa 34, eine die viel lacht und die sich ein bisschen was traut, etwas kess und vorlaut vielleicht, jedenfalls eine durch und durch Gesunde. Nicht so zerbrechlich wie Larissa oder Madalina, keine Superschlanke, sondern eine, an der schon ein bisschen was dran ist, also fünfzig Kilo plus x. So ein richtig süßer Glückszentner eben. Halblanges lockiges Haar, ziemlich verwuschelt, dazu neugierige hellbraune Augen und ganz weiße Zähne. Wie ein Katzenjunges, das vorwitzig aus dem Nest lugt und in die Welt hinaus will, oder eher ein niedliches Leopardenbaby. Tja, so ungefähr sah sie aus. Der 'Teenie des Jahres' eben.

Wir blickten uns kurz in die Augen, gaben uns freundlich lächelnd die Hand und stapften danach zusammen die Treppen hoch.

"Vierter Stock", sagte ich auf Englisch, "ein bisschen Training für Extremsportler. Aber das schaffst du doch locker, oder?"

"No problem", antwortete sie leichthin, und ich hatte bereits das ziemlich deutliche Gefühl, das alles weitere ebenso unkompliziert ablaufen würde. Oben angekommen, spazierte Sabrina jedoch im Flur an meiner Garderobe vorbei, gleich durch bis ins Zimmer, wo sie schließlich mit etwas unsicherem Blick auf dem Sofa Platz nahm. In voller Montur, den Reißverschluss der Jacke noch immer bis zum Hals hochgezogen. Als erstes steckte sie dann schon mal die unter dem Aschenbecher liegenden 90 Euro ein, während ich mich kurz um die Getränke kümmerte. Auch der folgende Smalltalk verlief nicht gerade optimal. Sabrina fragte mich nämlich, ob ich irgendwelche türkischen Discobesitzer kennen würde, über die die Zeitungen jüngst wegen hoher Schutzgeldzahlungen berichtet hätten, denn einem von ihnen sähe ich ein bisschen ähnlich...

Nun, ich wusste nicht recht, wovon sie sprach und was das überhaupt sollte, daher verneinte ich zweimal knapp, und das vielleicht tatsächlich ein ganz kleines bisschen unwirsch, jedenfalls starrte sie plötzlich bloß noch schweigend vor sich auf die Tischplatte, als ob sie sonst wie beleidigt worden wäre. Selbst ihre bereits ausgepackten Zigaretten rührte sie nicht an, obwohl ich ihr natürlich das Rauchen längst erlaubt hatte.

Lässt sich ja nicht gerade sehr prickelnd an, dachte ich ernüchtert. Die Kleine sah zwar zum Anbeißen aus, doch leider schien sie etwas überempfindlich zu sein. Um die Sache wenigstens noch halbwegs zu retten, überging ich einfach diese kleine atmosphärische Störung und erzählte ihr im Plauderton etwas über mich und meine Kinder und stellte ihr zwischendurch höflich ein paar allgemeine Fragen zum Leben in Rumänien. Ich rasselte aber nicht bloß hölzern einen Standardtext runter, sondern ich gab mir wirklich Mühe, ohne mich ihr jedoch aufzudrängen, und auch sie schien sich nach einer Weile einen kleinen Ruck zu geben.

"Weißt du, ob man in Berlin einen Kimono kaufen kann?", erkundigte sie sich zögernd, während sie sich eine Zigarette anzündete. "Ich interessiere mich nämlich für asiatische Kleidung."

"Hm", machte ich schulterzuckend, "es gibt hier bestimmt Spezialläden für sowas. Ich kenne mich da zwar nicht aus, aber im Internet findet man garantiert 'n paar Adressen."

"Ja wahrscheinlich", erwiderte sie und zog endlich ihre Jacke aus, und jetzt wurde mir auch blitzartig klar, weshalb sie das Ding die ganze Zeit über noch anbehalten hatte. Denn darunter trug sie nämlich ein sehr freizügiges Korsage-Oberteil, so eine richtige Halbkugel-Presse, wo man jeden ihrer Atemzüge optisch mitverfolgen konnte. Oha, ein äußerst reizender Anblick!

Ein paar Minuten später ging sie duschen, und ich machte derweil wie üblich das Bett und pellte mich aus. *(Die sprechende Badmatte hatte ich diesmal noch nicht präpariert, denn man musste sich ja Steigerungsmöglichkeiten offen lassen, nicht wahr?)*

Schließlich kam sie ins Zimmer zurück, mit einem *kleinen* Handtuch um die Hüften geknotet. Wie ein seitlich geschlitzter Minirock, der fast schon mehr zeigte als verhüllte.

"Hey", machte ich leise und sah ihr beim Näherkommen fast ununterbrochen in die Augen, um sie nicht gleich mit geilem Anstarren ihres Körpers zu verschrecken.

Bevor es losging, legte ich noch einen Zehner mehr auf den Tisch.

"For you", sagte ich und bemühte mich dabei weiterhin, ihr nicht allzu sehr auf die nackten Brüste zu glotzen.

"Why?", fragte sie.

"Na weil ich glaube, dass du eine nette Person bist", antwortete ich ganz ernst.

"Thanks", erwiderte sie lächelnd und schlug bescheiden die Augen nieder.

Mit den Fingerspitzen berührte ich sie an den Schultern.

"Keine Angst, ich möchte nur soft sex", flüsterte ich. "Nichts Abartiges *('no kinky stuff')*. Du brauchst auch kein Französisch zu machen. Nichts, was du nicht willst."

Ich setzte mich aufs Bett und rutschte mit dem Rücken an die Sofalehne, und sie kam zu mir nach hinten gekrabbelt und kniete sich über mich. Dann fing sie an, und ich war ziemlich überrascht (ehrlich gesagt, ich war total verblüfft!), als sie mich zu küssen begann: Zuerst gab sie mir einen zarten Zungenkuss, lächelte mich hinterher kurz an, gab mir danach gleich wieder einen Kuss, lehnte sich ein wenig zurück und betrachtete ihr Werk. Wie ein Maler, der nach jedem Pinselstrich kritisch den Kopf in den Nacken legte, um die erreichte Wirkung zu überprüfen. Tja, und genau in dieser Art machte sie einfach immer weiter. Dieses Mädchen war sagenhaft, das wurde mir schlagartig klar. Das war er also, der 'Liebreiz' der einen 'erschüttert', der alles andere wegwischt, und zwar einfach so: WUTSCH. Eine Welle von Glückshormonen (in Tsunamistärke!) durchflutete meinen Körper bis in die entlegensten Regionen, ich fühlte mich ihr völlig ausgeliefert und wollte nur noch mehr mehr mehr. Der totale Kontrollverlust. Hektische Schnappatmung, sage ich bloß. Sie begann richtig zu strahlen, als sie erkannte, welch durchschlagenden Erfolg diese Prozedur bei mir hatte.

Schlafwandlerisch tastete ich nach ihren Brüsten und spielte zärtlich mit den herrlich steifen Nippeln. Irgendwann griff ich ihr unter den Lendenschurz, und schon bald zog ich ihr den Fetzen ganz von den Hüften, bog sie behutsam nach hinten und begann sie überall zu liebkosen, inklusive einer kurzen Cunnilingus-Einlage. Das heißt, eigentlich küsste ich zum Abschluss bloß ihren leckeren Pfirsich, so vielleicht drei oder vier Mal, und schleckte noch kurz mal drüber, bevor ich meinen eilig kondomisierten Großen reinsteckte. Und ab ging die Post. Aber wie!

"Mulzumeszk, mersi mult", bedankte ich mich hinterher, und glucksend flüsterte sie mir etwas ins Ohr, das wie 'kuplatschere' klang. Mit Vergnügen also.

Zärtlich strich ich ihr die Haare aus dem Gesicht.

"Mein Gott, kannst du küssen!", seufzte ich in seliger Ermattung. "Ich mag es, Menschen glücklich zu machen", erwiderte Sabrina bloß schlicht und lächelte.

"Hast du was mit Kunst zu tun?", fragte ich. "Malst du, oder machst du Plastiken? Irgend sowas?"

"Nein", meinte sie, "wieso?"

"Ach, ich dachte nur", antwortete ich. "Du wirkst auf mich so, von der Persönlichkeit her. Sensibel und trotzdem irgendwie sicher und bestimmt. Spirituell. So als ob du wirklich deinen eigenen Weg gehst."

"Naja, beim Schultheater kriegte ich immer Hauptrollen, und 'n Teenie-Tanzwettbewerb hab ich auch mal gewonnen", erzählte sie geschmeichelt. "Damals wollte ich Schauspielerin werden, oder wenigstens Bühnenzauberin. Aber alle sagten, ich soll doch lieber was Vernünftiges lernen. Deshalb mache ich jetzt 'ne Tourismusausbildung. Ich muss immer mit Menschen zu tun haben, mit möglichst gut gelaunten natürlich. Party, Ferien, Urlaub, Stimmung..."

Sie lachte und sah mich ein wenig verschmitzt an.

"Aber Tierärztin fand ich auch immer gut."

Sie rauchte noch eine Zigarette, dann stand sie auf und ging ins Bad.

Als sie zurückkam, sah ich ihr mit wachsender Faszination dabei zu, wie sie diese kompliziert verbandelte Korsage-Rüstung anlegte: Sie schlüpfte nämlich einfach *verkehrtrum* in das Ding rein, so dass die leeren Busenkörbchen zunächst auf dem Rücken saßen, band sich anschließend vorn die Schnürsenkel straff zu und drehte hinterher das ganze Ding um hundertachtzig Grad, wodurch nun alles wieder stimmte. Zum Schluss sorgte sie bloß noch beidhändig mit ein paar entschlossenen Massagegriffen dafür, dass sich ihre Brüste bequem an den vorgesehenen Stellen einpassten. Ein echtes Schauspiel!

"Kann ich dir vielleicht helfen?", bot ich ihr grinsend an und streckte eilfertig meine Arme aus. Denn allein vom Zugucken hatte ich schon einen Dreiviertelständer gekriegt.

Bevor sie antworten konnte, klingelte jedoch ihr Telefon.

"Der Fahrer braucht noch zwanzig Minuten", teilte sie mir mit. "Darf ich hier warten?"

"Ja natürlich, gern", nickte ich, und sie steckte sich eine weitere Zigarette an.

"Sag mal, wieso warst 'n du am Anfang eigentlich gleich so 'n bisschen sauer?", erkundigte ich mich vorsichtig.

"Na ich dachte, du wärst einer von diesen rassistischen Typen", antwortete sie ganz direkt und sah mir in die Augen dabei. "Es kam mir so vor, als ob du

überhaupt nichts mit Türken und Ausländern und so zu tun haben wolltest."
"Nein, das ist Quatsch", versicherte ich ihr. "Bloß als ich dir sagte, dass ich diese Disco-Typen nicht kenne, da schien mir, du würdest es nicht glauben. So als ob ich da was zu verbergen hätte. Naja, und deshalb hab ich meine Antwort beim zweiten Mal extra deutlich betont und damit vielleicht überreagiert. Ich war 'n bisschen irritiert und aufgeregt, verstehst du?"
"Na ich wohl auch", meinte sie heiter und legte ihre Hand auf meine.

220. Kapitel

Sabrina II
Zwei Tage später.
Diesmal nahm ich gleich zwei Stunden.
Als sie nach dem Begrüßungskuss ins Zimmer trat, erblickte sie auf meinem Monitor ihr Bild aus dem Internet.
"Gutes Foto", lobte ich. "Schön, aber nicht obszön."
"Danke", lächelte sie bloß, zog ihre Jacke aus (diesmal trug sie keine Korsage darunter, nur ein normales T-Shirt) und nahm auf der Couch Platz.
"Weißt du, ich möchte nicht obszön sein, das habe ich dem Fotografen gesagt", ergänzte sie dann doch noch. "Nackt ist okay, aber so, dass ich mich nicht dafür schämen muss."
"Finde ich gut", stimmte ich ihr zu. Offenbar konnte sie also Grenzen setzen und ließ sich nicht zu jedem Schwachsinn überreden.
Während ich sie nach ihrem Getränkewunsch fragte, betrachtete ich sie für ein paar Sekunden ganz aus der Nähe. Rein von ihrem Äußeren her konnte Sabrina so ziemlich alles zwischen 16 und 22 sein. Andererseits wirkte sie auf mich relativ reif, und ihr Englisch schien mir für bloßes Schulenglisch eigentlich ebenfalls zu gut zu sein. Auch wenn ich zugegebenermaßen nur sehr vage Vorstellungen vom rumänischen Bildungssystem hatte. Als ich sie vorsichtig noch einmal auf ihr Alter hin auszuhorchen versuchte, lächelte sie bloß mild und bestätigte lediglich die Webseiten-Version. Vielleicht stimmt es ja auch

tatsächlich, dachte ich schulterzuckend, und egal ob sie nun 18 oder 21 war - auf mich wirkte sie jedenfalls äußerst anziehend. Hübsch, sexy, intelligent und lebensfroh, und obendrein noch warmherzig. So richtig hundertprozentig begehrenswert.

"Hier hab ich ein bisschen was aus dem Internet für dich ausgedruckt", sagte ich und reichte ihr drei Blätter, nachdem ich uns die Gläser gefüllt hatte. "Ein paar Adressen von Asia-Boutiquen, wo sie Kimonos selber schneidern."

"Danke, das ist aber aufmerksam von dir", erwiderte sie und musterte mich mit einem kurzen aber intensiven Blick. "Du bist wirklich sehr nett."

Als Nächstes zeigte ich ihr einen reich bebilderten Zeitschriftenartikel über die Traditionen der japanischen Geishas (denselben, den ich damals schon mit Larissa ausgewertet hatte), und ich war erstaunt, wie gut Sabrina sich offenbar bereits in diesen Dingen auskannte. Denn sie wusste nicht nur bestens über die weiße Schminke und das sogenannte 'Nacken-Dekollete' und sogar über das früher praktizierte Schwarzfärben der Zähne Bescheid, sondern auch, dass die 'Maikos' ihren Kopf zum Schutz der Frisur beim Schlafen auf einer Art Holzblock ablegen mussten und dass ihnen die Arbeitszeit nach den beim Kunden abgebrannten Räucherstäbchen berechnet wurde.

"Woher weißt du so viel darüber?", fragte ich sie überrascht.

"Hm hm", machte sie bloß, zuckte lustig mit den Schultern, trank einen Schluck aus ihrem Glas und zündete sich eine Zigarette an.

"Die vielen kleinen Gesten und Rituale, die alle eine versteckte Bedeutung haben, so wie bei der Teezeremonie, das finde ich eben faszinierend", antwortete sie schließlich. "Das interessiert mich. Geishas waren ja Unterhaltungskünstlerinnen und nicht einfach bloß irgendwelche primitive Prostituierte."

"Ja weißt du, ich habe mir zwar auch schon öfter mal Mädchen von Agenturen bestellt, das ist kein Geheimnis", entgegnete ich daraufhin ganz offen, "aber eigentlich ist für mich das Geld dabei nur sowas wie 'ne Kontaktanbahnungsgebühr. Es sorgt für 'ne nette Grundstimmung bei den Mädchen und gibt mir die Chance, mich ihnen überhaupt erstmal nahe zu bringen. Was ich mit den Scheinen für ein paar Stunden kaufen kann, ist im Prinzip nur deine Aufmerksamkeit, mehr nicht."

Da sie nichts erwiderte, fuhr ich einfach fort und schilderte ihr kurz, wie es dazu gekommen war, dass aus einem einstmals sehr schüchternen Jungen ein Familienvater und später dann aus dem ein Agenturstammkunde geworden war.

"Na jedenfalls, als ich so alt war wie du, da hatte ich viele Probleme, besonders mit Mädchen", fasste ich hinterher entspannt lächelnd zusammen. "Aber das ist vorbei. Bloß ab und zu mal, so gelegentlich für 'n paar Stunden, da möchte ich 'ne kleine Psycho-Zeitreise machen und was nachholen. Mich fühlen wie 18 oder 20, und ganz sanft mit 'nem hübschen Mädchen wie dir kuscheln. Deshalb habe ich dich bestellt. Weil du wunderschön bist und ich glaube, dass du die nötige Sensitivität für sowas hast."

Sie schien zu verstehen, worum es mir ging, zumindest glaubte ich es in ihrem Blick zu lesen.

Wortlos drückte sie ihre Zigarette aus, während ich einen Schluck aus meinem Glas nahm und sie dann einfach bloß noch ansah. Was gab es auch noch groß zu bereden? Am Nachmittag war mir zwar die Idee gekommen, mir für Sabrina vielleicht ein kleines Puppenspiel auszudenken, so wie damals für Nicole. Aber ich hatte diesen Gedanken schnell wieder verworfen. Nein, ich brauchte kein albernes Kasperletheater mehr zu veranstalten, nur um einem Mädchen zu zeigen, dass es für mich etwas Besonderes war.

Sabrina stand schließlich auf und ging ins Bad. Ihre Tasche ließ sie bei mir auf der Couch, auch das Geld lag diesmal noch immer unberührt auf dem Tisch. Ich hatte extra ein paar kleine Scheine genommen, damit sie sehen konnte, dass ich ganz bewusst zwanzig Euro Trinkgeld geben *wollte* und ihr nicht bloß notgedrungen vier Fünfziger überließ, nur aus Mangel an Wechselgeld.

Ich begann gerade das Bettzeug auszurollen, und obwohl ich bisher von nebenan noch nicht mal das Rauschen der Dusche vernommen hatte, hörte ich plötzlich deutlich, wie erst die Badtür und dann die Zimmertür aufgeklinkt wurde. Auf einmal steckte eine offensichtlich bereits splitternackte Sabrina ihren Kopf und ihren halben Oberkörper zu mir herein und fragte mich heiter, was denn das für ein 'lustiges Ding' im Bad wäre. Irgendein unsichtbarer Geist würde nämlich ständig 'hey beauty' and 'waoh, you sexy thing' zu ihr sagen. Ich umarmte sie erst einmal herzhaft (nackt! nackt! nackt!) und lüftete ein paar

Sekunden später das Geheimnis des sprechenden Badvorlegers.

Wenige Minuten später hielt ich sie frisch geduscht in meinen Armen. Zärtlichste Zungenküsse, Küsse mit geschlossenen Augen, Küsse mit offenen Augen. Nichts raffiniert Inszeniertes, sondern alles von einer fast unwirklichen Leichtigkeit. Hauchzart begann ich bei ihr zwischen den Beinen zu fingern, und sie bei mir. Ein Kuss oben, ein Fingerspitzenstreicheln unten, ein Schauer folgte dem nächsten. So lief es eine selige kleine Ewigkeit lang, wobei ihr Atem inzwischen so tief ging wie meiner. Sie war längst feucht, richtig nass. Bei ihr würde ich kein Gel brauchen, im Gegenteil; hier hätte ich mir sogar noch etliche Milliliter für die Reservetube abfüllen können. Irgendwann stülpte ich mir den Gummi drüber und ließ mich in sie reingleiten. Ihr schlanker junger Körper fühlte sich fantastisch an, so Haut an Haut, aber das war es nicht allein. Wie in Trance presste ich sie an mich und hielt nichts mehr an Gefühlen zurück, ich gab mich ihr in all meiner männlichen Zartheit, bis zum gemeinsamen Höhepunkt. Nach einer kurzen Atempause ging es dann gleich mit Pfirsichkompott zum Nachtisch weiter, selig schmatzte und schleckte mein Mund zwischen ihren Schenkeln, in the pink zone, bestimmt zwanzig Minuten lang. *(Tja, und in zwanzig Minuten kann man wirklich so allerhand machen! - Immerhin hatte Angel mir damals schon das Kompliment 'du leckst ziemlich gut' ins Ohr gehaucht.)* Also ich sage nur, ich habe zwar fürs Austernschlürfen nicht allzu viel übrig, aber diese süße Paradiesfrucht schmeckte wahrhaftig wie der Himmel auf Erden.

Es tat so gut zu spüren, wie es ihr guttat.

"Almost innocent, isn't it?", flüsterte ich ihr hinterher ins Ohr ('fast unschuldig, nicht wahr?'), und sie sah mich an und nickte nur stumm, so richtig mit verliebten Augen. Hatte ich etwa Neuland betreten? Natürlich war es nicht leicht, ihre Vorerfahrung in dieser Hinsicht zu schätzen, aber allzu häufig hatte ihr bestimmt noch keiner eine gute Viertelstunde lang leidenschaftlichen Oralsex am Stück geboten, so richtig schön mit Hingabe und Genuss. Laut einer psychologisch-empirischer Untersuchung sollten ja sowieso die meisten Frauen beim Cunnilingus den intensivsten Orgasmus haben, zumindest hatte ich das mal irgendwo gelesen. Auf Sabrina schien es jedenfalls zuzutreffen. *(Übrigens wussten manche Männer ja gar nicht, was ihnen da entging, und selbst Buk der alte Schwerenöter war erst mit über 50 durch seine Linda zum Muschilecken gekommen.)*

"Ich fühle mich gar nicht, als ob ich arbeiten würde", meinte Sabrina hinterher. "Sondern so, als ob ich mit einem Freund zusammen bin."

Voller Inbrunst schmiegte sie sich an mich und gab mir einen stürmischen Kuss.

"Nein, ich will nicht weg!", rief sie ein wenig übermütig. "Ich möchte bleiben!"

Zärtlich strich ich ihr übers Haar und fragte sie nach ihrem Namen.

"Mirela", antwortete sie, "eigentlich Mirela Maria."

Sie stützte sich auf ihre Ellenbogen, zündete sich eine Zigarette an und angelte mit ausgestrecktem Arm nach dem Aschenbecher auf dem Tisch.

"This is nice", sagte sie und zeigte dabei auf mein Tischlämpchen aus hauchdünnem Porzellan, das sie erst jetzt richtig wahrzunehmen schien. Es war aber auch hübsch, so schneeweiß und mit durchscheinenden Relief-Ornamenten. Wie ein kleines Iglu auf einer Untertasse, in dessen Mitte ein Teelicht flackerte.

"Gestern war ich bei einem ganz dicken Klienten", begann sie plötzlich zu erzählen. "Weißt du, ich hab sowieso schon ein bisschen Asthma, aber als der auf mir drauf lag, da kriegte ich erst recht keine Luft mehr, und das ausgerechnet an meinem Geburtstag."

"Was denn, du hattest gestern Geburtstag?", fragte ich.

"Ja", nickte sie, griff nach ihrem Handy und zeigte mir eine SMS ihrer Mutter, in der sie ihr tatsächlich zum 19. Geburtstag gratulierte.

Na bloß gut, dass ich für solch besondere Anlässe gerüstet war, dachte ich, und zauberte schon Sekunden später ganz lässig - simsalabim! - ein Fläschchen Parfüm einer nicht gerade als billig bekannten Marke aus der Schublade (welches ich freilich auf Vorrat gekauft und eigentlich erst irgendwann später hatte rausrücken wollen). Mit galanter Geste überreichte ich ihr dieses Präsent, was sie wirklich zu überraschen und vor allem sehr zu rühren schien.

"Danke", hauchte sie schließlich und gab mir zwei keusche Küsschen, als sie es nach kurzem Zögern annahm.

Recht ausgelassen (und vielleicht auch ein bisschen, um das Thema zu wechseln) schilderte sie mir dann eine amüsante Episode von ihrem letzten

Wochenende. Sie war nämlich in einen bekannten Discoclub gegangen, erzählte sie, und dort hätte sie zu vorgerückter Stunde eine noch glimmende Kippe versehentlich in einen Mülleimer anstatt in einen Ascher geworfen.

"Sofort kam so 'n echt fieser Ordner rüber und schnauzte mich an, dass ich meine brennende Zigarette aus dem Müll wieder rausholen soll", rief sie, "na der sah nicht gerade so aus, als ob er mit mir diskutieren wollte! Also hab ich ihn einfach bloß angeguckt und auf Französisch vollgequatscht, *Je vous en prie, pourquoi en est-il ainsi?* und so weiter, bis er entnervt endlich selber 'nen Becher Cola zum Ablöschen drüber gekippt und mich in Ruhe gelassen hat."

"Cool, auf Französisch!", sagte ich anerkennend, und ich musste innerlich schmunzeln als ich sah, mit welch kindlicher Freude sie sich in der Wärme meines kleinen Lobes sonnte. Allerdings hatte sie ja in der Disco auch wirklich sofort geschaltet und Schlagfertigkeit bewiesen, dachte ich, das musste man ihr lassen. Einfach bloß ganz intuitiv die Situation erkannt und genau richtig reagiert, im Bruchteil einer Sekunde. Denn mit Rumänisch oder Touristen-Englisch hätte sie da bestimmt nicht den gewünschten Effekt erreicht. Damit wäre es wohl anders ausgegangen.

"Woher kannst du Französisch?", fragte ich.

"Ach, das meiste von Cartoons im Fernsehen", antwortete sie. "Englisch auch, das meiste von Comic-Heften und Zeichentrickfilmen. Gute Fremdsprachenkenntnisse sind in der Tourismusbranche ja wichtig. Ich kann sogar ein ganz bisschen Japanisch. Von den Mangas, *Sailor Moon* und *Doraemon*, weißt du? Die blaue Katze, die eigentlich ein Roboter aus dem 22. Jahrhundert ist. Kennst du die?"

"Nee", schüttelte ich belustigt den Kopf, "was ist das denn? Hab ich nie von gehört."

Ich musste erst einmal herzhaft lachen.

"Aber wirklich bewundernswert", ergänzte ich dann etwas ernster, "was du dir da autodidaktisch so alles beigebracht hast."

"Ja, die Lehrer haben mir immer gesagt, dass ich intelligent bin", erwiderte sie mit kokettem Lächeln, "allerdings leider eben auch ziemlich faul."

Plötzlich piepste ihr Handy zweimal kurz, doch sie warf nur einen flüchtigen Blick auf das Display.

"Mein Fahrer", meinte sie und gab mir einen Kuss, "er kommt in zwanzig Minuten. Ich geh mich duschen, ja?"

"Okay", nickte ich und drückte sie noch ein letztes Mal nackt an mich, bevor sie entschwand.

Als sie zehn Minuten später aus dem Bad zurückkehrte, gab ich ihr meine Telefonnummer. Sie speicherte sie in ihrem Handy ab und machte hinterher gleich einen Probeanruf.

"Gut, das funktioniert", stellte sie fest. "Aber meine Handynummer kann ich dir nicht geben, weil das kein deutsches Gerät ist. Die Karte hab ich noch von zu Hause und ich weiß nicht genau, wie man das von Deutschland aus anwählen muss. Wenn ich ein richtiges Handy von hier hab, dann sag ich dir Bescheid."

Das klang mir zwar arg verdächtig nach einer improvisierten Ausrede, ich behielt meine Zweifel jedoch für mich und beließ es dabei.

In den letzten fünf Minuten veranstalteten wir schnell noch ein kleines Armbrust-Wettschießen, das freilich mehr und mehr in ein Wettknutschen überzugehen schien. Andauernd küsste sie mich, immer wieder.

"Danke, dass du so nett bist", flötete sie mir dabei ins Ohr, und ich lächelte bloß jedes Mal und dachte: 'Ach Kleines, es ist sehr leicht, zu einem Mädchen wie dir nett zu sein'.

Ganz zuletzt erkundigte ich mich noch nach ihrem Lieblingsgetränk, für das nächste Mal, und sie nannte einen dieser Lifestyle-Energydrinks.

"Also jetzt wirklich", sagte ich schließlich nach ungefähr dem fünften Abschiedskuss, "bis bald, zum Energietanken in Eckis Club. Da, wo die Mülleimer flambierende Lady der Stargast ist. Au revoir, Mademoiselle!"

Glucksend lachte sie los, drückte mir flink einen weiteren Schmatzer auf und hüpfte dann eilig die Stufen nach unten, bereits drei oder vier Minuten zu spät.

221. Kapitel

Als ich am nächsten Morgen mit dem Fahrrad zum Krapparat fuhr, war ich in Gedanken beinahe ständig bei dem Abend vorher. Halb umnachtet bretterte ich an einer roten Ampel vorbei über eine achtspurige Magistrale und ein Lkw hätte mich fast erwischt.

Wie hatte doch Ringo damals so schön gesagt?, grübelte ich. Das alles wäre 'nur eine gekaufte Illusion', wäre 'nicht real'? Pah, dachte ich bloß und verglich das, was ich vor wenigen Stunden bei Mirela Haut an Haut gespürt hatte, mit allem anderen, was ich kannte - also wenn ich überhaupt irgendetwas auf dieser Welt als real ansehen konnte, dann war es das, was ich gefühlt hatte, als ich mit meinem Kopf zwischen ihren Schenkeln gelegen und völlig weggetreten ihr Teenie-Kaffeeböhnchen ausgeschleckt hatte. Das war das Maß aller Dinge! Es gab nichts Köstlicheres, als diesen hocharomatischen Paradies-Cocktail frisch und körperwarm zu schlürfen! Ich war wie betrunken, ich war verrückt nach ihrem feuchten Pfirsichmund. Den ganzen Vormittag über schwelgte ich in seligen Erinnerungen; andauernd versuchte ich mir wieder diesen unvergleichlichen Geschmack auf meiner Zunge in Erinnerung zu rufen *(und ich werde mich hüten, ihn versuchsweise irgendwie zu beschreiben, denn es wäre ein aussichtsloses Unterfangen; er möge also dem Connaisseur vorbehalten bleiben)*. Ein paarmal glaubte ich ihn schon fast zu spüren, als ich den rohen Schinken von meinem Frühstücksbrötchen aß, oder dann auch nochmal beim Mittag, beim Tomatensalat mit Zwiebeln, so irgendwie weiter hinten auf der Zunge. Aber es blieb stets nur bei sublimen Anklängen; es war wohl doch mehr fiebrige Autosuggestion als tatsächliche Wahrnehmung.

Im Coffeeshop traf ich zufällig Bettina, eine Lehrgangskollegin, die ich seit der Ausbildung nicht mehr gesehen hatte.

"Na, wie gehts?", begrüßte ich sie und setzte mich zu ihr. Doch sie gab mir weder eine Antwort darauf noch machte sie sich gar die Mühe, sich in irgendeiner Form nach meinem Befinden zu erkundigen, sondern fragte mich stattdessen gleich ohne Umschweife, in welcher Gegend man hier in Berlin 'so 'ne richtig schnucklige Eigentumswohnung in top Qualität, am besten Dachgeschoss', kaufen sollte. Hm, dachte ich irritiert, ja bin ich denn dein

Makler? Für mich klang das nämlich eher so, als wolle sie mir damit lediglich signalisieren, dass sie nun über ein dickes Konto verfügte. Aber egal.

Während ich leichthin irgendetwas erwiderte, musterte ich möglichst unauffällig ihr Gesicht, und gerade als ich zu dem Schluss gekommen war, dass sie sich für Ende Dreißig eigentlich ganz gut gehalten hatte, da stand sie kurz auf und zwängte sich hinter dem Tisch hervor, um sich einen Zuckerstreuer vom Tresen zu holen - wodurch mir sofort überdeutlich ins Auge sprang, dass sie in den vergangenen Jahren wohl um die zwanzig Kilo zugelegt haben musste.

"Bin zwei Wochen zur Qualifizierung hier", nuschelte sie schließlich in meine Richtung *(für mich klang es jedoch eher wie 'Quallifizierung', ein Lehrgang für unförmige Mollusken)* und schaufelte sich dabei den Rest eines großen Stücks Schokokuchen in den Schlund. "Ich habe mich nämlich für nächstes Jahr prioritär auf Harare beworben, also Simbabwe, deswegen muss ich nochmal 'n bisschen Visa- und Passrecht auffrischen."

Übrigens wäre sie noch immer ledig und kinderlos, erwähnte sie des Weiteren, in puncto Männer sei derzeit nichts Festes in Sicht. Auch hätte sie bisher auf ihren Posten in der Ostblockpampa und in Afrika sowieso nur lauter Scheißbeziehungen gehabt.

"Wen soll man da schon kennenlernen?", maulte sie. "Die paar Typen da vor Ort kannst du doch voll vergessen. Naja, und auf Distanz funktioniert ja sowieso nichts."

Tja, selber schuld, dachte ich ungerührt. Sie hatte freiwillig ihre knackigsten Jahre am Arsch der Welt vergeudet und konnte dafür jetzt mit der goldenen Kreditkarte wedeln. Ein schlechter Tausch, wie ich fand, bloß sie hatte es doch so gewollt, oder? Warum bewarb sie sich denn selbst jetzt noch auf Posten wie Harare? Trotzdem tat sie mir dann ein wenig leid, als wir uns nach einer Viertelstunde voneinander verabschiedeten und ich sie so vom Leben enttäuscht davonstampfen sah.

Aber schon bald kreisten meine Gedanken ganz von selbst wieder um meinen letzten Abend, und ich kam dabei sogar zu einem bedeutsamen Entschluss. Nämlich, mich in Sachen Sabrina alias Mirela noch einmal heftig zu engagieren. Die volle emotionale Breitseite, ohne Zurückhaltung. Natürlich wollte ich mich eigentlich um eine feste Partnerin bemühen und meine Callgirl-Aktivitäten weiter zurückfahren, und das galt nach wie vor - doch solange keine ernsthafte Kandidatin in Sicht war, würde ich mir diese Zauberfee jedenfalls garantiert nicht entgehen lassen. Die schickt der Himmel, sagte ich mir. Die nehme ich noch mit, alles andere wäre Sünde. Davon war ich absolut überzeugt. Freilich glaubte ich nicht, dass ein kaum flügge gewordenes Teeniegirl mir tatsächlich eine echte Partnerin sein könnte - oder ich ihr ein angemessener Partner. Nein, in ihrem Fall suchte ich gar keine 'Beziehung' mehr, kein wie auch immer geartetes rationales Konstrukt, sondern es ging mir einfach nur noch um puren sinnlichen Genuss und um reine Herzenswärme. Keine Pläne, keine Absichten, keine Hintergedanken, nur unschuldiges Spiel. Ich wollte dieses wundervolle Wesen so oft und so intensiv wie möglich spüren; solange diese einmalige Perle in meiner Reichweite war, würde ich mir alles holen, was für mich dabei drin war. Und wenn es dann irgendwann vorbei sein sollte, dann war es in Gottes Namen eben vorbei. Diesmal wusste ich jedenfalls ganz genau, worauf ich mich einließ, und ich war gewillt, den Preis zu zahlen - und ich rede nicht von den Finanzen, sondern ich meine den Katzenjammer hinterher, wenn ich wieder allein dastehen würde. Wie bei Larissa oder Madalina und den paar anderen, von denen mir nichts als Erinnerungen geblieben waren.

Am Wochenende waren die Kinder bei mir.
Samstagvormittag kleksten wir eine Weile mit Wasserfarben rum. Nele hatte dabei eines meiner alten Hemden an und wollte es auch hinterher überhaupt nicht mehr ausziehen.
"Ich bin ein Pinguin", rief sie und watschelte bloß durch die Bude hin und her.
Malte dagegen bewies mehr Ausdauer, geduldig zeichnete er seine Werke erst dünn mit Bleistift vor und tuschte sie dann farbig aus.
Zum Mittag machte ich Spiegelrühreier mit Spinat und Kartoffeln, und danach fuhren wir zum 3-D-Kino und sahen uns einen Film über die Unterwasserwelt an. Hinterher spielten wir im Park mit einem Schulfreund von Malte zu viert ein bisschen Fußball und kraxelten so lange am Kletterfelsen rum, bis wir alle ziemlich knülle waren und nur noch nach Hause wollten.

Vor dem Abendessen steckte ich meine beiden reichlich eingestaubten Lieblinge noch schnell in die Wanne, und ganz zum Schluss kriegten sie sogar mal wieder einen Spritzer von meinem Rasierwasser an den Hals. So sehen glückliche Kinder aus, dachte ich zufrieden, als sie beide frisch gekämmt im Schlafanzug am Tisch saßen und ihre Stulle verdrückten.

Den Sonntagvormittag vergammelten wir im Bett, mit Märchen hören und ein paar eher trägen Ringkämpfen.

Zum Mittag wollte ich eigentlich wieder selber kochen, Nudeln mit Tomatensoße und Wurst, aber Malte und Nele bettelten so lange, ich solle doch mal wieder was 'vom Inder' holen, Butter Chicken mit Reis und natürlich für jeden einen Becher Mango-Lassie, bis ich nachgab.

Weil draußen so schön die Sonne schien, nutzten wir die Gelegenheit und fuhren nach dem Essen zu einem Kalkstein-Tagebau am Stadtrand raus, wo wir eine interessante geologische Führung mitmachten und anschließend mit Helm und Hammer ausgerüstet wie die Profis jede Klamotte umdrehten und beklopften, zwecks Fossiliensuche.

222. Kapitel

Sabrina III

Noch bevor ich die Kinder am Abend rüber zu Ramona brachte, hatte ich mir per Telefon schon wieder zwei Stunden mit Mirela gesichert. Hastig räumte ich hinterher die Bude ein bisschen auf, präparierte den Badvorleger mit einem neuen Spruch und duschte mich schnell, und in der letzten verbleibenden Viertelstunde putschte ich mich dann ein bisschen mit *Guns n Roses* hoch. Erst das gute alte Meisterwerk 'Civil War' mit dem berühmten Knastfilm-Spruch am Anfang ('failure to communicate' - Mann, wenn *das* keine ätzende Stimme war!!!), und danach natürlich 'Sweet child of mine', immer wieder, aus vollem Halse: 'Sweet child of mine'. Mein süßes Kind, wo bleibst du denn!

Dann kam sie endlich, etwas außer Atem, weil sie die Treppe hochgerannt war. "Riech mal, ich hab dein Parfüm dran", rief sie zur Begrüßung und küsste mich stürmisch.

Sie legte ab und setzte sich, während ich eine Dose Energydrink aus dem Kühlschrank holte und neben ihr Glas stellte. Ich mochte das Zeug zwar überhaupt nicht, diese zuckrige, überteuerte Aufputsch-Brause mit labbrigem Gummibärchen-Aroma, aber ich war ja nicht ihr Ernährungsberater.

Dafür gefiel mir jedoch ihr Neo-Hippie-Stil umso mehr. Ihre offenen Haare, ihre farbenfrohen Klamotten. Die kleinen Holzarmreifen und die bunten Bänder an den Handgelenken.

"Ich hab an dich gedacht", sagte sie und umarmte mich. "Mit dir ist es wie bei einem richtigen Freund."

Verlegen lächelnd winkte ich ab.

"Ach naja, du bist allein in einer fremden Stadt, du verstehst die Sprache nicht", versuchte ich zu relativieren, "da ist das ganz normal, dass..."

"Glaubst du mir?", wischte sie meine Bemerkung einfach weg und sah mir direkt in die Augen, ganz wach und klar.

"Ja", antwortete ich ernst und küsste sie, und schon machten wir es uns auf der Couch bequem. Mirela wollte sofort schmusen, sie schmiegte sich an mich, und ihr kurzes Sweatshirt rutschte etwas nach oben und ließ einen Streifen Bäuchlein sehen. Da landete meine Hand zuerst, strich dann weiter über ihre Brüste und Schenkel, um dann wieder von vorn anzufangen.

Sowas kann man nicht für Geld kaufen, dachte ich immer wieder. Sowas Schönes, sowas ganz Liebes. Sowas Reines. Meister Goethe fiel mir ein: 'Es ist eine der größten Himmelsgaben, so ein lieb Ding im Arm zu haben.'

Wie recht der alte Lustmolch doch hatte!

"Wie alt bist du?", fragte sie leise.

"Vierundvierzig", antwortete ich.

"Du wirkst viel jünger"*('you act much younger')*, erwiderte sie.

Ich zuckte mit den Schultern.

"Doch", beharrte sie auf ihrer Meinung, "an unserem ersten Abend, als ich sah wie du redest, wie viele Gesten du machst, da dachte ich gleich: *Hey, das ist ein verspielter Mann.* He likes playing. Schon als ich noch draußen vor der Haustür stand und hörte, wie du die Treppen runtergehüpft kamst, voller Schwung und so richtig mit Rhythmus drin. "

Sie lächelte pfiffig. "Und ich hatte recht."

Oho, dachte ich beeindruckt, denn sowohl diese Beobachtungsgabe als auch die Schlussfolgerung daraus fand ich ziemlich bemerkenswert, besonders für so ein junges Mädchen. Ich malte mir aus, wie sie voll banger Erwartung unten vor der Haustür gestanden und auf meine Schritte gelauscht haben mochte. Wie wird dieser Kunde wohl sein? Ein träger, dicker Grobian? Ein torkelnder Betrunkener? Nein, ein im Hopserschritt heranhüpfender Verspielter...

Außerdem wäre es auch ein guter Buchtitel, dachte ich, THE PLAYFUL MAN, erscheint demnächst im PLAYBOY Verlag...

"Mein Fahrer ist mein Chef", meinte sie auf einmal und erzählte mir, dass er gestern heimlich ihr Handy kontrolliert und eine Berliner Telefonnummer gefunden und sie deshalb sogleich zur Rede gestellt hätte.

"Nein, nicht deine Nummer, die habe ich nämlich extra unter den Nachrichtendateien versteckt", fuhr sie fort. "Aber seitdem habe ich noch mehr Probleme mit ihm als sonst. Er will, dass ich jeden Tag arbeite. Samstag war ich in der Diskothek, da hat er mich hinterher auch angebrüllt, ob ich etwa Jungs kennenlernen will. *'Du willst umsonst ficken? Das kannst du zu Hause in Bukarest, hier gibt es sowas nicht.'* Er möchte, dass ich niemand anders kenne außer ihm. Ich halte das bald nicht mehr länger aus da."

"Es existieren doch auch noch andere Agenturen", entgegnete ich. "Manche sind einigermaßen fair, zumindest haben die Mädchen gut von einigen Chefs gesprochen."

Ich stand kurz auf und suchte in meinem Zettelkasten die alte Nummer von den Fun-Girls raus, und weil Mirela einverstanden war, machte ich auch gleich die Probe aufs Exempel und rief den guten alten Andy an. Selbst nach so langer Zeit erkannte er mich sofort an der Stimme.

"Do you speak English?", fragte ich ihn und stellte auf laut, damit Mirela unser Gespräch mitverfolgen konnte, und als er bejahte, erkundigte ich mich, ob er neue Mädchen suche und eventuell auch eine Unterkunft anzubieten hätte.

"Yes, no problem", antwortete er locker, und ich bedankte mich erstmal und stellte den Anruf einer Bewerberin für die nächsten Tagen in Aussicht. Für alle Fälle gab er mir sogar noch seine Privatnummer, die ich auf einen kleinen Zettel schrieb und gleich an Mirela weiterreichte.

"Danke, die muss ich gut verstecken", sagte sie, faltete das Stück Papier ein paarmal zusammen und ließ es in ihrer Zigarettenschachtel verschwinden.

"Heute war ich auf 'nem Flohmarkt", erwähnte sie dabei, "da hab ich mir Donald-Duck-Comics gekauft."

Ich sagte nichts, sondern grinste nur breit.

"Ja, ich bin noch ein Kind, na und?", lächelte sie mich an und tat ein wenig so, als würde sie schmollen.

"Nein, das finde ich ja gut, wenn du ehrlich zu dir stehst und nichts vortäuscht", sagte ich. "Im Ernst. Versuch bloß nicht, so furchtbar reif zu tun. Von der Sorte gibts nämlich wirklich schon mehr als genug."

Kurz darauf verschwand sie im Bad, und ich machte die Matte klar.

Auch diesmal kam sie wieder nur mit dem kleinen Lendenschurz um die Hüften ins Zimmer. (Ich glaube nicht falsch zu liegen wenn ich sage, dass sie ihre Brüste mochte und demzufolge auch gerne herzeigte.) Ich saß bereits nackt auf dem Sofa, mit dem Rücken an der Lehne und die Beine ausgestreckt. Sie machte das Handtuch ab, rutschte auf der Couch zu mir heran und kniete sich vor mich hin, die Beine leicht gespreizt, den Körper aufgerichtet. Die Augen gingen mir über, welch ein fantastischer Anblick! Herrlichste Apfelbrüste, und dieses süße süße Bäuchlein, alles so jung und straff! Aber am schönsten war ihr Gesicht, ihre Augen. Wirklich, ich schwöre! Wie sie mich mit einem ganz ganz lieben Lächeln ansah. Ihr Blick streichelte mein Herz; sie spürte, wie sehr ich mich an ihrer Nacktheit erfreute, und das machte sie glücklich. Ich war mehr als gerührt, ich war gänzlich erfüllt von ihrem Gefühl - kann man das überhaupt so ausdrücken, ist das verständlich?

Absolute Vollerektion, jetzt schon, ohne eine einzige Berührung, nicht mal angetippt hatten wir uns. Es war wie im Märchen, wie im Schlaraffenland, wo eine Riesenschüssel warmer Schokoladenpudding vor einem dampfte und man alle Zeit der Welt (Zeit? - was sollte denn das überhaupt sein?) zum Aufnaschen hatte; man wurde ganz still vor Freude und machte sich bereit, jedes Löffelchen voll auszukosten.

Ganz leicht begann ich sie zu berühren, griff eine dieser vollkommenen Brüste, wischte zart mit den Fingern zwischen ihren Beinen durch, umspannte mit beiden Händen einen Oberschenkel, Wahnsinn, Wahnsinn... Sie hatte so viele wunderschöne Stellen, diese un-be-schreib-lich-en Hüften, so weich und fest, und dann die herrliche sanfte Wölbung unter dem Nabel, die sich perfekt in meine Handfläche schmiegte - und die ganze Zeit über sah sie liebevoll lächelnd auf mich herunter, und immer wenn sich unsere Blicke trafen, spürte ich in ihren Augen - es war so rein, beinahe noch kindlich, und es überwältigte mich und riss mich mit, so dass ich von innen, von der Brust her, zu zerfließen glaubte.

Sie kraulte mich ein wenig an dem, was ich zwischen den Beinen hatte, schüchtern und ein bisschen unbeholfen.

"Kannst ruhig etwas fester anfassen", ermunterte ich sie flüsternd. "Keine Angst, er bricht nicht ab."

Sie kicherte verlegen.

"Bricht nicht ab", wiederholte sie, "das hört sich ja an, als ob er aus Kristall wäre."

"Naja, auf Englisch sagen manche auch 'Milchknochen' *('milk bone')* dazu, das finde ich noch blöder", erwiderte ich, mich nur noch mühsam beherrschend. "Kennst du den Ausdruck?"

"Nein", hauchte sie und zog mir dabei mit der einen Hand spielerisch die Vorhaut zurück und umfasste gleichzeitig mit der anderen meinen Sack, so dass ich erstmal für einen Moment die Augen schließen und die Luft anhalten musste, um es richtig zu genießen. Dann stülpte ich mir ratzfatz ein Kondom über, während sie sich ganz ohne Scham vor mir auf den Rücken legte, die Beine spreizte und mich schließlich mit ein paar verhaltenen Schlängelbewegungen in sich hineinzog. Sie gab den Rhythmus vor und ich passte mich ihm an, und es stimmte einfach alles.

Nachdem es mir gekommen war, ruhte ich mich noch eine Weile auf ihr aus. Sie hielt mich die ganze Zeit über in ihren Armen, richtig fest und innig, und ich streichelte ihr bloß schüchtern die Schulter, war aber in Gedanken ganz bei ihr. 'Eine Frau bei der meine Seele ruht', stand es nicht so bei Kerouac? Dann glitt ich tiefer, machte es mir bequem und leckte sie sehr sehr lange, ich war buchstäblich auf den Geschmack gekommen. Es handelte sich zwar beileibe nicht um meinen ersten Cunnilingus, aber so dermaßen gut - nein, so vollkommen durch und durch war es mir bis dato noch nie gegangen. Ganz anderer Hirnstatus, echt. Voll im Nirwana, wie unter Hypnose oder beim

Schlafwandeln. Einfach unbeschreiblich. Mein Samenerguss hatte den ersten Druck von mir genommen, jetzt gab es nichts Schöneres, als dieses wunderbare Mädchen zu verwöhnen und ihre Ambrosiaspalte ganz tief auszukosten, mein Herz ging mir richtig auf dabei. Wie sie atmete, wie sie sich ab und zu leicht aufrichtete, um mich zu streicheln! Ich versuchte ihr all die Liebe und Dankbarkeit zu geben, die ich für sie empfand, und es war nicht wenig, was da war.

"Die Zeit ist gleich um, ich muss mich anziehen", seufzte sie hinterher und kuschelte sich doch im selben Moment schon wieder enger an mich.

"Ich muss mich anziehen", wiederholte sie und gab mir einen Kuss, aber sie konnte sich einfach nicht dazu aufraffen.

"Wenn ich dich küsse und du machst die Augen zu, dann siehst du aus wie ein Baby", flüsterte sie mir ins Ohr und lächelte mich an.

"Es ist so traurig, dass mir das alles irgendwann nur noch wie ein ferner Traum vorkommen wird", meinte sie dann plötzlich leise. "Findest du das nicht auch schrecklich?"

"Ja", antwortete ich und strich ihr mit der Hand über den Kopf.

"I feel so good with you", hauchte sie immer wieder und streichelte meine Wangen. Schließlich setzte sie sich auf und steckte sich eine Zigarette an.

"Du bist sehr gut zu mir, aber es ist trotzdem noch was anderes", sagte sie und inhalierte den ersten Zug.

"Warum fühle ich mich so gut mit dir?", fragte sie mich ganz direkt.

"Das ist einfach", gab ich ihr bereitwillig Auskunft. "Du bist zwar viel jünger als ich, aber dennoch sind wir uns sehr ähnlich. *Ich mag es, Menschen glücklich zu machen'*, das hast du bei unserem ersten Treffen gesagt. Das kenne ich gut, so gehts mir nämlich auch. Naja, also siehst du dich in mir wie in einem Spiegel. Du findest vieles wieder, es kommt dir bekannt und vertraut vor, und deshalb vertraust du mir."

"Ja", erwiderte sie nachdenklich, "diese Idee mit dem Spiegel hatte ich auch schon mal."

"Genau, das gute alte Symmetrieprinzip", nickte ich. "Weißt du, ich glaube, dass jeder Mensch die gleiche Daseinsberechtigung hat, und dass ich auch immer derjenige sein könnte, der mir gerade gegenüber steht. In jeder Situation, immer. Welcher von beiden ich gerade bin, ist eigentlich Laune des Schicksals. Blanker Zufall. Naja, und daraus ergibt sich eigentlich alles andere. Man muss nur konsequent sein, sozusagen verhaltenssymmetrisch. Verstehst du, was ich meine?"

Sie lächelte mich an. "Ja, mein sprechender Spiegel."

Zehn Minuten über der Zeit griff sie aus dem Bett heraus nach dem Telefon, rief ihre Agentur an und diskutierte mit dem Fahrer. Beziehungsweise mit ihrem Chef.

Alles okay, kriegte ich schließlich mit, die Route wurde geändert. Er würde nun erstmal ein anderes Mädchen namens Celina abholen, aber in zwanzig Minuten wäre er dann endgültig hier.

Als Mirela kurz danach ins Bad ging, erhob ich mich ebenfalls, zog mir bloß erstmal das T-Shirt über und musterte mich flüchtig im Spiegelschrank, noch ohne Slip. Alter, jetzt hast du den Bogen aber fein raus, dachte ich, und gab meinem grinsenden Konterfei den gestreckten Daumen.

223. Kapitel

Dienstag hätte ich sie fast schon wieder bestellt, aber ich riss mich zusammen; ich wollte nichts überspannen. Andauernd musste ich an die zwei Stunden vom Sonntag denken, und ganz oft auch an ihren zärtlichen Blick dabei. Die reine Liebe in Person, echt, keine Spur von primitiver Geilheit. Am liebsten hätte ich ihr Gesicht in Lindenholz geschnitzt und in der Kirche über den Altar hängen lassen, Santa Mirela Maria und die unbefleckte Empfängnis.

Am nächsten Tag überflog ich kurz vor Feierabend noch ein paar Zeitungskommentare zu einem jüngst aufgedeckten Sexskandal. Topmanager eines weltweit operierenden Großkonzerns hatten Unsummen für Callgirls ausgegeben, Firmengelder natürlich; nach und nach war immer mehr ans Tageslicht gekommen, und jetzt plauderte auch noch eine der betreffenden Damen und machte die heimlichen Schäferstündchen mit den graumelierten Herren zum zweiten Mal zu Geld.

Soso, dachte ich bloß kopfschüttelnd beim Lesen, nicht mal Küssen hatte er also gedurft, der Peter, nur Standardverkehr ward ihm gestattet. Bei gut vier Jahrzehnten Altersunterschied konnte er das wohl auch nicht anders erwarten, oder? Ich meine, welche Frau wollte schon mit dem eigenen Großvater intim werden? Unwillkürlich verglich ich es mit dem, was sich zwischen Mirela und mir abgespielt hatte. Bis auf die Tatsache, dass in beiden Fällen Geschlechtsverkehr stattfand und Geld floss, konnte ich keinerlei weitere Gemeinsamkeiten erkennen.

Pünktlich um halb fünf machte ich Feierabend, und zu Hause probierte ich als erstes Sabrinas Agenturnummer, aber das Handy war komischerweise noch nicht in Betrieb.

Um halb acht ging ich mal wieder zum Treffen der besagten Freizeitclique. Mittlerweile hatte sich da eine ganz annehmbare Mischung rauskristallisiert. Der harte Kern bestand nun aus einem erfolglosen Maler (mit dem ich mich bereits einmal zu einer Radtour im Umland verabredet hatte), einer arbeitslosen Soziologin und zwei Studienabbrecherinnen, von denen eine im Reisebüro arbeitete. Die überdrehten Typen hatten sich Gott sei Dank verzogen.

Ich war ganz gut in Form an diesem Abend, brachte besonders die Damen zum Lachen und ließ ein ziemliches Wortfeuerwerk vom Stapel, und nebenbei flirtete ich mit der hübschen Kellnerin (und sie mit mir - kein Zweifel möglich). Als ich gegen zehn am Tresen zahlte, sah ich ihr zum Schluss in die Augen und sagte einfach: "Wirklich, du siehst wunderschön aus."

Zu Hause testete ich natürlich sofort Sabrinas Agenturnummer, aber leider war noch immer nichts zu machen. Völlig platt der Anschluss. Auch im Internetforum fand ich keinerlei Nachricht dazu. Voller trüber Gedanken ging ich zu Bett.

Donnerstag und Freitag unverändert. Ob was passiert war?, grübelte ich. Schließlich schien ihr seltsamer 'Chef' ja ein echtes Ekel zu sein. Ich machte mir Sorgen um Mirela, und ich hatte ziemliche Sehnsucht nach ihr. Ja, das kann man wohl getrost so sagen.

Gerade als ich mich am Freitagabend so gegen halb neun bei Andy erkundigen wollte, ob sich nicht vielleicht schon eine junge Balkanfee bei ihm gemeldet hätte, da klingelte mein Telefon: Mirela. Mein Herz begann zu klopfen.

"I have problems", sagte sie mit zittriger Stimme und fragte mich nochmal nach der Telefonnummer von Andys Agentur. Nein, sie hätte sie nicht verloren, man müsse sie ihr aus ihren Sachen geklaut haben.

"Mirela, ich möchte dich sehen, Baby", antwortete ich zärtlich, und sie begann augenblicklich zu weinen.

"Komm mit dem Taxi", bat ich und gab ihr meinen Straßennamen durch.

"Ich habe kein Geld", erwiderte sie.

"No problem", versprach ich, "das zahle ich."

"Okay", schniefte sie, "also bis gleich."

Ich legte die üblichen zweihundert Euro unter den Aschenbecher, bestellte schnell noch eine Ladung Sushi und machte alles fertig.

Keine Ahnung, was das jetzt wird, dachte ich sehr gespannt.

Zehn nach neun kam das Sushi, dass ich erstmal in der Küche deponierte, und kurz danach traf Mirela ein. Ich rannte runter, gab ihr ein Begrüßungsküsschen und bezahlte das Taxi, und zusammen stiegen wir dann die Treppen hoch.

Es ging ihr nicht gut, das sah ich auf den ersten Blick.

Ihr Zuhälter setze sie mehr und mehr unter Druck, berichtete sie dann oben, als wir auf der Couch saßen. Es wäre unerträglich, und sie würde es allmählich mit der Angst zu tun kriegen. Außerdem hätte sie einem anderen Mädchen Geld geborgt, aber das stritte jetzt alles ab und wollte nichts zurückgeben. Doch damit nicht genug, wäre sie heute im Auto auch noch von der Polizei angehalten worden, und das hatte für sie offenbar das Fass zum Überlaufen gebracht. *(Obwohl es sich wirklich nur nach einer ganz harmlosen Verkehrskontrolle anhörte, denn sie selbst hatte dabei nicht mal ihren Pass vorzeigen müssen - bloß der Schreck steckte ihr eben noch immer in den Gliedern.)*

"Ich will nicht 21 Tage ins Ausländergefängnis und da von Polizisten vergewaltigt werden", rief sie mit panisch geweiteten Augen, "verstehst du?"

"Natürlich", antworte ich und nahm sie in die Arme, denn ich hatte genug über brutale und korrupte Polizisten in Bukarest gehört und gelesen, um ihre Befürchtungen nicht einfach bloß zu belächeln. Auch wenn sie hierzulande wohl eher unbegründet waren.

Zwei andere Mädchen würden morgen zurückfahren nach Hause, erwähnte sie einen Moment später noch, und sie selber sollte in irgendeine miese Bruchbude umziehen.

Plötzlich kriegte sie auf ihrem Handy einen Anruf. Ein Mann, dessen Stimme sie nicht kannte, fragte bloß nach ihrem Namen und legte gleich wieder auf.

"Sowas passiert ab und zu", meinte ich betont gleichgültig, "falsch verbunden. Kommt bei mir manchmal auch vor."

Doch Mirela war überzeugt, dass ihr 'Fahrer' ihr hinterherspionieren ließ.

Ich zuckte mit den Schultern und deutete zur Abwechslung auf die Getränke auf dem Tisch, und wir gossen uns erstmal die Gläser voll und nahmen jeder einen ordentlichen Schluck.

"Ein bisschen energy tanken", grinste ich aufmunternd. "Wirst sehen, damit gehts dir gleich besser."

Doch auf einmal begannen ihr Tränen in die Augen zu treten. Nervös nestelte sie an ihrer Handtasche und lief dann mit einem Taschentuch vor dem Gesicht in den Flur.

"Weißt du, ich bin ein stolzer Mensch", schluchzte sie. "Normalerweise will ich vor anderen Leuten immer stark sein."

"Du brauchst dich nicht zu schämen", sagte ich und versuchte sie zu beruhigen. Die deutsche Polizei wäre längst nicht so schlimm wie die rumänische, solche Horrorgeschichten gäbe es hier nicht, und im Übrigen würde sie sowieso niemand einsperren. Überhaupt ließe sich alles regeln, sie wäre ja keine Leibeigene.

"Hast du eine Kopfschmerztablette?", bat sie mich schließlich. "Eigentlich brauche ich so gut wie nie Tabletten, aber diesmal schon. Das kommt vom vielen Weinen, glaube ich."

Ich gab ihr eine Aspirin, und sie spülte sie mit einem Schluck ihrer Lieblingszuckerbrause runter.

"Mensch, was mache ich bloß?", schniefte sie halb lachend und halb weinend. "Ich komme hier her und heule dir was vor. Na toll!"

"Ich bin froh, dass du hier bist, nur das zählt für mich", erwiderte ich und nahm sie fest in den Arm, und ihre Tränen rollten.

"Keine Sorge, das ist zwar alles ein ziemlicher Schlamassel, aber nicht das Ende der Welt", brummte ich zuversichtlich und ließ sie sich erstmal richtig ausweinen. "Don't you worry, it's not the end of the world."

Hinterher bot ich an, nochmal bei Andy anzurufen.

"Soll ich, oder willst du selbst, oder soll ich bloß anfangen und dann übernimmst du?", fragte ich sie. Ich sprach das Ganze kurz mit ihr ab, dann rief ich an, auf Englisch und den Hörer wie gehabt auf Lautsprecher gestellt.

Andy war freundlich wie immer. Nein, ein rumänischer Pass wäre überhaupt kein Problem, meinte er, und ein eigenes Zimmer (wahrscheinlich in einem Apartment zusammen mit Angel) könnte sie bei Bedarf übermorgen beziehen, eventuell sogar schon morgen.

"Also das hört sich doch gut an", entgegnete ich erfreut und machte für Mirela gleich noch einen Termin mit Andy aus. Er bot sogar an, das Taxi zu zahlen, falls sie pleite wäre.

"Na bitte", rief ich, als ich aufgelegt hatte. "Morgen Mittag um dreizehn Uhr, genau wie du wolltest."

Anschließend zog ich meinen Stadtplan aus dem Bücherregal und zeigte ihr schon mal, an welcher Straßenecke das Café lag, in dem sie sich mit Andy treffen würde.

"Alles klar?", erkundigte ich mich, "ist doch leicht zu finden, oder?"

Mirela nickte, und es war deutlich zu sehen, wie eine Last von ihr abfiel.

Jetzt kam der gemütliche Teil. Drinks, Sushi, Musik.

Nach dem Essen war Schmusen dran, und zwar richtig. Mein Hemd und ihr Top flogen gleichzeitig zur Seite. Diese süßen jungen Brüstchen! Nicht zu üppig, aber straff und voll, also ganz nach meinem Geschmack. Wirklich genau richtig. Dieser Idiot von Fahrer quatschte sie andauernd voll, hatte sie mir noch erzählt, sie solle sich obenrum aufpolstern lassen, am besten 'Doppel-D-Airbags', so richtig fette Ballermänner. Was für ein Schwachsinn! Ich zumindest war äußerst glücklich mit dem, was sie hatte. Und mit dem, was sie mir gab. Jedenfalls, was zwischen Mirela und mir im Bett ablief, das entzog sich immer mehr den Möglichkeiten meiner literarischen Beschreibung, allmählich gingen mir nämlich schlicht die Superlative dafür aus. Obwohl, scheinbar komplizierte Dinge waren ja meistens einfach: Sex unter Verliebten, damit wäre wahrscheinlich so ziemlich alles gesagt.

Etwa eine Sekunde nach dem Höhepunkt fiepte ihr Handy los, und dann ging es Schlag auf Schlag. Eine SMS jagte die nächste, ungefähr im Minutentakt. Die beiden anderen Mädchen, die morgen nach Hause fahren würden, wollten mit ihr noch ein letztes Mal in die Disco gehen. Mirela wäre sogar eingeladen, schrieb ihr die Eine.

"Sie zahlt meine Drinks, sagt sie", erklärte Mirela spöttisch und tippte sich an die Stirn. "Aber mein Geld kann sie mir angeblich nicht wiedergeben. Sehr großzügig, hm?"

"Na denn", meinte ich mehr im Scherz, "es muss ja nicht schmecken, aber Hauptsache teuer. Am besten, du bestellst gleich Cocktails zum Mitnehmen."

Sie lachte wieder und küsste mich, und dann stießen wir mit Wein an. Mirela wollte es so, plötzlich hatte sie Lust darauf gekriegt.

Gegen eins machte sie sich für die Disco fertig.

Ich zog die vier Fünfziger unter dem Aschenbecher hervor und hielt sie ihr hin, ihr Gesichtsausdruck war jedoch definitiv kein erfreuter.

"Das Geld hab ich ganz vergessen", sagte sie bloß.

"Das habe ich dir aber am Anfang versprochen", erinnerte ich sie. "Wenn du zu mir privat kommst, gebe ich dir trotzdem das gleiche Geld. Du sollst nämlich nicht denken müssen, ich wäre der clevere Typ, der jetzt umsonst kriegt, wofür er vorher bezahlen musste."

Sie sah mich traurig an. "Aber du bist so gut zu mir."

"Ja, trotzdem. Ich möchte es dir geben. Bitte."

Auch jetzt schien sie noch nicht ganz überzeugt zu sein.

Ich sah ihr in die Augen und gab mir Mühe, mich so einfach und deutlich wie möglich auszudrücken.

"Sieh es doch mal so", erläuterte ich. "Erstens - du brauchst es, und zweitens - das Geld und meine Gefühle für dich haben nichts miteinander zu tun. Das sind zwei völlig verschiedene Welten."

Ich hatte Mirela bisher nicht angelogen, weder mit Worten noch mit Gesten, und ich log auch jetzt nicht. Das war ganz einfach meine Meinung.

Schließlich nahm sie das Geld doch in die Hand, gab mir einen langen Kuss und bat mich anschließend, ein Taxi zu rufen.

"Kommt in zehn Minuten", beschied mich die Telefonistin.

Also ließen wir uns nochmal kurz aufs Bett fallen.

Der Wein tat schon seine Wirkung, nicht nur bei mir, wie ich schnell bemerkte. Ich hatte bloß Slip und T-Shirt an, und Mirelas Hände waren nicht gerade scheu. Auf einmal flüsterte sie etwas auf Rumänisch.

"Weißt du, was das heißt?", fragte sie und sah mich lüstern an.

"Nein", zuckte ich neugierig mit den Schultern. "Was denn?"

Ich werde schon wieder richtig heiß", gurrte sie mir ins Ohr und schickte ihre Hände auf Wanderschaft.

"Wenn du meine Titties so anfasst, oh Baby...", hauchte sie schmachtend.

"Du wolltest doch, dass ich das Taxi rufe", stöhnte ich gequält.

"Jaja, das stimmt", gab sie zu, "ach verdammt."

Seufzend lösten wir unsere Umarmung.

"Aber morgen", versprach sie mir mit funkelnden Augen, schüttelte ihre Mähne aus und schob sich ihre Brüste mit beiden Händen unter dem BH wieder zurecht, "morgen, da werden wir die ganze Nacht ficken. Glaub mir, Baby, ich lass dich nicht schlafen. Das wird 'ne richtig heiße Sexnacht. Sei froh, dass du am Sonntag dann nicht früh aufstehen musst!"

"Oh oh", machte ich bloß verlegen, "oje."

"Ja mein Baby, jetzt weißt du nicht, ob du Angst kriegen oder dich freuen sollst, hm?", strahlte sie mich an, noch immer beide Hände an den Brüsten.

"Da hast du es ziemlich genau getroffen", gab ich ihr etwas unsicher grinsend recht.

Sie ging in den Flur, und ich sah ihr dabei zu, wie sie sich die Stiefel anzog. Und sich ihr Hintern dabei straffte.

"Noch was", räusperte ich mich, während ich ihr anschließend in die Jacke half.

"Die Zweihundert sind zwar jetzt dein Geld, aber vielleicht solltest du nicht gleich alles mitnehmen. Wer weiß, wie es kommt? Was du nicht dabei hast, kannst du nicht verlieren, oder? Besser ist besser."

"Was soll ich tun, was meinst du?", fragte sie.

"Nimm fünfzig Euro mit, den Rest lass hier", riet ich ihr.

Sie nickte, ging noch einmal zurück ins Zimmer und legte drei Fünfziger aus ihrer Tasche oben auf mein Bücherregal.

"Du bist mein einziger Freund", sagte sie ganz ernst, als sie mich zum Abschied an der Tür küsste.

"Nicht nur das", bestätigte ich lässig, "jetzt bin ich sogar deine Bank."

Noch ein schneller Kuss, und weg war sie.

224. Kapitel

Um fünf Uhr früh klingelte mich mein Telefon aus dem Schlaf.

Na wer konnte das wohl sein? Mit gemischten Gefühlen hob ich den Hörer ab. *(Gemischte Gefühle nicht etwa, weil Mirela meine kostbare Nachtruhe störte, sondern weil mir sofort klar war, dass etwas passiert sein musste - aus lauter Freude würde sie mich wohl kaum um diese Zeit anrufen.)*

Ich hörte nur, wie sie weinte. "Many problems", verstand ich bloß, und wie sie fragte: "Kann ich zu dir kommen?"

Ungefähr eine halbe Stunde später war sie bei mir. Etwas angetrunken, aber nicht sehr, dafür jedoch nervlich völlig am Ende.

Eins der Mädchen hätte sie geschlagen, schluchzte sie und vergrub ihr Gesicht im Taschentuch. Ihre Oberlippe war etwas angeschwollen und ein Haarbüschel ausgerissen, oder vielleicht auch zwei, um Mirelas Blessuren hier mal nüchtern wie in einem Notarztprotokoll aufzulisten.

Ich brachte ihr Eiswürfel im Tuch.

"Wirst sehn, gleich lassen die Schmerzen etwas nach", versuchte ich sie zu trösten. "Aber wie ich dir schon vor ein paar Stunden gesagt habe, auch das ist nicht das Ende der Welt."

"Ich sollte immer übersetzen, was sie mit irgendwelchen Typen in der Disco abzumachen hat", erzählte sie schließlich stockend. "Andauernd! Im Restaurant beim Kellner, immer, und ich mach mich zum Idioten, wenn sie mal wieder die Bestellung ändern will. *Lern doch selber Englisch*, hab ich irgendwann gesagt, *und außerdem, mein Geld gibst du mir auch nicht zurück*. Da hat sie mich geschlagen."

Ich nahm sie in die Arme und streichelte ihren Rücken. Die dicke Lippe tat bestimmt weh, dachte ich, aber das Schlimmste an der ganzen Sache war sicher die Demütigung. Von außen sah man auf den ersten Blick eigentlich gar nicht viel; das mit den Haaren fiel kaum auf, und die Lippe war vor allem an der Innenseite etwas wund und geschwollen.

"Entschuldige bitte", fing sie immer wieder an, "ich wecke dich in der Nacht, und du kannst nicht schlafen."

Ich winkte nur mit einer Hand ab und ging erst gar nicht darauf ein.

"Aber ich hab niemanden, wirklich niemanden", rief sie und blickte mir ziemlich verzweifelt in die Augen. "Ehrlich, ich traue nur dir und meiner Mutter, glaube mir, und bei meiner Mutter habe ich öfter mal Zweifel."

(Ich bin zwar nicht unbedingt ein Freund des Pathetischen, aber da dieser Satz nun einmal so gefallen ist, gebe ich ihn hier auch originalgetreu wieder.)

"Als ich vorhin ins Taxi stieg und der Fahrer kannte deine Straße erst nicht, da war ich total in Panik", gestand sie. "Ich dachte, jetzt geht mein Leben kaputt. Was soll ich tun, wohin? Ich kenne doch niemand in diesem Land! Wohin kann ich denn gehen? Meine Mutter lebt in Italien, immer muss ich bei ihr betteln, manchmal krieg ich 'n bisschen Geld von ihr, manchmal nicht."

"Was ist mit deinem Vater?", fragte ich.

"Ach, vergiss es", schnaubte sie verächtlich ins Taschentuch und putzte sich die Nase. "Der ist schon lange weg. Nur 'ne Oma hab ich noch zu Hause, aber die kann mir auch nicht helfen. Ich will meine Ausbildung weiter machen, bloß wie denn? Soll ich verhungern?"

"Kriegst du nicht irgendwie Geld vom Staat?", erkundigte ich mich.

"Das reicht nicht mal für Brot", murmelte sie mit leerem Blick, und ich brachte ihr neue Eiswürfel.

"Ich wollte sterben vorhin", schluchzte sie, und Tränen schossen aus ihren Augen.

"Na das mit dem Sterben hat noch Zeit", erwiderte ich sanft, "lass uns besser mal praktisch denken. Also, dein Termin mit Andy ist wichtig. Soll ich ihn anrufen und um 'ne Verschiebung bitten? Vielleicht auf drei oder vier Uhr, damit du vernünftig ausschlafen kannst?"

"Nein", lehnte sie entschlossen ab. "Um eins, das war mein Vorschlag, ich habe ihn um diesen Termin gebeten. Wenn ich mir das jetzt wieder anders überlege, dann würde er mich nicht ernst nehmen."

Hut ab, dachte ich im Stillen und nickte, denn diese Antwort gefiel mir sehr. Das war genau der Stil, den ich mochte.

"So, und nun nochmal praktisch denken", wiederholte ich und gab ihr ein T-Shirt und Boxershorts von mir sowie eine neue Zahnbürste. "Ab ins Bad, du musst wenigstens noch ein bisschen schlafen."

"Mensch, ich sehe aus!", stöhnte sie, als sie sich im Schrankspiegel erblickte.

"Ach weißt du, andere lassen sich ihre Lippen für viel Geld mit Silikon aufspritzen, die wären neidisch auf dich", konterte ich trocken, und immerhin konnte sie darüber schon wieder ein ganz bisschen lächeln. Mit dem Blick nach oben und viel zwinkern, um den feuchten Schimmer aus den Augen zu kriegen.

"Kann ich noch duschen?", bat sie.

"Ja natürlich, wenn du möchtest."

Zehn Minuten später schlüpfte sie zu mir unter die Decke. Ich gab ihr einen Gutenachtkurs und spürte, wie sie in meinen Armen allmählich ruhiger wurde.

"Mein Bauch tut weh", murmelte sie zuletzt mit schwerer Zunge, "da hat sie mich auch getreten."

Dann schlief sie ein.

Ich streichelte sie noch eine Weile.

Mein liebes, schönes, armes, verwundetes Kind.

Gegen neun stand ich auf, schlich auf Zehenspitzen ins Bad und frühstückte anschließend so gut wie geräuschlos.

Mirela lag halb quer auf dem Bett, in die Kissen gewühlt. Eine ihrer Halsketten hatte sie nicht abgelegt, so dass ich nachträglich noch fast ein bisschen Angst kriegte, sie könnte sich damit versehentlich im Schlaf strangulieren.

Als sie aufwachte, war es halb zwölf.

Als erstes tapste sie kurz ins Bad, vor allem, um ihre Lippe zu begutachten. Es ging schon wieder einigermaßen.

Dann setzte sie sich zu mir an den Küchentisch, trank aber lediglich einen Kaffee und aß ein Stück Banane. Anscheinend hing sie noch etwas durch. Wohl weniger wegen des Alkohols (so viel konnte es nicht gewesen sein), sondern weil sie nur fünf Stunden geschlafen hatte. Naja, und dann das andere halt.

"Weißt du, ich bin nicht sehr stolz auf das alles", gestand sie mit trübsinnigem Blick. "Auf das was ich hier mache, verstehst du?"

"Pah", rief ich, "es ist leicht, stolz zu sein, wenn einem das meiste schon im Elternhaus auf dem Präsentierteller serviert wurde. *Also gleich nach meinem Auslandsschuljahr hab ich an der Elite-Uni mein Diplom gemacht, tja, und dann noch 'n paar Forschungssemester für die Doktorarbeit rangehängt, naja, und jetzt bin ich natürlich stolz auf das Erreichte.* Na schön, von mir aus, Glück gehabt. Manche merken ja überhaupt nicht, wie privilegiert sie aufgewachsen sind. Denn was ist, wenn man nicht mal sowas wie 'n Zuhause und 'ne richtige Existenz hat und einem einfach kein Mensch hilft? Tja, dann siehts anders aus, hm? Ich meine, wenn man schon das Tun oder die Leistung eines Menschen bewerten will, dann sollte man wohl auch die ganz individuellen Umstände dabei berücksichtigen, und zwar möglichst alle. Ich denke nämlich, es ist nicht nur wichtig zu gucken, wo einer auf der gesellschaftlichen Leiter steht, also ganz allgemein im Leben, auf welcher Stufe der Persönlichkeitsentwicklung, meine ich, sondern auch von wo er herkam und wo er jetzt ist. Nicht der Platz ist entscheidend, sondern die Länge der zurückgelegten Strecke und die dabei überwundenen Hindernisse. Die aus eigener Kraft, verstehst du: aus eigener Kraft, zurückgelegte Distanz. Ist er selber den Berg raufgeklettert, oder hat er sich in 'ner Sänfte hochtragen lassen? War es ein leichter Weg oder ein steiniger Pfad? Na und so weiter. Guck mal, du bist hier hergekommen, um als Callgirl 'ne Weile Geld zu verdienen - okay, das musst du nicht jedem auf die Nase binden. Aber schämen brauchst du dich dafür auch nicht, finde ich. Schon gar nicht bei deinem Hintergrund."

Sie sah mich stumm an, mit großen gläubigen Augen.

"Weißt du, eigentlich will ich ja immer fröhlich sein", erwiderte sie nach einer Weile, "aber meine Situation ist oft schwierig, und manchmal braucht bloß 'ne Kleinigkeit dazuzukommen, und es gibt 'nen Knall. Deshalb bin ich oft so nervös. Schon wenn ich im Fernsehen das Wort *Prostituierte* höre, zucke ich zusammen. Nein wirklich, ich bin da nicht gerade stolz drauf."

"Ach es gab auch andere Gesellschaften", brummte ich betont gleichmütig, "das ist doch alles relativ. In der Südsee zum Beispiel war die *Mispil*, also sozusagen die Stammeshure, 'ne sehr angesehene Person. Na und denk an die Geishas, das waren ja faktisch Unterhaltungskünstlerinnen mit Diplom, das kriegte man nur nach jahrelanger Ausbildung. Oder all die Konkubinen und Mätressen früher an den königlichen Höfen, die standen auch nicht gerade auf der untersten sozialen Stufe! Was die manchmal insgeheim für Macht ausübten, selbst beim Papst in Rom! Also, was solls? Ein völlig normaler Beruf, würde ich sagen, schon seit Urzeiten."

Aufs Geratewohl erzählte ich ihr von Papst Alexander VI. und der schönen Giulia Farnese; sie, die mit gerade einmal 14 Jahren zur Geliebten des 57jährigen geworden war, hatte damals ihren Einfluss auf Gottes irdischen Stellvertreter unter anderem genutzt, um einen ihrer Brüder zum Kardinal ernennen zu lassen, und das bereits mit Mitte Zwanzig!

"Diese schöne Frau hat Ende des 15. Jahrhunderts Kirchengeschichte geschrieben", stellte ich mit gewichtigem Kopfnicken fest, "denn ohne sie wäre wohl aus ihrem Bruder niemals der spätere Papst Paul III. geworden."

Übrigens solle ja noch heute im Petersdom eine Statue von ihr an seinem Grabmal stehen, fuhr ich grinsend fort, bloß weil die ursprünglich nackte Figur bei männlichen Betrachtern angeblich immer wieder unsittliche Gelüste geweckt hätte, sah man sich schließlich gezwungen, diese nachträglich mit einem züchtigen Gewand aus Blei zu bedecken.

"Du siehst", fasste ich mein Geschwafel zusammen, um endlich wieder einigermaßen die Kurve zu kriegen, "Frauen und Männer und Sex ohne Trauschein, das ist ein ewiges Thema. Ein Geben und Nehmen mit tausend Facetten. Allerdings muss ich dir freilich zustimmen, dass es ganz konkret hier und heute sicher angenehmere Möglichkeiten als bei 'ner Escort-Agentur gibt, um seinen Lebensunterhalt zu verdienen. Naja, bloß selbst wenn eine Arbeit schlecht ist, dann heißt das ja noch lange nicht, dass auch die Personen, die sie ausüben, ebenfalls alle schlecht sein müssen. Oder? Jedenfalls ist das meine Überzeugung."

"Naja", druckste sie ein wenig herum, "also die Leute bei mir zu Hause reden nur schlecht über Prostituierte. Sie sagen, ihre Pussy ist so groß wie 'n Eimer."

Sie wich meinem Blick aus und sah verschämt zur Seite.

"Hab ich 'ne große Pussy?", fragte sie kleinlaut.

"Nein", beruhigte ich sie mit unterdrücktem Grinsen (und spürte augenblicklich eine Woge der Geilheit in mir aufwallen), "da musst du dir wirklich keine Gedanken machen. Da ist alles in Ordnung und genau so, wie es sein soll."

Komisches Kompliment, dachte ich, aber es verfehlte seine Wirkung offenbar nicht, denn sie lächelte sofort wieder.

"You like fresh pussy, hm?", rief sie plötzlich übermütig. "Na los, komm schon! Sei ehrlich, sags mir! Du stehst auf frische Muschi, stimmts? Hab ich doch gesehen, wie du schon total o-beinig gelaufen bist, mit ganz dicken Eiern."

Sie gackerte befreit (wohl auch darüber, dass sie sich getraut hatte, überhaupt so etwas Frivoles auszusprechen) und zappelte dazu auf der Küchenbank mit ihren Beinen, um meinen - angeblich - prallhodigen Gang nachzuäffen.

Ich ließ sie machen und grinste bloß mild.

"Du hast sogar 'n ganz bisschen geschnarcht", sagte ich schließlich. "Du meine kleine, betrunkene Prinzessin."

"Drunken princess", wiederholte sie halblaut und lächelte verträumt.

"Ich sags so, wie es ist", meinte sie dann gerührt, "ich wache morgens irgendwo neben 'nem fast Fremden auf und denke, dass er der beste Freund ist, den ich auf der ganzen Welt habe."

Sie schüttelte den Kopf. "Wie im Film."

Wir sprachen nochmal in Ruhe über das, was in der Disco passiert war.

"Das ist der Dank dafür, dass ich ihr Geld geborgt habe", ärgerte sie sich und seufzte resigniert. "Ich weiß, ich darf nicht immer so gutmütig sein, aber ich lasse mich wieder und wieder ausnutzen. Ist es wirklich gut, anderen zu helfen? Was meinst du? Sag mir ruhig die kalte Wahrheit. Hat es überhaupt Sinn?"

"Natürlich hat es Sinn", antwortete ich ruhig, "was denn sonst? Oder willst du zur Eismumie erstarren und nur noch für dich alleine leben? Aber vertraue bloß nicht gleich jedem Fremden hundertprozentig. Gib ihm 'ne kleine Chance, mehr erstmal nicht. Nur 'n bisschen Vertrauensvorschuss, und beim nächsten Mal ist dann dein Gegenüber dran, wie beim Ping-Pong-Spiel. Sowas muss wachsen, immer schön abgestuft, Stück für Stück. Zwar wird auch so nicht jeder dein Freund werden, bloß mit der Taktik halten sich die Enttäuschungen dabei in Grenzen und werden nicht gleich zu Katastrophen."

Ich legte meine Hand auf ihren Arm und sah ihr in die Augen.

"Mirela, lass dir dein gutes Herz nicht von irgendwelchen primitiven Idioten kaputtmachen. Du musst auf dich aufpassen! *'Ich mag es, Menschen glücklich zu machen'*, das waren deine eigenen Worte, und das glaube ich dir auch, denn so habe ich dich erlebt. Such dir Leute, die auch so denken und die zu dir passen."

"Hm", erwiderte sie mit gesenktem Kopf, "das möchte ich ja, bloß wie?"

"Weißt du", entgegnete ich, "früher hatte ich mal 'ne Phase, da hab ich den Leuten in Gedanken oft den Ton abgestellt und nur einfach das gewertet, *was sie tun*, nicht was sie reden. Denn was machts für 'n Unterschied, ob einer 'n stotternder Analphabet ist oder ob er mir 'n brillanten Vortrag über jedes beliebige Thema halten kann - solange ich davon keine Auswirkungen in seinem Handeln spüre? Wenn er nichts davon nach außen umsetzt und lebt, kann mir sein Schädelinhalt doch herzlich egal sein, oder?"

Steht doch schon so in der Bibel, fiel mir plötzlich ein: 'An ihren Taten, nicht an ihren Worten sollt ihr sie erkennen.'

"Also", fuhr ich fort, "das ist der Anfang: Guck hin, wie jemand mit dir umgeht. Wie er sich dir gegenüber benimmt. Was er *tut* und ob du dich auf ihn verlassen kannst. Wenn ja, lass ihn weiter an dich ran, ziehe ihn in deine Nähe. Wenn nein, halte ihn auf Distanz und schiebe ihn weg. Wie lauter kleine Schachfiguren. *(Ich musste an Pablos Vortrag aus Hesses 'Steppenwolf' denken.)* Klingt simpel, und ist eigentlich auch gar nicht so schwer, man muss es nur üben."

Nun ja, ich teile zwar im Prinzip die Meinung von Oscar Wilde im Hinblick auf gute Ratschläge (die man bekanntlich immer schön weiterreichen sollte - denn dies wäre ja sowieso das einzige, was man mit ihnen anfangen könnte), dennoch gab ich mich an diesem Tag der optimistischen Vorstellung hin, dass wenigstens einige meiner Sätze in Mirelas Gedächtnis hängen bleiben und dort auf fruchtbaren Boden fallen würden.

"Du bist ein sehr interessanter Mann", meinte sie zum Schluss unseres Gesprächs und sah mich irgendwie bedeutungsvoll an. "Ich möchte wirklich gern mehr über dich wissen. Und auch mal 'n Bild von deiner Frau sehen, wenn ich darf."

Dann stand sie auf, um sich für das Treffen mit Andy fertig zu machen.

Da ich anschließend gleich ein paar Einkäufe erledigen wollte, drückte ich ihr noch schnell einen Wohnungsschlüssel in die Hand (was sie enorm beeindruckte, wie sie mir später gestand).

"Hier, falls du früher als ich zurück bist", brummte ich. "Nicht dass du draußen auf der Straße stehen musst."

Außerdem riet ich ihr, sich einen oder zwei ihrer Fünfziger ins Portemonnaie zu stecken.

"Besser ist besser", erklärte ich. "Es kann nicht schaden wenn Andy sieht, dass du selber Geld hast und nicht auf ihn angewiesen bist."

"Okay, ich mache das natürlich so, wie meine Bank mir rät", antwortete sie mit einem ungemein charmanten Lächeln und küsste mich ein weiteres Mal.

225. Kapitel

Ursprünglich hatte ich ja eigentlich nur den Kontakt zwischen Mirela und Andy herstellen und mich ansonsten komplett aus dieser Angelegenheit raushalten wollen, aber da ihr ausgemachter Treffpunkt nur etwa fünf Minuten zu Fuß entfernt lag, begleitete ich Mirela noch das kurze Stück und verabschiedete mich erst wenige Meter vor dem Café von ihr.

Ich erledigte meine paar Besorgungen und stapfte nach einer guten Stunde wieder mit diversen Einkaufstüten bepackt in meine Bude hoch, aber leider war niemand zu Hause. Ich zögerte einen Moment, dann rief ich Andy an und erkundigte mich nach dem Stand der Dinge.

"Alles okay", meinte er, "das wird was."

"Hättest du was dagegen, wenn ich hinkommen und mich auf 'n Kaffee dazusetzen würde?", fragte ich. "Nur für 'ne Viertelstunde, dann geh ich wieder, ich will nicht weiter stören. Einfach bloß um der alten Zeiten willen."

"Na klar", erwiderte er, "von mir aus gerne."

Tja, und so lernten wir uns schließlich persönlich kennen. Als ich zu Mirela und ihm an den Tisch kam, stand er auf und gab mir die Hand. Ein Mann Anfang oder Mitte Dreißig, normale Statur, dunkelblond. Mit kleinem Ohrring, auf der linken Seite, glaube ich. Herrgott noch mal, was soll ich weiter sagen? Ein Kopf, zwei Arme, zwei Beine. Er hätte auch Koch sein können, oder U-Bahn-Fahrer, oder ein Kripo-Zielfahnder in Zivil. 'Keine besonderen Kennzeichen' eben, keine auffällige Erscheinung.

Mirela hatte ein Glas Tee vor sich stehen und lächelte mich bloß stumm an, und ich setzte mich erstmal, bestellte einen Kaffee und machte mit Andy zunächst ein bisschen Smalltalk auf Englisch. Doch als Mirela zur Toilette ging, kamen wir dann ganz von selbst auf ein paar Neuigkeiten aus der Berliner Rotlicht-Szene zu sprechen. Offensichtlich kannte er viele der Agenturbetreiber recht gut, und seiner Schilderung nach bildeten sie alle zusammen eher eine großen Familie (freilich mit ein paar schwarzen Schafen darunter) als eine skrupellose und im Grenzbereich der Legalität operierende Mafiaclique, wie man es wohl eigentlich erwartet hätte. War das verhältnismäßig diskrete Hausbesuchs-Geschäft also bisher tatsächlich von brutalen Revierkämpfen weitgehend verschont geblieben? Oder wollte er mir bloß eine romantische Idylle vorgaukeln, um die werte Kundschaft auf keinen Fall zu verschrecken? Ich war mir nicht sicher.

Während ich gerade noch ein wenig über diese Frage nachdachte, horchte ich plötzlich auf, denn Andy teilte mir unter anderem mit, dass für den üblen MUKA-Typen vor Kurzem acht Jahre Knast beantragt worden wären. Weil der nämlich mehr als reichlich Dreck am Stecken haben sollte. Von Drogenschmuggel bis Menschenhandel, die ganze Palette.

"Der ist der letzte Vogel, echt, hat die Mädchen wie Vieh behandelt", meinte Andy kopfschüttelnd. "Sowas wie den sollten die viel früher hops nehmen, finde ich. Alles, was in Richtung Zwangsprostitution geht."

"Naja, aber ist nicht die kleine Nicole alias Larissa freiwillig wieder zu ihm zurückgegangen?", erkundigte ich mich in beiläufigem Ton und rührte dabei die Milch in meinem Kaffee um.

"Ja, das stimmt", antwortete Andy, "aber nur wegen ihrem Freund, diesem Baubudenrülps. Der war ja 'n Kumpel vom MUKA und hat sie solange bequatscht. Also was die an dem Schwachmaten gefunden hat, das war mir immer schleierhaft. Weißt du, die hätte auch jederzeit bei mir wieder anfangen können, mit ihr hab ich nie Stress gehabt. Nicht wie mit Galina und den anderen. Meine Regel ist einfach - wer einmal im Streit von mir abhaut, der braucht nicht wieder anzuklopfen. Soviel Konsequenz muss sein. Aber Larissa...

Die Kleine war auch irgendwie zu gut für diese Welt."

"Mmh", brummte ich und dachte daran, dass in wenigen Tagen ihr Geburtstag sein würde. Ihr fünfundzwanzigster.

"Bloß faustdick hinter den Ohren hatte sie es auch", ergänzte ich schließlich, in der Hoffnung, ihn noch weiter aus der Reserve zu locken.

"Ach, das haben sie doch alle", erwiderte Andy jedoch nur und griente, und ich grinste ebenfalls vielsagend vor mich hin. Denn das ließ sich ja nun wahrlich nicht leugnen.

Kata, die hübsche Kroatin (unvergessen!), so erfuhr ich anschließend, hatte es inzwischen nach Hamburg verschlagen (offenbar trotz ihrer Heirat), wo sie nun in irgendeinem Club anschaffte. Und die gute Jade sollte sich neuerdings tatsächlich wieder in Berlin aufhalten.

"Die tummelt sich in hiesigen Gefilden", bestätigte Andy, "hab ich jedenfalls läuten hören. Angeblich aber bloß für zwei, drei Wochen."

"Mmh, sie wohnt ja hier, weil sie mit 'nem Deutschen verheiratet ist", murmelte ich und trank den Rest meiner Tasse Kaffee aus. "Ist auch gar nicht so weit weg von Berlin, glaube ich."

Zwar ließ mich die Nachricht von Ninas unerwartetem Wiederauftauchen in Berlin nicht völlig kalt, aber da sie mich diesmal überhaupt nicht kontaktiert hatte, betrachtete ich die Angelegenheit ziemlich nüchtern. Sie wird ihre Gründe dafür haben, dachte ich bloß. Vielleicht schämte sie sich, dass sie noch immer in der gleichen Misere rumkrebste, *('fühle mich wie vor Tür aber kann nicht aufmachen' - war das inzwischen etwa zu ihrem Lebensmotto geworden?)*, vielleicht hatte sie aber auch bloß irgendwie von meiner Wochenendtour mit Larissa erfahren und mich deswegen von ihrer Liste gestrichen. Wer weiß. Über die Agentur würde ich sie jedenfalls nicht buchen, mein Interesse daran tendierte gegen null. Außerdem war ich ja momentan sowieso anderweitig ausgelastet.

Als sich Mirela wieder zu uns setzte, ließ sich Andy (nun wieder hauptsächlich auf Englisch) noch kurz über seine neuesten Geschäftspläne aus. Er wollte nämlich expandieren und hatte zu diesem Zweck bereits Kontakte zu einer 'Begleitagentur' geknüpft.

"Manche Mädchen von da sind gewillt, ihre Servicepalette auszubauen", erläuterte er. "Aber die schicke ich natürlich nur zu speziellen Kunden und nicht zu irgendwelchen Idioten, wo sie mir dann hinterher gleich für 'ne Woche komplett ausfallen."

Da inzwischen schon gut zwanzig Minuten vergangen waren, hielt ich es allmählich für angebracht, mich so langsam wieder zu verdrücken.

"So, und wie gehts jetzt mit Mirela weiter?", erkundigte ich mich noch schnell und begann schon mal nach meinem Portemonnaie in der Hosentasche zu tasten.

"Na das neue Apartment ist soweit fertig", antwortete Andy, "da kann sie gleich einziehen. *(Verdammter Mist, dachte ich, denn natürlich hatte ich gehofft, Mirela würde wenigstens noch einmal bei mir übernachten.)* Nur noch 'n Kopfkissen müssten wir vielleicht einkaufen, und 'n paar Glühbirnen bräuchten wir auch noch. Naja, und 'n bisschen was, um den Kühlschrank zu füllen. Tja, und vor allem ihre Klamotten aus der alten Bude holen, das steht ja als erstes auf dem Programm."

"Also dann, viel Glück, all the best", wünschte ich mit gespieltem Optimismus und bemühte mich, meine Enttäuschung über Mirelas sofortigen Umzug nicht allzu sehr zu zeigen.

Da Andy darauf bestand, meinen Kaffee zu zahlen, erhob ich mich schließlich, bedankte mich höflich und gab ihm die Hand. Danach wandte ich mich Mirela zu, die sich inzwischen ebenfalls erhoben hatte.

"Thank you", sagte sie leise und sah mir mit einem zärtlichen Blick in die Augen. "Du weißt ja gar nicht, was das für mich bedeutet."

"Naja", entgegnete ich, "ich kann es mir aber ungefähr vorstellen."

Wir umarmten uns noch einmal innig, ohne allerdings vor Andy zu große Gefühlsausbrüche zu zeigen.

'Das wars dann wohl mit der versprochenen Sexnacht', dachte ich betrübt, als ich mich hinterher wieder auf den Weg in meine leere Bude machte. Doch immerhin war Mirela ja nicht gänzlich aus der Welt, tröstete ich mich - und außerdem hatte sie auch noch meinen Wohnungsschlüssel! Den würde sie mir doch wohl bestimmt nicht bloß in den Briefkasten werfen, oder? Jedenfalls, erstmal eine kleine Pause nach all dem Trubel war möglicherweise gar nicht so schlecht, versuchte ich mir einzureden. Erstmal ein wenig zur Ruhe kommen und die Dinge sich ordnen lassen.

Aufgeschoben ist nicht aufgehoben, hoffte ich bloß inständig und verbrachte den restlichen Nachmittag mit Joggen, Wäsche waschen, aufräumen und Hemden bügeln. Hauptsächlich, um mich irgendwie abzulenken.

226. Kapitel

Gegen sieben klingelte mein Telefon.

"Kann ich zu dir kommen?", hörte ich Mirelas Stimme am anderen Ende.

Nun, vielleicht gab es ja tatsächlich keine dummen Fragen auf der Welt, aber zumindest gab es überflüssige, und diese gehörte eindeutig dazu.

"Also bis gleich", hauchte sie, nachdem ich vor Überraschung kaum einen klaren Satz rausgekriegt hatte, und setzte dann noch neckisch hinzu: "Du hast doch wohl nicht gedacht, ich hätte mein Versprechen vergessen, hm?"

Eine Stunde später fuhr Andy mit ihr wieder vor. Silberner BMW, allerdings ein älteres Modell, jedenfalls keine protzige Zuhälterkutsche. Er half unten vor der Tür bloß noch kurz beim Auspacken ihrer Plastiktüten aus dem Kofferraum, und schon bretterte er wieder davon. Anschließend schleppten Mirela und ich ihr bisschen Zeug die Treppen hoch in meine Bude. Ein paar T-Shirts und ihr zweites Handy wären zwar leider verschollen, also höchstwahrscheinlich von den anderen Girls geklaut worden, klagte sie, und auch ihr 'Chef' hätte sie noch einmal ziemlich unschön beschimpft. Aber letztendlich befand sie sich nun außerhalb seiner Reichweite, und nur das zählte. Andy hatte dazu bloß trocken gemeint, er hätte 'ein paar Takte' mit ihm geredet und nach seiner Meinung bräuchte der Kerl mal einen 'Hausbesuch der anderen Art' (so seine Worte). Diese düstere Geschichte war also offenbar tatsächlich ausgestanden. Gott sei Dank, dachte ich erleichtert - allerdings auch ein wenig beschämt, denn Andy hatte cool geregelt, wozu ich vielleicht zu feige gewesen wäre. Weil ich nämlich befürchtet hätte, ansonsten in eine Art 'Zuhälterkrieg' zu geraten, mit bedrohlich finster dreinblickenden Gestalten vor der Haustür, die lässig

486

grinsend das Kommen und Gehen meiner Kinder überwachten. Oder war ich da bloß mal wieder meinen eigenen Hirngespinsten auf den Leim gegangen?

Oben in der Wohnung fiel mir Mirela erstmal um den Hals und begann mich regelrecht abzuknutschen, dann packte sie eine Fastfood-Tüte aus und begann zu futtern.

"Möchtest du auch was?", bot sie mir an, aber ich lehnte lächelnd ab.

Das Apartment wäre doch noch nicht ganz fertig gewesen und erst ab morgen beziehbar, berichtete sie, und Andy hätte sie entweder vorübergehend in einer Pension unterbringen oder besser noch gleich bei sich zu Hause einquartieren wollen.

"Bisschen gemütlich machen und quatschen", grinste sie. "Ja ja, und vorher noch schön was zu essen holen, so hat er gelockt. Aber ich mochte nicht. *Nö, ich bin nicht hungrig*, hab ich gesagt. *Ich will lieber zu Ecki*, immer wieder. *Ach nö, ich will zu Ecki,* so hab ich ihn andauernd genervt. So lange, bis er mich hergebracht hat."

Sie kicherte.

"Und plötzlich kriegte ich doch Hunger, und wir sind an so 'n Pizza-Dings ran und haben schnell noch was zum Mitnehmen gekauft."

Morgen Nachmittag um zwei sollte sie sich telefonisch bei Andy melden, so wären sie verblieben, dann würde man weitersehen.

"Bis dahin haben wir Zeit", lächelte sie.

Nach ihrer kleinen Mahlzeit wühlte sie erstmal ein Weilchen in ihren Plastiktüten, um Schlafsachen und Waschzeug zu suchen.

"Hier, guck mal, wie ernst ich auf dem Foto aussehe", rief sie auf einmal aufgeregt und wedelte mit ihrem Pass in der Hand umher. "Glaubst du mir jetzt, dass ich gerade erst neunzehn geworden bin?"

Sie hielt mir das Ding unter die Nase.

Tatsächlich, fast 26 Jahre jünger, staunte ich ungläubig, während sie sich schon einen Moment später einfach ihr Sweatshirt über den Kopf zog und ins Bad abwanderte.

Mein Gott, so jung und schön, und sie wollte mich wirklich!

Ich konnte mein Glück kaum fassen.

Diesmal erschien sie nicht wieder bloß in T-Shirt plus Boxershorts, also den von mir ausgeborgten Klamotten, sondern in ihrem eigenen Nachtzeug, und es hätte nicht besser zu ihr passen können: ein sündiges schwarzes Spitzenhöschen, supersexy-verführerisch, und dazu ein knappes pinkfarbenes Baumwoll-Schlafhemdchen mit Schmetterlingsaufdruck. Oben noch fast ein Kind, so ganz unschuldig, aber untenrum...

Nun, ich hatte Glück mit dem was folgte, denn es wurde nicht ganz so schlimm wie angedroht, ich konnte gerade noch mithalten. Aber es *war* eine heiße Sexnacht, und zwar gänzlich ohne Scheine unter dem Aschenbecher. Purer Gf6, richtiger echter Girlfriendsex. The best things in life are free, remember? So hieß es doch, oder? Wann immer ich später jedenfalls an diese Sternstunden zurückdachte, sie blieben stimmig und unverfälscht und hatten Bestand, selbst in den dunkelsten Momenten.

Am nächsten Morgen um halb neun stand ich auf, duschte und besprach den Badabtreter mit Morgengrüßen für meine *lovely sober princess*, meine liebliche nüchterne Prinzessin.

Draußen war sonniges Wetter, und ich überlegte, was wir in den nächsten paar Stunden so alles anstellen konnten. Vielleicht durch den Park gehen und danach auf den Fernsehturm rauf? Oder einmal das Pflaster Unter den Linden ablatschen und dann dort irgendwo etwas feudaler zu Mittag speisen? Mirela hatte von Berlin noch nicht allzu viel gesehen, sie sollte entscheiden.

Kurz vor zehn wachte sie auf, und wir frühstückten erstmal. Das heißt, eigentlich frühstückte nur ich, denn zu mehr als Kaffee und einem Stück Banane war sie auch diesmal nicht zu überreden. Sie kroch gleich wieder ins Bett, und ich natürlich hinterher. Zum morgendlichen Schmusen. Dabei neckte sie mich ständig mit einem rumänischen Spitznamen, der so ähnlich wie 'Moustaschara' klang. Es bedeutete wohl 'Schnurrbärtchen', wie sie mir erklärte.

"Warum hast du eigentlich weder Tattoo noch Piercing?", fragte ich sie nach einer Weile.

"Na ich mag es lieber völlig natürlich", antwortete sie. "Ich hab mir mal 'n paar helle Strähnchen in meine dunkelblonden Haare färben lassen, aber selbst das dann hinterher eigentlich bereut. Nee, Natur ist immer noch am besten, finde ich."

Bloß dafür rauchst du freilich ganz schön viel, dachte ich. Naja, oder man subsumierte die ganze Tabaksgeschichte der Bequemlichkeit halber ebenfalls unter 'Natur'.

"Wie beim Sex, weißt du", fuhr sie nach einer kurzen Pause schelmisch lächelnd fort. "Eben ganz einfach und normal. Wenn sich 'ne Frau zum Beispiel erstmal 'n Plastikschwanz umschnallen muss, um den Mann damit von hinten, äh, zu befriedigen, also nee, sowas ist doch total krank und idiotisch. Ich mach ja auch kein anal und so 'n Zeug."

"Und was ist mit 'nem Blowjob", erkundigte ich mich, "wie gefällt dir das?"

Sie druckste ein bisschen rum, dieses Thema schien ihr peinlich zu sein.

"Nanu?", versuchte ich sie auf die lustige Tour aus der Reserve zu locken, "ich denke, du findest dieses neue Latino-Album *'Oral Fixation'* so cool? Bist du etwa nicht oral fixiert?"

Sie lachte verlegen.

"Hm, ach", wand sie sich, "ungefähr jeder zweite rumänische Fluch handelt ja davon. Also wie die Frau unten beim Mann... Da kann man wohl kaum stolz drauf sein, wenn man es macht, oder?"

"Du meinst, es ist erniedrigend für ein Mädchen?", hakte ich nach.

"Naja, normalen Sex praktizieren ja alle", antwortete sie ausweichend, "sonst gäbe es keine Kinder. Aber mit dem Mund und dem Po, das ist doch was anderes."

"Soso", machte ich bloß unbestimmt und beschloss, es damit vorerst genug sein zu lassen, und weil sie plötzlich ein gesteigertes Interesse an meiner 'früheren rumänischen Freundin' bekundete, erzählte ich ihr in geraffter Form die Mad-Madalina-Story.

"Hattest du schon mal was mit 'nem Mädchen?", erkundigte ich mich dann hinterher ganz direkt bei ihr, und sie lächelte erstmal geheimnisvoll. "Also eigentlich steh ich nicht auf lesbisch", antwortete sie, zierte sich noch ein bisschen und ergänzte dann: "Bloß einmal, da war ich ziemlich betrunken gewesen, und da hat mich 'ne Freundin nach Hause gebracht. Naja, und mich und sich ausgezogen und so... Hm, und später ist dann nochmal sowas ähnliches passiert, mit 'ner anderen. Es war aber echt nicht meine Schuld, wirklich nicht."

Verschämt blickte sie kurz zu mir rüber. "Na was soll ich denn machen? Wenn sie mich so gerne anfassen..."

"Und beim ersten Mal mit 'nem Jungen, wie war das für dich?", quetschte ich sie weiter aus.

"Och hör bloß auf!", kicherte sie. "Also naja, es tat weh, und ich hab gleich geschrien: *'Nein, nein, geh schnell wieder raus! Raus, raus, bloß raus damit!'.* Wie wild hab ich gezappelt, eigentlich war er höchstens drei Sekunden bei mir drin. Gar kein richtiger Verkehr."

Sie lachte, während ich mir die Situation vorzustellen versuchte und dadurch allmählich ziemlich scharf wurde.

"Aber später gefiel es mir meistens schon besser", ließ sie mich mit lüsternem Augenaufschlag wissen und zog dabei neckisch mein Bettzeug ein Stück weit zur Seite.

"My sexy baby", gurrte sie mir ins Ohr, setzte sich auf meinen Bauch und strich mir mit beiden Händen über den Oberkörper.

"Am ekligsten finde ich es, wenn fette Männer richtige Titten haben", stöhnte sie schaudernd. "Weiß und schlabbrig und mit Haaren drauf. Brrh!"

Ich beugte mich zu ihr hoch und küsste derweil zärtlich ihre Brüste. Eine hieß Mirela, die andere Maria.

"Du bist so jung, du weißt noch gar nicht wie schön du wirklich bist und was du einem Mann bedeuten kannst", seufzte ich ganz hingerissen.

"Danke", flüsterte sie gerührt.

"Ach, bedank dich bei Mutter Natur und sei froh, denn das ist ja nicht dein Verdienst", erwiderte ich locker. "Genetik, weißt du, Abstammung von den Eltern und so."

Ja, klar", nickte sie. "Meine Großmutter, sie ist eine alte Frau, schon über sechzig und trotzdem noch sehr ansehnlich. Das sagen alle."

"Sei froh über diese Mitgift", riet ich ihr weise, während ich weiter genüsslich an ihren mittlerweile steifen Nippeln spielte. "Aber es kommt vor allem drauf an, was du draus machst. Pflege deine guten Gaben! Manch einer ruiniert auch schnell, was er bekommen hat."

Nach diesen mahnenden Worten streifte ich ihr langsam das Höschen runter und begann schon mal hingebungsvoll an ihren straffen Bäckchen zu kneten.

"Zu Hause war ich echt bekannt für meinen Hintern", schnurrte sie dabei wohlig und räkelte sich unter meinen Händen. "Wirklich wahr. Immer wenn ich aufkreuzte, schon seit meinem fünfzehnten Geburtstag. Bei den Jungs war er Dauerthema."

Nun, lange Rede kurzer Sinn, es kam was kommen musste, jedenfalls schafften wir es an diesem Vormittag nicht mehr raus aus den Federn, und es war hauptsächlich Mirela, die es verhinderte.

"I feel so good with you", hauchte sie mir immer wieder ins Ohr.

227. Kapitel

Gegen eins kriegten wir allmählich Hunger, und ich schlug ein Mittagessen im indischen Restaurant um die Ecke vor, wo meine Kinder immer Berge von Butter Chicken wegfutterten.

"Ach nee, lieber nicht, ich will nämlich Vegetarierin werden", reagierte Mirela daraufhin jedoch eher ablehnend und zog die Nase kraus.

"Das ist 'ne gute Sache", stimmte ich ihr zu. "Hab ich übrigens auch mal knapp vier Jahre lang durchgehalten. Keine Schnitzel, keine Hähnchen, keine Wurst, maximal noch Fisch und Eier. Bin aber leider wieder rückfällig geworden."

Denn das Fleisch ist schwach, sprach der alte Karnivore.

"Stell dir mal vor", meinte ich dann noch, "das wäre wohl die wissenschaftliche Großtat des Jahrhunderts, wenn man es endlich schaffen würde, Fleisch künstlich zu züchten! Keine Mastfabriken und keine Schlachthöfe mehr! Endlich könnten Mensch und Tier richtig Freunde sein, nie wieder ein schlechtes Gewissen wegen eines Grillabends. Steaks satt für jedermann! Da wär dann aber mehr als ein Nobelpreis fällig!"

"Da hast du wahrscheinlich recht", nickte sie. "Aber sag mal, gibts nicht irgendwo in der Nähe Spaghetti? Oder 'ne Pizza Funghi? Champignons schmecken mir nämlich auch."

"Okay", erwiderte ich, "ja da weiß ich was. Ein Italiener, keine fünf Minuten von hier."

Zügig schlüpften wir aus dem Bett und machten uns fertig.

"Schaffst du es, mich zu halten?", rief sie übermütig, als wir uns vor dem Losgehen noch einmal umarmten, und schon stieß sie sich mit den Füßen vom Boden ab und schwang ihre Beine um meine Taille, und lachend presste ich sie an mich und hielt beglückt meine süße Last. Mit Leichtigkeit.

Knapp dreißig Minuten später saßen wir bereits gemütlich im 'La Luna' und kriegten unser Essen serviert. Ich sortierte erstmal meine Champignons aus und legte sie Mirela nach und nach auf den Teller, oder ich hielt ihr gleich meine Gabel mundgerecht hin. Zwischendurch küssten wir uns immerzu, und ich hätte beim besten Willen nicht sagen können, ob es mehr von ihr ausging oder von mir, ja ich stellte mir nicht mal diese Frage. Es kam mir zwar alles ein bisschen surreal vor, so als würde ich leicht unter Drogen stehen, aber ich dachte nicht weiter darüber nach. Einmal redete ich zu Mirela sogar eine halbe Minute lang komplett auf Deutsch, bevor ich meinen Lapsus überhaupt bemerkte, so vertraut erschien sie mir bereits. Naja, oder vielleicht war ich auch bloß unkonzentriert, weil ihre Brüste unter dem dünnen T-Shirt beim Lachen stets so ungemein hübsch und unschuldig vor meiner Nase wackelten.

Punkt zwei holte sie schließlich ihr Handy aus der Tasche, rückte dichter an mich heran und wählte Andys Nummer.

"So how is the situation today?", erkundigte sie sich gleich nach der Begrüßung.

"Everything perfect", hörte ich ihn antworten. Mit der Wohnung wäre jetzt wirklich alles in Ordnung, versicherte er ihr, nur ein sauberes Laken würde leider noch fehlen. Oder ob Mirela das vielleicht von mir kriegen könnte?

"Sure", brummte ich bloß von der Seite in den Hörer, und damit war dann alles geklärt. Schon in etwas mehr als einer Stunde würde er sie von meiner Wohnung abholen kommen.

Also tranken wir aus und gingen schnurstracks zurück zu mir, damit Mirela noch in Ruhe ihr bisschen Zeug zusammenraffen konnte.

"Vergiss das Handy-Ladegerät nicht", erinnerte ich sie, "das ist in der Steckdose unten am Sessel, und denk auch an dein restliches Geld, die Scheine oben auf dem Regal."

Hinterher tranken wir in der Küche noch einen Kaffee zusammen, wobei sie mir ein paar Fotos von ihrer Bukarester Clique zeigte. Lauter Mädchen in kurzen Röcken und halbstarke Typen, die vorzugsweise dicht gedrängt hinten auf der Ladefläche diverser DACIA-Kleinlaster zu hocken schienen. *(Witzigerweise waren an den Autos meist die ersten beiden Buchstaben des Markennamens sorgfältig abgemeißelt oder überlackiert worden, so dass da jetzt nur noch 'CIA' zu lesen stand.)*

"Ich möchte ein Foto von dir machen, ja?", bat ich sie beim Aufstehen als letztes, und sie stellte sich in Positur und lächelte, während ich die Gunst der Stunde nutzte und gleich viermal hintereinander auf den Auslöser drückte.

"So, und jetzt will ich aber auch ein Bild von dir", meinte sie, als wir uns die Schnappschüsse auf dem kleinen Kameradisplay angesehen hatten. "Oder am besten eins, wo wir beide so richtig schön zusammen drauf sind."

"Ja gerne", nickte ich bereitwillig, doch da klingelte es leider schon an der Haustür.

"Wir sind in drei Minuten unten", gab ich Andy durch die Sprechanlage Bescheid und holte eine große Pralinenpackung in Herzform aus dem Schrank.

"Da, nimm mein Herz, Kleines", seufzte ich ein wenig theatralisch und drückte ihr das Ding in die Hand. Mirela hatte bereits einen feuchten Schimmer in den Augen, und der schien sich jetzt mehr und mehr zu verstärken.

"Also ich denke, so richtig verabschieden wir uns besser schon hier in der Wohnung", schlug ich daher ganz pragmatisch vor. "Unten bei Andy machen wir es lieber etwas kühler, er muss nicht alles sehen."

Mirela streckte mir bloß stumm ihre Arme entgegen, und wir drückten und küssten uns noch einmal lange und innig.

"Danke für alles", flüsterte sie matt, "du bist so lieb zu mir und...", doch ich wiegelte bloß sanft ab, denn ich wollte ja auch noch was loswerden.

"Mirela, du hast mir mindestens so viel gegeben wie ich dir", sagte ich ein wenig feierlich und sah ihr dabei in die Augen. "Wirklich, du bist mir nichts schuldig. Das Einzige, was du mir bitte versprichst, das ist, dass du mich hundertprozentig anrufst, falls - was ich natürlich nicht hoffe - du in irgendwelchen Schwierigkeiten steckst. Solange du hier bist, möchte ich immer die Gewissheit haben, dass es dir wenigstens einigermaßen gut geht, selbst wenn ich vielleicht nicht jeden Tag was von dir höre. Ansonsten ruf mich an, wenn du Probleme hast. Egal wann, ob Tag oder Nacht spielt keine Rolle. Außerdem möchte ich gern so viel Zeit wie möglich mit dir verbringen, solange du noch hier bist. Sehr gern, wirklich. Natürlich kann ich mir denken, dass der Job dich stressen wird, und ich habe auch 'nen anderen Tagesrhythmus als du. Aber trotzdem. Vielleicht willst du bloß einfach mal raus und was anderes sehen. Du kannst zum Beispiel auch kommen und Abendbrot mit mir und den Kindern essen, oder wir können spazieren gehen. Oder ich komme zu dir. Egal was, wie du willst. Oder ruf mich an, nach der Arbeit, nachts um vier, und wenn dir so ist, dann komm her. Es muss kein Sex passieren, vielleicht willst du einfach neben mir liegen und bei mir ausschlafen. Jedenfalls, von meiner Seite aus geht alles. Alles."

Danach schloss ich sie ein letztes Mal in die Arme, vergrub mein Gesicht in ihrer Halsbeuge und sog den Geruch ihres Haares ein, und es fiel mir furchtbar schwer, sie diesmal überhaupt wieder loszulassen.

Ich half ihr noch mit den Plastiktüten nach unten.
Andys BMW parkte nur ein paar Meter neben der Haustür.
Zu dritt verstauten wir Mirelas bisschen Kram im Kofferraum, dann drückte ich ihr einen allerletzten Schmatzer auf, und sie stieg ein.
"Ruf mal an", sagte ich cool, "na tschüss denn."

Gegen acht rief sie mich an.
"Here is your drunken princess", meldete sie sich. "Ich esse gerade eine von deinen leckeren Pralinen, hier in meinem Palast."
Sie hätte nun also eine kleine Ein-Zimmer-Wohnung für sich allein, berichtete sie mit hörbar vollem Munde. Außer Fernseher und Bett gäbe es zwar kaum Mobiliar, aber anscheinend war sie dennoch zufrieden.
"Wann sollst du anfangen zu arbeiten?", fragte ich.
"Morgen Abend", antwortete sie, "heute wird noch relaxed", und schon steckte sie sich die zweite Praline in den Mund, während ich mich sogleich über die von ihr produzierten Schmatzgeräusche lustig machte.
"Es ist so schön, deine Stimme zu hören", hauchte sie schließlich. "Ich sehe

richtig deinen Schnurrbart vor mir, wie er wackelt, wenn du so beim Witze machen dein Gesicht bewegst. Ach, ich vermisse dich schon jetzt."

"Ich dich auch, Baby", seufzte ich, und wir turtelten noch eine ganze Weile miteinander.

Hinterher ging ich gleich ins Internet und checkte die Webseite von Andys 'Fun-Girls'-Agentur, und tatsächlich, da war sie schon: *Valerie, 19/34/75 B, Modell des Monats, der absolute Hammer, aus Lettland, Bilder folgen in Kürze.'*

Übrigens fand ich bei einer anderen Agentur dann auch Jade alias Nina. Allerdings waren ihre beiden Fotos überschrieben mit 'derzeit in Urlaub'.

Ich werkelte noch ein bisschen am Computer herum und guckte mir dabei wieder und wieder meine vier Schnappschüsse von Mirela an.

Gegen zehn legte ich mich schlafen, in demselben Nachtzeug, das ich Mirela am Samstagmorgen geliehen hatte. Vor rund vierzig Stunden.

Was für ein Wochenende, dachte ich immer wieder.

Not in my wildest dreams...

228. Kapitel

Montagabend traute ich mich kaum von meinem Telefon weg. Ob es vielleicht bald klingeln würde? Sehnsüchtig betrachtete ich immer wieder Mirelas Bilder auf dem Monitor.

Gegen acht rief ich Andy auf seinem Agenturhandy an und fragte, ob ich 'das Modell des Monats' so gegen zehn kriegen könnte.

"Aber sie arbeitet doch noch gar nicht", erfuhr ich zu meiner Überraschung. Angeblich wollte sie noch etwas Ruhe haben. Übrigens hätte er am Samstag im Café natürlich sofort gewusst, um wen es sich bei ihr handelte, ließ er durchblicken, und zwar gleich, als sie zur Tür reingekommen war. Schließlich kenne er doch die Szene, und von ihrer Sorte gebe es nicht allzu viele...

Wir unterhielten uns bestimmt zwanzig Minuten lang, und wenn nur die Hälfte von dem stimmte, was er mir erzählte (und ich sah momentan keinerlei Anlass, daran zu zweifeln), dann hatten es die Mädchen bei ihm wirklich gut getroffen.

Zumindest von der Agenturseite her, denn wie es sich mit den Kunden verhielt, das stand natürlich auf einem anderen Blatt. Aber immerhin schickte er sie ja auch nicht zu jedem Idioten, und die oberste Maxime lautete sowieso (und das hatten mir einige Mädchen durchaus bestätigt): Ihr braucht euch zu nichts zwingen lassen. Übrigens erwähnte er in einem Nebensatz noch, dass die kleine rumänische Maja ebenfalls bald für eine Weile wiederkommen und diesmal dann bei ihm anfangen würde. Na das sind ja schöne Aussichten, dachte ich, es nimmt also kein Ende.

Dienstag hatte ich wie üblich Malte und Nele bei mir, und als sie endlich im Bett lagen, war auch ich total knülle. Aber am Mittwoch meldete ich mich gleich nach der Arbeit wieder bei Andy, um mir Mirela, pardon: Valerie, für den Abend zu sichern, von halb zehn bis halb zwölf.
"Geht klar", bestätigte Andy und stellte mir schon mal den Sondertarif von 150 Euro in Aussicht. "Mal sehen, vielleicht kann ich sogar noch weiter runtergehen, das hängt dann allerdings von der Route des Fahrers ab."
"Danke", erwiderte ich, legte 170 Euro unter den Aschenbecher und freute mich auf mein sechstes Mal Sex mit Mirela.

Kurz vor halb zehn kam sie die Treppen hochgestürmt.
"Deine betrunkene Prinzessin ist wieder da", rief sie fröhlich (dieses Kompliment musste ihr wohl sehr gefallen haben) und fiel mir wie ein unbeschwerter Teenager um den Hals.
"Hallo mein Baby, ich habe dich vermisst!"
"Ich dich auch", flüsterte ich und drückte sie an mich.
Sie zog Jacke und Schuhe aus, und wir setzten uns auf die Couch. Während sie ihre Zigaretten auspackte und sich eine davon anzündete, goss ich die Gläser voll.
Dann prosteten wir uns zu.
"Weißt du, ich wollte dich sehen, und warum denn nicht über die Agentur?", erklärte ich ihr gleich zu Anfang. "Für mich ist das absolut okay, denn du bist nach Deutschland gekommen um Geld zu verdienen, und davon *(ich zeigte auf die Scheine)* kriegst du ja jetzt den größten Teil. Also was solls? Selbst wenn du

privat zu mir kommen würdest, wären für den Hin- und Rückweg per Taxi auch ungefähr dreißig Euro fällig, und vor allem könntest du das niemals um diese Uhrzeit machen. Da müssten wir uns entweder früh um sechs treffen, oder am Abend um sechs. Naja, und so richtig taugt das beides nicht. Nee, so ist es mir lieber. Außerdem brauchst du dich Andy gegenüber nicht schlecht zu fühlen, denn du arbeitest ja nicht hinter seinem Rücken."

"Das stimmt", nickte sie nachdenklich. "Ich möchte ihm gegenüber wirklich nicht undankbar sein."

Wir stellten die Gläser auf dem Tisch ab und fläzten uns gemütlich auf die Couch, und Mirela fing an, ein bisschen über ihre Kindheit zu plaudern.

"Schon im Kindergarten hab ich vor den anderen gesessen und immer Faxen gemacht und Grimassen gezogen", meinte sie zum Beispiel verschmitzt und zuckte dabei kokett mit den Schultern. "Ich wollte eben alle zum Lachen bringen."

Sie erzählte eine ganze Weile über ihre Familie, ihre Haustiere und ihre damalige beste Freundin, und einiges davon fand ich wirklich sehr rührend.

"Und wie lief das so mit deiner Mutter, als dein Vater weggegangen ist?", erkundigte ich mich schließlich.

"Ach, solange ich mit ihr allein war, funktionierte eigentlich alles ganz gut", antwortete sie. "Aber wenn sie wieder 'n neuen Lover hatte, dann maulte sie mich immer schnell an. So als ob ich sie störte, als ob sie mich am liebsten weghaben wollte. Naja, und mit den meisten von ihren Kerlen gabs ja auch schnell Stress."

Besonders einer von denen wäre im Suff meist ziemlich brutal auf ihre Mutter losgegangen, schilderte sie lebhaft, wobei sie dann selber freilich nicht bloß verängstigt zugeguckt, sondern sich angeblich durchaus auch mal tatkräftig eingemischt hätte.

Nach ungefähr einer halben Stunde ging sie ins Bad, und schon wenige Minuten später lag sie dann nackt neben mir.

Als erstes küsste ich sie auf den Mund und ließ dabei die Finger meiner Rechten spielerisch an ihrem Körper auf und ab wandern. Sanft aber deutlich schob sie meine Hand gleich wieder ganz nach unten, ohne falsche Scham. Vor mir doch nicht! Sie war sich meiner ganz sicher. (Wobei ja wohl daran das eigentlich

Bedeutsame war, dass *ich* mir dessen ganz sicher war.) Ich spürte ihre Vorfreude, als sie ganz von selbst erwartungsvoll die Schenkel spreizte, und ich hatte nicht vor, sie zu enttäuschen.

"Fühlst du, wie meine Beine immer noch zittern?", rief sie hinterher ganz aufgeregt. "Ich hatte richtig Kontraktionen im Bauch, mein ganzer Unterleib! Hast du das gemerkt?" Lachend wischte sie sich die Augenwinkel.

"Ja Baby, mir sind beim Sex mit dir die Tränen gekommen!"

Sie wirkte völlig überwältigt. So, als ob es ihr erster Vollorgasmus gewesen wäre. Hatte ich sie heute etwa 'zur Frau gemacht'? Aber ich wollte nicht indiskret sein und verzichtete daher auf Nachfragen. Ich lächelte bloß und freute mich für sie.

Selbst mehr als eine Minute später zuckten und vibrierten ihre Schenkel noch immer leicht.

"Ich hab überhaupt keine Kraft mehr in den Beinen", gluckste sie. "I feel so dizzy. Keine Kontrolle, was ist das? Ich glaub, du musst mich nachher ins Bad tragen!"

"Kein Problem", versicherte ich ihr träge und grinste dabei still in mich hinein. Jetzt war ich also nicht nur ein guter Kunde, sondern endlich auch ein guter Liebhaber. Na wer hätte das gedacht!

"Weißt du, bei jedem Mann dusche ich immer gleich danach, außer bei dir", schnurrte sie und küsste mir das ganze Gesicht ab. "Da mache ich bloß unten so 'n paar Wasserspritzer ran, mehr nicht. Denn dein Geruch - du riechst gut, Baby - stört mich kein bisschen."

So langsam kam ich mir jetzt wirklich bald vor wie nach einer perfekten Entjungferung.

"Sogar Mama weiß 'n bisschen Bescheid", fuhr sie fort, "schon seit letzter Woche. *'Ich hab 'n ganz lieben Freund, Ecki, der ist 35 und hilft mir immer'*, so viel hab ich ihr gesagt. Sie will mich übrigens bald mal besuchen kommen, vielleicht schon an diesem Wochenende. Bloß kurz auf Durchreise, weil sie gleich 'n Tag später weiter nach Bukarest fliegt. Sie glaubt ja, ich arbeite als Bedienung in 'ner Bar. Natürlich braucht sie nicht zu wissen, dass ich mit Männern in ihrem Alter Sex habe. Aber wenn sie am Telefon nur so trocken mit *'aha'* reagiert und nichts weiter fragt, dann denkt sie sich meistens schon was."

"Kannst ja auch meine zwei Kinder erwähnen und behaupten, du machst Babysitting zum Geldverdienen", erwiderte ich träge. "Ja, und wenn Mama tatsächlich mal gucken kommt, dann bestätige ich das. *'Na klar, das sind meine beiden Kinder, mh, das stimmt, aber Babysitting macht die süße Mirela eigentlich bei mir, ich bin nämlich ihr Baby und brauche dringend ihre schöne Brust, aaah'*..."

Tja, und schon griff ich wieder nach eben jener, um daran zu nuckeln und zu saugen.

Etwas später zündete sie sich mal wieder eine Zigarette an und begann dann plötzlich aus heiterem Himmel zu grinsen.

"Mensch, als ich hier ankam, früh um fünf, heulend und mit dicker Lippe", kicherte sie.

"Naja", brummte ich, "da fand ich es eigentlich nicht so lustig. Aber gut, dass du jetzt drüber lachen kannst."

"Ja, das war schon Mist", meinte sie etwas nachdenklicher.

"Andererseits", erwiderte ich, "das ist ja eben Teil meiner Philosophie, also dass in allem Schlechten auch immer was Gutes steckt. Ich meine, klar hat es kräftig Krach gegeben, und das war hart, aber deswegen bist du letztendlich von deinem alten Boss abgehauen und bei Andys Agentur gelandet, und dadurch haben auch wir uns erst richtig kennengelernt. Also Ende gut, alles gut. Stell dir mal vor, die Mädchen und der Idiot von deiner alten Agentur wären nicht ganz so fies zu dir gewesen, dann würdest du höchstwahrscheinlich heute noch bei denen sein, und zwar ziemlich unglücklich. Fazit: Besser einmal 'n richtiger Bruch und dadurch 'ne neue Chance, als sich ewig an 'ne Sache klammern, die nichts taugt und nur noch schlechter werden kann. Meiner Erfahrung nach gilt dieses Prinzip für alle Beziehungen. Bei meiner Ehe zum Beispiel lief es ziemlich ähnlich ab. Naja, hab ich dir ja schon erzählt."

"Mh", nickte sie, "ich verstehe, was du meinst."

Sie stützte sich auf einen Ellbogen und sah mir in die Augen.

"Das war sowieso das Beste", meinte sie, "dass ich dich getroffen habe. Meinen süßen lieben Schutzengel."

"Ach du", erwiderte ich leichthin, hob dann aber ebenfalls meinen Kopf und sah ihr in die Augen.

"Ein Engel bin ich bestimmt nicht", sagte ich ganz ernst, "aber eins sollst du wissen: Solange du hier in Berlin bist, kannst du voll auf mich zählen. Ich lasse dich nicht im Stich. Weißt du, mir ist wirklich klar, wir sind verschieden und du gehst bald wieder zurück nach Rumänien... *("ich kann ja wiederkommen, Baby", unterbrach sie mich und gab mir einen Kuss)*, aber bis dahin bin ich für dich da. Du sollst dich hier nicht allein und verloren fühlen. I really mean it."

An ihrem Blick spürte ich, dass sie mich genau verstanden hatte. Die Art wie sie mich ansah, wie sie 'thank you' flüsterte.

Da die Zeit mal wieder fast um war, huschte sie anschließend schnell ins Bad, und ich wischte mir währenddessen den Schwanz trocken und zog wenigstens Slip und T-Shirt an.

Schon bald kam Mirela wieder ins Zimmer zurück, Wasserperlen auf ihrem zarten Stiez.

"Hab mein Handtuch hier irgendwo vergessen", nuschelte sie mit lausbübischem Grinsen und schritt mit angestrengt suchender Miene das Gemach ab. Natürlich hätte sie sich auch einfach im Bad ein neues nehmen können. Aber nein, sie zog es wohl vor, sich splitternackt vor mir zu präsentieren.

Natürlich meldete ich mich dann als freundlicher Helfer, um ihr das bisschen Restfeuchte behutsam vom Leib zu tupfen, wenngleich mit so mancher Verzögerung.

Irgendwann hatte sie ihre Jeans allerdings doch wieder an, war aber immerhin obenrum noch nackt. Mein Gott, diese schönen straffen Teeniebrüste, wie die sich beim Haarebürsten mitbewegten! Wackel wackel, wie bester Sahnepudding.

Sie stellte sich vor den Spiegel und zog sich die Lippen nach, pink glänzend.

"What?", gurrte sie zuckersüß lächelnd, als sie meinen Blick auf ihren Brüsten bemerkte. "Hm, was ist?"

Schielend machte ich das Gesicht eines Irren, öffnete stumm den Mund und zeigte mit dem Finger in Zeitlupe auf ihren Oberkörper. Sie lachte und hob ihre Arme, legte die Hände in den Nacken und drehte sich probeweise ein bisschen auf den Zehenspitzen.

"Ach naja, sie könnten ruhig etwas größer sein", begutachtete sie sich im Spiegel. "Deshalb schätzen mich viele Leute auf Sechzehn. Weil ich die kleinen Titties einer Sechzehnjährigen habe."

Ich stellte mich dicht hinter sie und flüsterte: "Komm, ich massiere sie, dann wachsen sie."

Mit beiden Händen zog ich sie langsam an mich und tat wie versprochen, ihre Titties jedoch nicht. Ganz sanft knetete ich die beiden süßen Bälle trotzdem immer weiter, bis sie leider unter dem Sweatshirt verschwanden.

Meinen inzwischen wieder ersteiften Schwanz ignorierend, der nur schlecht von Slip und T-Shirt verborgen wurde, ging ich danach zum Tisch, nahm das unter dem Aschenbecher liegende Geld und reichte es ihr.

"150 für zwei Stunden, hat Andy mir gesagt, stimmts?", vergewisserte ich mich.

"Oh, zu mir hat er vorhin nur 140 gesagt", korrigierte sie mich und machte Anstalten, mir etwas zurückgeben zu wollen.

"Na umso besser", murmelte ich bloß, küsste sie noch einmal und drückte ihr dabei die Hand mit den Scheinen so beiläufig wie möglich zusammen.

Als sie gegangen war, setzte ich mich wieder aufs Bett, knabberte ein paar Nüsse und hing eine Weile meinen Gedanken nach. Ich empfand viel für Mirela. Aber dennoch hätte ich wohl kaum meinen Alltag mit ihr teilen können. Nein, das würde nicht funktionieren, davon war ich überzeugt. So wie die Dinge lagen, betrug unsere optimale temporäre Schnittmenge ein paar Stunden pro Woche. Ein paar wunderbare, liebevolle Stunden.

Hier gab es kein Problem, alles war gut.

229. Kapitel

Am Freitagabend ging ich mit Malte und Nele beim großen Laternenlaufen mit, denn es war wieder mein Wochenende mit ihnen. Als wir ungefähr anderthalb Stunden später nach Hause kamen, rief mich Ringo an und berichtete, dass Old Matte ihm gerade einen Besuch abgestattet hätte, nach fast fünfzehn Jahren.

"War 'ne super Idee", meinte er, "hat mich echt gefreut."

"Na klasse", erwiderte ich ein bisschen stolz, denn ein Stück weit rechnete ich mir das auch als mein Verdienst an. "Was manche Dinge doch so für Kreise ziehen, hm? Na ich fand es auch gut, als ich letztens bei ihm war. Aber das hab ich dir ja schon erzählt."

Danach fragte ich Ringo schon mal vorsorglich, ob ich mich zu Weihnachten eventuell wieder bei ihm einquartieren könnte, so wie im letzten Jahr.

"Na immer gern", antwortete er, "weißt du doch. Kann bloß sein, dass ich mit Rike dann gerade beim Umbauen bin, aber das kriegen wir schon hin. Kein Problem."

Anschließend schwatzten wir noch eine ganze Weile über Frauen, im Allgemeinen und im Besonderen.

Am Samstag unternahm ich mit den Kindern einen Tagesausflug zur Pfaueninsel, mit zünftigem Picknick und halbstündiger Schlossführung. Schon als Kronprinz hatte sich König Friedrich Wilhelm II. dort mit der Tochter des Hoftrompeters vergnügt, so war zu erfahren, bevor sie ihm dann 15jährig das erste von mehreren gemeinsamen Kindern schenkte. Das 'süße junge Blut' also mal wieder, dachte ich bloß (angeblich sollte es an diesem Ort der Ausschweifungen auch ein kleinwüchsiges Schlossfräulein gegeben haben, um das sich allerlei delikate Legenden rankten), und als wir am Abend mit der kleinen Fähre zurück zum Festland schipperten, da malte ich mir genüsslich aus, was ich als König wohl auf so einer idyllischen Insel alles getrieben hätte.

Der Sonntag war verregnet; wir vertrödelten ihn mit ein paar Spielen, Lesen und Fernsehen.

Abends gegen halb sieben telefonierte ich dann mit Andy wegen Mirela und machte einen Termin aus. Von neun bis elf, wieder zum Sonderpreis von 140 Euro.

"Ach übrigens, wie führt sich denn das 'Modell des Monats' eigentlich so?", erkundigte ich mich zum Schluss noch neugierig.

"Also naja, sie testet jetzt anscheinend Grenzen aus", antwortete Andy zurückhaltend.

"Nanu, wie meinst du das?", fragte ich etwas überrascht.

"Tja, weißt du", fing er an, "bisher habe ich ja praktisch alles für sie bezahlt, das Essen, den ganzen Kleinkram, und so weiter, und ihr nichts davon in Rechnung gestellt. Aber statt dankbar dafür zu sein, mault sie noch rum! Ich glaube, da kommt bei ihr langsam der Dickkopf durch. Also ehrlich, sie hatte ja außer dir erst drei Kunden, und..."

"Wieso das denn?", unterbrach ich ihn verblüfft. "Bestellt sie etwa keiner?"

"Nee, das nicht", erwiderte er. "Bloß angeblich fühlte sie sich nicht so gut. Der Zoff mit ihrem alten Karpaten-Tarzan hatte ihr wohl doch ganz schön zugesetzt, und irgend so 'ne Polizeikontrolle im Auto. Kommt ja manchmal erst später hoch, sowas. Deswegen war sie nur bedingt einsetzbar und brauchte noch 'n bisschen Schonzeit."

Nanu, dachte ich verdutzt, jetzt komme ich aber doch ins Staunen! Betrieb der gute Andy denn neuerdings ein Mädchenerholungsheim, das nach streng altruistischen Prinzipien geführt wurde? Oder spekulierte er lediglich darauf, dass sich sein leckerer Neuzugang aufgrund dieser humanen Taktik für ihn selbst erwärmen würde?

"Naja, und außerdem muss sie unbedingt noch einkaufen, jammert sie, weil sie zu wenig Unterwäsche hat", fuhr er fort. "Ich hab ihr angeboten, dass sie ihre Klamotten bei 'nem Nachbar im Nebenaufgang waschen lassen kann, wie 'n paar andere Mädchen von den Clubs auch. Da kriegt sie ihren Kram bis zur nächsten Schicht immer trocken zurück. Der ist zuverlässig, so 'n Frührentner, der verdient sich 'n bisschen Taschengeld damit. Aber nein, sie nimmt ja keine Hilfe an! Man ist ja so stolz und weiß alles besser! Sie meldet sich nicht bei ihm, und mit den paar mickrigen Sachen, die sie hat, kommt sie natürlich nicht weit."

Hm, vielleicht will sie dem Kerl ganz einfach nicht ihre getragenen Dessous zur Inspektion vorlegen, dachte ich. Das wäre ja wohl so unverständlich nicht, oder?

"Eventuell macht sie ja selber so 'n bisschen Handwäsche im Waschbecken oder geht zwischendurch irgendwo in 'n Waschsalon?", mutmaßte ich.

Oder sie trampelte ihre paar Slips auch bloß beim Duschen kurz mal in der Shampoo-Lauge unten mit den Füßen durch, so wie ich es aus eigener Erfahrung von früher her kannte?

"Waschsalon? - Nee, das wüsste ich", widersprach Andy kategorisch. "Sie war doch die ganze Zeit mit mir zusammen. Und Waschmittel hat sie auch nicht zu Hause."

'PS: kam ohne Slip unter den Jeans ...', dieses Zitat aus dem Freierforum fiel mir plötzlich wieder ein. Vielleicht hatte sie ja damals ebenfalls schon ähnliche Probleme gehabt?

"Naja, und beim Kundentermin neulich war sie unpünktlich", beschwerte sich Andy immer weiter. "Einfach nicht fertig, als der Fahrer sie abholen kommt. *'Ich musste vorher eben noch 'n bisschen mehr einkaufen',* meinte sie bloß patzig. Wegen ihrer Mutter."

"Ach stimmt, die sollte ja kommen."

"Ja, seit heute ist sie da."

"Na Prost Mahlzeit!"

"Weißt du, und vorgestern, ich war über sechzehn Stunden auf den Beinen, da setze ich sie also nachts um zwei ab und frage, ob ich noch was für sie tun kann. *Nö, alles okay,* sagt sie. Aber zwanzig Minuten später ruft sie mich auf 'm Handy an, ob ich ihr vielleicht nicht doch noch 'n Hamburger vorbeibringen könnte! Kleiner Finger - ganze Hand, typische Zigeunermentalität, haben die doch alle von da. Ja wirklich! Wenn ich zusammen mit den Mädels in die Disco gehe, zahle ich alles, aber das wird als ganz selbstverständlich angesehen. Eine Runde kostet dann schnell mal siebzig, achtzig Euro, das ist völlig normal. Die denken immer, mit 'ner Agentur verdient man ja sonst was! Bloß die ganzen Ausgaben für Werbung, Zeitungsanzeigen und so, die Kosten für die Fahrer, das sehn die nicht. Wenn die Mädels manchmal für 'nen ganzen Abend Escort machen, dann kriegen die am Ende mehr raus als ich. Ehrlich, ich leg gern mal gelegentlich 'n Schein extra drauf, aber irgendwo muss auch Schluss sein."

"Hm, ist ja manchmal bestimmt auch 'ne gute Investition, wenn man großzügig ist, oder?", erwiderte ich. "Langfristig gedacht, meine ich. Sowas spricht sich doch rum, und du bist dann die erste Anlaufadresse, im Fall des Falles."

"Ja, stimmt schon, aber trotzdem...", brummelte er unzufrieden.

"Na jedenfalls, wenn ich das alles so höre, dann überlege ich, ob ich nicht selber bei dir als Callboy anfangen sollte, bei den Konditionen", nahm ich ihn ein bisschen auf die Schippe.

"Lass mal gut sein", lachte Andy, "mir reicht der Stress mit den Damen, die ich habe. Und Mirela klaut mir noch die letzten Nerven, echt."

Plötzlich kriegte er einen neuen Anruf rein, verabschiedete sich eilig und legte auf.

Es bleibt also spannend, sagte ich mir und dachte anschließend beim Aufräumen meines Wohnzimmers noch ein wenig über das nach, was Andy mir gerade erzählt hatte. Einerseits war ich zwar nicht sonderlich scharf darauf, all diese Geschichten haarklein mit Mirela durchzuhecheln, um dann vielleicht am Ende gar den Schiedsrichter in diesen unerfreulichen Angelegenheiten spielen zu müssen. Bei ihrem Temperament konnte ich da nämlich schnell in Teufels Küche kommen, anstatt mit ihr im Schmusenest zu landen! Andererseits jedoch interessierte es mich natürlich schon, was sie von sich aus zu diesem Thema beizusteuern hätte.

230. Kapitel

Als sie kam, merkte ich sofort, dass sie irgendwie nervös war.

"Ja, meine Mutter ist da", sprudelte es förmlich schon aus ihr heraus, kaum dass sie ihre Jacke und Schuhe ausgezogen hatte. "Jetzt will sie plötzlich gleich die ganze Woche bleiben, obwohl sie vorher immer nur von zwei oder höchstens drei Tagen geredet hat. Die macht einen Stress, sage ich dir!"

Tja, und mit Andy hätte sie obendrein auch noch einen Haufen Probleme, stöhnte sie.

"Ehrlich, sonst hat er mich jeden Tag selber abgeholt und immer 'ne halbe Stunde vorher angerufen, damit ich mich in Ruhe fertigmachen konnte. Bloß diesmal stand der Fahrer schon um sieben vor der Tür und wollte mich sofort mitnehmen. Richtig angeschrien hat er mich deswegen!"

Sie packte ihre Zigaretten aus, zündete sich eine an, nahm einen tiefen Zug und fuchtelte dann aufgeregt damit in der Luft umher.

"Jetzt hackt er dauernd auf mir rum, und neulich hat er mich noch sonst wie gelobt", schimpfte sie. "Da hatten wir 'nen Termin mit Mika und Celina zusammen, bloß die musste schon 'ne Stunde früher weg. Das war alles ganz schön kompliziert, und ich hab allein die Abrechnung gemacht, insgesamt ungefähr 700 Euro. Ich hab das Geld genommen und aufgeteilt, das für Andy, das für den Fahrer und das für Celina und so weiter, auch mit Trinkgeld. Alles komplett richtig aufgeteilt! Da hat Andy gestaunt und hat gesagt, dass noch nie 'n anderes Mädchen alles so schnell und korrekt verteilt hat. Ja, und was ist jetzt?"

"Nimm erstmal 'n Schluck", erwiderte ich ruhig und reichte ihr ein Glas mit ihrem süßen Lieblingsgesöff. "Prost!"

"Ja, danke, Prost!", antwortete sie, nippte kurz an ihrem Glas und fuhr dann fort: "Meine Mutter macht mich total verrückt, echt! Kümmert sich jahrelang so gut wie gar nicht um mich und kommt jetzt an und will mich kontrollieren! *'Was machst du in der Bar? Wo ist das? Ich möchte mitkommen!'* Mein Gott! Außerdem erzählt sie mir andauernd ihre blöden Männergeschichten, alles lädt sie bei mir ab! Ich soll sie beraten und bedauern. Schon seit ich vierzehn bin geht das so. Sie redet zu mir nicht wie 'ne Mutter zu ihrer Tochter, sondern wie von Freundin zu Freundin. Ich soll immer zuhören und mich für ihren Kram interessieren, so als ob ich ihre Mutter wäre und nicht umgekehrt."

Na ich werde dich schon von den trüben Gedanken befreien, wenigstens für ein Weilchen, nahm ich mir vor und begann sie allmählich auszuziehen. Zwischendurch flogen so nach und nach auch meine Klamotten zur Seite, und den Rest erledigte sie selbst. Vorher Duschen gehen war nicht mehr drin.

Ich hatte diesmal ein bisschen den Eindruck, Mirela wollte mir einerseits ordentlich 'was bieten', obwohl sie aber andererseits eigentlich noch viel zu sehr mit dem Besuch ihrer Mutter beschäftigt war. Sie küsste mich nämlich übertrieben lüstern, fand ich, mit leichten lasziven Bissen in meine Unterlippe und so. Doch es wirkte alles irgendwie angestrengt. Denn als ich ein paarmal von oben nach unten über ihren ganzen Körper strich und sie eine Weile zwischen den Beinen kraulte, da konnte ich nicht so recht spüren, dass sie feucht wurde.

Also legte ich meinen Kopf in ihren Schoß, einfach so, schmiegte meine Wange an ihren Bauch, umarmte sie, küsste sie, legte sanft meinen Mund (mal offen, mal geschlossen) auf ihre Pussy und tat ansonsten gar nichts weiter. Naja, ich nuckelte höchstens wie schlaftrunken ein bisschen dran rum. Bis ich merkte, dass sie ihren Kopf frei hatte und eben so weit war. Erst dann fing ich allmählich an, zwischen ihren Schenkeln aktiver zu werden. Sanft drückte ich sie noch etwas mehr auseinander und begann wieder einmal aus nächster Nähe ihren Venushügel zu untersuchen, der jetzt aus der straff gespannten Haut wie eine Pfirsichhälfte hervortrat. Mit wohligem Entzücken betastete ich diese magische Wölbung und erkundete mit allen Sinnen, wie sie weiter unten in diese herrlich prall eingefasste Furche auslief, in deren Innern sich gerade zwei heiße, köstlich honigfeuchte Blütenblätter entfalteten. Das ganze Areal war zwar kaum handtellergroß, aber dennoch für mich der schönste Ort auf Erden. Jede kleinste Berührung dort ließ Mirela nun zusammenzucken und erschauern, auf jede Bewegung meiner Zungenspitze reagierte sie sofort mit einem tiefen Seufzer, mit einem ganzen Konzert ihrer noch so jungen Weiblichkeit. Doch selbst trotz all dieser sie völlig überwältigenden Sensationen vergaß sie mich nicht! Sie gab sich nicht einfach nur genüsslich den sie durchflutenden ekstatischen Wallungen hin und ließ sich verwöhnen, sondern sie zeigte mir immer wieder ihre Dankbarkeit. Natürlich war es an sich keine große Sache, ob sie mir nun den Kopf tätschelte (allerdings nicht in der dämlichen *'Oh ja, mach weiter baby'*-Manier) oder meine auf ihrem Bauch liegende Hand presste. Aber ihre zärtlichen Gesten rührten mein Herz, besonders wenn sie sich ab und an ein wenig aufzurichten versuchte, nur um mich zu streicheln und mich anzusehen. Und manchmal hauchte sie dann mit vor lauter Wonne kippender Stimme irgendetwas und ließ sich wieder selig nach hinten fallen.

Am Ende rutschte ich einfach bloß bequem ein Stückchen höher und führte ein, und schon vögelten wir herrlich frei drauflos, bis zum Finale.

"Puh, also das waren wirklich mal wieder 'n paar sehr interessante Herzschläge *('some interesting heartbeats again')*", keuchte sie hinterher mit verlegenem Kichern und fächelte sich ein bisschen Luft an ihre heiße Wangen.

Ich blieb noch eine Weile auf ihr liegen, betrachtete lange ihr Gesicht, ihre offenen Augen, strich ihr ein paar Haare aus der feuchten Stirn.

"What?", flüsterte sie schließlich, "woran denkst du?"

"Top secret", antwortete ich, "alles wird nicht verraten. Aber du bist eine Frau, du kannst es leicht erraten."

Grinsend küsste ich sie auf die Stirn und seufzte erschöpft: "Mensch, war das gut!"

Etwas später erhob sich Mirela und ging kurz auf Toilette, und als sie zurückkam, steckte sie sich eine Zigarette an.

"Ungefähr mit 13 musste ich 'n paarmal zum Psychiater *(sie benutzte das Wort 'shrink')*, weil ich plötzlich nicht mehr gesprochen habe", erzählte sie. "Das dauerte 'ne ganze Weile, und die kriegten wohl Angst, dass ich verrückt werde. Aber weißt du, wozu reden und jemanden was fragen, wenn man die Antwort sowieso schon vorher kennt? Hab ich meine Mutter zum Beispiel mal gefragt, naja, wegen Menstruation und so, gleich wurde ich angeblafft: *Wieso willst du das alles wissen? Was hast du vor?* Nie hab ich 'ne vernünftige Auskunft gekriegt, immer nur misstrauische Gegenfragen. Also was solls? Übrigens hat der Doc zum Schluss tatsächlich zu mir gemeint: *Hm, ich sollte das eigentlich nicht sagen, aber deine Eltern sind das Problem, nicht du.* Den fand ich ziemlich cool."

"Na da hatte er wahrscheinlich recht", erwiderte ich und streichelte ihre Hand. "Ich glaube es war Sigmund Freud persönlich, der berühmte Psychologe, der mal so in etwa geschrieben hat, dass unsere Erziehung uns in puncto Sexualität auf das Leben vorbereitet, als würde man jemand in Sommerkleidern auf 'ne Polarexpedition schicken. Natürlich weiß ich nicht, warum dein Vater und deine Mutter sich nicht anständig um dich gekümmert haben, keine Ahnung! Aber Mist ist es immer, wenn man so wie du alleine gelassen wird und alles selber rausfinden muss. Nicht nur beim Sex, meine ich."

"Ich hab meine Mutter mal beim Sex mit ihrem Freund erwischt", verriet sie mir kichernd. "Das war sowas von schrecklich! Total peinlich."

"Ach, das ist doch alles bloß menschlich", winkte ich betont gelassen ab. "Peinlich wird es erst dadurch, dass man selber nicht locker damit umgeht, und das überträgt sich dann auf die Kinder. Da fällt mir gleich nochmal so 'n Zitat ein: *Beim ersten Sex sind geistig immer mehrere Personen anwesend, nämlich neben dem Partner auch die eigenen Eltern.* Na, so sinngemäß jedenfalls. Was wohl schätzungsweise bedeuten soll, dass man besonders am Anfang versucht, bloß um Himmelswillen alles 'richtig' zu machen. Man ist unsicher und sucht nach Orientierung. Tja, und wenn ein Kind eben elterliche Leitfiguren hatte, die in der Hinsicht sehr offen und frei waren, dann fühlt es sich beim ersten Mal bestimmt nicht so verkrampft und unter Druck, denke ich. Oder?"

"Hm, ja", machte Mirela bloß ziemlich abwesend und zog an ihrer Zigarette.

"Na und jetzt kommt sie an und nervt mich andauernd!", stöhnte sie. "Vielleicht will sie was gutmachen, aber dafür ist es zu spät! Ich soll zu ihr nach Italien kommen, davon redet sie plötzlich ständig. Na das wird doch sowieso nichts mit uns! Da versuche ich lieber irgendwie hier in Berlin zu bleiben, als Studentin oder so, andere machen das doch auch, oder? Mit ihr ziehe ich jedenfalls nicht zusammen."

"Reg dich nicht auf deswegen", versuchte ich sie zu beruhigen. "Mach doch deiner Mutter einfach ganz freundlich klar, dass dein Leben hier weitergeht und du deinen Alltag organisieren musst und sie daher nicht erwarten kann, dass du plötzlich sieben Tage lang für sie alles stehen und liegen lässt und komplett nach ihrer Pfeife tanzt. Dafür sollte sie doch Verständnis haben, oder?"

"Aber sie hört gar nicht zu!", rief Mirela gequält.

"Also da würde ich an deiner Stelle ganz ruhig sagen: *Du erwartest von mir eine volle Woche Rundumbetreuung und hast nicht mal zwei Minuten Zeit, um mir zuzuhören?* Mal sehen, wie sie darauf reagiert."

"Ja das klingt gut", stimmte sie mir zu. "Du hast recht, das werde ich tun."

Zärtlich streichelte ich ihren nackten Rücken, während sie den letzten Zug von ihrer Zigarette nahm und sie anschließend im Aschenbecher auf dem Tisch ausdrückte.

"Wenn du in ein paar Jahren an die Zeit hier zurückdenkst, dann möchte ich, dass du auch viele schöne Erinnerungen hast", sagte ich leise.

Sie drehte sich wieder zu mir um und sah mir in die Augen.

"Na die habe ich bestimmt", antwortete sie sehr warm, und da war es wieder, ihr ganz ganz weiches Lächeln. Trotzdem glaubte ich darin auch schon einen matten Schimmer von Rückblick zu erkennen. Doch ich sträubte mich gegen diesen Eindruck, denn ich wollte diese traumhafte Stimmung festhalten, und hastig schloss ich meine Augen und stürzte mich noch einmal in den zeitlosen Taumel purer Sinnlichkeit.

"My beauty", raunte ich und begann sie überall zu küssen, "beauty, beauty, beauty..."

Es war schon zehn vor elf, als Mirela aufstand und ins Bad ging. Offenbar bloß, weil sie kurz auf Toilette musste. Danach kam sie nämlich gleich wieder ins Zimmer zurück, um sich vor dem großen Spiegel zu kämmen und den Lippenstift nachzuziehen.

"Hier, für dich", sagte ich und reichte ihr eine schwarze Pappschachtel, in der ein Luxusduschbad steckte. "Das wollte ich dir eigentlich vorher geben, aber ich hatte es vergessen."

Sie schien ein wenig zu zögern.

"Na komm, zier dich nicht", ermunterte ich sie. "Das riecht total gut, wirklich."

"Danke", flüsterte sie verlegen, als sie das Schächtelchen endlich in ihre Hand nahm. "Weißt du, ich bin sowas nicht gewöhnt. Meine Kindheit war nicht allzu gut, und wenn ich jetzt manchmal gelobt werde oder was Nettes über mich höre, dann kann ich es meistens kaum glauben. Ich denke immer, ich hab sowas nicht verdient."

"Ich bin sicher, du hast sogar viel mehr verdient", antwortete ich und nahm sie noch einmal in die Arme.

"Ach Ecki", seufzte sie an meinem Ohr, "wenn du all diese schönen Sachen über mich sagst, dann kommt es mir oft so vor, als würdest du über jemand anders reden. Ich kann gar nicht recht begreifen, dass du wirklich mich meinst. Ehrlich."

Leider meldete sich ihr Fahrer bereits eine Minute später, so dass sich Mirela sogleich unverzüglich auf den Weg machen musste. Ich winkte ihr im Treppenhaus noch hinterher, während sie nach unten hüpfte und zwischendurch immer mal wieder zu mir hochsah.

Zweieinhalb Wochen kennen wir uns jetzt, ging es mir dabei durch den Kopf, und seitdem haben wir siebenmal himmlisch miteinander geschlafen.

Herr gib, dass wir diesen Schnitt halten!

231. Kapitel

Am Dienstag wollte ich Mirela wieder bestellen, aber Andy informierte mich, dass ihre Menstruation angefangen hätte und sie deswegen erst einmal pausieren würde.

Außerdem klagte er mir ganz privat sein Leid, was die Frauen anging.

"Ich suche ja auch 'ne feste Freundin, aber bei dem Job, und mit den Arbeitszeiten?", stöhnte er. "Fast jede Nacht bin ich am Telefon, und manchmal fahre ich sogar noch selbst. Ein normales Mädchen macht das doch nicht lange mit! Erst recht nicht, wenn sie die Modelle hier sieht!"

"Tja, wohl wahr", gab ich ihm recht. "Bloß weißt du, sei froh, dass du dich nicht als Streifenbulle nachts mit besoffenen Idioten rumärgern musst, sondern immerhin sozusagen an der Quelle sitzt."

"Stimmt natürlich auch wieder", erwiderte er, und in dieser entspannten Art unterhielten wir uns ungefähr noch eine Viertelstunde lang.

Gegen halb zehn rief mich Mirela an. "Dein Duschgel mag ich sehr, das ist ganz toll", schwärmte sie und berichtete mir dann unter anderem, dass sie am Nachmittag bereits bei einer Nachbarin zum Kaffeetrinken eingeladen gewesen wäre. Anschließend erkundigte sie sich, was ich so machte.

"Ich hab gerade im Internet gelesen", antwortete ich und erzählte ihr von Harlows Experimenten zur Mutter-Kind-Bindung bei Rhesusaffen und dass der Legende nach sogar schon der Stauferkaiser Friedrich II. im 13. Jahrhundert ähnliche Versuche an menschlichen Säuglingen hatte durchführen lassen. Angeblich wären damals nämlich ein paar Babys von einer Amme zwar anständig gefüttert und gewindelt worden, aber dabei strikt ohne jegliche menschliche Zuwendung geblieben, ohne ein einziges Wort oder ein Lächeln, ohne zärtliches Streicheln, und dadurch allesamt recht schnell gestorben.

"Schrecklich", sagte Mirela, "wie grausam".

"Ja", stimmte ich ihr zu. "Wie man sieht, lebt der Mensch eben nicht vom Brot allein, und Kinder wollen nicht nur Spielzeug, egal wie schön und teuer und pädagogisch wertvoll es auch sein mag. Vollkommen logisch, oder?"

Danach teilte ich ihr mit, dass ich das kommenden Wochenende komplett bis zum Sonntagabend mit der Therapiegruppe verbringen würde, und da diese Thematik sie zu interessieren schien, redeten wir noch eine ganze Weile ziemlich ausführlich darüber.

Hinterher las ich im Internet wieder weiter auf Webseiten zu psychologischen Themen. In einem aktuellen Artikel ging es hauptsächlich um die verheerenden psychischen Folgen der Deprivation, also dem Vorenthalten von Liebe und Anerkennung, aufgezeigt anhand diverser Beispiele von vernachlässigten und misshandelten Kindern. Ich verstand zwar nicht alle Fachbegriffe (so wusste ich zum Beispiel nicht, was eine 'anaklitische Depression' ist), aber das Fazit erschien mir sowohl einleuchtend als auch trivial: Mangel an Liebe war Mangelernährung auf seelischer Ebene und damit so ziemlich das Schlimmste, was einem Kind (und nicht nur diesem) überhaupt widerfahren konnte.

Danach folgten einige Studien zum Thema Resilienz, also zur psychischen Widerstandsfähigkeit gegenüber äußeren Einflüssen; die Palette reichte von Heranwachsenden auf einer Hawaii-Insel namens Kauai bis zu den Problemkids in Hochhausghettos westlicher Industrieländer. Die Kernfrage lautete: Wie kann man das 'seelisches Immunsystem' der gefährdeten Kinder stärken; wie lässt sich verhindern, dass sie nicht automatisch das Fehlverhalten ihrer Umgebung kopieren und später ebenso versagen? Das Fazit der Verfasser lautete schließlich, dass es (neben hilfreichen Faktoren wie beispielsweise einer ausgeprägten individuellen Neigung zu Humor und Kreativität) mindestens *eine* verlässliche Bezugsperson geben musste, die dem Kind Rückhalt und Vertrauen schenkte, wobei dies übrigens nicht zwangsläufig der Vater oder die Mutter zu sein hatte. Doch jemand musste da sein. Wenigstens ein einziger Mensch, der sich verantwortlich fühlte, beispielsweise ein Lehrer oder Nachbar. Einer, der an das Kind glaubte und an den das Kind glaubte. Aber war das nicht eigentlich sonnenklar?, wunderte ich mich ein bisschen über so viel Forschungsaufwand. Denn nicht mal die genügsamste Kletterpflanze konnte schließlich vernünftig wachsen, wenn andauernd ihr Haltegerüst wegbrach. Aber schön, dass das nun empirisch unterlegt worden war, sagte ich mir, das war bestimmt gut für die Fußnoten in der Dissertation, und ich fuhr den Computer runter und versuchte anschließend noch eine Weile, das eben Gelesene auf Mirela und mich zu übertragen. Auf ihre und meine Kindheit, und auf unsere jetzige Situation.

Das Gruppenwochenende war durchaus interessant. Ich gab mir Mühe, mit großer Ernsthaftigkeit an meinem Spezialthema Beziehungen zu arbeiten (an meinem Spezial-Defizit-Thema, natürlich), und solange ich dies tat, erschien es mir auch sinnvoll und wichtig; ja ich glaubte sogar, irgendwelche *Fortschritte* zu machen.

Aber am Sonntagmittag fragte ich mich bereits wieder, was dieser ganze Firlefanz eigentlich sollte. War es nicht langsam genug mit dem ganzen Therapiekram? Von mir aus hätten wir eigentlich genauso gut auch ohne viel Psycho bloß zusammen wandern gehen und das Geld für die Betreuung durch Sebastian besser komplett in einen zünftigen Grillabend investieren können, der Effekt der Veranstaltung wäre in etwa derselbe gewesen, zumindest für mich. Wozu hier weiter Zeit und Kohle verplempern? Mir kam jedenfalls tatsächlich der Gedanke, mich stattdessen lieber bei einer Yogagruppe oder einem Tanzkurs anzumelden. Das ganze Gequatsche um Befindlichkeiten brachte mir einfach nichts mehr. Immer öfter musste ich dabei an einen von Festus' Spezialsprüchen denken: *Ein Gehirn, das sich selbst zu ergründen versucht, ist ungefähr so verrückt wie ein Magen, der sich selbst verdauen will.* Wie wahr, dachte ich.

Übrigens schien Sonja auf mich zu stehen, die ruhige Blonde mit dem plötzlich schwul gewordenen Ex-Freund. Sie war klein und schmal, mit blondem Pferdeschwanz, und sie liebte Hörspiele. Ich hatte gar nicht gewusst, dass es so etwas überhaupt noch gab. In den Pausen und beim Essen saßen wir oft zusammen, denn ich unterhielt mich gern mit ihr. Außerdem wohnte sie bei mir in der Nähe, zu Fuß vielleicht eine Viertelstunde entfernt, so dass wir allein schon deswegen einige Berührungspunkte hatten.

Am sympathischsten fand ich aber nach wie vor Judith, auch wenn sie ja leider lesbisch war (wovon sie mich allerdings nie hundertprozentig überzeugen konnte). Sie hatte Kontakt zu ein paar interessanten Leuten, von denen sie mir des Öfteren erzählte. Einer führte einen 'Schenkladen', also eine Art Tauschbörse; der nächste jobbte in der Werkstatt eines bekannten Fahrradladens, andere veranstalteten Schwarzlichtausstellungen oder Seminare für alles Mögliche und lebten in einer 'offenen experimentellen Gemeinschaft'.

"Ich nehme dich mal mit", versprach sie am Sonntag bei der Abfahrt, bevor sie in ihr Auto stieg. "Aber wahrscheinlich erst nach Weihnachten. Dann komm ich bei dir vorbei, und los gehts!"

"Ja, gerne", bedankte ich mich schon im Voraus. "Du weißt ja: *Man muss die Leute da abholen, wo sie sind.* Wie Sebastian immer zu sagen pflegt. Alter therapeutischer Grundsatz."

Als ich Sonntag um halb sieben wieder zu Hause ankam, rief ich als erstes bei Andy an und machte zwei Stunden mit Mirela fest. Anschließend lief ich gleich wieder nach unten, denn das Straßenfest bei mir um die Ecke war noch ganz gut im Gange.

An einem der Stehtische kam ich dann auch gleich mit zwei jungen Müttern ins Gespräch, und nach einer Weile wurde es beinahe schon zu einem richtigen kleinen Flirt. Wenig später lief mir zufällig meine alte Klassenkameradin Claudia über den Weg. Sie hätte im Urlaub 'jemand kennengelernt', erzählte sie; leider jedoch aus Süddeutschland, so dass sie sich nur alle paar Wochen sehen konnten. Dafür telefonierten sie aber umso mehr; jeden Abend würde sie jetzt praktisch nur noch zu Hause auf dem Sofa verbringen, mit dem Hörer am Ohr. Tja, so mächtig ist die Liebe, sagte ich mir und nickte bedächtig zu ihrer Geschichte.

Zum Schluss unterhielt ich mich auch noch ein Weilchen mit einer jungen Punkerin, die ich vom Sehen her kannte, weil sie mit ihrem Hund manchmal vor dem Supermarkt saß, in den ich meistens einkaufen ging. Ich hatte ihr ab und an ein bisschen Kleingeld überlassen (und meist einen netten, unaufdringlichen Spruch dabei gemacht), deshalb grüßte sie mich mittlerweile oft schon mit einem Lächeln. Da sie diesmal (bis auf ihren Hund) auch wieder nur allein unterwegs war, lud ich sie also auf ein Bier ein und bemühte mich ein bisschen um ihre Gunst. Sie hatte nämlich sehr schöne, etwas traurige Augen, und sie schien tatsächlich ein wenig schüchtern zu sein, trotz ihrer wilden Frisur, so halb rasiert und halb zerzaust. Ich fand sie jedenfalls sympathisch.

Nach dem Bier mit ihr ging ich zurück in meine Wohnung, denn mittlerweile war es kurz vor acht, und ich musste mich ja noch zurechtmachen, Duschen und so. Für sweet Mirela.

Der Sex mit ihr war überirdisch. Ich lag oben und fasste vom Rücken her unter sie, ihre himmlischen Pobacken füllten meine Hände wie frisch ausgehobenes Erdreich zwei Baggerschaufeln, und so hielt ich sie fest; ich fixierte praktisch ihren Schoß und drückte ihn rhythmisch gegen meinen Schwanz, während ich gleichmäßig und langhubig pumpte. Na das ging vielleicht ab! "Oh, please!" hauchte sie nur noch mit Mühe (und irgendwas Rumänisches hinterher, glaube ich), bevor ihr das Sprechen dann gänzlich verging und sie sich anhörte wie ein weinendes Kind. Die vorgeschriebenen akustischen Grenzwerte für Wohnstätten wurden jedenfalls garantiert überschritten, und ihr Haar war am Ende genauso verschwitzt wie meines.

Hinterher rauchte sie ihre Zigarette, und da wir über den Besuch ihrer mittlerweile wieder abgereisten Mutter bereits zu Anfang gesprochen hatten (die restlichen Tage waren offenbar ohne dramatische Zwischenfälle verlaufen), ging es jetzt mal wieder um ihre Arbeit.

"Der erste Kunde bei dieser Agentur war groß und eigentlich ganz attraktiv", erzählte sie, "aber er wollte Sex ohne Schutz, und dann ins Gesicht, und beides mache ich nicht. Naja, und einem sollte ich ins Gesicht spucken beim Sex. Oder einer mit Nippelpiercing, der wollte, dass ich an beiden Dingern ziehe. Also hab ich dran gezogen, und er schrie wie verrückt, da hörte ich auf, aber der brüllte *'nein nein, weiter',* ich wusste echt nicht, was der eigentlich von mir wollte! Genau wie so 'n anderer Typ, das war aber noch bei meinem alten Chef, der rief immer *'ich komme, ich komme!'* und ich verstand nicht und fragte immer *'was?',* weil ich doch nicht wusste, was es heißt."

Ich grinste, und sie fing an zu lachen. Ich war mir allerdings nicht sicher, ob sie diese kruden Geschichten wirklich witzig fand oder sie bloß hinterher ins Lächerliche zog, um sie leichter ertragen zu können.

"Ehrlich, und noch einer, da sollte ich mir Gummiklamotten anziehen, und dann hat der sich selber einen runtergeholt und mich nicht mal angefasst dabei", rief sie. "Seltsam, oder?"

"Berührungsloser Cyber-Sex", erklärte ich trocken. "Ist schwer im Kommen. Sehr futuristisch, weißt du?"

"Ich kam mir vor wie in 'nem Taucheranzug", erwiderte sie kopfschüttelnd. "Wenn ich arbeite, ziehe ich mich ja am liebsten ganz einfach an, nur Jeans und

T-Shirt. Ich möchte nämlich nicht, dass jemand denkt: *Guck mal, die ist 'ne Hure!* Aber wenn ich in die Disco gehe, dann will ich richtig sexy aussehen. Bloß 'n kleines enges Top und Minirock, damit mir alle hinterherglotzen."

Sie zündete sich die nächste Zigarette an.

"Als Andy mich das erste Mal so sah", meinte sie glucksend, "da sagte er, ich soll es umgekehrt machen und mal so zur Arbeit kommen."

Fröhlich schüttelte sie den Kopf.

"Aber dazu hab ich keine Lust! Das ist meine Rache! Sollen sie alle gucken und mir hinterhersabbern, anfassen dürfen sie mich nicht! Ich bestimme!"

Das fand ich zwar sehr einleuchtend, aber dennoch kamen mir sofort Zweifel, von wegen Mirela und unsexy Dienstkleidung. Denn ich erinnerte mich lebhaft an unsere erste Begegnung, als sie das heiße Korsagen-Oberteil präsentiert hatte. Unter züchtiger Freizeitbekleidung verstand ich jedenfalls etwas anderes. Aber dann fiel mir ein, dass sie ja damals noch für die Agentur dieses alten Fieslings gelaufen war, der auch in der Kleiderfrage bestimmt keinen Widerspruch geduldet hatte. Also leistete ich stumm Abbitte für mein Misstrauen und gab ihr einen Kuss.

"Du bist mein *shrink*", gurrte sie, küsste mich zurück und schmiegte sich eng an mich. "Ich komme oft ein bisschen traurig oder nervös, aber bei dir kriege ich immer gute Laune."

Mein Teil stand inzwischen schon wieder.

"Guck mal, was du mit mir machst", beschwerte ich mich vorwurfsvoll.

"I'm sorry", lächelte sie und streichelte meinen Bauch.

Tja, und so wurde es auch diesmal wieder eng mit der Zeit.

Am Ende vergaß sie in der Hektik sogar noch ihren Kajalstift in meinem Bad.

232. Kapitel

Mittwochabend bestellte ich Mirela wieder. Obwohl zwei Stunden ja eigentlich 170 Euro kosten sollten, gewährte mir Andy von sich aus weiter den Sonderpreis von 140 Euro. Selbst mit dem obligatorischen Zwanziger Trinkgeld war das immer noch ein absolutes Schnäppchen, fand ich. Nebenbei ließ Andy mich wissen, dass die kleine rumänische Maja inzwischen in Berlin angekommen wäre und sich telefonisch bereits bei ihm gemeldet hätte, zwecks Arbeitsaufnahme.

"Morgen fängt sie an", meinte er. "Du kennst sie doch von früher, oder?"

"Kann man so sagen", erwiderte ich. "Ist 'ne richtig Süße. Na mal sehn, was das wird."

Aber erstmal machte ich mich für Mirela fertig.

Sie kam glatt fünfzehn Minuten zu früh. Doch das war ja nicht weiter schlimm, ich putzte mir bloß schnell noch die Zähne zu Ende und blieb praktischerweise gleich in Slip und T-Shirt.

"Der Fahrer meckert jetzt schon rum, wenn er mich zu dir hinfährt", stöhnte Mirela, als wir auf der Couch saßen und sie ihre erste Zigarette am Glimmen hatte. "Mann ist der stressig! *Bei zwei Stunden ist die Zeit um, nicht nach zwei Stunden und zehn Minuten. Oder fünfzehn Minuten.*' Pah, der kann mich mal!"

Ich goss uns Getränke ein, nahm den Deckel vom Pralinenkästchen und gab Mirela dann ein paar Blätter, die ich für sie ausgedruckt hatte, teilweise sogar in rumänischer Sprache. Deutsche Vorschriften für Studentenvisa und Au-pair-Aufenthalte, Studienmöglichkeiten in Berlin, Bestimmungen für Sprachkurse und Stipendien.

Zusammen gingen wir die einzelnen Punkte nacheinander durch.

"Du siehst, so einfach ist es nicht, etwas länger hier zu bleiben", fasste ich schließlich zusammen. "Kannst ja mal in Ruhe gucken, was für dich eventuell aus der Liste in Frage kommt. Bald soll Rumänien zwar EU-Mitglied werden, das würde die Sache natürlich sehr erleichtern. Bloß das dauert eben noch."

Eine Viertelstunde später lagen wir beide nackt auf dem Bett, in zarteste Zungenspiele vertieft. Ganz langsam und voller Vorfreude küssten wir uns, wobei wir mehr und mehr dazu übergingen, uns gegenseitig mit den Händen zu verwöhnen. Bereits ein bisschen Fingern reichte bei Mirela schon aus; sie wurde dermaßen schnell nass, als würde es in ihr regnen. Meistens war sie jetzt sowieso schon voll erregt, wenn ich nur meinen Kopf zwischen ihren Beinen platzierte, und auch diesmal hob sie ihren Schoß wieder ungeduldig ganz von selber an, damit ich meine Hände bequem unter ihre Bäckchen schieben konnte. Ihr Unterleib war ein einziges Zucken, echt. Zuweilen nahm sie auch kurz ihren Kopf hoch, nur um zu sehen, wie ich zwischen ihren weit gespreizten Schenkeln lag. Es schien sie stark zu stimulieren.

Nach ungefähr zwei oder drei Minuten Cunnilingus stülpte ich mir schnell einen Gummi über mein Teil, leckte aber hinterher trotzdem noch eine ganze Weile genüsslich zwischen ihren Schenkeln weiter. So war ich nämlich bereits bestens für alles Kommende präpariert und musste keine abtörnende Kondompause mehr fürchten, wenn es dann irgendwann richtig mit vollem Körpereinsatz losgehen sollte. *(Warum fielen mir solche praktischen Kniffe erst immer so spät ein?)* Als ich meinen gummierten Ständer aber schließlich doch in ihrem Unterleib versenkt hatte, stieß ich gleich zu Beginn ein paarmal ziemlich hart und schnell, verharrte danach jedoch sekundenlang völlig regungslos, fest an sie gepresst, mit tief in ihr verankertem Schwanz. Einen Moment später ging das Ganze freilich wieder von vorne los, mehr oder minder variiert. *(I am the playful man, remember?)* Mirela war total weg, als ich mit dieser Taktik anfing, und ich genoss es und ließ mich voll gehen. Am schönsten war immer, wenn ich während dieser kleinen Kunstpausen noch Stirn an Stirn mit ihr lag und dann zur nächsten Runde ansetzte. Sie begann jedes Mal fast sofort zu wimmern, ihren Gefühlen total ausgeliefert, völlig wehrlos. Manchmal zog ich mein bestes Stück auch schon mal ganz aus ihr raus, nur um es eine Sekunde später umso eifriger wieder zurück gleiten zu lassen. Tja, Zärtlichkeit in allen Ehren, aber wenn man so richtig bei der Sache war, dann verzichtete man wohl besser auf vornehme Zurückhaltung. 'Mann muss Mann sein', soviel hatte ich inzwischen nämlich begriffen.

Hinterher entschuldigte (!) sich Mirela, falls sie vielleicht zu laut geworden sein oder mir versehentlich etwas wehgetan haben sollte (was freilich nicht wirklich der Fall war).

"Aber irgendwo muss ich mich dann einfach festhalten", beteuerte sie mit einem sehr reizenden Lächeln, und ich kriegte schon wieder Zustände.

Am Ende vergaß sie beinahe noch das Geld, denn die ursprünglich gut sichtbar auf dem Tisch liegenden Scheine waren inzwischen größtenteils unter der geöffneten Pralinenschachtel verschwunden. Erst als Mirela schon im Flur stand, fiel es mir ein.

Ich winkte noch vom Balkon auf die Straße runter und sah zu, wie sie ins Auto stieg, dann räumte ich das Zimmer auf und machte ich mich bettfertig. Beim Zähneputzen bemerkte ich auf der weiß gefliesten Konsole im Bad ein paar winzige Stäubchen von Mirelas Kosmetikpuder, die ihr wohl vom Schminkpinsel gefallen sein mussten. Ganz automatisch riss ich schon ein Blatt Klopapier ab, feuchtete es an und wollte damit gerade die Kachel sauberwischen, als ich mich plötzlich anders besann und das Papier unbenutzt in die Toilette warf. Denn warum um Gottes Willen sollte ich Mirelas Spuren tilgen?

Donnerstag dachte ich andauernd an sie. Tja, aber allerdings auch ein wenig an Maja, sie ging mir wirklich nicht aus dem Kopf.

Verdammt, was sollte ich bloß machen?

Junge Junge, dachte ich, du kannst Probleme haben!

Ich grübelte hin und her. Beide zugleich bestellen? Nein, weder die eine noch die andere würde es mögen, also war es auch nichts für mich, und deshalb verwarf ich die Dreier-Option. Aber der Gedanke an ein schönes Stündchen mit Maja juckte mich mächtig. Mir kam die Idee, Mirela anzurufen und ihr wenigstens vorher Bescheid zu sagen, dass ich Maja bestellen würde, nur dieses einzige Mal. Nicht dass ich ihre Generalabsolution dafür nötig gehabt hätte, nein, aber ich wollte sie nicht hintergehen. Ich hatte sie bisher nicht angelogen, und ich wollte auch weiterhin ehrlich zu ihr sein.

Nach einigem Hin und Her beschloss ich, mir vierundzwanzig Stunden Bedenkzeit zu gönnen und die ganze Aktion auf den nächsten Abend zu vertagen.

Also erledigte ich zunächst ein bisschen Hausarbeit und verbrachte danach anderthalb Stunden vor den Computer. Erst surfte ich ein bisschen die einschlägigen Sexseiten rauf und runter, dann checkte ich meine Mailbox. Sonja aus der Therapiegruppe hatte mir mal wieder eine schüchterne Nachricht geschickt.

Kurz entschlossen rief sie an, und wir unterhielten uns eine Weile über das letzte Gruppenwochenende.

"Warst du hinterher am Sonntag auch noch auf dem Straßenfest?", fragte sie anschließend ganz unschuldig, und als ich bejahte und ihr ein paar meiner Eindrücke schilderte, erkundigte sie sich plötzlich noch, ob die Frau neben mir etwa meine Ex-Frau gewesen wäre.

Nanu, stutzte ich, Frage B machte doch Frage A überflüssig, nicht wahr? Aber diese kleine kompromittierende Logikübung behielt ich natürlich für mich.

Ja, ich fand Sonja wirklich nett, bloß sie war nun einmal 42 und nicht 22, oder zumindest 32, und obwohl ich ihre warmherzige und humorvolle Art durchaus schätzte, verzehrte ich mich nicht gerade in dem Verlangen nach prickelnder Zweisamkeit mit ihr.

233. Kapitel

Am Freitagvormittag ergab sich im Krapparat die Gelegenheit zu einer etwas längeren Unterhaltung mit einer Kollegin aus dem Nachbarreferat. Ungefähr Dreißig, schlank und längere Haare. Braune Augen. In den letzten Wochen war sie bereits ein paarmal zu Moritz und mir ins Zimmer gekommen, unter anderem wegen Angelegenheiten, die sich durchaus per Telefon hätten klären lassen. Es schien mir kein Zufall zu sein. Außerdem ließ mich irgendwas an ihrer Art vermuten, dass sie ziemlich viel Tiefgang hatte. Allein schon ihre Stimme war bemerkenswert. Die Intonation, die ganze Art wie sie sprach. So völlig ungekünstelt. Übrigens gefielen mir sogar ihre kindlich-schlichten Spangenschuhe, dunkelrot und mit runden Kappen. Aber bei ihrer femininen Aura hätte sie vermutlich auch mit Gummistiefeln zur Arbeit kommen können, ohne plump zu wirken.

Anette, eine unserer Sekretärinnen von gegenüber, kannte sie gut.

"Josefine steht auf dich", neckte sie mich hinterher und vertraute mir schließlich mit gesenkter Stimme an, dass 'Josie' mich angeblich einmal mit meinen Kindern im Park beim Figurenschach auf den Gehwegplatten beobachtet hätte.

"Die war total hin und weg, als sie mir das erzählt hat", behauptete sie. "Wirklich! Ihr sollt ja beim Spielen so viel rumgetollt und gelacht haben, dass sogar schon die Leute neugierig stehengeblieben sind. Fast wie beim Straßentheater!"

Spielerisch drohte sie mir mit dem Finger.

"Na ich werde ihr mal dein Zuckerwatte-Buch zum Lesen geben", meinte sie verschmitzt und zwinkerte mir verschwörerisch zu. "Mal sehn, was sie dann sagt."

Als ich am Freitag um halb fünf nach Hause kam, sah ich als erstes, dass der Anrufbeantworter blinkte. Ich drückte die Nachrichtentaste und traute meinen Ohren kaum: Es war Larissa. *'Sorry dass ich mich nicht gemeldet so lange, aber ich würde mich sehr freuen wenn du gleich mich anrufst, meine neue Nummer ist (...). Bitte ruf an, ja? Ich warte.'*

Na was für eine Überraschung! Die Gedanken wirbelten in meinem Kopf durcheinander, und ich ließ mich in meinen Sessel fallen. Erst hatte mir der Himmel Mirela gesandt, dann funkte Maja plötzlich dazwischen, und nun kam auch noch Larissa wieder ins Spiel! Larissa, meine geliebte kleine Möwe!

Ich grübelte ein Weilchen hin und her *(ja, ich war nun mal ein sentimentaler Schwachkopf)*, schließlich griff ich aber doch zum Telefon. Eins nach dem anderen, sagte ich mir, und rief zunächst Mirela an, um sie um Verständnis zu bitten, falls ich mir in den nächsten Tagen auch mal Maja nach Hause kommen lassen würde.

"Naja, außerdem gehts mir dabei auch so 'n bisschen um alte Zeiten, weißt du", versuchte ich ihr zu erklären. Denn eventuell konnte ich ja durch Maja etwas über Madalina erfahren, nicht wahr?

"Aber wenn es dich sehr verletzt, dann lass ich es sein", bot ich an.

Doch Mirela reagierte relativ gelassen.

"Es ist gut, dass du es sagst", meinte sie schließlich. "Aber kannst du ruhig machen. Ist okay." Sagte sie zumindest.

Kaum hatte sie aufgelegt, bestellte ich Maja bei Andy, von zehn bis zwölf.

Gott, was war ich plötzlich heiß auf die kleine Süße!

"Alles klar", erwiderte Andy bloß cool. "Die bleibt übrigens nur für zwei Wochen, dann will sie wieder nach Hause."

Nanu, das lohnt doch gar nicht, wunderte ich mich ein wenig. Da hat sie doch am Ende gerade mal die Reisekosten raus, oder?

Danach probierte ich dann Larissas Nummer, aber es ging niemand ran. Nachdenklich hörte ich mir ihre Nachricht auf meinem Anrufbeantworter gleich dreimal hintereinander an und wurde dabei den Verdacht nicht los, dass sie sich hatte verabschieden wollen. Ihre Stimme zitterte nämlich kaum wahrnehmbar bei den meisten Worten. Alles wurde zwar ganz sachlich vorgetragen, so wie von einem Kind, das 'ganz tapfer' sein möchte, aber allein in dem zarten 'ich warte' glaubte ich schon so viel Seelennot zu hören, dass mir ordentlich schwer ums Herz wurde. Was mochte bloß passiert sein?, fragte ich mich. Nach meinem letzten Stand lief ihre Aufenthaltsgenehmigung ja sowieso Ende des Jahres ab. Vielleicht hatte man sie deshalb bereits jetzt zur Ausreise aufgefordert?

Schließlich wählte ich noch einmal ihre Nummer und sprach ihr eine kurze Nachricht auf die Mailbox.

Larissa, Larissa, grübelte ich, warum erst jetzt? Hattest du wirklich kein Interesse, mich zu sehen? Oder hast du dich geschämt vor mir? Dachtest du, ich hätte ein 'zu gutes' Bild von dir und du müsstest bei mir immer das kleine unschuldige Mädchen spielen? Hattest du Angst, ich würde zu viel von dir wollen und dich mit meiner Liebe erdrücken? Glaubtest du, du würdest mich enttäuschen?

Ach Larissa, dachte ich, lass uns einfach Freunde sein, vielleicht klappt es ja so mit uns.

Kurze Zeit später klingelte es unten an der Haustür, und Malte und Nele kamen die Treppe heraufgestürmt. Milchreis sollte ich mit ihnen zusammen kochen. Jetzt gleich, bettelten sie.

Na schön, seufzte ich und ließ sie schon mal Zucker und Zimt mischen. Wenigstens brauchte ich mir dann keine Gedanken mehr um das Abendbrot zu machen.

Eine Stunde später, als die Kinder satt und zufrieden vor dem Fernseher saßen, rief ich noch einmal Andy an und änderte meine Reservierung auf Mirela.

"Der Kunde ist König", meinte er bloß und lachte.

"Ja sorry, ich weiß auch nicht", erwiderte ich schlapp, "aber ich habe irgendwie das Gefühl, das mir das ansonsten alles zu viel wird. Bringt nur unnötige Verwirrung."

Denn bestimmt würde es dann auch nicht bei dem einen Mal mit Maja bleiben, sagte ich mir. Doch wozu das alles? Bei Mirela vermisste ich nichts, also was wollte ich denn noch? Natürlich gab es auch viele andere tolle Frauen, und Maja (genau wie Larissa) gehörte mit Sicherheit dazu. Aber Mirela war eben zu etwas ganz Besonderem für mich geworden, und das hatte eigentlich weniger mit den Unterschieden zwischen den Mädchen zu tun, sondern es ging dabei hauptsächlich um mich selber. Um das, was sich ergeben hatte, was mittlerweile gewachsen war. Some kind of commitment, you know?

Keine Ahnung, besser erklären konnte ich es eben nicht.

Außerdem würden sich meine frommen Monogamie-Vorsätze vielleicht ja sowieso schon bald wieder verflüchtigen wie matschiger Schnee in der Frühlingssonne.

Sie freute sich, na das sah ein Blinder. Küsse, Küsse, immerzu. Keine geilen, sondern nur übermütig-liebevolle. Ein ganzes Knutschgewitter ging auf mich nieder.

"Siehst du, ich bin schon ans Treppensteigen gewöhnt, ich komme gar nicht mehr außer Atem bei dir an", lachte sie und hängte ihre Jacke an die Flurgarderobe.

"Was ist los?", wollte sie dann wissen und lächelte vielsagend. "Komm, nun sag schon. Ich kenn dich doch gut genug, ich sehe, dass da was ist."

"Ähm", druckste ich etwas verlegen herum, "also was Technisches mal zuerst."

Ich zeigte auf die drei Fünfziger unter dem Aschenbecher.

"Andy meinte 150", erklärte ich, "wegen dem neuem Fahrer. Ich würde dir gerne 170 geben, hab aber nur noch 'nen Fünfziger. Kannst du wechseln?"

"Nein, ich habe überhaupt kein Geld mit", winkte sie ab. "Aber du musst mir nicht mehr geben."

"Na dann beim nächsten Mal, ich denke dran", versprach ich.

"Musst du nicht, ehrlich", betonte sie noch einmal, als wir uns setzten.

"Na nun erzähl", drängte sie und packte ihre Zigaretten aus, "was war los?"

"Hm, also", begann ich, goss die Getränke ein und sagte schließlich offen, was Sache war, nämlich dass ich zuerst zwar tatsächlich Maja hatte 'sehen' (haha, sehen!!!) wollen, aber dann bei Andy doch alles wieder geändert hätte.

"Weißt du, ich bin glücklich mit dir, ich brauche gar keine andere", gestand ich. "Das würde bloß alles durcheinander bringen, und das ist es mir nicht wert. Prost!"

Wir sahen uns in die Augen und stießen miteinander an.

"Trotzdem, Maja ist natürlich nicht schlecht", grinste ich dann locker, um Mirela ein bisschen zu necken. "Aber ich war nun mal scharf auf den absoluten Hammer, auf das Girl des Monats."

Sie musterte mich bloß glucksend.

"Weißt du, als Andy mich anrief und sagte: *Du hast wieder einen Termin bei Ecki*, da machte er so tä-tä-tätä, wie die Melodie vom Hochzeitsmarsch", lächelte sie. "Ehrlich, andauernd!"

Anschließend unterhielten uns zunächst eine Weile querbeet über alles Mögliche. Unter anderem auch über männliche und weibliche Körpergerüche, über Erotik, Promiskuität und Pheromone (und immerhin war es Mirela, die diesen Fachterminus benutzte!). Nach einer Weile kam sie dann auf ihren Arbeitsalltag zu sprechen, besonders auf all die kleinen Biestigkeiten der Mädchen untereinander. Bei manchen Fahrten gäbe es nämlich nach jedem Zusteigen erstmal Gezeter, weil offenbar immer wieder neu geklärt werden musste, welches Mädchen im Auto nun vorn und welches bloß hinten sitzen durfte, und ob Rauchen gestattet wäre oder nicht und ob die Fenster dabei offen oder geschlossen zu bleiben hätten. Naja, und selbst über die Radiolautstärke würde manchmal gestritten.

Warum grassierte die klassische Stutenbissigkeit bloß dermaßen unter den jungen Damen, fragte ich mich unwillkürlich beim Zuhören. Vielleicht weil eine höhere Stellung in der internen Hackordnung wenigstens eine gewisse Kompensation für das meist deutlich angeschlagene Selbstwertgefühl versprach?

"Ein Kunde letztens war richtig gelb im Gesicht", fuhr Mirela plötzlich übergangslos fort. "Der hatte so 'n komischen Schorf oder Ausschlag um den Mund rum, fing aber natürlich trotzdem gleich an, dass ich ihn küssen soll. Gott, und seine Bude war dreckig! Gleich im Flur hab ich schon *nein* gesagt und gar nicht erst abgewartet, ob er wenigstens noch 'nen Zehner für den Fahrer rausrückt. Da bin ich sofort abgehauen, pfeif aufs Geld."

Dann zog sie ihre Jeans aus, und ich zündete die Kerzen an und machte das Bett klar. Die Fußmatte im Bad hatte ich zuvor schon präpariert mit dem Satz: 'Oh hello, my Mirela-Baby, you are the one and only.'

Tja, man kann sich wohl vorstellen, wie sie strahlte, als sie vom Duschen kam.

Sie kniete sich wieder auf die Couch, mir gegenüber. Splitternackt, und ihr Gesicht dabei...

Ich pustete noch schnell die beiden Kerzen aus, so dass nur noch das flackernde Schimmern des Teelicht-Iglus ein wenig Restlicht für die nächste halbe Stunde spendete.

"I feel really really good with you", flüsterte Mirela hinterher und streichelte mich sanft.

"Ich bin froh, dass ich *dich* heute Abend hier bei mir hatte", antwortete ich.

"Mee too, my Baby", seufzte sie und küsste mich. "Du hast ein gutes Herz, my pretty baby."

"Ich sehe nur *ein* hübsches Wesen hier, und das bist du", erwiderte ich, "aber deine Schönheit reicht für uns beide."

Sie küsste mich wieder und wieder.

"Du bist ein schöner Mann, du bist echt gut in Schuss", hauchte sie mir ins Ohr. *('You are in a good shape')*. "Ach ist das gemütlich hier! Wie mein zweites Zuhause."

Während ich in ihren Armen allmählich wegdöste.

234. Kapitel

Am Sonnabend fuhr ich mit den Kindern zu Olli und Karoline, zum Weihnachtsplätzchen backen, den ganzen Nachmittag lang. Wir übernachteten auch gleich dort.

Abends erzählte mir Olli dann beim Wein von einem seiner besten Freunde, der nun endlich kurz davor gewesen war, sich seinen großen Traum zu erfüllen, nämlich drei Monate lang in Irland Schafe zu hüten, zur Selbstfindung und so. Geld angespart, Auszeit in der Firma genommen, alles war bereits geregelt. Vor Jahren hätte ein Bekannter schon mal sowas in der Art gemacht, einen Sommer lang als Senner in der Schweiz. Als persönliche Pilgerreise, zur inneren Einkehr. Diesmal wäre es jedoch anders gelaufen, denn sein Freund hätte nämlich kurz vor Abflug eine junge Russin kennengelernt und daraufhin plötzlich das Schäferprojekt wieder komplett abgeblasen. Obwohl das Ganze bereits fix und fertig durchgeplant und organisiert gewesen war.

"Wer weiß?", grinste ich. "Vielleicht hatte er ja in Wirklichkeit eben das gewollt, schon von Anfang an, und nicht die blökenden Viecher. Schäferstündchen ja, aber eben anders."

"Na das möchte ich stark bezweifeln", meinte Olli, "denn die Romanze dauerte nicht allzu lange. Als das Konto runter auf null war, da war auch seine Olga wieder weg."

"Tja, soviel zu Lebensträumen", erwiderte ich lakonisch. "Aber glaub mir, wenn die russischen Killerbienen angreifen, dann hat 'n Mann keine Chance. Da ist Schluss mit seriös und so. Die Ultra-Katjuschas zerballern dir jeden Plan, ich spreche aus Erfahrung."

Den Sonntagvormittag nutzten wir alle fünf für einen schönen Waldspaziergang, und hinterher gingen wir dann in eine Pizzeria essen. Zum Kaffee am Nachmittag entzündeten wir am Adventskranz feierlich die erste Kerze und knabberten dazu unsere selbstgebackenen Plätzchen. Anschließend fuhr ich mit Malte und Nele wieder nach Hause, und gegen sechs brachte ich sie zu Ramona rüber.

Am Abend telefonierte ich bloß noch ein bisschen umher. Ringo, Sonja, Mirela. Natürlich probierte ich es auch bei Larissa, aber nur die Mailbox sprang an.

Aufmerksam hörte ich mir ein weiteres Mal ihre Nachricht auf meinem Anrufbeantworter an. Offenbar hatte sie sich bemüht, betont normal und sachlich zu klingen, aber sie holte zwischendurch immer wieder viel zu tief Luft, so als ob ihr in Wirklichkeit zum Heulen zumute wäre. Erst jetzt kam mir die Idee, dass sie möglicherweise gar keinen Kontakt mehr zu mir haben durfte, wegen Zeugenschutz und polizeilicher Abschirmung. Oder war das Quatsch?

Ich hatte nicht den blassesten Schimmer, wie sowas gehandhabt wurde.

In der Nacht träumte ich von Larissa, allerdings nur ziemlich undeutlich und durcheinander. Sie war schön wie eh und je, jedoch sehr blass, und wurde von einem Mädchen am Arm gestützt. Ich nahm ihre andere Seite, und so gingen wir langsam zu einem weiß gedecktem Tisch im Garten eines Gutshauses, wo Tee und Kuchen serviert wurden, an einem wunderschönen Sommertag, in einem Sanatorium für Leukämiekranke.

Auch am Montagnachmittag ging bei Larissa wie gehabt nur die Mailbox an.

Da ich Mirela keinesfalls zu früh wecken wollte, kochte ich mir erstmal einen Tee und schrieb ein wenig am Computer. Kurz nach fünf griff ich schließlich zum Hörer.

"Hast du frei, weil Montag ist?", erkundigte ich mich. "Oder arbeitest du heute auch?"

"Ja, ich brauche das Geld", antwortete sie. "Weißt du doch."

"Okay", sagte ich, "dann mach ich mit Andy alles klar, am besten für halb zehn. Soll ich was zu essen bestellen?"

"Hm, äh, naja", nuschelte sie.

"Na sag schon", lockte ich. "Du brauchst kein Junkfood unterwegs zu kaufen, ich bestell uns was Leckeres. Indisch, oder Nudeln mit Champignons. Oder Sushi?"

"Hm, äh", machte sie bloß wieder.

"Also was ist jetzt", polterte ich, "nochmal Sushi, ja oder ja?"

"Mh, das wäre super!", hörte ich sie endlich sagen. "Ich freu mich schon, bis dann."

Hinterher guckte ich meine E-Mails durch. Eine Einladung von Liana für Januar, eine Nachricht von Sonja, und Esther aus der alten Psycho-Gruppe lud mich zu ihrer Geburtstagsfeier ein. Ich schrieb Sonja schnell ein paar Sätze zurück, sagte Liana zu ('das Ereignis möchte ich keinesphalls versäumen') und Esther ab. (Was sollte ich denn da, den Entertainer für lauter fünfzigjährige Weibsen spielen?)

Dann fuhr ich die Kiste wieder runter und legte mich für eine Weile entspannt auf die Couch.

So langsam kriegte ich den Eindruck, dass die Frauen anfingen, mir jetzt die Bude einzurennen, dachte ich belustigt. Auch im Krapparat, da schien es nämlich ebenfalls Angebote zu geben. Naja, sagte ich mir, für Mitte Vierzig sah ich wohl ganz annehmbar aus, und witzig und charmant war ich natürlich sowieso. Aber vielleicht lag es vor allem daran, dass ich angstfrei und ausbalanciert war. Denn sowas spürten die Damen doch ganz bestimmt, nicht wahr?

"Hallo, mein Schatz", begrüßte ich sie an der Tür, gab ihren Lippen einen heißen Kuss und ihren Brüsten einen warmen Händedruck.

Wir fläzten uns gleich aufs Sofa, aßen Sushi und schmusen dabei schon ein bisschen rum, so richtig wie alte Bekannte - die wir ja auch tatsächlich waren. Ich erzählte ihr von meinem Wochenende und sie mir von ihrem.

"Ich bräuchte mal wieder Urlaub", stöhnte sie. "Heute früh nach der Arbeit bin ich zu Hause auf dem Bett sofort eingeschlafen, noch voll in Klamotten."

"Klar, Nachtarbeit schlaucht", nickte ich.

"Ja, und besonders, wenn man sich konzentrieren muss", meinte sie. "Ich gebe mir nämlich bei den Kunden Mühe, mir möglichst viel von dem zu merken, was sie mir erzählen. Denn wenn ich nach 'ner Woche wieder bei 'nem Klienten bin, dann redet der da weiter, wo er letztes Mal aufgehört hat. Aber ich war inzwischen an vielen anderen Plätzen. Da muss ich aufpassen, um nicht dieselben Sachen zweimal zu fragen."

"Mh, verstehe", brummte ich zwischen zwei Happen.

"Neulich hatte ich Ärger mit dem Fahrer", fuhr sie fort. "Der setzt mich um fünf nach zehn ab und will, dass ich Punkt elf wieder unten vor der Tür stehe, weil er noch ein anderes Mädchen abholen muss. *'Sorry aber das ist dein Problem'*, hab ich ihm gesagt. Denn wenn ein Kunde 90 Euro bezahlt, dann bleibe ich 60

Minuten in seiner Wohnung und nicht bloß 50 oder 55 Minuten. Ich will meine Arbeit korrekt machen und nicht wegen ihm Probleme kriegen."

"Vollkommen okay so", gab ich ihr recht. "Finde ich gut, dass du sowas ernst nimmst."

Nach dem Sushi tranken wir einen Schluck Wein und Mirela rauchte noch eine Zigarette, dann kam der Hauptgang. Unser Sex war wie gewohnt vom Feinsten, und wie lieb sie mich hinterher streichelte! Übrigens schien sie echt drauf zu stehen, wenn ich beim Lecken zwischendurch ab und an mal hochrutschte und sie mit muschifeuchtem Munde herzhaft abknutschte.

Mit zittrigen Beinen stakste sie kurz vor Ablauf der zwei Stunden ins Bad.

Ich drehte derweil die Musik ein bisschen auf und tänzelte zu Santana-Klängen vor den Boxen umher. *'Give me your heart, make it real - or let's forget about it'*, sang ich gerade mit, als ich plötzlich bemerkte, dass Mirela bereits wieder in der offenen Tür stand. Stumm lächelnd.

Zum Schluss schenkte ich ihr noch ein Schokoladenhandy und zeigte ihr endlich auch das Kinderzimmer. *(Merkwürdigerweise war ich nämlich zu Unrecht davon ausgegangen, dass sie bereits jeden Winkel meiner Wohnung kannte.)* Staunend betrachtete sie die vielen Zeichnungen an den Wänden, und das Sternenrollo am Fenster. Den großen Teddy, das Regal mit dem Spielzeug.

"Great", flüsterte sie, "really wonderful".

Genau in dem Moment, als Mirela bei mir aus der Tür ging, musste der fette Nachbar unter mir mal wieder über den Flur latschen, hin zu seiner komischen Besenkammer in der anderen Ecke. Wollte er etwa um diese Zeit die Treppe wischen? Bestimmt hatten ihn die Rammelgeräusche und das Knarren meines Sofas über seinem Kopf geil gemacht, und nun versuchte er zu spionieren, wer da so gequält worden war. Sollte er meinetwegen glotzen, der alte Spanner, dachte ich, mir war es wurscht. Was hatte ich mit ihm schon abzumachen? Vor den Kindern auf dem Hof spielte er sich manchmal als Hilfssheriff auf. Er werde ihnen bald mal 'so 'ne richtige Standpauke' halten, hatte er ihnen neulich wegen irgendeiner Lappalie schnaufend angedroht, als ich gerade zufällig um die Ecke gekommen war. Ich musste mich mächtig beherrschen, weil seine schwabbelige Obelix-Wampe in der engen trichterförmigen Hose mit dem am oberen Rand strammgezurrten schwarzen Leibriemen nämlich tatsächlich an eine riesige Kesselpauke erinnerte. Oder an ein Fass, dass von einem eisernem Reifen zusammen gehalten wurde.

Als Mirela nun an ihm vorbeiwackelte, schielte er ihr zwar hinterher, gab jedoch keinen Ton von sich. Quatsch sie bloß nicht voll, Specki, dachte ich grimmig, sonst kriegst du gleich dein Fett weg. Obwohl ich eigentlich keine Ahnung hatte, wie das dann wohl aussehen sollte.

235. Kapitel

Den ganzen nächsten Tag auf Arbeit war ich geil. Je mehr erstklassigen Sex ich hatte, umso mehr schien mein Appetit zu wachsen. Auch Maja ging mir einfach nicht aus dem Sinn. Beim Vögeln mit Mirela gabs nun wirklich nichts auszusetzen, doch vielleicht war das alles schon wieder ein bisschen zu vertraut? Die Abläufe zu eingespielt und vorhersehbar? Mit Maja würde es zumindest irgendwie *anders* sein, sagte ich mir, und dachte an ihren superkleinen straffen Po.

Ich grübelte hin und her und gelangte schließlich (wohl hauptsächlich aufgrund meines erhöhten Testosteronspiegels) zu der Ansicht, dass es eigentlich gar keine Entscheidung von besonderer Tragweite wäre, wenn ich mir nun doch mal einen einzigen Hausbesuch von Biene Maja gönnen würde. Denn Mirela und Maja und Larissa und so weiter, das waren alles ohne Frage sehr attraktive und sympathische Mädchen, aber für mich blieben sie nun mal in erster Linie Callies, und ich sage das nicht abwertend oder gar als Schimpfwort, sondern mit Achtung und Liebe. Sie erfüllten eine Funktion, und sie machten einen verdammt guten Job. Aber deshalb standen wir uns nicht gleich automatisch so nahe, als dass sich daraus irgendwelche ernsthaften gegenseitigen Verpflichtungen ergeben hätten. So war es doch, oder? Sie kamen und gingen, auf Dauer würde keine von ihnen bei mir bleiben. Vielleicht sollte man sie besser alle mit dem schönen französischen Mädchennamen *Solange* rufen, allerdings deutsch ausgesprochen: Mademoiselle Solange bleibt, solange noch Geld da ist.

Kaum zu Hause, rief ich also Andy an und machte Maja klar.

"Geht in Ordnung", bestätigte er. "Gestern war ich übrigens mit ihr essen. Sie ist zwar schon etliche Tage hier, aber ich selber hatte sie noch gar nicht kennengelernt. Na das ist ja 'ne ganz Süße! Die Resonanz auf sie war bisher auch top."

Tja, dachte ich, wen wunderts? Andy kam jedenfalls glatt ins Stottern, und vor Aufregung verhaspelte er sich und formulierte unfreiwillig komisch: "Sie sieht aber auch wirklich dermaßen jung aus, Menschenskinder, da muss ich ja glatt auf meinen Ruf achten. Sonst denkt einer noch, ich steh auf Pädophile."

Wir redeten ungefähr zwanzig Minuten lang miteinander.

"Valerie, also Mirela, die wird langsam echt zum Problemfall", ließ er mich als Nächstes wissen. Neulich hätte sie sogar ihr Handy im Auto vergessen, und außerdem würde sie sich ziemlich arrogant gegenüber den anderen Mädchen benehmen.

Des Weiteren erzählte er mir noch, dass sich mal wieder ein paar neue Bewerberinnen bei ihm vorgestellt hätten.

"Mann, du glaubst es nicht, wer da alles kommt!", stöhnte er. "Dicke Trampel, die denken, sie bräuchten sich nur in neonfarbige Radlerhosen zu quetschen, um sexy zu sein. Echte Presswürste, die gerade noch 'n bisschen mehr hochkant als quer durch die Gegend walzen."

Das ist wahrscheinlich deren aktuelle Vorstellung vom perfekten Body-Slim-Index, dachte ich: Man gilt als schlank, sofern das Verhältnis von Körpergröße zu Wampenumfang noch größer ist als Eins. Also umgerechnet etwa eins fünfzig groß und hundertfünfzig Kilo schwer.

"Einige müssen über ein unglaubliches Selbstbewusstsein verfügen", meinte Andy. "Da wird das Casting echt zu 'ner Zumutung. Bloß was soll ich machen? Aus dem Osten kommt momentan kaum noch Nachschub. Die russischen Mädchen sagen mir, dass viele gleich in Moskau bleiben, weil sie da angeblich schon genauso viel verdienen wie hier."

Tja, dachte ich, mittlerweile ging es im Mutterland des Sozialismus wohl bereits kapitalistischer zu als in der hiesigen Marktwirtschaft. Lenin würde sich bestimmt so manches Mal seinem gläsernen Schneewittchensarg umdrehen, wenn er wüsste, wie die Dinge jetzt direkt vor seinem Mausoleum liefen.

"Ach so, und Jade, die ist dir doch auch 'n Begriff, oder?", riss Andy mich aus meiner Grübelei. "Ich hab mit ihr gesprochen, die will auch bei mir anfangen, wenn sie im nächsten Frühling nochmal für 'n paar Wochen wiederkommt. Und Lina von den Escort-Angels wechselt auch zu mir, vormals Vicky, kennst du die?"

"Ja, ist aber so anderthalb Jahre her", murmelte ich.

Vicky, dachte ich, die attraktive polnische Stiefelträgerin mit dem Piepsstimmchen.

"Na ich kenn sie jedenfalls noch, als sie angefangen hat", fuhr er fort, "damals, vor drei oder vier Jahren. Die ist immer noch voll dabei. Echt, die nimmt, was sie kriegen kann. Baut 'n großes Haus in Polen, hab ich gehört."

Zum Schluss erwähnte er noch, dass er gerade dabei wäre, für seine ganze Truppe eine schöne Weihnachtssause zu organisieren.

"Jawohl, Betriebsfeier muss sein", stimmte ich ihm zu. "Aber hoffentlich passt du mit den ganzen Mädels auch in den Whirlpool rein."

Hinterher legte mich noch ein gutes Stündchen auf der Couch ab, um dann später wieder frisch zu sein. Gegen acht erhob ich mich, überflog meine alten Maja-Einträge und sah mir ihr altes Internet-Foto an, das ich damals auf meinem Computer gespeichert hatte.

Das sind doch eigentlich ideale Voraussetzungen, überlegte ich, denn einerseits kannten wir uns ja schon, so dass ihrerseits keine Verkrampftheit zu befürchten war - und andererseits lagen unsere paar Schmusestunden bereits lange genug zurück, um nun trotzdem wieder neue erotische Spannung aufkommen zu lassen.

Maja V
Ihre Haare waren jetzt etwas länger und dunkelbraun statt brünett. Es stand ihr gut, fand ich. Überhaupt sah sie recht hübsch aus, eigentlich sogar hübscher als vor einem Jahr.

"Oh, du hast noch mein Bild von damals?", rief sie geschmeichelt, als sie ihr altes Agenturfoto auf meinem Monitor erblickte.

"Na sicher", erwiderte ich. "Das Mädchen, das so klein ist, das es im Koffer reisen könnte. Wie sollte ich das vergessen?"

Zur Antwort lächelte sie dermaßen süß, dass mir gleich ordentlich warm ums Herz wurde.

Über das Wiedersehen mit mir schien sie sich wirklich zu freuen, denn als wir auf der Couch saßen, schmiegte sie sich sofort ganz lieb an mich, richtig mit Händchenhalten und so. Dennoch hatte diese vertrauliche Atmosphäre nach einem Jahr Pause natürlich auch irgendwie etwas Gekünsteltes. Wer weiß, dachte ich, vielleicht war es ja früher genauso gewesen. Oder sah ich jetzt bloß schärfer?

Nun, jedenfalls machten wir es uns mit Kirschsaft und Schokokeksen gemütlich. Übrigens war sie noch immer Nichtraucherin.

"Bleibst du diesmal wirklich nur zwei Wochen?", erkundigte ich mich gleich zu Anfang.

"Naja, ursprünglich wollte ich sogar bloß für drei oder vier Tage kommen", antwortete sie. "Eigentlich bloß zum Feiern. Eine Freundin von mir heiratet nämlich. Aber eine meiner Bekannten arbeitet bei Andy, und die hat mir so viel Gutes von seiner Agentur erzählt, dass ich nun auch bei ihm angefangen habe. Für zwei Wochen, ja."

"Und?", wollte ich wissen. "Stimmt das, was sie gesagt hat?"

"Ja", bestätigte sie. "Es ist viel besser, wirklich. Mehr Geld und mehr Freiheit."

Sie trank einen Schluck Saft.

"Und du?", fragte sie neugierig. "Hast dir wohl ziemlich oft die eine von seinen Miezen bestellt, hm?"

"Ja, Valerie", nickte ich.

"Na die anderen Mädchen mögen sie ja anscheinend nicht so besonders", meinte sie. "Es ist nicht einfach mit ihr, sie ist wie 'n verwöhntes Kind. Hast du übrigens gewusst, dass Andy mal beinahe ihr Kunde geworden wäre?"

"Nein", erwiderte ich. "Wann denn?"

"Das war damals noch bei ihrem Chef Radu, also der alten Agentur", fuhr sie fort. "Doch es klappte nicht an dem Tag, als er wollte, deshalb bestellte er sich 'n anderes Mädchen. Jolina, auch aus Rumänien, die hat ganz lange Haare, wirklich. Die kenne ich nämlich, die hat es mir erzählt."

Soso, dachte ich, zuerst hatte er also Mirela gewollt, aber dann mit der anderen nachlieb nehmen müssen. Es überraschte mich nicht, ganz im Gegenteil. Tja, und jetzt wusste ich also auch, warum Andy sie beim ersten Treffen im Café sofort erkannt hatte.

"Was macht eigentlich Madalina", fragte ich. "Hast du noch Kontakt zu ihr?"

"Nein", schüttelte sie den Kopf. "Sie hatte ja geheiratet, aber der Typ war von Anfang an mies zu ihr. Gleich nach 'n paar Monaten musste er dann sowieso erstmal in 'n Knast, für zwei Jahre oder so. Sie geht jetzt anschaffen in irgendeinem Nachtclub, glaub ich, immer wenn sie Geld braucht. Hab ich zumindest gehört. Mehr weiß ich nicht."

Wir redeten noch eine Weile über alte Zeiten und kamen schließlich auch auf ihre frühere Kletteragentur zu sprechen.

"Naja, wir dachten, bei Arno wäre es okay", meinte sie schulterzuckend, "und das war es anfangs ja auch. Aber er wurde immer fieser. Der weckte uns manchmal schon vormittags, wenn es Kunden gab. Als ich damals von ihm wegging, da hat er gedroht, falls ich woanders anfange, wird er sofort meiner Familie Bescheid sagen. Er hatte ja die Telefonnummer von meinem Vater, und natürlich die alten Internet-Fotos von mir."

Sie trank ihr Glas aus und machte Anstalten ins Bad zu gehen, aber ich hielt sie zurück. "Kannst ruhig noch 'n Augenblick warten", bremste ich sie und erkundigte mich nach ihrem Leben in Rumänien. Sie hätte viel in einem Büro gearbeitet und würde jetzt in einem eigenen kleinen Firmen-Apartment wohnen, erzählte sie. Es klang nach einem ziemlich verantwortungsvollen Job, irgendwas mit Luftfracht und Flughafenlogistik. Möglicherweise trug sie ja auch ein bisschen dick auf, obwohl ich freilich nicht glaube, dass sie mir total die Taschen vollhaute. Denn das hatte sie bestimmt nicht nötig. Die Kehrseite dieses für sie beruflich offenbar so erfolgreichen Jahres war allerdings, dass sie ein paar Kilo zugenommen hatte. (Drei davon gab sie zu.) Stress und Fast Food forderten eben ihren Tribut, und bei ihrer superzierlichen Däumelinchenfigur sah man das natürlich sofort. Ein kleines Bäuchlein unter dem Pulli ließ sich nicht leugnen, besonders wenn sie auf der Seite lag. Wodurch ihr bisschen Brust nun insgesamt noch etwas flacher wirkte. Aber so sehr fiel es auch wieder nicht ins Gewicht, es war nicht weiter dramatisch. Doch als ein zur Wahrheit verpflichteter Chronist darf ich es freilich nicht unerwähnt lassen.

Dann ging sie duschen, und später im Bett war es zwar schön mit ihr, anfangs sanft und zum Ende hin etwas wilder, aber dennoch nicht so traumhaft, wie ich es mir ausgemalt hatte. Mirelas Körper fand ich reizvoller und auch ihr Gesicht hübscher, und der Rest klappte ebenfalls besser mit ihr, weil wir uns ja beide richtig lieb hatten. Trotzdem bereute ich nicht, dass ich Maja bestellt hatte. Denn nun konnte endlich Ruhe in meinem Kopf einkehren.

Als sie aufstand um ins Bad zu gehen, bemerkte ich ein Goldkettchen an ihrem Fußgelenk. War dies nicht das Kennzeichen der gewerbsmäßigen Huren im alten Rom gewesen?, überlegte ich. Oder brachte ich da mal wieder was durcheinander?

Ich stützte mich auf meinen Ellbogen und sah ihrem kleinen Schlenkerpo hinterher.

Hm, da hatte ich nun also meine Erinnerungen überprüft, dachte ich. Okay, hier und da gab es vielleicht ein wenig zu revidieren, aber im Großen und Ganzen kam das alles schon hin.

Na, sie war schon eine Süße, da gab es nichts.

Ich guckte ihr noch kurz beim Anziehen und Kämmen vor dem Schrankspiegel zu, und schon war die Zeit wieder um.

"Du bist einer der nettesten Menschen, die ich kenne", verabschiedete sie sich an der Tür. "You are a good man. Und du hast immer gute Musik. Immer."

"Danke schön", erwiderte ich und gab ihr einen letzten Kuss. "Alles Gute."

Hinterher schaltete ich erstmal am Fernseher eine Weile die Kanäle durch. Unter anderem lief eine alte Verfilmung von Pasternaks 'Doktor Schiwago', mit einer ziemlich hübschen Lara alias Larissa. Ach ja, da kamen Erinnerungen auf! Ich holte mir ein Bier aus der Küche, trank es auf einen Zug halb aus und dachte dabei ein bisschen an Larissa. *(Und an Old Pasternak, der zwar nur diesen einen Roman geschrieben und dennoch den Nobelpreis zuerkannt bekommen hatte, freilich zu Recht - den er dann allerdings ja nicht annehmen durfte, weil es den Herren im Kreml nicht in den Kram passte. Was für ein Buch, was für ein Leben! Ein Epos voller Tränen und Triumph, urrussisch bis ins Mark. Zum Heulen, echt.)*

Dann blieb ich eine Weile bei einem Fotoshooting mit drei oder vier nackten Bunnies hängen. Offenbar ging es um Episoden aus dem Leben des Gründers des bekanntesten Männermagazins. Ein Playboy (mit den gleichen Initialen wie Hermann Hesse!), wie er im Buche stand. Immer Pool-Partys mit den Schönsten der Schönen, immer nur im seidigen Morgenmantel, immer einen Drink in Reichweite. Allerdings hatte selbst er im reiferen Alter geheiratet und zehn Jahre lang den treusorgenden Ehemann gegeben, scheinbar austherapiert - bis dann jedoch alles wieder von vorne losgegangen war, ausschweifender denn je. Der Kater lässt nun mal das Mausen nicht. Eben ein waschechter Wiederholungstäter, so wie Nina es damals prophezeit hatte. Angeblich besaß er ja einen IQ von 150, also durfte man wohl getrost davon ausgehen, dass er wusste, was er tat.

Nun ja, sagte ich mir, als ich etwas später bereits im Bett lag, zwar war selbst Bukowski zu der Erkenntnis gelangt, dass man seine Identität verlor, wenn man immer nur wie wild rumfickte. Zumindest hatte er es als alter Mann mal so zu Papier gebracht. Bloß dann fiel es einem wohl auch bedeutend leichter, sich an solche Erkenntnisse zu halten. Obwohl auch das bekanntermaßen nicht für jeden galt.

236. Kapitel

Am nächsten Abend rief ich Mirela an.

"Hast du gerade mal 'ne Minute?", fragte ich.

"Klar, okay", antwortete sie.

"Ich möchte dir was sagen. Maja war gestern bei mir", erklärte ich ohne Umschweife.

"Ich weiß, ich war im selben Auto", erwiderte sie.

Ihre Stimme klang ganz neutral dabei. Machte es ihr also wirklich nichts aus?

"Mirela, ich möchte, dass du folgendes weißt: Ich wollte dir nicht wehtun, und es hatte auch gar nichts mit dir zu tun", beteuerte ich. "Ich kenne Maja vom letzten Jahr her, naja, und ich wollte einfach auch noch ein paar Infos von ihr, über ein paar andere Mädchen von damals. Und meine eigenen Erinnerungen an sie überprüfen, irgend sowas in der Art. Ich bin jedenfalls immer sehr glücklich mit dir, und solange du hier bist, werde ich ab jetzt kein anderes Mädchen mehr bestellen. Versprochen. Ich muss auch gar nicht wissen, ob dir das etwas bedeutet, denn dieses Versprechen fällt mir sehr leicht. Andere sind keine Versuchung mehr für mich, es ist einfach so."

Sie nahm es kommentarlos zur Kenntnis.

"Noch ein Kunde, dann gehe ich in die Disco, mit meiner netter Nachbarin", sagte sie, "wird bestimmt lustig."

Wir tauschten noch ein paar belanglose Sätze aus, dann legte sie auf.

Ich hatte das Gefühl, dass es eine verdammt gute Idee gewesen war, bei ihr anzurufen.

Am nächsten Nachmittag wurde mir plötzlich übel, eine Art Magengrippe. Zuerst reiherte ich den ganzen Abend lang und danach kriegte ich Dünnpfiff, die hohle Riesenschlange in meinem Leib kollerte komplett, und so elendig rutschte ich in Larissas Geburtstag rein. Keine Ahnung, ob das irgendwas zu bedeuten hatte, aber der Körper kriegt ja oft mehr mit als die obere Etage. Vielleicht war das mal wieder ein Warnsignal, damit ich einige meiner Weichenstellungen für die Zukunft überprüfte?

Larissas Handy blieb jedenfalls auch an ihrem 25. Geburtstag aus, und das war wohl definitiv kein gutes Zeichen. Immer wieder hörte ich mir ihre Stimme auf meinem Anrufbeantworter an (denn nein, natürlich hatte ich es nicht fertiggebracht ihre letzte Nachricht zu löschen).

Den ganzen Tag über ging es mir schlecht. Ich blieb zu Hause und lag die meiste Zeit nur matt auf dem Sofa, Glotze glotzend. Ein paar Dutzend Kanäle, und nur lauter Schrott. Anstaltsfernsehen, Oma-TV. Proleten-Talkshows und gestellte Gerichtsdramen, und 'tolle Tipps für Sparfüchse'. Zum Beispiel, dass man mit Zitronenhälften nach dem Auspressen nämlich noch die Edelstahlspüle ausreiben könne und dass Teebeutel durchaus mehrmals verwendbar wären und lauter so pfiffige Sachen. Die volle Verarsche, dachte ich bloß, denn dass loser Tee weit billiger kam (und obendrein besser schmeckte) als der abgepackte Beutelplunder, das hatte den 'Füchsen' wohl leider noch keiner erklärt.

Schließlich blieb ich eine Weile bei einem kurzen Bericht über zwei kauzige Alte hängen. Der erste hatte jahrelang überall Stacheldraht gesammelt und ein paar hundert Kilometer von dem Zeug auf seiner Farm in Texas zu einem gigantischen tonnenschweren Klops aufgerollt, und sein seniles Statement war jetzt, dass er durch das jahrelange Sammeln ja auch viele nette Leute kennengelernt hätte, ergo *Hoch lebe der Stacheldraht,* oder so ähnlich. Nun, ich als ehemaliger Grenzsoldat, der in dutzenden Nachtschichten an endlos langen Zäunen aus eben diesem verdammten Teufelszeug entlang gelatscht war, sah dies freilich etwas anders. (Außerdem ließen sich nach dieser kruden Logik selbst Weltkriege noch zu einer duften Sache hochstilisieren, weil aus so machen Kriegskameraden auch Freunde fürs Leben wurden - natürlich nur, wenn sie nicht vorher schon heroisch verreckten.) Doch wie auch immer, der Opi aus Texas betrachtete dieses überdimensionale rostige Wollknäuel jedenfalls ganz offensichtlich als sein Lebenswerk, als sowas wie sein Baby; täglich hockte er auf der Wiese vor diesem hässlichen Knödel wie vor einem Altar des Abartigen.

Klarer Fall, sagte ich mir, mit irgendwas musste man ja seine Zeit auf Erden ausfüllen, und wenn man nicht das tat was man wirklich wollte, dann machte man halt was anderes zu seiner Passion und redete sich hinterher eben ein, genau das hätte man ja schon immer gewollt.

Der zweite Opa war auch nicht besser dran, eigentlich tat er mir sogar richtig leid. Denn er hatte fast sein ganzes Leben lang allein in einer Dachkammer zugebracht, ein verbissener Tüftler ohne Frau und Kinder, Jahr um Jahr nur Spulen und Kondensatoren und Trafos zusammenlötend und große Schwungräder andrehend und sich bei alldem immer ganz kurz vor dem Durchbruch zum perpetuum mobile wähnend.

Erst fand ich es bloß kurios und schüttelte den Kopf über so viel Unvernunft, aber dann ging mir auf, dass ich im Grunde mit meiner komischen Schreiberei ja auch nichts anderes veranstaltete. Zwei Irre auf der Suche nach dem Unmöglichem, der eine nach der energieerzeugenden Wundermaschine, der andere nach der reinen Liebe. Aber beides gab es nun mal nicht, genau so wenig wie das vollkommene Vakuum oder den absoluten Nullpunkt. Diese Dinge existierten zwar theoretisch, und je nach Aufwand konnte man sich ihnen auch fast asymptotisch annähern, aber nichtsdestotrotz blieben sie praktisch unerreichbar (siehe Nernst-Theorem!). Genau wie die Parallelen des Euklid, die einander erst im Unendlichen berühren durften. *'Don't play what's there, play what's not there'*; vielleicht hatte Miles Davis damit ja auch sowas in der Art gemeint.

Danach landete ich bei einem Ausschnitt aus einem Film über die Bewohner der Karpaten, Rumänien. Der kärgliche Alltag einer Frau in meinem Alter, die allein mit ihrem gebrechlichen Mütterlein in einer einfachen Berghütte lebte. "Ich glaube nicht, dass das Glück hier auf Erden zu finden ist", sprach sie ganz nüchtern in die Kamera, und nein, sie wäre noch nie im Leben verliebt gewesen. Nein, auch nicht als sie jung gewesen war, kein einziges Mal.

Konnte es etwas Schrecklicheres geben, fragte ich mich erschüttert und schaltete schon wieder weiter um, zu einem Beitrag über ein abgelegenes Kloster irgendwo in einem fernen Bergmassiv. Einsiedlermönche in schummrigen Zellen, jeder für sich betend, jeder für sich hartes Brot kauend, jeder für sich fastend, "in fröhlicher Abgeschiedenheit". Kein elektrisches Licht, nur kaltes Wasser, die Regularien seit dem 12. Jahrhundert fast unverändert. Permanent Buße tun, Zwiesprache mit Gott als Sinn des Daseins, strenges Schweigegelübde.

Tolle Lösung, dachte ich gleichermaßen fasziniert wie angewidert. Einfach gar nichts mehr äußern, die ultimative Stimmenthaltung. Die Welt wird ausgesperrt, die eigene Sinnlichkeit abgetötet, stur Glied um Glied amputiert und basta. Ein Leben in Grautönen, in der stummen Harmonie einer Gruft. Fehlte nur noch die Geißelpeitsche zur blutigen Selbstkasteiung, der christliche Fakir auf seinem Nagelbrett, Reinigung durch den heiligen Schmerz.

"Dann feiern die Patres eine Stillmesse, jeder für sich", hieß es.

Na hoffentlich nicht zu ausschweifend, dachte ich kopfschüttelnd, gähnte einmal ausgiebig und streckte dann vorsichtig meine lahmen Glieder. Ich erinnerte mich vage an einen Artikel über den Ableger eines ähnlichen Ordens, die 'Rosa Schwestern' oder so ähnlich, die sich tatsächlich auch heute noch mitten im Berliner Großstadttrubel hinter ihren Mauern verschanzt hielten, keine zwanzig Autominuten von meiner Bude entfernt, und dort ihren mittelalterlichen Hokuspokus durchzogen. Nichts als Beten und Stille.

Selbst wenn die eigene Mutter im Sterben lag fuhr man nicht in die alte Heimat, denn man war ja miteinander im Gebet vereint. Bei Bedarf konnte allerdings Familienbesuch empfangen werden, freilich höchstens dreimal pro Jahr und natürlich durch ein Gitter getrennt. Angeblich siezten sich die Nonnen selbst nach fünfzig Klosterjahren noch.

Das war doch alles krank, fand ich. Also gut, sagte ich mir, eine Zwei-Wochen-Kur zur Selbstfindung irgendwo in einer entlegenen Abtei oder einem sturmgepeitschten Leuchtturm, das könnte zugegebenermaßen heilsam sein. Temporär zurückgezogen auf einer einsamen Hallig, oder in einer Berghütte. Aber lebenslänglich?

Als Kontrastprogramm sah ich gleich danach noch die letzten Minuten einer Sendung über ein paar Psychopathen, deren Grausamkeit mich frösteln ließ. Es handelte sich um spektakuläre Kriminalfälle der letzten Jahre, und allen Tätern war gemein, dass sie durch enorme Schufterei geheime unterirdische Bunker angelegt hatten, nur angetrieben von der Vorstellung, sich dann dort Sexsklavinnen zur ständigen Verfügung halten zu können. Freilich unter unvorstellbaren Bedingungen, und das über Jahre! Sogar Schwangerschaft und Geburt hatte es in einigen dieser Verliese gegeben. Wie sehr musste ein Mann wohl von seiner längst ranzig gewordenen Geilheit besessen sein, fragte ich mich, damit er so viel Energie auf ein solches Ergebnis verwandte? Ein Mensch mit einer derartig verkrüppelten Sexualität konnte nie und nimmer glücklich sein, jedenfalls lag das außerhalb meiner Vorstellungskraft. Was aber war da schiefgelaufen in der Kindheit oder Pubertät, und wie ließen sich Wiederholungen vermeiden? Der Kommentator wusste darauf jedenfalls auch keine rechte Antwort. Ich musste wieder an lange bleiche Kartoffelkeime in einem dunklen Keller denken, die sich immer länger und länger vergeblich nach dem einzigen Lichtstrahl streckten. Der Initialreiz war da, und sie folgten einfach ihrem von der Natur vorgegebenen Programm, auch wenn sie überhaupt nicht im Mutterboden eingebettet lagen. Das Leben brach sich eben immer seine Bahn, entweder auf diese oder auf jene Art.

Mit wackligen Knien erhob ich mich vom Sofa, zielte mit der Fernbedienung auf den Fernseher und schaltete ihn aus. Endlich Stille. Na mir reichte es absolut - einen halben Tag vor der Kiste, und ich war schon ganz wirr im Kopf.

Neulich hatte ich von einer Washingtoner Universitätsstudie gelesen, wonach in den USA 90 Prozent der bis zu Zweijährigen (das schließt auch *Babys* mit ein!) bereits regelmäßig vor der Glotze hockten. Bravo, nicht wahr? Und falls die Kleinen dann nach ein paar Stunden mentalen Dauerbeschusses doch einmal allzu heftig austickten, dann drückte man ihnen eben eine Ritalinpille mehr in die Cola und warf ihnen noch einen Schokoriegel extra hin. Junk food plus junk TV ergaben junk people, diese Gleichung lag zwar auf der Hand, aber es interessierte anscheinend die wenigsten Eltern. *(Wie auch - denn von denen waren ja nur noch die wenigsten ganz klar im Kopf; die Mehrheit der dortigen Erwachsenen knallte sich bekanntlich selber mehr und mehr mit Antidepressiva, Neuropushern und Stimmungsaufhellern zu, von Alkohol und illegalen Drogen mal ganz abgesehen. Wer kümmerte sich schon um die Ursachen einer Misere, so lange sich deren Symptome bequem unterdrücken ließen? Wenn selbst US-Kampfpiloten vor strapaziösen Einsätzen ganz offiziell Dextroamphetamin schluckten, dann wollten eben auch die Normalsterblichen ihre 'go pills', um im stressigen Alltag besser über die Runden zu kommen. Neuroenhancement und Doping war längst in der Mitte der Gesellschaft angekommen.)* Jedenfalls, um beim Thema Fernsehen zu bleiben: Wenn sich die Außerirdischen eines Tages tatsächlich zu uns auf den Weg machen und dabei kurz vor Ankunft noch prophylaktisch all unsere Sender durchscannen sollten, zwecks besseren Kennenlernens, dann würde es bestimmt nicht lange dauern, bis sie wieder ihr Ruder rumrissen und die Flucht anträten, und zwar in Guinnessbuch-Rekordzeit, da war ich mir ziemlich sicher.

237. Kapitel

Als ich von einem kurzen Spaziergang zurückkehrte, sah ich meinen Anrufbeantworter blinken. Mirela hatte versucht, mich zu erreichen, sie klang sehr niedergeschlagen.

Ich rief sie zurück. "Was ist passiert?", fragte ich.

Sie war zum Flughafen gefahren, erfuhr ich, weil sie sich dort ein Ticket hatte kaufen wollen. Na klar, wo denn sonst? Eine Zugfahrkarte kaufte man ja auch am Bahnhof, oder? Natürlich hatte es nicht geklappt. Vierzig Euro für das Taxi verbraten, für nichts. Aber musste man sie deshalb gleich für geistig minderbemittelt halten? Der Hinflug war ihr erster Flug überhaupt gewesen (bei meinem ersten damals war ich übrigens 27 Jahre alt!) und das Ticket hatte sie in Rumänien nicht selbst besorgt. Sie wusste es eben nicht besser. Ich fragte sie, wieso sie bei ihrer Abreise in Bukarest eigentlich nicht gleich ein Rückflugticket gekauft hatte, und sie erklärte es mir. Angeblich wegen ihrer Mutter, auch wieder so eine verwickelte Geschichte. Nein, der durchorganisierte Typ war sie nicht, aber das konnte man von einer 19jährigen wohl auch nicht unbedingt erwarten. Also kümmerte ich mich sogleich per Internet und Telefon um ihre Rückreise und schaffte es schließlich noch am selben Abend, ihr ein Ticket zum vernünftigen Preis zu besorgen.

Übrigens fand ich im Freierforum zwei neue Einträge über sie:

Freunde, die Kleine ist wirklich zuckersüß ... beim Lecken geht sie voll ab, davon kann sie offenbar gar nicht genug kriegen, auf FT steht sie dagegen anscheinend leider überhaupt nicht. Also verschont sie am besten gleich mit derartigen Nachfragen. Trotzdem ist das nicht weiter schlimm, da ich von diesem Engelchen reichlich anderweitig entschädigt wurde.

Liebe Mitstecher, ein Tipp: Gut einheizen, denn sie ist eine echte Frostbeule. Bei ihr muss es warm sein, damit es heiß wird! Ich hatte sie schon ein paarmal bei mir, und ich werde sie mir garantiert noch öfter gönnen. Sie ist wirklich eine ganz Liebe, bitte behandelt sie auch so.

Okay, ich gebe ja zu, es verunsicherte mich ein wenig, auch solche humanen Beiträge zu lesen. Aber hätte ich mir etwa wünschen sollen, dass sie nur von primitiv-egoistischen Absamern bestiegen wurde? Wohl kaum, oder?

Am Sonnabend erkundigte ich mich bei Andy, was mich drei Stunden mit Mirela kosten würden.

"Für dich, hm, na 220 Euro", antwortete er.

Mit einem Zwanziger Trinkgeld wären das dann also insgesamt 240 Euro, überlegte ich und sagte zu. Denn das war es mir auf jeden Fall wert.

"Aber es soll 'ne Überraschung sein, deshalb ihr gegenüber wie immer nur von zwei Stunden reden, okay?", bat ich ihn. "Auch der Fahrer darf sich nicht verquatschen."

"Geht klar", versprach er, und ich hüpfte unter die Dusche.

Als sie kam, gab ich ihr zuerst das Flugticket, und sie reichte mir zwei Fünfziger als Anzahlung. Den Rest würde sie mir später geben, das hatten wir schon vorher per Telefon geklärt.

Dann sprach ich gleich nochmal meinen Abend mit Maja an und sagte, was ich dazu zu sagen hatte.

"Weißt du", meinte sie schließlich, "du gibst wenigstens zu, wenn du andere Mädchen bestellst. Es gibt Klienten, da komm ich hin und weiß genau, dass schon andere vor mir da waren, weil mir die Mädchen davon erzählt haben oder ich bei der Hinfahrt im selben Auto war, und der Kunde sagt: *'Oh, heute habe ich das erste Mal ein Girl bestellt, du bist die Erste.'* Oder zwischendurch war eine Andere da, aber er quatscht mich voll: *'Ach Schatz, endlich sehe ich dich wieder, ich habe nur an dich gedacht seit unserem letzten Mal vor zwei Wochen.'* Totale Spinner, die lügen alle."

Ja, dachte ich, vielleicht bestand die größte Gefahr, wenn man sich zu lange in diesem Business rumtrieb, einfach genau darin, dass man sich völlig in der Oberflächlichkeit verlor, und das galt für Callgirls und Kunden gleichermaßen.

"Ich hab dir erzählt, wie die ganze Geschichte bei mir angefangen hat", erwiderte ich. "Ich finde viel besser, wenn man sich richtig kennt, und zwar ohne zu lügen."

"Gott sieht mich, und er weiß, dass ich die Wahrheit spreche", rief sie leidenschaftlich. "Du bist der einzige Mann in diesem Scheißgewerbe, dem ich wirklich vertraue *('you are the only man in this fucking business I really trust')*. Ich denke nicht mal das Wort 'Klient', wenn ich bei dir bin, ich schwöre dir! Selbst wenn Andy mich anruft und sagt, dass ich einen Termin mit dir habe, sagt er einfach 'bei Ecki' und nicht wie sonst irgendeinen Nachnamen und wo es ungefähr ist. Du bist ein richtiger Freund für mich, ich fühle hier etwas *(sie zeigte auf ihr Herz)*, und wenn einer was Schlechtes über dich behaupten würde, dann würde ich gleich ganz wütend werden! Das wäre genau so, als wenn er was gegen mich sagt. Nein, sogar noch schlimmer! Da werde ich dann gleich sehr temperamentvoll *('then I will get very passionate')*."

"Thanks", antwortete ich leise und küsste ihre Hand. "My sweet little passion fruit."

"Nein, wirklich", meinte sie lachend und küsste mich auf den Mund, "es ist genau so. Ich freue mich immer, wenn ich höre, dass es zu dir geht. Kannst du Andy fragen, oder den Fahrer."

"Nein, das brauche ich nicht", lächelte ich spöttisch. "Das spüre ich doch. My little passion fruit. Miss Marvellous Maracuja."

Und wieder gab es eine Kusspause.

"Na klar", fuhr sie hinterher fort, "manchmal sagen mir auch andere *'Hey, wenn du Probleme hast, dann helfe ich dir'*, aber das ist immer nur blabla. Worte kosten nichts! Die Typen wollen doch bloß, dass ich ihnen vor Dankbarkeit gleich von selbst um den Hals falle."

"Ja, das ist eine ziemlich primitive Taktik, um sich selber günstiger darzustellen, ohne überhaupt was dafür tun zu müssen", stimmte ich ihr zu.

"Und immer nur das scheiß Geld!", regte sie sich auf. "Andauernd Geld Geld Geld! Wie zu Hause in meiner Familie! Meine Mutter hat auch immer nur deswegen gestritten. Geld ist doch nicht das Wichtigste!"

An ihren Fingern begann sie mir vorzuzählen, wem sie bei welcher Gelegenheit bereits Geld geschenkt hätte, einfach so aus Mitleid.

"Mein Gott, am liebsten möchte ich alles für Tiere spenden", meinte sie. "Ich hab schon so viele Sünden begangen, aber wenigstens gebe ich oft Bettlern und alten Leuten auf der Straße was. Weißt du, und wenn ich nur die Wahl zwischen den zwei Möglichkeiten hätte, dass ich entweder als reicher einsamer Geizkragen in einem großen Haus leben soll oder arm im Regen auf der Straße sterben, dann will ich lieber so sterben. Hauptsache es würde jemand um mich weinen!"

"Na dafür bist du zu jung und zu schön, um einsam auf der Straße zu sterben", beruhigte ich sie, "und da würden ganz bestimmt 'ne Menge Leute weinen, hundertprozentig."

Zärtlich strich ich ihr mit den Fingern über die Wangen.

"Ich bin ja im Prinzip deiner Meinung, dass Geld oft überschätzt wird", gab ich ihr Recht. "Aber du darfst ihm auch nicht völlig den Wert absprechen. Erinnere dich mal an die Nacht, als du plötzlich allein draußen vor der Disco warst, damals bei der alten Agentur. Das hätte auch ganz böse schiefgehen können, so allein im Ausland, mit leerem Portemonnaie. Ein bisschen mehr Alkohol oder irgendwelche Typen, die dich mitnehmen und dir Drogen geben, nur um dich dann auszunutzen, und wer weiß, was passiert wäre. Geld kann einem in solchen Situationen schon helfen und Sicherheit geben. Bloß bevor du anderen Leuten etwas borgst oder schenkst, musst du dir das auch leisten können. Eigensicherung geht vor Fremdrettung, erste Rettungsschwimmer-Regel. Du bist erstmal für dich selbst verantwortlich. Denk dran, das ist wichtig."

Naja, so in der Art versuchte ich ihr meine Sicht der Dinge klarzumachen. Im Prinzip wusste sie das meiste davon wahrscheinlich selbst, ihre Emotionen gingen manchmal bloß ein bisschen durch mit ihr.

"Ja, in der Nacht damals war ich echt total am Ende" seufzte sie leise. "Ich hab kaum noch 'n Wort rausgekriegt und nur noch geheult, als ich meine Mutter am Telefon hatte."

"Deine Mutter?", wunderte ich mich. "Ich denke, die lebt in Italien? Wie sollte die dir denn helfen?"

"Na ich hatte doch niemanden weiter und wusste nicht, was ich machen sollte", antwortete Mirela. "Aber dann hab ich ja dich angerufen, und du warst so gut zu mir. Das vergesse ich nicht. Du bist meine Familie hier, wirklich. Du bist immer gut zu mir. Mein Baby."

Sie kuschelte sich an mich, und ich drückte sie fest. Ich, die Vaterfigur. Natürlich fand ich, dass sie ein Recht auf selbstlose Liebe hatte, sie war ja fast noch ein Kind, und ihr Gefühlshaushalt entsprechend fragil. Außerdem war sie schön, und sie hatte mich in ihr Herz geschlossen. Daher gab ich ihr sehr gern, was sie brauchte.

Anschließend ging sie duschen, und erst als sie aus dem Bad zurückkam, sagte ich ihr, dass wir uns heute mal richtig Zeit lassen konnten. Drei Stunden anstatt der üblichen zwei. Na da kam Freude auf! Mirela war sowas von übermütig! Noch im Stehen spielte sie die Unschuld vom Lande: Sie hielt ihren Kopf ganz schüchtern gesenkt, als würde sie bloß schamhaft auf meine Brust blicken, obwohl sich ihre Hand schon langsam nach meinem schwellenden Mittelbein streckte, wobei sie gleichzeitig ihre Augen (nur ihre Augen, nicht den Kopf!) schelmisch hoch zu meinem Gesicht drehte...

Ich hätte nicht gedacht, dass beim Sex mit ihr noch eine Steigerung drin wäre, aber ich musste mich tatsächlich (und sogar sehr gern!) eines Besseren belehren lassen. Und das Schönste daran war, dass ich trotz aller entfesselter Leidenschaft und Wildheit, trotz allen Zupackens und aller Ekstase, bei jedem ihrer Küsse und Berührungen doch auch immer ihre Zärtlichkeit und Dankbarkeit für mich spüren konnte. Ihre Liebe. Wenn diese Hingabe vorgespielt gewesen wäre, dann müssten demnächst einige Oscars an eine rumänische Kleindarstellerin vergeben werden. Für mich war Mirela jedenfalls von unbeschreiblicher Schönheit. Und nach dem kleinen Maja-Abstecher wusste ich jetzt erst recht, was ich an ihr hatte.

"Solch ein wundervoller Mann", flüsterte sie hinterher. "Ich kann nicht verstehen, dass es mit deiner Frau nicht mehr gelaufen ist. My pretty, pretty baby. Du bist ein ansehnlicher Kerl, intelligent, nett, trinkst nicht, du liebst deine Kinder..."

Sie zuckte mit den Schultern.

"Warum?", fragte sie. "Oder möchtest du lieber nicht darüber reden? Tut es dir weh?"

"Nein", schüttelte ich den Kopf, "ach was. Schließlich war ich ja derjenige der gegangen ist, ich wollte es ja so."

Ich erzählte ihr von Ramona und mir, von unserer Ehe, wie wir uns gefunden hatten und wie es auseinandergegangen war. Und während ich darüber redete musste ich daran denken, dass Ramona in all den Jahren unserer Ehe beim Sex mit mir nicht ein einziges Mal so intensiv gekommen war wie dieses kleine rumänische Teeniemädchen. Nein, nicht mal annähernd.

Ein kurzer Blick auf die Uhr sagte mir, dass wir noch knapp zehn Minuten hatten.

"Du musst langsam ins Bad", murmelte ich, aber gerade als Mirela aufstehen wollte rief ich "Halt!", bog sie noch einmal nach hinten, drückte ihre Schenkel auseinander und gab ihr einen herzhaften Kuss mitten auf den saftigen Pfirsich. Und noch einen, diesmal allerdings schon deutlich länger. Sie hielt urplötzlich vollkommen still, so als hätte sie irgendeine Lähmung überfallen. Die typische animalische Duldungsstarre des Weibchens nach dem Nackenbiss, unmittelbar vor dem Besteigen. Ich küsste ein drittes Mal, dann kam noch ein wenig Fingereinsatz dazu, und schließlich folgte wiederum ein Zungenkuss auf die (sich nun bereits deutlich belebende!) Passionsfrucht. Erregt rutschte ich höher, führte ihre Hand an meine harte Latte und flüsterte heiser: "Da musst du nachher im Bad eben etwas schneller machen, wenn du pünktlich unten sein willst..."

Am Ende kam sie natürlich trotzdem wieder zu spät ins Auto. Aber diesmal musste ich die Schuld dafür eindeutig auf mich nehmen.

238. Kapitel

Montag nach der Arbeit rief sie mich an, einfach so. Sie hatte einen freien Tag, deshalb war sie wohl umso mehr in Redelaune. Wir quatschten über eine halbe Stunde lang und verabredeten uns für den nächsten Tag zum Mittagessen, nicht weit weg vom Krapparat.

Am Abend schickte sie mir drei lange SMS unmittelbar hintereinander. Sie wäre mir so dankbar, schrieb sie, und ich solle mir etwas ausdenken, was sie für mich tun könne, damit ich mich 'really special' fühlen würde. Es wäre ihr wirklich ernst damit. Sie möchte mir unbedingt etwas zurückgeben und mir einen Wunsch erfüllen, egal was. 'Just test me, please!'

Abends um zehn klingelte mein Telefon, wieder Mirela.

"Ich wollte dir nur gute Nacht wünschen, schlaf schön", säuselte sie mit ihrer weichen Kleinmädchenstimme und legte gleich wieder auf. Ach wie süß!

Ich stand zur vereinbarten Zeit an der vereinbarten Straßenecke, aber sie kam nicht. Gerade als ich gehen wollte, erschien sie doch noch, über eine halbe Stunde zu spät (die ich in einem zugigen Eingang verbracht hatte), und statt einer Entschuldigung präsentierte sie mir irgendwelche halbgaren Rechtfertigungen. Schmerzen in der Nacht gehabt und dann verschlafen, und zum Schluss obendrein noch verlaufen. Mit einem Stadtplan könne sie eben leider nicht umgehen, sie hätte es nie gelernt, denn von Bukarest gäbe es nämlich überhaupt keine.
"Nein, absolut nicht!", fauchte sie auf mein skeptisches Gesicht hin, "davon hast du null Ahnung!"
"Warum hast du mich nicht wenigstens noch kurz vorher auf dem Handy angerufen und gesagt, dass es später wird?", fragte ich nach, mich mühsam beherrschend. "Dann wäre ich eben noch etwas länger im Büro geblieben, alles nicht so schlimm."
"Kein Guthaben mehr auf dem Handy, kann ich was dafür, dass ich immer so wenig Geld habe?", schleuderte sie mir entgegen, halb wütend und halb den Tränen nahe, und steckte sich mit nervös zitternden Händen eine Zigarette an.
'Ja, aber dafür reichts noch', dachte ich grimmig, verkniff mir jedoch die Bemerkung. Sowieso zwecklos, sagte ich mir. Sie konnte natürlich nichts dafür, wenn sie zu spät kam, die böse Welt war schuld, immer die anderen. Wie mir sowas zum Hals raushing! Es war anstrengend mit ihr, mit diesem halben Kind, sehr anstrengend sogar. Aber wer die schönen Stunden mit ihr auf der Matte wollte, der musste diesen Stress nun mal in Kauf nehmen.
Schließlich gingen wir zu einem asiatischen Selbstbedienungs-Imbiss in einer Ladenpassage und aßen hinterher noch ein paar frische Waffeln auf dem Weihnachtsmarkt (wobei ich auf der großen Werbetafel vor dem Stand mit flinkem Finger einen Kreidebuchstaben wegwischte, so dass nun 'frische Waffen' angepriesen wurden).
Währenddessen erzählte Mirela mir eine ziemlich wüste Geschichte. Angeblich wäre sie nämlich zusammen mit Andy und seinem Haufen in der Disco

gewesen, und da hätten ihr ein paar Typen heimlich per Lipgloss 'liquid ecstasy' verabreicht, so dass sie urplötzlich völlig ausgetickt wäre und rumgereihert hätte. Eine andere Erklärung dafür gäbe es einfach nicht, meinte sie sehr entschieden, und wenn der eine von Andys Freunden sich hinterher nicht stundenlang um sie gekümmert hätte, wäre womöglich noch etwas viel Schlimmeres passiert.

Von irgendwelchen K.-O.-Tropfen, die einem unbemerkt in den Drink gekippt wurden, hatte ich zwar auch schon gehört, aber dass dieses Buttersäure-Zeug einem nun bereits per Lippenstift appliziert wurde, das war mir neu. Ich wusste nicht so recht, ob ich ihr diese Story wirklich so abnehmen sollte.

Ursprünglich wollte ich sie zum Schluss noch schnell zur U-Bahn bringen und ihr zeigen, wie ein Ticketautomat funktioniert, damit sie nicht immer auf das teure Taxifahren angewiesen war, aber ich hatte eigentlich kaum noch Zeit, und sie schien auch nicht besonders erpicht auf diese Lektion zu sein.

Daher verabschiedeten wir uns am nächsten Taxistand.

"Bis heute Abend", flüsterte ich und gab ihr einen Kuss.

Sie kam die Treppe buchstäblich raufgestürmt. Ich öffnete in T-Shirt und Slip, gab ihr ein Küsschen und half ihr aus der Jacke.

"Einen niedlichen kleinen Hintern hast du", meinte sie, als sie sich setzte und ich gerade die Drinks aus der Küche holte. "Very sexy!"

Leider hatte sie sich vor ungefähr einer halben Stunde einen Finger in der Autotür geklemmt. Unter dem Nagel war bereits ein dicker, dunkler Bluterguss zu sehen.

"Wir sind gleich an eine Apotheke rangefahren und haben Schmerzgel und ein Pflaster raufgemacht", sagte sie. "Das kühlt ganz gut."

Nach der ersten Zigarette fragte ich sie: "Kannst du mir bitte einen Gefallen tun?"

"Na klar", erwiderte sie. "Du hast ja auf meine SMS bis jetzt noch nicht geantwortet. Du weißt, du musst dir noch was wünschen."

"Okay, ja danke", antwortete ich, "aber später. Ich meinte, ob du heute vielleicht mal gleich ins Bad gehen könntest. Ich bin nämlich etwas müde und möchte am liebsten schon jetzt mit dir kuscheln."

Sehnsüchtig drückte ich sie an mich.

"Komm dann ganz nackt ins Zimmer", raunte ich in ihr Ohr. "No bikini, okay? Hundert Prozent nackt, kein Handtuch oder so, ja? Oh bitte! Ich kann nicht warten."

Sie lächelte, und bereits wenige Minuten später trat sie wie gewünscht zu mir ans Bett. Nur ein paar Wasserperlen bedeckten ihre Haut, weiter unten am verlängerten Rücken. Sonst nichts.

"Willst du heute mal oben sein, oder wollen wir von hinten?", brachte ich gerade noch so heraus, während meine Hände sich bereits mit ihren herrlichen Brüsten beschäftigten.

Sie sah mich zwar an, schloss jedoch einfach ihre Augen und blieb stumm.

"Also eigentlich bin ich ja happy, so wie wir es machen", stöhnte ich leise und spürte im selben Moment, wie ihre Hand meinen Sack zu massieren begann. "Aber normalerweise habe ich auch Sex in anderen Positionen."

Sie lächelte, halb schamhaft und halb lüstern, und flüsterte: "Ich mag es eigentlich, lieber verwöhnt und schön von dir gefickt zu werden, als mich selber für einen Orgasmus abzumühen."

Na das soll mir recht sein, dachte ich, und los gings. Ich stieß von Anfang an ohne große Umschweife drauflos, und mir kam es auch recht schnell. Aber es war trotzdem gut, so wie immer mit ihr.

Als wir fertig waren, bat ich sie sich auf den Bauch zu legen, um ihre Rückseite zu streicheln. Meine Herren, was für ein Hintern! Nicht nur von den Proportionen her Eins A, sondern auch von der Textur her! Überall zarteste Babyhaut, nirgendwo der Ansatz eines Pickelchens oder Hornhaut, alles genau so wie auf einem dieser sorgfältig retuschierten Werbefotos. Und so straff und fest! Ich knetete ausgiebig daran herum, an diesem Hintern des Monats.

Dieser Gedanke brachte mich auf eine Idee.

"Komm", schlug ich vor, "wir machen jetzt einen Sprachkurs. Ich sage was vor, auf Englisch und Deutsch, und du sprichst es dann auf Deutsch nach."

"Okay", nickte sie erwartungsvoll, und schon bald hörte ich aus ihrem Munde Sätze wie: "Guten Abend, ich bin der Hammer des Monats" und "Es ist sehr schön mit dir im Bett". Unglaublich charmant, dieser Mix aus Unsicherheit und Laszivität! Und verdammt sexy, ehrlich. Meine Hände auf ihrem Po begannen wieder aktiv zu werden, und es dauerte nicht lange und sie drehte sich um, räkelte sich leicht gespreizt und wölbte mir ihre Brüste entgegen, und ich genoss in vollen Zügen, was mir so unwiderstehlich dargeboten wurde. Denn ich wusste, von diesen Bildern würde ich noch lange zehren.

Allerdings bemerkte ich schon bald, dass sie von ihrem gequetschten Finger nun doch ein wenig abgelenkt wurde, und leider wurde es schnell schlimmer.

"Ich brauche jetzt ununterbrochen Sex, damit ich die Schmerzen nicht spüre", versuchte sie zwar noch zu scherzen, doch dann stöhnte sie nur noch leise vor sich hin.

"Die Wirkung von dem Gel lässt nach, der Finger ist jetzt richtig angeschwollen", klagte sie, während ich ihr eine Tasse mit Eiswürfeln brachte.

Doch auch das half nur wenig, und so wie es aussah, konnte sie für heute wohl Schluss machen.

239. Kapitel

Auch diesmal empfing ich sie wieder nur in T-Shirt und Slip.

Sie kam die Treppe hochgesprintet, gab mir japsend im Flur einen flüchtigen Kuss und verschwand danach sofort auf Toilette.

"Oh, das war dringend", meinte sie hinterher, als sie sich eine Zigarette anzündete. "Ich hab den Fahrer unterwegs immerzu schon gebettelt, er soll endlich anhalten, bei irgendeinem Café, ich hätte mir beinahe in die Hose gemacht."

Sie lachte. "Sorry, dass ich hier so wie ein Sturm reingefegt komme."

"Das ist mir lieber, als wenn du schnell wie ein Sturm wieder gehst", antwortete ich grinsend. "Du mein wilder *hurricane*."

Anschließend holte sie ihre Geldbörse aus der Handtasche und zahlte mir ihre restlichen Schulden wegen des Flugtickets zurück, und sie betonte dabei noch einmal, dass ich mir unbedingt etwas von ihr wünschen müsse.

Bisher wäre mir einfach nichts Angemessenes eingefallen, verteidigte ich mich mit hilflosem Lächeln, aber ich würde ernsthaft darüber nachdenken.

"Wirklich, beim nächsten Mal", versprach ich.

Dann miaute plötzlich ihr Telefon.

"Mein neuer Klingelton, gefällt er dir?", erkundigte sich Mirela und klappte hastig das Handy auf.

"Nein, ich kann jetzt nicht", rief sie, "hab ich dir doch gesagt, ja, machs gut." Angeblich ein Mädchen aus ihrem Haus, erklärte sie.

"Andauernd fragt sie mich, was ich gerade mache und mit wem ich zusammen bin", stöhnte sie. "Welche Freunde, und ob sie sie kennt. Die will alles wissen. Ich hab ihr gesagt, sie soll mich um diese Zeit nicht anrufen, aber sie tut es trotzdem."

"Ein schlechtes Zeichen", kommentierte ich bloß schulterzuckend. "Wer deine kleinen Bitten nicht respektiert, der ignoriert dich dann auch meist in anderen Angelegenheiten."

Anschließend unterhielten wir uns auch noch ein wenig über ihre Arbeit. Denn natürlich hatte ich Verständnis dafür, dass sie einige ihrer Erlebnisse loswerden wollte.

"Einer, den ich nicht küssen wollte - ich lasse mich ja nur von ganz wenigen Klienten küssen, der bot mir 50 Euro extra dafür", berichtete sie. "Okay, dann hab ich es gemacht. Aber als ich das nächste Mal bei ihm war, da rief er Andy an und fragte ihn, ob es nicht auch für 30 Euro extra ginge. Ich stand daneben, und er feilscht mit Andy! So ein Idiot, echt! Ich dachte, ich spinne! Hinterher quatschte mich dann Andy nochmal richtig voll: *Nein, so geht das aber nicht, das können wir uns nicht leisten*, bla bla, all sowas. Hörte sich so an, als ob er mein Extrageld am liebsten miteinkassiert hätte."

"Hat er?", fragte ich.

"Nein", erwiderte sie und grinste mich von der Seite her an. "Ich glaub, er kennt mich..."

Sie drückte ihre Zigarette aus und trank einen Schluck.

"Ich passe auch immer höllisch auf, dass das Kondom draufbleibt", fuhr sie fort. "Hast du bemerkt, dass ich das erste Mal auch bei dir immer nach unten geguckt habe?"

"Ähm mh", brummte ich unbestimmt, denn ich wusste nicht genau, was sie eigentlich meinte, wollte sie aber auch nicht unterbrechen.

"Was die sich einbilden!", rief sie. "Die denken, ich finde das alles ganz toll mit ihnen! Oft haben mich Kunden auch gefragt, ob ich es nicht mal ohne Kondom mache. *Ach komm, sei doch nicht so kalt.* Oder sie sagen: *Okay, ich rolle es mir gleich rüber, dreh dich schon mal um.* Nein, ich ziehe es immer selbst rauf, und nicht der Klient! Niemals! *(Außer bei mir, dachte ich.)* Und ich gucke auch ständig zwischen meine Beine, um zu kontrollieren. Meinen die etwa, ich kann so Sex genießen, wenn ich immer Angst haben muss, dass sie den Gummi wieder runtermachen? Diese Idioten! Manche bieten mir nicht mal 'n Drink an, da soll ich sofort ins Schlafzimmer rein! Ja wo ist da der Respekt?"

Sie schimpfte noch ein Weilchen, dann gings ab auf die Spielwiese. Endlich!

Diesmal agierte ich von Anfang an etwas ruppiger als sonst, weil ich nämlich erstens ein bisschen Abwechslung in die Sache bringen wollte und zweitens den Eindruck hatte, dass sie es vielleicht mögen würde. Ich trieb sie quer über die Matte (diagonal, nein, genaugenommen war es eher eine Hyperbel, oder eben ein Hyperbelast), mit jedem Stoß eine Handbreit weiter, bis ihr Kopf über die Kante rutschte. Aber hallo, wer hier wohl der Hammer des Monats war! Die Dielen in der ganzen Bude wippten, sogar der Bücherschrank fing an, ziemlich heftig mitzuklappern, als ob da irgendein eingesperrter Fickdämon rauswollte. Ich kam jedenfalls ziemlich ins Schwitzen.

Als ich hinterher mit ihr diesen wilden Gorillafick auswertete gestand sie mir jedoch, dass es ihr besonders zum Schluss hin etwas zu viel gewesen wäre.

"Also in dem Moment, da gefällt es mir zwar eigentlich schon", versuchte sie mit verlegenem Lächeln zu erklären, "aber naja, nicht ganz so hart finde ich doch besser."

"Sorry", sagte ich aufrichtig, "ich dachte, wir probieren es vielleicht mal so. Ehrlich gesagt, ich selber mag es auch eher sanfter."

Ich sah ihr in die Augen und küsste sie, und der Blick den sie mir zurückgab, war klar und ungetrübt.

Aneinander gekuschelt sprachen wir dann noch über ihre Zukunftspläne. Eigentlich wollte sie ja erstmal ihre Ausbildung in Rumänien beenden, andererseits hätte sie jedoch am liebsten sofort ein Studium in Deutschland angefangen. Bloß sie wusste natürlich nicht so recht, wie sie das bewerkstelligen sollte.

Schließlich sah sie auf die Uhr und erhob sich, und während sie kurz duschte, kippte ich bereits den stinkenden Aschenbecher aus, der inzwischen fast bis zur Hälfte mit Kippen gefüllt war.

Gott, sie qualmt wirklich wie ein Schlot!, dachte ich kopfschüttelnd.

Als ich zehn Minuten später wieder allein in meiner Bude saß, genehmigte ich mir noch ein letztes Glas Wein, und es ist wohl nicht allzu schwer zu erraten, welchen Titel ich dazu auflegte. Nämlich *Like A Hurricane* von Neil Young. Was denn sonst, nicht wahr?

Am nächsten Tag las ich im Online-Freierforum den Beitrag eines Mitglieds namens 'Xerxes', der dort bereits mehr als 3000 Beiträge verfasst hatte. *(Diesen Namen hatte er nicht etwa im Hinblick auf den alten Perserkönig gewählt, sondern weil er rückwärts gelesen 'Sexrex' ergab, und rex war bekanntlich das lateinische Wort für König. Andy kannte den Typen, er hatte ihn mir gegenüber einmal als fetten Glatzkopf Mitte Vierzig beschrieben.)*

'Xerxes' schwärmte zuerst von Maja und ließ sich dann auch noch über Mirela alias Valerie aus: *'Zeit, mal wieder den Korken irgendwo reinzudrücken, sagte ich mir und bestellte diesmal Valerie von der besagten Agentur. Optisch echt knackig die Kleine, nur verbal ziemlich altklug und naseweis. Erst tat sie ein bisschen spröde, aber als mein gummibehelmter Kumpel bei ihr einfuhr, da war es mit der Coolheit vorbei. Sie guckte beim Stoßen dauernd höllisch geil an sich runter, und während meiner action machte sie es sich sogar noch zusätzlich mit den Fingern. Die ging ab wie nach einer Woche Vibratorentzug! Ihre Beweglichkeit ist wirklich enorm.'*

Was mich an alldem besonders irritierte war freilich die Tatsache, dass eben jener 'Xerxes', der in seinen Internet-Kommentaren aus seinem generell nicht sehr einfühlsamen Umgang mit den Girls keinen Hehl machte und genau deshalb von Andy nach eigener Aussage seit langem auf seine schwarze Liste gesetzt worden war, nun offenbar wieder uneingeschränkt freie Bahn für seine Aktivitäten hatte.

Routinemäßig checkte ich danach noch die Webseite der Agentur, als Zusatzservice konnte man neuerdings auch 'getragene Dessous' der Modelle erwerben, 'Preisliste telefonisch erfragen'. Außerdem wurde mit einer 'Girls-

Flatrate' geworben; ein paar Mädchen waren nachmittags zwischen vier und sechs jetzt billiger zu kriegen. Na super, sagte ich mir, fehlte ja nur noch, dass sie sich in 'Flat-Girls' umbenannten.

240. Kapitel

Mirela kam wie üblich in Jeans, aber anstatt des Gürtels hatte sie diesmal ein hellblaues, mit Silberfäden durchwirktes Tuch zu einem Seil verdreht und durch die Schlaufen gezogen. Die Enden baumelten, lässig in einen losen Knoten geschlungen, an ihrer rechten Seite ein Stück weit herab. Sehr sexy und verspielt, fand ich, und auch irgendwie arabisch. Jedenfalls erinnerte es mich entfernt an Harem und Bauchtanz.

Mit Andy schien es irgendein Problem zu geben, denn sie diskutierte ein bisschen am Telefon mit ihm, während ich die Drinks in der Küche fertig machte.

"Idiot", fauchte sie, als sie das Handy zugeklappt hatte. "Weißt du, ich bin ein paar Minuten zu spät von einem Kunden gekommen. Aber was kann ich dafür? Ich war ja schon fast fertig angezogen, da wollte er plötzlich nochmal! Also wieder Klamotten runter. Er hatte bezahlt, und Zeit war noch nicht um. Was soll ich machen? Und ohne Dusche hinterher gehe ich nicht."

"Komm, wir trinken erstmal was", schlug ich vor, "das beruhigt. Prost!"

Wir stießen miteinander an, ich mit Kirschsaft und sie mit ihrem Energydrink.

"Ach du, mein lieber *shrink*", gurrte sie, "der mich immer versteht, und der mir immer meinen Lieblingsdrink gibt. Übrigens hab ich meiner Mutter alles von dir erzählt. Also außer dass wir Sex haben. Aber wieviel du mir immer geholfen hast und dass du auch das Ticket gebucht hast und so."

Nachdenklich drehte ich mein Glas in der Hand.

"Mirela, du bist nicht mehr lange hier", sagte ich leise. *(Das heißt, wir werden bestimmt nicht mehr oft Sex haben können, dachte ich, und außerdem kriegst du ja sowieso bald deine Tage.)* Trotzdem möchte ich mit dir noch möglichst viel zusammen sein, und ich bringe dich nächste Woche auch gern zum Flughafen."

"Ja, das wäre schön", meinte sie und senkte ihren Kopf. "Solange ich dich in der

Nähe weiß, ist alles gut, aber von Rumänien aus..."

Sie trank einen Schluck, und beide schwiegen wir einen Moment.

"Ich hatte mal 'nen Freund, der war 27 und trotzdem total unreif", begann sie zu erzählen. "Den konnte ich mir höchstens als Dekoration ins Zimmer stellen. Oder ins Regal, nur zum Angucken. *(Hm, wunderte ich mich, denn ich hatte immer gedacht, ein solcher Satz wäre typisch männlich.)* Was soll ich mit so 'nem Typen? Für die bin ich doch nur Arsch und Pussy! Die wollen mich andauernd beim Tanzen 'umarmen' und ihr Ding an mich drücken. Von wegen Tanzen! *(Ich dachte daran, dass wir uns früher in der Ost-Clique stets schon auf einen Ausspruch von Charles Keil berufen hatten, der da ja einst postuliert hatte, dass der wahre Partner beim Tanzen natürlich nur die Musik sein könne. Aber das behielt ich diesmal für mich, denn ich wollte Mirela nicht unterbrechen.)* Die fangen einfach an mich zu küssen, ohne vorher zu fragen! Hören nicht zu, wenn ich was sage! Nö, das interessiert sie gar nicht! Ein anderer Mann, mit dem ich mal kurz zusammen war, der war sogar 36 und auch nicht reif ('not mature'). Der hat mich bloß immer damit genervt, wie klug und erfahren er angeblich ist und was ich alles noch lernen muss."

Sie zögerte einen Moment, dann fuhr sie fort: "Weißt du, du bist einer der klügsten Menschen, die ich kenne." Ich guckte, aber sie ließ sich nicht beirren. "Nein, ehrlich, du bist der intellektuellste Mann, der mir je begegnet ist. Du weißt so viel und kannst zu allem etwas sagen, und es stimmt immer."

Sie nahm ganz plötzlich meine rechte Hand und schmiegte sie an ihre Wange.

"Und weißt du was das Seltsamste dabei ist?"

"Nein", erwiderte ich ein wenig belustigt, "so schlau bin ich nicht."

"Das Komische ist", antwortete sie, "dass ich wirklich glaube, dass du viel klüger bist als ich, und dass ich mich trotzdem nie dumm fühle bei dir."

"Das ist gut", nickte ich und drückte ihr einen Schmatzer auf.

"Weißt du, ehrlich, früher hätte ich mir nicht vorstellen können, mit einem viel älteren Mann zusammen zu sein", meinte sie, "aber mit dir ist das gar nicht wichtig. Ich könnte jedenfalls nichts mit einem Mann anfangen, mit dem ich nicht reden kann. Der langweilig ist. Der nur *Pussy, Pussy* sieht oder mir bloß dauernd erzählt *Oh, du bist schön, komm her, du bist schön.* Und sich in Wahrheit überhaupt nicht für mich interessiert."

"Naja, du *bist* schön", erwiderte ich, "und das Physische ist nun mal ein starker Reiz. Dein schönes Äußeres ist ein Teil von dir. Es ist zwar längst nicht alles, doch es gehört zu dir. Aber natürlich möchtest du komplett wahrgenommen werden, so wie jeder Mensch. Nicht nur als dekorative Hülle."

Ich zog sie näher an mich heran und flüsterte ihr ins Ohr: "Komm, mein schönes sexy Baby."

"Ach andere sind auch schön", wehrte sie halb lächelnd ab.

"Ja das stimmt", gab ich ihr recht, "but you are special to me. Nur zu dir habe ich so eine besondere Beziehung, und das macht den Unterschied."

Ich erzählte ihr von Nina und wie ich damals mit ihr tatsächlich für eine Weile das Gefühl gehabt hatte, dass ich mit ihr noch einmal richtig von vorn anfangen könnte, Kinder, Familie, alles.

"Aber sie war 27", schloss ich, "das schien mir noch zu passen, daran konnte ich glauben."

Ich schüttelte meinen Kopf. "Tja, und dann kamst du. Mirela. Du bist 19, das ist mir eigentlich zu jung. Das geht eigentlich nicht, sagte ich mir immer, obwohl ich dich von Anfang an sehr mochte. Da ist viel zu viel Vaterrolle mit drin, es sollte eine Menge anders sein."

Aufmerksam sah sie mich an, voller Konzentration; sie las mir die Worte regelrecht von den Lippen ab.

"Doch dann dachte ich mir: Was soll das ganze *wenn* und *hätte* und *sollte*? Es ist so wie es ist, und fertig. Dein Leben ist bisher so gelaufen und hat dich hierher geführt, und meines eben anders, und da stehen wir nun und gucken uns an. Nur wir zwei, 1:1. Hm, und da wissen wir nicht so recht, was wir daraus machen sollen? Quatsch, alles Quatsch! Von wegen *wenn* und *müsste* - es *ist* aber nun mal so und basta. Ich denke, es ist wirklich ganz einfach: Ich bin 44 und du bist 19, und solange dieser Kontakt dir und mir guttut, so lange sollten wir ihn halten. Das entscheiden nur wir beide."

Ich gab ihr einen Kuss. "Und mir tut es gut. Verdammt gut."

"Mir auch", seufzte sie, küsste mich und rollte sich auf mich.

Vielleicht ist sie ja eine Sapiosexuelle, ging es mir dabei noch flüchtig durch den Kopf, also jemand der besonders vom Intellekt des Partners erotisch angezogen wurde? Wenn sie mich doch so klug fand? Aber egal.

Diesmal begann unser Sex viel zärtlicher als beim letzten Mal, eher ein vierhändiges Streichelspiel anstatt einer wilden, rohen Ekstase. Sie küsste sogar meine Finger.

"Weißt du, wegen deiner SMS", flüsterte ich, als wir beide dann endlich nackt waren, "also ich fühle mich eigentlich auch so really special bei dir, und naja, besonders der Sex mit dir ist wunderbar. Was soll ich mir also wünschen?"

Ich räusperte mich, und ja, ich gebe zu, ich kam etwas ins Stottern. Aber ich war ehrlich. "Wegen Oralsex" fuhr ich fort, "also beim Mann, da haben wir ja schon mal drüber geredet und ich weiß, dass du das eigentlich nicht magst. Ich möchte aber gern, dass du es mal probierst, dass du dich drauf einlässt. Nicht nur wegen mir, sondern weil es wirklich was Schönes sein kann, auch für dich. Versuchs mal, bitte. Wenigstens ein paar Sekunden lang, nur solange du möchtest, ohne Zwang. Ach so, und falls du dich deswegen schämst, komme ich später mit keinem Wort drauf zurück, wenn du nicht drüber reden willst. Ganz im Ernst."

Einen Moment lang passierte gar nichts, auf einmal jedoch wanderte ihr Kopf bei mir plötzlich nach unten, und sie nahm meinen nun kräftig schwellenden und sich aufrichtenden Schwanz in ihre warmen Hände, zögerte einen Moment, und ließ ihn dann langsam bis gut zur Hälfte in ihren Mund gleiten. Ich hielt die Luft an. Es war unglaublich erregend, gerade weil ich mich ja ihr zuliebe beherrschen wollte! Zaghaft bewegte sie ihren Kopf ein bisschen hin und her, nur ein paar Sekunden lang, und schon gab sie mein bestes Stück wieder frei.

Für einen winzigen Moment blickte sie zu mir hoch, so als wolle sie sich irgendwie vergewissern; unsere Blicke trafen sich, und sie schloss die Augen, nahm nochmal Anlauf und lutschte etwas mutiger drauflos, diesmal sogar viel länger. Gott, tat das gut!

Hinterher strich ich ihr übers Haar, zog sie hoch zu mir und bedankte mich mit einem intensiven Zungenkuss.

Danach ging sie nach oben, ich gummierte hastig, und sie ließ sich seufzend auf mir nieder. Ich hatte noch nie ein Mädchen gehabt, das dabei dermaßen den Kopf nach hinten in den Nacken warf und den ganzen Körper buchstäblich zu einem 'C' wölbte, den Po wie ein Entenstiez nach hinten hochgereckt. Straff gespannt wie ein Bogen kurz vor dem Schuss feilte sie an meinem Ständer, bis es ihr kam und ich sie anschließend mühelos mit ein paar wuchtigen Stößen zu Fall brachte.

Es blieben uns eigentlich nur noch fünf Minuten, aber ich verlängerte um eine halbe Stunde.

"Danke", hauchte Mirela und ließ sich nach hinten ins Bettzeug zurückfallen.

"Girl you are rich, even with nothing", sang ich leise mit der Musik mit und begann sie wieder zu streicheln.

Hätte ich mir nie träumen lassen, dachte ich dann eine Weile später, dass ich mal als alter Daddy mit Mitte Vierzig mit so einem süßen jungen Ding im Bett liegen würde.

Ich stützte mich auf meinen Ellbogen, strich über ihre Brüste, sah ihr in die Augen und fuhr fort: "God saw me, He saw this poor old guy and his miserable life, and He the Almighty in His mercy decided to give me a last piece of candy. Thats you, sweet baby, my last piece of candy."

Sie lachte glucksend, leicht und unbeschwert, und ich lachte auch, aber anders.

Ja, Gott sah mich arme Socke und mein verpfuschtes Leben, er wusste Bescheid, und voller Gnade hatte er nochmal ein letztes Zuckerstückchen rausgerückt. Danke, Mann! I really appreciate it.

Ungefähr zwanzig Minuten später stand sie auf und machte sich fertig. Duschen, Anziehen, Haare kämmen, Lippenstift. Ein paar letzte Küsse im Flur und an der Tür, und weg war mein Engel.

Ich kroch wieder ins warme Bett zurück, verschränkte die Arme hinter dem Kopf und ließ die letzten Stunden noch einmal genüsslich Revue passieren.

Hatte sie also ihre Scham tatsächlich überwunden und bei mir gelutscht, dachte ich, und ich nahm meinen Schwanz behutsam in die Hand und versuchte mir noch einmal vorzustellen, wie es gewesen war (und schon hatte ich wieder einen Riesenständer unter der Decke).

"Neunzehn", flüsterte ich dabei im Dunkeln vor mich hin, "neunzehn".

Neunzehn Jahre alt, und so schön! Und sie stand auf mich! Es war einfach nicht zu fassen! Ich musste an diesen bekannten Dramatiker denken, Stichwort Zigarre, der schon die 60 überschritten hatte, als er seine zukünftige Ehefrau kennenlernte, und zwar als 25jährige. Oder dieser berühmte Maler, alt und krank, mit seiner taufrischen wunderschönen Braut vom Balkan *(und trotzdem hatte er sich noch Callgirls ins Hotel bestellt).* Nicht zu vergessen Old Salinger, der damals als 53jähriger Weltverächter eine schnucklige 19jährige Yale-Studentin in seine Einsiedler-Hütte einziehen ließ. Selbst der albernste deutsche Komiker hatte eine 24 Jahre jüngere Frau abgekriegt (und das war keiner seiner Scherze!), und sogar ein Präsident eines großen mitteleuropäischen Landes war einstmals mit einer 26 Jahre jüngeren Gattin (aus 'bestem Hause'!) gesegnet gewesen, gemeinsame Kinder inklusive. Genauso wie dieser britische Rockstar, der noch dazu am selben Tag wie ich Geburtstag hatte. Oder Dostojewski, der als Mittvierziger seine 25 Jahre jüngere Stenografin ehelichte. Na und so weiter. Wie man sah, klappte es manchmal also sehr wohl. Aber dafür brauchte man vor allem Geld und Charisma (wobei eines das andere bis zu einem gewissen Grade substituieren konnte), und zwar je mehr, umso besser. Ich jedoch verfügte über beides leider nur in bescheidenem Maße. Ich war eben kein Alphamännchen. Ein Individualist und weltfremder Einzelgänger - ja, das wohl schon eher. Ein Träumer, zartbesaitet und nur bedingt lebenstauglich; von mir aus auch ein Fremdatom im sozialen Kristallgitter; ein Versprengter, ein *misfit* oder ein *maverick*, ein herdenloses Kalb ohne Brandzeichen - all das traf wohl mehr oder minder auf mich zu. Ich war ein Sonderling, aber als Lebenskünstler doch höchstens II. Wahl. Jedenfalls kein echtes Erfolgsmodell. Nein, wie auch immer, 26 Jahre Unterschied, das war in meinem Fall definitiv zu viel. Wahrscheinlich hätte ich andauernd das Gefühl, ich würde Mirela nicht wirklich glücklich machen, angefangen schon beim Kinderwunsch. An eine gemeinsame Zukunft mit ihr vermochte ich jedenfalls nicht zu glauben. Aber eine intensive Beziehung zwischen uns für eine gewisse Zeit, so wie jetzt - ja doch, das konnte ich mir sehr wohl vorstellen.

Herr im Himmel, fragte ich mich, warum stand ich als alter Zausel überhaupt auf so junge Dinger? Hakan fiel mir ein, der Koch aus der Jugendherberge, so um die Fünfzig mochte er damals gewesen sein. Wie er vorn am Ausgabetresen immer zappelig geworden war, wenn die Schulgruppen mit den vielen Teeniegirls zum Abendessen angetrabt kamen. 'Meeensch, guck, Ecki, so Schöne!', hatte er mir dann oft zugeraunt und war nach hinten gewackelt mit seinem Spruch: 'Ach, ich nicht brauchen, ich bin alt' - um dann drei Minuten später doch wieder mit heraushängender Zunge vorn zu stehen.

Tja, und jetzt war ich auch fast schon so alt wie er damals. Neulich hatte ich mir bereits ein dickes weißes Haar mühselig mit der Nagelschere aus dem Nasenloch rausschnippeln müssen. Der nasale 'silver ager'. Bestimmt würden mir bald ganze Büschel aus Ohren und Riechkolben wuchern. Meine Schläfen wurden ebenfalls immer grauer, und auch an meinen dunklen Augenbrauen zeigten sich bereits einige helle Borsten. Nein, als Jungopi wollte ich keine Nachkommen mehr zeugen, die Fertilität der Damen war mir doch echt schnuppe. Wäre es also nicht viel praktischer, wenn ich stattdessen auf gleichaltrige Menopauserinnen scharf sein könnte?

Oliver, einer aus meiner Freizeitclique, der nach eigenen Angaben ein 'zumindest nicht unglücklich verheirateter' Berufsschullehrer war, hatte mir einmal zu vorgerückter Stunde geschildert, wie ihn die 18jährigen mit ihrer Anflirterei verrückt machten und *wie gerne wie gerne wie gerne'* er ihn bei diesen frischen Dingern da unten mal reinstecken würde. Offenbar war ich mit dem Problem also nicht allein. Natürlich verstand ich mich zum Beispiel sehr gut mit Sonja aus der Gruppe, und ich fand sie auch wirklich sympathisch, aber ihr zuliebe würde ich wohl kaum auf die gelegentlichen Visiten meiner Wohltäterinnen verzichten wollen. Denn wenn Mirela als frischgeduschter Nackedei aus dem Bad zu mir kam, dann kriegte ich Stielaugen wie ein Junkie beim Anblick des Spritzbestecks. So gesehen müsste man mich eigentlich entmündigen, dachte ich. Bloß warum glückte mir kein angemessener Kompromiss zwischen den Extremen, weshalb fand ich denn keine ansehnliche Mittdreißigerin mit Stil und Herzenswärme? Etwa weil ich sie gar nicht erst suchte, jedenfalls nicht wirklich? Wieso war ich denn bloß so ein 'Unsymmetrischer', der permanent ein Weibchen mit derart exquisiten Attributen begehrte, die er selbst als männliches Pendant gar nicht aufzuweisen hatte? Sogar mein weiser Therapeut Sebastian hatte mir einst bei einer Flasche Wein zumindest indirekt gestanden, dass auch er noch immer daran arbeiten müsse, ein und dieselbe Frau mit Herz und Unterleib zu lieben.

Die Wirkung der jungen Dinger war demzufolge also nicht zu leugnen, konnte ich immer wieder nur feststellen. Bloß wie sollte man nun mit dieser Anziehung umgehen? Bruckner fiel mir ein, der berühmte österreichische Komponist mit den vielen vergeblichen Heiratsanträgen, der sich noch als

Mittfünfziger um die Ehe mit einer 17jährigen bemüht und anderthalb Jahrzehnte später sogar mit einem 22jährigen Zimmermädchen verlobt hatte. Gab es da nicht auch ähnliche Geschichten vom lustigen Charlie Chaplin? Der hatte noch mit 54 eine süße 18jährige geheiratet (nämlich die, die vorher mit 16 schon kurz mit Salinger liiert gewesen war) und acht Kinder mit ihr in die Welt gesetzt. Na und Elvis - legendär, wie verrückt der ‚King' nach Mädchen um die 15 war, ein Kapitel für sich. Tja, und selbst der greise Goethe in all seiner Weisheit war bis zum Schluss dem 'süßen jungen Blut' nachgestiegen; noch mit über Siebzig hatte er sich bekanntlich nicht entblödet, vor aller Augen dem Teenager Ulrike von Levetzow den Hof zu machen. Der alte Ost-Rocksänger war da wohl realistischer gewesen, als er damals beim Anblick der Saalprinzessin bloß voller Qual *'Geh weg, du bist zu schön'* gestöhnt hatte. Tja, und Meister Hesse (ja auch du, Hermann!), der erledigte das mal wieder auf die künstlerische Tour und verwurstete seine anstößigen Phantasien einfach literarisch - siehe sein 'Kurzgefasster Lebenslauf', in dem sich nämlich der Passus fand: *'Im Alter von mehr als siebzig Jahren wurde ich, nachdem eben erst zwei Universitäten mich durch die Verleihung der Würde eines Ehrendoktors ausgezeichnet hatten, wegen Verführung eines jungen Mädchens durch Zauberei vor die Gerichte gebracht.'*

Herr im Himmel, fragte ich mich, wo war die Logik hinter alldem? Es hörte einfach nicht auf, obwohl es vollkommen widersinnig schien! Warum hatte es die Natur nun aber gerade so eingerichtet wie es war? Oder handelte es sich bloß um irgendeine weitverbreitete Anomalie im limbischen System, um zu wenig Botenstoffe im Hirnstoffwechsel? Zu viel Blei im Trinkwasser? Warum, wieso? Was war mit der großen Weisheit nach dem Motto *'Sondern wisse, der Irrtum ist in dir'*? Hilf mir bitte, Leonardo, von selber komme ich nicht drauf.

241. Kapitel

Mirela und ich telefonierten regelmäßig miteinander, meist eine halbe oder auch eine ganze Stunde lang. Sie machte immer neue Pläne und spielte verschiedene Szenarien durch. Ihre Zukunft sah sie mehr und mehr hier in Deutschland, was ich natürlich nur zu gut verstehen konnte. Vieles an ihr erinnerte mich an meine Zeit damals im Osten, als ich unbedingt in den Westen wollte. Aber in ihrem Fall war ich eher pessimistisch, was die Visafrage anging.

Am Freitag las ich im Krapparat beim Frühstück eine erschütternde Reportage über eine 24jährige russische Zwangsprostituierte, die man auf dem Foto allerdings nur von hinten sah. Dennoch glaubte ich zuerst wirklich beinahe, Larissa zu erkennen. Die gleichen Haare, die gleiche Figur. Aber sie war es wohl doch nicht. Diese Frau jedenfalls hatte ein unvorstellbares Martyrium hinter sich: Illegal ohne Pass war sie per Lkw nach Deutschland eingeschmuggelt und dann von vertierten Freiern Tag und Nacht zu den perversesten Praktiken gezwungen worden, und als ihr schließlich die Flucht glückte und sie es sogar schaffte, bis zum Tor ihrer Botschaft zu gelangen, wies man sie dort bloß per Türsprechanlage wieder ab. Ohne Papiere kein Einlass. Danach war sie in der Obdachlosen-Wärmestube gelandet und dann bei der Polizei, so dass die Dinge endlich ins Rollen kamen. Am Ende wurden ihre Freundinnen zwar befreit und sie selbst hatte vor Gericht ausgepackt, aber in ihrer Heimatstadt durfte sie sich fortan nicht mehr blicken lassen. Ende der Geschichte.

Noch immer, wenn ich nach Hause kam, wählte ich als erstes Larissas Nummer. Ich probierte es auch zu den unmöglichsten Tag- und Nachtzeiten, stets vergeblich. War sie in der Klemme und brauchte Hilfe? Manchmal standen mir schreckliche Bilder vor Augen, wenn ich an sie dachte. Oder hatte sie sich bloß von mir verabschieden wollen, bevor man sie in den Flieger nach Sibirien setzte? Gut möglich, dass ich mir aber auch mal wieder viel zu viele Sorgen machte. Vielleicht war sie einfach von dem Frankfurter Brillantheini geheiratet worden, wer weiß? Wahrscheinlich würde ich es nie erfahren. Meine kleine sibirische Möwe, ich hätte dich gern noch einmal in die Arme geschlossen, aber so wie es aussah, blieb mir die Erfüllung dieses Wunsches wohl leider verwehrt.

Manchmal, wenn ich im Internet surfte, fand ich mich plötzlich auf einer Webseite über Möwen wieder, lat. Laridae. Die Ostsibirienmöwe L. vegae, die Lachmöwe L. ridibundus, Höchstalter 30 Jahre.

Nach der Arbeit rief ich Liana an. Wegen ihrer Party im Januar, die ich doch 'keinesphalls' versäumen wollte.

"Könnte ich eigentlich auch einen Tag früher kommen, damit wir vorher noch in Ruhe quatschen können?", fragte ich sie gleich zu Anfang.

"Na klar", antwortete sie prompt. "Herzlich willkommen!"

"Super!", freute ich mich. "Und was gibts sonst so Neues?"

"Ach hör bloß auf!", meinte sie. Ihr Job fräße sie auf, viele Überstunden und so. Sie wirkte ein bisschen frustriert, und schon an der Art wie sie redete war ihr deutlich anzumerken, dass sie sich beruflich des Öfteren mit verbalen Ellbogen durchsetzen und Dominanz zeigen musste.

Ich erzählte ihr von Mirela.

"Und du hast ihre Ausnahmesituation ausgenutzt", warf sie mir vor.

"Nein", widersprach ich. "Ausgenutzt - das klingt so, als ob ich mehr bekommen beziehungsweise mir gar genommen als gegeben hätte, und das stimmt einfach nicht."

"Also dann eher so: Sexueller Notstand trifft emotionalen Notstand, oder wie?", konterte sie spitz. "Für mich ist das ganz einfach wider die Natur, wenn ein Mann mit Mitte Vierzig eine beschläft, die gerade mal eben volljährig geworden ist."

Also was das Alter angeht, lag mir schon auf der Zunge, würde es dich denn glücklicher machen, wenn ich zukünftig nur noch 40jährige Prostituierte bumsen würde? Aber ich kam kaum zu Wort. Liana unterbrach mich nämlich andauernd und machte mir einen Haufen Vorhaltungen, und besonders letzteres stand ihr einfach nicht zu, fand ich. Deswegen wurde ich allmählich sauer.

"*You 've got to change your evil ways, babe*", zitierte sie plötzlich auch noch Santana.

Ich machte laut 'oho' und lachte höhnisch, und gleichzeitig hörte ich, wie Liana am anderen Ende ebenfalls loslachte. Schließlich beruhigten wir uns wieder und schwiegen erstmal für einen Moment.

"Ich glaube, du musst da komplett raus, das ist wie mit Drogen", sagte sie, und diese latente Überheblichkeit begann mich schon wieder zu nerven.

"Naja, zumindest gewisse Reize solcher jungen Damen sind verdammt real", gab ich cool zurück, "und außerdem ist es immer riskant, sich über ein Gebiet auszulassen, auf dem man selber noch keinerlei Erfahrungen gesammelt hat, oder?"

"Ha", machte sie bloß.

"Jedenfalls kannst du sicher sein, dass da auch echte Gefühle im Spiel sind", beteuerte ich.

"Jaja, ich weiß schon, und das glaube ich in deinem Fall sogar", lenkte sie ein. "Aber das ist ja genau das Gefährliche daran, besonders für dich. Dieses Changierende, mal mehr so und mal in die andere Richtung, diese Übergänge. Weißt du, am Anfang fand ich es ja okay, was du da alles veranstaltet hast, aufgrund deiner damaligen speziellen Situation. Aber mittlerweile fehlt mir immer mehr das Verständnis für deine Eskapaden."

Ich wollte etwas einwenden, aber Liana redete einfach weiter.

"Du machst dir was vor, wann kommst du zurück in die reale Welt?", beharrte sie moralinsauer.

"Ich *bin* in der ganz normalen, realen Welt", antwortete ich, "das gehört nun mal dazu. Huren und Freier, das ist so alt wie die Menschheit. Bei den alten Griechen war das so selbstverständlich wie Essen und Trinken und nicht mal den Sklaven verwehrt. Das war und das ist unsere Welt, seit tausenden von Jahren. Die Frage die sich stellt ist genau andersrum, nämlich: Wann begreifst *du* das endlich?"

Wenn du dein Liebesleben mit Mitte Dreißig auf Eis legst, dann ist das freilich deine Privatsache, dachte ich, aber mir ungefragt Ratschläge geben, obwohl du selber nicht klarkommst, das geht zu weit. Aber naja, versuchte ich mich gleich wieder zu bremsen. Vielleicht machte ihr ja auch einfach die Tatsache zu schaffen, dass ein Großteil der Männer sich für Sex mit Professionellen entschied, anstatt Frauen wie sie zu umwerben. Ich für meinen Teil würde jedenfalls nicht auf meine Callies verzichten, nur weil es jemand anderem so besser ins Weltbild passte.

Danach redeten wir nur noch über ein paar weniger heikle Themen, um so die ärgsten Klippen zu umschiffen.

"Na dann bis bald", meinte sie schließlich versöhnlich, "bei mir in Kürze."

"Bis bald", echote ich, "bei dir in Kürze."

Ich hatte das Gefühl, es würde ein sehr zwiespältiges Treffen werden.

242. Kapitel

Gleich danach kriegte ich eine SMS von Mirela. Nur ein Wort, 'MUAH!!!', also ein großer Kuss. Sie schickte mir öfter solche Sachen, manchmal auch mitten in der Nacht. Einfach bloß 'Kiss' oder 'my sweet baby'.

Na mal sehen, dachte ich, und rief sie an. Höchstwahrscheinlich hatte sie ja ihre Tage, rechnete ich, also würde sie momentan wohl sowieso nicht arbeiten.

"Sag mal, wollen wir uns treffen?", schlug ich deshalb vor. "Zum Beispiel 'n Film aus der Videothek holen oder Essen gehen, oder irgendwo auf 'n paar Cocktails? Oder bei mir einfach bloß quatschen? Du arbeitest heute doch nicht, hm?"

"Nein", bestätigte sie, "ich hab endgültig aufgehört. Obwohl meine Periode noch gar nicht da ist."

Nanu, dachte ich, denn irgendwie hörte sich das seltsam an, aber da ich nicht sofort alles lang und breit am Telefon erörtern wollte, blieb ich erstmal beim Thema Verabredung, und nach kurzer Debatte verblieben wir so, dass sie um halb neun bei mir sein würde.

Bis um neun tat sich jedoch nichts. Um kurz vor halb zehn rief sie dann endlich an und meinte, es hätte irgendwie alles länger gedauert und sie wäre nun unschlüssig, ob sie überhaupt noch kommen sollte.

Ich hatte keine Lust auf langes Rumgeeier.

"Du weißt, woran du bei mir bist", erwiderte ich, "also, ich versuche mich ganz klar zu äußern: Es geht mir heute nicht unbedingt um Sex, ich dachte ja sowieso, du hättest deine Tage. Komm her, wenn du magst, du kannst auch hier schlafen, ganz wie du willst, und ich zahle das Taxi. Aber ich bin kein

Nachtmensch wie du in den letzten Wochen, also spätestens um eins werde ich zu Bett gehen. So sind die Umstände. Es würde mich freuen, wenn du trotzdem noch kommst."

Naja, sie kam. Und sie war reichlich aufgekratzt.

"Ende mit Valerie", meinte sie, gleich als sie zur Tür reinkam. Die Miete für das Apartment hätte sie zwar bis zum Schluss bezahlt, aber arbeiten würde sie trotzdem nicht mehr.

Bevor sie noch etwas sagen konnte, miaute ihr Handy, und sie ging ran und telefonierte kurz.

"Ein Klient", erklärte sie mir hinterher, als sie sich setzte und eine Zigarette anzündete. "Ich hab seine Nummer und hatte ihn gebeten, bei der Agentur anzurufen und Andy nach Valerie zu fragen. Mal sehen, was er sagen würde, warum ich nicht mehr da bin. Aber Andy war gerade nicht da und nur einer der Fahrer hatte Telefondienst, und der wusste von nichts."

"Also bist du nicht im Guten von Andys Agentur weggegangen, oder wie?", erkundigte ich mich und reichte ihr eine Dose ihres Energydrinks.

"Nö", antwortete sie, und eigentlich möchte sie ja lieber darüber schweigen, weil sie nämlich nichts Schlechtes über Andy reden wolle. Aber dann durfte ich mir natürlich doch noch gleich ein ganzes Dutzend kleiner Episoden dazu anhören.

"Also letzte Woche zum Beispiel, erst gibt er mir einen freien Tag, alles klar, und dann ruft er mich 'ne Stunde später an und möchte, dass ich trotzdem Termine mache", regte sie sich auf. "Business, nur Kohle, das zählt! Er lügt mich an und erzählt mir: *Ja sorry, der Kunde hat schon vor zwei Tagen den Termin klargemacht*, und wenn ich dann da bin, sagt der Klient: *Was? Wie?* und macht große Augen. *Ich hab erst vor zwei Stunden angerufen*."

"Naja", versuchte ich zu relativieren, "Andy fragt dich ja erstmal nur, du musst ja nicht zusagen, und schließlich machst du es nicht umsonst. Sondern du kriegst ebenfalls dein Geld, richtig?"

"An meinem freien Tag will ich kein Geld!", fauchte sie. "Da interessieren mich auch tausend Euro nicht!"

Ich ließ das mal dahingestellt sein, trank einen Schluck Mineralwasser und beschränkte mich auf tiefsinnige Mimik.

"Du kennst Andy nicht richtig", gellte es schmerzhaft an meinem Ohr.

"Das habe ich nie behauptet", erwiderte ich betont ruhig.

"Du kennst ihn nicht", beharrte sie, noch immer viel zu laut. "Du bist ein Kunde, dich behandelt er anders. Du weißt vieles nicht."

Und schon sprudelte ihr Redeschwall wieder von neuem los.

"Oder vor ein paar Tagen, da versprach er mir, ab Mitternacht oder spätestens um eins ist Ruhe, und wir gehen danach gleich mit ihm und seinen Freunden in die Disco, verstehst du? Er lädt mich ein! *(Allerdings gab sie später zu, dass die Initiative dazu eigentlich von ihr selbst ausgegangen wäre, da sie ihn zuvor gefragt hätte, ob er sie denn mitnehmen würde.)* Ja, aber dann hat er plötzlich doch immer weiter für mich Termine gemacht, bis um fünf! Und wenn ich ihn deswegen anrufen will, geht er einfach nicht mehr ran. Was soll das?"

Sie schüttelte demonstrativ den Kopf. "Erzählt mir stundenlang seine Probleme, von seinen Eltern, seinen früheren Freundinnen und alles, und ich sitze wer weiß wie lange bei ihm zu Hause auf dem Sofa, und am nächsten Tag behandelt er mich, als ob er mich nicht kennt! Wie ein kleines, dummes Mädchen! Man weiß nie, woran man bei ihm ist. *Kannst alles von mir haben*, sagt er, *kein Problem*, und wenn ich mir seinen DVD-Player ausleihe, dann will er ihn nach drei Tagen schon wieder zurück haben. Er weiß überhaupt nicht, wie man eine Lady behandelt! *(Sie sprach diesen Satz mit der Entrüstung einer 13jährigen Feministin aus, so dass ich Mühe hatte, überhaupt ernst zu bleiben.)* In letzter Zeit frage ich mich manchmal, ob Andy ein guter Mensch ist, der sich bloß mal schlecht benimmt - oder ein schlechter Mensch, der nur so tut, als ob er gut ist. Keine Ahnung, ich weiß es nicht."

Sie zuckte mit den Schultern und inhalierte einen tiefen Zug Zigarettenrauch.

"Hab ich mit einem anderen Mädchen einen Termin bei zwei Idioten", fuhr sie fort. "Sind aber gute Kunden, sagt Andy. Drei Stunden waren ausgemacht. Erst haben wir nur Karten gespielt mit denen. Na prima, denke ich, ist mir ja egal, was sie mit ihrer Zeit machen. Dann ruft der eine bei Andy an: *Ach wir spielen nur 'n bisschen Karten und machen erst nachher was mit den Mädchen, den beiden Süßen gehts hier richtig gut und die haben Spaß, können wir Discount kriegen? Drei Stunden, aber nur zwei zahlen?* Und Andy der Idiot sagt natürlich *Ja!* Verstehst du? *Ich* bin drei Stunden bei denen, *ich* muss grinsen und so tun, als ob es mir Spaß macht, wenn sie mich anfassen, und ich kriege nur zwei bezahlt! Wenn Andy über seinen Anteil bestimmt, ist ja von mir aus okay, aber er schenkt den Typen *mein* Geld, ohne mich zu fragen! Ich muss eine Stunde umsonst arbeiten! Na danke schön, mein lieber Freund!"

Unheilvoll stieß sie aus beiden Nasenlöchern Rauch aus, wie ein dampfender Drache.

"Ecki, ist das okay?", wandte sie sich an mich. "Ist das gerecht?"

"Nein", erwiderte ich. "Hast du mit ihm hinterher drüber geredet?"

Sie machte eine wegwerfende Handbewegung.

"Er will sich als großer Boss aufspielen, aber nicht mit mir!", rief sie wütend. "Wir sind alle gleich, ich meine nein, wir sind *nicht* alle gleich, aber wir haben zumindest alle die gleichen Rechte! Ich bin ein stolzer Mensch und akzeptiere keinen Boss, nur Gott steht über mir!"

Sie drückte die Kippe im Aschenbecher aus und fummelte gleich wieder die nächste aus der Schachtel.

"Genauso seine tolle Weihnachtsparty", spottete sie. "Lächerlich, pah! *Erst werden wir schön essen und danach in die Disco gehen.* Jaja, wer es glaubt! Er redet bloß andauernd davon, aber verschiebt es immer wieder."

Sie winkte ab.

"Das wird nie was. Maja und Ela sind ja sowieso schon weg."

Als letztes schimpfte sie darüber, dass Andy zuweilen irgendwelche Fahrerpläne durcheinandergebracht und sie dann beispielsweise schon nach einer Stunde genervt beim Kunden zusammengestaucht hätte, wegen ihrer angeblichen Unpünktlichkeit, obwohl der Termin doch von vornherein über zwei Stunden laufen sollte.

"Naja, und wenn er mich anbrüllt, brülle ich zurück", erklärte sie, "Frechheiten muss ich mir ja wohl von niemandem bieten lassen."

Tja, und so wäre das *'Fuck you'* eben nach und nach zum Bestandteil ihrer täglichen Kommunikation geworden.

"Der Fahrer hat meistens bloß geguckt, und die anderen Mädchen waren auch immer ganz still", grinste sie. "Keine andere hat so mit ihm geredet! Hat er mir selbst gesagt!"

Der Stolz in ihrer Stimme war dabei unverkennbar. Stolz bis hin zum Prinzessinensyndrom.

"So, jetzt weißt du, weshalb ich so die Nase voll von ihm habe", meinte sie. "Der kann mich jedenfalls mal! *Ich bereue jede Minute die ich mit dir verbracht habe,* das war meine letzte SMS an ihn." Sie sah mich prüfend an.

"Aber wie gesagt", schloss sie dann etwas ruhiger und zündete sich ungefähr die hundertste Zigarette an, "ich möchte nicht schlecht über ihn reden, deshalb erzähle ich anderen gar nichts davon. Nur dir."

Ich atmete erstmal tief durch und goss mir mein Glas wieder voll.

'Einem jeden recht getan, ist eine Kunst, die niemand kann', dachte ich bloß. Denn so wie ich es sah, war es wohl von Hause aus schon nicht einfach, Nacht für Nacht den überwiegend spontan anfallenden Kurierservice zu koordinieren. Rein logistisch, meine ich. Tja, und dann gebe man noch die überzogenen Ansprüche etlicher schwieriger Kunden dazu sowie permanenten Termindruck plus die Launen der Mädchen, und ich denke, man kann sich in etwa ausmalen, wie sich der Alltag in diesem stressigen Gewerbe ungefähr darstellt. Und bei einem Großteil der Probleme zwischen Andy und Mirela lief es nach meinem Verständnis sicherlich darauf hinaus, dass er einiges an Privatem in ihre Arbeitsbeziehung gebracht hatte, jedoch in dieser Hinsicht nicht sehr verlässlich beziehungsweise verbindlich war. Die vielen reizvollen Damen verwirrten ihn eben, er kam ihnen entgegen und hatte Erwartungen, und wo Gefühle (inklusive verletzter Gefühle!) im Spiel waren, da flogen zuweilen die Fetzen.

"Naja", wagte ich mich schließlich vorsichtig aus der Deckung, "also erstmal eine Vorbemerkung: Du stehst mir natürlich näher als Andy. Er ist bestimmt kein Heiliger, und er ist auch nicht mein bester Freund, aber dennoch finde ich es sehr hart, wenn du ihm schreibst, dass du *'jede Minute'* mit ihm bereust."

Sie wollte mich unterbrechen, aber jetzt war ich dran, denn bisher hatte sie mich ja kaum zu Wort kommen lassen.

"Fakten sind Fakten", redete ich betont ruhig weiter. "Bleiben wir beim harten Business: Zahlt er dir mehr als dein alter Chef? Ja oder Nein? Oder hast du je von einer Agentur gehört, die den Mädchen mehr zahlt? Hat er dir zumindest am Anfang viel geholfen? Wo wärst du, wenn du ihn nicht kennengelernt hättest?"

Sie guckte ein wenig betreten und zuckte mit den Schultern.

"Halte dich zuerst mal an die Fakten, Tatsachen sind Tatsachen", wiederholte ich. "Wie gesagt, er ist bestimmt kein Engel, aber ich finde es nicht gerade fair, wenn du ihm schreibst, dass du jede Minute mit ihm bereust."

"Hm, ich habe ihm noch einen Abschiedsbrief hingelegt", erwiderte sie zögernd, "da hab ich es anders formuliert: *Ich bereue jede Minute, die wir miteinander geschimpft und gestritten haben.* Und ich hab ihm gewünscht, dass seine Wünsche in Erfüllung gehen sollen. Unterschrift: Mirela, nicht Valerie. Die gibt's nicht mehr."

"Na das finde ich schon viel besser", nickte ich. "Außerdem merkt er so, dass er dir nicht egal ist, denn sonst hättest du dir nicht die Mühe gemacht und den Brief geschrieben. Ich finde das wichtig, denn weißt du, sonst denkt er sich am Ende: *Ach ich helfe immer nur den Mädchen und bin gut zu ihnen, und zum Schluss krieg ich jedes Mal nur einen Tritt. Die können mich mal.* Man sollte dankbar sein, und denk auch an die Mädchen, die nach dir kommen."

"Ja, stimmt", murmelte sie und verschwand kurz auf Toilette.

Ich grübelte derweil ein bisschen über das Gewerbe im Allgemeinen und Andy im Besonderen nach. Wer machte denn nun den großen Reibach, bei all diesen sagenhaften Umsätzen? Die arbeitenden Damen? Selbst bei Andys fairen Konditionen nahmen die Mädchen unter dem Strich meist eher bescheidene Beträge mit nach Hause. Der Rest ging drauf für Zigaretten und überteuerte Drinks in der Disco, für kahle Apartments zu Mondpreisen, für Arbeitsklamotten und Handys und Klingeltöne und Taxifahrten und manchmal auch für Drogen. Da floss ein Großteil des Geldes hin. Andersrum betrachtet hatte Andy bestimmt auch nicht gerade Unsummen an Mirela verdient, jedoch schafften stets mehrere Mädchen bei ihm an, und er kriegte seinen Anteil von jeder Einzelnen. Natürlich saß die Agentur immer am längeren Hebel.

Mirela kam zurück, ließ sich wieder neben mir nieder und redete lebhaft auf mich ein, und ich merkte allmählich, wie ich müde wurde. Es war anstrengend, immer verständnisvoll sein zu müssen. Ich gab ja gern, aber gelegentlich spürte ich meine Grenzen. Erschwerend kam hinzu, dass mich ihr Gequalme wirklich zu nerven begann. Diesmal zündete sie praktisch ständig eine nach der anderen an. Nicht wie sonst, wo sie wenigstens temporär aufgrund anderweitiger

Aktivitäten daran gehindert war.

Dann miaute plötzlich ihr Handy.

"Ach nee, heute nicht mehr", hörte ich sie antworten, "ich bin zu müde. Was ich mache? Ich sitze hier grad mit 'ner Freundin zusammen *(sie grinste linkisch und legte ihre Hand auf mein Knie)* und höre Musik."

Ich ging in die Küche und holte neues Mineralwasser, damit sie sich ungestört fühlte.

"Ja, morgen Abend, in der Disco, so um zehn", hörte ich sie zum Schluss zwitschern.

"Ist ein Junge, so in meinem Alter", erläuterte sie hinterher, "den hab ich in der Disco neulich kennengelernt, und wir haben unsere Handynummern ausgetauscht."

Na klar, dachte ich bloß, da konnte ich mich abrackern wie ich wollte, früher oder später würde sie mir so ein 'Junge' ausspannen, egal ob nun gerade der oder irgendein anderer. Und es wäre ja auch richtig so.

"Ach übrigens, falls du möchtest, kannst du natürlich am Mittwoch deine letzte Nacht bei mir bleiben", bot ich ihr an. "Ich würde mich freuen. Wir könnten am Abend noch weggehen. Was du möchtest. Hm?"

Leider lehnte sie jedoch ab. Nein, sie hätte einen Riesenkoffer und der wäre viel zu schwer, behauptete sie, und sie müsste ja dann sogar auch noch drei oder vier Kilometer mehr mit dem Taxi bis zum Flughafen fahren.

"Na deswegen mach dir mal keine Sorgen", versprach ich, "und mit deinem Koffer helfe ich dir natürlich. Oder denkst du etwa, den kriege ich hier nicht die Treppen hoch? Dich nehme ich noch huckepack dazu!"

"Ach nee, ich bin da bestimmt nervös und schlafe ganz schlecht", wiegelte sie noch einmal ab. "Dann wache ich andauernd auf und gucke auf den Wecker und will was trinken oder Musik hören und so."

Sie schüttelte den Kopf, und da ich ihr nicht allzu sehr auf die Nerven gehen wollte, blieb es am Ende auch dabei. Sie ließ sich einfach nicht umstimmen, wer oder was auch immer dahinter stecken mochte.

Bevor ich ihr ein Taxi rief, bat ich sie freilich noch, mir mal wieder ein paar erotische Sätze auf Deutsch nachzusprechen. Meine Herren, das hatte sie aber auch drauf! Diese blitzenden Augen, dieses katzenartige Lächeln! Schon als die ersten paar Worte ihre süßen Lippen verließen, kriegte ich eine hammerharte Erektion, und für eine Weile überlegte ich tatsächlich ernsthaft, ob ich sie nicht zum Bleiben animieren sollte. Aber kurz nach eins ließ ich sie doch ziehen und legte mich bereits eine Viertelstunde später allein in meiner Junggesellenmulde ab. Letztendlich war es auch besser so, dachte ich ein bisschen brummig. Vielleicht hätte ich das schon vor drei Stunden tun sollen, ging es mir noch durch den Kopf, bevor ich einschlief.

243. Kapitel

Am Samstagvormittag sah ich im Internet, dass Mirela bei Andys Agentur schon gelöscht war, und im Freierforum fragte ein Kunde ganz verzweifelt die Gemeinde, ob nicht jemand wüsste, wie sie zu erreichen wäre. Er schien sich in sie verliebt zu haben. Ein anderer beklagte sich zum wiederholten Mal über ihre Passivität und Sprödigkeit und schloss seinen Beitrag mit dem Satz: *'Sie sieht ganz gut aus, aber sie war das Geld nicht annähernd wert.'*
Posthume Kritik, dachte ich, wie pietätlos. Ein Nachruf sollte eigentlich freundlicher ausfallen.
Ich räumte ein bisschen meine Wohnung auf, traf mich danach mit Sonja zum Mittagessen in einer Pizzeria, und irgendwann am Nachmittag, als ich gerade vor dem Computer saß und schrieb, rief mich Mirela an. Erst druckste sie ein bisschen rum (und ließ mich nebenbei wissen, dass sie ihre Regel gekriegt hätte), dann fragte sie mich, was ich an Miete bezahlen würde.
"Ungefähr 500, mit Nebenkosten", antwortete ich, "also Heizung und so."
"Was? Gott, und ich hab im Dezember für mein kleines Apartment 450 Euro an Andy bezahlt!" zeterte sie sofort los, "und das, obwohl ich schon vor Weihnachten weg bin! Für drei Wochen! Das ist doch viel zu teuer!"
"Naja", meinte ich, "du musst Stromgeld praktisch einrechnen, und außerdem ist es möbliert. Neuer Fernseher und so."
"Möbliert?", kreischte sie so laut auf, dass ich dachte, der Hörer geht kaputt.
"Eine Couch und ein Fernseher, keine Gardinen, nicht mal Lampen sind überall

richig dran. Weißt du, in der ersten Woche war ich ja in einem anderen Apartment, das war noch kleiner, und da hat er gesagt: *Ach, ist umsonst, brauchst nichts zahlen, schenke ich dir*. Dann wollte er aber doch plötzlich 200, nämlich wegen der neuen Wohnung, schon für den Fernseher und die Lampen und so. Hab ich die jetzt gekauft, kann ich die jetzt mitnehmen, oder was?"

Sie war ziemlich sauer. Ich ließ sie reden und hörte ihr zu. Mal wieder.

"Alles in allem hast du also 650 für anderthalb Monate bezahlt", fasste ich zusammen. "Das geht gerade noch, aber geschenkt hat er dir letztendlich auch nichts."

Zu ändern ist jetzt sowieso nichts mehr, dachte ich, und wenn du zu viel Krach schlägst, dann setzt er dich am Ende womöglich noch auf die Straße. Also versuchte ich sie so gut es ging zu trösten, und um sie auf andere Gedanken zu bringen, machte ich ihr ein paar Freizeitvorschläge.

"Morgen ist Sonntag", sagte ich. "Hast du Lust, ins Kino zu gehen und dann ins Restaurant, oder umgekehrt?"

Ich las ihr die Liste der Filme in englischsprachiger Originalfassung vor, und schon bald hatten wir etwas Passendes gefunden.

"Also dann bin ich morgen um eins bei dir und hole dich ab, und wir fahren zusammen zum Potsdamer Platz und trinken noch vorher 'n Kaffee, okay?", fragte ich.

"Ja, super", freute sie sich.

"Ach, noch was", fiel mir ein, und ich erwähnte den verzweifelten Kontaktwunsch aus dem Freierforum.

"Schreib bloß nicht meine Handynummer im Internet", fiel sie mir sofort erschrocken ins Wort. "Um Gottes Willen, die soll keiner wissen!"

"Natürlich nicht", versicherte ich ihr. "Ich dachte ja nur, dass da vielleicht noch ein netter Klient wäre - natürlich nicht so nett wie ich".

Sie lachte. (Na endlich!, dachte ich.)

"Naja", fuhr ich wieder etwas ernster fort, "ich wollte dir bloß helfen. Weißt du ja. Ich meine, könnte ja sein, dass du relativ leicht noch was dazuverdienen möchtest. Oder falls du wirklich wiederkommst, musst du ja auch von irgendwas leben. Die Telefonnummern von ein paar angenehmen Stammkunden könnten dann im Notfall nützlich für dich sein."

"Nein, momentan bin ich nicht interessiert, aber trotzdem danke, dass du an mich denkst", entgegnete sie. "Außerdem habe ich jetzt sowieso meine Tage."

"Vielleicht ist er ja ein bisschen verliebt in dich und will dich trotzdem sehen?", wandte ich ein. "Zum Essen einladen oder ins Café, nur zum Quatschen und so. Kann ja trotzdem schön sein, auch für dich, meine ich. Oder er ist einverstanden, wenn du es ihm bloß mit der Hand machst, was weiß ich? Vieles ist möglich."

"Ja, ein paar waren ganz nett", gab sie zu, "aber mit keinem würde ich ins Restaurant gehen wollen, einfach so."

"Hm, und wegen Geld traust du dich nicht zu fragen?", hakte ich nach. "Ich meine, wie er sich das vorstellt, was er zahlen würde?"

"Mhm, ach nee", machte sie bloß.

"Naja, sehe ich auch so" gab ich ihr recht. "Wenn einer was will, dann muss er ein Komplettangebot machen. Also sagen was er vorhat und wieviel dabei für dich rausspringt. Nicht dass du ihm noch alles aus der Nase ziehen und rumbetteln musst."

Dann kam mir eine Idee. "Pass auf", schlug ich vor, "was hältst du davon: Ich schreib dem Typen heut Abend 'ne kurze E-Mail, nur so viel, dass ich Kontakt zu dir habe und er mir seine Handynummer geben soll, und möglichst noch irgend 'n markantes Detail dazu. Damit du schon vorher weißt, wer er ist. Du kannst frei entscheiden. Null Risiko für dich."

Damit war sie einverstanden. Denn ein bisschen neugierig war sie natürlich doch.

Schon am Sonntagmorgen, keine zwölf Stunden nach meiner E-Mail an Mirelas geheimen Verehrer, hatte ich prompt eine Antwort im Kasten. Es war eine lange Mail, offenbar war er sehr an ihr interessiert. Sie würde sich bestimmt an ihn erinnern, schrieb er, etliche CDs hätte er nämlich für sie kopiert, ihr englischsprachige Comic-Hefte besorgt sowie einen Reiseführer für Sri Lanka geschenkt (weil er da selbst gern Urlaub mache und sie ja auch mal dorthin wolle). Außerdem lägen noch haufenweise Informationen für ausländische Studenten in Deutschland zur Abholung bei ihm bereit, so wie er es ihr versprochen hätte. *Ich mag es nicht, wenn Dinge keinen vernünftigen Abschluss finden, es ist mir unerträglich, wenn ich mich von einem lieben Menschen nicht richtig verabschieden kann und er einfach so aus meinem Leben verschwindet'*, hieß es zum Schluss.

Donnerwetter, ich gebe zu, ich war beeindruckt. Aber naja, dachte ich, vielleicht war er ja extrem unattraktiv. Der Drei-Zentner-Mann, Mitte 50 und beglatzt. Oder ein bauchiges Strichmännchen, ein verwachsener Quasimodo. Und wenn nicht? Ja natürlich kannte ich auch den heftigen Impuls, Mirela für mich allein behalten und von allen anderen Männern abschirmen zu wollen, aber dem nachzugeben, hieße mir selber untreu zu werden.

Also würde ich ihr die Nachricht von dem netten Konkurrenten übermitteln.

244. Kapitel

Pünktlich um eins stand ich mit einem Taxi bei Mirela vor der Tür.

"Ah, gut, ein Rauchertaxi", freute sie sich, gab mir ein Begrüßungsküsschen und rannte dann schnell noch zum nächsten Zeitungskiosk, um Zigaretten zu holen.

Während der Fahrt redeten wir nicht viel, sie lehnte sich bloß an mich und rauchte.

"Erst Karten besorgen", erklärte ich gleich nach dem Aussteigen und sah mich einen Moment lang zur Orientierung um. "Komm, hier lang!"

"Halt mal, das ist verkehrt", rief sie ziemlich bestimmt, als wir dann vor dem bewussten Gebäude standen. "Ich war neulich schon mal hier, das Kino hieß aber anders."

"Vertrau mir, Kind", erwiderte ich lässig und lächelte gütig. "Da sind nämlich zwei Kinos drin."

"Aha", machte sie und folgte mir.

Wir kauften uns Karten und schlenderten danach zu einem Café rüber, wo wir uns an einen kleinen gemütlichen Tisch in der Ecke setzten.

Etwas weiter hinten lag ein großer Bernhardiner auf dem Boden ausgestreckt.

Mirela guckte neugierig zu ihm rüber, hockte sich dann eine Weile zu ihm und streichelte ihn erstmal ein bisschen.

"Das ist noch ein ziemlich junger Hund, ich kenne mich aus", erklärte sie schließlich im Brustton der Überzeugung, als sie sich wieder an meine Seite setzte.

Ich runzelte bloß die Stirn, widersprach aber nicht.

In der nächsten halben Stunde tranken wir Cappuccino und Milchkaffee und teilten uns einen Schokomuffin, und unter anderem unterhielten wir uns dabei über unsere Lieblingsfilme. Eine allzu große Schnittmenge bestand da freilich nicht, allerdings stellte sich witzigerweise heraus, dass sie manchmal früh nach der Arbeit die Wiederholung der gleichen *Sponge Bob*-Zeichentrickfolgen geguckt hatte, die ich mir am Vorabend mit meinen Kindern als Gutenachtgeschichte angesehen hatte.

Zehn Minuten vor Filmbeginn rief ich nach der Kellnerin und zahlte, und Mirela streichelte noch einmal den Bernhardiner. Ich wechselte ein paar Worte mit dem Besitzer am Nebentisch und fragte ihn beiläufig nach dem Alter seines Hundes.

"Fünf Jahre", antwortete er.

Mirela hatte diesen kleinen Dialog höchstwahrscheinlich verstanden, denn ich glaubte plötzlich eine Mischung aus Irritation und Beschämung in ihrem Blick lesen zu können. Bevor sie jedoch etwas sagen konnte, griff ich stumm und fast wie um Verzeihung bittend nach ihrer Hand, und wir machten uns ohne ein weiteres Wort auf den Weg zum Kino.

Der Film war sehr gut. Ein intelligenter und spaßiger Animationsfilm, bei dem es viel zu lachen gab. Mirela schien erwartungsgemäß keinerlei Probleme mit der englischen Sprachfassung zu haben.

"Was macht der Hunger?", fragte ich hinterher, und da sie nickte, schlug ich vor, ein paar U-Bahn-Stationen weiter zu fahren, zu einem für seine vielen schicken Restaurants bekannten Platz.

"Okay", meinte sie, "aber nicht mit der U-Bahn und dann extra noch laufen."

Sie könne sich nämlich keine drei Minuten in dieser Kälte zu Fuß bewegen, dafür wäre sie nicht angezogen.

Klar, dachte ich, denn sie trug ja praktisch bloß Party-Outfit und ein dünnes Jäckchen drüber. Luftige Tropenklamotten, als ob sie im ewigen Sommer lustwandeln würde.

Also kam mal wieder nur ein Taxi in Frage, natürlich. Sie dirigierte mich gleich zum nächsten Stand um die Ecke. Tja, da kannte sie sich aus.

Als wir ins Auto einstiegen, fiel mir als erstes die Musik auf. Irgendein Rapper, Wortbrocken stotternd wie ein kurzatmiger Nachrichtensprecher, gab einen schaurigen Sprechgesang von sich. Touretteartig abgehackte Laute, garniert mit primitiver Wummerbass-Begleitung.

Grässlicher Krach, wollte ich gerade murren, da nannte Mirela begeistert den Namen dieses musikverhunzenden Zombies und bat den Fahrer: "Oh, den Titel mag ich, bitte etwas lauter."

Im Vorbeifahren zeigte sie mir schnell noch eine ihrer Lieblingsdiscotheken ganz in der Nähe.

Naja, sagte ich mir, eine halbe Stunde Beschallung in diesem Laden würde mich wahrscheinlich direkt in die Klapse verfrachten.

"Ecki, bist du überhaupt schon mal woanders als bei dir in der Straße gewesen?", neckte mich Mirela. "Kennst du eigentlich diesen Teil von Berlin?"

Baby, dachte ich milde, ich bin auf diesem Fleck Erde schon rumgelatscht, als damals noch das Hüttendorf mit *Volxküche* und Hanfplantage am Lenné-Dreieck direkt an der Mauer stand. Da war hier an irgendwelche Hochhäuser so wenig zu denken wie an dich kleines *sexy thing* in meinem zerwühlten Bettzeug.

"Ach du", konterte ich deshalb sehr gelassen, "ich weiß, wo hier die U-Bahn fährt, und ich bin ungefähr schon hundertmal per Rad hier gewesen. Aber du hast eben ein ganz anderes Stadtbild als ich."

Ein ganz anderes Weltbild, sinnierte ich. So verschieden wie das von Innuit und Tuareg.

Eine Viertelstunde später stiegen wir aus, sahen uns kurz um und stiefelten rüber zu einem italienischen Restaurant. Draußen stand irgendwas von HAPPY HOUR an der Tafel, und ich verwischte kurzerhand einen krakligen Kreidestrich zu NAPPY HOUR, zur WINDELSTUNDE.

"Cool", rief Mirela und mimte übermütig einen Betrunkenen, der die 'happy hour' mit schwerer Zunge nur noch wie 'heavy hour' aussprechen konnte.

Lachend traten wir ein, wobei ich ihr höflich die Tür aufhielt.

Doch Mirela gefiel es drinnen überhaupt nicht.

"Das stinkt so komisch hier", flüsterte sie mir zu und inspizierte mit kritischen Blicken das Interieur. "Nee, das kann ich nicht aushalten."

Hm, schnupperte ich. Naja, vielleicht roch es tatsächlich ein klein wenig seltsam. So als ob etliche alte Weinreste auf den Holzdielen verschüttet worden wären und nun allmählich wieder leicht säuerlich ausdünsteten. Aber rochen verqualmte Diskotheken etwa besser?

Einer der gestylten Kellner im weißen Hemd kam mit den Karten in der Hand schon geschäftig auf uns zu, aber wir schickten uns bereits wieder an zu gehen.

"Nicht gut genug, was?", nuschelte er tatsächlich vor sich hin und sah Mirela dabei mit abschätzigen Grinsen herausfordernd an.

"Motherfucker", zischte sie bloß noch in seine Richtung zurück, bevor die Tür hinter uns zuklatschte.

Einen Moment später ließen wir uns in einem Restaurant auf der anderen Straßenseite nieder.

"Motherfucker?", kam ich dort noch einmal auf die Situation von gegenüber zurück. "Findest du nicht, dass du eben ein bisschen hart reagiert hast?"

Heftig schüttelte sie ihren Kopf.

"Ich kenne die Typen und weiß genau, was in ihrem Kopf ist", erwiderte sie bissig. "In Italien bin ich geschlagen worden, da sollte ich für genau die Sorte anschaffen gehen."

Sie zündete sich eine Zigarette an, inhalierte, legte den Kopf in den Nacken und stieß den Rauch kräftig durch die Nase aus, so dass ihr Gesicht kurzzeitig hinter den Schwaden fast verschwand. Ihr übliches Atem-Yoga für Feuer speiende Drachen.

"Der Typ roch schon von weitem wie ein Kondom", murmelte sie verächtlich. "Echt, so ein aufdringliches, süßliches Parfüm."

Nachdem wir unsere Bestellung aufgegeben hatten, brachte ich das Gespräch auf den Sri Lanka-Mann vom Internet und las ihr seine E-Mail-Antwort vor.

"Kann ich ihm deine Telefonnummer geben?", wollte ich wissen.

"Okay", nickte sie, "der war wirklich freundlich, aber naja..."

Sie machte eine unbestimmte Handbewegung.

"You are more sexy", flüsterte sie in mein Ohr und knutschte mich kurz, aber kräftig.

Ein anderer Klient hätte sie übrigens neulich ebenfalls mal angerufen und sich privat mit ihr verabreden wollen, erwähnte sie dann. Zum Hosenkaufen.

"Und?", erkundigte ich mich, "hat er dir wenigstens 'ne anständige Jeans spendiert?"

"Nein, leider nicht", erfuhr ich, denn es wäre ja nichts aus dem Treffen geworden. Er hätte nämlich nur für *sich selber* neue Hosen kaufen wollen und sie bloß eigens dafür zum Mitlatschen anzuheuern versucht.

"Was sollte das denn?", grinste ich verständnislos. "Dachte er etwa, es würde dir Spaß machen, für ihn umsonst Einkaufsberaterin zu spielen?"

Belustigt schüttelte ich meinen Kopf.

"Ehrlich, so dumm kann ich ja nicht mal denken, wie sich manche Leute tatsächlich benehmen!"

"Na ich war auch erstmal verwundert", erwiderte sie. "Ich hab ihn gefragt, wie er sich das vorstellt und ob er mit mir danach ins Café will oder sowas. *Ach nee, dazu müssen wir ja nicht extra weggehen, ich hab genug Kaffee bei mir zu Hause*, das war seine Antwort gewesen."

Sie tippte sich an die Stirn.

"Warum hast du denn ausgerechnet so einem Fuzzi deine Nummer gegeben?", fragte ich mit gelindem Unverständnis. "War das etwa ein Topklient von dir, oder was?"

"Nein, weiß auch nicht", zuckte sie leicht beschämt mit den Schultern. "Ich dachte nicht, dass er so blöd ist. Naja, und er ließ nicht locker, und ich wollte meine Ruhe."

Die Kellnerin brachte die Getränke an unseren Tisch, und im selben Moment machte Mirelas Handy miau-miau. Sie warf kurz einen Blick aufs Display, ging aber nicht ran.

"Ein Kerl, der mir immerzu hinterher telefoniert und andauernd SMS schickt und mich nervt", erklärte sie dann augenrollend. "Den hab ich in der Disco kennengelernt. Ständig will er wissen, was ich mache. Ich hab nur mit ihm getanzt und 'n bisschen geredet. Kein Kuss, nicht mal 'nen Drink hat er mir gekauft. Aber bildet sich was ein und will mich kontrollieren."

Sie trank einen Schluck aus ihrem Glas und zog den Aschenbecher näher zu sich heran.

"Mirela, von solchen Freunden hast du nichts zu erwarten", sagte ich und griff nach ihrer Hand. "Klar, viele Menschen in dieser großen Stadt sind einsam und verzweifelt, aber die Tatsache, dass sie unglücklich sind, die macht sie noch längst nicht zu edlen Charakteren, denen du Mitleid schuldest. Die ziehen dich bloß runter, es geht ihnen nur um sich selbst. Die reden von Liebe, doch in Wahrheit haben die keine Ahnung, was das überhaupt ist. Ihre Liebe ist Egoismus und kann jederzeit in puren Hass umschlagen. Die sind nicht gut für dich! Lass dich nicht mit denen ein!"

Ich gab ihre Hand wieder frei, atmete einmal tief durch und trank einen Schluck von meinem Bier.

"Aber ich will mich nicht aufregen", fuhr ich etwas ruhiger fort, "natürlich ist das deine Angelegenheit."

"Doch", lächelte sie ganz süß, "reg dich ruhig noch ein bisschen auf. Ich mag es, wenn du so leidenschaftlich wirst, dann siehst du nämlich sehr sexy aus."

Sie beugte sich dichter zu mir heran und sagte unvermittelt auf Deutsch: "Es ist nett mit dir im Bett", und dazu lächelte sie mich sehr sehr sündig an. Das machte mich augenblicklich ziemlich scharf, und am liebsten hätte ich sie gleich auf der Stelle vernascht, so richtig machomäßig: Erst mit einem Arm das ganze Gelumpe scheppernd vom Tisch runterfegend, Gläser, Besteckteller, Aschenbecher, um sie dann als lebendes Buffet behutsam der Länge nach abzulegen, nackte Haut auf nacktem Holz, nur schnell noch die Locken geordnet und etwas zerlassene Butter über die besonders delikaten Stellen geträufelt, und das Fest konnte beginnen.

Doch erstmal wurden uns appetitlich duftende Bandnudeln mit reichlich Lachs-Sahnesoße serviert.

Ich reichte Mirela das Besteck rüber, und wir begannen zu essen.

"Ach ich lass mich oft mit den Falschen ein", nahm sie den Faden nach einer Weile noch einmal auf. "In Italien hab ich 'n Mann kennengelernt, der war erst richtig nett zu mir, bloß dann sollte ich für ihn in 'ner Striptease-Bar arbeiten. Das wurde alles immer komischer. Eines Abends sind wir sogar mal in 'n großes Haus reingegangen, er hatte die Schlüssel. Drinnen war es überall stockdunkel und ich wollte Licht anmachen, da hat er sofort gemeckert: *Nein, lass das!*, und ich sollte mucksmäuschenstill sein, obwohl niemand zu Hause war. Das kam mir total seltsam vor. Der ging auch nicht arbeiten, hatte aber immer Geld und fuhr so 'n großes Auto."

Sie sah mich an und schüttelte leicht ihren Kopf.

"Ja", nickte ich, "und am Ende finden sie deine Fingerabdrücke in der Bude, und du bist mit dran. Solche Freunde brauchst du nicht, Mirela, die kümmern sich einen Dreck um dich."

"Genau", meinte sie. "Als er mich das erste Mal schlug, also nicht nur bloß mal 'ne kleine Ohrfeige, sondern richtig mit der Faust, so wie 'n Mann, da bin ich sofort abgehauen. Ich hab gesehen, wie meine Mutter von meinem Stiefvater verprügelt wurde, immer wieder, und mir geschworen, dass das keiner mit mir macht." Sie sagte es mit harter Stimme, aber ich sah, wie ihr die Tränen in die Augen traten.

"Ich hab den Typen anfangs echt geliebt", murmelte sie, doch ich legte meine Hand auf ihren Unterarm und unterbrach sie: "Dein *Bild* von ihm, das hast du geliebt, nicht diesen realen Menschen."

"Ja", stimmte sie mir zu, "in Wirklichkeit war er bloß ein mieser Motherfucker. Jedenfalls, als er mich schlug, da war Schluss, da hab ich mich gezwungen zum Weggehen. Ich bin ein stolzer Mensch, das darf mir niemand nehmen. So wie meine Mutter lass ich mich nicht behandeln."

Als wir mit dem Essen fertig waren, stand Mirela auf und ging zur Toilette, und ich ließ mir ihre Geschichten noch einmal durch den Kopf gehen. Sie hatte wahrscheinlich schon mehr mitgemacht als manch andere, die doppelt so alt waren wie sie, dachte ich. Ihr Vater hatte sich kaum um sie gekümmert, von ihrem Stiefvater gab es nur reichlich Prügel, und dann kamen meistens bloß 'Motherfucker'. Ihr Männerbild musste folglich überwiegend aus emotionalen Leerstellen bestehen.

Nachdem sie zurückgekehrt und wieder Platz genommen hatte, erzählte sie mir noch ausführlich von einem ihrer letzten Arbeitstermine bei irgendwelchen reichen Kunden in einem 5-Sterne-Hotel, Party nach einer Filmpremiere.

"Nach ein paar Drinks fingen die an mit Flaschendrehen", sagte sie. "Okay, ausziehen ist kein Problem für mich, aber dann sollte ich mich, also äh, na so lecken lassen, vor allen anderen. Da hab ich mich geweigert. Gruppensex mache ich nicht. Naja, und der Mann, mit dem ich hinterher zusammen war, der hat mir am Ende ganz viel Trinkgeld gegeben. Er fand es toll, dass ich den Gruppensex abgelehnt hatte, und er wollte sich privat mit mir nochmal treffen. Der war wirklich nett, aber er ist mir zu alt."

"Kann sein, dass er nett ist", entgegnete ich, "aber wer weiß. Viele Männer, die sich Callgirls bestellen, die tun das nämlich auch, weil ihnen ihr Geld ein gewisses Überlegenheitsgefühl gibt. Und wenn sie noch 'n Schein extra drauflegen, dann erwarten sie aber auch dafür, dass sie gleich angehimmelt werden. Bloß wenn ein Mensch geliebt werden möchte, dann muss er persönliche Dinge von sich preisgeben und sich dem anderen nahzubringen versuchen, je intimer umso besser. Wer aber nur irgendwas Materielles gibt und sich hinter anonymer Güte versteckt, den kann man nicht sehen, und wie soll man ihn da lieben? Weißt du, mein Nickname im Internet bei den Freierberichten ist Mr. Grateful, der Dankbare, mit diesem Namen logge ich mich ein. Weil ich dankbar für alles bin, was mir die Mädchen geben."

Ein Rosenverkäufer kam zu uns an den Tisch, er witterte seine Chance, und ich als alter Kavalier kaufte ihm eine für Mirela ab. Was mir einen dicken Kuss von ihr einbrachte.

Übrigens hätte Andy gelegentlich mal versucht, mich ihr gegenüber schlechtzureden, eröffnete sie mir dann plötzlich.

"Ja, wirklich", bekräftigte sie, "da kamen immer so miese Sprüche wie: *Ach Ecki, das ist auch bloß 'n Mann, der will auch nur Sex, nichts weiter.* Naja, sowas in der Art, und das mit Maja schien ihn richtig zu freuen, als die das eine Mal bei dir war. *Siehst du, der bestellt auch mal 'n anderes Mädchen,* hat er gegrinst. *Ich weiß,* hab ich ihm geantwortet, *er hat mich ja deswegen vorher angerufen, und nochmal wird er sie nicht mehr bestellen.* Na da hat er geguckt!"

Sie drehte die Rose in ihrer Hand und lächelte.

"Echt, der ist richtig eifersüchtig auf dich", meinte sie.

Hm, dachte ich, der arme Andy. Sein persönliches Dilemma war anscheinend, dass er lauter hübsche Mädchen um sich hatte, die mit fast jedem nach Belieben vögelten - nur er kriegte sie einfach nicht ins Bett. Er wusste nicht, wie er es anstellen sollte. Der Koch, der halbverhungert in der eigenen Küche steht, im eigenen Sterne-Restaurant - welchen Mann hätte das wohl nicht verrückt gemacht?

"Na mal sehen, vielleicht komme ich ja im nächsten Frühling wieder", meinte Mirela eine Weile später und stellte mir anschließend gleich drei oder vier Fragen zu diversen Visabestimmungen auf einmal. Sie hörte allerdings kaum hin, als ich ihr zu antworten versuchte, und unterbrach mich andauernd.

"Eine Bekannte von mir hat 'n Studentenvisum, 90 Tage pro Jahr darf sie damit arbeiten", plapperte sie drauflos. "Jedes Wochenende zwei Tage."

"Na das ist aber nicht ganz jedes Wochenende", korrigierte ich sie halblaut ganz automatisch, "104 ist erheblich mehr als 90."

"Doch jedes Wochenende", beharrte sie auf ihrer Meinung und guckte irritiert, "und wieso 104? Ein Monat hat vier Wochenenden je zwei Tage", rief sie bockig und fummelte an ihrem Handy, das sie als Taschenrechner benutzte. "Also acht Tage mal zwölf Monate, das ist 96. Sag ich doch."

Ich wandte nun zwar seufzend ein, dass ein Monat nur in den seltensten Fällen genau vier Wochen hätte und stattdessen ein Jahr aus gut 52 Wochen bestünde, womit man auf 104 Tage Wochenendarbeit anstatt der 90 erlaubten käme, aber sie wurde schon bald ziemlich wütend und hörte mir überhaupt nicht mehr zu.

Absurd, dachte ich kopfschüttelnd, sie benötigt einen Taschenrechner, um mühsam trivialste Multiplikationen durchzuführen, und ich streite mich mit diesem Kind auch noch darüber!

Ich konnte nur verlieren, je mehr ich mich da reinsteigerte, und deswegen hielt ich am Ende einfach nur noch meinen Mund.

Kurz danach brachen wir dann auf, schweigend und in etwas unterkühlter Stimmung, auf dem Tisch zwei leere Zigarettenschachteln hinterlassend.

Eine Straßenecke weiter stoppte ich noch ein vorbeifahrendes Taxi für sie, hielt ihr die Tür auf, drückte ihr einen Zwanziger in die Hand und gab ihr einen Abschiedskuss.

"Oh shit, a nonsmoker taxi", fluchte sie leise, küsste mich zurück, klatschte die Tür zu und winkte noch einmal, während ich mich mit hochgezogenen Schultern auf den Weg zur nächsten Straßenbahnhaltestelle machte, allein und frierend.

245. Kapitel

Montag gleich nach der Arbeit telefonierte ich mit Mirela.

"Wollen wir morgen in meiner Mittagspause zusammen essen gehen?", fragte ich.

"Hm, ja", meinte sie, "aber weck mich bitte gegen halb elf, okay?"

"Gut", erwiderte ich, "halb elf ruf ich dich an. Übrigens, noch was: Ich hab ja gesagt, ich würde dich gern am Flughafen verabschieden, aber es gibt ein kleines Problem. Mein Kollege hat am Donnerstag nämlich frei und ich bin da allein im Büro. Das heißt, ich sollte eigentlich relativ früh auf Arbeit sein. Praktisch läuft es darauf hinaus, dass ich bloß per Taxi mit dir zusammen zum Flughafen fahren könnte und gleich wieder umkehren müsste, es lohnt sich also kaum."

"Oh, schade", sagte sie.

"Würde dich eventuell sonst noch jemand anders zum Airport begleiten?", erkundigte ich mich.

"Nein", antwortete sie. "Ich wollte, dass du es bist."

Kurz danach rief sie zurück, wegen des eben vereinbarten Mittagessens.

"Am Mittwoch wäre mir eigentlich lieber, also übermorgen", schlug sie vor, "weil ich morgen nämlich, äh, ich muss noch was organisieren. Wir telefonieren Dienstag nochmal, ja?"

"Na gut", brummte ich, und schon hatte sie aufgelegt.

Hm, dachte ich hinterher, scheint ihr ja wohl nicht so wichtig zu sein. Aber mich wird die ganze Aktion wieder einiges kosten, denn für ihr Taxi plus unser Mittagessen gehen bestimmt mindestens fünfzig Euro drauf. War das nicht eigentlich ein bisschen viel Aufwand für eine einzige gemeinsame Stunde im Restaurant? Und überhaupt. Danach würde ich ihr dann höchstens nochmal am Donnerstag kurz vorm Abflug am Gate einen Abschiedskuss geben, denn sie sträubte sich ja partout, in ihrer letzten Nacht bei mir zu schlafen. Je länger ich darüber nachdachte, umso mehr sank meine Stimmung. Wollte sie wirklich *mich* noch einmal am Flughafen sehen, grübelte ich, ich meine einfach um meiner selbst willen? Oder imponierte es ihr bloß, dass ein richtiger gestandener Mann und kein grüner Junge ihr diese Ehre gab? Zum bye-bye winken am Airport war ich bestimmt allemal gut zu gebrauchen. Gut für ihr Ego, und gut zum Renommieren. Es machte sich bestimmt ganz nett, ihren Freundinnen ein paar Handyfotos davon zu präsentieren. Aber ich tat ihr sicher unrecht damit. Irgendwie beschlich mich dennoch das Gefühl, Mirela wäre schon verschwunden, bevor sie überhaupt abgereist war. Ein sehr unschöner Gedanke.

In Erwartung eines ruhigen Abends streckte ich mich mit einer Zeitschrift auf der Couch aus, döste dabei ein wenig vor mich hin und telefonierte gegen neun noch ungefähr eine halbe Stunde mit Sonja.

Gegen elf lag ich schließlich im Bett, als Mirela auf einmal völlig aufgelöst anrief. Ich verstand nur 'trouble' und 'out of my mind' und dass ich sie schnell zurückrufen sollte.

Okay, dachte ich, legte auf und wählte ihre Nummer.

"Was ist denn los?", erkundigte ich mich.

"Ich kriege keine Luft", keuchte sie, "mein Asthma. Einer hat mich beim Sex mit 'ner Kamera aufgenommen, heimlich, er hat 'n Videotape davon gemacht! Ein Klient! Damit kann er beweisen, dass ich hier gearbeitet habe! Ich hatte recht mit diesen verdammten Motherfucker-Typen, siehst du? Ah, ich kann nicht atmen!"

"Was will er von dir?", fragte ich.

"Weiß ich nicht", schrie sie, "das ist so 'n Freak, Zlatko heißt er. Ich kann ihn verklagen, richtig? Ist doch illegal, oder? Ich hab ihm gesagt, wenn ich dafür in den Knast gehe, dann wandert er mit ab!"

"Du musst doch nicht ins Gefängnis", versuchte ich sie zu beruhigen, "dich sperrt keiner ein, du fliegst nach Hause und..."

"Du hast mir selber von der Russin erzählt, die im Ausländerknast saß wegen Arbeit bei der Agentur, die sie abgeholt haben und..."

Ihre Stimme überschlug sich dermaßen, so dass das Telefon zeitweise Aussetzer hatte und nur noch verzerrte Klirrlaute aus dem Hörer drangen. Sie war nicht bloß sehr aufgeregt, sondern völlig von Sinnen, ich erkannte sie kaum wieder. Ob sie psychisch krank ist?, schoss es mir plötzlich durch den Kopf. Oder eher völlig normal und bloß irre vor Angst?

"Hallo, ja aber das mit der Russin war ganz was anderes", rief ich schnell, als sie kurz Luft holen musste, "hör mir zu! Wegen eines Sexvideos sperrt dich niemand ein, erst recht nicht auf die letzten zwei Tage!"

"Er hat 'nen Freund bei der Polizei, hat er gesagt!"

"Ja, die Leute sagen viel! Das ist doch Blödsinn!"

"Wait wait, er ruft schon wieder an", kreischte sie, "ich ruf dich zurück!"

Nach zehn Minuten klingelte es.

"Er hat meine Adresse, kennt meinen richtigen Namen, alles!", heulte sie.

"Was?", fragte ich. "Wieso das denn?"

"Ja damals war er nett, er tat jedenfalls so, ach..." nuschelte sie, und den Rest verstand ich nicht mehr. Wie konntest du nur so dumm sein?, lag mir schon auf der Zunge, aber Vorwürfe halfen ihr jetzt wohl am wenigsten.

"Lass uns logisch denken", sagte ich. "Hat er überhaupt wirklich ein Video, woher weißt du das denn?"

"Hat er mir am Telefon vorgespielt", schluchzte sie, "den Anfang, das mit dem Geld."

"Ja das kann aber auch bloß ein Tonband sein", erwiderte ich, "oder ganz schlechte Bildqualität, so dass man kaum was erkennt. Was will er denn eigentlich?"

"Weiß ich nicht!", schrie sie. "Hab ich dir doch schon gesagt. Hörst du mir nicht zu?" Wütend fluchte sie auf Rumänisch und rief dann: "Ich geh zur Polizei und sage, dass er mich vergewaltigen wollte, bei sich zu Hause! Nein, dass er mich vergewaltigt *hat*! Ja genau!"

"Mirela, ich empfehle dringend, keine falschen Anschuldigungen loszulassen", beschwor ich sie, "das hältst du niemals durch! Die überprüfen jedes Detail, das fällt bloß auf dich zurück. Bleib ruhig, die letzten zwei Tage passiert dir hier gar nichts, glaub mir!"

"Das hilft mir alles nicht! Das ist nichts! Nichts! Was soll ich tun?"

"Erstmal ruhig bleiben, und vor allem klar denken."

"Ah, er ruft schon wieder an!", schrie sie gellend.

"Frag ihn, was er verdammt nochmal von dir will, und sag ihm auch gleich, dass du deine Periode hast!", riet ich ihr. Aber sie hatte schon aufgelegt.

Ja Herrgott, was erwartete sie denn von einem braven Büromenschen wie mir?, fragte ich mich entnervt. Klar hatte ich ihr vor gar nicht allzu langer Zeit erst edelmütig versprochen, hier in Berlin bis zum letzten Tag für sie da zu sein und sie nicht im Stich zu lassen, bloß was sollte ich denn tun? Ich dachte an Travis Bickle aus *Taxi Driver*, wie er mit seinem frischen Irokesenschnitt probeweise vor dem Spiegel ein paarmal die Knarre gezogen hatte *('You talkin' to me?')*, um sich auf den Feldzug gegen den Abschaum der Menschheit einzustimmen. Sollte ich etwa ebenso den Kriegspfad betreten und diesen miesen Zlatko-Arsch mit einer möglichst großkalibrigen Faustfeuerwaffe ins Jenseits befördern? Das war doch wohl absurd, oder? Einer wie ich konnte ihm vielleicht höchstens noch das Türschloss mit Sekundenkleber zukleistern, aber zu viel mehr taugte ich in solchen Dingen bestimmt nicht. Natürlich war es eine Schweinerei, was dieser Freak hier abzog, keine Frage - bloß so wild, wie Mirela sich das Ganze ausmalte, war es ja nun auch wieder nicht, oder? Eigentlich sah ich überhaupt keinen Handlungsbedarf; am besten, sie ignorierte diesen Spinner einfach komplett und fertig. Mitten in der Nacht konnte man hier jedenfalls sowieso nichts ausrichten. Und außerdem fragte ich mich schon die ganze Zeit, was dabei für mich überhaupt noch rausspringen sollte. Denn praktisch war sie doch schon so gut wie weg.

246. Kapitel

Am nächsten Vormittag fühlte ich mich wie gerädert. Mechanisch arbeitete ich meine Morgenroutine ab, machte dann noch ein paar Dutzend Kopien für irgendwelche Konferenzmappen und verdrückte mich gleich hinterher in den Coffeeshop.

Zum Mittag verabredete ich mich mit Manfred, einem Kollegen, den ich eigentlich für einen ziemlichen Langweiler hielt. Träge und schwerfällig. Aber das war mir momentan egal, Hauptsache, ich musste nicht ständig an diesen blöden Zlatko-Motherfucker denken.

Beim Essen in der Kantine klagte mir Manfred sein Leid. Seine Frau würde seit Jahren schon irgendein kompliziertes Fernstudium machen, jammerte er, deshalb bliebe ihnen von den Wochenenden meist nur ein gemeinsamer

Spaziergang am Sonntagnachmittag. Selbst von ihrem letzten Gastland in Südamerika hätten sie kaum etwas gesehen. *(Ob daran wirklich nur seine Frau schuld gewesen war, das bezweifelte ich freilich stark, doch ich sagte nichts dazu.)* Obendrein wäre seine kleine Tochter auch noch schwere Allergikerin. Tja, soviel also mal wieder zur Illusion, alle andere würden stets ein beneidenswertes Bilderbuchleben führen, dachte ich bloß lakonisch beim Zuhören.

Etwas später kam noch einer von Manfreds Kollegen zu uns an den Tisch und gab sogleich ein paar recht amüsante Anekdoten zum Besten. Bei seinem letzten Umzug vor zwei Monaten hätten die Packer gnadenlos alles in die Kartons verstaut, erzählte er als erstes, selbst die Schuhe der Nachbarn, die gerade nochmal kurz zu Besuch gewesen wären.

"Da half die ganze Aufregung nichts, die lagen schon irgendwo tief hinten im Container", feixte er. "Wir haben sie ihnen zwei Monate später per Post wieder zurückgeschickt. Aber immer noch besser, als wenn sie einem den vollen Mülleimer einpacken, der danach erstmal wochenlang unter tropischer Hitze bebrütet wird. Alles schon passiert, ich kann euch sagen!"

Anschließend schilderte er, wie er einmal seinem lernwilligen Koch in Nigeria das Foto einer chinesischen Frühlingsrolle gezeigt und die Zutaten für sechs Personen aufgeschrieben hatte.

"Und am Abend gab es als Vorspeise eine Frühlingsrolle, und zwar *eine einzige* für alle, aber die war dafür so dick wie 'n Baumstamm! Tja, und der Kaffee wurde hinterher stilecht im großen elektrischen Wasserkocher auf dem Tablett serviert, koffeinfreies und normales Pulver schön durcheinander gequirlt zu 'nem strammen Mocca, alles schon drin."

Naja, dachte ich, möglicherweise hatte er ja seine Stories etwas ausgeschmückt, aber da mir momentan wie bereits erwähnt jegliche Ablenkung willkommen war, störte ich mich nicht weiter daran.

Auf dem Rückweg ins Büro begegnete mir Josie; die Kollegin, die mich angeblich beim Figurenschach mit meinen Kindern beobachtet hatte. Sie kam mir gerade von der anderen Seite des etwa sechzig Meter langen Flures entgegen. Ich imitierte einen Präriereiter, der seinen Colt zieht und in Richtung Himmel ballert, und als wir dann etwa auf gleicher Höhe waren, grunzte ich:

"Eh, Gringo, diese endlosen Gänge sind doch wie geschaffen für ein klassisches Western-Duell, findest du nicht auch?"

"Oder zum Rad schlagen", erwiderte sie lachend, und diese Antwort gefiel mir überaus gut. Sie klang so unbekümmert und friedlich, ganz ohne dieses blöde männliche Konkurrenzgehabe. Ich stellte mir Josie sofort im Gymnastikanzug vor, wie sie als radschlagende Taijitu-Scheibe über den Teppich rollerte. Die schöne Miss Yin, schlank, biegsam und straff.

Jedenfalls ging mir ihr Lächeln für eine ganze Weile nicht mehr aus dem Sinn. Und das, obwohl ich ja eigentlich so gar nicht in Flirtstimmung war.

Beim Nachmittagskaffee rang ich mich schließlich dazu durch, Mirela anzurufen. Ich erkundigte mich, wie es ihr ginge.

"Naja, ich bin vor 'ner halben Stunde erst aufgestanden", antwortete sie. "Ich hab Andy alles gesagt und ihn gefragt, ob er nicht irgendwas machen kann. *(Soso, dachte ich, hast also doch wieder bei ihm angeklingelt.)* Er will mir helfen, hat er versprochen."

Sie schien sich wieder ganz gut gefangen zu haben.

"Okay, bleib erstmal ruhig", meinte ich, "dir passiert schon nichts. Ich ruf dich nach der Arbeit nochmal an."

Kaum zu Hause angekommen, klingelte mein Telefon. Ramona war dran. Sie wollte mit mir irgendwas wegen Weihnachten absprechen und teilte mir nebenbei noch lapidar mit, dass sie sich für das kommende Semester als 'Gasthörerin' an der Uni eintragen lassen würde. Na prima, dachte ich und wimmelte sie genervt schon nach zwei Minuten wieder ab.

Anschließend rief ich sofort Mirela an.

"Gib mir mal bitte die Nummer von diesem Idioten", bat ich sie. "Ich werde mich heute Abend mal mit ihm unterhalten. Aber erst später, wenn meine Kinder im Bett sind. Spricht er überhaupt deutsch?"

"Ja", erwiderte sie. "Zlatko ist 27, der ist schon lange hier."

Also dann, dachte ich, und griff um kurz vor halb zehn zum Hörer. Nach kurzer mentaler Vorbereitung musste ich mich auch gar nicht mehr anstrengen, um meiner Stimme eine eisige Ruhe zu verleihen. Ich brauchte diesen Mistkerl einfach nur meine Verachtung spüren zu lassen, das war das ganze Rezept dafür.

"Hallo?"

"Ja?"

"Du sprichst deutsch?"

"Ja. Wer ist da?"

"Gut. Pass auf, es dauert nur zwei Minuten. Ich möchte dich nur kurz von einem Irrtum befreien."

"Wie heißt du?"

"Tut nichts zur Sache. Kannst mich Rolf nennen, wenn es dir hilft."

"Bist du der 44jährige?"

"Von mir aus. Pass auf, es geht um Folgendes: Du hast Mist gebaut mit dem Video, und du denkst, Mirela ist eine kleine dumme Rumänin, die hier allein in der Stadt ist und sich..."

"Was willst du von mir?"

"Du sollst begreifen, dass sie nicht allein ist. Sie hat Freunde. Das ist alles."

"Du willst sie doch auch bloß ficken, meinst du denn, du bist besser?"

"Oh Boy. Selbst Typen wie du müssten doch verstehen, dass ich nicht anrufe, um mit dir mein Sexualleben zu diskutieren. Es geht um was anderes. Du hast einen Fehler gemacht, und deshalb hast du jetzt ein Problem."

"Kannst du das beweisen? Außerdem machen das andere auch, ich bin nicht der Einzige."

"Junge Junge, jetzt erklär ich dir mal was. Wenn du schon heimlich dein geiles Video machen musstest, um dir hinterher einen dabei abzuschleudern mit deinem kleinen Schnulli, dann behalts doch wenigstens für dich. Aber du konntest ja die Fresse nicht halten, du musstest ja dein Maul aufreißen. Du hast Leuten ins Handwerk gepfuscht, mein kleiner Freund. Ich rede gar nicht von der strafrechtlichen Seite, dass das verboten ist. Ich meine was anderes. Die Mädchen wissen jetzt, dass da einer heimlich filmt, das hat sich rumgesprochen. Sie haben Schiss, sie sind verkrampft, und das geht aufs Geschäft. Kunden sind unzufrieden mit nervösen Mädchen, verstehst du das? Geht das rein in deine Rübe? Über sowas musst du nämlich vorher nachdenken. Da sind ein paar Leute böse auf dich geworden, ja ja."

"Ach, das kann keiner beweisen."

Spätestens jetzt hatte ich ihn endgültig, das spürte ich genau. Er wirkte deutlich verunsichert, und seine Stimme flatterte nervös.

"Junge, das musst du anderen Leuten erklären. Mir doch egal, aus den Kreisen halte ich mich raus. Ich bin doch nicht so blöd wie du. Mir gehts bloß um eins: Lass Mirela in Ruhe."

"Ja, hab ich ihr doch schon gesagt! Soll sie doch machen, was sie will!"

"Na siehst du, bravo, jetzt verstehen wir uns. Das ist der erste vernünftige Satz, den ich von dir höre. Glückwunsch, das freut mich für dich! Und ich gebe dir noch einen ganz heißen Tip gratis: Bleib dabei. Lass sie in Ruhe, heute und morgen, und so weiter. Schreibs dir meinetwegen auf 'n Zettel und pack ihn dir unter 'n Kühlschrankmagneten, damit du 's nicht vergisst."

"Von mir aus soll sie machen, was sie will", wiederholte er trotzig, aber ich ließ mich nicht aus den Konzept bringen und fuhr einfach fort: "Denn ich kann auch unangenehm werden, oh ja, Freund, das kann ich. Aber das muss ja nicht sein, stimmts? Ich möchte jedenfalls nicht nochmal bei dir anrufen müssen. Oder sowas. Also, immer schön frisch bleiben, locker und relaxed."

Ich widmete ihm noch einen russischen Fluch, und bevor er noch etwas erwidern konnte, hatte ich aufgelegt.

Danach rief ich Mirela zurück und berichtete ihr, wie das Gespräch gelaufen war und dass dieser Zlatko-Freak zumindest zugesagt hatte, sie künftig in Ruhe zu lassen. Allerdings verstand sie zuerst überhaupt nichts, weil ich nämlich noch so aufgekratzt war, dass ich ihr alles auf Deutsch erzählte. Also wiederholte ich das Ganze gleich nochmal in Ruhe auf Englisch.

"Oh, er versucht mich gerade anzurufen", rief sie plötzlich.

"Rede am besten gar nicht mehr mit dem Idioten", beschwor ich sie, "nimm nicht ab, und wenn doch, dann leg gleich wieder auf! Lass ihn schmoren! Soll er sich einscheißen vor Angst! Der wollte dir von Anfang an nicht helfen, an dir als Person war er gar nicht interessiert! Der hatte sein Bild von dir schon fertig im Kopf, der betrachtet dich bestenfalls als sein Haustier. Mirela, dieses Zlatko-Arschloch, das ist genau die Sorte, die von Liebe redet und im selben Atemzug Frau und Kinder killt, bloß damit sie kein anderer kriegt. Das Maximum für dich in dieser Sache ist, ihn loszuwerden! Rede nicht mit ihm, streite nicht mit ihm, gar nichts! Du hast absolut nichts zu gewinnen dabei! Ignoriere ihn!"

Doch sie hörte nicht auf mich.

Sie konnte das ständige Klingeln wohl einfach nicht ertragen.

Zehn Minuten später rief sie mich wieder zurück.

"Er hat deine Nummer gewollt, um mit dir zu reden, aber ich habe sie ihm nicht gegeben", berichtete sie. "Der hat jetzt total Angst! Er will seine Handynummer wechseln und in ein anderes Apartment umziehen, weil die Agentur ja weiß, wo er wohnt. Immer wieder hat er gefragt, ob er nochmal mit dir reden könnte, ob du ihn vielleicht nochmal anrufst."

"Mirela", rief ich, und diesmal musste ich mich beherrschen, um nicht laut loszubrüllen, "ich hab absolut kein Interesse an irgendeinem Kontakt mit diesem Arsch! Tut er dir leid, oder was? Überleg bloß mal, wie er sich zu dir verhalten würde, wenn er jetzt keine Angst hätte! Weißt du, Fehler macht jeder mal, keine Frage, aber wenn dieser Penner auch nur das allerkleinste bisschen Anstand und Verstand hätte, dann würde er erstens dich um Entschuldigung bitten, und zweitens würde er von sich aus das verdammte Band rausrücken. Ungefragt, verstehst du? So, und ich meine, selbst wenn er dies beides tatsächlich täte, dann wäre er immer noch ein Arsch und noch lange lange nicht dein Freund! Das wäre nur erstmal das absolute Minimum, um ihn überhaupt anzugucken und mit ihm zehn Sekunden lang zu reden! Solange er das nicht tut, solange soll er heulen und zittern und sich die Hosen nass machen! Hauptsache, er lässt dich in Ruhe."

Goethes *Ein grober Keil auf groben Klotz'* blitzte durch mein Bewusstsein, aber ich wusste nicht, wie ich es vernünftig übersetzen sollte, deshalb verwarf ich es sofort wieder.

"Stell dir bloß mal vor, er würde glauben, du bist wehrlos und hast keine Freunde hinter dir", fuhr ich stattdessen fort. "Wie meinst du würde der sich verhalten? Du weißt, ich bin kein Sadist und brauche solche Aktionen wie die hier nicht, um mich besser zu fühlen, aber Mitleid hab ich mit dem nicht. Selber schuld! Der zeigt keine Reue, nur Selbstmitleid! Denk immer dran, was er dir angetan hat! Du konntest nicht mal schlafen!"

"You are right", gab sie mir recht. "Er ist ja nicht mein Freund, wirklich. Ich fand ihn nie richtig attraktiv und hab ihm das auch gesagt. Ehrlich, wenn ich zurückgucke, dann hab ich von Anfang an irgendwie gespürt, dass da was nicht stimmt und dass er gar nicht zu mir passt."

"Das ist ein ganz, ganz wichtiger Satz!", betonte ich. "Trau deinem Gefühl! Frage nach, wenn dir was komisch vorkommt! Bleib wachsam, und lass dich nur langsam mit neuen Bekannten ein, immer schön Stück für Stück. Hör auf dein Gefühl, das ist wirklich wichtig!"

"Ja, danke nochmal", erwiderte sie, und wir ließen unser Gespräch endlich einmal wieder mit ein paar ruhigen, zärtlichen Tönen ausklingen.

Als ich aufgelegt hatte, fühlte ich mich dennoch ausgelaugt und kaputt.

Sollte Zlatko sich sein gottverdammtes Tape sonst wohin stecken, dachte ich, hoffentlich war der ganze Mist damit zu Ende. Nicht, dass ich in irgendwelche irrsinnigen Geschichten immer tiefer reingerissen wurde. Irgendein kranker Geist, der mir auflauerte und nachspionierte, wenn ich mit meinen Kindern morgens aus dem Haus ging. Nein, damit wollte ich absolut nichts zu tun haben. Don Ernie 'der Breite' fiel mir ein, seine 'Puff-Security'-Geschichten, die er damals beim Open-Air erzählt hatte. Lauter kranke Typen in diesem Umfeld, ständig Gefahr im Verzug, und bloß eine Frage der Zeit, bis einem jemand in die Quere kam. So in etwa hatte er sich doch ausgedrückt, und er musste es wissen.

Das wäre ja wohl wirklich Ironie des Schicksals, ging es mir durch den Kopf, wenn mir jetzt noch einer von diesen primitiven Brüdern den Schädel einschlägt. Jetzt ganz zum Schluss, nachdem ich diesen verdammten Rotlichtzirkus bisher unbeschadet überstanden und das alles schon so gut wie hinter mir hatte.

Ich machte mir eine Flasche Wein auf und goss mir ein großes Glas ein.

Was für ein beschissenes Theater, dachte ich bloß, als ich gierig den ersten Schluck nahm.

Andy hatte doch mal erwähnt, dass er eine Zeitlang mit einem Callgirl zusammen gewesen wäre, und zwar einmal und nie wieder, fiel mir plötzlich dabei ein. Ob er *das* damit gemeint hatte?

247. Kapitel

Mittwochvormittag gegen halb elf telefonierte ich noch einmal mit Mirela.

"Was ist nun eigentlich, hast du Lust zu einem Mittagessen heute, oder eher nicht?", fragte ich gleich ganz direkt.

"Nee, es geht nicht", antwortete sie, "ich wollte dir gerade deswegen 'ne SMS schicken. Ich muss noch so viel packen. Gestern hab ich ja nichts gemacht wegen der ganzen Aufregung, da war ich zu nervös."

"Schade", erwiderte ich.

"Naja, und außerdem hatte ich auch Angst, dich enttäuscht zu haben", ergänzte sie kleinlaut, und ich hörte dabei überdeutlich, wie sehr sie sich nach stabiler emotionaler Zuwendung sehnte, nach Unbedingtheit, einfach nach Liebe, oder wie man es auch immer nennen mochte. Wie hätte ich ihr böse sein können?

"Nein, ach was", murmelte ich, so sanft ich konnte. "Nur 'n bisschen, als du mich so laut angeschrien hattest. Sowas vertrage ich schlecht."

"Oh sorry, sorry", flüsterte sie, und es klang wirklich, als würde sie gleich in Tränen ausbrechen. "Das wollte ich nicht, sorry."

"Ist schon okay", brummte ich. "Ich kann nicht von dir erwarten, dass du dich immer so beherrscht benimmst wie ich mit meinen 44 Jahren. Denkst du etwa, ich war mit 19 schon so, wie ich heute bin? Wenn man in deinem Alter in gewissen Dingen naiv ist, dann heißt das nicht, dass man dumm ist. Glaub mir, ich kann mich gut in deine Situation versetzen. So allein in einem fremden Land, völlig neue Leute um dich rum und nur ab und zu mal die Stimme deiner Mutter am Telefon. Natürlich willst du jemandem vertrauen, du musst ja, du brauchst doch Menschen in deiner Nähe! Also nimmst du welche von denen, die gerade da sind. Es ist schwer, ich weiß, du steckst bis zum Hals in Problemen und weißt oft nicht, in welche Richtung du gehen sollst. Aber du hast ein gutes Herz und suchst den richtigen Weg, und das ist die Hauptsache. Das zählt, das ist das Wichtigste. Ich bin dir jedenfalls nicht böse. Du bist doch mein Engel!"

"Danke", hauchte sie, "du bist *mein* Engel. Wirklich!"

Danach erkundigte ich mich, ob sie es noch geschafft hätte, sich mit ihrem Internet-Verehrer zu treffen.

"Mit dem Sri Lanka-Typ?", rief sie. "Ja, das hat geklappt."

Sie schilderte, wie sie sich ungefähr anderthalb Stunden lang in einem Café miteinander unterhalten hätten, vor allem über Urlaubsziele. Er würde nämlich für ein Reisebüro arbeiten, und auch sonst fände sie ihn zwar wirklich recht sympathisch und intelligent, aber trotzdem wäre er insgesamt nicht so ihr Fall.

"Aha", machte ich. "So, und wegen deinem Flug morgen, also ich wecke dich per Telefon um halb sieben, und um kurz nach sieben bin ich dann mit dem Taxi vor deiner Tür, okay? Das ist zwar eigentlich nicht gerade günstig für mich, aber sollen sie meckern auf Job, wenn ich mal etwas später komme. Einmal im Jahr kann ich mir das schon leisten."

"Naja, wenn es gar nicht geht, ach ist nicht so schlimm", hörte ich sie (nicht sehr überzeugend) sagen. "Ich bin ja auch allein angekommen."

"Stimmt", bestätigte ich, "aber du solltest nicht allein abfliegen. Das ist doch genau der Punkt. Nein, das wäre einfach nicht richtig. Weißt du ich will dich nicht wieder mit meinen endlosen Tiraden nerven, aber..."

"No, no", beteuerte sie, "ich höre dir immer gern zu. Immer, du weißt das. Komm, sag schon."

"Naja", fuhr ich also fort, "du kennst ja meine Philosophie: *Alles, was ich tue, mache ich letztendlich für mich selbst*. Tja, und ich weiß nämlich genau, dass es mir sehr leidtun würde, wenn ich bei deinem Abflug nicht am Airport wäre. Oder soll ich mich von dir etwa jetzt am Telefon verabschieden? Na das wäre doch wohl 'ne tolle Erinnerung, hm? Wo uns diese blöde Zlatko-Geschichte sowieso schon die letzten Tage vermiest hat. Nee, morgen bringe ich dich zum Flughafen. Das machen wir so, wie es sich gehört. Es geht ja dabei nicht nur um die halbe Stunde, sondern es ist ein Symbol. Weißt du doch selber, stimmts?"

Zur Antwort schickte sie mir Küsse durchs Telefon, die ich prompt erwiderte, und so ging das dann noch eine ganze Weile hin und her.

Nach dem Mittagessen kam ich mit Josie etwas länger ins Gespräch. Sie stand bei Anette an der Bürotür gegenüber, und bei der Gelegenheit sah ich, dass sie wohl beim Friseur gewesen sein musste. Denn ihre Haare waren jetzt ein wenig kürzer, dafür aber auch etwas welliger und dunkler geworden.

"Sieht gut aus", sagte ich anerkennend. "War vorher chic, und hinterher erst recht. Entzückt wie verrückt, sozusagen."

"Danke", erwiderte sie lächelnd.

Ich bot ihr ein Stückchen Schokolade aus meinem Vorrat an.

"Damit die schöne neue Farbe länger hält", ermunterte ich sie, "Wirkstoffe von innen her."

Sie griff zu, ein Wort gab das andere (und sie lachte so süß, als ich ihr meinen grünen Gummi-Fingerhut vorführte!), na und schon schwatzten wir so richtig schön locker drauflos.

"Du schreibst auch, habe ich gehört?", fragte sie mich nach einer Weile.

"Ach, sagen wir so: Das Leben schreibt, und ich zeichne bloß auf", entgegnete ich, "grobe, unfromme Texte", und bevor sie antworten konnte, schob ich schnell noch ein Wilhelm-Busch-Zitat nach: "Gedanken sind nicht stets parat, man schreibt auch wenn man keine hat."

Woraufhin sie mich mit einem dermaßen neugierig-verschmitzten Blick anblitzte, dass mir ordentlich warm ums Herz wurde.

Am Abend rief ich Andy an.

"Ich hab diesem beknackten Zlatko-Typen gestern mal sauber die Meinung gegeigt, dass es so nicht geht", ließ ich ihn wissen.

"Ja, ich hab auch schon mit ihm telefoniert", erwiderte Andy. "Er soll das Band rausrücken, aber das wollte er nicht. *Ich weiß wo du wohnst,* hab ich gesagt, *was hältst du davon, wenn ich mir 'n kleinen Spaß mache und dich auch mal 'n bisschen filme?* Jetzt hat er Schiss, der Blödmann. Na mal abwarten."

Ich hörte, wie er sich eine Zigarette ansteckte.

"Es gibt echt Scheißkunden", stöhnte er, "das muss ich mal so sagen. Genau wie dieser 'Xerxes' oder wie der Idiot heißt, der war ja eigentlich gesperrt bei mir. Hoch und heilig hat er mir versprochen, sich anständig zu benehmen, und die ersten zwei- oder dreimal ging auch alles einigermaßen. Bloß dann hat er Mandy wieder dermaßen scheiße behandelt, also echt. Die wollte schon ganz aufhören, so hatte der Vogel ihr alles verleidet."

Dann stöhnte er noch einmal.

"Und Mirela, die will so smart sein, aber gibt dem erstbesten Kunden gleich ihre Nummer und alles", fuhr er fort. "Mensch, Mensch! Obwohl ich ihr am Anfang 'ne klare Einweisung gegeben habe! Hör mir auf, immer diese Besserwisserei!"

"Ja, sie ist eben noch sehr jung", antwortete ich. "Da fehlt viel Erziehungsarbeit, die du oder ich auf die Schnelle nicht leisten können. Aber sie hat einen guten Kern."

"Naja, guck dir bloß mal die Kundenkommentare der letzten Zeit an", brummte Andy. "Keine hat es geschafft, so viele gute und schlechte Meinungen zugleich zu fabrizieren, das muss man ihr lassen."

Er hustete ein paarmal, dann redete er weiter: "Neulich hab ich sie angerufen wegen 'nem ganz normalen Termin, eine Stunde bei 'nem Stammkunden zu Hause, da hat sie glatt gesagt: *Nö, jetzt nicht, da läuft gerade so 'n spannender Film im Fernsehen.* Ich dachte ich krieg 'ne Krise! Null Selbstdisziplin! Die meisten jungen Hühner sind ja mit der großen Freiheit hier überfordert, aber die hat echt den Vogel abgeschossen! Selbst an normalen Tagen war es schon nicht so einfach, sie an den Mann zu bringen mit ihrem eingeschränkten Service *(ich wusste was er meinte: sie war nämlich die Einzige, die 'Küssen und Französisch nur bei Sympathie' angeboten hatte, wobei letzteres faktisch sowieso nie der Fall gewesen war)*, und da darf ich also einen Stammkunden abwimmeln, weil die Lady in Fernsehlaune ist! Mir fehlten glatt die Worte, sag ich dir! Und auch sonst! Wenn sie dann endlich tatsächlich mal zum Fahrer runterkam, zehn Minuten zu spät war ja sowieso normal bei ihr, dann musste erstmal an der nächsten Tanke gestoppt werden, zum Großeinkauf. Zigaretten, was zu Trinken, Chips, und hinterher gleich nochmal Boxenstopp, auf zum fröhlichen Burgeressen! Schön gemütlich natürlich, und der Kunde wartet und wartet, und mein Image geht den Bach runter, chronische Unpünktlichkeit, peng."

"Tja", schlug ich mich ein wenig auf seine Seite, "der von der alten Agentur hätte ihr dafür schon zehnmal den Kopf abgerissen. Ich hab ihr mal ins Gewissen geredet, dass sie das ganze Ambiente bei dir gefälligst zu würdigen wissen sollte."

"Na zum Schluss wollte sie ja am liebsten nur noch Escort machen", meinte er, "nach Filmpremieren die ganze Nacht Party feiern und im Whirlpool hocken und obendrein saftig Trinkgeld einkassieren. *Stylish escort,* so hat sie immer gesagt. Wie die traditionellen Geishas. Du weißt ja, wie sie auf die steht. Dafür hatte sie echt 'ne Ader, und der Veranstalter hat sie auch immer wieder gebucht, der war richtig verrückt nach ihr. Bloß wenn diese jungen Dinger 'n paarmal solche Schickeria-Termine hatten, dann kriegen sie meistens leider Wahrnehmungsstörungen. Die halten sich plötzlich für die Mätressen des Königs und verkennen schnell die Lage. Mirela hab ich so manches Mal wieder auf den Boden der Tatsachen zurückholen müssen. *Du siehst zwar gut aus und hast Charme*, hab ich ihr gesagt, *aber für das High-Class-Business fehlen dir die Klamotten, und mit den Umgangsformen hapert es erst recht.* Oh, da war sie stinkig! *Na und, ich bin eben ein ungeschliffener Diamant!,* das war dann immer ihr Spruch. Mensch, die latscht völlig unbedarft ins 5-Sterne-Hotel rein und nuckelt dabei an ihrer mitgebrachten Coladose! Aber die ganz großen Rosinen im Kopp! Die glaubt, die Millionäre reißen sich um sie!"

"Naja, wenn man jung ist, geht man Illusionen eben schneller auf den Leim", entgegnete ich betont nüchtern. "Sie ist ja nicht blöd, aber sie muss noch verdammt viel lernen."

"Ha, na das kannst du laut sagen!", stimmte er mir zu. "Sie ist dermaßen von sich überzeugt, unglaublich! Managerin will sie werden, irgendwie Chefin, internationaler Mobilfunkmarkt oder so. Studieren braucht sie dafür natürlich nicht."

Ich hörte, wie er lachte.

"Aufsichtsratsvorsitzende bei irgendeinem Global Player-Konzern will sie werden, ist aber schusselig wie sonst was. Vergisst ihr Make-up-Zeug beim Kunden und lässt ihr Handy im Auto liegen. Kann kaum ihre Miete bezahlen, aber erzählt mir, dass sie nächstes Jahr wiederkommen möchte, nur schnell 'n paar Wochen arbeiten und dann erstmal für 'n Monat nach Sri Lanka oder auf die Malediven, Tauchen lernen. Hat keinen müden Cent auf Tasche und fragt mich nach Investitionen! Ja, echt! *Please explain, wie geht das mit Aktien?,* wollte sie von mir wissen. *(Das gleiche hatte sie mich tatsächlich auch einmal gefragt, aber das erwähnte ich Andy gegenüber natürlich nicht.)* Quasselt mich voll: *Was kann man machen mit Geld, wie wird es am schnellsten mehr?* Andauernd diese maßlose Selbstüberschätzung, voll überkandidelt."

Ich hörte Andy noch eine ganze Weile zu, denn ich fand es durchaus interessant, all diese Dinge auch einmal aus seiner Perspektive zu betrachten.

Zum Schluss teilte ich ihm bloß noch mit, dass ich in Kürze über die Feiertage wegfahren und erst im neuen Jahr zurückkommen würde.

"Also, ich wünsche schon mal alles Gute", verabschiedete ich mich, und Andy erwiderte: "Gleichfalls, Ecki, und kannst ruhig immer mal wieder anklingeln, einfach so."

248. Kapitel

In dieser Nacht kam mir im Halbschlaf die Idee zu einer Collage. Das heißt, eigentlich waren es bloß mehr so undeutliche Traumfetzen und Phantasiebilder. Da gab es einen riesigen Fleischwolf, und eine überdimensionale Hand griff kranartig in verschiedene Schüsseln und beförderte nackte Welpen mit verklebten Augen in den Einfülltrichter, dann folgten Pässe und Zigaretten und glitzernder Goldstaub und irgendwelches weißes Pulver obendrauf sowie zum Schluss noch ein paar Dutzend Kondome. *'Ey, nicht so viel!',* brüllte eine Stimme aus dem Hintergrund, und überall lagen bündelweise Geldscheine herum, in sämtlichen Währungen, und auch Autoschlüssel und Lippenstifte und Ohrringe und anderer Kleinkram, und die Hundebabys wanden sich unaufhörlich im Trichter und jaulten die ganze Zeit über jämmerlich. Ich erschrak furchtbar und erwachte verwirrt, linste kurz auf den Wecker und drehte mich auf die andere Seite.

Um sechs Uhr stand ich auf, duschte und frühstückte, dann weckte ich Mirela per Handy, und ein paar Minuten später bestellte ich mir ein Taxi und ging nach unten.

Gerade als ich aus der Haustür trat, kam mir ein Schornsteinfeger entgegen.

Ein seltener Anblick, dachte ich erstaunt, noch dazu um diese Uhrzeit. War das etwa ein Zeichen, und wenn ja, was sollte es mir sagen? Merkwürdig.

Das Taxi kam wenige Minuten später und brachte mich zügig durch den morgendlichen Berufsverkehr zu Mirela.

"Bin jetzt da", teilte ich ihr per Handy mit. "Soll ich dir mit dem Gepäck helfen?"

"Ja, bitte", antwortete sie, und kurz darauf öffnete sie mir die Haustür.

Nach einem zärtlichen Begrüßungsküsschen folgte ich ihr (das heißt vor allem diesem so süß schaukelnden Hintern des Monats, an dem sich meine Augen noch einmal voller Wehmut festsaugten) durch einen langen Korridor und weiter zwei ziemlich steile Treppen nach oben. Das Apartment war recht übersichtlich. Anderthalb Zimmer mit Küche und Bad, möbliert wirklich nur mit einer *schmalen* Couch (auf der noch das Laken lag, das ich ihr damals mitgegeben hatte) nebst Tisch und Sessel sowie dem Fernseher an der Wand gegenüber, der auf einem kleinen Unterschrank stand.

Über der Zimmertür waren etliche langstielige Rosen befestigt, ebenso über dem Durchgang zur Küche.

"Da war ich wohl nicht der einzige?", fragte ich lächelnd mit nach oben gerichtetem Blick.

"Ach, die hat ein Freund von Andy für mich angemacht", wehrte sie bescheiden ab. "Er wollte dass ich es ein bisschen gemütlich habe."

Sie nahm ihr Feuerzeug vom Tisch und steckte sich damit eine Zigarette an.

"Übrigens hat mich der Sri Lanka-Typ nochmal angerufen", meinte sie beiläufig. "Der will irgendwann nächsten Monat nach Bukarest fliegen, um mich für ein Wochenende zu besuchen. Kann er machen, hab ich ihm gesagt, aber ich treffe mich mit ihm maximal irgendwo in der Stadt und nichts weiter."

Ich zuckte bloß wortlos mit den Schultern.

Ihr ganzes Gepäck bestand aus einem kleinen, nagelneu aussehenden Koffer *(eher ein Köfferchen, ich schätzte sein Gewicht auf zehn Kilo - die Waage am Flughafen sollte ihn später auf 11,8 Kilo tarieren)* und einer bunten Einkaufs-Tragetasche aus Papier. Das war alles.

Mirela schraubte nur noch schnell die Heizung runter (und ich staunte, dass sie jetzt daran dachte), dann machten wir uns auf den Weg.

Im Taxi (zu ihrem Leidwesen diesmal ein Nichtraucherfahrzeug) kuschelte sie sich sofort eng an mich. Kaum waren wir unterwegs, kam erst eine Abschieds-SMS von ihrer Nachbarin und dann noch eine von dem Sri Lanka-Verehrer.

Ich holte eine Dose von ihrem Lieblingsgetränk aus der Tasche, sogar mit einem bunten Schleifchen drum, und überreichte sie ihr mit feierlicher Geste. Kichernd küsste sie mich, und ich erzählte ihr von Andys Feststellung, dass seiner Meinung nach kein anderes Mädchen ein so zwiespältiges Echo bei den Kunden (und Kolleginnen) ausgelöst hätte wie sie.

"Lauter sehr positive oder sehr negative Reaktionen, aber kalt gelassen hast du keinen", grinste ich, worauf Mirela bloß glucksend erwiderte: "Ich finde es besser, man hinterlässt seine Spuren, als wenn man nur immer still wie ein Schatten umherschleicht."

Beim Einchecken mussten wir nicht lange warten.

Nachdem wir ihr Gepäck aufgegeben hatten, gingen wir ins Selbstbedienungs-Café nach oben und tranken Cappuccino.

Zwanzig Minuten hatten wir noch.

Schließlich holte ich mein kleines Geschenk aus der Tasche.

"Pentru tine", sagte ich, "das ist für dich. Du kannst es jetzt gleich oder auch erst später auswickeln, wie du möchtest."

Es war das Teelichtlämpchen aus Porzellan, das ihr so gefallen hatte und bei dessen Schummerlicht wir uns so oft geliebt hatten.

"Es ist so schön eingepackt", murmelte sie gerührt, "besser später, ich warte lieber noch."

Sie gab mir einen Kuss und umarmte mich im Sitzen, und noch einmal hörte ich ihr zärtlich auf Rumänisch geflüstertes 'Schnurrbärtchen' dicht an meinem Ohr.

Dann wurde es endgültig Zeit.

Ich erhob mich, und auch Mirela stand auf. Ganz leicht lehnte sie sich an mich, ihr Kopf berührte kaum meine Schulter. Eine Träne tropfte plötzlich auf mein Hemd, dann noch eine.

"Bitte geh' schnell", bat sie mit erstickter Stimme, "so sollst du mich nicht in Erinnerung behalten, please..."

"Ich werde dich niemals vergessen", sagte ich schlicht und küsste sie ein letztes Mal, bevor ich mich vorsichtig von ihr löste und mit eiligen Schritten in Richtung Ausgang lief.

Von der anschließenden Taxifahrt zum Krapparat nahm ich kaum etwas wahr. Ich war tieftraurig, ja sicher war ich das, aber zumindest gab es etwas, das mir ein wenig Trost spendete und Linderung brachte, nämlich die Überzeugung, dass ich mit Mirela von Anfang bis Ende alles so gemacht hatte, wie ich es für richtig gehalten hatte und dass es absolut nichts zu bedauern oder zu korrigieren gab. Wäre ich noch einmal in der gleichen Situation wie vor zwei Monaten, dachte ich, dann würde ich alles wieder ganz genau so tun.

249. Kapitel

Als ich gegen halb sechs nach Hause kam, blinkte mein Anrufbeantworter, allerdings war außer einem kurzen undefinierbaren Geraschel nichts weiter aufgezeichnet worden. Probeweise wählte ich die Nummer von Mirelas Handy, aber natürlich tat sich gar nichts.

Kurz nach sechs meldete sie sich jedoch. Ich ließ mir ihre neue Nummer durchgeben und rief sie sofort zurück.

"Na, alles okay?", fragte ich.

"Alles in Ordnung", antwortete sie. "Ich sitze gerade mit Freunden im Restaurant. Mein Flug hatte übrigens eine Stunde Verspätung. Ach, und endlich habe ich meine Katzen wieder!"

Vor lauter Aufregung sprang sie ständig von einer Sache zur anderen.

"Es war so traurig mit dir am Flughafen", seufzte sie schließlich. "Mensch, als du weg warst, hab ich erst richtig losgeheult!"

Ich hörte sie kurz ostentativ kichern, dann sagte sie auf einmal betont deutlich auf Deutsch: "Es war schön mit dir im Bett."

Das sollte wohl fröhlich klingen, doch es wirkte ziemlich verunglückt.

"Mirela", ging ich trotzdem auf ihren Scherz ein, "ich hab zwar noch nie Telefonsex gemacht, aber jetzt fange ich wirklich gleich damit an."

"Ich möchte am liebsten sofort wieder zurückgehen", gestand sie plötzlich in völliger Offenheit. "Ich vermisse dich so sehr. Hier fühle ich mich wie bei Fremden. Berlin ist mein Zuhause."

Nun ja, relativierte ich sofort in Gedanken, das war einfach der frische Trennungsschmerz, ihre Gefühle fuhren Achterbahn, sie rief sich sozusagen selbst an in Berlin. Dennoch spürte ich auch die Reinheit ihrer Sehnsucht nach mir, und das machte es mir nicht unbedingt leichter.

"Du musst jetzt erstmal nach vorn gucken, nicht zurück", erwiderte ich eindringlich. "Zumindest die nächsten paar Tage, bis sich alles wieder einigermaßen normalisiert hat."

"Aber ich möchte wenigstens zu Weihnachten mit dir telefonieren", rief sie, halb trotzig und halb weinerlich, "und zu Silvester. Ich werde auch versuchen mit dem Rauchen aufzuhören, so wie du immer gesagt hast. Ich möchte gesünder leben, ehrlich."

"Ja das ist gut", stimmte ich ihr zu. "Und wenn es dich tröstet, in meinem Kühlschrank steht noch eine Dose von deinem komischen süßen Lieblingsdrink, die lasse ich da, bis du wiederkommst. Yes, for my lovely drunken princess."

Das war ein Fehler, merkte ich sofort, das hätte mir nicht rausrutschen dürfen. Es half ihr nicht, sondern machte alles bloß schlimmer.

"Du darfst jetzt nicht zurückgucken", beschwor ich sie daher hastig, "das ist sinnlos, und..."

"Ich will aber nichts vergessen", unterbrach sie mich, und ich glaubte ein unterdrücktes Schluchzen zu hören.

"Das sollst du auch nicht", entgegnete ich betont ruhig, "aber jetzt musst du dich auf das konzentrieren, was vor dir liegt. Das Erinnern, das macht es dir im Moment nicht gerade leichter. Manchmal muss man sich ein bisschen zwingen, in eine bestimmte Richtung zu sehen, verstehst du?"

Ich bemühte mich, schonend und geduldig wie mit einem Kind zu ihr zu reden.

"Yes, you are right", ergab sie sich schließlich mit einem tiefen Seufzer, und das traf mich wirklich. Denn diesen Satz hatte ich oft von ihr gehört, mit genau derselben Intonation, so voller Anlehnungsbedürftigkeit und Vertrauen. So voller Liebe.

Am vorletzten Nachmittag vor Weihnachten kriegte mein Kollege Moritz einen Anruf vom Planer. Ein Posten von seiner Wunschliste wäre ihm sicher, lautete die frohe Botschaft. Höchstwahrscheinlich Phnom Penh, vielleicht aber auch Shanghai. Er war total happy.

"Nächsten Sommer gehts endlich wieder raus!", rief er munter. "Kambodscha. Mann, Ecki!"

"Gratulation", erwiderte ich und gab ihm den gestreckten Daumen.

Zwar hatte auch ich vor Kurzem einen Anruf aus der Personalabteilung bekommen, allerdings war ich bloß höflich gefragt worden, wie lange ich noch im Inland zu verweilen gedächte. Ich hatte freilich keine Ahnung, wie ich diesen gordischen Knoten irgendwann einmal durchschlagen sollte. Ohne die Kinder ins Ausland zu gehen war keine Option für mich, jedenfalls nicht für die nächsten paar Jahre. Bedeutete das also, dass ich für immer hier festgeeist vor Anker liegen würde? Oder ließe sich da trotzdem etwas arrangieren, später, wenn die Kinder größer waren, beispielsweise mit einem Posten im nahe gelegenen Baltikum oder irgendwo in Skandinavien? Oder wenigstens öfter mal eine Abordnung für ein paar Wochen? Wie kriegte man am Ende alles unter einen Hut? 'Unglück wird zu Glück, indem man es bejaht', oh ja, über diesen Hesse-Satz hatte ich mir schon oft das Hirn zermartert! Vielleicht brauchte ich ja einfach nur von dem einem oder anderen meiner Träume Abschied nehmen, nur ein bisschen was 'loslassen' *(oder 'das Tor der Wünsche schließen', wie es ein anderer genannt hatte)*, und schon wäre der Rest gerettet? Nur ein kleines Bauernopfer, so wie beim Gambit, damit man hinterher insgesamt umso besser dastand? Musste man sich nicht bloß fügen, damit sich alles fügte? So wie bei dem bekannten Zen-Gleichnis von den Schneeflocken, von denen jede angeblich auch immer ganz von selbst an den für sie bestimmten Platz fiel?
Doch wo war mein goldener Kompromiss?

Am Abend holte ich meine große Reisetasche aus dem Schrank und packte meine Klamotten. Mit Ramona hatte ich mich geeinigt, dass wir Weihnachten und Silvester wieder wie im letzten Jahr in Marsiw verbringen würden. Sie mit Malte und Nele bei ihren Eltern und ich bei Ringo, mit ungefähr vier Stunden Kinderbesuch für mich pro Tag. Alles wie gehabt, ein erprobtes Verfahren. Same procedure as last year.
Als ich mit dem Packen fertig war, klingelte mein Telefon. Meine Mutter war dran und erkundigte sich, wie es mir ginge.
"Gut", antwortete ich und erzählte ihr von meinen Plänen für die Feiertage.
"Und bei euch?", fragte ich, "alles gesund? Was macht Horst?"
"Ach hör bloß auf", erwiderte sie, "auf den bin ich momentan gar nicht gut zu sprechen."

Sie hatten nämlich kürzlich sein Arbeitszimmer neu tapezieren lassen, erzählte sie, und beim Ausräumen der Regalwand mit all den nagelneuen Fachbüchern *(der berüchtigten 'Klagemauer')* wäre ihr überhaupt erst einmal so richtig bewusst geworden, was für eine irrsinnige Verschwendung das eigentlich alles gewesen sei.

"Das meiste von dem Zeug war noch in Folie eingeschweißt", schimpfte sie, "da hat noch nie jemand reingeguckt!" An die 12.000 Euro müsse der ganze Kram insgesamt mal gekostet haben, hätte sie überschlagen, die vielen Bücher aus D-Mark-Zeiten kaum mitgerechnet. Mit denen zusammen würde man dann sicher auf gut 15.000 Euro kommen.

"Fuff-zehn-dausend!", rief sie, "stell dir das mal vor! Für nichts und wieder nichts! Wem will er denn damit noch imponieren? Bloß dass da was rumsteht! Lauter Staubfänger! Verkaufen will er natürlich überhaupt nichts davon, stur wie 'n alter Esel. Immerhin hat er jetzt die Nachlieferungen abbestellt. Na da war ich aber auch hinterher, kann ich dir sagen. Nur dafür will er sich dann nächstes Jahr 'nen Computer anschaffen, um sich im Internet weiterzubilden. Ja was soll denn das? Nichts als Blödsinn! Je oller, umso doller!"

Ich redete ihr gut zu, bis sie sich wieder einigermaßen beruhigt hatte, und versprach ihr, sie im Januar mit den Kindern zu besuchen.

Anschließend rief ich Florian und Aurelia an, um ihnen wenigstens aus der Ferne frohe Feiertage zu wünschen.

"Mensch, wir müssen mal wieder richtig reden!", stöhnte Florian, nachdem wir eine Weile geplappert hatten, und da war ich ganz seiner Meinung. Ende Januar wollten sie nach Berlin kommen, für eine ganze Woche.

Hinterher telefonierte ich noch schnell mit Liana, die ich ja schon bald in Stuttgart besuchen würde. Sie hörte sich zwar abgespannt und gestresst an, schien sich aber trotzdem sehr über meinen Anruf zu freuen.

Danach aß ich in Ruhe Abendbrot, das heißt, ich räumte meinen Kühlschrank aus und vertilgte sämtliche Reste mit den letzten zweieinhalb Scheiben Brot. Nur ein kleiner Klecks Quark wanderte in den Müll. Doch das war wohl zu verschmerzen, sagte ich mir, angesichts der 15.000 Euro, die Horst für seinen unnützen Bücherberg aus dem Fenster geworfen hatte. Für seine imposante, in Plastikfolie eingeschweißte Mauer der Verdrängung. Stück für Stück nur gekauft, um damit sein verzerrtes Selbstbild weiter aufrecht zu erhalten. Ich musste noch eine ganze Weile über diese Geschichte nachdenken. Freilich hatten mich meine Callies mittlerweile sogar ungefähr das Doppelte gekostet, also stolze 30.000 Euro, zugegebenermaßen ein erkleckliches Sümmchen, doch zumindest brauchte ich mir nicht vorhalten lassen, dass ich dabei etwas unausgepackt gelassen hätte. Nein, ich wusste genau, wofür mein Geld draufgegangen war; ich hatte meiner Leidenschaft freien Lauf gelassen und für fast jeden Schein einen reellen Gegenwert erhalten.

250. Kapitel

Gleich nach der Arbeit hetzte ich los zum Bahnhof. Leider hatte der Bus etwas Verspätung und deshalb wurde es am Ende ziemlich knapp, so dass ich mir doch keine Sushi-Box mehr holen konnte, wie ich eigentlich geplant hatte, sondern nur noch schnell ein paar belegte Brötchen zum Mitnehmen kaufte. Aber immerhin kriegte ich meinen Zug, und da ich mich glücklicherweise bereits in der Mittagspause reichlich mit Lektüre eingedeckt hatte, musste ich mich während der dreistündigen Zugfahrt nach Marsiw wenigstens nicht langweilen.

Zuerst verdrückte ich genüsslich die Brötchen, dann las ich einen längeren Artikel über den menschlichen Stoffwechsel, in dem vor allem das Wachstum und die Regenerierung unserer Zellen dargestellt wurden. Allein schon die Haut - jeder von uns stieß im Laufe des Lebens ein paar Zentner davon als feine Schuppen ab! Und Blut war auch nie gleich Blut, je nach Ernährung und Lebensweise kreisten stets wechselnde Substanzen in unseren Adern. Ununterbrochen wurden Moleküle auf der Zellebene ausgetauscht und in sämtlichen Strukturen neu verbaut, so als würde man ein Gebäude ständig überall von Grund auf renovieren, und zwar bei laufendem Betrieb! Genau genommen existierten wir alle paar Jahre als komplett erneuerter Mensch!

Witzigerweise gab es nur wenige Seiten weiter einen Beitrag über Zen-Buddhismus, der sich stellenweise las wie die Fortsetzung dieser biologischen

Gesetzmäßigkeiten auf der Ebene des Bewusstseins. Denn auch dort ging es hauptsächlich um Beständigkeit und Wandel. *'Burn yourself completely'*, so wurde ein Zen-Meister zitiert; man müsse seine Persönlichkeit ständig verbrennen und hinter sich lassen, um weiter voran schreiten zu können. Ziemlich überzeugend das Ganze, fand ich. *'Panta rhei'*, alles war im Fluss, das hatten schließlich schon die alten Griechen gewusst. Ungefähr zwei Stunden lang blätterte ich in den Zeitschriften, den Rest der Fahrt döste ich vor mich hin oder guckte ich aus dem Fenster.

Auf dem Weg vom Bahnhof zu Ringos Haus kam ich am Altstadtpuff vorbei. Ich riskierte einen flüchtigen Blick in den Schaukasten mit der Barkarte. Nein, aller Wahrscheinlichkeit nach würde ich hier wohl nicht einkehren, sagte ich mir, für dieses Jahr wollte ich es erstmal genug sein lassen. Im Zug hatte ich in einem hochrespektablen Magazin gelesen, dass 'nach fundierten Schätzungen' allein in Deutschland (vom Weltmaßstab erst gar nicht zu reden) gut eine Million Männer täglich die Dienste von Huren in Anspruch nahmen, und wenn man bei ungefähr 80 Millionen Einwohnern von rund 25 Millionen sexuell aktiven Männchen ausging, dann bedeutete dies demnach rein rechnerisch, dass im Durchschnitt jeder von ihnen etwa alle 25 Tage bei einer dieser Damen vorstellig wurde. Oder eben fast jeder Dritte einmal wöchentlich, was der Realität wohl schon näher kam. So gesehen war der gefühlte Außenseiter E.W. also in Wahrheit eher statistischer Mustermann, zumindest soweit es die Daten dieser Blitzkalkulation betraf. Ich repräsentierte hierzulande lediglich ein Millionstel der Nachfrageseite, mehr nicht.

Um kurz nach acht klingelte ich bei Ringo, und Rike machte mir die Tür auf, in staubigen Latzhosen. Offenbar hatten die beiden in den letzten Wochen ordentlich geackert, denn die neuen Fenster waren bereits drin und der alte Fußboden schon fast komplett draußen.
"So, Feierabend für heute", verkündete Ringo, begrüßte mich mit einer Umarmung und sammelte das Werkzeug zusammen. Anschließend gab er mir noch schnell eine kleine Baustellenführung, während Rike sich nebenan umzog.

Sie wollte mit ihrer Nachbarin ins Kino, zu irgendeinem 'Frauenfilm', wie sie mir durch die angelehnte Tür zurief.

"Aber morgen machen wir was zu dritt", versprach sie.

Also zog ich am ersten Abend mit Ringo alleine los. Wir gingen in den *Knoten*, wie üblich, und nach ein paar Bier redeten wir natürlich sowohl über Frauen im allgemeinen als auch über das, was sich zwischen ihm und Rike im speziellen entwickelt hatte. Insgesamt liefe es ziemlich gut, meinte Ringo, allerdings auch nicht gänzlich ohne Reibereien.

"Ach naja, was heißt schon perfekt?", brummte er. "Aber wenn wir mal verschiedener Meinung sind, dann packt sie zumindest die Karten auf den Tisch und rennt nicht davon oder sucht andauernd bloß Ausflüchte, so wie die meisten meiner holden Verflossenen. Sie will das Ding wirklich mit mir durchzuziehen, so wie ich mit ihr. Naja, und das ist es doch, was am Ende zählt."

"Mh", nickte ich, "da hast du wohl recht. Aber mich bringen die jungen süßen Dinger immer noch um den Verstand. Ich glaube, ich könnte nicht treu sein. Weil ich es gar nicht will, jedenfalls nicht zurzeit."

"Ach, das Äußere wird meistens überbewertet", erwiderte Ringo. "Ehrlich, für mich spielt das gar nicht mehr so 'ne große Rolle. Na klar gucke ich 'ner zwanzigjährigen Mieze im Schwimmbad hinterher, aber wenn man zu Hause regelmäßig seinen Sex hat, dann steht man da nicht so unter Druck. Nee, wirklich - es ist gut so, wie es jetzt ist. Ohne mir was vorzumachen."

"Okay ", nickte ich und gab dann gleich im Anschluss trotzdem noch ein paar von meinen Callgirl-Anekdoten zum Besten, wobei Ringo öfter mal still in sich hinein grinste. Denn ja na klar, er verstand sowas.

Durch die Renovierungsarbeiten mangelte es in Ringos Gemächern freilich etwas an Weihnachtsatmosphäre, zumindest wenn man konventionelle Maßstäbe anlegte. Wir hatten nämlich nicht mal einen Tannenbaum, nur ein paar flüchtig mit Lametta beworfene Kiefernzweige in einer Vase. Aber wozu auch? Am Tage wurde in der Bude sowieso nur gehämmert und geklopft, und zum Schlafen pilgerte Ringo dann abends mit Rike rüber in ihre Wohnung. Ich hingegen blieb an Ort und Stelle zurück, in meinem Junggesellen-Verwahrgelass. Die Kammer war jetzt freilich vollgepfropft mit all dem von oben ausgeräumten und eng übereinander gestapelten Mobiliar, doch zum Pennen langte es allemal, denn in der Ecke befand sich ja noch immer die große Liege. Über meinem Füßen ragte zwar drohend die Schraube von Fietes eingemottetem Bootsmotor in die Luft, aber dafür stand nun auch neben meinem Kopfende eine etwas ramponierte Matrjoschka aus Pappmache´, gut einen Meter groß und mit einer äußerst imposanten Schärpe ausgestattet, auf der FESTIVAL DER DEUTSCH-SOWJETISCHEN FREUNDSCHAFT zu lesen war. Diese rundliche, rotbackige Dame wachte also über meinen Schlaf - und vor allem über meine Arbeit! Denn in der anderen Ecke hatte Ringo mir extra einen Schreibtisch mit einem alten Computer hingestellt, damit ich jederzeit kreativ tätig sein konnte (einen Laptop besaß ich ja nicht). Gonzo hatte ihm das Prachtstück aus einer Haushaltsauflösung zusammen gebastelt, mit neonfarbiger Tastatur und einem Kinderzimmer-Monitor im Mickey-Mouse-Design. Aber für meine Zwecke reichte es völlig aus.

Mein Tagesablauf gestaltete sich daher meist so, dass ich mir nach dem Frühstück eine große Kanne Tee kochte und erstmal bis um elf oder halb zwölf schrieb; später half ich Ringo oder kümmerte mich gleich ums Essen, je nachdem, wann Rike kam. Am Nachmittag brachte mir Ramona dann immer die Kinder, so dass ich anschließend mit ihnen für drei oder vier Stunden ins Schwimmbad fahren konnte, oder Rodeln gehen, oder ins Kino. Manchmal spielten wir auch nur Karten, oder Malte und Nele ließen oben auf der Baustelle einfach bloß ihre neuen Matchbox-Autos von schräggestellten Dielenbrettern sausen, während ich Ringo ein wenig beim Parkettverlegen zur Hand ging. Hinterher fütterten wir manchmal noch alle gemeinsam seinen Hund mit Wiener Würstchen, denn schließlich sollte ja auch für ihn Weihnachten sein.

"Guck Papa, er mag Würststückchen", rief Nele dabei jedes Mal ganz begeistert und rieb sich vor Freude die Hände.

Zwischen sechs und halb sieben brachte ich die Kinder stets wieder zurück, und anschließend schrieb ich ungefähr drei Stunden am Stück, so dass ich insgesamt auf ein tägliches Pensum von knapp fünf Stunden kam. Ganz so, wie ich es mir vorgenommen hatte. Denn wenn man es in dieser merkwürdigen Welt einigermaßen zu etwas bringen wollte, dann musste man wenigstens zeitweise zielstrebig und bedächtig zu Werke gehen, soviel hatte ich inzwischen kapiert. ('Kunst verlangt Disziplin', ja doch Hank, ich weiß). Opa-Tugenden waren vonnöten. Immer ruhig und sachlich, regelmäßig arbeiten wie ein betender Mönch. Jetzt oder nie, das war mir klar, ansonsten konnte ich es gleich vergessen. Meist legte ich mir beim Schreiben die Vogelstimmen-CD in den Recorder, die Malte letztes Jahr von meiner Mutter zusammen mit einem Naturbuch geschenkt bekommen hatte, und dann hackte ich meinen Kram in die Tasten, während neben mir der Weißstorch klapperte oder die Ringeltauben gurrten. *(Übrigens hielt ich dieses Gezwitscher auch deshalb für eine angemessene Kulisse, weil mein Geschreibe ja ebenfalls eine ganze Menge mit Vögeln zu tun hatte...)*

Zur Belohnung für meine Disziplin ging ich regelmäßig jeden Abend ab zehn in den *Knoten*. Gesittet, versteht sich. Vier oder fünf kleine Bier, mehr nicht. Ein paar Mal kam Ringo mit, und zuweilen war auch Festus da, so dass wir unsere üblichen altrevolutionären Arbeitsgespräche wieder aufnehmen konnten. Wenn ich nach einem solchen Umtrunk erhitzt und mit schwerem Schritt den Heimweg antrat und endlich gegen halb eins Ringos Haustür aufschloss, sah ich im Geiste regelmäßig schon die polierte Messingtafel an der Wand:

> *In diesem Gemäuer erschuf der Ausnahme-Schriftsteller*
> *E. W. sein monumentales Opus magnum 'Der Rappel'*
> *(das einzige Buch mit einer Auflage von mehr als einem*
> *Googol Exemplaren), welches ihm in der Folge zu*
> *phänomenalem Ruhm und Reichtum verhelfen sollte.*

Andächtig tippte ich dann mit dem Zeigefinger an die dafür vorgesehene Stelle, kratzte ein wenig am rauen Putz und dachte ergriffen: Anerkennung ward ihm also doch noch zuteil, und sagenhafte Liquidität. Nur - was mochte er wohl damit anfangen? Was kam danach?

Eine der Antworten, die ich mir auf diese quälenden Fragen zuweilen gab, sah ungefähr so aus:

'Leider war er jedoch zu diesem Zeitpunkt schon im fortgeschrittenen Alter, so dass er für seine üppig fließenden Tantiemen keine rechte Verwendung mehr fand. Aus Gram darüber begann er, seine Bücher in großem Stil selbst

aufzukaufen und mit Eigenurin zu kompostieren, wobei er schließlich unter den umstürzenden Stapeln der bereits halbzersetzten plattdeutschen Ausgabe zu Tode kam. Der Legende nach soll er verkehrt herum stehend im Zellulosemoder begraben worden sein, mit den Gummistiefeln nach oben.'

An Weihnachten telefonierte ich noch einmal mit Mirela. Sie würde im nächsten Frühjahr wieder nach Berlin kommen, beteuerte sie dabei immer wieder, und zwar mit einem Sprachkurs-Visum, die Formulare hätte sie sich sogar schon besorgt. Danach wollte sie dann eine Ausbildung als Stewardess beginnen, denn das wäre jetzt ihr Traumberuf.
Es schien ihr wirklich ernst damit zu sein.
"Wir bleiben in Kontakt", versprach ich, und sie schickte mir Küsse durch die Leitung.

An einem der Nachmittage zwischen Weihnachten und Silvester setzte ich mich nach einem ausgiebigen Spaziergang durch Marsiws Altstadt in ein Internet-Café, und als ich mich aus Neugierde schließlich auch wieder einmal in die gute alte Webseite mit den Freierberichten einloggte, stockte mir zunächst erst einmal der Atem: Einer meiner dortigen Mitstreiter namens 'Raver' hatte mir nämlich schon vor über einer Woche in zwei privaten Nachrichten mitgeteilt, dass er sich irgendwie infiziert hätte! Sofort brach mir der Schweiß am ganzen Körper aus und mein Herz begann zu rasen. Verdammte Scheiße!, hämmerte es in meinem Schädel, während ich mit meinen Augen Zeile um Zeile fraß. Lieber Gott, bitte NEIN!
Es herrschte zwar ziemliche Aufregung im Board, aber am Ende ging es dann doch nicht um Tripper (oder Schlimmeres), sondern es stellte sich als eine lediglich ziemlich unangenehme Chlamydieninfektion heraus, die er sich höchstwahrscheinlich beim ungeschützten Oralsex eingefangen hatte - und zwar von Maja. Denn es wären nämlich noch mehr ihrer Fans betroffen, die nun zwangspausieren und Antibiotika schlucken müssten.
Ich atmete erstmal tief durch, rechnete ein bisschen hin und her und glich dann das Ergebnis mit den Informationen ab, die auf der mit seiner zweiten Mail verlinkte Medizin-Webseite angegeben waren. Entwarnung, dachte ich dann

erleichtert, zumindest was Symptome und Inkubationszeiten betraf. Auch von den Feigwarzen, die ein paar andere noch nebenbei erwähnt hatten, konnte ich bei mir keinerlei Anzeichen erkennen.

In meiner Antwort bedankte ich mich bei 'Raver' für seine Offenheit und wünschte ihm gute Besserung, ließ ihn aber auch wissen, dass dieser Kelch anscheinend an mir vorüber gegangen war. Trotzdem fühlte ich mich die nächsten paar Stunden ziemlich übel. (Doch, dass muss ich zugeben.) Offenbar hatte ich also wieder einmal Schwein gehabt - bloß man sollte sein Glück eben auch nicht herausfordern, nicht wahr?

Noch am selben Abend ging ich dann gleich wieder in das besagte Café, und diesmal wühlte ich mich online bestimmt zwei Stunden lang kreuz und quer durch diverse Webseiten und Foren zum Thema Safer Sex und Geschlechtskrankheiten. Meine Herren, was es aber auch alles gab! Je mehr ich las, umso unwohler wurde mir. Ein paar gute Vorsätze fürs neue Jahr waren jedenfalls überfällig, soviel stand schon mal fest.

251. Kapitel

Über die Feiertage hatte sich wieder wie traditionell üblich so mancher alte Bekannte in Marsiw eingefunden, und als ich am Abend vor Silvester zusammen mit Ringo den *Knoten* betrat, da waren dort bereits tatsächlich nahezu sämtliche Honoratioren in postadventös gelöster Stimmung versammelt. Gonzo, Festus (und er hatte doch graue Haare im Bart!), Pixie der Unvermeidliche, auf dessen T-Shirt der Schriftzug *'Besser Blues als Lues'* prangte (beinahe magisch brandaktuell, staunte ich) und der am laufenden Band seine Witze riss und ein 'flinkes Bier' nach dem anderen schlürfte und sich dabei auf Tuchfühlung an die Mädchen ranquatschte, des Weiteren Ex-Plattendealer Benno mit kultigem 'Zappanale'-T-Shirt sowie Don Ernie 'Marmormuskel' alias 'der Breite', und und und...

Kaum hatte ich die Jacke ausgezogen und zusammen mit Ringo den anderen zugeprostet, da sah ich auch schon die erste Dame auf mich zukommen.

Rina, eine liebe Freche aus unserer früheren Clique. Wir hatten uns seit Ewigkeiten nicht gesehen. Hallo, Handshake und Küsschen. Mittlerweile war sie geschieden, erfuhr ich, lebte jedoch seit einem Jahr wieder mit einem Mann zusammen.

"Aber ich unterschreibe nur noch Drei-Jahres-Verträge, mehr ist mit mir nicht mehr drin", ulkte sie. "So wie Zeitarbeit, alles nur noch befristet, dahin geht nun mal der Trend. Partner-Leasing, alle paar Jahre wird zurückgegeben und umgetauscht. Was die Kerle können, das kann ich schon lange."

Dann stellte sie mir ihre Kinder vor, die an einem der Nebentische saßen. Ich kannte die beiden noch als unbeholfen mit den Armen rudernde Kinderwageninsassen, in dicke Anoraks verpackt, jetzt standen mir zwei Erwachsene gegenüber. Rinas Tochter musste um die Zwanzig sein. Sogar älter als Mirela, rechnete ich. Unglaublich.

Wir stießen alle miteinander an und ließen die alten Zeiten hochleben.

Etwas später brachte Ringo das Gespräch auf Gonzos neuesten Plan. Der Gute hatte sich nämlich über einen Strafzettel geärgert, den ihm zwei junge Politessen vor Kurzem verpasst hatten (man bedenke, bei seiner schwer misogynen Vorbelastung!), und deswegen sann er nun auf subtile Rache, wie er der 'Weibermafia vom Ordnungsamt' einen ordentlichen Denkzettel verpassen konnte. Seine momentan favorisierte Variante sah so aus, dass er demnächst mit einer noch zu bauenden Apparatur in einem kleinen Köfferchen als harmloser Bürger über den Boulevard schlendern würde, an einem stadtbekannten Juwelierladen entlang, der zufällig von der Familie der Behördenleiterin (also noch eine Frau!) betrieben wurde und im Volksmund bloß 'Alles für Lord Kacke' hieß - und plötzlich würden etliche der Funkuhren im Schaufenster verrücktspielen! So als ob der Langwellensender DCF 77 auf einmal gestört wäre oder ein falsches Signal übertragen hätte. Konnte doch passieren, nicht wahr?

"Na und dann gehe ich rein in den Laden und frage höflich nach einer richtig hochwertigen Funk-Armbanduhr", feixte er. "Allerdings werde ich - trotz größten Interesses – ja wohl leider von einem Kauf Abstand nehmen müssen, denn wenn die Dinger dauernd falsch gehen, tja, dann..."

Bedauernd zuckte er mit den Schultern und grinste maliziös.

Nebenbei wurde ich übrigens von ihm noch darauf aufmerksam gemacht, dass einer meiner alten Bekannten - ich sollte raten, wer - nun im Auftrag der Stadtbehörden unterwegs wäre, um im Kampf gegen Sozialbetrug bei verdächtigen Bürgern in Bad und Schlafzimmer zu erschnüffeln, ob sie in einer 'Einstehgemeinschaft' lebten und demzufolge 'Leistungen zu Unrecht beziehen' würden.

"Klingt nach Stasi-Methoden", sagte ich und nannte aufs Geratewohl den Namen von einem meiner damaligen Stasi-Vernehmer.

"Fast, bei-na-he", rief Gonzo theatralisch wie ein Quizmaster und ließ dann die Bombe platzen: "Es ist seine Tochter. The next generation."

Um diesen Schock zu verarbeiten, dichtete ich spontan den kleinen Fäkalreim:

Die Arschmaden

Wie meist in solch rissigen Epochen
kommt Klogetier hervorgekrochen,
und es beginnt das große Toben,
denn der Kot, er drückt nach oben.

Zustimmendes Kopfnicken ward mir zuteil, und dann gleich noch einmal, als ich eine neue Runde orderte. Später, auf dem Weg zur Toilette, bemerkte ich weiter hinten eine Frau, die mich mit ihren Augen fixierte. Eine Langhaarige, ich schätzte sie auf Anfang Dreißig.

"He, was machst du denn hier?", warf sie mir im Vorbeigehen mit flapsiger Freundlichkeit zu.

Ich wusste, dass ich sie von irgendwoher kannte, aber bevor ich darüber nachdenken konnte, musste ich zunächst ein bisschen Zeit schinden.

"Ich hab hier drinnen die Aufsicht", grinste ich daher unverbindlich und sah ihr dabei intensiv in die Augen, und erst da erkannte ich sie. Die kleine Steffi aus der Hattmann-Clique, ganz verändert und trotzdem dieselbe. Damals immer irgendwie mit asymmetrischer Strubbelfrisur, jetzt mit schwer femininem Rapunzelhaar. Hatte sich richtig rausgemacht, das Mädel, dachte ich anerkennend.

Zur Begrüßung streckte ich meine Hand aus, aber weil sie sich gleichzeitig ganz leicht vorzubeugen schien, drückte ich ihr dann doch am Ende zwei Küsschen auf die Wangen.

Nachdem wir das wechselseitige *Wie-gehts-dir?* im Telegrammstil abgearbeitet hatten, wandten wir uns schon kurze Zeit später wieder dem vertrauten Terrain der glorreichen alten Zeiten zu.

"Weißt du noch, mein Fahrradschloss war eingefroren und drei Jungs standen rum und keiner kriegte es auf, tja, und dann kamst du", rief sie mit glucksendem Lachen. "Einmal kurz mit dem letzten Streichholz den Schlüssel und eben nicht das Schloss heiß gemacht und rein, und schon gings. Ein richtiger Engel warst du, und du wusstest immer so irre viel."

Freimütig gestand sie mir, dass sie mich vor gut fünfzehn Jahren ziemlich verehrt hätte. Geschmeichelt winkte ich ganz bescheiden ab.

"Ach ja, damals war ich noch 'n fixer Junge", jammerte ich ihr anschließend etwas vor, "aber mittlerweile bin ich an der Peripherie schon ziemlich abgeschrammt. Wie der olle Ritter Kahlbutz. Verhornt und verledert, besonders im Schritt, vom vielen Radfahren und so. Old Lederstrumpf, alles paralysiert und den Bach runter. Nur 'n Stück knorriges Treibholz, an dem das Leben schon kräftig dran rumgeschnitzt hat." Ich grinste sie an.

"Aber du siehst noch echt schnuckelig aus. Kompliment, hast dich gut gehalten." Nun, ich quatschte mich ein bisschen bei ihr fest, und sie erzählte mir ihre Geschichte. Mit Ende Zwanzig wäre sie schwanger geworden, hätte sich aber von ihrem damaligen Freund, der sie dann Monate später obendrein sitzen ließ, noch zur Abtreibung bequatschen lassen, so dass ihr hinterher vor lauter Gram tatsächlich erstmal ganz schlimm die Haare ausgefallen wären. Danach hätte sie bloß etliche Jahre als Lehrerin auf dem platten Land vor sich hin gewurstelt, die meiste Zeit allein, ohne irgendeine nennenswerte Liebesbeziehung. Jetzt wäre sie zwar seit einer Weile mit einem Fünfzigjährigen aus der Nähe von Marsiw liiert, doch der hätte seine Familienplanung mit zwei gerade erwachsen gewordenen Kindern bereits definitiv abgeschlossen.

"Schöne Scheiße, oder?", meinte sie. "Wegen dem Arsch damals hab ich heute kein Kind und krieg deswegen langsam so richtig die Krise. Ich bin 37, und jünger werd ich auch nicht."

"37, na das ist doch exakt normale Körpertemperatur, ab jetzt wirst du immer heißer", juxte ich, um sie ein wenig aufzuheitern, doch sie lächelte bloß schwach.

Sie schüttete mir noch eine ganze Weile ihr Herz aus, und ich hörte zu, bis ich den stetig anwachsenden Pinkeldrang nun wirklich nicht mehr länger zurückhalten konnte und zur Toilette eilte. Dort quatschte mich dann Tetzlaff an. Ich hatte ihn zwar vor Jahren mal gekannt, aber nur flüchtig. Er war sowas wie Versicherungsmakler, irgendwie Agenturleiter, glaube ich. Jedenfalls hatte er mich auserkoren, um mir anschließend am Tresen lang und breit die Misere seines Lebens zu schildern. Fett geworden wäre er, richtig dick und träge *(was augenscheinlich wohl stimmte)*, selbst am Wochenende würde er nur noch vor dem Computer hocken, klagte er mir sein Leid. Ja, er hätte zwar ein großes Haus und Geld, aber keine Kinder, und mit seiner Alten liefe auch nichts mehr, nicht mal mehr anständig reden könnten sie miteinander. Zwei Scheidungen hätte er bereits hinter sich, ließ er mich wissen. Verbissen schimpfte er auf seine raffgierigen Ex-Frauen, und es dauerte eine Weile bis ich begriff wovon er redete, denn ich verstand anfangs immer nur 'Echsen' anstatt seiner komischen Wortschöpfung 'Exen'. Ich dachte nämlich schon, er hätte sich vielleicht ein Terrarium im Keller einbauen lassen.

"Dann solltest du wohl was ändern", kommentierte ich sein Gejammer ohne besondere Empathie. "Weißt du, Old Einstein hat nämlich mal so ungefähr gesagt: *'Die Definition von Wahnsinn ist, immer wieder das Gleiche zu tun und trotzdem andere Ergebnisse zu erwarten.'* Woher solls kommen? Aber tröste dich, im nächsten Leben wird bestimmt alles besser."

"Ja", erwiderte er trocken, "das hab ich mir aber im vorigen Leben auch schon immer gesagt."

Verblüfft lachte ich kurz auf, denn so viel Witz hatte ich ihm eigentlich gar nicht zugetraut.

"Tjaaa", machte ich dann langgezogen und setzte eine tiefsinnige Miene dazu auf, "das Leben, wo man immer auf so viel verzichten muss."

Dabei überlegte ich, wer das eigentlich mal zu mir gesagt hatte, aber es dauerte einen Moment, bis ich drauf kam. Anschließend referierte ich etwas wirr über die tiefe Tragik menschlichen Daseins, über all die großartigen Lebensentwürfe, so voller Schwung und Leichtigkeit, voller Ideale - und wie schnell man sich dann festgefahren im Alltag wiederfand. Arretiert, blockiert, kraftlos.

Tetzlaff nickte mehrmals, anscheinend fühlte er sich verstanden, und legte mir einen Arm um die Schulter. Mir würde er trauen, sagte er, und mit mir wolle er ein großes Ding aufziehen, in der privaten Rentenversicherung läge nämlich die Zukunft...

"Ach nee, lass mal", wehrte ich Tetzes Offerte ab, "weißt du, ich investiere mehr so in jüngere Semester."

Denn ich hatte keine Lust, mich von ihm vereinnahmen zu lassen. Zwar konnte ich mittlerweile für so ziemlich jede verrückte Situation und jede Verirrung des menschlichen Geistes ein gewisses Verständnis aufbringen, aber ich sträubte mich stets heftig dagegen, wenn man sich einfach bloß mit den Dingen abfand und nichts unternahm, um die Lage zu ändern. *'Die Duldung eines Fehlers ist ein größerer Fehler'*, dieses alte Mauergraffito (oder stammte sowas in der Art nicht auch schon von Konfuzius?) hatte sich seit langem tief in mein Gedächtnis eingebrannt. Andererseits wusste ich natürlich auch, dass es sinnlos gewesen wäre, mit Tetzlaff darüber zu schwatzen. Es hätte wohl kaum etwas bewirkt. Also trank ich am Tresen bloß noch ein kleines Bier mit ihm und verzichtete dabei auf große Sprüche, doch mehr seelsorgerischer Beistand war meinerseits nun mal nicht drin.

Dann ging ich wieder nach hinten zu den anderen.

Direkt vor mir lief ein junges Ding, bloß die paar Meter, ihr heller Schlüpfer lugte aus der Jeans. Nein, kein String, sondern klassische Wäsche. Das heißt, eigentlich war es meist bloß mehr so der Gummizug, der kurz rausguckte. Aber mein Blick saugte sich sofort daran fest. Dieser schaukelnde weiße Streifen vor meiner Nase, er begann zu tanzen, schwankend wie der schmale Balken des künstlichen Horizonts auf der Instrumententafel eines Flugzeugs, mal neigte er sich leicht nach links, pendelte dann wieder zurück nach rechts, ich versuchte gegenzusteuern, überall flirrende Thermik, das linke Triebwerk stotterte, *blurred vision...*

Irgendwann fand ich mich bei Festus und drei Grazien am Tisch, die angeregt über Ökologie diskutierten. Plötzlich erschien Pixie von der Seite und soff der einen das Weinglas leer.

"Buh, stark adstringierend, was für eine önologisch unkorrekte Fruchtjauche", monierte er angewidert und schüttelte sich. "Ich fordere schärfere Grenzwerte für Winzerurin. Das Zeug ätzt ja wie hypergoler Raketentreibstoff. Olfaktorisch unter aller Sau und im Abgang an Pongidenpisse erinnernd. Brr! Oh Herr der Reben, lass es Riesling rieseln..."

Die Mädchen verzogen die Gesichter, sie schienen nicht gerade begeistert von Pixies Aktion zu sein.

"Junge, musst du denn überall deinen Senf dazu geben?", tadelte ich ihn milde, um wenigstens bei den Damen ein bisschen zu punkten.

"Wenn ich Würstchen wie dich sehe, schon", konterte Pixie, tätschelte mir die Wange und ließ mich stehen. Freilich war dieser Spruch nicht auf seinem Mist gewachsen und noch dazu uralt, aber dieser kleine Kerl hatte nun mal die Gabe, sowas stets zum rechten Zeitpunkt anzubringen. Darin war er ein echter Meister, da war ihm einfach nicht beizukommen. Irrlichternd zog der alte Possenreißer weiter, sich wie ein Zwergnashorn seinen Weg bahnend, und rannte direkt in die Bierwampe eines umherschwankenden Besoffenen.

"Ey, du Arschloch", lallte der mit schwerer Zunge, und ohne eine Miene zu verziehen, flankte Pixie zurück: "Was meinst du, wie sich einer mit künstlichem Darmausgang über sowas Schönes freuen würde? Oder leidest du an hartem Stuhl? Das ist, wenn es beim Kacken so aussieht, als ob 'n brauner Gletscher kalbt, weißt du? Hm?"

Damit wischte er den Dicken einfach zur Seite, murmelte noch "Mal nicht im Ton vergreifen, wie der alte Töpfer immer sagte" vor sich hin und setzte seinen Trab unbeirrt fort. Sekunden später hörte man ihn bereits wieder von einem der hinteren Tische brüllen: "Sind auch die Leute alle aasig, sauf ich mir doch die Lichter glasig."

Gelächter folgte, dann röhrte Pixie noch einmal lauthals los: "Na was glaubst du denn, ich steh sogar früh um fünf auf, du Nepomuk!", um nach einer winzigen Kunstpause nachzuschieben: "Dann geh ich nämlich kurz pissen und leg mich wieder hin bis um neun, ha ha. So und nicht anders, du Hieronymus Humperdinck. Strapazenfreies Ruhen ist nämlich oberstes Gebot für den guten alten Pixie sapiens!"

Und schon hatte der kleine Schnellsprecher seine nächsten Opfer am Wickel und saugte ihnen die Gläser leer, während er sie mit schrägen Sprüchen zuschüttete. Den Polarkreis würde man in Grönland auch 'Hundeäquator' nennen, hörte ich ihn unter anderem verkünden, und Schlittenhunde könnten überhaupt nicht bellen, sondern nur heulen.

Plötzlich kam der randvoll besoffene Typ, der seit Pixies Bauchstupser noch immer wie bedeppert im Gang rumgestanden hatte, mit stierem Blick zielstrebig auf mich zu. Sich auf steifen Beinen mühsam gerade haltend, murmelte er: "Ich kenne dich, du bist doch der iranische Arzt, der..."

Ich flüchtete auf die Toilette, wo ich Tetzlaff wiedertraf, der gerade bei offener Kabinentür reiherte, was das Zeug hielt. *Liquid laughter* nannte man solch einen Reizhusten in englischen Pubs, 'flüssiges Lachen', im Gegensatz zum gehaltvolleren Auswurf namens *pavement pizza*, also der 'Bürgersteig-Pizza'. Eigentlich ganz witzig, fand ich, aber in natura wollte ich davon nichts wissen.

"Vomit habe ich das verdient?", stöhnte ich bloß und machte gleich wieder kehrt.

In der total verräucherten Gaststube liefen inzwischen die guten alten Songs, bei *With a little help of my friends* und Zappas unvermeidlichem *Bobby Brown* flippten die ersten bereits aus und grölten mit, und dann hüpfte Pixie plötzlich rotgesichtig in die Mitte und legte per Luftmikrofon eine bühnenreife Vorstellung zu seinem persönlichen Spezialhit hin: *'The night they drove Old Pixie down...'*

Ich wanderte von Tisch zu Tisch, überall wurden die unwahrscheinlichsten Geschichten aufgewärmt, und es kam immer mehr Bier, Bier...

Irgendwie landete ich schließlich wieder bei Steffi, die sich gerade mit Rike unterhielt.

"Molke-Heilfasten", schnappte ich auf, es ging um gute Vorsätze fürs das neue Jahr.

"Ach was soll der Blödsinn", bölkte ich drauflos, "wer will schon andauernd vegetarische Hefepaste auf der Stulle, die schmeckt und aussieht wie frisch gepresste Mekonium-Streichwurst, körperwarm und naturbraun? Wozu wollt ihr euch überhaupt quälen bis zum katabolen Ketonkörper? Viel trinken, das empfehlen die Experten, also sauft lieber! Fettarmes Bier und Molke sind doch wegen der Fermentierung sowieso chemisch eng verwandt! Das hat Gott extra so eingerichtet."

Pixie tauchte neben mir auf, stierte missbilligend in die Runde und grunzte mit schwerer Zunge: "Ey, ihr immer mit euren pseudophilosophischen Problemen. Lasst Gott in Ruhe, kapiert?"

Er schüttelte den Kopf, wobei ihm versehentlich seine Kippe aus dem Mund fiel. "Mann, jetzt sag ich euch mal was, mal ganz im Ernst", meinte er, trat den Stummel aus und zündete sich ungelenk sogleich eine neue Zigarette an.

"Also", fuhr er fort, "es ist doch so: Am Ende aller Tage steht die Frage aller Fragen, nämlich: Hat es denn auch Spaß gemacht? Versteht ihr? Darum gehts doch! Oder was soll das Ganze sonst?"

Dann drehte jemand die Musik lauter, und auf einmal liefen etliche der soften Partyhits von *Fleetwood Mac* hintereinander, *Dreams* und *Gypsy* und *Sara*, die ganze Latte rauf und runter. Stevie Nicks' gurrendes Goldkehlchenvibrato durchzitterte die verqualmte Bude (die Stimme von Christine McVie mochte ich aber ebenfalls), und etliche Pärchen begannen im Gang und zwischen den Tischen bereits abzurocken.

Mein Blick fiel auf die ulkige Spaß-Wanduhr, wo das Zifferblatt verkehrt herumrum aufgemalt war und der Sekundenzeiger rückwärts tickte. Negative Zeitachse, dachte ich ein wenig angesäuselt, na das passt ja. Ein Riss in der gekrümmten Raumzeit, der Urknall lässt grüßen. Oder war etwa Gonzos Funkuhr-Störsender schon im Einsatz?

In dem ganzen Schuppen herrschte nur noch ein einziges Chaos, und es wurde schlimmer.

Ringo hockte neben Rike und Festus in der Ecke, die beiden Herren bereits sichtlich schon etwas hinüber. Ich gesellte mich zu den Dreien, dicht neben Ringo, und bei einem Hintergrund-Geräuschpegel von ungefähr 80 Dezibel bemühten wir uns, in abgehacktem *walky-talky-style* auf höchstem Niveau zu philosophieren, über Dinge wie den inneren Dipol und die Zwiesprache mit sich selbst. Wobei es natürlich mehr auf Gestik und Mimik und *vibrations* ankam und sich das unpräzise Vehikel *Wort* zunehmend als entbehrlich erwies.

Als Ringos Gemurmel an meinem Ohr für einen Moment aussetzte, schloss ich erschöpft die Augen und lauschte einfach nur halb bedröhnt in mich hinein. Nur lauter flüchtige Gedankenfetzen waberten umher.

Burn yourself completely, hörte ich den weisen Zen-Meister sprechen, *lass deine alte Persönlichkeit hinter dir!* Dann grinste er verschmitzt und trällerte leise: *Nach vorn geht mein Blick, zurück darf kein Seemann schau'n!* Und plötzlich flüsterte er dicht an meinem Ohr: *Sei wie Phönix aus der Asche, jeden Tag neu, bewahre nur den Kern! - Genau*, antwortete Hesse in meinem Kopf, *denk an das Gleichnis vom tiefen See! Du musst das Wasser umwälzen und in Bewegung halten, um der Welt stets eine andere, frische Oberfläche von dir zu zeigen! Sei elastisch, bleibe flexibel! Sei du, aber werde anders!*

Ja, dachte ich und nickte ergeben, erst hatte ich mich für einen kleinen Wunderknaben gehalten, später wollte ich ein Weltverbesserer sein und wurde so zum Rebell mit Helfer-Syndrom, und danach kam dann der gesetzte Bürger und schließlich der *sex maniac*. Alles vorbei, alles Vergangenheit! Also, auf in die Zukunft! Nur nicht am Alten kleben bleiben, immer schön weiter gehen! Wie in Hesses Gedicht 'Stufen'! Erneuerung war das Stichwort, Wiedergeburt durch Wandel! Sei unbeirrt und lass dich nicht von der Trägheit der Herde korrumpieren! Oder von der Niedertracht der Welt kontaminieren! Sag nein dazu, sag lieber ja zu dir selbst, zum Leben! Folge deinem eigenen Stern!

Doch an dieser Stelle wurde ich bereits wieder in meiner kontemplativen Versenkung gestört, denn beim nächsten Titel drehte jemand die Musik noch lauter, so dass ich mich auf nichts anderes mehr konzentrieren konnte und einfach ein Stück mitsingen musste:

There are many here among us,
Who feel that life is but a joke.
But you and I, we 've been through that,
And this is not our fate.
So let us not talk falsely now,
The hour is getting late...

Ringo klopfte mir plötzlich auf die Schulter und wir stießen alle vier noch einmal miteinander an, und dann lief auch schon der musikalische Rausschmeißer, *The end*. Traditionell beschlossen nämlich die DOORS den Abend. Hohepriester Morrison zelebrierte ein weiteres Mal das Ende:

... And all the children are insane
All the children are insane
Waiting for the summer rain, yeah...
The blue bus is callin' us
The blue bus is callin' us
Driver, where you taken' us...

Die letzten Gläser wurden geleert, und hier und da begann man nach der Börse zu kramen oder fingerte mühsam mit ungelenker Hand Scheine und Münzen gleich direkt aus der Hosentasche (oder wie Pixie aus der Plastik-Filmdose).
Die meisten hatten zwar schon vorher jeweils am Tresen gezahlt, aber ein paar Extras bei den Stammkunden waren noch offen, und bis alles beglichen war, dauerte es eben seine Zeit.
Umständlich zwängten wir uns hinterher in unsere Joppen.
"Der blaue Bus steht schon draußen und wartet", krakeelte ich, "and the DOORS are wide open. Auf gehts!"
Wahrscheinlich verstand kaum einer, wovon ich redete, aber das war mir wurscht. Man redete ja sowieso erstmal immer für sich selbst, so hatten wir das doch mal festgestellt, nicht wahr?
"Wohin jetzt?", rief einer, als wir draußen standen.
"Leinen los, ahoi!", brüllte ich, "macht das Gaumensegel klar! Auf nach Chlamydien, zu den Marquesas! Nach Point Nemo!"
Allerdings schien niemand von meinem irren Schlachtruf überhaupt Notiz zu nehmen. "Wo gehen wir denn hin? Immer nach Hause", murmelte ich also anschließend nur noch halblaut vor mich hin, aber es war wohl definitiv nicht die rechte Zeit für Klassikerzitate. Blauer Bus, blaue Blume, blauer Reiter, leck mich doch am Arsch mit dem ganzen Klimbim, dachte ich. Blau blau blau blüht der Enzian, holla hia ho.

Ein Großteil der Meute trottete einfach mit zu Ringo, hin zu unserer halb fertigen Baustelle. Gut so, sagte ich mir, denn zumindest das große Zimmer dürfte ja einigermaßen partytauglich sein. Was solls, Platz war bekanntlich in der kleinsten Hütte.

Lärmend trampelten wir die Straße runter, vielleicht zehn Gestalten, die aber Krach für zwanzig machten. Meine Verehrerin Steffi hängte auf einmal ganz selbstverständlich ihren Arm bei mir ein, wie eine Krankenschwester, die den Ausreißer aus der Neuro III wieder in sein Bettchen bringt.

"Carry each other, carry each other", trällerte sie vor sich hin, und so wie sie es tat, ließ es auf eine gewisse Leidenschaftlichkeit schließen. Fand ich.

Hinter mir hörte ich immer mal wieder eine irgendwie ausgefranst klingende weibliche Stimme, die von irgendeinem Punkfestival im letzten Sommer schwärmte und dann recht plastisch schilderte, wie sie den anderen Girls in ihrem Zelt das Pinkeln in einen leeren Wein- oder Saftkarton beigebracht hätte, um so das lästige Schlange stehen am Klohäuschen zu vermeiden.

Ein paar verfrühte Silvesterraketen zischten hoch in den Nachthimmel, silbrige Feuerschweife hinter sich her ziehend, und wir sahen zu, wie sie verglühten.

Neben uns begann ein Zwei-Mann-Chor aus rauen Kehlen zu grölen:

'Wir legen ab und fahrn nach Singapur,
mit 'nem Schiff aus schäbigem Holz,
auch wenn der Wind uns das Segel zerreißt
wir müssen weiter immer weiter, was solls.'

Da die Sänger aber nicht mehr weiter wussten, fingen sie einfach noch mal von vorne an.

'Wir legen ab und fahrn nach Ibiza,
mit 'nem Schiff aus waussigem Holz',
fiel ich diesmal mit ein.

Dann sah ich, wie Pixie neben mir seine Hände zu einem Schalltrichter formte und losröhrte: "Achtung, Achtung! Sagt es allen, Soylent green ist Menschenfleisch! Esst es nicht! Kotzt es aus und sauft lieber! Soylent green ist Menschenfleisch! Alle sollen es wissen!"

Gleich hinterher stimmte er eins unserer beliebtesten alten Säuferlieder an:

'Es war in einer Sommernacht, östlich vom Ural,
die Russen saßen dicht gedrängt, die Köpfe stoppelkahl,
der Kolchos, der war abgebrannt, der Trecker explodiert,
der Fahrer in den Wald gerannt, sie hatten ihn kastriert!
Hoho-ja-wallerah-ha ha...'

Pixie jaulte wie ein Kojote, ein paar andere lachten und johlten mit.

"Wie spät?", lallte einer. "Zu spät", brüllte Festus zurück, "schon lange!"

"Die Galaxien beginnen bereits zu kollabieren", meldete sich Pixie noch einmal. "Die finale Singularität ist nah!"

„Jesus is Lard!" rief ich, „tut Buße, ihr Sünder! Oh, Jesus is Lard!"

Bei Ringo vor der Tür angekommen, blieb ich draußen stehen und ließ den anderen erstmal den Vortritt.

Rechte oder linke Seite, fragte ich mich mal wieder und taxierte die Mauer.

Wo war wohl der bessere Platz?

Dann trat ich als Letzter ein.

"Was hast du denn da draußen noch an der Wand gesucht?", fragte mich Steffi verwundert.

"Messing, matt oder poliert?", murmelte ich bloß halblaut vor mich hin, als ich ihr durch den Flur folgte. "Ich kann mir das nie merken, Kupfer mit Zink, oder mit Zinn. Eins ist Bronze, das andere Messing."

Seufzend kam Steffi auf mich zu und hakte mich wieder entschlossen unter.

"Hm, vielleicht soll ich doch besser auf Gold bestehen?", überlegte ich laut weiter, während sie mich durch den Korridor führte.

Aber dann würde die Gedenktafel bestimmt bloß andauernd geklaut werden. Ob unter Starkstrom setzen vielleicht half? Das sollte ich mal mit Gonzo besprechen...

Lautes Getöse und Rumoren riss mich aus meinen Überlegungen. Anstatt wie vorgesehen gleich rechts nach oben zu gehen, war die ganze Truppe nämlich dummerweise nur stur geradeaus durch den Korridor marschiert und einfach hinten in Fietes Junggesellenkabuff eingefallen. Ringos Bruder hockte allerdings ziemlich k.o. im Sessel vor dem Fernseher und kam nur langsam wieder zu sich, als seine Bude gestürmt wurde. Denn er hatte selber den ganzen Abend lang woanders schwer getankt, mit Halbe-Liter-Dieter und Konsorten, und von diesem Exzess war er ebenfalls gerade erst heimgekehrt. Mit glasigen Augen stierte er um sich und wusste überhaupt nicht, wie ihm geschah und was diese merkwürdige Invasion eigentlich zu bedeuten hatte. Alles krakeelte durcheinander, zwei oder drei ließen sich schon häuslich auf seinem Teppich nieder, übermütig rief man nach dem Kellner und fragte nach der Hausbar.

Von Ringo war plötzlich nichts mehr zu sehen, nur die arme Rike mühte sich vergeblich, den wilden Haufen nach oben zu lotsen.

Ich wollte bloß schnell noch meine Jacke in meiner angestammten Schlafkammer nebenan ablegen, um Rike dann beim großen Auftrieb zu helfen, aber kaum hatte ich die Kammertür geöffnet, da erblickte Pixie auch schon die Papp-Matrjoschka in der Ecke und stürzte sich sofort auf sie.

"Mein Schatz!", brüllte er verzückt, "Kalinka aus Bloody-Wostok, du bist die richtige Braut für so einen alten Straßenköter wie mich! Mensch, so ein Supermädel, so selten wie Astat! Einzige Überlebende des Tunguska-Meteoriteneinschlags. Kalinka, Kalinka, ja ljublju tebja, du holde Djewotschka aus der Taiga! Komm her, mein proletarisches Tittenprotzolinchen!"

Voller Begeisterung setzte er ihr den gelben Bauarbeiterhelm auf, der oben im Regal lag, und schickte sich an, die Riesenpuppe die Treppe hoch in Ringos Salon zu wuchten. Es kostete Festus, Fiete und mich einiges an Anstrengung, ihn davon abzuhalten. Leider war hinterher der ganze Treppenflur mit bunten Heilsarmee-Broschüren gepflastert, die noch immer regelmäßig mit der Post von irgendeiner Halleluja-Zentrale für die bereits vor anderthalb Jahren verstorbene Oma eintrafen. Während der Rangelei war nämlich der gesamte für den Müll vorgesehene Altpapier-Stapel umgekippt, und nun lag alles breit gefleddert auf dem Boden.

Die ganze Mannschaft polterte derweil nun doch noch wie eine Büffelherde die Treppe hoch nach oben. Dort hatten Ringo und Gonzo bereits eilig ein paar Sachen zur Seite geräumt, und während die beiden Stühle aus dem Nebenzimmer heran schleppten, rückten Rike und ich noch schnell den großen Eichentisch in die Mitte. Wobei leider versehentlich eine dicke Adventskerze polternd zu Boden fiel und Larissas Drei-Augen-Badspiegel vom Sommer, der nun seit Monaten schon hinten in der Ecke lehnte, einen weiteren fetten Sprung verpasste, bevor sie mit hämischen Kullern unter dem Schrank verschwand. Larissa, dachte ich in meinem Suff, hoffentlich geht es dir gut, und ich liebe dich, genau wie Mad Madalina und Mirela, und dich, und dich auch, und in Gedanken ging ich sie alle noch einmal durch und ließ mich von einem Taumel der Liebe erfassen, obwohl ich natürlich trotzdem genau wusste, dass auch ein gutes Stück Sentimentalität dabei war. Aber ich wollte nicht nüchtern sein, nicht an diesem Abend.

Flaschen wurden zischend geöffnet und Gläser polternd auf den Tisch gestellt, während dessen ich leicht schwankend am CD-Player hantierte.

"Was legst du auf?", erkundigte sich Steffi.

"Einen der alten Songs natürlich, von einem echten Woodstock-Veteranen. Begnadet der Mann. Aus den guten alten Zeiten, wo man sich noch kräftig mit Patschuli eindieselte, wenn man auf irgendwelchen Open-Air-Festivals rumhing und tagelang zu keiner hygienischen Grundbehandlung kam. Übrigens, das Zeug war echt das Beste am Westen, fand ich. Das roch so schön edel nach Kellergruft und überdeckte alles. Obwohl, eigentlich war es ja gar nicht aus dem Westen, sondern kam aus fernen östlichen Gefilden. Naja, schon paradox alles, irgendwie."

Kichernd lachte ich ein wenig in mich hinein, dann drückte ich die Start-Taste.

"I can stand a little rain", sang ich brabbelnd ein bisschen vor mich hin, "pain... sorrow... tomorrow...", und im Geiste sah ich die Girls des Background-Chores vor mir, in ihren leichten Flatterkleidern, zum Greifen nah, und laut röhrte ich an der nächsten Stelle mit: "just another taste of life... i made it before, and i know i can make it some more".

"Mensch, du hast das alles wohl immer noch im Kopf?", staunte meine alte Verehrerin.

"Davon darfst du weiterhin ausgehen", erwiderte ich. "Ich meine, dass ich es im Kopf habe. Und das wird sich wohl auch nicht mehr ändern. Du gute Steffi, du."

"Na komm setz dich erstmal her, du lieber Begnadeter, du."

"Ja", sagte ich, "ich lass doch keine Lady warten, soweit ist es noch nicht", und mit eckiger Eleganz nahm ich neben ihr Platz.

"Nicht wahr, wenn die liebe Liebe ruft?", flirtete sie mich mit neckisch funkelnden Augen an.

"Ach, bis so 'n alter Tanker wie ich nochmal aus der Spur läuft, da muss schon was passieren", spielte ich den Abgeklärten.

"Aber denk dran, damals hab ich mit 'n bisschen Feuer schon mal dein Schloss aufgekriegt", drohte ich ihr schließlich mit dem Finger, "also sei gewarnt."

Sie kicherte laut los, für solch lose Sprüche hatte sie also offenbar etwas übrig.

Dann wollte ich anfangen, ihr etwas über freie Liebe zu erzählen.

"Ach hör auf, Liebe muss doch sowieso immer frei sein!", fiel sie mir sogleich ins Wort, und für einen Moment war ich völlig perplex.

"Genau", stimmte ich ihr dann einfach zu und sparte mir den Rest meines Vortrags.

"Hier, große oder kleine Gläser?", hörte ich Festus' brummige Stimme hinter mir, der wohl die Getränkeverteilung übernommen hatte.

"Egal", sagte ich, "gib rüber was da ist, ich nehme, wie es kommt. Ich nehme alles, in Demut und Dankbarkeit."

Ächzend drehte ich mich um und schnappte mir die erstbeste Biertulpe. Frischer Schaum quoll über den Rand, schnell schlürfte ich ihn ab.

"Because it's just another taste of life", rief ich, und grinsend hoben wir die Gläser, stießen an und prosteten uns zu, und für einen Moment fiel mein Blick wieder auf den kaputten Spiegel in der Ecke, wo ich mich inmitten all dieser gebeutelten Gestalten sitzen sah, zersplittert, verzerrt und windschief. Mein Gesicht sah darin aus wie ein Frankenstein-Mosaik; von Festus hatte ich ein Stück Nase, von Steffi die Augenpartie, von Ringo eine Haarsträhne.

"Tat twam asi", murmelte ich vor mich hin, "alles klar Freunde, so und nicht anders."

Die uralte Weisheit des Ostens, dachte ich verschwommen. Auf nach Indien, und dann immer weiter Richtung Singapur. Denn irgendwo hinter Singapur, da verlor sich schließlich seine Spur. Yeah.

In diesem Moment ging auch noch die Tür auf und Pixie kam hereingetorkelt, und zwar mit seinem geliebten sowjetischen Schatz aus Pappmaché in den Armen. Hatte er es nun also doch geschafft! Des schicken gelben Helmes war die Dame unterwegs zwar leider verlustig gegangen, dafür hatte ihr aber Pixie jetzt eine kaputte Gasmaske halb über das Gesicht gestülpt. Zweifellos ein die Trägerin erotisch enorm aufwertendes Accessoire, allerdings beim Küssen ein wenig hinderlich. Pixie versuchte es trotzdem immer wieder.

"Lametta aus Valetta!", reimte er begeistert und entriss den paar halbvertrockneten Kiefernzweigen in der Vase hinter ihm eine Handvoll Glitzerkram, um daraus eine Perücke für seine kahle Geliebte zu formen.

"Kalinka und ich, wir wollen heiraten", eröffnete er anschließend der versammelten Mannschaft. "Bei ihr, in Asbest, so heißt nämlich ihre hinteruralige Heimatstadt in Russland. Und zwar dieses Jahr noch. Weil, ich bin rattenscharf auf die Hochzeitsnacht."

Der Rest seiner Ansprache ging in brüllendem Gelächter unter, und auch ich begann zu lachen, laut und wie von Sinnen. Mein Glas fiel um und ging zu Bruch, doch es kümmerte mich nicht im Geringsten. Scheiß drauf, dachte ich bloß, scheiß drauf und vergiss es. Würde ich mir eben einfach ein neues suchen oder von mir aus auch gleich den Kelch einer meiner Nachbarn mitleeren helfen, wie auch immer. Das juckte mich alles nicht mehr. Irgendwie würden sich die Dinge schon finden, wenn nicht auf die eine, dann eben auf die andere Art. Alles grölte jetzt durcheinander, Scherben klirrten, Wein und Bier tropften mir auf die Hose.

"Meine noblen Beinkleider", rief ich japsend, "meine verdammte Windel ist geplatzt! Achtung, gleich brechen sich die Körperflüssigkeiten literweise Bahn!"

Aber in dem Lärm hörte es sowieso keiner. Steffi reichte mir eine Packung Papiertaschentücher, und während ich damit provisorisch meinen nassen Schoß abtupfte, fragte ich mich unwillkürlich, wann ich wohl meine nächste Frau ins Bett kriegen würde. Und wer sie möglicherweise sein könnte. Und ob es morgen wohl eher regnen oder vielleicht doch endlich mal bald schneien wird.

Ziemlich benebelt patschte ich also noch ein bisschen weiter ungelenk mit dem längst matschig gewordenen Zellstoff auf meiner versifften Jeans rum (ungefähr so, als wollte ich die Bierpampe einem edlen Kobe-Rind ins Fell einmassieren), und dabei kamen mir schon wieder allerlei sonderbare Gedanken über die ewigen Rätsel des Universums.

Aber damit werde ich euch nun besser verschonen, denn inzwischen habe ich wohl schon genügend merkwürdige Sentenzen von mir gegeben. Außerdem muss ich mir auch noch ein paar Spezialsprüche in Reserve halten, nur für den Fall, dass doch mal wieder die eine oder andere nette junge Lady meinen Weg kreuzen sollte. Bekanntlich überrascht einen ja das Leben stets aufs Neue, und daher bin ich zumindest vorsichtig optimistisch, auch weiterhin auf die unergründliche Generosität dieses Füllhorns setzen zu dürfen.

Denn wo die eine Geschichte endet, da beginnt ja aller Erfahrung nach gleich wieder die nächste, nicht wahr?

Man kann eben nie wissen.